ACTES NOIRS
série dirigée par Manuel Tricoteaux

LE BOURREAU DE GAUDÍ

Ouvrage traduit avec le concours financier
de la Région Provence-Alpes-Côte d'Azur

Titre original :
El asesino de La Pedrera
Éditeur original :
RBA Libros SA, Barcelone

ISBN 978-2-330-03459-7

ARO SÁINZ DE LA MAZA

Le Bourreau de Gaudí

roman traduit de l'espagnol
par Serge Mestre

ACTES SUD

Pour Beatriz, bien entendu.

La joie féconde. La douleur accouche.

William Blake

PROLOGUE

Barcelone, 10 juin 1990

Le jeune homme se recroquevilla sur la pierre tombale. Il tremblait. Depuis qu'il avait quitté le centre d'accueil, il se sentait inexistant, sans volonté. Il était perdu. Comme une carcasse vidée de toute pensée. Les cauchemars se succédaient sans cesse dans son esprit. Il entendait les voix, revivait les ordres. Comme l'avant-veille lorsque, désorienté, ses jambes l'avaient conduit tel un automate jusqu'au cimetière. Depuis, il ne savait pas ce qu'il faisait là, dans un endroit aussi réduit, entouré de niches à gauche et à droite, disposées les unes au-dessus des autres, chacune portant le nom d'un membre de sa famille accompagné de ses dates de naissance et de décès sculptés dans la pierre. Il avait besoin qu'on lui donnât des ordres, un sens à sa vie. Mais la seule personne qui aurait pu le faire était restée derrière lui, au centre, et sans elle sa vie perdait toute sa flamme. Il ne pouvait pas se passer de sa force. Il avait urgemment besoin qu'elle lui indiquât la marche à suivre.

Et qu'elle lui pardonnât.

Il se redressa lentement dans l'obscurité jusqu'à se mettre à genoux. Une idée prit forme peu à peu dans sa tête. Il suivrait l'exemple du génie, créerait une œuvre pour l'honorer et obtenir sa rédemption. Il ferait quelque chose de sublime, quelque chose qui lui permettrait de se sentir fier de lui. Cette épiphanie l'inonda de paix. Aujourd'hui, c'était le premier anniversaire, mais aussi la date qui indiquait le point de départ de son chemin. De son nouveau chemin. À présent, il n'avait plus qu'à trouver les pièces d'occasion, cassées ou inutilisables. Il saurait comment les récupérer. Mais auparavant, il devait libérer son ange gardien du monstre, obtenir à nouveau ses faveurs. Il attendait impatiemment son autorisation pour se mettre en route. C'était le seul moyen de vaincre sa faiblesse. Et sa vie récupérerait ainsi sa flamme.

Il se releva.

— Personne ne va m'arrêter. Personne, dit la voix râpeuse.

La nuit l'accueillit à bras ouverts.

Il sentait déjà s'enflammer sa chaleur intérieure. De la lave.

1

Et il sauta.

Mais son corps ne décrivait pas de courbe prodigieuse dans les airs. Il ne retombait pas non plus avec une belle élégance. Comme un fardeau désarticulé, il se contentait de se précipiter dans le vide, agitant bras et jambes tel un pantin, s'approchant à une vitesse vertigineuse des arêtes affûtées tapissant le fond de l'abîme. Pendant ce temps, la mer déchaînée jetait furieusement ses vagues contre la falaise et Milo Malart comprit que celle-ci ne l'accueillerait pas en son sein avec la bienveillance qu'il aurait pu espérer d'elle, mais plutôt avec l'indifférence de quelqu'un qui, une fois encore, allait se recevoir une cargaison d'ordures sur la tête, une de plus. Ainsi que tout le reste du monde donc, la mer se fichait éperdument qu'il sautât ou pas.

Une seconde, deux, et voilà que sa tête explosait sous le choc, éclaboussant de sang la surface humide des rochers. Juste après, une puissante vague balayait le paysage et le rendait à nouveau parfaitement propre. Ce n'était que du sang éphémère. C'était du sang de bon à rien.

— Putain de vie, murmura-t-il en rouvrant les yeux au sommet de la falaise.

Il recula de deux pas.

Son téléphone portable recommença à sonner. Il avait sonné toute la journée. Comme les fois précédentes, Milo ne fit même pas mine de décrocher.

Tout près de l'abîme, il continua à observer la beauté du bleu, la façon dont celui-ci se distordait parmi les couronnes blanches des nuages, sa puissance hypnotique. C'était un spectacle qui, depuis son enfance, lui avait transmis une énergie incroyable. De la force également. De la lucidité. Cependant aujourd'hui, perché à l'endroit le plus haut de la Punta Gran, là où la tramontane faisait siffler ses rafales avec la plus terrible férocité de tout le Haut-Empourdan, à son grand regret, son rituel ne produisait pas le moindre effet.

Bloqué, il ferma à nouveau les yeux. Le portable cessa de sonner.

Il devait se glisser dans la peau de Marc, se mettre à penser et à sentir de la même façon que lui. Et pour cela, la méthode choisie n'avait aucune importance : un grand saut dans le vide ou une balle dans la bouche… dans le fond, le résultat est le même. Fin de partie. *Game over*. Mais pourquoi Marc avait-il fait ça ? Il lui avait pris son HK, son arme d'inspecteur du Groupe spécial d'homicides, et s'était fait sauter la cervelle avec. Mais pour quelle raison ? La réponse ne cessait de l'obséder. Pourquoi un adolescent de quinze ans décidait-il soudain de mettre fin à ses jours ? Est-ce qu'il en était réellement venu à la conclusion que tout était fini pour lui, que ça ne valait vraiment plus la peine de continuer ? Tout ça n'était qu'une terrible absurdité.

Soudain, une rafale de vent le déséquilibra. Il ne broncha pas, se contenta de recouvrer sa verticalité. Il n'aurait cependant pas été mécontent d'avoir été précipité au bas des rochers. *Toi, en revanche, tu as mille raisons de le faire, mais tu es un lâche.* Il inspira profondément, s'efforça de se glisser à nouveau dans la peau de Marc.

Je suis passé chez Irene et Milo, je me trouve dans leur salon. Ils sont dans leur chambre, en train de discuter. Je saisis le pistolet de mon oncle. Il l'a laissé négligemment traîner sur le meuble de l'entrée. Arme à la main, je m'approche de la fenêtre. Ma vue se trouble et je ne perçois que des ombres à travers les vitres. C'est un effet de mon adrénaline. Je sens le rythme accéléré de ma respiration, et le sang qui pulse dans mes veines. Je dirige l'arme sur moi ; ma main tremble. Je sais parfaitement ce que je vais faire et je suis en train de trembler comme une feuille. Je suis le bourreau et la victime à la fois. Je suis enfin quelque chose. Mais ça ne me suffit pas. C'est sans espoir. Pourquoi attendre ? J'entends les battements de mon cœur. C'est le dernier son que je perçois, celui qui annonce la fin de la partie.

Le portable sonna à nouveau.

J'introduis le canon dans ma bouche, et je tire. La détonation est sèche. Ça y est. L'arme me tombe des mains et atteint le sol avant mon corps. Sous l'impact, ma tête se renverse en arrière et moi, comme une marionnette à laquelle on aurait coupé les fils, je m'écroule, sans vie, je tombe sur le dos à même le parquet. Il y a du sang sur les murs. Du sang au plafond et sur les meubles. Du sang par terre, formant une flaque sous le torrent qui s'écoule à gros bouillons de la partie supérieure de mon crâne.

Milo prit son visage dans ses mains. Après avoir entendu le coup de feu, il était sorti de la chambre et avait découvert Marc, son neveu, étendu sur le sol, comme une poupée démantibulée. Mais son sang n'était pas celui d'un bon à rien. *Sans espoir*. Il était jeune, avait tout l'avenir devant lui. *Pourquoi attendre?* Il avait tout pour lui, une famille, des opportunités, mais cela n'avait servi à rien. *Peu m'importe d'avoir tout pour moi.* Irene avait hurlé et Milo, conscient de l'absurdité de son action, avait tâté le pouls de Marc. *J'en ai assez de me cacher.* Sa tête était en bouillie et Milo lui tâtait le pouls. C'était une histoire de fou. *Je ne supporte plus cette honte.* Il y avait de quoi éclater de rire et ne plus arrêter de se marrer. *Je ne suis rien.* Irene ne cessait pas de hurler et Milo demeurait là, étrangement calme, agenouillé près du cadavre de Marc, incapable de réagir. *Je vais vous donner une bonne leçon à tous.* L'instant était éternel, grotesque.

Le portable sonna une nouvelle fois. *Je ne supporte plus cette honte.* Exaspéré, Milo répondit.

— Quoi? hurla-t-il.

— Tu es où? Je n'ai pas arrêté de t'appeler toute la journée! s'exclama la voix de Susana Cabot, la juge d'instruction de Barcelone.

C'était une grande amie de Milo, une ancienne maîtresse. Au travail, c'était un vrai dragon. Elle demanda à nouveau :

— Alors… où est-ce que tu t'es fourré?

— Au cimetière, sur la tombe de Marc. Mais depuis quand je dois te fournir des explications? On m'a suspendu de mes fonctions, tu t'en souviens, j'espère? Je suis en vacances forcées. Et je fais ce qui me plaît.

Susana Cabot demeura un instant silencieuse. Au bout d'un moment, elle lâcha :

— Arrête de me prendre pour une andouille ! Ton neveu est enterré sous une rafale de vent, peut-être ?

Milo fit la grimace. Il n'était pas facile de raconter des bobards à la juge. Faisant écran avec sa main devant le micro du portable pour éviter le bruit de la tramontane, il reconnut :

— Gagné ! J'avais décidé d'aller à Montjuïc, mais j'ai fait une escapade à Port de la Selva. Je m'arrêterai au cimetière à mon retour à Barcelone, c'est prévu.

— Ça, c'est une excellente idée ! On doit toujours se réconcilier avec les morts.

— Et puisque j'ai ta permission à présent, on pourrait remettre cette conversation à plus tard, non ? Ce n'est vraiment pas le bon moment pour m'appeler. Je te téléphone tout à l'heure… ou plutôt demain…

— Non, l'interrompit-elle, j'ai besoin de toi à Barcelone maintenant, tout de suite. Tu n'as pas lu la presse, tu n'as pas regardé la télé ?

— Malgré ma retraite, figure-toi que je suis les nouvelles, fit-il en se pinçant l'arête du nez. Tu veux parler de l'histoire de La Pedrera, je suppose, de ce qui s'est passé l'autre jour.

— Quatre jours exactement, Milo. La nuit du samedi au dimanche 4 juillet. Quatre jours sont passés et personne, au Département des homicides, n'a la moindre piste, on ne sait pas qui a pu perpétrer une pareille atrocité. On est tous au point mort, et la ville entière est à la veille de s'embraser. Tu n'as aucune idée des pressions que je peux subir, mon vieux.

— De s'embraser ? Curieuse association d'idées.

— Inspecteur Malart, garde tes sarcasmes pour toi. Je te parle en tant que juge, en ce moment. Alors dis-moi ce que tu penses de cette affaire.

Milo tenta de se souvenir. Un homme avait été découvert suspendu à la façade de la Casa Milà, plus connue sous le nom de La Pedrera, au beau milieu du paseo de Gracia. L'assassin avait utilisé du câble d'acier pour lier les poignets de la victime, il l'avait suspendue au balcon du premier étage, puis il lui avait mis le feu. Lorsque les pompiers étaient arrivés, le malheureux était déjà tout calciné.

— Si je me souviens bien, la victime est un haut responsable de La Caixa, un ex-conseiller municipal à la culture, je crois. Un type dont on a dit qu'il pouvait devenir le futur maire de la ville. Je ne me rappelle plus son nom. Il faut bien admettre que l'assassin a fait preuve d'un certain courage pour…

— Oui, en plein centre, en plein dans la *milla de oro** de Barcelone, et sur un bâtiment de Gaudí. C'est dément. Qui peut avoir fait une chose pareille ? Un cinglé, c'est sûr. Aucun individu sain d'esprit ne se donnerait autant de mal pour exécuter un être humain.

— Ou tout à fait le contraire. Est-ce qu'on a déjà une idée de la façon dont il s'y est pris pour suspendre le corps ?

— On en a une, oui. Il a même réalisé une mise en scène, à notre intention, devant les caméras de surveillance, qui l'ont filmé en train de monter sur le trottoir au volant d'un de ces véhicules avec nacelle élévatrice utilisés par les ouvriers de Parcs & Jardins pour l'élagage les arbres. Un pauvre imbécile l'avait garé à quelques pâtés de maisons de là. L'assassin n'a eu qu'à faire un pont avec du fil électrique pour le démarrer. Ensuite, il l'a conduit jusqu'à La Pedrera pour le placer juste sous la terrasse choisie. Et puis, il a hissé la victime comme il a pu sur la nacelle qu'il a fait monter jusqu'au premier étage. Il a suspendu la victime par les poignets aux fers forgés du balcon, et tout de suite après, il l'a arrosée d'un liquide inflammable. Il est resté près d'elle plusieurs secondes – au début on a trouvé ça un peu bizarre –, puis il est redescendu tranquillement. Une fois sur le trottoir, il a allumé un Zippo et le lui a lancé. Le corps du pauvre gars s'est alors enflammé comme une torche.

— Une mort terrible. Est-ce qu'il avait d'abord drogué la victime ?

— On n'en sait rien encore, le feu a détruit tous les fluides corporels. La seule chose que les médecins légistes ont pu établir, c'est que la victime a été brûlée vive.

* "Le triangle d'or", l'endroit le plus prisé de Barcelone. *(Toutes les notes sont du traducteur.)*

Milo tourna son regard en direction de la mer. Il demeura ainsi un instant, puis aperçut un oiseau tout près, probablement un cormoran, en train de flotter sur le ressac des vagues. Il déployait ses ailes, comme pour tenter de prendre son envol, puis les repliait à nouveau.

— Si vous avez l'enregistrement des caméras, vous savez forcément à quoi il ressemble.

— C'est un gars très agile, athlétique, soixante-dix kilos environ, à peu près un mètre quatre-vingts. Il était habillé en motard, en noir de la tête aux pieds : gants, combinaison, bottes à semelles épaisses et casque à visière teintée. Impossible de préciser si c'est un homme ou une femme. Mais à sa façon de courir on suppose que c'est un homme. Impossible également de dire son âge, entre vingt et quarante ans. Ce qu'on sait en revanche, c'est qu'il a un sang-froid à toute épreuve et un sens de l'humour pour le moins singulier. Avant de disparaître, il a fait bonjour à la caméra, ou au revoir, je n'en sais rien, en tout cas il a fait un signe de la main.

Milo fixa son regard sur le cormoran. Il continuait à agiter ses ailes sans parvenir à décoller, les plumes trempées. Il le vit se débattre sur les lames de fond et secouer son cou.

— Et qu'est-ce qu'il a fait du véhicule ? demanda-t-il.

— Il l'a garé juste à l'angle de la rue, un peu plus haut, et il l'a abandonné. Il est sorti du champ des caméras au moment où il a traversé le paseo de Gracia en courant et on peut logiquement supposer qu'il est monté dans son véhicule personnel pour quitter les lieux.

— Et ensuite ?

— Le type est revenu puis, d'après nos déductions concernant l'angle de prise de vue, il s'est planté dans le coin d'en face pour filmer l'agonie de sa victime.

— Vous avez donc déjà retrouvé le film en question pour savoir tout ça ?

— Pas du tout, on l'a retrouvé, oui, mais sur internet. Et on a aussi tenté d'arrêter sa diffusion, mais c'était trop tard ; les chaînes de télévision l'avaient téléchargé, diffusé et rediffusé sans arrêt ; tu ne l'as pas vu, toi ? Avant de faire descendre la nacelle, pendant le moment où il s'est attardé avec la victime, ce salopard l'a filmée en gros plan. Ensuite, une fois de l'autre côté de la rue, il a continué à la filmer jusqu'à l'arrivée des pompiers. Tu comprends à présent pourquoi c'est si urgent de reprendre ton service aujourd'hui… maintenant. Il faut que tu nous files un coup de main pour résoudre cette affaire, Milo.

Il ne répondit pas, continua à demeurer immobile, attentif au cormoran. L'oiseau poursuivait son combat pour prendre son envol et il supposa qu'il devait avoir une patte prise dans une ligne de fond ou quelque morceau de filet.

Il était pris. Marc. Mais dans quoi, exactement ?

— Milo, tu es là ? Je n'entends que ce foutu vent autour de toi ! Milo ?

— Oui, je suis là, je ne dors pas encore, non !

— Je ne comprends pas comment tu peux supporter cette saloperie de tramontane ; est-ce que tu sais que ça rend fou ?

— Rassure-toi, ma chère, ce n'est pas le vent qui est responsable de ma folie, répondit-il distraitement. Si je comprends bien, c'est toi qui instruis l'affaire ?

— Malheureusement, c'est moi qui étais de garde, répondit la juge. Il y a des jours, comme ça, où j'aurais préféré ne jamais avoir quitté le tribunal d'instance, au moins j'étais tranquille comme juge des tutelles. Je n'ai vraiment jamais eu de chance dans mon boulot.

— La chance, chacun se la fabrique, cita-t-il sans même s'en apercevoir.

— Qu'est-ce que tu dis ?

— Il y a des témoins ?

— Par dizaines. Mais, à part deux d'entre eux, les témoignages sont tous inexploitables. Ça s'est passé à cinq heures quarante du matin. Tu imagines le genre de faune qui circule à cette heure-là dans la ville. Des poivrots, des pauvres types…

— Susana, impossible de retourner au boulot. On m'a viré, tu le sais parfaitement, je n'ai plus de travail, plus de salaire, j'attends mon jugement, c'est tout. On m'a confisqué mon arme de service, ma plaque… Ce n'est tout de même pas moi qui vais t'apprendre que je n'ai pas beaucoup d'amis au commissariat central.

— Ah, parce que ça te chagrine à ce point ? Et depuis quand, dis-moi ?

— Je te dis que c'est impossible. Je suis… disons que je suis en train de me réinventer. Bref, je dois régler une affaire personnelle et…

— Tu es un bâtard surtout ! Un sale égoïste ! J'en ai par-dessus la tête de tes dingueries de merde ! Je te demande de me filer un coup de main et tu es là, à me déverser ton seau de conneries ! Te réinventer !… On peut savoir ce que ça veut dire ? Moi, je remue ciel et terre pour faire annuler ta sanction, et c'est comme ça que tu me remercies ? En me jetant à la figure les recettes de tes bouquins de développement personnel à la mords-moi le nœud.

Surpris par son explosion de colère, il attendit que Susana recouvrât son calme.

— Écoute-moi, inspecteur Malart…

— Tu t'adresses à moi en tant que juge ?

— Je m'adresse à toi en tant que juge et aussi en tant qu'amie. Il y a un détail dont personne n'a tenu compte dans cette affaire. Avant de brûler vive sa victime, l'assassin l'a séquestrée pendant cinq jours ; et durant tout ce temps, il ne lui a pas donné à manger, ni à boire. C'est la conclusion à laquelle sont parvenus les médecins légistes. Cinq jours ! Un être humain peut tenir plusieurs semaines sans manger ; mais sans boire, il ne peut pas dépasser plus de quatre jours… cinq tout au plus. Et il a séquestré la victime dans ces conditions exactement pendant cinq jours. Tu comprends ce que je veux dire ? Elle a été tout bonnement torturée, mais sans marque de violence. L'assassin a fait preuve d'une infinie patience, il s'est contenté d'attendre, de la laisser presque crever de soif. Et lorsqu'elle a été à point, affaiblie à la limite de la résistance humaine, il l'a suspendue à l'un des bijoux architecturaux de Barcelone pour la brûler vive. On a affaire à un putain de sadique, Milo, à un putain de sadique !

— Et le mobile, tu en fais quoi ?

— Le mobile ? On est dans le noir. Eduard Pinto, la victime, est super-clean. On a fouillé sa vie professionnelle et personnelle de fond en comble. Marié, deux enfants, pas de maîtresse, pas de scandale, du fric, une vie plus qu'aisée… on lui aurait donné le bon Dieu sans confession. On ne lui connaît aucun vice, pas la moindre faiblesse, absolument rien. Son entourage ne tarit pas d'éloges à son sujet.

— Ça, c'est dur à croire. Tu veux dire qu'il vient d'un autre monde, si je comprends bien. On a déjà enquêté sur son entourage politique ?

— Bien entendu. Mais personne ne ferait une chose pareille à son rival, ça n'a vraiment aucun sens.

— Tu veux dire que vous envisagez que la victime ait pu être choisie au hasard ?

La juge laissa s'écouler quelques secondes, puis finit par répondre.

— Pour l'instant, dit-elle en contenant le son de sa voix, on n'envisage rien du tout, Milo. Personne n'ose même penser qu'on pourrait être en présence d'un opportuniste. L'idée qu'il puisse recommencer est… elle est impensable, voilà tout.

— Je vois ce que tu veux dire. Tu es pieds et poings liés, madame la juge. Quelqu'un, au ministère de l'Intérieur, est devenu extrêmement nerveux et t'a formellement interdit d'ordonner un déploiement, si discret soit-il, devant les autres bâtiments de Gaudí. Il t'a dit : "Surtout pas à trois semaines de la visite du pape, madame la juge !" Je me trompe ?

— Milo, essaie de comprendre, on est en pleine saison touristique. On ne peut pas placer des agents autour de tous les monuments de Barcelone. La Sagrada Familia attire à elle seule plus de deux millions et demi de touristes ! Tu imagines ce que signifierait pour l'image de la ville le déploiement discret dont tu parles ? Le mal deviendrait irréparable aux yeux du monde entier.

Milo se mordit la langue pour s'empêcher de dire ce qu'il pensait à ce sujet.

— Il doit bien y avoir quelque chose dans le dossier d'Eduard Pinto, poursuivit la juge, quelque chose qu'on n'a pas su voir jusqu'à présent, pour justifier un assassinat pareil et une telle cruauté.

— Pourquoi faisons-nous les choses que nous faisons ? C'est la question à un million d'euros. Et il n'y a pas toujours de réponse.

— Non, insista-t-elle, je suis d'accord avec les responsables de l'enquête. Il s'agit d'un cas isolé, d'un règlement de compte. Le problème, c'est qu'on ne parvient pas à trouver la piste qui mène jusqu'à l'assassin. Et c'est là que j'ai besoin de toi, inspecteur. J'ai besoin de ta tête, de tes loufoqueries, de ta putain d'antenne parabolique, comme tu dis.

— Tu es en train de me dire que tu as besoin d'un flic bien taré comme il faut pour arriver à alpaguer un assassin aussi taré que lui.

— Non, Milo, j'en ai besoin pour qu'il trouve ce qui a bien pu échapper aux autres inspecteurs.

— Tu plaisantes, j'espère ? C'est pareil que de me demander d'aller me jeter dans la gueule du loup.

— Ou dans une arène, si tu préfères ! Je m'en fous ! Ça, c'est ton problème, inspecteur, pas le mien. Tu es à ce point devenu soucieux de ta réputation ?

— J'ai toujours admiré ta subtilité lorsqu'il s'agit de gérer les situations délicates, madame la juge.

— Garde tes sarcasmes ! On doit persuader la population qu'on va arrêter ce type rapidement, sinon ce sera le chaos, rétorqua-t-elle fermement. Voilà pourquoi j'ai besoin du meilleur inspecteur qui soit. Et tu es celui-là, Milo, avec un talent très personnel, je te l'accorde ; mais tu es le seul qui ne craint pas d'aller au bout des choses quelles qu'en soient les conséquences.

— Le seul surtout qui est assez con pour se comporter comme tu dis.

Il entendit un soupir d'impatience à l'autre bout de la ligne téléphonique.

— Voilà trois ans, ton intervention a été capitale pour résoudre le cas de l'Assassin du quartier de Gracia. Et un an plus tard, malgré tous ceux qui pensaient tenir le suspect numéro un, tu as démasqué le véritable Assassin du parking. Alors pour ce qui est d'être con… tu repasseras.

— J'ai eu un coup de pot, c'est tout.

— Les faits sont là pour témoigner de tes compétences. Tu es un expert pour relier les éléments entre eux, pour découvrir les détails qui passent inaperçus aux yeux des autres. Tu distingues toujours clairement la part d'ombre de chaque individu impliqué et, dans ce cas-ci, même si je devais ensuite ravaler mes mots avec des pommes de terre, il est absolument indispensable pour nous de compter sur quelqu'un qui ne croit pas du tout en l'être humain. D'accord, tes méthodes ne sont pas toujours très orthodoxes, et alors… qu'est-ce que ça peut faire ? Elles fonctionnent. Voilà tout. La pression des médias va être terrible, comme l'est déjà celle du milieu politique. Les élections de septembre approchent et le jeu des chaises musicales se précise. Je suis désolée, je ne sais pas pourquoi, mais je ne fais pas confiance à cent pour cent à l'équipe actuelle des enquêteurs. Dans ce cas précis, tout le monde se fout des médailles, ça ne stimule absolument personne. Je pense donc que tu es l'homme de la situation. Toi, tu détestes la politique, et en plus je sais, tu ne vas pas me dire le contraire, que tu adores ce genre de travail un peu dingue.

— Ton éloge est terminé, madame la juge ? J'allais m'endormir, Votre Honneur.

— Remballe tes sarcasmes une bonne fois pour toutes !

Milo écarta le portable de son oreille et observa à nouveau le cormoran. Celui-ci était immobile, s'éloignant peu à peu de la côte, poussé par la puissance des vagues. L'oiseau reprenait semble-t-il des forces.

Il colla à nouveau le téléphone à son oreille, le protégea du vent avec son autre main et dit :

— J'aimerais savoir deux choses. La première, qui dirige l'enquête et la deuxième, quelle est l'identité de ces "ciel et terre" que tu dis avoir remués pour faire annuler ma suspension ?

— Je commencerai par la seconde. Après un marchandage musclé, le commissaire en chef Bastos a accepté de lever temporairement ta mise à pied, mais à deux conditions. Pour ce qui est de l'autre chose que tu voulais savoir, ce n'est vraiment pas une bonne nouvelle pour toi : l'enquête sera coordonnée par l'inspecteur-chef Singla, je crois que vous êtes comme les deux doigts de la main.

— Oui, tu l'as dit ! Notre dernière rencontre s'est soldée par la fracture de sa pommette gauche, dit-il en faisant ensuite une pause. Susana, je crois vraiment que tout ça va finir par très mal tourner.

— Je te demande juste de poser tes beaux yeux ténébreux sur cette enquête, pas de te marier avec Singla.

— Et quelles sont les deux conditions de Bastos dont tu parlais ? J'ai comme l'intuition qu'elles ne vont pas me plaire du tout, non plus.

La juge se racla la gorge, inspira profondément, et répondit :

— La première : c'est que tu devras te soumettre à un traitement psychologique pendant une période indéterminée. La seconde : que tu auras un chaperon pendant toute l'enquête, une personne du Groupe t'accompagnera constamment. Si tu acceptes ces deux conditions, ta suspension sera levée jusqu'au jugement et tu récupéreras immédiatement ta plaque et ton arme de service, ainsi que ton salaire. Mais le commissaire en chef Bastos a été très clair : à la première incartade, dehors ! Et cette fois, définitivement.

— C'est pour ça qu'il me colle un chaperon, pour contrôler mes mouvements, et un psy pour faire la même chose avec ma tronche.

— Je vois que tu piges vite. Je t'attends dans mon bureau ce soir, à neuf heures pile. Et dis-moi : ne va pas trop te réinventer, hein ; je ne voudrais surtout pas que tu finisses de t'abîmer.

— Je préfère demain matin, Votre Honneur. À la même heure, ça te va ? Et une dernière chose : je considère comme acquis que j'aurai toute liberté de mouvement, d'accord ?

— Pas de problème.

Milo raccrocha.

Il regretta immédiatement d'avoir accepté. Il n'avait pas la moindre envie de réintégrer le Groupe. De se sentir à nouveau comme un animal bizarre. De supporter les allusions perfides, les regards en coin. Il secoua la tête. La juge se trompait à son sujet. Il n'aimait pas ce genre de travail et encore moins ce que celui-ci l'obligeait à supporter constamment ; les zones d'ombre, la peur de passer les bornes si infimes de la sagesse. Mais il en avait par-dessus la tête de demeurer en cale sèche, de se contenter de tuer le temps, un point c'est tout. Deux mois à être complètement désorienté, à supporter ce désagréable sentiment d'isolement, étaient pour lui plus que suffisants. Il avait besoin d'agir, de se sentir utile, de donner un sens au temps qui passe. Sans parler de son salaire. Il avait tout simplement besoin d'argent.

Secouant la tête avec indolence, il chercha le volatile des yeux. Mais l'oiseau avait disparu. Il mit sa main en visière pour tenter de l'apercevoir. Pas la moindre trace. Avait-il abandonné la lutte, peut-être était-il parvenu à prendre enfin son envol ? L'avait-il réellement aperçu ou cela n'avait-il été que le fruit de son imagination ? Il fit un pas en avant et se retrouva à nouveau au ras de la falaise.

Il dirigea son regard vers l'abîme et observa les arêtes des rochers affûtées comme des couteaux. Oui, faute d'une arme, elles pourraient certainement être aussi létales qu'une balle à l'intérieur de la bouche. La tête en bouillie. Marc n'était pas parvenu à se libérer de ce qui l'avait obsédé et avait choisi une alternative fatale. Le non-sens, la frustration nichaient derrière l'apparente indifférence de Marc. Lui, son oncle, n'avait pas su le voir. Il n'avait pas su écarter le rideau et observer au fond de lui. Son neveu avait été aussi invisible pour lui que pour tous les autres. Et il l'avait raté. Maudite invisibilité.

Je ne supporte plus cette honte.

Il commença à avoir le vertige. Il n'était déjà plus aussi sûr de vouloir connaître la réponse. La gorge nouée, il se dit que lui aussi était obsédé par quelque chose. Et que s'il ne parvenait pas à se libérer de cette obsession, il allait finir au fond du trou. Il lui fallait découvrir ce qui avait poussé son neveu à se faire sauter la cervelle. Ou qui. Il fit demi-tour et dévala la pente du promontoire.

Il monta dans sa vieille Volkswagen toute cabossée et démarra. Il conduisit le long de la route sinueuse qui borde la côte et traversa le village. Ensuite, il accéléra en direction de l'autoroute. Une fois qu'il l'eut atteinte, il se plaça sur la troisième file. Il devinait au loin la silhouette de l'hôpital psychiatrique où il avait été forcé de faire admettre son père. Il serra les dents et écrasa méchamment l'accélérateur. La circulation en direction du nord était compacte, contrairement à la fluidité de celle qui se dirigeait vers le sud et dans laquelle il venait de se fondre. Il roula rapidement tout le temps que la nuit commençait à tomber. Bercé par le bruit du moteur, il eut l'impression de glisser sur un doux et immense toboggan qui le menait en direction de la ville.

Plus loin, après avoir réglé le second des deux péages, il distingua de longs nuages teintés de différents rouges et orangés, dans le ciel. Et au-dessous, gonflés par l'écrasante chaleur humide, une noire et dense nuée de pollution suspendue au-dessus des bâtiments. Continuant à glisser vers l'obscurité, il eut rapidement l'étrange sensation qu'il pénétrait dans la bouche ouverte d'un énorme animal sauvage. Une bouche de cauchemar.

Il secoua la tête et poursuivit sa progression. Ce n'était que Barcelone.

Il se gara sur le passage clouté, juste à l'angle du paseo de Gracia et de la rue Provenza, puis descendit de voiture. À cette heure-là, les gens inondaient encore massivement les trottoirs. Il les examina un instant et s'aperçut, à la façon dont ils étaient vêtus, que la plupart d'entre eux étaient des touristes. Bermudas, chaussettes et sandales, ou jupes courtes et claquettes. Ils avaient tous l'appareil photo en bandoulière, ils badaient devant les boutiques luxueuses, pointaient du doigt les vitrines et esquivaient les différents mendiants qui venaient la main tendue à leur rencontre. En revanche, il était facile de repérer les résidents, très peu nombreux, à sa grande surprise. Sans prêter attention aux boutiques, ils regardaient fixement devant eux ou alors ils marchaient les yeux rivés au sol, comme honteux de leur extrême pâleur, presque maladive, contrastant avec la peau rouge, brûlée par le soleil, des visiteurs.

Il traversa la contre-allée et se planta devant la Casa Milà.

D'un seul coup d'œil, il put vérifier qu'il ne restait plus la moindre trace de l'événement. Ni bandes rouge et blanc de balisage, ni marques de la police scientifique, ni la moindre trace du feu sur le mur, sous le balcon du premier étage. Les touristes étaient une des principales sources de revenus de la ville et il fallait prendre soin d'eux, surtout ne pas les effrayer. Au milieu des rires et des exclamations admiratives, les gens défilaient sur les lieux mêmes où Eduard Pinto avait été brûlé vif. Certains prenaient des photos.

Milo haussa les épaules. Il n'était pas là pour juger autrui, mais pour travailler.

Afin d'avoir une meilleure perspective, il traversa la chaussée centrale du paseo et s'éloigna pour aller se planter à l'angle opposé. De là, il leva les yeux et, une fois de plus, fut étonné par la beauté de ce bâtiment décidément toujours aussi insolite. Majestueux, unique, exceptionnel. Une des œuvres les plus emblématiques, personnelles et imaginatives d'Antoni Gaudí. "L'expression tourmentée d'un esprit catalan", se souvint-il qu'avait dit Dalí à propos de cet immeuble-sculpture.

Il observa les cinq étages, les ondulations de la façade. On aurait dit qu'une puissance magique avait donné forme à cet énorme bloc, à qui elle avait également imprimé du mouvement. Tout dans ce bâtiment donnait l'impression d'une certaine fluidité, aussi bien les fers forgés des balcons, représentant des racines, des fleurs et des plantes grimpantes, que les surfaces arrondies fuyant la ligne droite. Des cheminées dépassaient sur la terrasse ; la combinaison des conduits et des chapeaux qui les coiffaient les faisait ressembler à de grands soldats déguisés et munis de heaumes. Leur visage était perforé de telle façon qu'il donnait l'impression fantomatique d'avoir des orbites toutes noires et sans yeux.

Il dirigea son regard vers le bas, en direction du balcon du premier étage, situé du côté du bâtiment donnant sur le paseo de Gracia, juste après le large pan coupé de la façade. Des arbres l'empêchaient de voir correctement et il dut se déplacer plusieurs fois, sans succès, pour parvenir à le détailler sans obstacle. Il fut déconcerté. En attendant de pouvoir le vérifier au commissariat, il imagina qu'il se trouvait plus ou moins au même endroit que l'assassin lorsqu'il avait filmé sa victime. Mais alors, *Pourquoi donc l'a-t-il suspendue ici ?* Les branches interféraient partiellement et il aurait été plus simple pour lui de la suspendre sur la façade, là où le trottoir était plus spacieux pour garer le véhicule de Parcs & Jardins. Si, en filmant l'agonie d'Eduard Pinto, l'assassin cherchait à marquer les esprits au maximum, pourquoi avait-il choisi un balcon latéral dont les arbres réduisaient considérablement la visibilité depuis l'autre côté du paseo ?

Il fit non de la tête. Cela n'avait aucun sens. Il se demanda ce qu'il pouvait bien y avoir derrière ce balcon.

Lorsque le feu passa au rouge, il traversa et se dirigea vers l'énorme grille en fer de l'entrée. Il saisit la poignée. Elle était fermée. Il colla son visage à la vitre pour vérifier qu'il n'y avait aucun surveillant dans l'entrée. Personne. Réprimant une moue de frustration, il lut sur un écriteau que les visites étaient terminées. Il lui faudrait patienter jusqu'au lendemain matin.

Il recula de plusieurs pas pour aller se placer à l'extrémité de l'angle du trottoir. Il regarda à sa gauche, vers le balcon du premier étage donnant latéralement sur le paseo, puis en face vers le balcon de la façade. Grâce à la légère clarté intérieure de la pièce, et à l'absence de persiennes, il observa que tous deux ouvraient sur la même pièce. Depuis l'endroit où il se trouvait, il ne remarqua pas de murs ni de cloisons, juste des colonnes soutenant un plafond en plâtre imitant la surface d'une mer ridée par le souffle du vent.

La sirène stridente d'une ambulance retentit soudain et il tourna la tête dans un mouvement réflexe.

— Mais qu'est-ce que vous faites ?… s'exclama-t-il en se plantant en deux enjambées devant sa Volkswagen.

Auprès du véhicule, et tandis que la sirène s'évanouissait dans le lointain, un policier municipal était en train de glisser un PV pour stationnement interdit entre l'essuie-glace et le pare-brise.

— Monsieur l'agent, je suis inspecteur au Groupe d'homicides. Je me suis garé ici pour procéder à une vérification sur ce bâtiment, expliqua Milo en enfonçant la main dans sa poche pour en extraire sa plaque ; il jura entre ses dents. Je n'ai pas ma plaque sur moi, mais…

L'agent le toisa de haut en bas avec une certaine méfiance. Il observa sa barbe de plusieurs jours, les cernes sous ses yeux, son tee-shirt tout froissé et ses chaussures de sport aussi usées que son jean.

— Il est interdit de stationner sur un passage clouté, dit-il.

— Je sais, je sais, c'était juste un instant. Je suis en service. Un crime a été commis à cet endroit, il y a à peine quelques jours, vous êtes au courant, n'est-ce pas ?

Pour acquiescer, l'agent se contenta d'une moue.

— J'enquête sur cette affaire. C'est vrai, d'accord, je n'ai pas ma plaque sur moi, mais je suis là pour…

— N'insistez pas, monsieur, dit-il en rangeant son bloc de contraventions, puis en enfourchant sa moto. Je me contente juste de faire mon travail.

— Oui, et d'atteindre le fameux quota, hein ? Pourriez-vous au moins me dire ce qui se trouve au premier étage ?

— Et comment voulez-vous que je le sache ? Je suis de la police municipale, moi, pas guide touristique.

Milo fut tenté de répliquer, mais il se contint et se contenta de le regarder démarrer sa moto et s'éloigner. Il saisit la contravention et monta dans sa voiture, où il la rangea dans la boîte à gants avec toutes les autres impayées, puis il démarra. Il prit la direction de la Barceloneta, le quartier où il habitait depuis deux mois. Une fois sur place, il roula lentement à cause de la foule qui se dirigeait vers la plage ou en revenait, quoique aujourd'hui il y eût moins de monde et cela l'étonna vraiment. Il prit la rue Almirante Cervera et ralentit devant un ancien magasin, à l'angle de la rue Atlàntida. C'est là que, parmi planches de surf et vélos de location, on l'autorisait à garer son véhicule.

Il descendit de voiture et se retrouva dans une chaleur humide, poisseuse. Il enfila une série de plusieurs ruelles avant d'arriver devant une taverne grasse et immonde. À peine entré, il fut saisi par une odeur de transpiration étouffante, de vin bon marché et de friture. Le local était bondé et il se fit une petite place au bout du comptoir. Au-dessus de celui-ci, à l'extrémité opposée, un téléviseur tout blanc attirait les regards de l'ensemble des habitués. Mystère résolu, il savait à présent où étaient passés tous les gens plutôt que de se rendre à la plage. Ils regardaient tout simplement le match de foot. Il fit signe au vieil homme derrière le comptoir et lui demanda la même chose que d'habitude.

— Tu ne peux pas attendre une minute ? On joue contre l'Allemagne, dit-il en pointant son doigt sur le poste. C'est la demi-finale.

Milo fit non de la tête. Tout en rouspétant, l'homme prépara plusieurs assiettes sans quitter le téléviseur des yeux. Au bout d'un moment, il déposa une macédoine de légumes, une friture de poissons et du pain à la tomate devant Milo, puis il lui servit un verre de vin rouge. L'inspecteur se pencha sur son dîner et commença à l'avaler sans pratiquement mastiquer. La chaleur lui avait coupé l'appétit et il se forçait à manger, pour refaire ses réserves. Il hésita un instant à boire du vin. L'hérédité génétique était une rivale extrêmement puissante et l'alcool risquait de précipiter les choses. Il but deux gorgées et finit les assiettes. Il demanda au patron de noter l'addition sur son ardoise. L'homme marchait déjà vers lui d'un air furieux, lorsque les habitués poussèrent tous le même cri de joie. Le vieil homme se contenta de serrer les poings.

Milo atteignit le couloir d'entrée de son immeuble. Il se dirigea vers l'escalier, actionna l'interrupteur et grimpa les quatre étages dans le noir jusqu'au petit appartement qu'on lui avait prêté. Il alla tout droit au réfrigérateur. Après avoir saisi une canette de Schweppes, il sortit sur la terrasse, où il se laissa choir sur la seule chaise longue qui s'y trouvait. Fatigué, il ferma les yeux tout en appuyant la canette glacée sur son front.

— Putain de vie, murmura-t-il.

Il évita de s'endormir pour ne pas rêver. Pour ne surtout pas avoir à rêver.

2

Lorsqu'il arriva à la Cité de la justice, le macro-complexe récemment inauguré où étaient désormais réunis la plupart des services judiciaires de la ville, il était déjà en retard d'une demi-heure sur son rendez-vous avec la juge Susana Cabot. Ladite cité se trouvait dans le faubourg, tout près de la Gran Vía avant que celle-ci ne devienne l'autoroute C31. Les huit bâtiments qui la composaient étaient peints dans des couleurs pastel et ce qu'on remarquait en premier était les étroites petites fenêtres. Dégoulinant de sueur, il gara son véhicule sur le parking le plus proche du bâtiment des juges d'instruction. Il saisit le livre et descendit de voiture.

Après avoir demandé à la réception où se trouvait le bureau de la juge, longé d'interminables couloirs, abandonné le livre sur un présentoir vide et monté puis descendu plusieurs volées d'escalier, il pénétra dans la salle où Alba Conte, la secrétaire de Susana Cabot, dissimulée derrière des montagnes de papiers et de dossiers de couleurs différentes, le reçut d'un air revêche.

— Vous avez quarante minutes de retard et Mme la juge est très occupée, lui reprocha-t-elle. Immédiatement après, comme si cela lui demandait un effort considérable, elle se redressa, dirigea son regard vers une pièce contiguë et dit : Suivez-moi, elle vous attend.

Milo la suivit docilement. La femme frappa à la porte et l'ouvrit.

— Madame la juge, l'inspecteur Malart vient d'arriver.

Susana était au téléphone et fit signe à Milo d'entrer et de s'asseoir. Il préféra fureter du regard à travers le bureau flambant neuf.

Sobre et fonctionnel, il était constitué de deux espaces distincts. D'un côté, une table rectangulaire croulait sous des tas de documents, très similaires à ceux qu'il avait aperçus dans l'antichambre, la plupart jaunis par le temps, attachés avec des sangles et contenant des chemises de couleur. Au-dessous, par terre, d'autres dossiers s'accumulaient, couverts d'une fine pellicule de poussière. De l'autre côté, se dressait une grande bibliothèque bourrée de livres de droit, qui s'arrêtait juste avant d'atteindre le mur pour laisser place à un énorme ficus. Et, placée en diagonale, près de trois petites ouvertures verticales, on pouvait apercevoir le bureau de la juge : vide de dossiers et de documents, il y avait juste le téléphone et un cadre en argent près de la lampe.

Il s'assit enfin et tourna la photographie vers lui. Une jeune Susana, les cheveux châtains plus longs et vingt-cinq ans de moins, souriait à l'objectif tandis qu'un homme d'âge moyen, au visage sévère et austère, se tenait près d'elle, bras passé autour de son cou.

— Mon père, dit-elle en raccrochant. Le jour où j'ai réussi mon concours. Tu es en retard.

— Tu as les mêmes yeux que lui. Je suis désolé, il y avait beaucoup de circulation.

— Ce n'est pas une excuse, ça. Merci. Tu aurais tout de même pu prendre la peine de te raser ! Et cette chemise, mon Dieu ! C'était si difficile de la repasser ?

— C'est la seule propre, et le fer à repasser a disparu. Comme mon rasoir électrique.

— Je suis sûre que tu n'as pas fini d'ouvrir tes cartons, dit Susana. Oui, bon, après tout, ça te regarde.

Milo secoua la tête. Ce qui était arrivé à Marc, sa séparation et tout le reste, ne lui avait donné suffisamment de courage que pour déménager dans l'appartement qu'on lui avait prêté, au dernier étage d'un immeuble, et pour entasser les quelques cartons, contenant ses affaires, dans un coin du salon.

— Tu as des nouvelles de ton ex ? demanda-t-elle, en s'adossant à son fauteuil ergonomique.

— Ce n'est pas encore mon ex, ma chère ; on n'est pas encore divorcés Irene et moi. Juste séparés.

— D'accord, mais tu as de ses nouvelles ?

— Aucune. Je continue à être aussi invisible pour Irene que quand on vivait ensemble.

— Et comment tu réagis à ce qu'a fait Marc ?

— Très mal. C'est tout. Je réagis très mal. Je me sens responsable de ce qui s'est passé, point barre !

— Tu as reparlé à son père depuis… l'incident ?

— On n'a pas échangé un seul mot. Je n'ai plus aucun rapport avec mon frère. D'une certaine façon, je le comprends. Si ç'avait été le contraire, j'aurais fait pareil et je serais allé gueuler partout que c'était lui le coupable.

— Tu n'y es pour rien, répliqua-t-elle. C'est Marc qui a pris la décision de se supprimer. Tu le sais bien !

— Oui, mais il l'a fait avec mon arme de service, Susana. Et j'aurais dû m'apercevoir qu'il allait faire une connerie. J'ai été négligent. Et ça, c'est impardonnable.

Il tourna la tête et embrassa le lieu du regard.

— C'est terrible, Milo. Une mauvaise passe. Tu n'y pouvais rien, mon vieux.

— Joli bureau, dit-il.

— Oui, avec vue imprenable.

Un instant plus tard, ils éclatèrent de rire de conserve. Ce fut un rire chaud, spontané. Bienfaiteur.

Voilà de nombreuses années qu'ils s'étaient rencontrés, lorsque Milo était un agent tout juste sorti de l'académie de police de Mollet et qu'elle avait été forcée de devenir juge d'instruction après avoir sollicité sa mutation du tribunal d'instance, où elle avait exercé, pendant plusieurs années, la fonction de juge des tutelles. Cela s'était passé hors contexte professionnel, lors d'une entrevue fortuite qui s'était poursuivie chez Susana. C'était une séduisante femme de trente-quatre ans et lui un impressionnable jeune homme de vingt-cinq. Au début, elle jouait le rôle de l'adulte expérimentée et Milo celui de l'apprenti naïf ; mais quelque temps plus tard, l'élève avait dépassé le maître. Leur aventure avait duré près d'un an, puis elle s'aperçut qu'il commençait à s'éloigner d'elle et, un soir, avait décidé de mettre les pieds dans le plat. Milo lui avait alors avoué qu'il venait de rencontrer une femme très singulière qui avait complètement ébranlé sa conception de la vie. Après avoir beaucoup insisté, Susana réussit à lui tirer les vers du nez et apprit qu'il s'agissait d'Irene Margarit, la fille unique d'un des plus importants industriels du textile de la ville. Elle se permit alors d'insinuer que ce qui l'attirait réellement chez cette femme était son appartenance à la haute bourgeoisie catalane. Cela précipita la rupture et refroidit considérablement leur amitié. Après sa première explosion de jalousie, Susana accepta la situation avec une certaine philosophie. Elle se doutait depuis le début que sa relation n'avait pas d'avenir, que neuf ans de différence constituaient un abîme infranchissable. Voilà pourquoi, les premiers moments de tristesse passés, elle récupéra rapidement. Si quelque chose pouvait la caractériser, c'était bien sa maîtrise du sens commun dans le domaine des histoires de cœur. Elle disait : "C'est mon seul talent naturel, avoir la tête sur les épaules et ne jamais la perdre." Avec le temps, et leurs chemins s'entrecroisant sans cesse, à mesure qu'ils avançaient dans leur carrière respective, ils recouvrèrent leur amitié, qui devint bientôt une étroite complicité, au sein de laquelle elle ne pouvait s'empêcher de se sentir responsable de lui, comme une mère protectrice et Milo, lui, de se considérer toujours comme son soutien inconditionnel, concernant la vie sentimentale de Susana, habituellement si chaotique.

— Tu ne regrettes tout de même pas notre jeunesse ? voulut-elle savoir.

— Seulement quand j'ai mal au dos, dit-il en percevant une légère lueur de déception dans ses yeux, puis il ajouta : N'écoute pas ce que je dis. Après avoir foutu ma carrière en l'air et vu le désastre de ma vie actuelle, tu ferais mieux de m'oublier, c'est vraiment la meilleure chose que tu puisses faire.

— Je ne supporte pas que tu te poses en victime. Ça a le don de me foutre hors de moi.

— C'est pourtant la vérité. Je suis le seul responsable de ce qui m'arrive. Nul ne peut transformer le passé.

— Tu as appris d'autres recettes de ce genre dans tes foutus bouquins de développement personnel ? J'en ai plus que ras le bol de tes citations à la noix.

Milo ouvrit les bras. Il se pencha en avant.

— Au fait, la séquestration d'Eduard Pinto ? Tu as eu d'autres détails ?

Susana ouvrit un tiroir et en tira un dossier rouge. Elle le jeta sur la table.

— Tout est là-dedans. Il n'y a pas grand-chose. Il est sorti de son bureau de l'avenue Diagonal, est monté à bord de son Audi, et a été intercepté un peu avant d'arriver chez lui, avenue du Tibidabo. Sa femme a donné l'alerte lorsqu'elle s'est aperçue qu'il n'était pas rentré pour dîner. Elle l'a appelé plusieurs fois sur son portable et chaque fois elle est tombée sur la messagerie. Par la suite, l'Audi a été retrouvée abandonnée dans une rue toute proche. Sans empreintes, sans témoin, rien. On ignore s'il a été drogué ou si on l'a menacé avec une arme. Les gars du Département de recherche des personnes disparues ont d'abord pensé qu'il s'agissait d'un enlèvement et ils ont mis en place le dispositif habituel pour intercepter l'appel au secours. Mais ce dernier n'a jamais été passé. Tu connais le reste. Cinq jours plus tard, on a retrouvé son corps en flammes, suspendu à la façade de La Pedrera.

Ils se regardèrent sans dire un mot.

— C'est bizarre, ce feu, dit-il. Dans quelle direction est-ce que vous avez engagé l'enquête ?

— Dans toutes les directions et dans aucune. On s'est contentés de lancer des coups de sonde un peu partout, à l'aveugle. Et on n'a pas obtenu le moindre résultat.

Milo ouvrit le dossier et y jeta un coup d'œil rapide. Ensuite, il le reposa sur le bureau.

— Tu sais qui occupe le premier étage de la Casa Milà ? demanda-t-il.

— Personne, c'est une salle d'exposition.

— Et auparavant. Y avait quoi là-dedans ? Quelqu'un a habité cet endroit ?

— La seule chose que je sais, c'est que l'actuel propriétaire est la fondation Caixa Catalunya. Tu penses que la famille Milà, ou les descendants, s'il y en a, peuvent être mêlés à cette affaire ?

— Je dis seulement que j'aimerais en savoir davantage sur ce premier étage : s'il y a eu d'autres propriétaires ou d'autres locataires, par exemple. Ce crime a quelque chose à voir avec cet appartement, et particulièrement avec la pièce au balcon qui donne côté paseo de Gracia. L'assassin n'a pas suspendu sa victime dans un endroit pareil par hasard, tu comprends, Susana?

— Eh bien, vas-y! Commence à mener ton enquête, qu'est-ce que tu attends? dit la juge en se levant. Je viens avec toi au commissariat central?

— Ça va pas, non, fit Milo irrité. Il ne manquerait plus que ça, que je retourne au commissariat bras dessus bras dessous avec le juge de l'affaire. Le chef Bastos est au courant de mon retour, aujourd'hui, maintenant?

— Il doit être en train de t'attendre, en ce moment même d'ailleurs. Ensuite, il a prévu une réunion avec le reste des inspecteurs du Groupe. Tu es en retard, une fois de plus, Milo.

— Merde alors! s'exclama-t-il en se redressant d'un coup. Il ne me manquait plus que ça : mal commencer de cette façon.

— Je l'appelle tout de suite et je lui dis que c'est moi qui t'ai retenu, lança-t-elle en lui tendant le dossier. Tu peux l'emporter, c'est juste une copie.

Milo saisit les papiers tandis que la sonnerie du téléphone retentissait.

— Ce doit être le maire, à tous les coups. Il m'appelle tous les quarts d'heure pour me demander où en est l'enquête, expliqua Susana.

Milo ferma la porte, puis la rouvrit immédiatement après. Il passa la tête dans le bureau.

— Merci, Susana. À charge de revanche, lança-t-il. Que dirais-tu d'un dîner un de ces soirs?

La juge fit un geste, comme si elle chassait une mouche, puis elle s'adressa au maire.

Il roula vitres baissées. La Volkswagen ne possédait pas la climatisation et la fournaise était déjà étouffante, alors qu'il n'était même pas encore midi. Le thermomètre indiquait trente-huit degrés, mais en y ajoutant l'humidité de l'air, il calcula qu'il devait faire autour de quarante degrés et plus. Il sentait son dos tout mouillé de sueur et l'air pénétrant dans le véhicule était torride, irrespirable. Il accéléra sur le dernier tronçon de la rue Entenza et tourna à gauche pour prendre la Travessera de les Corts.

Quelques mètres plus loin, il aperçut le bâtiment du commissariat central, une construction singulière, moderne, impossible à confondre avec sa façade complètement couverte de vitres, aux montants blancs, sur lesquels rebondissaient les rayons scintillants du soleil. C'est là que se trouvait le siège des différentes sections composant la Division d'enquêtes criminelles, ainsi que les bureaux correspondant à chacun des services concernés.

À peine après avoir franchi l'entrée, il tourna à gauche pour prendre la légère descente menant au parking. Il s'arrêta devant la guérite où un agent armé, assisté d'un petit ventilateur, se protégeait de la canicule.

— Inspecteur Malart ? dit-il tout surpris avec un porte-bloc-notes à la main, puis il abandonna la guérite et s'approcha de sa vitre. Que nous vaut l'honneur ?

— Le travail, mon vieux, tu vas à nouveau souvent voir ma vilaine figure. Les chefs ont parfois des idées étranges.

— Une bonne nouvelle, monsieur, mais…

L'agent hésita. Il jeta un coup d'œil à la liste de son bloc-notes :

— Mais vous n'êtes pas sur la liste ! Et comme vous arrivez dans votre véhicule personnel, n'est-ce pas… vous n'avez pas l'autorisation de…

— Personne ne vous a prévenu de mon retour, aujourd'hui ?

— Le chef Singla ne m'a absolument rien dit.

En poussant un profond soupir de mécontentement, il lui demanda d'appeler au quatrième étage. L'agent porta sa main à l'interphone accroché à son épaule et eut une brève conversation.

— Tout est en ordre, dit-il un instant plus tard. Simple malentendu. Je vous ouvre tout de suite, inspecteur Malart.

Il démarra en faisant méchamment crisser ses pneus et roula à travers le vaste parking à la recherche d'une place libre, près de l'ascenseur. Elles étaient toutes assez éloignées et il abandonna sa voiture n'importe où. Il saisit le dossier rouge et descendit du véhicule. Devant les ascenseurs, il découvrit qu'il n'avait pas non plus sa carte d'accès. Grognant entre ses dents, il se dit qu'il valait mieux ne pas perdre son calme, sortir dans la rue et pénétrer dans le bâtiment comme n'importe quel autre citoyen. Dehors, la chaleur le frappa violemment. Sous un soleil de plomb, il parcourut la distance qui le séparait de l'entrée principale. Avant d'en franchir le seuil, il s'arrêta un instant, aspira une grande bouffée d'air et, tandis que le planton portait une main à sa tempe, il accéda au hall d'entrée.

À peine à l'intérieur, il fut saisi par le brusque changement de température. Malgré les restrictions et la nouvelle politique d'austérité dues à la crise, les puissants climatiseurs tournaient à plein régime pour rafraîchir l'atmosphère et la ramener à quelque vingt degrés. Tandis qu'il décollait sa chemise de sa peau, il accéléra le pas pour traverser le hall. Il laissa derrière lui les comptoirs où l'on enregistrait les mains courantes et se dirigea vers les ascenseurs. Il appuya sur le bouton d'appel. Après avoir entendu le bref signal sonore, il pénétra dans la cabine, pressa le bouton du cinquième étage. Se rappelant la caméra dissimulée derrière la grille du plafond, il baissa la tête et enfonça les mains dans ses poches.

Les portes s'ouvrirent. Sans prêter attention aux regards des agents et des officiers qu'il croisait, il avança en direction du bureau du commissaire en chef Benet Bastos.

Il s'immobilisa sur le seuil de la porte.

— Entrez, je vous en prie, dit le commissaire tout en continuant à fixer un tas de documents posés sur le vaste bureau en cerisier. Comme d'habitude, vous êtes en retard.

— La juge Cabot m'a retenu et…

— Je sais, elle m'a prévenu de votre contretemps, coupa-t-il en levant la tête pour le fixer dans les yeux. Vous avez une protectrice extrêmement attentionnée, inspecteur Malart. Et même… véhémente, dirais-je.

Milo demeura silencieux.

— Elle m'a appelé plus de vingt fois par jour pour me convaincre de la nécessité de votre retour, de geler votre mise à pied et tout le reste. D'après elle, il nous est impossible de vivre sans vous.

— C'est-à-dire que…

— Il n'est pas nécessaire de vous justifier, mon cher. La juge Cabot est une femme admirable, et si elle pense que nous ne pouvons pas vivre sans vous, c'est que nous ne pouvons pas vivre sans vous, un point c'est tout.

Milo continua à ne pas piper.

— Pendant les deux années où j'ai dirigé cette division, je n'ai jamais rencontré une personne aussi têtue qu'elle. Il est clair que la juge sait parfaitement exercer les pressions. Mais moi, les pressions, je n'en ai rien à faire, voyez-vous.

Bastos plissa les yeux. Il avait l'habitude de laisser planer de longs silences pour concentrer toute l'attention sur lui ou pour mettre son interlocuteur mal à l'aise. Ce n'était pas un homme issu de la maison, pas un militaire, il venait du milieu politique, et sa nomination était uniquement due à son expérience de gestionnaire. Un de ses traits de caractère les plus affirmés était sa suspicion permanente, envers tout et tout le monde.

Après quelques secondes qui semblèrent aussi longues que plusieurs minutes, il poursuivit :

— Nonobstant, il se pourrait bien que dans ce cas-ci, la juge ait entièrement raison. J'insiste : uniquement dans ce cas-ci. Et je m'explique : peut-être votre contribution va-t-elle pouvoir nous aider à élucider cette maudite affaire. Nous le verrons bien dans les prochains jours. Asseyez-vous et allons droit au but, inspecteur Malart.

Milo occupa la seule chaise qui se trouvait devant la table de son supérieur et attendit.

Le commissaire rangea les papiers qui se trouvaient sur son bureau dans un dossier, le referma et alla le classer dans une armoire métallique située contre le mur. Comme à d'autres reprises, Milo se sentit intimidé par sa corpulence. Tout, chez lui, était immense, c'était une vraie masse. Sa tête chauve, aussi énorme qu'une pastèque, était directement posée sur ses larges épaules, sans cou apparent. C'était un géant – aux bras aussi épais que des poutres – qui se déplaçait en revanche avec la souplesse et l'agilité d'un félin.

— Les affaires d'homicide qu'on ne parvient pas à résoudre sous quarante-huit heures, dit Bastos en reprenant place sur son siège, finissent en général aux archives. Mais cette fois, il faut que les choses se passent différemment.

D'accord avec son chef, Milo fit oui de la tête.

— Car moi, je me moque des statistiques, ajouta le commissaire-chef.

Milo acquiesça à nouveau en silence.

Bastos fit une longue pause, se pencha vers l'inspecteur et pointa son doigt sur lui.

— Ôtez-moi d'un doute, monsieur Malart. Vous êtes un clown qui veut se moquer de nous ou un inspecteur compétent, comme l'affirme la juge Cabot ? J'avoue que je ne sais que penser.

Milo soutint son regard sans se démonter.

— Je ne vous le reproche pas, moi non plus je ne sais que penser de moi, dit-il.

Le chef Bastos se frotta le menton d'une main. Puis il se balança un instant sur sa chaise.

— Votre mise à pied est gelée dans l'attente de vos futurs résultats et de leur évaluation, dit-il d'une voix rocailleuse. Profitez-en. Mais je ne veux plus de problèmes… compris ? J'ai des choses plus importantes à faire que de m'occuper de vos luttes intestines, de cours de récréation. Vous rendrez des comptes à l'inspecteur-chef Singla et j'espère que vos rapports seront désormais parfaitement cordiaux. Je ne veux plus entendre de plainte à votre propos. Pas une seule. Me suis-je clairement fait comprendre ?

— On ne peut plus clairement, chef. Quand pourrais-je récupérer mon arme et ma plaque ? demanda-t-il avec méfiance.

Bastos ouvrit un des tiroirs de son bureau.

— Voilà votre plaque et une arme, mais ce n'est pas la vôtre, dit-il en la lui tendant. La vôtre se trouve dans un sac en plastique scellé, avec un numéro de procédure policière. Elle constitue une preuve dans le procès qui doit avoir lieu pour imprudence et négligence ayant entraîné le suicide de votre neveu, ajouta-t-il le regard sévère.

Sans pouvoir contrôler une crispation croissante, Milo prit le pistolet dans ses mains, s'empressa de l'extraire de son holster, et vit qu'il s'agissait d'un HK identique au sien. Il le glissa dans sa ceinture, au niveau du dos, et ramassa l'étui de cuir contenant la plaque qu'il accrocha également à sa ceinture, mais devant cette fois-ci. Immédiatement après, d'une voix neutre, il réclama la carte magnétique permettant l'accès à l'ascenseur depuis le parking. Bastos fouilla dans son tiroir et la lui jeta sur le bureau.

— Étant donné votre situation, vous serez exempté de gardes, dit-il. La seule chose que j'attends de vous, c'est de trouver un nouveau point d'attaque dans cette enquête, de mettre en œuvre votre vision tout à fait particulière. En échange, et ainsi que la juge Cabot a déjà dû vous le dire, vous serez obligé de consulter une fois par semaine un psychologue qui a l'habitude de collaborer avec nous dans certains cas de troubles ou de stress dus au travail.

— Je ne suis pas stressé, chef. Ça fait deux mois que je me repose, rétorqua-t-il. Et à propos du reste, le fait qu'il existe des antécédents de schizophrénie dans ma famille n'implique pas que j'en sois également victime.

— Nous possédons tous un seuil de douleur émotionnelle, et en ce qui vous concerne, il est évident que vous avez amplement dépassé le vôtre.

Milo se dandina sur sa chaise.

— Ce n'est pas moi qui le dis, expliqua Bastos, c'est ce qu'a prétendu le psychologue après avoir pris connaissance de votre dossier pendant cinq bonnes minutes. Je devrais dire : la psychologue. Son nom est Judit Gaig. Voici sa carte de visite. Vous avez rendez-vous avec elle aujourd'hui même, en fin d'après-midi, à sept heures. Elle a obtenu des résultats spectaculaires avec d'autres agents frappés de troubles du même type que les vôtres. Vous pouvez lui faire entièrement confiance.

En silence, Milo ramassa les deux cartes et les glissa dans la poche arrière de son pantalon. Luttant pour ne pas répliquer, il attendit les instructions supplémentaires.

— La sous-inspectrice Rebeca Mercader fera équipe avec vous. Elle vient de Gérone, elle était affectée aux services techniques, et elle a fait plusieurs stages à l'étranger sur l'analyse de la conduite criminelle. Elle possède un excellent dossier. Le chef Singla se chargera de vous présenter l'un à l'autre.

Considérant l'entretien terminé, Milo se redressa.

— Vous êtes pressé ? demanda le commissaire.

— Je ne voudrais pas rater la réunion avec les autres inspecteurs.

— Singla vous mettra au courant, dit Bastos. Et concentrez-vous bien sur cette affaire, inspecteur Malart. Tout cela est très irrégulier, mais nous sommes également face à quelque chose bien au-delà du normal. Je veux que vous vous focalisiez sur ce crime, à cent pour cent, inspecteur. Nous attendons encore de grandes choses de vous.

La colère commença à submerger Milo, le saisissant tout à coup à la gorge.

— Et n'oubliez pas, ajouta Bastos, zéro erreur. Vous avez bien compris, n'est-ce pas ?

— On ne peut mieux, chef. Juste une chose : étant donné que je suis de retour et la singularité de toute cette situation, j'aimerais pouvoir récupérer le salaire des deux mois pendant lesquels j'ai été en congé.

— Disparaissez et ne gâchez surtout pas la chance qui vous est donnée, Malart.

— C'est sérieux, chef. Je n'ai vraiment plus une tune et j'en ai besoin, ne serait-ce que pour me déplacer en ville.

Bastos le foudroya du regard.

— Je verrai ce que je peux faire, lâcha-t-il amèrement. Il écrasa une touche du téléphone. Inspecteur-chef Singla, je vous envoie Malart. Faites-lui un compte rendu détaillé de la réunion, je vous prie.

Milo détestait tout cela. Les insinuations voilées, les doutes à son propos. Il s'y attendait, mais cela l'irritait tout de même. Il préférait le système d'Emilio Vilaplana, le prédécesseur de Bastos. Avec lui, il était possible de parler d'homme à homme, sans ambages. Il faut dire que, contrairement à Bastos, ce dernier avait obtenu son poste grâce à ses mérites d'enquêteur. Il connaissait le métier du dedans, les problèmes des inspecteurs, etc. Son seul tort avait été de ne pas se laisser faire par les politiques et, à l'occasion de la dernière restructuration, il avait été tout simplement relevé de ses fonctions.

Milo se rappela qu'il devait encore affronter Singla et il laissa échapper un profond soupir. Plusieurs officiers qui attendaient devant l'ascenseur le détaillèrent avec une certaine perplexité. Passant outre leur regard, il poussa la porte donnant sur l'escalier et descendit à pied jusqu'au quatrième étage.

S'arrêtant à la dernière volée, il s'efforça de se calmer : le corps, l'esprit et le cœur, dans cet ordre. Ensuite, il descendit les dernières marches et accéda aux bureaux du GEHME, Grupo Especial de Homicidios de los Mossos d'Esquadra, le Groupe spécial d'homicides de la police de Catalogne : "le Groupe", abrégeait-on au sein du commissariat.

Il avança le long du couloir et déboucha sur le vaste bureau où étaient disposées une vingtaine de tables. Dans le fond, on pouvait voir le bureau de l'inspecteur-chef, Jordi Singla. À travers les stores, il s'aperçut qu'il était en réunion avec plusieurs personnes. Pressant le pas, il rendit quelques saluts de-ci de-là et fit le sourd à quelques commentaires proférés dans son dos.

Il entra sans frapper et ne put réprimer un éternuement.

Quatre visages se tournèrent vers lui. Bruno Bachs, avec qui il avait fait équipe avant sa mise à pied, arrangea sa frange blonde. Goyo Bonhora, le légiste-chef, se balança sur sa chaise. D'abord surpris par l'irruption de Milo, son visage s'illumina tout de suite après d'une franche cordialité.

— À tes souhaits, dit-il.

— Putain de clim ! se justifia Milo.

Devant lui, une femme se tordit le cou pour l'observer. Elle avait des traits agréables ; ses yeux gris, félins, se détachaient de son visage encadré par de longs cheveux blonds. Elle portait un jean délavé, un tee-shirt noir avec le sigle FBI et des chaussures de sport blanches. Au premier abord, elle lui fit l'effet d'une femme efficace, froide et chaleureuse à la fois. La tension de son corps et sa façon de plisser les lèvres lui permirent également de détecter un léger besoin d'être reconnue dans son travail.

— Voilà l'artiste ! dit une voix. On a oublié de lui dérouler le tapis rouge…

— Inspecteur-chef, salua Milo.

Jordi Singla se redressa sur son siège, attrapa une tasse et but une gorgée, tandis que ses yeux minuscules lançaient des éclairs d'animosité. Son teint pâle et son visage creusé trahissaient sa difficulté à dormir, ces derniers temps. Cheveux poivre et sel, sourcils fournis, moustache brune et peau constellée de marques de variole. La coupe de ses vêtements était toujours on ne peut plus classique. Épaules étroites, avec une sempiternelle cravate assortie à sa chemise bleue aux manches soigneusement retroussées, il appuya ses avant-bras sur la table, près de la tasse.

Milo repéra qu'il n'y avait pas de chaise libre et demeura debout, comme un collégien puni devant ses camarades. Tenant fermement le dossier rouge que lui avait remis la juge Cabot, il évita de laisser transparaître son malaise. Il savait que Singla donnait tout simplement libre cours à son esprit vengeur : "Tu m'as fracturé la pommette, eh bien moi je vais te compliquer la vie du mieux que je peux."

— Tu es en retard, tu as raté la réunion, dit-il. À ce que je vois, ta chère amie la juge t'a déjà remis une copie du dossier, alors inutile de perdre notre temps à te mettre au courant des derniers développements de l'enquête.

— Oui, mais… j'ai quelques questions.

— Vas-y. Mais je te préviens qu'on n'a pas de temps à perdre, ce matin.

Milo appuya son pouce sur sa plaque et fit passer le poids de son corps d'une jambe sur l'autre.

— Qu'avez-vous encore sur Eduard Pinto ? demanda-t-il. Vous êtes sûrs qu'il n'a rien à se reprocher ? Aucun cadavre dans le placard ?

— Pour l'instant, pas qu'on sache. Rojo et Cervera cherchent dans cette direction.

— Et sur la veuve ? ajouta-t-il en ouvrant le dossier et en parcourant les documents en diagonale jusqu'à tomber sur son nom. Vous avez quelque chose de plus sur Laia Subirats ?

— Moi, je peux répondre, intervint l'inspecteur Bachs. Elle a une liaison avec un architecte, un dénommé Enric Matas. Mais on ignore si tout ça peut avoir un rapport quelconque avec notre affaire. On est en train d'éplucher la vie de ce type et pour l'instant on n'a absolument rien trouvé, mon vieux. Ce sont des gens tout à fait civilisés.

— Et dans son passé ? Quelqu'un nourrissait-il de vieux désirs de vengeance ?

— On est remonté dix ans en arrière et on n'a rien trouvé du tout, dit la femme aux yeux gris. Les collègues du Département du patrimoine et des fraudes n'ont trouvé aucune irrégularité, pas la moindre trace de malversation. Au fait, je suis la sous-inspectrice Rebeca Mercader.

— Il n'y a vraiment rien qui pourrait dégager un petit relent de corruption, c'est sûr, ça ? poursuivit Milo.

La femme fit non de la tête. Elle pinça ses lèvres jusqu'à former une fine ligne blanche avec sa bouche.

— Bien. Et qu'est-ce qu'on sait de l'assassin ?

— Presque rien, répondit Bonhora, juste ce qu'on peut tirer de l'enregistrement des caméras de surveillance. Et c'est vraiment pas grand-chose. On peut acheter son équipement de motard dans n'importe quelle boutique spécialisée ; il y en a à la pelle. Barcelone possède une grande tradition motocycliste, alors de ce côté-là on ne découvrira rien du tout. Et c'est la même chose pour le câble d'acier, on peut en acheter dans n'importe quelle quincaillerie. Pour le Zippo, c'est pareil ; sans empreintes, il est impossible de suivre une piste. Le combustible est de l'essence. Et pour s'assurer que le corps brûlerait facilement, il l'a d'abord enduit d'huile de moteur afin que l'essence adhère bien à ses vêtements, à sa peau et à ses cheveux. On a prélevé des traces de cette huile dans le véhicule des Parcs & Jardins, sur les sièges, le volant et les portières.

— Et alors ? voulut savoir Milo.

— Ça suit les règles du modèle de la bombe incendiaire. Je m'explique : la combustion d'un corps humain se produit lorsque…

— Bonhora, on sait déjà tout ça et tu vas pas nous l'expliquer encore une fois, coupa brutalement Singla. Tu lui raconteras le principe de la combustion tout à l'heure, en privé. Question suivante.

— Ateliers de mécanique, concessionnaires ?

— Foutaises, répliqua Singla. On ne peut pas tous les visiter. Il s'agit d'une huile tout ce qu'il y a de plus courant et normal, n'importe quel mécanicien en utilise, y compris les nôtres, en bas, pour le parc de véhicules.

— Et en parlant de véhicules, vous savez qui est l'employé qui a abandonné celui des Parcs & Jardins dans le quartier ? Pour quelle raison ? Est-ce qu'il possède des antécédents ?

— Il s'agit d'un petit malin, répondit Bruno. Un gars qui n'avait pas achevé son travail. Et au lieu de rapporter le camion au garage, il l'a garé à l'angle de la Rambla Cataluña et de la rue Consejo de Ciento, par commodité, pour finir le lendemain. On l'a longuement interrogé et il est hors de tout soupçon.

— On élague les arbres au mois de juillet, maintenant ? C'est assez surprenant, non ? Pas très habituel, que je sache.

— Non, c'est un employé qui s'occupe de la maintenance de l'éclairage. Apparemment aucune plateforme élévatrice n'était disponible et il s'est fait prêter le véhicule des Parcs & Jardins. Quelqu'un avait appelé le 010 pour signaler que les ampoules de plusieurs lampadaires du paseo de Gracia avaient été cassées et les employés de la mairie ont donné l'ordre de les remplacer tout de suite. C'était l'œuvre d'un petit voyou... comme d'habitude.

Milo fronça les sourcils et prit mentalement note du détail.

— Encore une question, l'artiste ? demanda Singla. Il commence à se faire tard, tu sais.

— Quelqu'un a visité l'appartement du premier étage de la Casa Milà ?

— Victor et moi-même, répondit Bachs. C'est une vaste salle toute vide, très belle et tout ça, mais rien de plus. On l'utilise parfois comme salle de conférences et...

— D'accord, mais il n'y a vraiment rien du tout ? coupa Milo.

— Des fenêtres, des plafonds spectaculaires, des colonnes et rien d'autre, non. Je te l'ai déjà dit, c'est très beau.

— On est en train de perdre notre temps avec cette conversation, intervint Singla. Tu n'avais qu'à arriver plus tôt. On ne va pas refaire toute la réunion pour toi ! Tu liras ça dans le compte rendu, mon vieux.

— Un instant. Et à propos d'internet ? Vous avez localisé l'adresse IP ?

— C'est aussi une impasse, répondit la sous-inspectrice. L'assassin a posté son enregistrement numérique depuis un cybercafé du Raval fréquenté par de nombreuses personnes : des hommes et des femmes de tous âges et de toute condition. Personne ne se rappelle quelque chose en particulier, rien qui ait pu attirer l'attention. Une autre piste impossible à suivre. Tant qu'on n'aura pas établi le portrait-robot d'un éventuel suspect…

— Ce type sait parfaitement se protéger, coupa Milo. Ce qui m'étonne vraiment, c'est son audace. Il suspend la victime, la brûle, et personne ne fait quoi que ce soit pour éviter ça… au moins donner l'alerte ?

— Et ça t'étonne ? dit Singla. Dans cette ville, les gens sont habitués aux feux et tout ça s'est passé en seulement quelques minutes. Quand les automobilistes qui circulaient à cette heure-là s'en sont aperçus, il était déjà trop tard. Le feu et la ville marchent ensemble, main dans la main. C'est terminé, plus de questions, maintenant ?

— J'ai besoin de voir les deux vidéos, celle de l'assassin et celle des caméras de surveillance.

— Arrête de pinailler, coupa Singla. Fin de la réunion. Tout le monde a reçu ses instructions ? ajouta-t-il.

Et tandis que Bachs, Bonhora et Mercader se levaient, il dit :

— Et cette fois, pas de fuites dans la presse, Malart ? Compris ? L'odeur du sang, dans ce cas-ci de la chair cramée, est en train de faire tourner la tête aux journalistes. Je voulais que tu le saches, les autres sont déjà au courant. Et à présent tu restes ici, je voudrais m'entretenir un instant avec toi.

Milo sentit le rouge lui monter aux joues.

— Bon courage, lui murmura Bonhora en passant à ses côtés. Je suis ravi de te voir.

— Quand peut-on se parler ? demanda Milo, le regard toujours rivé sur Singla.

— Quand tu voudras, tu sais où me trouver. Et puis, ne t'en fais pas, mon vieux, tu connais l'animal…

— Je voulais t'apporter un cadeau de bienvenue, mais je n'en ai pas eu le temps, blagua Bruno en défilant à la suite de Bonhora. On se voit tout à l'heure.

La dernière à sortir du bureau de l'inspecteur-chef fut la femme au regard félin.

— Tu as fait une entrée fracassante, dit-elle. Je suis ta nouvelle équipière. Je me présente : Rebeca Mercader.

— Malart, ferme cette porte une bonne fois pour toutes, ordonna Singla.

Milo fit la moue et, devant l'air abasourdi de la sous-inspectrice, lui claqua la porte au nez. Ensuite, il s'approcha du bureau, tandis que Singla portait à nouveau la tasse à ses lèvres.

— L'histoire des fuites à la presse, en me désignant ostensiblement devant tout le monde, était un coup bas dont tu aurais pu te passer, Singla, dit-il. Je peux comprendre tes problèmes envers moi, mais s'il te plaît laisse le Groupe en dehors de tout ça.

— Tu es en train de me donner des ordres, ou je me trompe ?

— C'est bien de passer l'éponge, tu sais, c'est même une attitude louable. On se sent mieux ensuite. De mon côté, il y a longtemps que c'est déjà fait.

— Tu as passé l'éponge ? Alors là, tu manques pas d'air, mon vieux ! vociféra Singla. Tu continues à te foutre de moi, Malart !

— Ce n'est pas moi qui ai demandé à revenir, on est venu me chercher, un point c'est tout.

— Oui, je sais que tu as d'excellentes relations, dit Singla d'un air méprisant. Mais les ordres ne disent pas que je suis obligé de te faciliter les choses, compris ?

— Ce n'est pas ce que je demande. Mais essayer de bousiller mon enquête, n'est pas ce qu'il y a de plus correct, non plus.

— Ton enquête ? Au cas où tu ne le saurais pas, c'est moi qui commande ici, et c'est moi qui donne les ordres aussi. Je ne t'aime pas Malart. Tu fais ta star, avec tes airs d'illuminé et toutes ces conneries du même genre, mais moi tu ne m'impressionnes pas. Tu as eu quelques succès par le passé, je l'admets, mais sans le reste de l'équipe tu n'aurais rien résolu du tout. Je ne peux pas blairer les vedettes, les mecs qui se croient exceptionnels. Ils ne font pas de bien à l'équipe, ils ne font que générer des conflits. Et tu en fais partie.

— C'est ton opinion, rétorqua Milo. Mais ce n'est certainement pas parce que tu vas la ressasser à l'infini qu'elle finira par devenir vraie.

— Si j'étais toi, je retournerais en rampant dans le trou d'où tu viens de sortir.

— Négatif, chef. Il n'y fait pas aussi frais qu'ici.

Singla fit claquer sa langue et secoua la tête.

— Mauvaise décision, reprit-il.

— C'est mon problème.

— Non. Ton problème, c'est moi, rétorqua-t-il en passant le bout de ses doigts sur sa pommette. J'attends toujours tes excuses.

Milo se dirigea vers la porte, saisit la poignée. La voix de Singla l'arrêta net.

— On t'a collé un chaperon, c'est la sous-inspectrice Mercader.

Il prit un dossier sur le bureau et, sans lever les yeux, lui annonça :

— C'est elle qui occupe ton poste de travail à présent. Le tien est désormais dans le coin, au fond… juste à côté des chiottes. Moi, je voulais te coller dans le placard à balais, serpillières et tout le reste.

Milo quitta le bureau de Singla en direction de son nouveau poste de travail. Il glissa la chemise rouge dans un des tiroirs. Ensuite, il se dirigea vers celui du sergent Toni Crespo, l'expert en recherche de renseignements.

Bachs vint à sa rencontre.

— À la tête que tu fais, je parie que ta conversation avec le chef ne s'est pas du tout bien passée.

— Très perspicace, dit Milo en lui serrant la main à contrecœur.

— Non, mais il fallait tout simplement s'y attendre. On a dû lui recoudre la mâchoire pour que l'os se ressoude et je crois qu'il a passé trois semaines à bouffer de la bouillie à la paille. Tu ne l'as pas raté, mon vieux.

— Ne m'appelle pas mon vieux, je ne suis pas ton vieux. On parlera plus tard. À présent, je dois aller à La Pedrera.

— Victor et moi, on a déjà visité la pièce du premier étage, répéta-t-il.

— Oui mais je veux la voir de mes propres yeux. Ça te pose un problème ?

Bachs leva les yeux au ciel et le regarda s'éloigner. Il n'y avait pas si longtemps que leurs vies avaient suivi des chemins parallèles. Ils étaient entrés en même temps à l'académie de police, avaient réussi leurs examens aussi brillamment l'un que l'autre, et avaient été tous deux nommés au district policier de Gérone. Là, en attendant le transfert de compétences faisant partie du plan de remplacement de la police nationale, ils avaient progressé ensemble dans la hiérarchie jusqu'à atteindre le grade de sous-inspecteurs. C'est au district policier de Gérone qu'Emilio Vilaplana, leur chef d'alors, avait commencé à leur insuffler un esprit de compétition. Puis, lorsque le transfert des attributions du district policier de la métropole de Barcelone avait eu lieu, il les avait emmenés avec lui au GEHME et avait décidé qu'ils feraient équipe. Ce fut une équipe gagnante, mais singulière – Bruno était plutôt farceur et bavard, et Milo sérieux et plus réservé –, et ils obtinrent le grade d'inspecteur en même temps. Puis des frictions commencèrent à surgir entre eux et le tandem finit par brusquement se détruire.

L'inspecteur Malart se planta devant le bureau du sergent Crespo.

— Toni, comment tu vas ? J'aimerais que tu me fasses un historique complet de l'appartement situé au premier étage de la Casa Milà. Anciens locataires, propriétaires... tu vois ce que je veux dire. Puis, j'aimerais avoir un dossier professionnel et personnel sur Eduard Pinto ; responsabilités passées et présentes, camarades de travail, école fréquentée, avec qui flirtait-il à la sortie. Je voudrais tout savoir. Et aussi, que tu consultes avec les gars de la circulation les PV qui ont été dressés le jour de l'assassinat dans un rayon de... disons dix pâtés de maisons à partir de La Pedrera, et dans un laps de temps de douze heures avant que la victime ne soit suspendue au balcon. Et enfin, que tu obtiennes l'enregistrement de l'appel au 010 où on prévenait de la destruction des ampoules. Ah, et il me faudra aussi visionner les deux vidéos.

— Je m'y mets tout de suite, répondit Crespo en cessant de prendre des notes.

Il avait trente ans à peine passés, était un peu obèse et ses cheveux commençaient à se raréfier. Il avait l'air distrait des génies informatiques.

— Pour ce qui concerne la vie de Pinto, le travail est déjà fait ; la sous-inspectrice a déjà demandé un dossier sur le sujet et je le lui ai remis. Et à propos des vidéos je peux te les passer tout de suite, si tu veux, dans la salle de projection. C'est un plaisir de travailler à nouveau avec toi, inspecteur.

— Laissons les vidéos pour plus tard. Moi aussi, je suis ravi de te revoir, Toni.

Il tourna les talons et se dirigea vers l'ascenseur, où il tomba nez à nez avec la femme aux yeux gris.

— Inspecteur Malart, je suis la sous-inspectrice Rebeca Mercader, ta nouvelle équipière, et…

— Oui, tu me l'as déjà dit, coupa Milo en reprenant son chemin.

Rebeca le poursuivit d'un air furieux.

— On peut savoir ce que tu as contre moi, hurla-t-elle tandis que plusieurs têtes se tournaient dans sa direction et que Milo s'arrêtait. Oui, inspecteur, on peut savoir à quoi tu joues ? À m'éviter ? Ça fait trois fois maintenant.

— Tu as raison, j'aurais dû te saluer, me montrer courtois, normal. Mais je ne l'ai pas fait parce que je ne suis ni l'un ni l'autre. Aujourd'hui, la journée va être très longue et j'ai mal à la tête rien que d'y penser. À présent, si tu veux bien m'excuser, j'ai affaire ailleurs, dit-il en se remettant à marcher.

— Non, je ne t'excuse pas, dit-elle en lui emboîtant le pas. Je suis en train de te parler, au cas où tu ne le saurais pas.

Milo s'arrêta une nouvelle fois.

— Où tu vas ? demanda-t-il.

— Je te suis.

— Même pas en rêve.

Il démarra à nouveau et Rebeca en fit autant.

— C'est ridicule, inspecteur Malart, dit-elle tout essoufflée. Que tu le veuilles ou pas, je vais te suivre, ce sont les ordres. Alors on peut s'y prendre de deux façons différentes : de bon gré, autrement dit de façon sensée, ou de mauvais gré, comme à présent, c'est-à-dire de façon absurde et pathétique.

Ils atteignirent l'ascenseur et Milo appuya sur le bouton d'appel. Il réfléchit un instant.

— D'accord, tête de pioche, tu as gagné, dit-il. Va chercher une voiture du Groupe et retrouve-moi à l'entrée ; la mienne n'a pas la clim. Et rapporte-moi un appareil photo aussi, on risque d'en avoir besoin.

Les portes de l'ascenseur s'ouvrirent, Milo entra dans la cabine et choisit le bouton du rez-de-chaussée.

— Pourquoi tu es aussi pressé ? demanda Rebeca perplexe.

— Programme pour aujourd'hui : expirer, inspirer, expirer, cita-t-il et, un instant avant que l'ascenseur ne se referme, il précisa : *Dixit* Bouddha.

Tout le temps de la descente, il fixa le sol et demeura les mains dans ses poches. Une fois au rez-de-chaussée, il pressa le pas et sortit du bâtiment.

Dans la rue, malgré le soleil qui tapait de plus en plus fort, il respira, enfin soulagé.

3

— Les hommes d'abord, dit Rebeca, en cédant le passage à Milo qui pénétra le premier dans le salon du premier étage de La Pedrera. Tu vois, moi je suis bien élevée, courtoise aussi.

Après qu'elle était passée le prendre devant le commissariat, ils avaient effectué le trajet en silence. La sous-inspectrice avait choisi, parmi tous les véhicules disponibles du parc, une Seat León couleur ardoise, sans identification extérieure. Ensuite, sans piper, elle avait habilement conduit dans la circulation dense de la ville, évitant les petits bouchons, sans se presser. Sérieuse et concentrée, elle avait gardé le regard rivé sur le trafic, afin de montrer qu'elle était fâchée. Milo faisait mine de ne pas s'en apercevoir, il se contentait de regarder les rues à travers la vitre latérale. Plus décontracté, il l'observa en train de se garer sur une place de livraison, à quelques mètres du bâtiment. Elle saisit dans la boîte à gants un carton bleu où l'on pouvait voir le logotype de la police de Barcelone et le plaça sur le tableau de bord, tout près du pare-brise, bien visible. Ils abandonnèrent le véhicule et, toujours en silence, se dirigèrent vers la Casa Milà. À l'entrée, Milo examina la file de gens qui attendaient pour aller la visiter et qui s'allongeait sur un demi-pâté de maisons, dans la rue Provenza, en majorité des touristes. Rebeca se présenta et demanda où se trouvait l'agent responsable de la sécurité et celui-ci, examinant au préalable leurs plaques respectives, les conduisit jusqu'au premier étage, les précédant dans l'escalier pour leur ouvrir la porte du salon. Ce dernier était complètement vide. Après les avoir priés de le prévenir de leur départ, il les laissa seuls.

La beauté de la vaste demeure coupa le souffle à Rebeca. Sans meubles et sans objets, la pièce possédait une forme irrégulière aux murs sinueux. Fidèle à son style novateur, Gaudí avait réussi à créer un large espace, sans cloison ni mur porteur, mais avec des piliers afin de pouvoir le diviser à sa guise, et sans la moindre ligne droite, sa particularité la plus spectaculaire, étant donné la difficulté que cela supposait. Tout dans ce lieu évoquait des impressions et des images marines. Sur le sol, les hexagones vert clair, légèrement en relief, représentaient des escargots de mer. Et sur les plafonds, sculptés dans le stuc, des motifs de flore marine, la surface ondulée de l'eau agitée par le vent, et les spirales et l'écume des tourbillons au moment où la vague atteint le sable de la plage.

Rebeca siffla d'admiration et vint se placer au centre du salon. Dans son dos, Milo demeura immobile, attentif à tous les détails.

— C'était la résidence de la famille Milà ? demanda-t-il.

— Je crois que oui. D'après ce que j'ai lu, il paraît que Mme Milà a rendu la vie impossible à Gaudí. Elle avait soudain été effarée par l'ampleur toujours croissante que prenait le budget et elle lui avait demandé d'abandonner une multitude d'idées qu'il voulait appliquer ici. Puis, à peine l'œuvre achevée, la première chose que fit Mme Milà fut de tout cacher derrière sa nouvelle décoration, y compris les colonnes, dit-elle en pointant un doigt sur elles, plus en accord avec le goût bourgeois de l'époque. Tu imagines ? Le génie se presse les neurones et la maîtresse de maison masque ses stucs et ses colonnes par crainte du qu'en-dira-t-on. Incroyable ! dit Rebeca, et sans se retourner, elle ajouta : J'espère que tu vas te fendre d'une très bonne note.

— Mais de quoi tu parles ?

— De mon cul. Tu n'arrêtes pas de lorgner mes fesses. Arrivés à quarante ans, les mecs sont tous pareils, et tu ne fais pas exception à la règle.

Il détourna immédiatement le regard de sa silhouette élancée.

— Ne sois pas aussi prétentieuse. Et si tu t'amuses à fouiller dans mon dossier personnel, tâche au moins d'être plus discrète.

— Tu es toujours aussi sociable ?

— Fous-moi la paix.

Exaspéré, Milo se dirigea vers les fenêtres. Il se planta devant celle qui donnait sur le balcon où l'assassin avait suspendu sa victime et observa la rue, la circulation. Puis il scruta la façade, la terrasse. Il ne remarqua rien de particulier.

Il tourna brusquement les talons.

— Tu me distrais, dit-il d'un air renfrogné, tu perturbes mes pensées.

— Moi, je te distrais ? Alors là, tu ne manques pas d'air, inspecteur.

Milo décrivit un cercle en marchant. Contrarié, il désigna tout l'espace autour de lui.

— Il y a quelque chose, ici. Il faut qu'il y ait quelque chose. Mais je ne le vois pas.

— Mais que cherches-tu, à la fin ?

— J'aimerais savoir pourquoi l'assassin a choisi ce balcon, voilà ! Il y en a une bonne demi-douzaine et cependant c'est précisément celui-ci qu'il a choisi.

— Parce que c'était le plus facile d'accès.

Du coin de l'œil, Milo aperçut des gravures sur la colonne la plus proche du balcon. Il s'approcha pour mieux les observer. Il parcourut tout le périmètre d'un air étonné.

— Tu as découvert quelque chose ? demanda Rebeca.

Milo lui fit signe d'approcher.

— Qu'est-ce que tu vois, ici ? dit-il.

Rebeca le rejoignit immédiatement et se pencha sur l'endroit que lui indiquait Milo. Là, se confondant parmi arabesques, coquillages et autres formes gravées, on pouvait apercevoir plusieurs mots.

— *Pardonne*, lut-elle. Et plus bas : *Tout*.

— Et là ? demanda Milo en faisant le tour de la colonne et en pointant son doigt sur un autre mot.

— *Oublie*, lut Rebeca.

— Pardonne tout et oublie, murmura-t-il le souffle coupé, tandis que son visage devenait plus sombre. C'est un bon conseil. Mais difficile à suivre.

— Mais de quoi tu parles ?

Une sensation troublante s'empara de lui. Il aperçut des yeux parmi les inscriptions. *Tire-moi de là*. Un regard de colère, de fureur bouleversante. *Tu prendras ma suite, tu possèdes le gène qu'il faut*. Un regard évaporé, blessant. *Va te faire foutre*. De peur. *Tu es mon fils*. Pardonner ? Jamais. Oublier ? Impossible.

Il sentit sa gorge se nouer.

— Inspecteur, je t'ai posé une question, il me semble.

Il revint à la réalité.

— C'est plus facile à dire qu'à faire. C'est comme tous les conseils. Moi, j'en serais incapable.

— Tu crois que ça peut avoir un rapport avec l'assassinat ?

— Aucune idée, dit-il. Mais c'est une drôle de coïncidence que, juste devant la fenêtre qui donne sur le balcon où Eduard Pinto a d'abord été suspendu, puis brûlé vif, on retrouve des inscriptions recommandant de pardonner et de tourner la page. Qu'est-ce que tu en penses ?

— Pour l'instant, je pense que Gaudí a gravé ces mots, emporté par son esprit de croyant. C'est peut-être pour cette raison que Mme Milà a fait masquer les colonnes derrière une décoration bourgeoise. Elles ont dû être remises à nu lors de la restauration du bâtiment, puis cette pièce a été reconvertie en salle d'exposition.

— Aucune importance, répliqua Milo. Si l'assassin connaissait les inscriptions et l'endroit où se situe exactement cette colonne, ça pourrait bien être la raison pour laquelle il a choisi ce balcon qui donne sur le paseo de Gracia plutôt que celui qui donne sur la façade, ce qui aurait été plus logique.

— Ça peut se tenir, murmura Rebeca. Peut-être qu'il est arrivé à l'assassin la même chose qu'à toi… et c'est pour ça qu'il a choisi ce balcon. Parce qu'il n'est pas question pour lui de pardonner et d'oublier.

— Ou alors, il essaie de nous dire qu'il n'est pas près de suivre ce conseil, précisa Milo. Quoi qu'il en soit, c'est un type qui n'oublie pas et qui ne pardonne pas.

— Et où est-ce qu'il veut en venir d'après toi ?

— Il nous indique le passé, l'origine de tous ses problèmes.

— C'est-à-dire, ce qu'on savait déjà, constata Rebeca. Il n'ajoute rien de neuf.

— Ça, je n'en serais pas si sûr. Prends une photo des inscriptions et on sort d'ici, dit-il en se dirigeant vers la porte. Et préviens le responsable de la sécurité qu'on vide les lieux.

— Attends un moment ! s'exclama-t-elle. Où tu vas ?

— Au coin d'en face, rejoins-moi, dit Milo en disparaissant brusquement.

— Quel coin d'en face ? hurla Rebeca. Il y en a trois de coins d'en face.

Milo descendit l'escalier en tentant de se débarrasser de cette sensation troublante. Les inscriptions avaient fait démarrer en lui la machine à souvenirs, elles avaient ramené dans son esprit des épisodes qu'il pensait avoir archivés au plus profond de sa mémoire. Les revivre était une croix qui lui cassait le moral. Ils remontaient à la surface sans prévenir et il n'avait pas d'autre solution que de serrer les poings en espérant les effacer de sa tête. Non, oublier était un luxe qui n'était pas à la portée de tout le monde. Un luxe qui était au-delà de la volonté. Et ne pas y parvenir était une malédiction.

Il sortit à la chaleur suffocante de la rue et traversa la contre-allée sans regarder. Plusieurs coups de klaxon le ramenèrent à la réalité. Plus attentif, il traversa les deux voies centrales et s'assit sur le banc-lampadaire situé sur le trottoir latéral. Il sentit immédiatement que sa peau se couvrait de sueur. La fournaise était si intense qu'on aurait cru respirer de l'air bouillant.

Il s'adossa au banc et observa les bâtiments, les bureaux, les étages. Malgré le luxe, il les imagina comme une ruche. Tous entassés en cellules d'or, les uns sur les autres, chacun protégé de son voisin dans son monde isolé. Pour lui, c'était un paradoxe de plus de Barcelone. Solitude et isolement dans une agglomération où le besoin de remplir le vide était une urgence prioritaire. N'importe quoi sauf le néant. La ville entière réclamait à cor et à cri le contact humain et cependant elle était le royaume de la solitude et de la méfiance vis-à-vis de l'autre.

— Je t'ai cherché dans tous les autres coins de rue avant de te retrouver, se plaignit Rebeca, en se plantant devant lui, mains sur les hanches. Qu'est-ce que tu fais assis sur ce banc ?

— Et tu te dis enquêtrice ? se moqua Milo en se redressant. Ça ne pouvait être que ce coin-ci, celui que l'assassin a choisi pour enregistrer sa scène macabre. On va se placer à l'endroit exact où il s'est lui-même posté pour tourner son film. Et d'ailleurs est-ce que tu l'as vu ce fameux film, toi ?

— Une ou deux fois, répondit-elle un peu gênée.

— Guide-moi.

Ils traversèrent la contre-allée et Rebeca le conduisit jusqu'au pan coupé qui se trouvait dans l'angle, à l'endroit où elle pensait que l'assassin s'était placé avec sa caméra. À présent le lieu était occupé par plusieurs marchands ambulants, des Africains qui vendaient des sacs, des foulards et des lunettes, toutes sortes de contrefaçons. Ils exposaient leur marchandise à même le sol, sur des draps blancs.

— C'est plus ou moins ici, dit-elle.

— Plus ou moins ? Sois précise, je te prie.

— Je dirais que c'est à peu près à l'endroit où se trouve ce type qui vend des LV.

Ils s'approchèrent de lui. En apercevant leur plaque à la ceinture, l'homme tira sur une ficelle, forma un balluchon avec tous ses articles, et disparut en courant en direction de la rue Provenza. Le voyant s'enfuir, les autres firent de même et partirent en débandade dans plusieurs directions. À peine quelques secondes plus tard, le lieu s'était vidé de tous les vendeurs à la sauvette.

Rebeca s'arrêta, observa à gauche puis à droite, calcula l'angle de prise de vue en prenant comme référence La Pedrera, et finalement se situa deux pas plus loin.

— Ici, c'est sûr, dit-elle.

Sans lui prêter attention, Milo s'éloigna de quelques mètres. Il mit sa main en visière et leva les yeux. Les lampadaires modernes, adoptant un modèle plus fonctionnel, s'élevaient à quelque six mètres de hauteur, et étaient séparés entre eux d'une vingtaine de mètres. Ils ne possédaient pas d'écran protecteur. Il ne semblait donc pas très difficile de casser les ampoules depuis le sol.

— Quels lampadaires a-t-il fallu réparer exactement ?

Avec une moue d'impatience, Rebeca répondit sèchement :

— Celui-ci, celui-ci et ces trois là-bas, dit-elle en montrant les deux lampadaires alignés à l'angle où ils se trouvaient, et trois autres à partir de la verticale de l'autre pan coupé. Tu penses qu'ils n'ont pas été choisis au hasard ?

Milo revint vers elle. Il haussa les épaules.

— C'est possible. Peut-être que la personne qui a appelé le 010 est la même que celle qui a cassé les ampoules, peut-être que c'est l'assassin lui-même, pour qu'un gars de l'entretien vienne avec la plateforme élévatrice et répare les dégâts, dit-il en se grattant le front. Il aurait ainsi cassé cinq lampadaires pour que l'employé n'ait pas le temps de finir son travail et soit forcé de remettre le reste du boulot au lendemain.

— Et comment il a deviné qu'il garerait le véhicule dans le secteur ? Il aurait parfaitement pu le ramener au dépôt, objecta Rebeca.

— Ça c'est la mécanique populaire, ma chère. Ne fais pas aujourd'hui ce que tu peux remettre au lendemain. Et si tu peux économiser de faire un trajet de plus, ce sera toujours ça de pris. Qui va s'en apercevoir ? Le contremaître ? On est dans le folklore d'une entreprise publique, pas dans le privé, ma chère.

— Ça continue à me sembler risqué, insista-t-elle, et complexe. Beaucoup de choses auraient pu se passer autrement que prévu, non ?

— Plus risqué que de suspendre un moribond à un bâtiment comme La Pedrera et lui mettre le feu ? Mais non, ma chère. En plus, je suis convaincu qu'il avait un plan B. Au cas où. Ce type est extrêmement minutieux, je ne crois pas qu'il ait laissé quoi que ce soit au hasard.

— Mais si, comme tu dis, les entreprises publiques fonctionnent aussi mal, comment l'assassin pouvait-il savoir qu'on allait donner aussi rapidement l'ordre de réparer. Il est impossible de calculer le temps entre son appel à lui et la réponse des gars de l'entretien.

— Où est-ce qu'on est en ce moment ? demanda Milo.

— Sur le paseo de Gracia, pourquoi ? Oui, je sais, sur *la milla de oro* et tout ça, mais…

— Réfléchis. On ne peut pas laisser cinq lampadaires, les ampoules cassées dans cet endroit, que penseraient les touristes ? Ça deviendrait un vrai scandale. Des bouts de verre par terre, juste en face de La Pedrera, à deux pas de la Casa Batlló ? Non, l'assassin savait qu'on ne mettrait même pas une journée à donner l'ordre de réparer, et il comptait sur ça. Ça n'aurait pas été pareil si ça s'était passé dans les quartiers du Raval, de

Sants ou de Pueblo Nuevo, ça c'est sûr. On ne les aurait toujours pas réparés à Noël.

Rebeca demeura un instant silencieuse. Elle serra les lèvres.

— Tu as toujours réponse à tout, toi ? Tu es vraiment une affaire, comme mec !

— Va dire ça à ma femme, tu verras.

Elle lui jeta un regard interrogateur, le vit se placer à l'endroit de la prise de vue, observer fixement le sol, en tordant son cou d'un côté, de l'autre.

— Qu'est-ce que tu cherches ? demanda-t-elle sans obtenir de réponse. Cinq jours ont passé depuis que notre individu s'est posté ici, il n'y a plus de trace, plus rien. La police scientifique a déjà tout vérifié.

Milo enfonça les mains dans ses poches. La tête penchée en avant, il marcha autour de la zone qui l'intéressait. De temps en temps il écartait une feuille du bout du pied, du papier cellophane ou des restes de mégots.

— J'insiste, tu ne trouveras rien, tu le sais bien. Je te dis que ça fait plusieurs jours déjà et que les policiers de la…

— Oui, mais ces mecs-là cherchent toujours des empreintes. Moi, je cherche autre chose, déclara-t-il d'un air distrait.

— Et qu'est-ce que tu cherches au juste ? Mais de quoi tu parles, là ?

Brusquement, Milo s'accroupit et dit :

— Je parle de ça, par exemple.

Rebeca s'approcha et s'agenouilla à ses côtés.

Elle vit qu'il indiquait une lettre G tracée avec un aérosol noir sur les petites dalles hexagonales, entre un banc de bois contemporain et le parterre d'arbustes. De taille moyenne, les contours arrondis de la lettre se détachaient, distinctement pulvérisés, sur les dessins faits de courbes et de lignes droites du dallage conçu par Gaudí.

Des piétons s'arrêtèrent, tentant de comprendre ce qu'ils observaient avec une telle curiosité, tous les deux. Immédiatement, d'autres touristes vinrent se presser autour d'eux. Une vieille femme leur demanda ce qu'ils étaient en train de regarder.

— Circulez, madame. Et les autres, c'est pareil, ordonna Rebeca d'un geste autoritaire. Il n'y a rien à voir, ce sont les affaires de la police, ajouta-t-elle, puis elle se tourna vers lui : Qu'est-ce que c'est ?

Milo attendit un instant avant de répondre. On entendait le hurlement d'une sirène par-dessus la cacophonie uniforme des klaxons et des pots d'échappement, le bruit naturel de la ville.

Lorsque le son grinçant de l'alarme se fut évanoui, il répondit :

— Un tag.

— Ça, je vois bien. Et alors ? Il y en a plein d'autres, même. Ici, par exemple, dit-elle en indiquant le bateau du passage clouté où l'on pouvait lire : NON À LA SPÉCULATION. Et ce symbole, là, par terre aussi, ajouta-t-elle en pointant un A majuscule enfermé dans un cercle. Et celui-là, sur le distributeur automatique, conclut-elle en montrant un autre graffiti, avec un minuscule 1984. Il y a des tags partout.

— Voilà pourquoi les mecs de la scientifique n'ont rien vu. Ils se sont dit que c'était un graffiti comme les autres. Voilà tout.

— Et c'est faux, peut-être ?

— Je ne crois pas au hasard, dit Milo d'une voix ténue.

— Des hasards ? La ville en est pleine. C'est une fresque de tags. On en trouve partout. Et toi, tu choisis justement celui-là. Qu'est-ce qu'il a de si spécial celui-là ?

— C'est un G.

— Oui, ça je vois bien. Je demande juste qu'est-ce que c'est un G... Qu'est-ce que ça signifie, quoi !

Étranger à tout le reste, Milo retint sa respiration. Ce tag était important. Mais pourquoi ? Était-ce bien l'assassin qui l'avait dessiné ? Il s'était installé là pour filmer sa victime en train de se racornir dans les flammes. Et puis les pompiers étaient arrivés. Le moment était venu de s'en aller et il avait cessé de filmer. Mais avant... avant... *Je dois achever mon œuvre. Tracer la lettre par terre. À présent, je suis devenu quelqu'un, et je laisse des traces. Les traces du bourreau.* Le choc lui embrumait l'esprit et il commença à haleter. *Je suis invisible.* Il était sur le point de succomber à son cerveau, son ennemi intérieur. *Ils sont tous aveugles.* Un poids lui pressait la poitrine comme si une présence abjecte s'était installée dans ses poumons et l'empêchait de respirer normalement. *Ils ne pourront pas m'arrêter*. Si ce qu'il percevait était exact, il allait ouvrir la boîte de Pandore. *Mon monde est à l'abri*. Tous ses capteurs lui indiquaient l'importance de cette lettre. Et pour lui, sa perception était la réalité.

Mais il pouvait également se tromper.

Tout pâle, il parvint à s'ôter cette impression de l'esprit et à reprendre son souffle.

— Ça ne va pas, mon vieux ?

Milo inspira profondément. *Les traces du bourreau*. Il s'éventa le visage de la main.

— Ça va très bien, dit-il en bafouillant. Ça peut vouloir dire beaucoup de choses, je n'en sais rien.

— Ça pourrait être le G de Gaudí, souligna-t-elle. Mais ça me semble un peu puéril ; ça ne mène nulle part et en plus ça fait un peu mélo, absurde même. Qu'est-ce que tu en penses ?

— Qui sait !

— C'est tout ce que tu as à dire ?

— Tu sais, la lettre G est pleine de connotations symboliques, dit-il nonchalamment. *Mon monde est à l'abri*. Entre autres, il paraît que c'est la lettre maçonnique par excellence.

Rebeca prit un air circonspect, cligna des yeux.

— Ou alors c'est la signature d'un tagueur, insista-t-elle, qui a acheté une bombe de peinture noire et qui s'est mis à couvrir tous les murs de la ville avec son autographe…

— Ça peut aussi être la signature de l'assassin, dit Milo d'un air tout à fait neutre.

Leurs regards se croisèrent.

— Ce qui signifie… commença-t-elle le cœur battant.

— Continue.

— Non, continue toi-même, c'est toi l'expert.

— L'expert ? s'étonna Milo en se relevant difficilement. Ce n'est pas toi qui as soi-disant fait plusieurs stages à l'étranger portant sur l'analyse de la conduite criminelle ?

— Oui, mais à présent ce n'est pas le propos, répliqua-t-elle en se relevant également.

— Comment ça, ce n'est pas le propos ? Au fait, tu les as réalisés où tes stages ?

— À Quantico, en Virginie, aux États-Unis, répondit Rebeca.

— Rien que ça ! Et ils ne t'ont rien enseigné là-bas ? demanda-t-il sur un ton irrité.

— Tu es agressif, mec ! Pourquoi tu réagis comme ça ?

— Parce que tu m'énerves, déclara-t-il avec amertume. Tu te pointes à mes côtés comme un chien-chien à sa mémère, tu me distrais sans arrêt, tu m'empêches de me concentrer et tu n'arrêtes pas de me poser des questions. Comment tu veux que je réagisse ? J'en ai ras le bol, voilà dans quel état tu me mets.

— J'ignorais que ma présence te perturbait à ce point.

— Eh bien, elle me perturbe, c'est tout !

— Inspecteur, avec tout le respect que je…

— Laisse tomber le respect, coupa-t-il, je ne crois pas à la hiérarchie. Parle !

— C'est ma sexualité qui te menace à ce point ?

— Mais qu'est-ce qu'elle raconte, celle-là ?

— À Quantico, pendant mon instruction portant sur la façon de travailler avec un équipier de l'autre sexe, on nous a dit que cela pouvait arriver. Ils appellent ça de la tension…

— De la connerie, oui ! Va faire ton petit numéro ailleurs, ma vieille, et fous-moi la paix, merde !

— Ce n'est pas mon petit numéro, ça arrive, affirma-t-elle en le voyant battre des paupières et faire un effort pour se contenir. Tu ne veux pas mettre un instant tes problèmes de côté et te concentrer sur cette putain de lettre G ?

Offusqué, Milo fixa son regard sur la lettre. Tout prenait une tournure de plus en plus difficile, à cause de cette lettre G. Si elle signifiait ce qu'il craignait, il allait s'attirer une foule de complications. Il pouvait tout à fait prévoir la réaction de l'inspecteur-chef Singla lorsqu'il lui proposerait sa théorie, la chaîne d'événements qui allait se mettre en route contre lui. Il allait se faire piler.

— C'est la nature de l'être humain : emmerder autrui, murmura-t-il entre ses dents.

— Qu'est-ce que tu dis ?

— Prends une photo de la lettre et…

— Tu vas à nouveau me planter là, t'enfuir à toute allure comme tout à l'heure ?

— Tu veux boire un verre ? Moi, je suis complètement déshydraté.

— D'accord. Tu veux aller où ?

— À la cafétéria de la Casa del Libro. C'est à deux pâtés de maisons. Et, écoute-moi bien, belle tigresse, je ne me sens absolument pas menacé par tes hormones. Ça va, c'est clair ?

— Et moi, je ne suis pas un chien-chien à sa mémère, à la rigueur une chienne de chasse, je veux bien, dit-elle avec un large sourire qui se glaça immédiatement sur son visage quand elle vit Milo faire demi-tour et s'éloigner à grands pas.

Cette fois, elle le retrouva facilement. Il avait pris place à une table dans un coin de la petite cafétéria, un espace qui servait d'habitude à la présentation des livres. Deux petites bouteilles de jus de fruits, l'un de pomme et l'autre d'orange, se trouvaient devant lui, flanquées de deux verres.

Milo la vit s'approcher de sa démarche élastique et volontaire. Plus grande que la moyenne, proportions impeccables, taille étroite, longues jambes vertigineuses. En sortant du commissariat, elle avait passé une veste de lin noir pour cacher la bosse de son arme sur le côté, et les dentelles du bas de son vêtement flottaient au rythme de sa chevelure mi-longue. Elle choisit une chaise, la retourna et s'assit à califourchon, dos au mur.

— Que se passe-t-il ? voulut-elle savoir.

— Je vais te dire : si quelque chose doit mal se passer, ça se passera mal, c'est sûr ! Il n'y a pas de raison pour que ça soit comme ça, mais on ne maîtrise pas toujours la chose. Et si c'est le cas, les problèmes ne font que commencer, crois-moi. Je connais l'histoire par cœur. Quelque chose d'inattendu se présente soudain et, ça y est, tout le monde te tombe dessus.

— Je ne comprends rien. Je voulais juste parler de toi, corrigea-t-elle. Je ne comprends pas tes réactions, tes sautes d'humeur.

Milo croisa soudain les bras et se figea.

— Tu vois ? fit remarquer Rebeca. Tu es à nouveau sur la défensive.

— Ça n'a rien à voir avec toi.

— Mais…

— Mais j'ai l'habitude de travailler comme bon me semble, un point c'est tout, dit-il en la fusillant du regard. On va mettre cartes sur table. Il y a quelque chose là-dedans, dit-il en se tapant sur la tête, qui me permet d'analyser les situations. Et ce n'est pas la peine de me prendre pour un animal bizarre ou pour un cinglé.

Puis il se tut un instant, voulut lui expliquer que la ligne qui séparait le réel de son intuition était parfois si mince qu'il lui arrivait de craindre qu'elle ne s'évanouît, mais il ne le fit pas. Il se contenta simplement d'ajouter :

— Et pour ça, j'ai besoin d'espace, de silence, surtout pas d'être en train de parler sans arrêt, comme tu fais.

— Donc c'est vrai ce qu'on dit : tu entends des voix ?

Milo fit la moue.

— Je sais qu'au commissariat central il y a des gens qui pensent que la seule différence entre les fous qu'on poursuit et moi, c'est juste que moi je possède une plaque de police et que les autres fous n'en ont pas. Et tout ça parce que je refuse de renoncer à mon antenne parabolique, à mon instinct si tu préfères. Mais c'est tout simplement ma façon de faire, mon système, la seule chose sur laquelle je peux vraiment compter. Tu comprends ?

— Tu as le pouvoir d'entrer en empathie, de te glisser dans la peau d'autrui. C'est ça, non ?

— Non, tu ne comprends absolument rien du tout, ma vieille. Je n'ai pas de pouvoirs, ce n'est rien de ce style. Ça ne fonctionne que quand la mort rôde dans les parages, c'est tout ; pour les autres affaires, je suis complètement nul. C'est le prix à payer. Parfois, je ne contrôle pas mes réactions et puis voilà. Mais je ne suis pas du tout fou, dit-il d'une voix glaciale.

— Les gens ont tendance à se méfier de ce qui est différent d'eux, de ce qu'ils ne comprennent pas. C'est pour ça que tu as tant de conflits.

— Ah, ça… tu es très perspicace et je vais donc considérer que tu as parfaitement compris ce dont j'ai besoin, de façon générale en tout cas.

— Oui, j'ai compris que je te gênais, que tu n'étais pas habitué à travailler avec une femme.

— Tu me ressors toujours les mêmes conneries, ma vieille ! répliqua-t-il d'un geste excédé. Avec un homme ou avec une femme, c'est pareil. Ce qui me gêne, c'est de ne pas être seul, tu comprends ça ? Et depuis quelques instants, je le supporte de moins en moins.

— Mais tu travaillais bien avec Bachs, dans le temps.

— Et tu as vu comment ça s'est fini, tu as donc la preuve de ce que je dis.

— Ah bon, il s'est passé quelque chose entre vous ?

— Rien qui puisse t'inquiéter.

— Comme tu voudras, dit Rebeca. Au cas où ça t'intéresserait, moi, je crois beaucoup au travail en équipe.

— Et moi aussi, mais après coup. D'abord je dois être seul avec mes cinq sens et sans l'interférence d'un équipier. Je ne sais pas m'y prendre autrement, un point c'est tout !

Rebeca s'adossa à sa chaise et ouvrit grands les bras.

— Bien, dit-elle, je m'écarterai de toi juste le temps de te laisser un peu d'espace. Mais à présent, dis-moi ce que tu penses des inscriptions, de la lettre. Où ça nous mène tout ça ? Explique-moi ce que dit ton antenne parabolique.

— Un instant, dit Milo en se levant, je vais chercher ma boule de cristal.

Il s'éloigna le long de la rampe qui grimpait jusqu'à la librairie et, après avoir atteint la caisse, bifurqua en direction du rayon des livres de développement personnel. Il en avait assez des questions de Rebeca et se voyait surtout mal dans le rôle du préposé aux réponses.

Il feuilleta les livres exposés sur la table, lut les quatrièmes de couverture. L'un d'eux traitait du processus gérant les rapports des individus entre eux et il l'écarta. Dans ce domaine, les théories de la sous-inspectrice lui avaient amplement suffi. Le suivant était un livre sur le comportement individuel soutenant que l'attitude de chacun conditionnait et créait l'avenir de tous. Il l'écarta également. Le bon comportement, selon lui, était de ne pas trop fréquenter autrui, un point c'est tout. Il jeta un coup d'œil sur un autre bouquin dissertant sur les lois de la réussite, puis sur un autre encore à propos du rôle de la faculté de suggestion dans la guérison, encore un autre sur la façon de donner un sens à sa vie, et un dernier sur la gestion du temps. Il secoua la tête d'un air écœuré. Pas un seul ne lui était d'une quelconque utilité. Pourquoi personne n'écrivait sur un sujet qui pût l'intéresser vraiment ? En bout de table, il trouva un livre qui expliquait comment être heureux au travail. Il s'éloigna de lui comme de la peste. Dans son travail, tout comme pour les préposés au nettoyage des toilettes, le bonheur n'existait pas.

— C'est ici que tu puises ton imagination ? demanda Rebeca en surgissant brusquement à ses côtés.

Milo l'observa d'un air contrarié.

— Mais tu es pire qu'un furoncle au trou du cul, toi ! dit-il. C'est ça que tu appelles me laisser de l'espace ?

— J'ai dit que j'allais m'écarter ce qu'il faut, seulement juste ce qu'il faut. Et tu es là depuis plus de dix minutes, mon vieux. Qu'est-ce que tu fous ?

— Eh bien, ce n'est pas suffisant. J'ai besoin de plus de temps pour moi, merde !

— Non, sérieusement, qu'est-ce que tu faisais ?

— Je cherchais de l'aide, un moyen de me perfectionner moi-même, ça ne se voit pas ? Bon, on retourne à la cafétéria, j'ai laissé mon jus de fruits.

— Il vaut mieux partir d'ici, dit-elle en lui tendant une petite bouteille. J'ai bu le jus de pomme.

— Et tu as payé ?

— Je n'ai pas eu le choix.

— Parfait, dit Milo en se dirigeant vers la sortie. Justement je voulais le jus d'orange.

Ils sortirent de la librairie et remontèrent le paseo de Gracia bourré de touristes. La fournaise faisait vibrer l'air et ils étaient cernés de voleurs à la sauvette, de pickpockets et d'une armée bien déployée de mendiantes portant des enfants dans leurs bras. L'une d'elles, assise par terre près d'une boutique de luxe, tentait d'attendrir les piétons avec un bébé, peut-être réel, peut-être en plastique, à moitié enfoui dans un tas de haillons posé sur son giron. Pendant qu'elle tendait une main pour demander de l'argent, elle tenait dans l'autre un BlackBerry dernière génération et conversait à grands cris dans une langue inintelligible. Non, le mensonge ne se reposait pas non plus, en été.

Ils atteignirent leur véhicule. Milo se dirigea vers la portière côté chauffeur, mais Rebeca secoua les clés en l'air, elle l'écarta doucement et prit place au volant. Alors il fit le tour du véhicule et s'assit à la place du passager, dos raide, mains entre les genoux.

— Je m'aperçois que tu n'es pas habitué à ce qu'une femme saisisse les rênes et prenne le contrôle de la situation, je me trompe ?

— Et vas-y… fit-il. Tu vas me sortir encore beaucoup de conneries du même genre, hein ? C'est ça qu'on t'a enseigné à Quantico ?

Sans répondre, elle démarra, fit sa manœuvre et se fondit dans la circulation extrêmement dense de la ville.

— Dis-moi ce que raconte le rapport que Crespo t'a remis à propos de la victime, demanda Milo.

— Il ne précise pas grand-chose, je l'ai laissé au commissariat. Après avoir été conseiller municipal à la culture, Eduard Pinto est retourné travailler à La Caixa, où il a occupé un poste au conseil de direction. Avant son entrée en politique, il a été directeur de secteur, puis délégué de région et enfin délégué de la communauté de Catalogne. Et avant cela, il a occupé plusieurs postes intermédiaires dans différentes entreprises du groupe, expliqua-t-elle en tournant à un carrefour. Il peut avoir accumulé une infinité d'ennemis au cours de sa carrière, c'est comme chercher une aiguille dans une botte de foin.

— Oui, mais moi, j'écarterais le mobile politique ou économique. Personne ne prend autant de risques pour un mobile de cette nature, même s'il s'est retrouvé en faillite à cause d'Eduard Pinto. L'assassin s'est donné trop de mal pour exécuter sa victime. Il l'a séquestrée, l'a gardée enfermée pendant cinq jours, sans manger ni boire, l'a suspendue à un bâtiment, et pas à n'importe lequel, et lui a mis le feu. C'est un scénario disproportionné. Il renferme une haine très profonde, bien au-delà d'une simple rivalité politique ou d'une histoire de fric, tu comprends ?

— Il va donc falloir se centrer sur sa vie personnelle ?

— Pas "exclusivement", mais "aussi", oui.

Rebeca s'arrêta à un feu rouge.

— Est-ce que tu pourrais être moins énigmatique ?

— Pardonne-moi pour tout et oublie, murmura Milo. Oublier. Ça ajoute un parfum de passé, de temps plus ancien, que dans les habituels règlements de compte. Ça ajoute des nuances de vieille histoire. Il faut chercher le mobile dans un passé lointain.

— Et tu affirmes tout ça à cause d'une simple inscription sur le trottoir ? demanda-t-elle en démarrant à nouveau.

— On ne peut pas changer le passé, ma chère. Ça semble être une lapalissade, mais c'est la vérité. C'est un boulet que tu traînes pour le reste de ta vie, qui se rappelle à toi lorsque tu t'y attends le moins, qui est toujours présent. Et, à la longue, ce sentiment peut attaquer l'esprit le plus équilibré qui soit, le noyer dans des désirs de vengeance. Et, pour tenter de le faire taire, il peut t'obliger à concevoir un plan sinistre, un scénario de malade.

Rebeca l'observa du coin de l'œil. Il avait le dos voûté, parlait sur un ton monocorde et dépourvu d'émotion. Comme s'il était en train de réciter une litanie.

— Tu dis ça par expérience personnelle ? insinua-t-elle.

Confus, Milo se racla la gorge.

— Il y a quelque chose d'intéressant dans la déclaration des témoins ? demanda-t-il.

— Pas vraiment. Les témoignages se trouvent dans le dossier, avec le rapport, et il n'y a pas grand-chose à en tirer. C'est déconcertant, ajouta-t-elle en même temps qu'elle prenait une nouvelle rue. Tu as déjà eu affaire à un cas semblable, toi ?

Les questions et leurs éventuelles réponses, les indices relevés et les sensations qu'ils provoquaient chez Milo se mélangeaient dans sa tête. Il tentait de les calibrer, de les estimer, de les examiner, mais tout lui semblait si flou que, en les partageant avec Rebeca, il pourrait peut-être remettre de l'ordre dans son esprit.

— En admettant que l'inscription ait un rapport avec le crime, on peut au moins en conclure quelque chose de positif, pensa-t-il à haute voix.

— Tu ne réponds pratiquement jamais aux questions qu'on te pose, n'est-ce pas, inspecteur ? Dis-moi enfin ce que tu vois de positif dans toute cette affaire.

— Que la victime n'a pas été choisie au hasard. Ce qui nous facilite le travail et nous ôte un énorme poids. L'inconvénient c'est qu'on ne peut pas l'affirmer avec une certitude absolue, tu comprends ?

— Et ça nous ôte quel énorme poids au juste ? demanda-t-elle en prenant l'avenue de Sarrià.

— La possibilité qu'il récidive.

Elle se tourna vers lui, vit qu'il était absorbé dans ses pensées, les yeux égarés. Elle dirigea à nouveau son regard vers la circulation.

— Tu le sais très bien, ça correspond au modèle classique qu'on apprend dans toutes les écoles de police, poursuivit Milo, c'est ce que font souvent les assassins opportunistes. À moins qu'ils prennent goût à la chose et recommencent.

— Alors, il faudra fêter ça.

— Il vaudrait mieux remettre les fêtes à plus tard, car la lettre G change la donne.

— Pourquoi ? Elle dit quoi ? demanda Rebeca.

Soudain nerveuse, elle s'engagea dans le virage pour prendre la Travessera de les Corts et changea de file.

— Qu'est-ce que ça change, merde ?

— En supposant que ce soit la signature de l'assassin, il se pourrait bien qu'il ne se contente justement pas de l'assassinat d'Eduard Pinto, dit Milo sans la moindre inflexion dans la voix. Peut-être qu'il s'agit d'une série qu'il a entamée avec l'ex-conseiller municipal… ce qui va ouvrir en grand la boîte de Pandore.

— Et si au lieu de sa signature, il s'agissait d'autre chose ?

— Si la lettre a un rapport à la fois avec le symbole maçonnique et avec notre affaire, je te dis qu'elle va ouvrir en grand cette putain de boîte… et elle va en profiter pour éclabousser pas mal de gens au passage, des gens puissants et très influents.

Tout près, à quelques pâtés de maisons, on pouvait déjà apercevoir le bâtiment du commissariat central. Elle ralentit et s'arrêta à quelques mètres de là, sur un passage clouté. Elle planta ses yeux dans les siens.

— Autrement dit, dans tous les cas, il faut s'attendre à un séisme terrible, conclut-elle…

Et Milo la regarda d'un air inquiet.

— À un gigantesque tremblement de terre, hein ? insista-t-elle en le voyant acquiescer. Singla va te tuer. Ça, c'est sûr !

Milo hocha à nouveau la tête. Il s'allongea sur son siège.

— Il me faut absolument visionner l'enregistrement des caméras de surveillance, dit-il.

4

Sur l'écran, les images en noir et blanc étaient floues. La résolution des caméras de surveillance situées au carrefour, juste devant La Pedrera, laissait à désirer, et la qualité de l'enregistrement était perturbée par les reflets du puissant éclairage du bâtiment et celui plus ténu du reste de l'avenue. La prédominance des gris et du vert due à la réfraction de la lumière donnait un aspect fantomatique à l'ensemble. Mais c'était suffisant pour suivre les déplacements de l'assassin, ainsi que ses mouvements.

Milo cligna des yeux tout en mâchouillant un sandwich au fromage. Il avait insisté pour que Rebeca le laissât seul dans la salle de visionnage et, terriblement fâchée, la sous-inspectrice expliqua sur un ton amer qu'elle en profiterait pour rédiger le rapport.

Milo appuya sur une touche de la télécommande et reprit le film au début.

Fondu au noir. Un plan sur le coin de la rue, depuis un angle en hauteur, le pan coupé de l'entrée et une partie du bâtiment jusqu'au troisième étage en plein centre ; à gauche, le trottoir remontant le paseo de Gracia, avec ses parterres boisés et la moitié de la chaussée avec plusieurs voitures garées ; à droite, le début du trottoir qui s'enfonçait dans la rue Provenza.

L'horloge, située dans la marge supérieure droite, indiquait cinq heures quarante.

Un véhicule de Parcs & Jardins arrivait par le centre de la marge inférieure. Il roulait très lentement. Ensuite, il freinait en atteignant le bateau du passage clouté et, légèrement secoué, il montait sur le trottoir, avançait lentement vers le pan coupé de la façade et, ainsi que l'indiquait la fumée qui sortait du pot d'échappement, s'arrêtait sous le balcon du premier étage sans couper le moteur. Les branches des arbres cachaient en partie le véhicule, mais n'empêchaient pas d'apercevoir une espèce de silhouette habillée de noir de la tête aux pieds, avec gants et casque de moto à visière teintée, descendre précautionneusement, refermer la portière en la laissant entrebâillée, faire le tour par-derrière pour se diriger vers celle du passager et ouvrir en chemin le portillon grillagé de la plateforme élévatrice. Tout de suite après, la silhouette introduisait la moitié de son tronc dans la cabine et en tirait Eduard Pinto à moitié inconscient. Elle faisait un certain effort pour le charger sur son épaule, refermait la portière avec sa hanche, et se dirigeait à nouveau vers l'arrière sans presser le pas avant de le laisser retomber sur la plateforme, à côté de ce qu'on devinait être un bidon de cinq litres d'essence.

L'horloge indiquait cinq heures et quarante et une minutes.

La silhouette posait un pied chaussé d'une botte à épaisse semelle en caoutchouc sur le pare-chocs et d'un seul élan, s'aidant de l'un des barreaux de la nacelle, grimpait dessus. Ensuite, sans prendre la peine de refermer le portillon, elle manœuvrait le bras articulé avec la boîte de commandes jusqu'à placer la plateforme à hauteur du garde-fou en fer forgé du premier étage. Pendant tout ce temps, le corps d'Eduard Pinto demeurait inerte, tête tordue, mains jointes attachées avec un câble d'acier se balançant à l'extérieur de la nacelle dans une sorte de supplique muette. La silhouette le saisissait alors par le câble et le traînait comme un fardeau jusqu'à parvenir à passer l'acier derrière une des solides feuilles effilées du lierre de fer forgé ornant le centre du balcon. Sans perdre une seconde, elle débouchait le bidon d'essence et s'empressait d'en arroser soigneusement et abondamment tout le corps de la victime. Recevant le liquide inflammable sur son visage, Eduard Pinto ouvrait les yeux et la bouche, comme s'il venait de se réveiller d'un profond sommeil et ses traits dessinaient alors une atroce grimace d'horreur. Après avoir reposé le bidon dans la nacelle, la silhouette se plaçait maintenant dos à la caméra, saisissait un objet à l'intérieur de sa combinaison de motard et, penchée sur

Eduard Pinto, s'entretenait quelques instants avec lui. Puis elle se redressait et rangeait l'objet. Ensuite, une main posée sur les hanches, d'un geste indolent, elle faisait redescendre la plateforme. À mesure que celle-ci se baissait, le corps, qui jusqu'à présent était resté appuyé contre les barreaux de la nacelle, se laissait tomber en s'étirant pour se retrouver enfin dans une totale verticalité, bras tendus vers le ciel, un peu avant que la plateforme complètement repliée ne s'immobilise.

L'horloge indiquait cinq heures quarante-trois.

La silhouette ramassait le bidon et sautait par terre. Et à présent oui, en toute hâte, montait dans le véhicule, le faisait avancer de quelques mètres et en ressortait à nouveau sans éteindre le moteur, les mains vides. Elle retournait sous le balcon, ouvrait le couvercle d'un briquet Zippo, actionnait la molette pour l'allumer et, sans plus, le lançait sur le corps inerte. Immédiatement, les vêtements s'enflammaient, enveloppant rapidement la victime dans de grandes langues de feu. Une torche humaine. Au début, le malheureux ne bougeait presque pas, mais soudain, à mesure que le feu dévorait sa peau, il commençait à donner des coups de pied dans les airs en proie à une terrible douleur. Pendant ce temps, la silhouette tournait la tête vers le haut, en direction de la caméra de surveillance et faisait un geste qu'on pouvait interpréter comme un salut ou un au revoir : elle agitait une main puis, après avoir replié les quatre autres doigts, brandissait son index. Elle retournait enfin à son véhicule d'un pas pressé, y prenait place, roulait un instant sur le trottoir, le faisait descendre sur la chaussée en empruntant un bateau et l'abandonnait rue Rosellón. Là, elle repartait à pied, le bidon à la main, traversait le paseo en courant, et disparaissait de l'angle de la caméra. En face, à l'angle de la rue, le corps d'Eduard Pinto était resté suspendu, enveloppé dans d'énormes flammes et secoué de convulsions.

L'horloge indiquait cinq heures quarante-quatre.

Milo arrêta le film. La neige envahit l'écran.

Temps total de l'opération : quatre minutes. Écœuré par le souvenir de l'image de la victime se tortillant dans les flammes, il jeta son sandwich sur la table. Il se balança sur sa chaise et, encore incrédule, se frotta les yeux.

C'était la troisième fois qu'il visionnait le film. Si l'on pouvait en conclure quelque chose, c'était que dans sa façon d'agir l'assassin faisait preuve d'une cruauté sans limites. Son indifférence devant les souffrances de sa victime, son incapacité à ressentir la moindre émotion, sa froideur et son manque de nervosité, ainsi que la précision de tous ses faits et gestes, l'amenèrent à conclure qu'ils avaient sans nul doute affaire à un psychopathe implacable.

Il entendit que la porte de la salle de projection s'ouvrait dans son dos et, sans se retourner, il dit :

— Sous-inspectrice, on a de mauvaises nouvelles.

— Merde alors, de mauvaises nouvelles ! aboya Singla en entrant brusquement et en agitant plusieurs feuillets dans les airs. Derrière lui, une Rebeca intimidée laissait passer l'orage avec une mine coupable. Qu'est-ce que ça veut dire, ça ? D'où tires-tu que l'assassin vient d'entreprendre une série de crimes ? Et cette histoire de symbole maçonnique ? C'est quoi toutes ces conneries ? Où sont les preuves ? Je savais bien que tu allais nous attirer à nouveau des ennuis !

Milo se retourna lentement.

— Chef, pour l'instant ce sont juste des indices, mais…

— Des indices, ça ? Ce n'est rien du tout, oui : juste les élucubrations d'un putain de cinglé que tu es ! vociféra-t-il. Puis il se tut, un léger tremblement sur les lèvres. N'importe qui, possédant deux doigts de jugeote, s'en apercevrait ! Un tag, des inscriptions ! Rien d'autre ! Tu entends ce que je dis ? Tu n'as pas le moindre commencement d'une preuve ! Tu imagines, si ce rapport sortait du commissariat ? Je suis bon pour me faire virer en même temps que toi, Malart ! J'en ai rien à branler de la personne qui te couvre ! Je m'en balance… si tu crois que je vais foutre en l'air mes perspectives de carrière pour les fantaisies d'un fils de… d'un con de schizophrène !

Milo baissa la tête.

L'inspecteur-chef brandit les feuillets. Il laissa retomber sa colère et dit :

— C'est juste le genre de rapport dont j'avais besoin pour régler ton cas. Tu es fini, Milo. Tu m'entends ? Tu es fini ! Après ça, Bastos va te foutre dehors à grands coups de pied au cul, mon vieux ! Tu n'auras même pas tenu vingt-quatre heures avant de déguerpir, connard.

Il sortit de la pièce en claquant la porte. Le silence se répandit sur la salle de projection, telle une cape protectrice.

Les hurlements de son chef résonnant encore dans sa tête, Milo respira profondément.

— Je n'aurais pas dû inclure tes conclusions dans le rapport… tes doutes, dit Rebeca. Je suis désolée, inspecteur, j'ai fait un peu trop de zèle.

— Ne t'inquiète pas… j'adore avoir mal. Ça veut dire que je suis encore vivant. De toute façon, tôt ou tard, ce serait arrivé. Et maintenant on va pouvoir travailler en paix.

— Mais lorsque le commissaire-chef va savoir ça, ça risque de…

— On va surmonter tout ça, ne t'en fais pas, coupa-t-il en se concentrant sur l'écran. On revient à notre travail. Qu'est devenu le bidon ? On l'a retrouvé ?

— Oui, les gars de la scientifique l'ont récupéré, répondit Rebeca en prenant place à ses côtés. Dans un conteneur de l'angle de la rue Rosellón et du paseo de Gracia. Pas la moindre empreinte et c'est de l'essence tout à fait ordinaire et courante.

Milo actionna la touche de lecture et le corps d'Eduard Pinto en flammes apparut à nouveau. L'horloge indiquait cinq heures quarante-cinq.

— C'est impressionnant, hein ? murmura-t-elle en frissonnant.

— C'est une image effrayante.

— Et tu n'as pas encore vu le film qu'a réalisé l'assassin. Il est pire que ça, je t'assure.

— Il ne peut rien y avoir de pire, déclara Milo en pointant son doigt sur l'écran. Tu as remarqué ? Il a choisi cinq heures quarante pour mener à terme son opération ; juste lorsqu'il fait le plus noir avant le lever du jour, qui a lieu vers six heures passées au mois de juillet. Et il a mis juste un peu plus de quatre minutes, pour réduire les risques qu'un piéton vienne croiser son chemin.

— Oui, mais il ne les a pas éliminés tout à fait. Que serait-il arrivé si quelqu'un avait brusquement surgi ? Comment l'assassin aurait-il réagi, hein ? Il a tout de même pris un grand risque.

— Il a joué avec les probabilités. À cette heure, et dans un laps de temps aussi court, il n'est pas habituel de croiser un piéton dans la rue. Mais il est vrai qu'il peut toujours y avoir un noctambule ou un employé en train de se rendre à son travail.

— Ce qui démontre qu'il a planifié son geste à la limite du possible, puis qu'il a croisé les doigts.

Sur l'écran les soubresauts de la victime étaient de moins en moins violents. Le feu, au contraire, après s'être attisé un moment, demeurait constant.

L'horloge indiquait cinq heures quarante-sept. Milo fit une grimace d'incrédulité.

— La mise en scène est dantesque. Un corps en train de brûler en plein centre de Barcelone. Le suspendre, le brûler, l'exposer ainsi. Mais pourquoi ? Pourquoi s'est-il donné tant de mal ?

— Pour déployer un maximum de mépris envers l'objet de sa colère. C'est une vengeance menée à l'extrême. Comme on l'a déjà dit, tout ça suppose une haine très profonde.

— Plus que ça. C'est un châtiment. Il est en train de donner une leçon au sens le plus sauvage et le plus cruel du mot. Mais à qui, à part à la victime ? Et pourquoi il a particulièrement choisi un bâtiment de Gaudí ?

— Il y en a d'autres, remarqua Rebeca, et dans des rues plus reculées, moins fréquentées. Cependant il a choisi celui-ci, sur le paseo de Gracia.

— Alors que le plus simple aurait été de le faire dans un autre décor, murmura Milo en réfléchissant à haute voix. Décor, théâtre, représentation. On y est. Tout ça me semble très recherché tout simplement parce qu'en réalité ça l'est : théâtral.

— Et ça nous mène où ce tout ça ?

— Aucune idée, reconnut Milo.

L'horloge indiquait cinq heures quarante-neuf. La victime ne bougeait plus. Elle était carbonisée et seules quelques flammes subsistaient encore sur le torse et les jambes. Tandis que sur sa tête calcinée une petite flamme plus vive vacillait, tel un feu follet.

— Tu ne veux pas arrêter ça ? Je crois que je vais vomir, dit Rebeca.

— À quelle heure les pompiers sont-ils arrivés ?

— À six heures et deux minutes. C'est un chauffeur de taxi qui a donné l'alerte.

Milo arrêta l'enregistrement. Et la neige envahit à nouveau l'écran.

— Je te remercie, inspecteur.

— Ne me remercie pas encore, dit Milo en rembobinant la bande magnétique. Il va nous falloir le repasser en entier.

Il appuya sur la touche de départ pour revoir le film. Il le fit passer en accéléré jusqu'au moment où l'assassin descendait la première fois du véhicule, puis il arrêta l'image :

— Qu'est-ce que tu vois ?

— Un homme engoncé dans une combinaison noire de motard, avec un casque, des bottes et des gants. Tout l'équipement, de pied en cap.

— Comment tu sais que c'est un homme ?

— Les mecs de la scientifique possèdent un programme de biométrie et ils l'ont appliqué à l'enregistrement. Ils ont pu mesurer sa taille, qui se situe aux alentours d'un mètre quatre-vingts, calculer son poids, à peu près soixante-dix kilos, et en conclure que d'après sa façon de marcher et sa force, il s'agit bien d'un individu de sexe masculin.

Milo demeura un instant silencieux.

— Je connais plusieurs femmes qui correspondent à ces mensurations, dit-il. Et la force est quelque chose de relatif. Elle dépend de nombreux facteurs. Sans être nécessairement une lanceuse de poids, elle peut être habituée à soulever des personnes. Ça pourrait être une infirmière, par exemple.

— Ils ont tiré cette conclusion à l'examen de sa façon de courir. La physiologie des femmes fait que nos hanches sont façonnées pour accueillir un bébé, ce qui nous empêche de courir comme vous et c'est pour cette raison que lorsque nous courons, nos jambes bougent d'une façon très particulière.

Milo fit avancer le film jusqu'au moment où la silhouette en noir abandonnait le véhicule et partait en courant. Il le passa trois fois, en avant et en arrière.

— On ne voit presque pas courir la silhouette, indiqua-t-il. La caméra n'a filmé que l'instant où elle commence à s'enfuir et fait les premières enjambées. Tu as remarqué une façon très particulière de courir, toi ? Pas moi, en tout cas.

— Moi non plus, admit Rebeca, mais ce sont eux les experts et c'est leur conclusion.

— Je ne me fie qu'à ce que voient mes yeux, et encore pas toujours. Parfois ils me trompent eux aussi.

— Tu te permets de douter des conclusions des gars de la scientifique ?

— Je doute systématiquement de tout, c'est ma façon de travailler, déclara Milo. Et, à vrai dire, je vois plein de zones d'ombre, dans cette affaire. La taille, par exemple. Cette silhouette peut porter des talonnettes à ses bottes et le casque peut tout à fait être beaucoup plus grand que sa tête. Ainsi, la taille qu'annoncent les gars du laboratoire peut varier d'au moins cinq centimètres, si ce n'est pas plus, ce qui changerait légèrement ses mensurations et modifierait la comparaison biométrique. Quant au poids, la tenue qu'elle porte ne s'ajuste pas complètement à son corps ; à certains moments on voit qu'elle est trop grande, comment pouvons-nous être sûrs qu'elle ne porte pas plusieurs couches de vêtements, justement pour transformer son apparence, hein ?

Incrédule et stupéfaite, Rebeca fixa ses yeux sur lui sans bouger.

— Ne me regarde pas comme ça, dit-il sans se retourner. Je dis juste que ces images ne nous permettent pas de conclure grand-chose sur l'allure de l'assassin. Le fait qu'il ait choisi ce genre de tenue montre qu'il a veillé à ce qu'on ne puisse pas le reconnaître. Voilà pourquoi la présence de la caméra de surveillance ne l'a pas gêné.

Il éclata brusquement de rire.

— Pourquoi tu te marres ? demanda-t-elle.

— Quand je vais quelque part où je sais qu'on a installé une caméra de surveillance, j'ai la manie de baisser la tête ; sans chercher plus loin, ici même, dans l'ascenseur du commissariat. Je ne sais pas pourquoi je fais ça, mais je le fais. Peut-être parce que je me sens coupable, je n'en sais rien. En revanche, l'assassin se moque bien qu'on le voie, lui : au contraire, il regarde la caméra et dit même bonjour, expliqua-t-il en faisant reculer le film jusqu'au moment où la silhouette noire faisait un petit signe. Il arrêta l'image : Qu'est-ce que tu penses de ça, hein ?

— Je pense que tu devrais maîtriser davantage ton sentiment de culpabilité. Si j'étais toi, je consulterais un psychologue.

— Oh, putain ! Merde alors ! s'exclama Milo. J'ai oublié la psychologue.

Il tira de sa poche la carte de visite que lui avait remise Bastos et composa le numéro de téléphone inscrit dessus.

— Tu as l'heure ?

— Presque neuf heures. Ça fait plusieurs heures que tu es enfermé ici.

Il entendit le répondeur se mettre en route, attendit que l'enregistrement soit terminé, puis laissa un message où il expliquait qu'il lui avait été impossible de se rendre au rendez-vous de sept heures à cause de son travail. Ensuite, il lui demanda s'il était possible de le remettre au lendemain et lui proposa midi. Après lui avoir demandé de l'excuser, il ajouta qu'il appellerait un peu avant pour confirmer sa visite, il la remercia et raccrocha.

— On continue. On était en train de parler de l'assassin, dit-il en pointant son doigt sur l'écran. Il n'a pas peur de la caméra et lui dit bonjour, en même temps qu'à nous. Mais quel est donc le message qu'il veut faire passer ?

— Il nous lance un défi, affirma Rebeca sûre d'elle. Il est en train de nous provoquer. Tu ne le vois pas ?

— Je suis d'accord avec toi. Et qu'est-ce que tu penses de cette façon de brandir son index, puis de l'agiter de gauche à droite ?

— On dirait qu'il nous dit non.

— Oui, mais à propos de quoi ?

Rebeca retint sa respiration. Tandis qu'elle regardait le film défiler lentement, en avant et en arrière, elle détailla la silhouette en train de replier quatre doigts et d'agiter l'index en signe de négation : à présent, c'était évident. Milo arrêta l'image.

Le cœur battant, la sous-inspectrice fut catégorique :

— *Je ne peux pas pardonner. Je ne peux pas oublier.* Non ? C'est pas ça ?

— Ou alors je *ne veux* pas pardonner, et je *ne veux* pas oublier, corrigea Milo. Je jurerais qu'un visage gorgé de haine se cache sous cette visière noire.

— L'inscription de la colonne de La Pedrera.

Milo fit lentement oui de la tête.

— Et à présent, regarde, dit-il en avançant le film de deux secondes jusqu'au moment précis où la silhouette effectuait un rapide demi-tour pour regagner son véhicule.

Puis il le fit reculer et répéta l'opération. Finalement, il arrêta l'image.

— Que fait la silhouette maintenant ?

— Elle arrête de dire non ? tenta Rebeca. Elle garde son index tendu et immobile.

— Et qu'est-ce que ça signifie ?

— Elle indique un chiffre, le chiffre un, murmura-t-elle abasourdie.

Milo respira profondément. Il se pencha en arrière sur sa chaise et entrecroisa ses mains derrière sa nuque.

— Bienvenue au club, dit-il. À présent ce sont les élucubrations de deux putains de cinglés.

Après avoir terminé la réunion avec les membres du conseil d'administration de la fondation, Félix Torrens, président du Cercle Gaudí, pénétra dans son luxueux bureau et se laissa tomber dans l'un des confortables fauteuils qui s'y trouvait. Il se sentait satisfait. Tout s'était passé comme prévu. Les membres du conseil d'administration avaient accepté les propositions de la présidence et approuvé à l'unanimité les comptes qu'on leur avait présentés, donnant ainsi une nouvelle fois quitus à la gestion qu'il menait avec le plus grand sérieux depuis une bonne vingtaine d'années, après avoir pris la suite de son père, le créateur de la fondation. Tandis qu'il observait les caissons de bois et de fer du plafond, une œuvre du célébrissime Gaudí, ainsi que tout le reste du bâtiment, il ne put réprimer un sourire triomphal. Tout comme le génial architecte, lui aussi possédait un talent unique, inimitable et précieux. Et le constater une nouvelle fois lui donnait un sentiment de puissance, proche de l'invulnérabilité.

Il chaussa ses lunettes à fine monture noire et consulta sa montre, une Patek Philippe en or rose de cent vingt mille euros. Il calcula que les membres du conseil d'administration devaient être en train de descendre l'escalier du Palau Güell, siège de la fondation, en direction de la sortie. Il n'était pas pressé, mais une de ses habitudes, après avoir présidé ces réunions périodiques, était de se tenir loin d'eux afin d'éviter d'hypothétiques et embarrassantes questions. Il jouissait de leur confiance – la plupart d'entre eux faisant partie de ce qu'on appelle les "quatre cents familles" – mais préférait éviter de les fréquenter juste après le conseil d'administration de la fondation. En revanche, il ne voyait aucun inconvénient à aller vers eux au Liceo, dans les tribunes du Barça ou au Cercle équestre, lieu où il se rendait le dernier mercredi du mois pour participer à un repas avec le groupe, une espèce de G20 à la catalane, où il pouvait développer ses influences et établir de nouveaux contacts.

Il se releva avec une certaine difficulté, propre à un homme de plus de soixante ans, et se dirigea vers une armoire où se trouvait le coffre-fort, à peine dissimulé. Il composa la combinaison, en tira un petit attaché-case rigide imitation cuir et laissa tout comme il l'avait trouvé. Il s'approcha de la table, y posa la mallette bon marché et vérifia d'un coup d'œil qu'elle était remplie de liasses de billets de cinq cents euros. Ensuite, il sortit du bureau et traversa l'antichambre dans laquelle sa secrétaire leva la tête vers lui.

— À demain, Gemma, la salua-t-il en souriant. Ne tardez pas trop à rentrer chez vous.

— Je vais y aller, monsieur Torrens. Bonne nuit.

Il traversa le salon du premier étage et, sans prêter la moindre attention à la somptueuse décoration de style mudéjar, se dirigea vers l'escalier. Il descendit jusqu'au vestibule, remarquable par son plafond à double coupole, et traversa la monumentale entrée avec ses grilles de fer forgé ouvragées, ornées de l'écusson de la Catalogne et d'un heaume avec un dragon ailé. Une fois dans la rue, il prit la direction du parking situé à une vingtaine de mètres de là. Comme chaque jour, il se demanda comment le comte Eusebi Güell, un des hommes les plus riches et les plus puissants du XIXe siècle, avait pu commander à Gaudí la construction de sa maison familiale – un véritable palais – sur un terrain situé dans une rue aussi misérable et dans un quartier aussi peu approprié que le Raval. Pourquoi n'avait-il pas choisi le secteur haut de la ville ? Cela lui semblait inconcevable. Félix Torrens était un expert en placements immobiliers et il ne pouvait pas le comprendre.

Il dépassa une épicerie pakistanaise, un salon de coiffure chinois et entra dans le parking. Se faisant toujours surprendre par le maigre éclairage du garage, il se dépêcha d'appuyer sur la commande de déverrouillage à distance des portières de sa nouvelle Jaguar XJ et prit place au volant. Il déposa ensuite la mallette sur le siège du passager et activa la fermeture centralisée. Puis il démarra et, accélérant prudemment, sortit à droite dans la rue. En atteignant les Ramblas, il tourna à nouveau dans la même direction. À cette heure-là, la nuit commençait à tomber et il alluma les feux de croisement.

Immergé dans la circulation de la ville, il se sentit bien à bord de sa berline de luxe. Au frais et confortablement installé, il alluma la radio et désactiva le GPS. Cette voix métallique féminine lui donnant sans arrêt des ordres l'irritait. De plus, il n'en avait pas besoin, il connaissait par cœur le trajet pour se rendre chez lui, rue Torrent de les Roses, dans le quartier de Pedralbes, le secteur le plus haut de la ville qu'il avait pu trouver.

Il fit le tour de la place avec la colonne et la statue de Christophe Colomb et reprit les Ramblas vers le haut conscient des regards qu'il suscitait chez les touristes et les gens en général. Il adorait cette sensation ; lui, à bord de sa berline, enfermé, à l'abri, protégé du monde des anonymes, tandis que les autres grillaient vifs ou conduisaient des véhicules médiocres et sans personnalité. Il parcourut du regard le paseo central des Ramblas, la foule des gens agglutinés sur les terrasses, marchant de haut en bas, s'arrêtant devant les sculptures humaines qui commençaient déjà à ramasser leurs affaires, ou devant les murs de fleurs ou les kiosques. Toute cette foule transpirante et sale ne faisait pas partie de sa réalité. Il était au-dessus de tout ça, fréquentait des lieux privilégiés, sans se frotter aux citoyens de base, se contentant de les observer, comme au zoo, à distance. Sans se contaminer.

Il laissa derrière lui la fontaine de Canaletes et fit le tour de la place Cataluña. Ensuite, il enfila le paseo de Gracia et accéléra pour passer au feu vert. En arrivant à l'avenue Diagonal, il fit à nouveau le tour du rond-point et prit la large avenue en direction du secteur des universités.

À hauteur du Corte Inglés, son portable commença à sonner et il activa son kit mains libres.

— Oui ?

— Il nous faudrait nous entretenir sur le sujet le plus vite possible.

— Toi, fais le travail qui te revient, et moi, je me charge du reste.

— Ça prend plus de temps que prévu et j'ai l'impression que notre homme a la puce à l'oreille.

— Je suis en train de faire le nécessaire. Calme-toi.

— Non, je ne me calme pas. Il faut que ce soit résolu maximum à la fin du mois.

— Ça le sera, fais-moi confiance, insista-t-il en se crispant sur le volant.

— Et le reste ? Où en est l'adjudication de ce que tu sais ?

— Ça marche. Au poil.

— Tu dois intercéder pour libérer la transaction.

— Tu me donnes des leçons ? Tu m'expliques comment je dois faire mon travail ? Tout suit son cours, comme d'habitude, ne t'en fais pas.

— Je suis ravi de le savoir. Je te laisse. Je dois aller calmer qui tu sais.

— Oui. C'est une excellente idée.

Il coupa la communication.

— Espèce de parvenu de merde ! murmura-t-il.

Énervé, il changea de file sans mettre le clignotant et, à hauteur de la faculté de sciences économiques, il tourna à droite pour prendre la contre-allée et monter l'avenue del Ejército. C'était toujours la même chose avec ces novices en politique ; ils perdaient les pédales et c'était à lui de calmer les esprits. Ils ne comprenaient pas que les affaires de palais allaient lentement, que chaque chose avait besoin d'un temps de maturation, et que ce n'était pas bien de serrer les boulons plus qu'il ne faut. Lui, il le savait par expérience. Voilà de nombreuses années qu'il menait à bien ce genre de transactions et il savait parfaitement ce qu'il convenait de faire ou pas.

— Imbécile, murmura-t-il en tâchant de se calmer.

Il prit le rond-point et continua tout droit, vers le haut de la montagne. Le parcours était de plus en plus raide à mesure qu'il s'approchait du labyrinthe de ruelles. Il tourna dans l'une d'entre elles et se prépara à parcourir le dernier tronçon de montées et de descentes, de contours et de virages extrêmement prononcés.

Soudain, en freinant à un stop, il sentit quelque chose dans son dos. Un mouvement.

Il se retourna alors vers la banquette arrière.

— On continue, dit Milo. Pourquoi l'assassin est-il allé garer le véhicule de Parcs & Jardins un peu plus loin ?

Rebeca observa l'image sur laquelle la silhouette vêtue de sa combinaison noire grimpait dans la cabine et faisait avancer le camion de quelques mètres pour l'éloigner de la façade.

— J'imagine que c'était pour que le feu ne puisse pas l'atteindre, dit-elle.

— Et pourquoi l'a-t-il ensuite conduit plus haut sur le paseo, au coin de la rue ?

— Pour qu'il ne soit pas dans l'angle du tournage ? aventura la sous-inspectrice.

Milo hocha la tête en signe d'acquiescement. Puis il réfléchit et ajouta :

— Et aussi pour que personne ne puisse y grimper pour porter secours à la victime. Il a tout calculé afin que rien ne l'empêche de brûler jusqu'à se consumer complètement.

— Ce qui ne fait que souligner sa méticulosité et son absolu mépris pour la vie.

— Il avait prévu l'éventualité qu'un conducteur s'arrête pour tenter d'éteindre le feu. À la hauteur où il l'a suspendu, même avec un extincteur, personne n'y serait parvenu ; on aurait juste réussi à étouffer les flammes sur les jambes.

Rebeca avala sa salive.

— Ça me donne des nausées. Toute cette cruauté.

Milo arrêta le film et éteignit l'écran. Son visage se refléta sur le moniteur. Il observa ses traits fatigués, ses yeux cernés, ses cheveux tout collés. Son air lugubre.

Rebeca pointa son doigt sur le sandwich au fromage et lui demanda s'il allait le finir.

— Allons-y. Je t'aurais bien invitée à dîner, mais ce soir je ne peux pas.

— Tu as un rendez-vous ? demanda-t-elle.

Elle fit mouche.

— Plus ou moins.

— Alors tu ne vas pas analyser tout de suite la vidéo tournée par l'assassin, celle qu'il a diffusée sur internet ?

— Auparavant, je voudrais vérifier quelque chose de…

— Oui, de tes propres yeux, dit-elle. Je me trompe ?

— Gagné. À présent, dis-moi : comment l'assassin est arrivé jusqu'au véhicule de Parcs & Jardins avec sa victime ? Pas à moto, il est impossible de transporter un corps semi-conscient comme un paquet.

Rebeca arqua les sourcils.

— Dans sa propre voiture, bien entendu.

— Bien, décris-moi la séquence de son transfert. Étant donné que le plus simple est d'approcher le corps le plus possible du fameux véhicule, il faut supposer qu'il est arrivé avec sa voiture au coin de la Rambla Cataluña et de la rue Consejo de Ciento.

— En effet, pour éviter de se faire remarquer avec un corps sur le dos.

— Et quelle heure était-il, à ce moment-là ?

— J'en déduis qu'il était autour de cinq heures et demie du matin, pour réduire le temps d'attente ainsi que les risques. Il s'est garé à l'angle et n'a pas coupé le moteur. Il s'est dirigé vers le véhicule de Parcs & Jardins et a forcé la serrure de la portière. Il l'a ouvert et a pratiqué un pont. Puis il a démarré le camion, a quitté la place de stationnement et s'est arrêté. Il a mis le frein à main et est revenu à sa voiture qu'il a garée à la place qu'il venait de libérer. Ensuite, il a sorti le corps, l'a placé dans le véhicule et est retourné vers le sien pour récupérer le bidon d'essence et le fermer à clé. Il est enfin remonté dans le camion de Parcs & Jardins et l'a conduit jusqu'à la Casa Milà. Il a pu y monter par le paseo de Gracia ou par la Rambla Cataluña ; les deux sont possibles.

— Il est remonté par la contre-allée du paseo, dit Milo. C'est ce qu'on peut déduire de l'enregistrement.

— D'accord. Il a atteint La Pedrera et a fait ce que nous savons déjà. Lorsqu'il a eu fini, il a couru pour aller se situer à l'angle d'en face. Et là, il a tourné son putain de film. Les pompiers sont arrivés, il s'est arrêté de filmer et a alors tracé cette maudite lettre G, sur le sol. D'où a-t-il sorti la bombe de peinture ?

Milo haussa les épaules.

— À nouveau de sous sa combinaison de moto ?

— Il avait un véritable arsenal là-dedans, reprit-elle. La caméra, le briquet, le spray de peinture. Je continue : une fois qu'il a eu tracé sa lettre, il a disparu. Personne ne l'a vu, aucun témoin pour déclarer quelque chose d'intéressant.

— C'est logique, vers où pouvaient bien regarder le peu de gens qu'éventuellement il y avait ? Vers le feu, non ?

— C'est évident. L'assassin s'est éloigné en prenant la rue Provenza jusqu'à la Rambla Cataluña, ou alors il a redescendu le paseo de Gracia jusqu'à la rue Consejo de Ciento. Il a bien pris soin de passer loin de l'angle de prise de vue des caméras de surveillance, de celles des banques et de celles des magasins. Celles de la circulation ne l'ont pas enregistré non plus. Aucune d'entre elles n'a filmé un motard avec un casque, en train de marcher à cette heure-là de la nuit. Je continue ? demanda-t-elle à Milo qui fit oui de la tête. Il est arrivé à la rue Consejo de Ciento, est monté dans sa voiture et a tranquillement quitté les lieux. Fin de l'opération.

Milo réfléchit un instant. Cela lui semblait raisonnable.

— Tu viens de me foutre en l'air la possibilité d'obtenir des renseignements sur sa voiture et, dans le meilleur des cas, un nom et une adresse, regretta-t-il. J'ai demandé à Crespo de relever toutes les contraventions dressées dans cette zone le jour de l'assassinat. S'il s'est garé à cette heure-là et à l'endroit où tu dis, c'est autorisé. Autrement dit, il n'y a pas de contravention.

— Il aurait pu voler la voiture, nous connaissons son habileté. C'est une éventualité vraiment peu probable.

— Oui, mais ça n'empêche tout de même pas de l'examiner. Demain matin, souviens-toi de demander à Crespo une liste des voleurs de voitures encore opérationnels dans la ville. Si on trouve un nom, ça pourrait nous être utile pour croiser des informations. Ce type sait parfaitement forcer les serrures et réaliser des ponts pour démarrer ; ce n'est pas à la portée du premier venu, tu sais.

— Ce n'est pas pour me vanter, mais il me semble que je saurais le faire, s'enorgueillit Rebeca. Peut-être pas avec les véhicules modernes à ouverture électronique, mais avec des guimbardes comme celles de Parcs & Jardins avec une clé et un démarreur à l'ancienne, pas de problème.

— Mais c'est que tu es très habile, vilaine fille. Et voilà pourquoi tu vas me préparer pour demain un rapport qui rassemble les conclusions auxquelles on est parvenus aujourd'hui, ainsi que les tiennes propres au sujet de la conduite criminelle de l'assassin. Tu es l'experte de Quantico, non ? Et cette fois, je t'en prie, ne me fais pas un rapport… disons… précipité.

Elle baissa les yeux, secoua légèrement la tête.

— Bien, moi, je ferme la boutique, dit Milo en se levant et en se dirigeant jusqu'à la porte. Tu sais qui, du Département des personnes disparues, s'est chargé du cas d'Eduard Pinto ? J'aimerais m'entretenir avec lui.

— Oui. Mateo Sonseca.

— Je ne le connais pas. Il est sympa ?

Rebeca haussa les épaules.

— Tu veux que je te dépose quelque part ? demanda Milo la main sur la poignée.

— Je vais rester dans le coin encore un petit moment. Pour rédiger le…

— Ne rentre pas trop tard, dit-il en ouvrant la porte.

— Inspecteur Malart, est-ce que je peux te poser une question ?

— Vas-y.

— Pourquoi on t'oblige à consulter un psychologue ?

— C'est une des deux conditions auxquelles j'ai dû me soumettre pour être réintégré dans le service. Les gens d'en haut considèrent que j'ai un pet au casque, tu comprends ?

— Et l'autre condition ?

— L'autre condition, c'est toi. Tu es mon chaperon, répondit-il en quittant la pièce.

Il pénétra dans l'entrée de la rue de l'Atlàntida, actionna l'interrupteur et grimpa dans le noir les quatre étages jusqu'à arriver à son appartement. Il n'avait pas faim, mais il se prépara du pain à la tomate pour accompagner des anchois au vinaigre. Il plaça tout cela sur un plateau avant de sortir sur la terrasse. Tout en mastiquant, il observa l'animation du paseo Marítimo. Un mélange de plusieurs musiques arrivait jusqu'à ses oreilles et une foule qui s'agglutinait un peu partout avait répondu à l'appel sonore. Il fallait animer l'été. Les uns, à la recherche d'un boulot ; les autres, d'une distraction.

À Barcelone, les gens sont le paysage.

Il rapporta les restes de son repas à la cuisine et se dirigea vers sa chambre. Il retira ses vêtements et s'allongea directement sur les draps. Il ferma les yeux. La sueur glissait à flots dans son dos. Au bout de plusieurs minutes, il décida de sortir à nouveau sur la terrasse et de s'installer dans la chaise longue. Ce fut pire. Les cris des gens, le début d'une bagarre entre soûlards, la grinçante superposition des rythmes musicaux. La tête embourbée par la fatigue, il passa à nouveau son jean et descendit dans la rue.

Il traversa le paseo et marcha jusqu'au bord de l'eau. Il se déshabilla, mit ses vêtements en boule et entra dans la mer. Au premier plongeon, il sentit immédiatement sa tête se libérer et une sorte d'énergie revigorante parcourir tout son corps. Il fit quelques brasses en direction du large, puis il se laissa flotter bras et jambes en étoile. Ce n'était pas la mer de Port de la Selva, dans laquelle il pouvait se baigner parmi les bancs de poissons, mais cela suffisait pour se rafraîchir, comme dans une immense piscine ; et au moins là, on n'entendait pas le hurlement des sirènes. Il contempla la ligne de la côte. L'hôtel W, unique avec sa forme de voile larguée : la vieille tour du funiculaire, sa cambrure câblée grimpant jusqu'au sommet de la montagne de Montjuïc ; les gratte-ciel de la tour Mapfre et l'hôtel Arts rivalisant de hauteur et de design ; et au loin les cheminées de la centrale thermique du Besòs, qui ne fonctionnaient déjà plus, mais avaient été conservées en raison de leur valeur testimoniale d'une autre époque.

Depuis la mer, le paysage de Barcelone était différent, et sa beauté, hypnotique.

Loin de la terre ferme, la capitale catalane lui semblait être une ville attachante, chaleureuse. Elle réveillait en lui un sentiment de tendresse. C'était un environnement vital pour lui, comme faisant partie de sa famille, et il pouvait donc se permettre de la juger avec sévérité. Et ce qu'il en pensait était qu'elle avait perdu son âme au cours de ces vingt dernières années. Elle avait suivi le modèle de toutes les autres agglomérations touristiques, de toutes ces villes qui avaient renoncé à leur identité pour devenir de simples destinations de tour-opérateurs. Ses gestionnaires l'avaient transformée en une gigantesque attraction pour visiteurs et le prix à payer pour ce changement n'avait été autre que ces citoyens qui, à grands coups de pelle mécanique, avaient été dépossédés de leur bien pour construire d'immenses places désertes et des hôtels cinq étoiles. Soudain, il eut le sentiment de ne plus être tout seul. Le cœur gros, il sentit une multitude de corps inertes autour de lui. De milliers de corps flottant tout près de lui, comme s'il était immergé dans un bassin de formol, au fond d'une morgue du XIXe siècle. Il y avait là un gros tas de victimes oubliées.

Il nagea furieusement jusqu'à la côte. Il s'habilla à toute vitesse et se dirigea vers son appartement. Il saisit la bouteille de vodka dans le congélateur. Il allait en boire une gorgée lorsqu'il se souvint de la menace qui pesait sur sa tête. Il hésita. La crainte fut plus forte que la tentation et il rangea la bouteille d'alcool à sa place. Tout tremblant, il passa sous la douche pour se rincer. Ensuite, il se rhabilla, prit sa plaque, son arme, le premier livre qui lui tomba sous la main dans le tas qui se trouvait près de la porte et sortit de l'appartement.

Il roula dans les rues de plus en plus désertes à mesure qu'il s'éloignait de la plage. Il n'était pas encore l'heure de se rendre au travail et il en profita pour traverser lentement la ville, en savourant la fluidité de la circulation. Il grimpa jusqu'au mirador et s'arrêta pour observer le panorama sans descendre de voiture. L'agglomération se reposait paisiblement, blottie entre mer et montagne. En redescendant, il se dit qu'il pourrait passer chez Irene, mais il chassa immédiatement cette idée de sa tête. Il accéléra puissamment. Irene. Il lui suffisait de penser à elle pour perdre le moral. Il s'immergea dans la solitude des rues.

Il était un peu plus de cinq heures lorsqu'il se gara sur un bateau du paseo de Gracia. Il descendit de voiture avec le livre sous son bras. Il était presque l'heure. Il se posta sur le trottoir d'en face et observa La Pedrera pour la troisième fois dans la même journée et demie. Il n'y avait pas âme qui vive. Il s'approcha d'un des bancs modernistes, posa son livre sur le siège, enfonça ses mains dans ses poches et commença à parcourir le paseo dans un sens puis dans l'autre.

À cinq heures et demie pile, il s'arrêta à l'endroit où l'assassin avait filmé sa victime.

Et il attendit.

Il entendit alors le cliquetis des petites roulettes d'un chariot sur le dallage. Il tourna la tête et aperçut un clochard sans âge bien défini, débraillé et sale, qui avançait péniblement dans sa direction en poussant un caddie rempli à ras bord de détritus de toutes sortes. Il portait une chemise déchirée, des pantalons trop courts, qui ne lui couvraient pas les chevilles, attachés à la taille avec un bout de ficelle, et des sandales trouées laissant voir ses pieds violacés. Ses cheveux clairsemés et hirsutes se hérissaient dans tous les sens. On aurait dit qu'il parlait tout seul.

En arrivant à sa hauteur, Milo détecta une odeur âcre de transpiration et une autre plus rance encore de fumée de tabac brun. Et, par-dessus tout ça, la particulière puanteur du vin bon marché.

— T'aurais pas vu ma valise? lui demanda brusquement l'homme d'une voix cassée et enrouée. J'avais une valise. J'avais tout dans ma valise.

Il s'approcha encore un peu et s'arrêta pile en face de Milo. Les yeux du clochard possédaient la même caractéristique que ceux de son père : ils regardaient par-dessus son épaule, comme s'ils observaient quelque chose dans le lointain, au-delà de lui. Il reconnut tout de suite ce regard incapable de se poser sur quelque chose, il en connaissait la signification. Les fuites momentanées de la réalité.

— Ma valise ? insista-t-il. C'est toi qui l'as prise ?

Cet homme possédait une histoire. Les choses s'étaient gâtées pour lui à un certain moment de sa vie, déchaînant une série d'événements qui l'avaient progressivement mis dans cet état. Et comme dans toutes les tragédies, on ne sait jamais se soustraire à elles. Il avait déjà perdu l'espoir de tout changer, la vie l'avait submergé et à présent il ne représentait plus rien pour quiconque. Cependant, par le passé, il a bien dû y avoir quelqu'un pour s'occuper de lui. Qui aurait pu prévoir un scénario pareil ? Mais voilà : il se déroulait vraiment. Et de plus en plus souvent d'ailleurs.

La seule chose qu'il possédait aujourd'hui, c'était lui-même, mais Milo ne pensait pas que cela le souciait outre mesure.

— Non, ce n'est pas moi qui l'ai prise, dit-il. Mais je sais qui a fait ça.

En même temps que le clochard frissonnait, ses yeux se mirent à cligner plusieurs fois. Ensuite, ils fixèrent son visage avec un reflet anxieux.

— Dis-moi qui a piqué ma valise. Je range tout dans ma valise.

Milo retint sa respiration.

— C'est le type habillé en motard qui est resté planté ici, il y a plusieurs jours, tu te souviens de lui ? dit-il.

Tous les témoins regardaient en direction du feu. Et qui ne l'aurait pas fait ? À part un clochard, un gars qui se moquait bien de ce qui pouvait se passer autour de lui, car il cherchait sa valise, un point c'est tout. Milo décida de profiter de cet éventuel coup de chance et ne laissa pas transparaître sa nervosité :

— Je suis persuadé que c'est lui.

L'homme se redressa lentement. Il détourna son regard. Au bout d'un moment, pendant lequel il avait assimilé ce que Milo venait de dire, il le fixa à nouveau par-dessus l'épaule.

— Tu crois que c'est ce mec-là ? balbutia-t-il.

— Tu l'as vu ? demanda Milo.

L'homme fit oui de la tête, les yeux dans le vide.

— Non, c'est pas ce pédé qui a piqué ma valise.

Milo réprima son envie de le secouer pour qu'il déballe tout ce qu'il savait une bonne fois pour toutes.

— Comment tu sais qu'il est pédé ?

— Parce que c'en est un ! hurla-t-il violemment. C'est même un putain de pédé de merde qui est resté planté là à attendre l'arrivée de la fourgonnette qui est finalement passée le prendre !

— Ne t'inquiète pas, je vais récupérer ta valise, je te le promets. Mais avant, il faut que tu me dises à quoi il ressemblait exactement. Je suis persuadé que c'est lui qui l'a piquée. Il m'a aussi taxé la mienne.

— Il t'a taxé ta valise, à toi aussi ? répéta l'homme, le visage froissé par une grimace de rage. Ce pédé voleur !

— À quoi il ressemblait ? Tu as vu sa gueule ?

— Bien entendu, répondit-il, brusquement calmé. Il était beau, efféminé, les cheveux blonds et rasés. Il est monté dans la fourgonnette blanche et a foutu le camp. Mais il a pas pris ma valise ! rugit-il de sa voix pâteuse en recouvrant son agressivité et en levant le poing avec un regard trouble et menaçant : Non, c'est pas ce pédé qui a piqué ma valise, je te dis ! C'est toi, hein ?

Milo comprit qu'il ne tirerait plus rien de cet homme.

— Je te dis que ce n'est pas moi qui te l'ai taxée.

— J'avais tout dans ma valise, psalmodia-t-il une nouvelle fois.

Il baissa la tête, attrapa le caddie et reprit son chemin en marchant avec difficulté en direction de la mer. De temps à autre, il se tournait et, méfiant, regardait derrière lui.

Milo soupira profondément. Il jeta un coup d'œil à son portable. Il était cinq heures quarante.

C'était le moment.

Il se planta là où s'était arrêté l'assassin et tenta de se calmer. Il avait besoin de faire le vide pour mettre en pratique sa méthode et ressentir les choses différemment. Comme les ressentirait un psychopathe.

Il fixa à nouveau son regard sur la Casa Milà. D'après les magazines satiriques de l'époque, un gigantesque parking pour dirigeables. Tout ce qui était différent, nouveau, provoquait résistance et critique féroce. Ainsi, l'avait-on baptisée La Pedrera pour se moquer, en raison de son aspect de pierre molle. C'était le prix à payer pour le génie. Personne ne comprenant son concept organique révolutionnaire, Gaudí avait été férocement critiqué à son époque. Puis le temps se chargea de remettre les choses à leur place : les imbéciles et leurs critiques finirent aux oubliettes et le maître architecte passa à la postérité, gagna la mémoire collective et la vénération des générations à venir. Vénération, mémoire collective. Le génie incompris.

Il ferma les yeux et tenta de se mettre dans la peau de l'assassin, de le devenir. De visualiser la scène.

L'homme est déjà enveloppé par les flammes. Il mérite de brûler en enfer. À présent, il me faut signer mon geste. Je vais me placer ici, le cadrer et le filmer. Son corps est la proie des flammes. Il a eu le châtiment qu'il méritait. Le spectacle me réconforte. Sa douleur est devenue ma récompense. Je veux qu'il souffre l'indicible, mais ce n'est pas encore suffisant.

— Je n'en ai pas assez, murmura-t-il en pressant ses paupières. Que me faut-il de plus ?

J'ai besoin de donner une leçon, de compléter ma vengeance.

— À qui ? Pourquoi ?

Ma haine réclame plus de souffrance. Une autre victime. Elle a besoin d'une douleur plus insupportable. D'humilier.

— Mais pourquoi ce bâtiment ?

Je veux souiller le génie, la mémoire collective. Je veux salir l'image de la ville. La marquer au fer rouge pour toujours. Pour qu'elle n'oublie jamais. Je la hais. Et je vais lui donner une bonne leçon.

— La ville est ta victime, ton objectif ? balbutia-t-il en rouvrant les yeux.

Perplexe, il secoua la tête et son portable se mit à sonner.

— C'est Susana. Un autre homme a disparu sur le trajet pour rentrer chez lui, comme le précédent.

5

Le visage moribond, complètement défait ; la peau sur les os. L'horreur dans les yeux. Et à la commissure des lèvres complètement sèches, striées, se creusaient de grosses gerçures blanchâtres. Dans un dernier geste de désespoir, poussé par une soif extrême, la victime tirait la langue pour tenter d'attraper quelques gouttes du liquide qui dégoulinait sur son visage. Immédiatement après, reconnaissant le goût de l'essence, elle faisait une horrible grimace. Et deux secondes plus tard, lorsque son cerveau tout boursouflé parvenait à mettre en rapport l'arrière-goût du carburant avec ce qui allait se passer ensuite, une effroyable panique lui dilatait les yeux. Milo put clairement observer le moment où la synapse se produisit. L'instant exact où la victime comprit qu'elle allait mourir dévorée par les flammes. En découvrant le destin qui l'attendait, tout son visage se contracta en une grimace de terreur sans limites.

C'était la première image qu'avait filmée l'assassin : un premier plan de sa victime.

Il arrêta l'enregistrement. Écœuré, il poussa le fauteuil à roulettes en arrière et l'éloigna du moniteur. Il n'en pouvait plus. Il se leva et fit quelques pas à travers la salle de visionnage.

Après avoir reçu l'appel de la juge Cabot, il avait décidé de se rendre immédiatement au commissariat. Il avait conduit en se posant une multitude de questions. Un nouveau disparu signifiait-il que sa théorie était juste ? Étaient-ils effectivement face à un tueur en série ? L'événement avait-il un rapport avec Eduard Pinto ? Lorsqu'il était entré dans le bureau commun, le jour se levait. Il échangea un salut avec les quelques membres du GEHME qui étaient déjà au travail, il avait déambulé tel un fantôme, ne sachant que faire, puis s'était dirigé vers la salle de repos en quête d'un café bien serré. Après en avoir bu deux tasses coup sur coup, il avait pris plusieurs barres de céréales au chocolat dans le buffet et s'était rendu dans la salle de visionnage. Avant que la bombe de la nouvelle n'éclate au commissariat central, il voulait voir l'enregistrement que l'assassin avait posté sur internet. Il se disait que la journée allait être particulièrement intense.

Le film était en couleurs, tourné avec une caméra électronique de haute définition. On pouvait observer avec netteté les moindres détails. Cependant, il n'incluait pas l'incrustation de la date et de l'heure, et Milo avait été obligé de calculer les minutes grâce à l'enregistrement des caméras de surveillance. L'image extrêmement dure du gros plan correspondait à cinq heures quarante-deux, lorsque l'assassin leur tournait le dos et s'entretenait quelques instants avec la victime. Lui avait-il adressé juste quelques mots ? S'était-il réjoui de sa souffrance en lui indiquant ce qui allait se passer ? Lui avait-il transmis un dernier message ?

D'après le profil de l'assassin, Milo était persuadé que celui-ci avait saisi la belle occasion qui s'offrait à lui d'infliger une nouvelle torture à sa victime. De plus, le fait d'avoir filmé en muet le confortait dans sa conviction. C'était une affaire privée entre eux deux et le meurtrier ne voulait pas de témoin de leur éventuelle conversation.

Il retourna brusquement devant le moniteur. Fit reculer le film de quelques secondes, l'arrêta au moment précis où Eduard Pinto comprenait qu'il allait mourir. Le visage de ce dernier dénonçait une terrifiante frayeur. Et autre chose encore. Il passa l'enregistrement tout doucement, en avant puis en arrière, plusieurs fois. La victime avait les yeux exorbités sous l'effet de la panique, mais après une très courte pause, pratiquement indétectable, elle contractait son visage en une moue d'effroi encore plus terrible. C'était un détail apparemment insignifiant, mais il avait le mérite d'exister. Il pointait un instant infime, mais important : celui où il entendait la courte phrase que lui disait son bourreau. Et les yeux de la victime montraient qu'il venait soudain… de reconnaître son tortionnaire.

— L'assassin a tenu à être identifié, dit-il à haute voix, sans s'en apercevoir.

Après l'avoir séquestré cinq jours durant, sans lui donner ni à manger ni à boire, il a attendu le dernier moment pour lui dire qui il était vraiment. Et son nom a provoqué une terreur épouvantable chez la victime.

Confus, il s'adossa à son fauteuil à roulettes et laissa le film se dérouler. S'il était dans le vrai, il ne parvenait pas à comprendre la raison pour laquelle l'assassin avait gardé son identité secrète pendant la période des cinq jours. Cela lui semblait très étrange, déconcertant même. Pendant qu'il réfléchissait à cela, il observa le plan suivant de la vidéo. Déjà posté à l'angle opposé de La Pedrera, l'assassin filmait à distance l'agonie et la mort d'Eduard Pinto. Il calcula que ce plan correspondait à cinq heures quarante-cinq, une minute après avoir quitté à toute vitesse le pan coupé de la Casa Milà et sa victime en train de brûler.

Parfaitement cadré, le corps apparaissait enveloppé dans les flammes. La déchirante douleur mordant chaque cellule de son être. Les branches des arbres cachaient en partie la vision de la torche humaine. Ses convulsions. Et c'est alors que, avec une lenteur sadique, perdant en définition à mesure qu'il avançait, l'objectif de la caméra s'approchait pour montrer, en plan rapproché, sa bouche laminée par un hurlement muet. La chair de ses joues commençant à fondre sous la progression du feu. Un peu plus tard, à cinq heures quarante-sept, l'objectif s'éloignait à nouveau pour cadrer, en plan moyen, les secousses de moins en moins vives alors que le feu conservait la même vigueur. Eduard Pinto cessait de s'agiter à cinq heures quarante-neuf. Les langues de feu léchaient son torse et ses jambes désormais immobiles. Enfin, dans un large plan d'ensemble, la caméra montrait une image encore plus percutante : tandis que le corps pendait, calciné, une flamme tremblotait sur sa tête comme un feu follet ; et derrière, tel un insolite gibet, le majestueux bâtiment de La Pedrera et sa façade ondulante. L'image, ajoutée à l'émouvant silence, provoquait chez le spectateur attraction et répulsion mêlées.

Surpris par la plastique du plan, Milo ne prêta presque pas attention au moment où le film montrait l'arrivée des pompiers à six heures deux et de quelle façon ceux-ci s'empressaient d'éteindre les dernières braises. L'enregistrement s'arrêtait une minute plus tard.

Il éteignit le moniteur. Et en voyant son reflet sur l'écran, sursauta, brusquement impressionné. Son visage était celui d'un homme qui venait d'apercevoir l'enfer de très près.

Il était huit heures vingt du matin lorsque Rebeca arriva au commissariat avec l'étrange impression que ce vendredi les événements allaient se précipiter. Inquiète, elle s'assit à son poste de travail et observa le bureau de l'inspecteur-chef Singla, à travers les rideaux ouverts. Il marchait de long en large, le téléphone collé à l'oreille, gesticulant sans arrêt. Elle le vit raccrocher rageusement et composer un nouveau numéro. Un peu plus loin, assis sur une des chaises, l'inspecteur Bruno Bachs parlait aussi dans son portable. Contrairement à Singla, il était tout à fait calme, mais on pouvait déceler une véritable tension sur les doigts de sa main gauche qui pianotaient sur le bureau.

Un des sergents de garde qui s'apprêtait à quitter les bureaux passa à côté d'elle.

— Tu sais ce qu'ils mijotent ? demanda Rebeca en pointant son menton vers le bureau de Singla.

— Tu n'es pas au courant ? Hier soir un autre homme a disparu et ce matin c'est panique à bord. Le commissaire-chef a convoqué une réunion de toute urgence et tout le monde est sur le pied de guerre. Tu connais son caractère, surtout lorsqu'il appuie sur le bouton d'alerte générale. Moi, je finis mon service juste maintenant, et tu ne peux pas savoir comme je suis ravi de rentrer chez moi.

— On a des nouvelles de l'inspecteur Malart ?

— Il s'est enfermé dans la salle de visionnage. Il est arrivé à six heures passées avec la tête de quelqu'un qui vient de croiser un revenant, il était pâle comme un linge. Il errait entre les tables comme une âme en peine, parlant tout seul. C'est un type super-bizarre, crois-moi.

— Tu sais à quelle heure est la réunion, par hasard ?

— Tu n'as pas été convoquée ? demanda le sergent, surpris. Tu t'occupes de cette affaire, hein ?

— Tu sais à quelle heure, oui ou non ? insista-t-elle avec impatience.

— À neuf heures, dans la grande salle. Tout le monde est convoqué.

Elle se leva sur-le-champ et se dirigea rapidement vers la salle de visionnage. Elle y découvrit une scène déprimante. À moitié couché sur le fauteuil à roulettes, les jambes sur le bureau, Milo dormait à poings fermés enlacé sur lui-même, la tête sur la poitrine, lâchant de temps en temps un ronflement. Près de l'écran, on pouvait voir une tasse de café renversée et trois barres de céréales intactes. Et une désagréable odeur de renfermé accompagnée de pénétrants relents de transpiration flottait dans toute la pièce.

Elle traversa la salle, ouvrit une fenêtre et s'approcha pour le réveiller. Elle voulut tendre la main droite, mais la retint en l'air. Le visage de Milo portait les ravages de la fatigue. Il avait les yeux extrêmement creusés et cernés, la peau ridée avec une barbe de plusieurs jours, la bouche entrouverte dans un rictus d'évanouissement.

Il ouvrit brusquement les yeux et Rebeca sursauta.

— Ça ne colle pas, murmura-t-il d'une voix pâteuse. Ça ne colle pas du tout.

Le regard absent, à mi-chemin entre la veille et le sommeil, il l'observa sans la reconnaître, complètement désorienté. Milo était l'image même du handicapé. Soudain, il décroisa les bras, remit ses jambes sur le sol et se redressa sur son fauteuil à roulettes.

— Qu'est-ce que tu fais ici ?

— C'est bien ce que je me demande aussi à ton propos. Pourquoi es-tu en train de dormir dans la salle de visionnage ?

— La salle de visionnage ? Quelle salle de ?… balbutia-t-il en regardant autour de lui.

— Inspecteur Malart, tu es au commissariat au cas où tu ne le saurais pas.

Milo porta les mains à son visage et se frotta les yeux. Il secoua plusieurs fois la tête, regarda à nouveau la sous-inspectrice et s'aperçut qu'elle portait un jean bleu marine et un tee-shirt gris avec les lettres NYPD* imprimées dessus. Sur la poitrine. Il rougit et leva immédiatement les yeux.

— Belle collection de tee-shirts, dit-il.

— En revanche, toi, tu es carrément dégoûtant. Tes vêtements sont tout froissés et tu pues. Inutile de parler de ta barbe de clochard et de tes cheveux crasseux. Tu as juste le temps d'améliorer, autant que faire se peut, ton allure générale avant que la réunion ne commence.

— Quelle réunion ?

— Toi non plus tu n'as pas été convoqué ? C'est dans quelques minutes, à neuf heures.

Il se leva trop brusquement. La tête lui tourna soudain et il dut se rasseoir. Encore en proie à son malaise, il vit vaguement Rebeca sortir de la salle. Il attrapa une barre de céréales. Pendant qu'il retirait le papier qui l'enveloppait, il fit rouler son fauteuil jusqu'à la fenêtre. Il observa la rue tout en mangeant. Le soleil projetait déjà son feu accablant, faisant flotter les objets dans la chaleur d'une atmosphère déformante. Il entendit le hurlement d'une sirène approcher et, tout de suite après, aperçut une ambulance qui zigzaguait dans la circulation.

Rebeca entra à nouveau. Elle déposa un café et un jus d'orange sur la table.

— Je te préviens, je voudrais que ce soit bien clair, c'est la dernière fois que je fais la jeune fille de la maison avec toi. La dernière, tu m'entends ?

Milo lui demanda de lui parler de la réunion.

— Hier soir, un homme a disparu alors qu'il rentrait chez lui et Bastos a convoqué une réunion de toute urgence. D'après ce que je viens d'apprendre, ils seront tous là, mais je ne sais pas qui exactement. Pas nous en tout cas. Tu étais au courant de cette nouvelle disparition, toi ?

— La juge Cabot m'a appelé de bon matin pour me prévenir.

— Et tu n'aurais pas pu faire la même chose avec moi ? Je suis ton équipière, tu t'en souviens ?

* New York City Police Department.

— Quel téléphone aurais-je pu appeler ? se défendit-il. J'étais dans la rue et je n'ai pas ton numéro de portable. D'ailleurs je ne sais même pas si tu as un fixe, alors tu vois. Oui, bien sûr, une fois au commissariat, j'aurais pu le demander et t'appeler, mais j'étais tellement dérouté par les derniers événements que je n'ai pensé qu'à une chose : regarder le film de l'assassin.

— De quels derniers événements tu veux parler ?

Il ouvrit la bouteille de jus d'orange et la vida en deux gorgées.

— Je te raconterai ça tout à l'heure. Il faut que je me dépêche pour ne pas arriver en retard comme la dernière fois.

— Tu as l'intention de te rendre à la réunion sans y avoir été invité ?

Il but une longue gorgée de café et ouvrit une autre barre de céréales.

— J'enquête sur cette affaire, non ? Alors, j'ai du nouveau et je dois être présent à la réunion, expliqua-t-il en mordant dans la barre. C'est Singla qui a pris l'initiative de m'écarter, j'en suis sûr. Il a une mémoire extrêmement sélective. Ah, et puis tu vas venir avec moi, toi aussi.

— Tu en es sûr ? demanda-t-elle d'un air dubitatif. Moi, je ne tiens pas à m'attirer des ennuis, tu sais.

— Eh bien, tu n'as qu'à rentrer chez toi et tu rateras le spectacle, un point c'est tout. C'est à toi de décider. C'est à prendre ou à laisser.

Rebeca réfléchit un instant.

— Passe-moi ton portable, dit-elle en tendant la main. Pendant que tu vas aux vestiaires, j'ajouterai mes numéros de téléphone à tes contacts. Comme ça, tu n'auras pas d'excuses la prochaine fois.

Milo finit son café, saisit la dernière barre de céréales et sortit de la pièce.

— En attendant, tu ne voudrais pas imprimer les photos que tu as prises ?

— C'est déjà fait… hier soir ; elles sont dans le dossier. Avec quelques photogrammes de l'enregistrement des caméras de surveillance, les plus révélateurs. Tout est prêt.

Rebeca le vit sortir à toute vitesse. Une manœuvre de diversion ? Déconcertée, elle arqua les sourcils.

Dans les bureaux du GEHME, on assistait à une agitation inhabituelle de gens qui couraient dans tous les sens. La plupart avaient des dossiers sous le bras et gesticulaient nerveusement. De plus en plus tendue, Rebeca observait ce déploiement d'activité frénétique depuis son bureau. Fixant sans arrêt sa montre, elle se demandait où l'inspecteur Malart avait bien pu aller.

— Tu es prête ? demanda Milo en surgissant brusquement derrière elle.

Il n'était toujours pas rasé ; ses cheveux étaient humides et mal coiffés, mais il avait pris une douche et changé de chemise. Il était un peu plus présentable.

— On est en retard, protesta Rebeca.

— C'est tout ce que tu as à me dire ? Ton dossier est prêt, j'espère !

Elle soupira d'impatience et ils se dirigèrent vers la salle de réunion. En arrivant près de la porte, Milo marqua un temps d'arrêt, respira profondément et l'ouvrit directement, sans frapper.

— Messieurs, désolé pour ce retard, dit-il en s'écartant pour permettre à la sous-inspectrice Mercader d'accéder à la salle. Des difficultés de dernière minute.

La pièce était vaste, rectangulaire. Une vingtaine de chaises étaient éparpillées, dont une bonne moitié avait été orientée en demi-cercle vers le fond, présidé par un pupitre trônant devant un tableau magnétique couvrant le mur. Une dizaine de visages se tournèrent dans sa direction. Milo distingua la juge Cabot, assise au centre, à côté d'un homme qu'il ne connaissait pas. Style soigné, costume crème, lunettes à grosse monture noire, et d'énormes poches sous des yeux fendus, étroits, bridés. Son regard hautain dénonçait sa contrariété pour cette interruption. À l'une des extrémités, Singla gigotait sur son siège. Le reste des chaises était occupé par les inspecteurs Bruno Bachs et ses collègues Víctor Sena, Tomás Rojo et Arturo Cervera, chargés d'enquêter sur la vie d'Eduard Pinto. Il y avait aussi deux hommes du Département du patrimoine et des fraudes, dont il ignorait les noms bien qu'il les ait croisés à plusieurs reprises dans les couloirs et deux autres personnes qu'il supposa faire partie du Département des personnes disparues. Enfin, debout devant le pupitre, on pouvait voir Bastos qui les observait fixement et avec un visage inexpressif.

— Si vous voulez bien vous installer, dit-il, nous allons poursuivre la réunion.

— Commissaire-chef, intervint Singla, l'inspecteur Malart et la sous-inspectrice Mercader n'ont pas été convoqués. Il n'y a encore que quelques jours qu'ils ont rejoint l'enquête.

— Vous avez raison, nous ne sommes que des ajouts de dernière minute, dit Milo en avançant d'un pas décidé tandis que Rebeca faisait de même à sa suite. Et en effet, personne ne nous a prévenus, mais tout cela est dû à un malentendu. Les nombreux soucis de l'inspecteur-chef Singla lui ont probablement fait oublier de nous convoquer. C'est sans doute une erreur car nous apportons un certain nombre de faits nouveaux de première importance, qui sont tout à fait de nature à modifier l'orientation générale de l'enquête.

Il y eut un silence embarrassé, tandis que Bastos les regardait alternativement l'un et l'autre.

— Je ne sais pas ce que vous en pensez, dit la juge Cabot sur un ton grave et austère, mais moi j'aimerais bien entendre ce que l'inspecteur Malart prétend avoir trouvé.

— N'en parlons plus, coupa Bastos, asseyez-vous et poursuivons s'il vous plaît.

Milo saisit deux chaises et les plaça en dehors du demi-cercle, derrière la juge et l'homme au costume crème. Ils s'assirent. Rebeca posa la chemise contenant les documents sur son giron en la serrant fermement.

— Comme je vous le disais, poursuivit le commissaire-chef, je voudrais remercier la juge Susana Cabot, ainsi que M. le procureur anticorruption Màrius Fuster d'avoir eu l'obligeance de se rendre au commissariat afin de faciliter cette réunion extraordinaire.

— Étant donné la gravité de la situation, interrompit le procureur Fuster, laissons de côté les remerciements et allons droit au but. Il était plus simple pour nous de nous déplacer jusqu'ici que pour vous de venir à la Cité de la justice. S'il vous plaît, avançons, venons-en aux faits.

— Les faits, très bien. Hier soir un autre homme a disparu dans des circonstances similaires à celles de ce malheureux Eduard Pinto. Il s'agit de Félix Torrens, président du Cercle Gaudí, membre du conseil d'administration de la fondation catalane, appartenant à une famille très connue de la haute bourgeoisie de Barcelone. Vu sa position et l'importance de son entourage, sa disparition ou son enlèvement va entraîner un scandale aux proportions difficilement imaginables, qu'il faut impérativement prévenir en usant de la plus grande délicatesse et de façon prioritaire. Inutile de vous dire que la pression des milieux politique et médiatique va être énorme. Chef Sonseca, je vous laisse la parole, dit-il en s'asseyant près du pupitre.

Mateo Sonseca, inspecteur-chef du Département des personnes disparues, consulta ses notes.

— Les faits ont eu lieu un peu après vingt et une heures, on ne peut pour l'instant pas être plus précis, dit-il. Vers vingt heures cinquante, M. Torrens est sorti de son bureau, situé au Palau Güell, dans la rue Nou de la Rambla, aux numéros 3 et 5, puis il a pris la direction de son domicile. D'après sa secrétaire, Gemma Valdecasas, il venait de présider une réunion exposant le rapport financier du Cercle Gaudí à laquelle étaient présents tous les membres du conseil d'administration. Il a ensuite quitté les lieux une mallette à la main. En sortant du bâtiment, ainsi que le montrent les caméras de surveillance, il a pris la direction du parking situé dans la même rue, à quelques mètres de là, que la fondation partage avec l'hôtel Gaudí situé juste en face. Les caméras du parking, en revanche, sont juste dissuasives et elles n'ont pas enregistré d'images. On sait, grâce au gardien, qu'il est monté dans son véhicule, une Jaguar XJ bleu métallisé et qu'il est sorti du garage sans problème. À partir de cet instant, M. Torrens a désactivé son GPS. Il a pris la direction de chez lui, et a fait un détour vers la zone universitaire pour grimper dans la partie haute de la ville. On a pu reconstituer cette partie de ses déplacements après avoir déterminé sa position grâce à la dernière communication reçue sur son portable. Ensuite, il s'est introduit dans le labyrinthe de rues étroites du secteur, et c'est dans une d'entre elles qu'on suppose qu'il a été abordé et neutralisé par un individu qui se serait caché sur la banquette arrière. C'est sa femme qui a donné l'alerte après onze heures du soir. À la suite de plusieurs appels infructueux, elle a commencé à se faire du souci et a appelé les secours. On a retrouvé le véhicule fermé et vide, parfaitement garé dans la rue Can Falgàs, sur un tronçon qui ne dispose pas de caméras de surveillance. Les agents de la police scientifique n'ont pas trouvé le moindre indice ni la moindre trace. Ni sur la banquette arrière ni sur les poignées des portières. C'est tout ce qu'on sait à cette heure-ci.

— On a reçu une demande de rançon ? demanda l'inspecteur Rojo.

— Non, mais il est encore trop tôt. C'est pour cette raison qu'on ne peut pas encore écarter l'hypothèse qu'il s'agisse d'un enlèvement, et qu'on maintient pour l'instant le dispositif habituel permettant d'intercepter les appels.

— Il y a des témoins ?

L'inspecteur-chef Sonseca fit non de la tête.

— Quel est le sentiment de votre service, à propos de ce qui s'est passé ? voulut savoir Sena.

L'inspecteur Sergi Cruz, l'autre inspecteur du Département des personnes disparues, se racla la gorge.

— On pense que le suspect a pu pénétrer dans le véhicule de la victime après avoir copié la fréquence du mécanisme d'ouverture, dit-il. Ces véhicules de luxe possèdent ce qu'on appelle une clé intelligente, qui ouvre, ferme les portières et bloque le démarreur. Mais notre individu voulait juste entrer dans la voiture, pas la voler. Pour copier la clé, il lui a suffi d'être tout près de la victime quelques jours avant, afin de capter la fréquence et de la reproduire ; c'est pas très difficile à faire si l'on possède le matériel adéquat. On suppose qu'il s'est introduit dans le véhicule alors qu'il était garé dans le parking de la rue Nou de la Rambla. Les lieux sont mal éclairés et le gardien est âgé ; il a du mal à accomplir sa tâche et n'est pas toujours dans la guérite ; de plus, on a déjà dit que les caméras sont en toc : n'importe qui possédant un sens de l'observation un peu développé peut s'apercevoir de ce détail. L'individu ouvre donc la portière, s'installe sur la banquette arrière et referme. Il lui suffit de quelques secondes. Il attend que sa victime arrive, puis il se contente de patienter en silence, immobile, jusqu'à ce que le moment de la neutraliser soit venu. Il a choisi un lieu tranquille et désert, près du domicile de la victime, sans caméra, et où l'on ne risque pratiquement pas de croiser un témoin. Il a tout prévu et il l'aborde. À cet instant-là, il y a deux possibilités : ou bien il le neutralise sur-le-champ et s'installe à la place du conducteur, en prenant le risque d'avoir un accident, ou bien il le menace avec une arme, l'oblige à rouler jusqu'à la rue Falgàs et, avant de s'arrêter ou tout de suite après, il s'occupe de lui. On opte pour la deuxième solution. C'est la plus plausible.

— Et on peut savoir de quelle façon ?

— On l'ignore, mais le plus probable est qu'il se soit servi d'un Taser : on peut en trouver au marché noir ou sur internet ; ou bien il lui a injecté une substance anesthésiante, hypnotique ou un stupéfiant. Avec une dose bien concentrée, les effets peuvent être foudroyants. Et puis c'est facile à trouver dans la rue.

— Et après l'avoir neutralisé, poursuivit Sonseca, il quitte la voiture, approche son véhicule préalablement garé dans la même rue et y transfère le corps. Ensuite, il efface ses traces, emporte la mallette et ferme la voiture. En un tournemain, l'opération est terminée. Il quitte enfin les lieux sans se presser pour ne pas attirer l'attention.

— Ce type est un véritable fantôme, résuma l'inspecteur Cruz. Silencieux, possédant un sang-froid à toute épreuve, des nerfs d'acier, habile à s'éclipser, soigné et propre dans chacun de ses mouvements. Il prend le temps de planifier, suit sa victime, prévoit ses actions dans le moindre détail et les mène à bien avec une efficacité remarquable. Il ne se laisse pas décourager par les difficultés et s'arrange pour les surmonter plutôt avec succès. Pour l'instant, on n'a absolument aucune possibilité de l'identifier. Il est tout à fait invisible.

— Ce sont des caractéristiques qui collent parfaitement avec celles de notre assassin de La Pedrera, fit remarquer Milo.

— Oui, la méthode est similaire, identique à celle utilisée pour Eduard Pinto, admit Sena.

— Ne nous hâtons pas de tirer des conclusions, dit Singla.

— Un instant. Tu as dit qu'il a emporté la mallette, n'est-ce pas ? demanda Rojo.

— C'est ce qu'on peut en déduire, répondit Sonseca. Félix Torrens est sorti de son bureau du Palau Güell avec un attaché-case, et on ne l'a pas retrouvé dans sa voiture.

— Et vous savez ce qu'il contenait ?

— Non, dit-il en jetant un regard interrogateur vers le procureur Màrius Fuster qui, inquiet, se dandina sur son siège. Ça peut être des papiers, des documents confidentiels du Cercle Gaudí…

— Ou de l'argent, précisa Rojo.

L'inspecteur-chef du Département des personnes disparues haussa les épaules et se tut.

— Ce type a dû toucher le gros lot, dit Cervera. Il enlève un homme plein de fric pour demander une rançon et il se retrouve en plus avec une mallette bourrée de billets de banque. Il a eu une chance de cocu, non ?

— Cervera, je vous en prie, l'admonesta Singla, nous ne sommes pas là pour écouter vos âneries.

— Eh bien, moi, je suis d'accord avec lui, intervint Milo. À mon avis, même si je doute qu'il s'agisse d'un simple enlèvement, la mallette était bourrée de fric, ça c'est clair comme de l'eau de roche.

— Et sur quoi tu t'appuies pour affirmer ça ? Tu as des preuves de ce que tu avances ?

— Oui, et les voilà, dit-il en pointant son doigt sur la tête de l'homme qui était assis devant lui. Si cette mallette n'avait pas contenu de fric, beaucoup de fric, pourquoi le procureur anticorruption assisterait à cette réunion, hein ?

Màrius Fuster se retourna. Ses yeux lançaient des étincelles. Il le regarda d'un air sévère. Milo lui tendit la main et l'homme au costume crème la serra instinctivement.

— Je suis l'inspecteur Malart, monsieur le procureur, Milo Malart.

Un silence extrêmement tendu s'ensuivit. Toute l'attention se concentra sur le procureur.

Fuster se racla la gorge.

— Bien, messieurs, le moment est sans doute venu de prendre à mon tour la parole, dit-il. Peut-être ne sommes-nous pas en train d'enquêter sur un enlèvement, mais plutôt sur une tentative de fuite.

Il alluma le téléviseur de la salle du bas et sélectionna Telecinco. Le visage familier de Julia Valle apparut sur l'écran de cinquante-cinq pouces, un spectaculaire LG ultramoderne. Il retira le son. Il ne supportait pas la voix de cette femme. Elle se prenait pour la plus grande et n'était qu'une vulgaire analphabète possédant le charme et la séduction d'une marchande de quatre-saisons. D'après lui, c'était le secret de son succès dans sa tranche horaire du matin, à l'heure où la majorité de l'audience est composée de personnes du troisième âge et de ménagères.

Il regarda sa montre. Il était neuf heures quarante. Dans quelques minutes, ce serait l'habituelle coupure de la publicité. Impatient, Mauricio Navarro dirigea son regard au-delà des larges baies vitrées de la terrasse inférieure de son duplex, situé au dernier étage.

Sa vie était très proche de celle à laquelle il avait toujours rêvé. Il était au sommet de sa carrière, jouissait d'une popularité pas du tout détestable, et du haut de ses quarante-six ans, il pouvait affirmer qu'il avait obtenu un indéniable succès, ce que ses difficiles débuts n'avaient en tout cas jamais présagé. D'abord chroniqueur dans une radio locale de Barcelone, où il découvrit que la chronique noire était celle qui réveillait vraiment l'intérêt du grand public, il travailla ensuite dans une autre radio de portée nationale. C'est alors qu'il apprit à dialoguer avec les policiers, à leur soutirer des informations – son talent le mieux reconnu – et à savoir enrober les faits – semi-vérités et indices approximatifs – avec sa formidable éloquence et son verbe haut. Il introduisait ses chroniques à partir d'un schéma tout à fait simple : il parlait de ce qu'il avait entendu dire ou de ce qu'il savait, puis il inventait ce qu'il ignorait en utilisant l'art de l'ambiguïté avec toujours le même objectif, celui d'atteindre le plus large public possible. Tout pour l'audience. Et cela finit par fonctionner. De plus, il eut la chance de couvrir les crimes commis à Barcelone par l'Assassin du parking et cette aubaine inattendue le catapulta au sommet de la gloire. Sa voix, qui n'était cependant pas excessivement bien timbrée, était suivie sur les ondes par une masse fidèle d'auditeurs pressés de l'entendre égrener ses théories les plus échevelées. "Selon les milieux bien informés" était son habituel leitmotiv d'introduction pour développer ensuite ce que les policiers considéraient comme une insupportable déformation de la réalité et une véritable intoxication radiophonique. Mais comme il n'avait pas le moindre scrupule, ces critiques lui passèrent au-dessus de la tête. Obsédé par le taux d'audience, il ne tarda pas à recevoir l'appel tant convoité de la télévision. Et ce ne fut pas seulement un appel mais deux. Grâce à un nouveau coup de chance, il eut la veine que deux chaînes, Antena 3 et Telecinco, soient en même temps intéressées par ses chroniques. Pendant les enchères ouvertes pour obtenir sa collaboration, les chiffres devinrent pure folie. Ce fut Telecinco qui emporta le morceau, en réalité grâce à l'insistance de sa présentatrice étoile, Julia Valle, le phénomène télévisuel du moment, et au fait qu'elle était la championne de l'audimat du pays, dans la tranche horaire matinale, avec son émission quotidienne intitulée *Les Matinées de Julia*.

La vie de Navarro changea du tout au tout. Sa première décision fut de divorcer, en acceptant de verser à son ex-femme une pension mensuelle extrêmement généreuse, pour elle et ses deux enfants, et de lui donner leur appartement de la rue Aribau, dans le but de faire accélérer la procédure. Une fois libre comme l'air, il contracta un emprunt en plein bouillonnement immobilier, pour acheter un luxueux appartement en duplex avec terrasse dans la rue Tres Torres, située dans le riche quartier haut de Barcelone. Ensuite, il se rendit à Madrid où il loua un appartement dans la rue Velázquez et se prépara à relever un nouveau défi professionnel à Telecinco. Deux jours par semaine, les mardis et les jeudis, il se retrouvait aux commandes d'une rubrique qu'il intitula *Chroniques en noir*. Et voilà qu'il reçut à nouveau la visite de la déesse Chance. Juste au début de son nouveau magazine, une série de crimes et délits surgirent dans l'actualité nationale, en rapport avec ce qu'on appelle la "violence de genre", une triste réalité en plein essor qui lui valut un accroissement significatif de l'audience, ainsi que du matériel tout frais pour élaborer ses chroniques tapageuses. Même le fait qu'une des femmes qu'il avait interviewées – pour tirer profit de sa terreur après avoir dénoncé les mauvais traitements de son mari – fut quelques jours plus tard égorgée par son conjoint vengeur ne constitua pas une raison suffisante pour freiner son chemin vers le succès. Au contraire, cela lui rapporta un nouveau record dans l'audimat et la reconnaissance du directoire de la chaîne, qui lui assura que la plainte déposée contre lui par les membres de l'Association de défense des téléspectateurs n'aurait aucune suite, comme ce fut le cas.

À cheval entre deux villes, il résidait à Barcelone et les lundis et les mercredis soir se rendait à Madrid afin de se lever de bonne heure les jours de l'émission pour s'entretenir avec les rédacteurs et Roberto Alcázar, le directeur. Son bouc aux poils blancs, et ses cheveux parfaitement bruns, sa façon de faire rouler les yeux lorsqu'il suggérait "selon les milieux bien informés" la teneur du mobile du crime et sa belle allure, qui produisait son effet chaque fois qu'il se déplaçait sur le plateau d'un pas calculé au millimètre près, lui valurent bientôt, outre un premier prix d'audience, un laissez-passer particulier lui permettant de venir à bout des réticences de plusieurs policiers pour leur soutirer des informations classées secret de l'instruction par le procureur lui-même.

Cependant dernièrement de petits nuages sombres voilaient son parcours professionnel. L'audience, particulièrement velléitaire, avait commencé à tourner le dos à Julia Valle et en même temps à l'ensemble des rubriques de l'émission. Et lorsqu'une présentatrice étoile voyait sa condition de phénomène télévisuel menacé, la responsabilité était immédiatement reportée, sans le moindre scrupule, sur un de ses collaborateurs. Au sein de cette répartition fantaisiste des responsabilités, très proche de la roulette russe, Navarro n'ignorait pas qu'il pouvait très bien essuyer le coup de feu mortel. Et c'était quelque chose que, pris à présent à la gorge par le prêt démesuré qu'il avait contracté à l'époque des vaches grasses, ainsi que par l'incontournable et confortable pension qu'il devait verser à son ex, il ne pouvait vraiment pas se permettre.

Il observa le ciel clair et poussa un profond soupir. Les rayons de soleil brillaient à qui mieux mieux sur la mer qu'on pouvait apercevoir à l'horizon. Aujourd'hui, il allait faire aussi chaud que tout le reste de la semaine. Ce serait intenable. Il préférait le climat de Madrid, plus sec, sans cette malsaine humidité des villes proches de la côte qui lui était insoutenable. Du coin de l'œil, il s'aperçut qu'on diffusait enfin la coupure publicitaire et il s'empressa d'appeler Roberto Alcázar.

Il n'avait que quatre minutes pour s'entretenir avec le directeur des *Matinées de Julia*.

— Roberto, c'est moi, dit-il en dissimulant son anxiété. J'ai remarqué que l'équipe était très tendue envers moi depuis plusieurs jours. Je ne sais pas si c'est parce que vous n'êtes pas satisfaits de ma prestation ou parce que…

— Mauricio, c'est tout simplement à cause de Julia, tu la connais, coupa Roberto. Elle est en pleine chasse aux sorcières et cela nous perturbe tous. À ta place, je ne m'inquiéterais pas.

— Non, je ne m'inquiète pas, ajouta-t-il en réfléchissant à toute vitesse.

— Il est cependant vrai que dans les dernières émissions tu as un peu manqué de punch, comme si tu avais perdu ton flair de démolisseur. Tu vois ce que je veux dire ?…

— Je vois parfaitement, Roberto. C'est pour cette raison que je t'ai appelé. Voilà, je me suis dit que…

— Tu n'es plus celui que tu as été, Mauricio ! poursuivit le producteur de l'émission. Tes sujets sont devenus anodins. Par exemple ta chronique d'hier, au lieu d'être noire, a été très ennuyeuse, je dirais : plutôt grise ! Et tu sais bien ce que veut Julia, Mauricio. Elle veut du sang, et plus il est chaud, mieux c'est. Antena 3 a fait une meilleure audience que nous à trois reprises, et toi tu t'entêtes à parler seulement d'histoires de cul. Il y a la Cuatro pour ça, mon vieux ! Il faut que tu remontes en puissance ; tes chroniques doivent être plus noires, plus rouges, plus sanglantes, je ne sais pas, moi ! Moi, je suis juste un messager, mais l'audience reste l'audience, Mauricio.

— Je le sais et c'est pour cette raison que je t'ai appelé. Pour te dire que…

— Julia n'a pas encore parlé d'un remplaçant, mais si j'étais toi, je me dépêcherais de changer mon fusil d'épaule.

— J'ai quelque chose d'explosif entre les mains, dit-il en parlant d'un seul trait. Ça va faire trembler toute la chaîne.

— Je t'écoute.

— C'est très morbide, improvisa-t-il, très brutal. Ça va faire frissonner tout le pays. Glisses-en un mot à Julia.

— Donne-moi un aperçu. Je ne peux pas l'allécher si tu ne me donnes pas quelque chose à lui mettre sous la dent.

— C'est en rapport avec le type qu'on a brûlé sur la façade d'un bâtiment de Gaudí. Ça concerne la vérité sur cette affaire. J'ai une putain de gorge profonde, qui se trouve en première ligne. Je ne te l'ai pas dit avant parce que j'attendais de vérifier l'info…

— De vérifier ? Tu déconnes ou quoi ? Bouge ton cul et écris-moi cette chronique ! Tu risques le tout pour le tout et mardi prochain… on prend une décision sur ton cas.

— Oui, mais ça va coûter des ronds, beaucoup de ronds. Mais la source en vaut la peine, ça c'est sûr.

— Depuis quand le fric est un problème ? Merde alors ! C'est toi qui parles de fric !

— C'est ce que je voulais t'entendre dire. Mardi, vous allez halluciner. C'est du matériel de première qualité ; une vraie bombe.

— J'en glisserai un mot à Julia, assura-t-il. Voyons-nous mardi. Mais souviens-toi, nous avons besoin, enfin… tu as besoin… d'une super-chronique. Bien noire et pleine de sang. Que voulais-tu vérifier ? Tu plaisantes !

— Laisse tomber. Tu en parles à Julia et vous allez voir, vous n'allez pas être…

Le producteur de l'émission raccrocha.

Navarro posa le téléphone sur la table basse de style baroque du salon. Sa main tremblait. Le visage souriant de Julia Valle refit son apparition sur l'écran du téléviseur.

— Espèce de salope !

Il l'éteignit d'un air rageur et jeta la télécommande sur un des canapés design. Furieux, il se mit à parcourir le salon de long en large. Il était urgent pour lui de contacter à nouveau l'informateur qu'il avait eu par le passé ; les renseignements de celui-ci avaient été capitaux pour lui faire définitivement franchir les étapes, à la grande époque de l'affaire de l'Assassin du parking : il y avait deux ans déjà et ç'avait été du tout cuit. Son informateur lui avait donné des détails essentiels et tout alla comme sur des roulettes. À l'exception cependant d'un tout petit couac. Il y eut un nouveau crime et l'on retrouva une autre femme morte dans un parking lugubre, étranglée, la tête enfouie dans un sac-poubelle : la méthode habituelle du psychopathe. D'après les enquêteurs, c'est sa chronique qui avait encouragé l'assassin, le poussant à récidiver. Mais ce n'était pas vraiment sa faute, il y avait la liberté de l'information et c'était le milieu policier qui était responsable. Lui n'avait fait que devancer les autres. Le problème, c'est qu'ensuite, après le scandale, l'informateur ne donna plus signe de vie, même si personne ne réussit à l'identifier. Et sans témoin contre lui, il se tira facilement du bourbier sans qu'aucune charge ne soit retenue. La chance, la veine, qui semblait toujours l'accompagner, le protégea une fois de plus. Pour sauver la face, l'affaire fut étouffée et le Département des relations avec les médias de la police de Catalogne n'en fit aucune publicité. Cependant la nouvelle généra ses potins dans toute la ville et il dut se présenter devant le procureur accompagné de son avocat pour essuyer une admonestation et un sévère avertissement. Mais tout s'arrêta là. Ce ne furent que des mots, seulement des mots. Il était le représentant de la liberté d'expression et, en cette qualité, intouchable.

Mais tout cela était déjà de l'histoire ancienne. À présent il y avait un gros paquet en jeu, une grosse somme d'argent, et il savait que son informateur avait un prix. Et sinon, il en connaissait un nouveau. Il avait déjà engagé un premier rapprochement. Mauricio Navarro était persuadé que si la proposition était suffisamment alléchante, son informateur alternatif du GEHME se mettrait à chanter comme un petit oiseau, au creux de sa main.

Il s'immobilisa brusquement et saisit son BlackBerry. Il commença à chercher dans sa liste de contacts.

— Il a pris la fuite ? s'étrangla l'inspecteur Rojo. Pourriez-vous préciser, procureur Fuster ?

Le procureur anticorruption saisit ses lunettes et les rechaussa soigneusement sur son nez. Ensuite, incapable de dissimuler son arrogance, il changea de position sur sa chaise.

— En ce moment, dit-il, nous étudions la possibilité que M. Torrens n'ait pas été victime d'un enlèvement, ainsi que semblent l'indiquer les ressemblances avec la précédente disparition de M. Pinto, mais qu'il ait tout simplement tenté de fuir. C'est ce que nous craignons.

— Et vos craintes se basent sur quelque chose de concret ? demanda Milo dans son dos.

— Voilà, dit-il sans se retourner, nous avons découvert une insolite coïncidence, pour ne pas dire un hasard douteux. Il y a de cela un mois et demi nous avons reçu un appel anonyme au ministère public, qui dénonçait de graves irrégularités dans la gestion financière du Cercle Gaudí lequel, comme vous le savez, est une association à but non lucratif. Depuis, nous travaillons sur cette affaire et tout semble indiquer que plusieurs délits d'ordre financier y ont été commis. Fraude, malversations, trafic d'influences, double comptabilité, détournement d'argent… En résumé, tout un éventail de corruptions financières à grande échelle, une authentique mise à sac. Selon nos calculs, nous sommes en train de parler de chiffres à six zéros et plus, de millions. Et nous n'avons pas encore commencé à tirer sur le fil de la pelote. Précisément ce matin, à la première heure, une équipe d'agents commandés par l'inspecteur-chef Daniel Obispo et l'inspecteur Rubén Cano, ici présents, appartenant au Département du patrimoine et des fraudes, ainsi que moi-même, en qualité de responsable du ministère public, avions prévu de nous rendre dans les bureaux de l'association pour y procéder à une perquisition et à une saisie de documents et de matériel informatique, dans le but de les faire analyser ultérieurement par nos services. Et voilà qu'à notre grande stupéfaction, nous avons été informés hier soir de la disparition *opportune* de M. Félix Torrens, principal suspect dans l'organisation et la finalisation desdits délits financiers. Comme vous pouvez vous en douter, nous avons déjà apposé les scellés sur le bâtiment afin de protéger l'intégrité des preuves et suspendu la suite de l'opération dans l'attente de nouvelles instructions. Pour le ministère public, il est d'abord préférable d'éclaircir les circonstances de l'étrange événement dont M. Torrens semble avoir été victime. C'est la raison de ma présence ici.

Rebeca et Milo échangèrent un regard inquiet.

— Vous étiez donc en train d'enquêter sur le président du Cercle Gaudí ?

— En effet, inspecteur Singla. Nous avons de solides soupçons envers lui et pensons qu'il peut être à la tête d'un réseau de corruption dont nous n'osons même pas imaginer la portée.

— Et d'autres personnes sont impliquées ?

— Pour l'instant, je ne peux rien ajouter d'autre, répondit le procureur d'un air suffisant.

— Mais vous aviez l'intention de l'arrêter, n'est-ce pas ? insista Singla.

Màrius Fuster acquiesça d'un léger hochement de tête.

— Ça va chier des bulles, lança l'inspecteur Cervera. Corruption, haute bourgeoisie, cercles du pouvoir… Moi, j'appelle ça un cocktail explosif ! On va se taper la une de tous les journaux !

Singla le foudroya du regard.

— Et tu trouves ça marrant peut-être ?

— Au cas où il aurait pris la fuite, intervint Rojo, comment pensez-vous que M. Torrens a eu connaissance des intentions du ministère public de perquisitionner aujourd'hui les bureaux de la fondation ?

D'une voix glaciale, l'inspecteur-chef Obispo expliqua qu'ils avaient ouvert une enquête interne aussi bien au sein du Département du patrimoine et des fraudes qu'au sein du bureau du ministère public pour vérifier s'il s'y trouvait un éventuel informateur.

— En accord avec M. Fuster, ajouta-t-il, et précisément afin d'éviter qu'il ne prenne la fuite, nous avions pris la décision de nous rendre au Palau Güell hier après-midi, jeudi, autour de six heures. Voilà pourquoi je partage l'opinion de M. le procureur sur la coïncidence insolite de la disparition, volontaire ou involontaire, de M. Torrens juste trois heures après. Et avec une mallette qui, d'après ce que nous avons pu savoir à la suite d'une conversation extrêmement tendue avec le directeur administratif de la fondation, M. Arnau Mascaró, pourrait bien contenir une somme proche de un million d'euros en coupures de cinq cents.

— Eh ben putain ! s'exclama Cervera.

— Et quand avez-vous trouvé le temps d'avoir cette conversation ? demanda Rojo.

— Ce matin très tôt, vers cinq heures, à son domicile, expliqua l'inspecteur Cano. Nous l'avons tiré du lit alors qu'il n'était pas encore sur ses gardes. Ensuite il s'est complètement refermé sur lui-même et l'interrogatoire est devenu, disons, plus hostile. Mais en nous montrant un peu fermes, nous avons réussi à lui tirer les vers du nez.

— Je ne crois pas aux coïncidences, murmura Milo en réfléchissant à haute voix.

— Pardon ? Que voulez-vous dire exactement ? demanda le procureur en prenant cette fois la peine de se tourner vers lui.

— Un instant, dit-il. D'après le récit de Sonseca, avant de sortir du Palau Güell hier soir, Félix Torrens a présenté le rapport financier de la fondation aux membres du conseil d'administration du Cercle Gaudí, n'est-ce pas ?

L'inspecteur Sonseca acquiesça d'un geste.

— Ce qui signifie qu'ils étaient en plein débat lorsque le procureur et les agents du patrimoine et des fraudes ont pris la décision de perquisitionner aujourd'hui, à la première heure, dans leurs bureaux. Quelqu'un peut-il m'expliquer comment, dans ces conditions, il a pu organiser sa fuite ?

— On a déjà pensé à cet aspect des choses, dit l'inspecteur Cano. Il est possible qu'il ait été prévenu à un moment ou à un autre de notre enquête, qui a duré un mois et demi, et qu'il ait ensuite décidé de retarder sa fuite jusqu'au dernier moment. Enfin, hier après-midi, vers six heures, il a tout à fait pu recevoir un appel l'informant de nos intentions. Le timing est un peu serré, mais parfaitement réalisable.

Milo arqua les sourcils.

— Et il avait rangé tout ce fric dans son coffre-fort jusqu'à hier soir ?

Son portable se mit soudain à sonner et il s'empressa de le tirer de sa poche. Après avoir lu qui l'appelait, il l'éteignit immédiatement et leva une main en guise d'excuse.

— Ses magouilles financières te surprendraient-elles ? demanda Cano. Eh bien, je peux te dire que, d'après les preuves qu'on a récoltées, il gérait la fondation comme s'il s'agissait de son propre patrimoine.

— Cette affaire va produire de sacrés remous, affirma Cervera sur un ton cinglant.

— D'entrée, reprit le procureur Fuster d'un air contrarié, elle nous oblige à tenir une conférence de presse afin de dire pourquoi nous avons apposé les scellés et pour arrêter l'avalanche de spéculations que ne vont pas manquer de déclencher les médias. C'est un travail très délicat qui va nous demander de doser, avec une extrême finesse, le contenu de notre communiqué. Nous devons marcher sur des œufs à cause des forces politiques qui semblent être mêlées à tout ça. Et là, j'en dis déjà trop.

— Je comprends, fit Bastos. Pour nous c'est la même chose. Avez-vous déjà décidé quelle allait être la ligne officielle ?

— En principe, je suis en attente de votre diagnostic. Et je peux vous affirmer que le temps presse, messieurs.

— Il y a suffisamment d'indices pour écarter le fait qu'il puisse y avoir un rapport entre la disparition d'Eduard Pinto et celle de Félix Torrens, déclara Singla. Dans le premier cas, nous pensons qu'il s'agit d'une vengeance, si macabre soit-elle, mais en définitive d'un règlement de compte personnel pour des raisons qui nous échappent encore. Tandis que dans le deuxième cas, d'après les éléments fournis par M. le procureur, tout conduit à penser à une fuite. Les signes sont atterrants.

— En parlant de signes, moi, je ne serais pas aussi sûr de moi que vous semblez l'être, intervint Milo.

Singla se tourna vers lui d'un air irrité, mais le procureur Fuster le devança.

— Pouvez-vous vous expliquer, inspecteur Lamart ? Et s'il vous plaît le plus brièvement possible.

— Malart, inspecteur Malart, corrigea-t-il. Même méthode, même profil. C'est le même homme, c'est évident. Et même si je ne crois pas aux coïncidences, voilà sans doute l'exception qui confirme la règle. C'est pourquoi et aussi grâce à ce qu'on a découvert, dit-il en désignant Rebeca, je pense qu'il y a effectivement un rapport entre les deux affaires et que M. Torrens a été enlevé. Quoi qu'il en soit, dans cinq jours nous en aurons le cœur net.

— De quoi voulez-vous parler ? demanda le procureur en clignant ses petits yeux de fouine.

— Si Félix Torrens est entre les mains du même assassin qu'Eduard Pinto, il est en ce moment en train d'être torturé sans recevoir la moindre alimentation ni la moindre boisson. Et dans un laps de temps de quatre jours, cinq au maximum, on va le retrouver suspendu à un bâtiment de Gaudí, brûlé vif. Je suis désolé de ma cruauté, mais c'est exactement ce qui va se passer si, comme je le crois, les deux affaires ont un rapport entre elles.

Màrius Fuster soupira avec une certaine arrogance.

— Trop long, dit-il. Le ministère public ne peut se permettre d'attendre cinq jours. Quelqu'un ici a-t-il une autre opinion ? Il attendit impatiemment tandis qu'aucun membre de la réunion ne faisait mine de vouloir intervenir. Disons-le d'une autre façon : est-ce qu'un inspecteur du GEHME partage la même opinion que M. Malart ? Et mademoiselle, dit-il en s'adressant à Rebeca, vous, vous ne comptez pas ! Ne vous en formalisez pas, mais vous n'êtes encore que sous-inspectrice.

Aucun membre du Groupe spécial d'homicides de la police de Catalogne ne pipa mot.

— Monsieur le commissaire, vous non plus, vous ne la partagez pas ?

— Absolument pas, dit Bastos. Moi je me fie à l'opinion de mes hommes et, plus concrètement, à celle de l'inspecteur-chef Singla. J'ai toujours respecté la hiérarchie.

— Je comprends, dit le procureur anticorruption en faisant la moue. Dois-je alors en conclure que tout le monde, sauf l'inspecteur Malart, pense qu'on n'est pas face à un enlèvement, mais bien face à une fuite ?

Le commissaire-chef Bastos encouragea Singla en lui lançant un petit regard discret.

— Absolument, monsieur le procureur, sans le moindre doute, répondit l'inspecteur-chef.

— C'est une erreur, insista Milo dans un murmure. Je parie tout ce qu'on veut. Y compris ma carrière.

— J'en prends bonne note, dit Singla d'un air renfrogné.

— Messieurs, coupa le procureur en se levant, la position du ministère public est donc très claire et mon travail ici est terminé. C'est à présent à vous d'enquêter sur ce crime odieux qui ne possède aucun rapport, et j'insiste sur "aucun", avec la fuite de M. Torrens. À présent, je dois vous laisser, mon bureau m'appelle. Comme je vous l'ai déjà dit, nous devons préparer rapidement l'incontournable conférence de presse. Juge Cabot, je vous rapproche de la Cité de la justice ?

— Merci, monsieur le procureur, mais je vais rester encore un instant ici. Je suis curieuse d'entendre les nouveaux éléments que l'inspecteur Malart dit avoir en sa possession.

L'inspecteur-chef Obispo se leva et l'inspecteur Cano en fit autant.

— Eh bien, nous, si vous voulez bien nous excuser, dit le premier, nous abandonnons également la réunion. Tout comme M. le procureur, nous avons à faire face à un véritable guêpier dans notre service.

Tandis que les trois hommes serraient la main du commissaire-chef Bastos, Rebeca en profita pour demander à Milo qui l'avait appelé.

— Appel masqué, dit-il en se penchant sur Susana. La politique, c'est vraiment de la merde.

La juge Cabot se redressa sur son siège. Elle lança un regard furtif en direction de Rebeca.

— Vous venez juste d'inventer le fil à couper le beurre, inspecteur Malart ? Ne vous inquiétez pas et poursuivez votre enquête. Au fait, vous allez garder pour vous ces fameux nouveaux éléments combien de temps encore ?

— Madame la juge, auparavant, je voudrais vous présenter ma nouvelle équipière, la sous-inspectrice…

— Rebeca Mercader, s'empressa de dire la policière pas très certaine que Milo se souvînt de son nom. Enchantée, madame la juge.

— Tout le plaisir est pour moi. Faites attention à cet homme, c'est un drôle de filou.

Milo allait répliquer, mais un léger raclement de gorge du commissaire indiqua que la réunion allait reprendre. Le petit sourire de la juge s'effaça de son visage.

L'obscurité était impénétrable. Il battit plusieurs fois des paupières. Non, non, il ne rêvait pas.

Tout cela était réel, c'était en train de lui arriver vraiment.

Il tenta de se redresser, mais une douleur aiguë explosa dans sa tête et il y renonça. Il s'allongea à nouveau par terre, sur une surface rugueuse et froide qu'il supposa être du ciment. En explorant à tâtons, il découvrit qu'à sa gauche, au bout de son bras, se trouvait un mur construit avec le même matériau. C'est tout ce qu'il put vérifier. Étourdi, il se demanda où il se trouvait, pourquoi on l'avait conduit ici, il ne savait où, et le plus important : qui était l'auteur de son enlèvement? Il cherchait une réponse. La seule chose dont il se souvenait était qu'il se trouvait au volant de sa berline de luxe, en train de rentrer chez lui, lorsqu'il avait perçu un mouvement dans son dos qui le fit se retourner immédiatement. À partir de ce moment-là, tout était flou. Une ombre s'était jetée sur lui et lui avait planté quelque chose de très fin à la base du cou. Il avait senti la piqûre et la façon dont soudain ses forces l'abandonnaient. Ensuite, en quelques secondes, il avait perdu connaissance. Jusqu'à présent.

Allongé sur le dos, il étendit ses bras sur les côtés, toucha un mur du bout des doigts et tenta de respirer normalement. Il n'y parvint pas. Le sentiment d'étouffer commença à s'accentuer et la panique s'empara de lui. Il hurla de toutes ses forces, jusqu'à s'égosiller.

Au bout d'un moment, la respiration agitée, tremblant de tout son corps comme une feuille, il se tut. Il n'aboutirait à rien avec son hystérie. Malgré ça, il se sentit un peu plus soulagé, juste assez pour retrouver un peu de sérénité. Il prit une nouvelle bouffée d'air et se dit qu'il lui fallait maîtriser ses nerfs, penser avec lucidité. C'était cela qui l'avait toujours sauvé pendant les différentes épreuves qu'il avait dû affronter tout le long de sa vie. Et il en avait traversé un nombre plutôt important.

Il se remémora les événements. Quelqu'un l'avait agressé, drogué avec une substance puissante et enfermé dans ce lieu. Si cet individu avait voulu en finir avec lui, il serait déjà en train de manger les pissenlits par la racine. Et non, ce ne pouvait pas être à cause du reste. Il avait tout bien ficelé, tout était strictement sous contrôle. Personne n'oserait lever la main sur lui, par crainte des conséquences. Non, il s'agissait sans aucun doute d'un enlèvement. Son kidnappeur savait qu'il était très riche et qu'il pouvait le faire cracher au bassinet, un bon paquet de fric. Il respira tranquillement. Si tout ça n'était qu'une question d'argent, il n'y aurait pas de gros problèmes. Sa femme prendrait contact avec son avocat, celui-ci avec son directeur administratif, et l'affaire serait rapidement réglée. Sans intervention des forces de police ni rien de ce genre. De façon privée et sans avoir à répondre à la moindre question. Arnau Mascaró saurait comment s'y prendre. C'était son homme de confiance et il l'avait bien dressé. En plus, lui aussi était mouillé, il n'avait aucun intérêt à ce que quelqu'un vienne mettre son nez dans leurs affaires. Tout devait se résoudre discrètement, sans faire de bruit. On aurait le temps de récupérer ensuite le montant de la rançon ou, mieux encore, de l'oublier comme un mauvais rêve et de se concentrer ensuite sur la vie normale.

Oui, c'était un enlèvement : ça pouvait avoir du sens.

Soudain, il se rappela un détail. Lorsqu'il était sorti du Palau Güell, il avait son habituelle mallette bon marché à la main, contenant presque deux millions d'euros. Il manquait juste deux cent mille euros pour arriver à cette somme. Son kidnappeur était-il au courant ? L'avait-il emportée ? Personne ne commettrait une erreur pareille, et encore moins un professionnel de sa trempe, aussi efficace. Alors, pourquoi faire durer plus longtemps cet enlèvement ? Et si ce n'était pas une question d'argent, ni du reste, de quoi pouvait-il bien s'agir ?

L'affaire commença à perdre de son sens.

La peur envers cette situation inconnue éclata bientôt dans son esprit et il s'aperçut que sa respiration s'accélérait et qu'une sueur froide coulait soudain sur son visage. Terrorisé, il roula sur lui-même et se mit à quatre pattes. Il avança d'un pas, et son front se cogna contre un obstacle. Il le tâta et reconnut le même matériau rugueux. Du ciment. Sans changer de position, il recula maladroitement d'un pas. Au deuxième, ses pieds touchèrent un autre mur. Trois mètres, calcula-t-il. Puis il s'allongea et roula en sens inverse, jusqu'à toucher à nouveau le mur. Il se mit perpendiculairement à celui-ci et répéta l'opération à quatre pattes. Au deuxième pas, sa tête se cogna contre un nouvel obstacle. Celui-ci était différent. Métallique. Il le tâta pour en appréhender la forme. Des barreaux. Non, ils étaient plats et rectangulaires. Des grilles donc, de fer forgé. Il tendit la main, parcourut à genoux toute la surface de la cellule, d'un mur à l'autre. À mesure qu'il avançait, sa frayeur décuplait. Certaines grilles étaient de forme irrégulière et, en les palpant, il s'aperçut qu'on leur avait donné la forme d'une plante grimpante, comme du lierre. C'est alors qu'il en tâta une autre qui possédait des contours différents. Reconnaissant immédiatement sa forme, il poussa un cri. Il s'agissait d'une bouche de fer ouverte et remplie de dents aussi aiguisées que des couteaux.

Frénétique, il se leva et commença à pousser des hurlements pour demander de l'aide. Il marcha à travers la minuscule cellule, se cogna sans arrêt contre les murs, pour immédiatement après reculer hors de lui, comme un automate, et répéter la manœuvre dans le noir le plus absolu. Lors d'un de ses va-et-vient, désorienté, il enfonça son pied dans un trou et tomba de tout son long. Poussant un cri de douleur, il soutint sa cheville blessée. Ensuite, il chercha avec sa main et trouva l'ouverture dans le sol. Autour d'elle, ce dernier formait une pente douce. Il introduisit plusieurs doigts pour vérifier sa taille. Il pouvait y engager son poing en entier. Malgré le manque de grille, il eut l'impression qu'il s'agissait d'un égout. Sans comprendre pourquoi, cela le précipita dans une horreur encore plus grande. Et lorsque, d'un geste mécanique, il porta ses doigts à son nez pour les sentir, la puanteur, l'odeur de merde et de matières décomposées le terrorisa à en devenir complètement fou.

Il s'écroula comme un château de cartes.

Par terre, prenant ses genoux entre ses bras, il se mit à pleurer comme un gamin.

Un faisceau de lumière s'alluma, le visant directement. Aveuglé, il leva instinctivement un bras pour se protéger les yeux.

— Qui… qui c'est ? gémit-il.

Silence.

Aux aguets, il se souvint du moment fugace où la silhouette s'était jetée sur lui depuis la banquette arrière de sa voiture pour lui planter l'aiguille de la seringue dans le cou. Un passe-montagne noir lui cachait le visage. Mais pas les yeux. Ceux-ci avaient l'air de le regarder à travers des orbites vides, sans fond.

Surpris, il acquit enfin une certitude : c'était la même personne qui se trouvait à présent derrière ce faisceau aveuglant et se protégeait derrière son éclat.

La lumière s'éteignit, renvoyant Félix Torrens à une obscurité hermétique.

— Bien, messieurs, poursuivons la réunion, dit le commissaire-chef Bastos. Il reprit son siège derrière le pupitre. Ainsi que l'a expliqué le procureur, à présent nous devons nous concentrer sur le crime d'Eduard Pinto. Du nouveau ?

— De notre côté, expliqua Cervera, on en est malheureusement toujours au même point. On a vérifié la vie personnelle et professionnelle de la victime et rien.

— Ce qui nous conduit à soupçonner que la veuve, Laia Subirats, est plus ou moins liée à la mort de son mari, ajouta son équipier, l'inspecteur Rojo. Vous voyez ce que je veux dire, pour pouvoir recevoir son amant, l'architecte Enric Matas, en toute liberté. Mais après nous être interrogés sur la question, on n'a pas trouvé la moindre preuve.

— Inspecteur Bachs, inspecteur Sena ? demanda Bastos en se tournant vers eux.

Milo s'aperçut que Bruno était inhabituellement éteint. Il n'était pas encore intervenu et son visage, ordinairement expressif et souriant, était pâle et défait.

— Rien, commissaire-chef. Nous sommes toujours dans le noir, dit Sena d'un air frustré.

— Inspecteur Malart, il semblerait donc bien que vous soyez notre dernière cartouche. C'est à vous.

Sans perdre une seconde, Milo commença à raconter de façon succincte les trouvailles qu'il avait effectuées en compagnie de la sous-inspectrice Mercader. Pendant qu'elle distribuait les photographies, il parla des inscriptions de la Casa Milà et du G tracé à la bombe noire. Puis il déclina les conclusions auxquelles ils en étaient arrivés après avoir étudié l'enregistrement des caméras de surveillance. Enfin, devant l'attente de Rebeca, il raconta sa rencontre dans la nuit avec le clochard.

— Bon, au moins quelqu'un a étudié ses leçons et fait ses devoirs, ici, commenta la juge Cabot.

— Madame, je ne voudrais pas vous contrarier, dit Singla d'un air revêche, mais tout ce que nous a exposé l'inspecteur Malart n'est que pure supposition, rien d'autre.

— Et quelques faits, vous en conviendrez avec moi, répliqua-t-elle. Les inscriptions et la lettre G sont bien réelles. Vos hommes ont inspecté la Casa Milà et ses alentours et n'ont pas remarqué les gravures sur la colonne, ni la lettre dessinée sur le dallage. Voilà cinq jours qu'ils enquêtent sans le moindre résultat, tandis que l'inspecteur Malart, en à peine vingt-quatre heures, a obtenu de premières avancées sérieuses qui, à mon avis, sont un bon point de départ. Et je ne parle même pas de la rencontre avec le clochard. On a un témoin qui a vu l'assassin et vous dites : "pure supposition, rien d'autre" ? Je vous en prie, ne me faites pas rire, inspecteur-chef!

Singla soupira indigné. Bastos écarta les bras.

— Ne perdons pas notre calme, dit-il. Inspecteur Malart, pourriez-vous nous donner plus de détails sur la teneur de votre conversation avec ce clochard?

— C'est tout ce que j'ai pu obtenir, chef. D'après ce qu'il m'a dit, l'assassin est un beau mec, aux cheveux blonds et rasés. Concernant ce qu'il a prétendu sur son identité sexuelle, je pense qu'il s'agit plutôt d'une de ses obsessions ou d'un délire personnel. Ce qui est le plus important, à mon avis, est ce qu'il m'a révélé au sujet de la fourgonnette blanche qui est venue le chercher. Ça suppose qu'au minimum deux personnes sont concernées, peut-être un groupe ; ce qui nous conduirait à modifier la façon d'appréhender l'affaire.

— Tout ça à cause des dires de cette espèce d'ivrogne? lança Bachs incrédule.

— Je pense la même chose, manifesta Singla. Je ne peux donner le moindre crédit à ce qu'a raconté ce témoin et, avec tout le respect que je vous dois, cela me semble être une sacrée perte de temps. Une imbécillité!

— Une chose dont, paraît-il, vous êtes spécialiste, coupa la juge Cabot.

Le commissaire-chef s'empressa d'intervenir à nouveau. Il pointa Milo du doigt.

— Je suis d'accord avec lui. Il faut conduire ce clochard au commissariat et l'interroger correctement.

— Chef, je doute qu'il soit possible d'en tirer quelque chose de plus, dit Milo. La seule chose qu'on va réussir à faire c'est rendre ce pauvre vieux encore plus nerveux qu'il ne l'est.

— Deux jours au commissariat sans une goutte d'alcool et il va se mettre à table, c'est moi qui te le dis, assura Sena. Attends que je le prenne personnellement en main et tu vas voir ce que tu vas voir.

— Je n'en suis pas si sûr, insista Milo. Son problème, ce n'est pas l'alcool, mais sa tête. Son esprit fonctionne d'une façon très différente du nôtre et ici, entre quatre murs qu'il ne connaît pas, il va se bloquer. Il se refermera probablement sur lui-même et ne réagira pas aux sollicitations extérieures, fit-il avant de se taire un instant, une moue de tristesse assombrissant son visage. Non, c'est un malade mental et il va se sentir menacé par son nouvel environnement. Il ne dira pas un mot.

— Bien, on tentera tout de même de le faire parler, conclut Bastos. À présent, j'aimerais entendre votre théorie. Après tout ce que vous avez trouvé en compagnie de la sous-inspectrice, quelle est votre impression ?

Milo attendit quelques secondes. Il regarda, l'une après l'autre, toutes les personnes présentes et dit :

— J'ai bien l'impression qu'Eduard Pinto n'est que la première victime d'une série. L'assassin, ou les assassins ne vont pas se contenter de sa mort. Celui-ci n'était qu'une tête de liste et je pense que plusieurs autres corps vont être découverts suspendus à d'autres bâtiments de Gaudí. J'ai bien peur que le prochain, si nous ne parvenons pas à l'empêcher, soit Félix Torrens. La similitude entre les deux enlèvements le laisse parfaitement supposer, ainsi que le profil de l'individu qui les a menés à bien. Les raisons ? Pour l'instant, je les ignore mais l'assassin ou les assassins ne sont pas disposés à pardonner ni à oublier je ne sais quoi. Il doit y avoir un trait d'union entre les deux victimes, une chose qui les a mises en relation l'une avec l'autre. Cette chose n'appartient pas à un passé récent. Le mobile appartient à l'histoire ancienne. Et tant qu'on n'aura pas découvert quelle est cette histoire, on continuera à être dans le noir. Pendant ce temps, l'assassin ou les assassins…

— Arrête de nous sortir ta rengaine ! l'interrompit Singla irrité. Il s'agit d'un psychopathe, d'un seul individu, un point c'est tout ! Faudrait pas déconner, merde !

La juge Cabot se tourna vers lui pour lui montrer à nouveau sa désapprobation. Milo reprit.

— Très bien, chef, admit-il. Pour l'instant, je parlerai d'un assassin ; finalement il n'y a toujours qu'une seule personne qui prend les décisions, même si elle fait partie d'un groupe. Comme je le disais, l'assassin ne s'arrêtera pas tant qu'il n'aura pas étanché sa soif de vengeance. Et celle-ci s'adresse non seulement à des personnes en particulier, mais aussi… à la ville, lança-t-il avant de faire une pause, de respirer profondément et d'ajouter : À mon avis, son objectif, son dernier et peut-être son principal objectif n'est autre que la ville de Barcelone.

Dans la salle, chacun l'observa fixement, abasourdi. Singla serra les poings. À ses côtés, Bachs et Sena échangèrent une moue moqueuse. Les inspecteurs Rojo et Cervera se regardèrent l'un l'autre en arquant les sourcils, tandis que les deux agents du Département des personnes disparues demeurèrent immobiles, comme si ce n'était pas leur affaire. Le commissaire-chef Bastos, de son côté, transforma l'expression pétrifiée de son visage en une grimace stupéfaite. Rebeca se dandina nerveusement sur son siège, sans trop savoir dans quelle direction regarder.

La juge Cabot s'éclaircit la voix et, avec le plus grand naturel du monde, demanda :

— Et sur quoi vous basez-vous, inspecteur Malart, pour soutenir cette, disons, insolite théorie ?

— C'est très simple, je me base sur l'utilisation des œuvres de Gaudí par l'assassin. Il nous a envoyé un message : non seulement il veut en finir avec ses victimes, mais il veut également *tuer* Barcelone.

— Je t'en prie, ça suffit maintenant ! protesta Singla. Tu entends ce que tu racontes ? Je crois que tu as pété un câble ! Tu peux me dire comment on tue une ville ?

— En la blessant là où ça fait le plus mal, en détruisant son image, répondit-il. Vous-même, madame la juge, me l'avez dit l'autre jour au téléphone : aux yeux du monde, le mal deviendrait irréparable. Parfait, eh bien c'est exactement ce que tente de faire l'assassin. Quel est le bijou le plus apprécié de la ville, celui qui la distingue de toutes les autres ? Gaudí. C'est son principal attrait. Les grands symboles sont aussi les meilleures cibles. Pourriez-vous me dire quel est le plus grand symbole de Barcelone ? Gaudí à nouveau. Vous ne comprenez donc pas que c'est sa cible principale ? C'est comme jeter de l'acide au visage de quelqu'un. Il veut punir Barcelone, il veut que la capitale souffre, qu'elle reste marquée à vie. Ce qui dans le cas de Barcelone, vu l'obsession constante de ses édiles envers son image, reviendrait à une sorte de mort.

Il se tut, attendit la réaction des autres qui demeurèrent dans le plus grand mutisme.

— Tu as de la répartie, dit Singla au bout d'un moment, on ne peut pas le nier, mais avec moi, ton petit jeu ne prend pas, l'artiste.

— Il cherche donc à détruire l'image de la ville, murmura la juge Cabot. Il voudrait mettre en rapport le spectacle d'hommes en train de brûler vifs avec celui des bâtiments les plus emblématiques de Gaudí, pour effrayer les touristes du monde entier. Ces deux images seraient alors irrémédiablement associées, à la façon d'une icône publicitaire.

— Exactement. C'est ce que cherche à faire l'assassin, à devenir le bourreau de Gaudí, dit Milo d'une voix douce. Le bourreau de Barcelone.

La juge ouvrit grands les yeux. Puis elle se leva brusquement.

— Le pape a prévu de venir dans notre ville dans moins de trois semaines, dit-elle, le dimanche 25 juillet, pour célébrer la cérémonie de consécration de la Sagrada Familia. Ce sera l'événement le plus important de l'année, suivi par des centaines de millions de spectateurs sur toute la planète. Messieurs, si l'inspecteur Malart est dans le vrai, mettez-vous un instant dans la peau de l'assassin : laisseriez-vous passer une occasion pareille ?

Le commissaire-chef Bastos fit un geste de contrariété.

— Madame, ne croyez-vous pas que nous sommes en train d'aller un peu trop loin ?

— Pas du tout, commissaire-chef. L'explication que vient de nous donner l'inspecteur Malart, sur les raisons pour lesquelles l'assassin utilise l'élément Gaudí, m'a convaincue. C'est une folie, bien sûr, mais n'oubliez pas que nous avons affaire à un psychopathe.

— Un psychopathe qui hait particulièrement Barcelone, souligna Milo.

— Et Barcelone est ma ville, ma ville chérie, et personne ne la touchera, compléta la juge. Vous avez quelque chose à opposer à cela, commissaire-chef ?

Détournant l'attention et plutôt que de répondre, Bastos s'adressa à Rebeca.

— Quelle opinion avez-vous sur la théorie de votre équipier, sous-inspectrice Mercader ?

— Moi, en vérité, balbutia-t-elle, je suis aussi troublée que vous. Ça semble un peu échevelé, mais en même temps le raisonnement a l'air de présenter une certaine consistance. Je ne sais que penser.

— Inspecteurs, avez-vous quelque chose à ajouter ? demanda-t-il en s'adressant au reste de la salle.

Singla se mordit la langue, réservant son opinion et les autres demeurèrent silencieux.

— Bien, inspecteur Malart, dit Bastos en laissant échapper un soupir. Apparemment vous avez gagné le droit de vous tromper. Si on récapitule, où nous mène donc votre théorie ?

— Si on prend en compte l'information du clochard et qu'on accepte que plus d'une personne est impliquée dans le meurtre d'Eduard Pinto, moi je pencherais pour enquêter sur tous les groupes qui peuvent avoir quelque chose d'important contre la ville, qui ont accumulé beaucoup de haine contre elle, dit-il en commençant à énumérer sur ses doigts. D'abord, par ordre d'importance, le groupe le plus nombreux de tous, le club de Barcelone qui compte le plus d'adhérents : le groupe des sinistrés. Deuxièmement, un groupe qui a dernièrement redoublé d'actions de plus en plus violentes et qui semble s'être enraciné dans la ville : le groupe des antisystèmes. Troisièmement, et en rapport avec le symbole que représente la lettre G, j'enquêterais également sur les sociétés maçonniques, dit-il en faisant une nouvelle pause pour réfléchir un instant avant de reprendre. Voilà, je crois que je n'ai oublié personne.

— Tu es vraiment sûr ? se moqua Singla. Tu n'oublierais pas une ligue politique un peu illuminée, ou une sinistre confrérie financière ?

— J'y ai pensé, mais j'ai écarté toute motivation politique et financière. Ça ne colle pas avec le profil de l'assassin.

— C'est de la pure démence, explosa Singla. Je ne suis pas prêt à…

— Inspecteur-chef, taisez-vous, ordonna Bastos, le visage impassible.

— Malart, que veux-tu dire par "sinistrés" ? demanda Rojo.

— Je veux parler des personnes qui sont devenues des victimes de Barcelone au nom du progrès, des personnes qui ont perdu leurs propriétés sous prétexte de nouveaux plans d'aménagement urbain, ayant entraîné expropriations et requalifications de toutes sortes.

— Mais… ça suppose une liste considérable, ça.

— C'est bien pour ça que j'ai expliqué qu'il s'agissait du club le plus important de la ville.

— Oui, mais n'oublie pas que tous ces sinistrés, comme tu dis, ont reçu une juste indemnisation en échange de leurs propriétés, dit Sena. Personne ne les a volés que je sache.

— Une juste indemnisation ? Tu rigoles !… répondit Milo.

Tandis que l'inspecteur Sena baissait les yeux, sans répondre, son équipier Bachs ne put s'empêcher de laisser échapper un fracassant soupir. L'impatience creusant les traits de son visage, il affronta Milo :

— Et que viennent faire ici les antisystèmes ? dit-il. Que peuvent reprocher ces espèces d'antisociaux à un haut cadre de La Caixa ? Voilà ce que j'aimerais savoir, moi. Tu as quelque chose à répondre à ça ?

— Peut-être l'un d'eux se sert-il du groupe pour mener à bien une vengeance personnelle.

— Et puis il y a cette histoire des francs-maçons, poursuivit Bachs tout rouge. Que viennent faire dans cette histoire les loges maçonniques ? Tout ça est complètement délirant, mon vieux !

— La méthode d'enquête habituelle ne vous a menés absolument nulle part, dit Milo avec un certain aplomb. Vous avez suivi le manuel au pied de la lettre et vous n'êtes arrivés à rien. Je propose juste d'élargir le point de mire, d'oublier un instant les pensées toutes faites et d'appréhender l'affaire avec un regard différent. Peut-être qu'en suivant une méthode plus imaginative nous aboutirons à quelque chose. Avec les preuves que nous avons, il est nécessaire de changer d'optique. C'est tout ce que je dis. Si quelqu'un a une meilleure idée, il n'a qu'à l'exposer. C'est le moment.

— Des preuves ça ? explosa à nouveau Singla. Des inscriptions gravées il y a plusieurs siècles dans du fer forgé, une lettre tracée à la bombe de peinture au milieu d'un tas d'autres graffitis de toutes sortes, et enfin la déclaration d'un clochard schizophrène… Tu voudrais qu'on fouille tout Barcelone à partir de preuves aussi fragiles ?

— Aurions-nous quelque chose d'autre, inspecteur-chef, demanda la juge Cabot.

Les traits de Singla se figèrent. Offensé, il se réfugia dans un profond silence.

— Eh bien, voilà, lança la juge. Commissaire-chef ?

Bastos se leva péniblement. Il vint devant le pupitre et dit :

— Bien, ainsi que l'a indiqué l'inspecteur Malart, nous allons élargir le point de mire. Nous n'avons rien à perdre, sauf peut-être du temps. Inspecteurs Rojo et Cervera, vous vous chargerez de mener l'enquête sur les antisystèmes.

— Et on abandonne les recherches sur l'entourage personnel et professionnel d'Eduard Pinto ?

— Vous pouvez les mener en parallèle, affirma le commissaire. Inspecteurs Bachs et Sena, vous vous occuperez des sinistrés, quels qu'ils soient, en plus du reste. Inspecteur-chef Singla, vous vous chargerez de superviser et de combiner les investigations, sans mettre de côté les lignes qui étaient déjà ouvertes. Inspecteur-chef Sonseca, inspecteur Cruz, vous continuerez à rechercher l'endroit où est détenu Félix Torrens. Satisfaite, madame la juge ?

— Vous oubliez les loges maçonniques, indiqua-t-elle.

— On peut s'en charger, proposa Milo.

— Très bien, tout est en ordre, conclut Bastos. Messieurs, il est urgent de découvrir un suspect, ou des suspects. Si l'inspecteur Malart a raison, et c'est une possibilité que nous devons envisager, nous disposons de cinq jours au maximum, avant de…

— Mardi 13 juillet, précisa la juge.

— Vous avez entendu. Étudiez les dossiers, analysez les bases de données et interrogez qui bon vous semble. Un énorme travail vous attend. Inspecteur-chef Singla, accompagnez-moi jusqu'à mon bureau pour préparer notre conférence avec l'intendante Anna Bassa. Ceci dit, et si personne n'a rien à ajouter, je considère cette réunion comme terminée, déclara-t-il.

Tandis que tout le monde se levait, il fit signe à Milo d'approcher.

— Malart, vous avez une minute à m'accorder ? lui demanda-t-il.

Milo fit oui de la tête. En chemin, il croisa Mateo Sonseca et lui demanda s'ils pouvaient les accompagner lorsqu'ils iraient rendre visite à l'épouse de Félix Torrens.

— Impossible, on a une journée trop chargée, dit Sonseca en s'éloignant rapidement.

— Tu continues à te faire des amis, mon vieux, lui murmura Bruno lorsqu'il passa à côté de lui. Quand tu es gentil, tu es le meilleur collègue du monde, mais quand ça ne va pas, tu es pire qu'une mouche à merde.

— Je t'ai déjà dit de ne pas m'appeler mon vieux, ne me le fais pas répéter, lança-t-il, puis il se planta devant le pupitre. Je suis là, chef.

— Je voulais juste vous informer que j'ai donné des instructions afin qu'on vous vire les deux mois de salaire pendant lesquels vous avez été suspendu de vos fonctions, dit Bastos.

— Je vous remercie, commissaire-chef.

— J'espère bien, inspecteur, dit-il avant de lui tourner le dos pour s'adresser à la juge Cabot. Madame la juge, c'est toujours un plaisir de vous compter parmi nous.

— Dommage que je ne puisse pas dire la même chose, répliqua-t-elle.

Éberlué, il la regarda s'esquiver pour aller dire au revoir à Milo.

— Bon travail, inspecteur Malart. On reste en contact, d'accord ?

Milo acquiesça en silence. Ensuite, il fit exprès de s'attarder dans la salle et, lorsqu'elle fut vide, il se dirigea vers la sortie d'un pas fatigué.

Rebeca l'attendait sur le pas de la porte.

— Ça ne s'est pas si mal passé. Du moins, Bastos a été d'accord avec ta théorie.

— Il m'a juste emboîté le pas, répondit Milo, pour se couvrir au cas où les choses tourneraient mal. Et dis donc, toi, merci pour ton aide. Ta loyauté pendant la réunion m'a impressionné.

— Qu'est-ce que tu voulais que je réponde ? se défendit-elle. Je me suis contentée de dire la vérité.

— La vérité ? Ici, c'est un commissariat, pas un confessionnal, vilaine fille.

Rebeca accusa le coup sans résister. Elle tenta de cacher sa colère.

— Tu as raison sur un point. Ç'a été très amusant.

6

Il prit place devant son bureau, à l'angle de la pièce, y appuya ses coudes et enfouit son visage dans ses mains. Il savait qu'il venait de se mettre tout le commissariat à dos. Non seulement il avait augmenté la charge de travail de ses camarades, en démolissant au passage leur week-end, mais il les avait également obligés, grâce à l'intervention de la juge, à accepter des théories farfelues que personne ne partageait.

Tout comme il l'avait craint, une avalanche de problèmes n'allait pas tarder à lui tomber dessus.

— Inspecteur Malart, voilà les dossiers que tu m'as demandés hier.

Milo écarta ses mains et aperçut Toni Crespo, debout devant lui.

— Si ce n'est pas le moment, je peux repasser plus tard.

— Non, maintenant c'est parfait, dit-il. Qu'est-ce que tu as trouvé ?

Le sergent choisit le dossier bleu parmi tous ceux qu'il portait sous son bras et le lui tendit. Milo vit qu'il contenait la liste des PV dressés le dimanche 4 juillet.

— Suivant, fit-il en le posant sur la table. Quoi d'autre ?

— Voilà l'historique complet des locataires et des propriétaires du premier étage de la Casa Milà, ainsi que des autres étages du bâtiment, dit-il en lui remettant un dossier de couleur crème.

— Fais-m'en un résumé, demanda-t-il en le posant sur le dossier bleu.

— Les premiers propriétaires ont été Pere Milà i Camps, qui avait commandé la construction de la Casa à Gaudí en 1906, et sa femme, Roser Segimon. Le bâtiment a été vendu en 1946 à une société immobilière qui a construit treize appartements au grenier. Plus tard, en 1966, le premier étage a été transformé en bureaux, et entre 1971 et 1975, une première restauration a été effectuée. En 1986, la Caixa Catalunya a acquis le bâtiment ; celle-ci l'a ouvert au public et a donné l'autorisation de pénétrer dans les appartements du quatrième étage, dans le grenier et sur la terrasse. Depuis cette date et jusqu'à aujourd'hui, les autres étages sont occupés par des bureaux et quelques familles y résident également. Tu trouveras leur nom dans le dossier.

— Très bien, dossier suivant. Tu as apporté celui sur les faits et gestes d'Eduard Pinto ?

— Je l'ai remis à la sous-inspectrice Mercader, comme je te l'ai dit. Tu veux que je le lui demande ?

— Si ça ne te fait rien, oui. Je crois qu'elle ne me parle plus, elle est fâchée contre moi.

Le sergent esquissa un sourire et s'approcha de la table de Rebeca. Après qu'il se fut entretenu avec elle quelques instants, la sous-inspectrice ouvrit un tiroir et lui remit un dossier vert. Ensuite, elle en tira un autre, couleur orangé, et se leva pour emboîter le pas à Crespo.

— J'ai pour principe de ne pas faire interférer mes affaires personnelles avec mon travail, dit-elle. Si tu me l'avais demandé, je t'aurais moi-même remis ce dossier.

— Je ne vois pas de quelles affaires personnelles tu veux parler, répliqua Milo de mauvaise humeur tout en saisissant le dossier que lui tendait le sergent. Tout est là ?

— Tout ce qu'on m'a demandé. Les personnes de son entourage, les activités passées et les actuelles, les écoles où il a étudié et les universités où il a obtenu ses diplômes. Quant à sa vie professionnelle, je suis remonté à dix ans en arrière.

Milo jeta le dossier sur la pile des autres.

— Ça ne suffit pas. Il faut remonter plus loin, je pensais avoir été clair à ce sujet. Il s'agit d'une vieille histoire et j'ai besoin d'en savoir plus. Il faut remonter à vingt ou trente ans en arrière. C'est possible ?

— Tous les éléments sont liés. Si on sait chercher, on peut trouver n'importe quoi. Je vais essayer.

— N'essaie pas, fais-le. Autre chose ?

— N'engueule pas Crespo, ce n'est pas sa faute, intervint Rebeca. C'est moi qui le lui ai demandé, et il n'a fait que suivre mes instructions. Je pensais que dix ans, c'était suffisant.

— Eh bien, tu pensais mal. Je répète : Autre chose ?

Le sergent lui remit le dernier dossier. À l'intérieur, il y avait un CD glissé dans une pochette en plastique.

— C'est l'enregistrement de l'appel au 010 pour prévenir que les lampadaires ne fonctionnaient plus, dit-il.

— Putain, il fallait le dire plus tôt, lança Milo. On va écouter ça tout de suite.

Ils se dirigèrent vers une petite salle où, en complément de divers ordinateurs, se trouvaient plusieurs lecteurs-enregistreurs munis du pupitre de commandes correspondant. Le sergent prit place devant l'un d'eux, il introduisit le CD, appuya sur *Play*, et activa l'oscilloscope permettant de mesurer les fréquences. Au bout d'un moment, tandis que les enregistrements sonores apparaissaient sous forme de graphiques colorés, en progression ascendante et descendante, ils purent écouter l'opératrice qui s'identifiait et demandait en quoi elle pouvait être utile. Immédiatement après une voix gutturale expliquait que les ampoules de plusieurs lampadaires du paseo de Gracia, à l'angle de la rue Provenza, avaient été cassées et qu'elle considérait comme étant de son devoir de le signaler. Alors que l'opératrice sollicitait d'autres détails, la voix répliquait qu'elle pensait avoir déjà honoré ses obligations de bon citoyen, puis raccrochait immédiatement après.

— On ne peut pas dire que l'individu soit très bavard, dit la sous-inspectrice.

— En revanche, il est très cynique, pointa Milo. Sergent, est-ce qu'on pourrait l'écouter une nouvelle fois ?

Crespo le repassa. La voix anonyme résonna dans la petite salle.

— Cette voix, vous en pensez quoi ? demanda Milo.

— Elle est sèche, inexpressive, un peu arrogante, non ? dit Rebeca. Elle n'exprime pas la moindre émotion, comme si les mots étaient vides de sens, vous trouvez ça normal ?

— Oui, mais moi c'est autre chose qui m'interpelle, elle parle de devoir, d'obligation. L'appel dure à peine quelques minutes et la voix se sent obligée d'évoquer par deux fois son civisme, alors qu'elle aurait pu se contenter de passer le message, puis de raccrocher.

— Ça ne veut rien dire ! C'est une simple façon de s'excuser.

— Oui, mais ça pourrait également indiquer qu'elle est tout simplement en train de jouer un rôle, dit Milo. Toni, tu as pu tirer quelque chose de cet enregistrement ?

— La voix est distordue, mais pas avec des moyens électroniques, expliqua-t-il. En plus, elle a été descendue de plusieurs tons, ce qui complique encore plus son identification. Le peu de chose qu'on peut tirer de cet appel est qu'il a été passé depuis une cabine téléphonique de la rue Provenza, tout près du paseo de Gracia, et qu'il s'agit probablement d'un homme. C'est tout ce que je peux dire, pour l'instant.

Milo secoua la tête d'un air dépité. Il s'attendait vraiment à mieux. Il sortit de la salle en observant le bout de ses chaussures. Revenu à son poste de travail, il fixa son regard sur un point indéterminé, puis tenta de remettre de l'ordre dans ses pensées.

Rebeca et Crespo le rejoignirent.

— Sergent, tu as le nom et l'adresse des personnes qui ont assisté au spectacle ?

— Je te les apporte tout de suite, dit Crespo, puis il revint immédiatement après, une feuille à la main. Tu veux la liste de tous les témoins ?

— Non, juste le nom et le numéro de téléphone du chauffeur de taxi qui a prévenu les pompiers, c'est bien un chauffeur de taxi, hein ?

Rebeca acquiesça tandis que Crespo notait les coordonnées sur un morceau de papier et le passait à Milo.

— Il me faut aussi la liste des voleurs de voitures actuellement en activité. Et tant que nous y sommes, appelle le Département des vols pour qu'ils mettent leurs indics au boulot. On cherche un bricoleur qui sache faire des ponts pour démarrer un véhicule, qui soit capable de parfaitement manœuvrer une plateforme élévatrice – ça ne doit pas être vraiment évident –, et enfin qui ait appris à copier les fréquences des ouvertures électroniques des portières.

— Un profil pareil, ça ne doit pas courir les rues, dit Crespo en prenant la demande en note. S'il est fiché, on sera obligés de tomber tout de suite sur lui. Encore autre chose ?

— Il faudrait ouvrir un nouveau dossier, sur Félix Torrens cette fois… et très complet. Je veux connaître son passé, ce qu'il a fait il y a vingt, trente et même quarante ans en arrière. Je veux tout savoir sur lui. Quand tu auras ajouté ce qui manque au dossier d'Eduard Pinto, alors on pourra croiser les informations pour tenter de découvrir, s'il existe, un rapport quelconque entre les deux hommes.

— Ne t'inquiète pas, je vais remonter jusqu'à l'école maternelle.

— Il faut aussi que tu t'attelles à une autre liste, comment dire, un peu particulière, admit Milo. La liste des crimes commis à Barcelone dans des circonstances étranges, différentes des situations plus ou moins habituelles, pendant ces cinq dernières années. Pour l'instant, et pour te faciliter le travail, juste une liste des victimes qui n'ont été réclamées par personne, tu vois ce que je veux dire, des mendiants, des sans-papiers, d'une manière générale toutes les victimes anonymes. Et s'il te plaît ajoutes-y également les personnes disparues, les jeunes fugueurs et fugueuses qui n'ont jamais donné signe de vie par la suite, les étudiants étrangers qui se sont volatilisés dans la nature, tous les cas un peu dans ce genre, tu vois ?

— À quoi tu penses ? demanda Rebeca.

— À rien. Un autre coup d'épée dans l'eau.

— Autre chose ? demanda Crespo sans broncher.

— Oui, une dernière, un peu particulière aussi, dit-il. Je voudrais que tu cherches des informations sur les sociétés maçonniques originaires d'ici, de Barcelone.

Le sergent Crespo battit des paupières, quelque peu confus. Il était habitué à faire des recherches en tout genre, mais ne s'attendait vraiment pas à cela.

— Je peux te suggérer une idée ? demanda Crespo. C'est juste pour gagner du temps.

— Dis-moi.

— Rends-toi à la bibliothèque publique Arús, au début du paseo San Juan. En plus d'être une merveille, elle possède une collection extrêmement complète et précieuse de livres sur le sujet. Elle est reconnue dans le monde entier… C'est juste une suggestion. Le bibliothécaire est un de mes amis, Eugeni Gombrowicz. Dis-lui que tu viens de ma part et il s'occupera tout particulièrement de toi. C'est un savant comme dans le temps, un érudit. Il possède une connaissance encyclopédique, il sait tout sur pratiquement tout.

— On y passera sans faute, ne t'en fais pas. Mais comment est-ce que tu connais cette bibliothèque, toi ?

— J'ai toujours été attiré par les énigmes, les sociétés secrètes, les témoignages des libres penseurs, dit Crespo en rougissant. Dans l'Histoire, la plupart des hommes célèbres ont eu des liens avec la maçonnerie, et c'est quelque chose qui tout jeune déjà, piqué par la curiosité, alors que j'étais encore obsédé par les grandes questions, m'a poussé à approfondir le sujet. En plus, elle est tout près de chez moi.

— Sergent, tu es une vraie boîte à surprises.

— Autre chose, inspecteur ?

— Non, c'est tout, Toni.

— Bien, dit-il en saisissant le dossier jaune. Tu auras besoin du CD de l'enregistrement ?

Milo fit oui de la tête. Il le posa au-dessus de la pile. Et lorsque Crespo fit demi-tour, il rassembla tous les dossiers et les rangea dans un tiroir.

— Tu ne les survoles même pas ? demanda Rebeca.

— Pour l'instant, le résumé me suffit, dit-il en pointant son doigt sur le dossier orange. Qu'est-ce qu'il y a là-dedans ?

Rebeca le lui tendit.

— Le rapport que tu m'as demandé hier soir sur la conduite criminelle de l'assassin.

— Très bien, fit-il en le glissant également dans le tiroir. À présent, résume-le-moi. Ou plutôt, tu me raconteras ça tout à l'heure, corrigea-t-il en se levant. D'abord, il faut qu'on parle à Bonhora.

Le laboratoire du médecin légiste se trouvait au sous-sol n° 2, dans un des lieux les plus reculés du commissariat. Connu sous le nom de "repaire", c'est là qu'étaient réparties les différentes unités spécialisées dans chaque matière. Ils passèrent l'unité de balistique, longèrent un couloir vitré, et laissèrent derrière eux l'unité cheveux et fibres, celle de l'analyse de l'ADN, et une salle bourrée de détecteurs de chromatographie gazeuse, des superordinateurs et autres appareils qui fonctionnaient en permanence. Bien qu'actuellement le lieu ne fût plus consacré qu'à la réalisation de tâches basiques, il conservait toujours la même allure de scrupuleuse efficacité. Le commandement général avait décidé de regrouper l'ensemble des effectifs de cette division dans un service central et définitivement inauguré à cet effet un complexe de dernière génération. La nouvelle enceinte située sur la N150, entre Sabadell et Terrassa, possédait cinq bâtiments où, en plus d'unités supplémentaires, les chercheurs de la police scientifique pouvaient travailler dans des laboratoires équipés des technologies les plus modernes, sans se heurter à des problèmes d'espace. C'est ainsi que "le repaire" avait vu son équipe de criminologues fondre comme neige au soleil, se limitant désormais à une dizaine de techniciens travaillant sous les ordres de l'expérimenté médecin légiste-chef Goyo Bonhora.

Ils firent irruption dans son bureau.

— Bonhora, tu es tout seul, comme le dernier de la Défense des Philippines, hein ? plaisanta Milo. Où diable sont passés tes collègues ?

À la différence du reste du laboratoire, le bureau du médecin légiste-chef était un chaos d'objets et de machins de toutes sortes qui s'entassaient en désordre sur les rayonnages et les tables. Des bonsaïs, d'anciens instruments de médecine légale, des livres, des bocaux de verre avec des contenus des plus variés plongés dans du formol, un terrarium de fourmis et toute une variété d'engins plus singuliers les uns que les autres. L'endroit était éclairé par une lumière indirecte et Rebeca ne put s'empêcher d'éprouver un frisson.

— J'ai parfois l'impression d'être le dernier des Mohicans, oui, mais je ne me plains pas… je veux que ce soit bien clair, dit le médecin légiste-chef.

Obèse et de petite taille, il portait une barbe bien soignée qui semblait vouloir contrecarrer ses cheveux de plus en plus clairsemés. Il se leva de sa chaise toute défoncée avec une surprenante agilité pour un homme de sa corpulence et les salua l'un et l'autre en leur serrant chaleureusement la main :

— Pendant que la moitié du laboratoire a déserté le navire pour profiter des vacances, moi je suis toujours sur le pied de guerre.

— Les hommes comme toi ne devraient jamais prendre de congés. C'est très mauvais pour leur santé.

— Si ma femme t'entendait, elle te foutrait son pied au cul, plaisanta-t-il. Elle a déjà commencé à étaler un bon paquet de dépliants touristiques un peu partout sur les tables de la maison. Bref, qu'est-ce qui vous amène dans mon repaire ?

— L'affaire Eduard Pinto, je voulais te poser plusieurs questions, d'accord ?

— J'ai remis la totalité de mes conclusions au commissariat central, mais je crois que j'ai gardé une copie du dossier, ici. Voyons, un instant, s'il te plaît, dit-il en fouillant à l'intérieur d'un classeur. Oui, la voilà. Qu'est-ce que tu veux savoir, inspecteur ?

— D'abord, tout ce qui concerne le cadavre lui-même.

— Voyons, le corps est arrivé à l'institut médicolégal de la Cité de la justice complètement carbonisé. Étant donné qu'il ne portait aucune trace de piercings ni aucune autre caractéristique physique ou anatomique particulière, ni de cicatrices, à cause de la température extrêmement élevée à laquelle il a été soumis, on a dû réaliser son identification grâce à ses empreintes dentaires. Par chance, il n'y a pas deux bouches identiques. Le feu nous a pas mal compliqué la tâche. Les personnes qui meurent brûlées arrivent sur les tables d'autopsie avec les os fracturés et une multitude d'hémorragies épidurales, comme si quelqu'un les avait tuées en les rouant de coups avant de les brûler, alors qu'en réalité ce sont des lésions *post mortem* tout simplement dues à l'intensité de la chaleur.

— Il a dû souffrir le martyre, murmura la sous-inspectrice Mercader.

— Lorsqu'il y a des brûlures au troisième degré, c'est-à-dire lorsque la victime a les quatre-vingts pour cent de sa peau brûlée, elle ne sent plus de douleur. Le feu détruit les terminaisons nerveuses et il n'y a pas de transmission possible de la souffrance. Mais avant d'en arriver là, oui, la douleur est insupportable, inhumaine. Si un simple coup sur la dent, lorsque le dentiste détecte une carie, te fait mal, alors imagine ce que peut être la lente cautérisation de toutes les dents en même temps et de chacun des nerfs de ton système nerveux. Et dans ce cas, il n'y a aucun doute sur le fait que la victime était vivante avant de brûler. On a retrouvé du monoxyde de carbone dans ses poumons et de petites particules solides qui ont bouché les alvéoles, ce qui indique qu'elle a respiré sa propre combustion.

— Combien de temps met un corps pour brûler complètement ? demanda Milo.

— Approximativement une quinzaine de minutes ; ça dépend de plusieurs facteurs.

— Ça coïncide avec les calculs de l'assassin, commenta Milo. Entre le moment où il a mis le feu à la victime et l'arrivée des pompiers, il s'est écoulé plus de temps qu'il ne faut.

— Pour être exact, on peut dire qu'il a pris la précaution de s'en assurer avant, compléta Bonhora. Comme je te l'ai déjà dit, il a préalablement imprégné tout son corps d'huile de moteur afin que le combustible, dans ce cas l'essence, adhère à ses vêtements, à sa peau et à ses cheveux. C'est ce qui a permis au feu de prendre plus facilement. Ensuite, après cette première décharge de chaleur qui a brûlé la peau, la graisse du corps de la victime a commencé à fondre et, absorbée par les vêtements, elle a fait office de mèche pour alimenter le feu, tout comme sa moelle osseuse. La graisse humaine brûle à deux cents degrés, mais si elle imbibe une mèche elle peut brûler à cent cinquante degrés ou même moins. Voilà pourquoi lorsque les secours sont arrivés, le corps était complètement calciné. C'est une mort atroce, je te l'ai déjà dit.

— Et pendant ce temps, l'assassin était en train de filmer son agonie, rappela Rebeca.

— C'est ce que font tous les pyromanes. Ils prennent plaisir à observer le feu qu'ils ont provoqué.

— Ce type n'est pas seulement un pyromane, il est bien plus pervers que ça ; il ne correspond pas aux canons qu'on trouve d'habitude, dit Milo. Comment tu as fait pour être sûr qu'il n'a ingéré aucun aliment ni aucune boisson pendant sa séquestration ?

— Ça c'est grâce à l'état de ses os, ils manquaient de calcium et étaient complètement déminéralisés. Ce qu'on n'a pas pu trouver, en revanche, c'est les restes de drogues ou de substances neutralisantes qu'on lui a éventuellement injectées. Le feu a éliminé tous les fluides ; avec la chaleur tous les liquides se sont évaporés.

— Je dirais que ça ressemble presque à un crime parfait, dit Rebeca. Pas de marques, pas de traces…

— Non, sous-inspectrice, objecta le médecin légiste-chef. Comme dit le vieil aphorisme de la profession, le crime parfait n'existe pas, c'est l'enquête qui est imparfaite.

— Que reste-t-il de ses vêtements ?

— Ils sont impossibles à utiliser, ils ont été détruits par le feu. On suppose que lorsque l'assassin l'a séquestré, il lui a pris son portable, ses clés et son portefeuille, absolument tout. Et ensuite, un peu avant de le suspendre à La Pedrera, il les lui a remis dans ses poches. C'est là qu'on les a retrouvés. Voilà pourquoi le portable était complètement calciné, impossible à utiliser. Il ne nous a donné aucune information ni la possibilité de suivre la piste du moindre appel.

— On sait au moins que l'assassin n'est pas un voleur, expliqua Rebeca.

— Vous n'avez rien trouvé d'étrange à l'intérieur de son corps ? demanda Milo. Un objet symbolique. Ou peut-être à la surface, une sorte de marque au couteau, une scarification.

— Non, ni à l'intérieur, ni à l'extérieur. Pourquoi tu demandes ça ?

— Un pressentiment. Et dis-moi, à propos du véhicule de Parcs & Jardins, hier tu as dit que vous aviez découvert des traces de cette huile sur le siège du passager, sur le volant et sur les portes.

— Oui, et sur les pédales et le tapis du conducteur. Et aussi sur celui du passager. C'est vraiment curieux. C'est un détail qui nous a semblé particulièrement significatif.

— Pourquoi ?

— Parce que ça nous a fait réfléchir à une autre possibilité et ça nous a aussi ouvert une piste encore plus scabreuse. Quand l'assassin a transporté Eduard Pinto dans son véhicule, celui-ci était déjà couvert d'huile de moteur, et il en a laissé des traces un peu partout. Jusqu'ici tout fonctionne parfaitement. Mais dans quelle partie de son véhicule l'a-t-il transporté ? Le plus logique serait de supposer qu'il l'a placé dans le coffre. Cependant, comment expliquer alors que cette huile se retrouve sous les semelles des chaussures de l'assassin ? Si on écarte l'idée qu'il a pu se salir sur les lieux où il l'a couvert d'huile, étant donné qu'on connaît sa méticulosité, on ne peut penser qu'à autre chose : s'il y avait de l'huile sur le sol du siège avant, c'est parce que c'est là qu'il a placé sa victime pour la transporter à travers la ville. Ce qui est scabreux, c'est que probablement, il l'écrasait et le piétinait de temps en temps pour le maintenir bien calé sur le tapis, souillant ainsi ses semelles. Et à présent, réfléchissons : quel genre de véhicule peut permettre une telle opération ?

— Une fourgonnette, dit Rebeca.

— Exact, convint Bonhora. Au lieu de le placer dans la partie arrière, il l'a installé devant, à ses pieds. Ensuite il l'a transféré dans le véhicule de Parcs & Jardins et l'a déposé côté passager, comme on le voit sur l'enregistrement des caméras de surveillance. Mais ses bottes étaient déjà tachées d'huile, et c'est pour cette raison qu'il a laissé des traces sur les pédales et sur le tapis du conducteur.

— Et comment expliques-tu qu'on en ait également trouvé sur le tapis du passager ?

— Il y avait une autre personne avec lui. Quelqu'un qui a également mis les pieds sur la victime pendant le déplacement jusqu'à l'angle où ils l'ont embarqué dans le véhicule de Parcs & Jardins.

— Oui, mais ensuite, pour le transporter jusqu'à La Pedrera, le siège a été occupé par le corps d'Eduard Pinto…

— Calme-toi, Mercader, tu vas trop vite, dit Bonhora en souriant. Ce qu'on sait de façon certaine se passe *à partir du moment* où les caméras ont filmé le véhicule qui entrait dans leur champ… et pas avant. D'après moi, il se peut que trois personnes aient été présentes dans ce véhicule : l'assassin au volant, la victime par terre et devant, et un troisième occupant. Celui-ci a dû descendre un peu avant d'arriver à la Casa Milà. Pourquoi ? Pour ne pas être filmé, tout simplement, et pour aller occuper sa place aux premières loges. Comme je viens de vous le dire, les pyromanes jouissent de voir brûler leurs victimes. Et le troisième occupant n'a pas voulu rater le spectacle.

— Cela confirmerait que l'assassin a bien utilisé une fourgonnette et qu'il y a bien deux personnes qui sont intervenues, ainsi que l'a expliqué ton clochard d'hier soir, conclut Rebeca.

— Oui, mais ce n'est pas une preuve, ça, c'est juste une supposition, réfuta Milo en faisant la moue. Bonhora et son équipe adorent écouter la façon dont les corps et les traces leur racontent leurs secrets, mais ils ne sont pas toujours faciles à interpréter et parfois ils ne livrent que des demi-vérités. À mon avis, l'idée que l'assassin ait pu salir les semelles de ses bottes dans un autre endroit ou d'une façon différente a été trop rapidement écartée. Quant aux traces d'huile sur le sol, côté passager, il est possible que l'assassin ait posé ses pieds sur le tapis en introduisant le corps dans la cabine. Tu vois, on peut trouver d'autres explications, et elles sont tout aussi vraisemblables !

— Quel clochard d'hier soir ? voulut savoir le médecin légiste-chef.

Milo lui résuma sa rencontre insolite.

— Eh bien, voilà, indiqua-t-il satisfait. Nous sommes déjà deux à affirmer l'existence d'une fourgonnette et d'une deuxième personne.

— En effet, Goyo, mais vous ne vous basez sur rien de concluant, dit-il en fronçant les sourcils. Au fait, j'aimerais savoir quelque chose : depuis combien de temps ton équipe et toi-même en êtes venus à cette éventualité ?

— Plusieurs jours, après avoir réalisé l'inspection du véhicule de Parcs & Jardins. Et comme c'est indiqué sur le rapport, j'en ai informé Singla. Pourquoi ?

— Ce gros salopard était au courant et il s'est bien gardé d'en parler pendant la réunion, grogna-t-il entre ses dents.

— Mais qu'est-ce que ça peut faire, qu'il n'ait rien dit ? intervint Rebeca. C'est son problème, pas le nôtre. On doit se concentrer sur l'affaire et laisser de côté vos querelles qui n'ont rien à voir avec tout ça.

Milo serra les poings. Il attendit quelques secondes et fit oui de la tête.

— D'accord, gardons la tête froide. L'hypothèse de la fourgonnette est acceptable, mais l'histoire de la deuxième personne n'est pour l'instant que pure spéculation. D'après moi, elle n'est absolument pas primordiale dans cette affaire.

— Il arrive que la divergence fasse la lumière sur le problème, cita Bonhora.

— Jolie phrase. De qui est-elle ?

— Je viens de l'inventer, dit le médecin légiste-chef, fier de lui, en se caressant la barbe.

— Alors d'après cette théorie, l'assassin conduisait en transportant la victime sur le sol, à ses pieds, comme un animal ? demanda Rebeca.

— C'est fort probable, ça cadre tout à fait avec son profil, dit Milo, puis il s'adressa à Goyo : Vous avez pu obtenir une empreinte complète de la semelle de ses bottes ?

— Impossible. Les traces laissées dans la rue ont été détruites par les pompiers et celles que nous avons découvertes dans le véhicule de Parcs & Jardin étaient trop partielles, inutilisables pour recomposer toute la semelle.

— Y compris celles de la plateforme élévatrice ?

— Oui, le sol est granuleux, un cauchemar pour obtenir une trace bien distincte.

— Le véhicule se trouve encore ici, au dépôt ?

— Non, il a été transféré à Sabadell puis rendu à la mairie.

— Aïe, merde alors, grogna-t-il. Tu en es sûr ?

— Absolument certain. On l'a gardé plusieurs jours, et le temps que deux équipes de criminologues l'aient inspecté de fond en comble, il n'y avait vraiment plus rien à en tirer, je t'assure. Mais pourquoi tu fais cette tête ?

— L'inspecteur Malart voulait le voir de ses propres yeux, dit Rebeca d'un ton narquois.

— Je voudrais te poser une dernière question, Goyo. Est-ce qu'il est graphologiquement possible de déduire quelque chose à partir de l'écriture d'une seule lettre ?

— Une seule lettre, vraiment ? fit Bonhora en réfléchissant un instant. Attends un peu, la graphologie peut élaborer des portraits psychologiques à partir de l'écriture ; cependant et comme tu dirais toi-même, cela fait partie du domaine des hypothèses. Ce n'est pas une science exacte, et encore moins si l'on ne dispose que d'une seule lettre. Mais à Sabadell, il y a un service de calligraphie légale qui, en fonction de la taille de l'échantillon, peut déterminer des propriétés générales à propos du caractère de l'auteur, il peut identifier sa personnalité par exemple, décrire la nature de ses émotions ou son type d'intelligence et ses aptitudes professionnelles. Le service peut même dans certains cas diagnostiquer l'état de santé de l'auteur et la présence d'une maladie physique ou mentale. Mais, je te l'ai déjà dit, avec un échantillon graphique aussi réduit, ça me semble plutôt difficile. Si tu veux, tu me fais parvenir la lettre et je peux tenter de l'étudier en collaboration avec le service en question.

— Je ne sais pas ce que mijote exactement l'inspecteur. Avec lui, on ne sait jamais à quel moment il vaut mieux disparaître de sa vue, dit Rebeca, mais je crois qu'il vaudrait mieux que je te l'envoie tout de suite.

— Sans problème.

— On va faire quelque chose, proposa Milo. Tu montes au bureau, tu récupères la photo de la lettre G en question et tu l'apportes à Goyo. Pendant ce temps, moi, je prends ma voiture et je t'attends à l'entrée du commissariat. J'aimerais retrouver le lieu où Eduard Pinto a été séquestré.

— Tu vois ce que je te disais ? expliqua Rebeca en s'adressant au médecin légiste-chef.

— Et apporte…

— Oui, je sais. L'appareil photo. On peut en avoir besoin, on sait jamais.

Tandis que la sous-inspectrice sortait du bureau, Bonhora rit sous cape.

— Elle a l'air d'avoir du répondant, elle est même perspicace, la petite. Comment ça se passe avec elle ?

— Une horreur : elle pose des questions sans arrêt, elle ne me lâche pas d'une semelle, elle est toujours là à me harceler, je ne te dis que ça, expliqua Milo de façon laconique. Mais je crois qu'elle a d'excellentes dispositions et surtout de l'intuition ; on verra bien !

— En plus, elle est pas mal foutue…

— N'en rajoute pas, je te vois venir, l'interrompit Milo.

— Et comment ça se passe avec Irene ? demanda-t-il.

Mais devant la mimique de Milo, il ajouta :

— Cinq sur cinq, message reçu. On change de sujet. À présent, sérieusement, Milo, comment tu vas, toi ?

— Je suis démoli, fatigué et cette odeur de désinfectant me fait tourner la tête. Je ne sais pas comment tu supportes ça toute la journée.

— Question d'habitude, mon vieux. Sans douleur, pas de performance.

— Ça c'est une grande pensée, le félicita-t-il. Si je ne me trompe pas, c'est plus ou moins le message publicitaire d'une marque de sport, non ? Moi, je préfère de loin : "Je trouverai un chemin, là où il n'y en a pas."

— Et qu'est-ce que tu penses de celle-là : "Si l'on a le pourquoi, on finira par trouver le comment."

— "Croire, c'est créer."

— S'il te plaît, voilà le dernier : "Saute d'abord et le filet apparaîtra." Jeu, set et match.

— Très bien, tu as gagné, reconnut Milo en souriant. Il faut que j'y aille.

— "Aujourd'hui, j'ai promis d'être heureux." Ça, c'est en guise de pourboire, je suis désolé. Maintenant, tu le sais, lorsque tu voudras refaire une partie de développement personnel, je suis toujours là.

Milo tourna les talons et se dirigea vers la porte.

— "Je chercherai la sagesse", dit-il sans se retourner. Et je reviendrai.

Un grand nombre de personnes s'étaient regroupées devant l'entrée du commissariat. Des photographes armés de leur appareil, des caméramans avec leur lourde machine à l'épaule, des journalistes micro en main, ceux de la presse écrite et autres médias, aussi bien locaux que nationaux, et enfin les sempiternels curieux qui se pressent d'habitude à l'appel de n'importe quel attroupement. Plusieurs agents se démenaient pour maintenir un couloir ouvert, en évitant que quelqu'un n'y empiète.

La température était hallucinante.

Mauricio Navarro se fraya un chemin en jouant des coudes, jusqu'à parvenir à se placer dans une position lui permettant de profiter de la meilleure perspective. Dans l'attente de la conférence de presse prévue une demi-heure plus tard, il se disposa à observer les gens qui entraient et sortaient, les voitures qui s'arrêtaient devant le bâtiment et les occupants qui en descendaient.

Une Volkswagen toute cabossée freina près du trottoir. Il distingua le chauffeur.

Il cligna des yeux. Il connaissait ce visage. Le temps avait abîmé ses traits et à présent ses cheveux châtains étaient constellés de cheveux gris plomb ; des pattes-d'oie creusaient sa peau autour des yeux et des rides sillonnaient son front et ses joues. Cependant, il avait gardé la même expression de malignité glaciale et sa silhouette continuait à être aussi attirante qu'un aimant. Même si seulement deux ans étaient passés, on aurait dit qu'il en avait dix de plus : c'était lui, sans aucun doute.

Mauricio Navarro leva le bras et l'agita plusieurs fois en signe de salut. Il n'obtint pas la moindre réponse.

Une femme s'interposa dans son champ de vision. Elle avait surgi du bâtiment avec un air décidé et s'était dirigée vers le véhicule tout déglingué. Elle marchait d'un pas félin, séducteur. Mauricio Navarro cessa de s'occuper de l'homme qui était au volant et examina son équipière, sa svelte silhouette moulée dans un jean, la sensualité qu'elle dégageait à chaque pas. Lorsqu'elle monta dans la voiture, il se réveilla brusquement et revint à la réalité.

Il tira le BlackBerry de sa poche, sélectionna un contact et appuya sur la touche d'appel.

— Dis donc, tu as mis longtemps, protesta Milo.

— C'est Bastos qui m'a retardée, dit-elle en ajustant son ceinturon. Il est furieux contre toi.

— Contre moi ? Qu'est-ce que je lui ai fait encore ?

— La psy l'a appelé, expliqua Rebeca. Il paraît qu'il était en pleine réunion avec l'intendante pour préparer la conférence de presse. Ça l'a foutu hors de lui. Inspecteur, tu as posé un nouveau lapin à ta psy. C'est la deuxième fois. Et le chef est dans tous ses états, il en a fait une affaire personnelle.

— Putain de merde… C'est vrai…

Son portable se mit à sonner. À peine après avoir décroché, il entendit Bastos lâcher une interminable suite de phrases sans lui donner la possibilité de réagir. Il fixa son regard sur la rue, sur l'effet produit par la canicule à la surface de l'asphalte. Cette vision lui sembla irréelle. Un mirage. Il serra les mâchoires et laissa passer l'orage.

— Je suis désolé, commissaire. Oui, cela ne se reproduira plus. Je vous assure. Oui, je suis désolé. Non, ce n'est pas ça, je ne suis pas en train de faire traîner les choses. J'ai compris. Vous ne supporterez les caprices de personne. Oui, d'accord. C'est un ultimatum. Je vous promets. Je n'y manquerai pas.

Il raccrocha. Sa colère éclata derrière ses yeux. Tout n'était qu'éclat de lumière, une lumière blessante. Perturbatrice. Pourquoi ne lui fichait-on pas la paix ? Il voulait juste faire son travail, un point c'est tout. Son cerveau était son domaine privé. Et il n'y tolérait pas les visiteurs. *Tu prendras ma suite, tu possèdes le gène qu'il faut.* Personne ne devait avoir accès à son for intérieur. Il en avait par-dessus la tête de cette contention. *Va te faire foutre.* Son contrôle avait des limites.

Il frappa le volant. À plusieurs reprises. Rageusement.

— On peut savoir ce qui ?…

Il se tourna vers Rebeca. C'était une étrangère, elle était innocente. Non, ils étaient tous coupables. Ils s'acharnaient tous contre lui. Pour l'acculer. Il le sentait. Il lisait la méfiance dans ses yeux. La peur.

— Pourquoi me questionnez-vous ? grommela-t-il. Je résous les affaires, merde. Ça ne vous suffit pas ?

— Mais de quoi tu parles ?

— Tu le sais parfaitement. Ou je me présente à cette maudite consultation ce soir à huit heures, ou je suis à nouveau viré. Pourquoi tu ne m'as pas prévenu ? Tu savais pourtant que j'avais ma psy à midi !

— Inspecteur, je ne suis pas ta secrétaire, répondit Rebeca avec une certaine amertume.

— Mais tu es mon équipière ! dit-il en démarrant et en faisant crisser les pneus sur l'asphalte.

De nombreuses personnes qui attendaient devant l'entrée se tournèrent dans sa direction.

— Mon Dieu, reprit-il, c'est on ne peut plus ridicule ! Il ne me manquait plus que ça : servir de chaperon à mon propre chaperon ! Et puis quoi encore ?

— Tu dis n'importe quoi, répliqua-t-elle. C'est ça qui est ridicule. Je comprends qu'il y ait beaucoup de pression sur toi, que tu ne te sois pas reposé pendant ces deux derniers jours et tout le reste, mais tu n'as aucune raison de t'en prendre à moi. Ce n'est pas juste.

— Comment tu sais, toi, ce qui est juste et ce qui n'est pas juste ? Putain de merde, je ne suis tout de même pas devenu fou !

— Calme-toi, tu veux ? Vas-y : inspire, expire… c'est le programme pour aujourd'hui, Bouddha, tu te souviens ?

Confus, Milo tourna la tête et la regarda avec des yeux exorbités. Rebeca eut peur. Elle détecta l'expression de l'anxiété, d'une soudaine et incompréhensible panique.

Milo freina brusquement et la voiture s'arrêta. Il porta ses poings à ses tempes et se pencha en arrière.

Rebeca détourna le regard. Les pupilles brillantes de Milo lui avaient fait froid dans le dos. Elle observa la rue à travers la vitre. Elle se tut quelques minutes.

— On n'assiste pas à la conférence de presse ? demanda-t-elle sans le regarder.

— On la regardera à la télévision, dit Milo sur un ton inaudible et distant, puis il ouvrit les yeux : Où on est ?

— Devant le Camp Nou. Tu as brûlé deux feux rouges et failli renverser un groupe de touristes portant le maillot de foot du Barça. Ils t'ont traité de tous les noms.

— Pour changer un peu, maugréa-t-il. Tu sais où l'on a retrouvé la voiture d'Eduard Pinto ?

— Dans la rue Lluís Muntadas. Mais je crois qu'il serait préférable d'aller boire quelque chose, d'attendre, et de se calmer un peu. Je ne suis pas sûre que dans l'état où tu es…

— Je vais bien, vilaine fille. Mais tu as raison. Il vaut mieux que tu conduises.

Il descendit de voiture et voulut en faire le tour, mais un léger malaise lui fit perdre l'équilibre. Il s'appuya un instant sur le capot et continua. Rebeca le surveilla attentivement tout en enjambant le levier de vitesse pour prendre le siège du conducteur. Milo s'assit à ses côtés.

— C'est sûr que ça va bien ? insista-t-elle.

— Allez, démarre. On se croirait dans un four.

La sous-inspectrice enclencha la première et se fondit dans la circulation. Ils roulèrent en silence. Milo appuya sa tête contre l'encadrement de la vitre baissée.

— L'air est brûlant, dit-il, on pourrait allumer une cigarette avec.

— Le vent vient d'Afrique du Nord, il faudra le supporter plusieurs jours. Elle traversa un carrefour pour prendre l'avenue Diagonal. Moi, je crois qu'on devrait se rendre à la conférence de presse.

— Ils ne vont rien annoncer qu'on ne sache déjà, à part les sempiternels mensonges de rigueur. Ça ne va pas être très marrant, crois-moi : de la politique bon marché, des discours pour redorer l'image. Une vraie perte de temps.

— Et revenir à l'endroit où a été abandonnée la voiture d'Eduard Pinto, c'est pas une perte de temps, ça, peut-être ? Les gars du Département des personnes disparues ont inspecté les lieux de fond en comble et ils n'ont absolument rien trouvé.

— Moi, je ne crois personne, je doute de tout, je te l'ai déjà dit. Penser par soi-même donne toujours de meilleurs résultats, dit-il en se redressant. Raconte-moi ton rapport sur la conduite criminelle de l'assassin.

— Bien, je commencerai par la théorie, puis je me centrerai peu à peu sur notre sujet, qu'est-ce que tu en penses ?

— D'accord, mais tout à l'heure… Voilà, je ne sais pas ce qui s'est passé… j'ai un peu perdu les pédales, fit-il en soupirant. Vas-y, décris-moi donc ce profil.

— C'est la chaleur, ça fait fondre les neurones. T'inquiète, inspecteur.

— Tes conclusions, sous-inspectrice.

— À vos ordres, acquiesça-t-elle en se raclant la gorge. La théorie dit qu'un assassin possédant les caractéristiques de notre sujet est habituellement motivé par de multiples pulsions d'ordre psychologique, même si l'on peut les résumer à deux grandes catégories : pouvoir et pulsion sexuelle. Il est fréquent que l'assassin ait subi dans son enfance des abus, physiques ou psychologiques, provoquant en lui un sentiment d'inadaptation qu'il compensera ensuite par ses crimes. C'est sa seule façon d'assouvir sa vengeance et son désir de pouvoir. Il jouit de la terreur qu'il provoque au sein de la société, et ne cherche pas le gain, mais seulement la satisfaction personnelle. Une autre caractéristique est son manque total d'empathie envers la victime. Il se comporte avec elle de façon extrêmement sadique et n'hésite pas à utiliser la torture, la mutilation ou la mort lente pendant un laps de temps prolongé, pour obtenir un plaisir sexuel.

— Ça colle pas mal avec notre sujet, bien que je ne voie nulle part cette satisfaction sexuelle. Eduard Pinto ne présentait aucun signe d'agression ni de mutilation génitale.

— On ne peut pas savoir ce qui s'est passé pendant les cinq jours de captivité.

— Exact. Continue.

— Un des facteurs les plus importants de son développement est l'imagination, dit-elle en freinant à un feu rouge. Pendant son adolescence, il imagine très souvent qu'il tue, en rêvant tout éveillé et de façon compulsive de domination, de soumission et d'assassinat. Dans son enfance, il a pu être l'auteur de petits incendies, juste pour le plaisir de détruire quelque chose, de cruautés envers les animaux et être sujet à l'incontinence au-delà de l'âge où habituellement le petit enfant la surmonte.

— Ces trois dernières caractéristiques se vérifient-elles à tous les coups ?

— Non ! Uniquement dans certains cas. Par ailleurs, tous les chercheurs ne sont pas d'accord avec cette théorie, répondit-elle en démarrant à nouveau. Il ne faut pas perdre de vue que tout ça obéit à des statistiques, c'est tout.

— J'aurais dû m'en douter. Quand j'étais petit, j'avais un ami qui faisait les trois choses, et aujourd'hui, il dirige une société bancaire, est père de quatre enfants et se rend à la messe tous les dimanches.

— Sans commentaire, inspecteur ! Une seule question : est-ce que tu vois souvent cet ami ?

— Pourquoi ? La dernière fois, il y a quelques mois, je lui ai rendu visite dans son bureau pour lui demander un crédit et il me l'a refusé. J'en avais aussi un qui faisait plus ou moins la même chose, mais en pire, et qui est actuellement aiguilleur du ciel et collectionneur d'œuvres d'art contemporain.

— Tu avais des amis vraiment bizarres, hein ? pointa Rebeca en faisant le tour de la place Francesc Macià. Avec des fréquentations de ce genre, ce qui m'étonne le plus, c'est que tu aies fini par entrer dans la police.

— Oui, mais moi, j'étais le pire de tous. Ce n'est pas pour justifier ce genre de comportement, mais à l'époque il n'y avait pas grand-chose à faire à Port de la Selva et nous, les enfants, on n'avait pas toujours d'excellentes idées. Mais avant que tu ne me demandes si moi aussi je mouillais mon lit, je préfère qu'on change de sujet. D'accord ?

Rebeca haussa les épaules, traversa plusieurs rues et continua en direction de la place Molina.

— Ce genre d'assassin possède la plupart du temps un coefficient intellectuel bien au-dessus de la moyenne, dit-elle. Il est capable de planifier ses crimes de façon méthodique et organisée, même si cela doit prendre plusieurs années, et il les met rarement à exécution par dépit. Sa méthode consiste à s'attirer les bonnes grâces de la victime. Puis il la séquestre, la garde en captivité un certain temps, dans le même lieu où il la tue. Ensuite, il s'en débarrasse dans un autre endroit. Il est courant qu'elle appartienne à son passé, au groupe de personnes qui a fait partie de sa vie et qui pour une raison ou une autre l'a marqué à jamais. Alors, il l'étudie, analyse au détail près tous les obstacles qui pourraient l'empêcher de la capturer et, une fois que tout est résolu sur le papier, il mène son projet à bien. Il contrôle également à fond la scène du crime et est habituellement bien familiarisé avec les techniques de la police scientifique pour parvenir à effacer ses traces. Il est irrésistiblement attiré par le fait de suivre ses exploits dans les médias et, étant donné qu'il est très sociable, peut même en venir à les commenter avec les personnes de son entourage, sa femme ou ses enfants, en faisant semblant de s'en indigner. C'est le genre de type dont le cercle d'amis intimes affirme systématiquement qu'il est impossible que ce soit lui l'assassin lorsqu'on le capture, qu'une personne aussi agréable que lui ne ferait même pas de mal à une mouche.

— J'ai connu une personne semblable à celle que tu décris, commenta Milo sur un ton lugubre, mais elle n'était ni aussi intelligente ni aussi organisée.

Rebeca actionna son clignotant et prit la rue Balmes en direction de la montagne.

— Ça c'est un autre type d'individu, c'est celui qui agit en profitant de l'occasion qui se présente à lui, de façon impulsive et sans planifier quoi que ce soit, expliqua-t-elle. Après avoir commis son crime, il abandonne la victime sur les lieux et ne prend même pas la peine de s'en débarrasser. C'est le profil exactement opposé : coefficient intellectuel nul, peu sociable, sans intérêt pour suivre ses exploits dans les médias et sans le moindre contrôle sur la scène du crime ni sur les techniques de la police scientifique.

— Les deux faces de la même médaille.

— Plus ou moins, quoiqu'on ait repéré des cas où un assassin possédait plusieurs caractéristiques des deux personnalités. Il commence comme s'il était organisé et à mesure qu'il progresse dans ses crimes, il perd la maîtrise de ses pulsions et devient complètement désorganisé.

— En résumé, il existe deux types d'assassins : celui qui contrôle et celui qui ne contrôle pas. Deuxième question : de quel genre est-il ?

— À une écrasante majorité, c'est le genre masculin qui prédomine et il agit habituellement en solitaire. Mais les deux cas présentent des exceptions.

— Bien, on laisse tomber la théorie. On passe au cas qui nous intéresse. Qu'en penses-tu ?

Rebeca accéléra brusquement pour passer à l'orange.

— Que le premier type d'assassin va comme un gant à l'individu que nous recherchons, dit-elle. J'ignore quel est son objectif, mais le fait qu'il séquestre sa victime, qu'il la torture sans lui donner à manger ni à boire, me pousse à penser qu'il a besoin d'exercer un pouvoir absolu sur elle. Il ne lui suffit pas de la tuer, il a besoin de lui infliger un maximum de souffrance. Il la torture, l'humilie en la suspendant dans un lieu public, puis il la brûle. Il contrôle ses propres pulsions et la scène du crime. Il ne laisse pas la moindre trace. Il planifie tout de façon minutieuse et efficace.

— Et la vengeance qu'il conçoit puise ses racines dans son passé : ou parce qu'on a jadis abusé de lui ou pour une tout autre raison, ajouta Milo. Il y a des années qu'il la planifie, il a étudié sa victime à fond, a rêvé de la dominer, de la soumettre et de l'assassiner de la façon la plus cruelle et la plus douloureuse qui soit. Puis il passe enfin à l'acte. Et certainement pas dans un moment d'exaltation, de la façon la plus froide du monde.

Rebeca ralentit au milieu de la côte et monta l'avenue qui mène au Tibidabo.

— Il a obtenu la satisfaction psychologique que procure l'action vengeresse et étanché en partie sa soif de pouvoir. Il se sent invincible et tient en son pouvoir sa deuxième victime.

— Il répète sa méthode et la capture. Il se croit tellement puissant qu'il est persuadé que personne ne parviendra à l'arrêter. Sa rage et sa longue impuissance se voient enfin contrebalancées. Je doute cependant qu'il éprouve un plaisir sexuel, mais je ne l'exclus pas.

— Non, on ne sait pas à quelles pratiques il soumet ses victimes pendant leur enfermement, se rappela la sous-inspectrice. Mais, si c'est le cas, il ne serait pas étonnant que le traitement soit lié au même genre d'abus sexuel qu'a jadis subi lui-même l'assassin. S'il est arrivé que ce type d'individu abuse sexuellement de ses victimes, ça n'a jamais été par vice, mais par désir de domination.

— La question reste : pourquoi maintenant ?

Rebeca demeura silencieuse tout en parcourant la dernière partie du trajet. Le soleil provoquait des stries ondulant au-dessus de l'asphalte, des nuages de vapeur multicolores, qui la plongèrent un instant dans une abstraction fantasmagorique. Elle tourna à droite et prit la rue Lluís Muntadas.

— C'est ici, dit-elle. On est arrivés.

Elle gara la voiture, arrêta le moteur, et ils demeurèrent l'un et l'autre pensifs, dans un total mutisme, comme s'ils avaient besoin de repos après avoir tenté de s'immiscer dans l'esprit d'un psychopathe.

Ils observèrent la rue.

Elle était calme, possédait un étroit trottoir côté soleil, et un trottoir encore plus réduit côté ombre. Mais ici, la largeur des bordures importait peu, personne ne les utilisait. Les propriétaires des luxueuses villas qui étaient alignées des deux côtés de la rue ne sortaient jamais à l'extérieur, si ce n'est à bord d'un des véhicules qui se trouvaient dans leur vaste garage. Voilà pourquoi il n'y avait pas de problème de stationnement dans ces rues. Presque pas de circulation. Et pas de sirènes hurlantes. C'était l'avantage d'habiter les hauts quartiers. Le lieu était paisible. Solitaire. Les habitations étaient protégées par de hauts murs infranchissables et jouissaient d'une magnifique vue panoramique sur la ville.

Rebeca contempla les lieux sans bouger.

— Je ne voudrais pas dire, mais on détonne dans ce paysage, fit-elle. Je veux parler de ta voiture, bien sûr.

Milo ne répondit pas. Au bout d'un moment, il fronça les sourcils.

— Regarde-moi ces maisons somptueuses ! Elles ont toutes des caméras de surveillance. Et aucune d'elles n'aurait enregistré quelque chose ? Je ne peux pas y croire.

7

La conférence de presse commença enfin, avec vingt minutes de retard. Au dernier moment, acceptant les suggestions de ses conseillers, le procureur anticorruption décida de la mener conjointement avec les responsables des forces de police, ce qui obligea l'intendante Anna Bassa, qui était responsable du Département des relations avec les médias de la police de Catalogne, de s'excuser pour le retard, mais sans autre commentaire. Les raisons de ce contretemps étaient dues aux désaccords qui avaient surgi entre les deux organismes pour convenir de l'ordre de passage de leurs interventions respectives. Poussés par les circonstances, aussi bien le ministère public que la police voulaient offrir l'image de leur unité et dissiper ainsi le moindre doute que pourraient formuler les médias à propos de la relation entre les deux affaires, ce qui ne signifiait cependant pas nécessairement qu'ils fussent prêts à céder leur leadership le moment de communiquer venu. À la fin, à travers un poli mais plutôt tendu va-et-vient d'arguments contradictoires, ils parvinrent à se mettre d'accord : Anna Bassa ferait office de modératrice, en donnant la parole alternativement au ministère public et à la police, étant entendu que ce serait le procureur qui interviendrait le premier.

Satisfait par ce qu'il considérait comme un triomphe personnel, Màrius Fuster attendit d'un air imperturbable que l'intendante ait fini de faire les présentations. Pour l'occasion, et en suivant à nouveau les suggestions de ses conseillers, il avait échangé son costume crème contre un costume de lin bleu, une couleur qui devait favoriser son image sur le petit écran et davantage en accord avec la gravité de la situation. S'efforçant de conserver un visage sévère, il bouillonnait d'impatience, car il était persuadé que son intervention pouvait marquer un grand tournant dans sa carrière.

Debout sur l'estrade de la petite salle de presse du commissariat, et flanquée des deux hommes, Anna Bassa poursuivait son introduction à la conférence sans pouvoir éviter une gêne croissante. Petite de taille, ce qui se remarquait encore plus à côté du commissaire Bastos, planté juste à ses côtés, elle avait été la première femme dans la police de Catalogne à obtenir le grade d'intendant. Portant l'uniforme, avec chemise bleu clair et cravate de la même couleur mais sombre, elle avait mis trop de temps – quatorze ans – à obtenir les galons qu'elle portait fièrement sur ses épaulettes, pour se laisser à présent écraser et accepter de se voir reléguée au simple rôle de modératrice. Elle avait donné des preuves plus que suffisantes de sa compétence pour communiquer aux médias les informations qu'elle, et seulement elle, jugeait pertinentes, en dosant les *off the records* avec intelligence, toujours dans l'intérêt du Corps, en apprenant à connaître chaque journaliste pour savoir à qui elle pouvait et à qui elle ne pouvait pas donner telle ou telle information. Sa diplomatie ne faisait plus aucun doute ni son art de l'esquive pour contourner les questions délicates de certains journalistes en mal d'information. Et elle estimait donc qu'on tentait à présent de la discriminer injustement. Cette attitude de ses supérieurs eut le don de l'irriter au plus haut point et elle prit la décision de se contenter de jouer un rôle de modératrice, puisque c'était ce que voulaient les chefs. Mais elle ne se laisserait pas faire ensuite si l'un d'eux venait la solliciter pour arranger les choses après avoir commis une erreur de novice – comme cela n'allait pas manquer de se produire, était-elle persuadée – en affrontant la presse.

Près d'elle, le commissaire-chef Bastos s'efforçait également de garder un air sérieux, évitant de laisser voir sa frustration d'être le deuxième interlocuteur à intervenir. Mais c'est la politique qui voulait ça et il se dit qu'il ne laisserait pas passer la plus petite occasion de décrocher une médaille, pour lui, et bien entendu pour le Département.

Enfin, comme support, on pouvait apercevoir les inspecteurs-chefs Sonseca et Cano d'un côté et deux responsables du ministère public de l'autre. Tous avaient un air tendu et circonspect.

— Messieurs, la parole est au procureur anticorruption Màrius Fuster, dit l'intendante Anna Bassa en mettant fin à son introduction.

Le procureur s'éclaircit la voix, tapota du bout des doigts le micro et, tandis qu'une avalanche de flashs se déchaînait, il commença à expliquer d'une voix ampoulée les raisons pour lesquelles on avait apposé les scellés au Cercle Gaudí. Puis il ajouta :

— Après avoir éclairci avec les hautes autorités de la police de Catalogne les circonstances de l'étrange disparition du président dudit Cercle, M. Félix Torrens, nous sommes entrés il n'y a même pas une demi-heure dans les bureaux de la fondation afin de saisir des documents et du matériel informatique dans le but de les soumettre à un examen des plus rigoureux. Dans l'absence de son président, le ministère public, en collaboration avec le juge Ricard Espinosa, a estimé nécessaire, pour éviter une nouvelle fuite, d'arrêter le directeur administratif, M. Arnau Mascaró, et de le mettre à la disposition de la justice, afin qu'il soit dûment interrogé sur les irrégularités de sa gestion financière. D'après les indices qui ont été découverts, et en accord avec toutes les forces impliquées, nous nous trouvons devant un cas de corruption à grande échelle dont nous nous proposons de déterminer la portée. Le ministère public prend l'engagement solennel de mener à terme tout le…

Un brouhaha monta brusquement en intensité dans la salle de presse et le discours du procureur fut interrompu. Les journalistes lui lancèrent une salve de questions qu'il fut incapable de contenir.

— Vous affirmez donc qu'il s'agit d'un pillage en règle ?

— À combien se monte la somme subtilisée, de quelle quantité sommes-nous en train de parler ?

— Cette corruption éclabousse-t-elle un parti politique en particulier ?

— Qui a prévenu de ces irrégularités ?

— Depuis quand soupçonnez-vous que des faits de ce genre se produisaient au Cercle Gaudí ?

— Pourquoi n'avez-vous pas surveillé plus tôt M. Félix Torrens ?

— Considérez-vous comme inefficace l'intervention de la police de Catalogne ?

Débordé, le procureur se tourna vers Anna Bassa pour lui demander son aide.

— Messieurs, un peu d'ordre, je vous prie, intervint fermement l'intendante. Je vous garantis que toutes vos questions recevront une réponse, mais pour cela il est indispensable que vous gardiez le silence et respectiez l'ordre que je vous indiquerai. Un peu de calme, s'il vous plaît.

Le tohu-bohu cessa comme par enchantement et plusieurs mains se levèrent.

Mauricio Navarro compta sur sa célébrité télévisuelle, ainsi que sur la bonne étoile qui l'avait toujours accompagné jusqu'à présent, et se contenta de caresser tranquillement son petit bouc de poils blancs. Lorsque Anna Bassa observa les journalistes, elle s'arrêta sur son visage. Elle avait croisé le fer avec lui en de nombreuses occasions, elle savait qu'il ne possédait aucune rigueur et qu'il déformait systématiquement les informations, mais son style agressif, reposant uniquement sur son flair, lui sembla parfait pour donner une bonne leçon au procureur.

— Mauricio Navarro, votre question.

“Bingo.” Il acquiesça de la tête pour la remercier de sa considération. Il se pencha rapidement et, mine de rien, parla à l'oreille de son caméraman.

— Lucas, attention ; filme tout, ne perds pas le moindre détail de leurs visages, murmura-t-il en reprenant immédiatement son aplomb. Merci, Anna. Monsieur le procureur, monsieur le commissaire-chef, ma question s'adresse à vous deux. Y aurait-il un rapport entre la disparition de M. Torrens et celle de feu Eduard Pinto ? Autrement dit, est-ce que M. Félix Torrens aurait pu être séquestré comme Eduard Pinto ?

Màrius Fuster porta sa main à la monture de ses lunettes, se racla la gorge deux ou trois fois.

— D'après le Groupe spécial d'homicides de la police de Catalogne, qui mène l'enquête sur l'assassinat d'Eduard Pinto, il s'agit d'une fuite, pas d'une séquestration.

— Monsieur le commissaire-chef, êtes-vous d'accord avec la déclaration du procureur ? insista Navarro.

Toutes les têtes se tournèrent vers Bastos.

Le commissaire ouvrit la bouche, la referma. Baissa les yeux.

— Je n'ai rien à ajouter, éluda-t-il.

— Cela signifierait-il que le GEHME ne partage pas l'opinion de M. le procureur ?

Une rumeur s'éleva brusquement, qui se transforma vite en une cacophonie de questions de toutes sortes.

Vu la tournure que prenait l'affaire, l'intendante Anna Bassa décida que la pression avait été suffisante et elle intervint rapidement. Elle ne pouvait pas se permettre de trop laisser pourrir la situation.

— Un peu d'ordre, s'il vous plaît ! s'exclama-t-elle.

En quelques secondes l'orage commença à se dégonfler.

— Navarro, n'accaparez donc pas ainsi la parole ! Le commissaire-chef Bastos a déjà répondu, fit-elle en souriant comme elle savait le faire.

Puis elle chercha un autre journaliste des yeux. Pour faire redescendre la tension, il fallait choisir un homme sérieux qui méritât quelque crédit.

— Question suivante, à présent : Oui, vous, monsieur Josep Maria Hernández.

Pendant que son collègue du journal *Avui* formulait sa question, Mauricio Navarro se sentit satisfait. Il avait eu ce qu'il voulait. Ces images-là, montées de façon adéquate, allaient montrer juste ce qu'il voulait. Elles allaient devenir un parfait support pour sa chronique, l'ingrédient clé pour faire grimper l'audience. À présent, il ne lui manquait plus que le contenu, un contenu qu'il obtiendrait loin de là, dans quelques minutes. Il s'était déjà mis d'accord sur le lieu et l'heure du rendez-vous avec son informateur. Et malgré le retard pris, il serait à l'heure.

— Toi, reste ici, à filmer, dit-il à son caméraman. Et n'oublie pas de prendre des premiers plans.

Lucas, le chevelu à la caméra, acquiesça en silence. Il savait quelle était sa mission.

Ils descendirent de voiture.

— Super-quartier pour vivre, dit Rebeca admirative.

— Je t'en fais cadeau. Ici, si tu oublies d'acheter ton paquet de clopes, tu arrêtes de fumer pour toujours. Tu vois un bureau de tabac, toi ? Ce n'est pas un quartier, ça, c'est un paquet de résidences. Il n'y a pas âme qui vive, ici. Il n'y a que des cellules. D'accord, de luxe, mais des cellules tout de même.

— Peut-être, mais on doit y dormir fabuleusement bien. Moi, j'habite dans le quartier de Gracia, près de la place de la Virreina, et là-bas, il y a tellement d'animation qu'il n'y a pas moyen de fermer l'œil de la nuit. Vraiment trop de monde à mon goût.

— Tu te rappelles où on a retrouvé l'Audi d'Eduard Pinto, je veux dire l'endroit précis ?

— Ici, exactement, indiqua la sous-inspectrice.

Milo mit sa main en visière. À quelques pas, sur le mur latéral d'une villa, il distingua une caméra de surveillance. Elle était pointée sur l'entrée. Et sur la villa juste en face, il y en avait une autre située de façon identique, pointée sur le portail blindé. Un vidéophone moderne, équipé d'un objectif, se trouvait à mi-hauteur, sur un côté.

Il s'approcha du garage et étudia la position de la caméra. Rebeca le rejoignit.

— Elle a été sabotée par l'assassin ?

Milo se plaça devant l'objectif. Il tira son arme et la pointa directement.

— Tu es fou ? lâcha la sous-inspectrice. On peut savoir ce que tu fais ?

Il rangea son HK. Désigna la caméra.

— Je te parie ce que tu veux que personne ne va venir, dit-il. Elles sont factices. Juste pour dissuader. C'est les mêmes que celles du Raval. Ces gens-là possèdent tout le fric du monde et ils ne dépensent que quelques euros pour acheter des copies. Ce sont des hypocrites, je te dis. Pour eux, il n'y a que l'apparence qui compte. Et celle-là, poursuivit-il en montrant celle d'en face, c'est la même chose. L'objectif du vidéophone sert déjà de caméra de surveillance, alors pourquoi dépenser plus d'argent ? Non, l'assassin n'a pas eu besoin de les saboter, ni rien dans le genre. Les propriétaires l'avaient déjà fait à sa place. Il était au courant, c'est pour ça qu'il a choisi cette rue et tout particulièrement cet endroit.

Rebeca se plaça au centre de la chaussée, mit les mains sur les hanches et tourna la tête de tous les côtés.

— Il a une nouvelle fois étudié tous les détails. Il gare son véhicule ici, disons la fourgonnette, et s'en va. Cette dernière ressemble à celle d'un artisan quelconque et n'attire donc pas l'attention. Il se rend au parking de La Caixa sur l'avenue Diagonal, s'y faufile, pénètre dans l'Audi et se cache sur le sol, au pied de la banquette arrière. Il attend qu'Eduard Pinto monte, roule en direction de son domicile et, lorsqu'ils n'en sont plus qu'à une centaine de mètres, il l'aborde, l'oblige à tourner au premier croisement et lui ordonne de freiner à l'endroit qu'il a choisi. Alors il le neutralise, le charge dans la fourgonnette et disparaît avec lui. Une méthode rapide, efficace, qui ne laisse pas la moindre trace et offre un minimum de risques.

— Une méthode qui colle avec le modèle de l'assassin organisé dont tu as parlé, convint Milo. Il étudie patiemment sa victime et lorsque la proie s'éloigne du troupeau, il la capture. Une autre conclusion ?

— Oui, trois autres. Premièrement, que les caméras servent toujours après le crime, jamais avant. Deuxièmement, que les gens riches ont du fric parce qu'ils n'en dépensent jamais. Et troisièmement, qu'avec ce genre de personne, les caméras ne servent ni avant ni après.

— Gagné. C'est toi qui conduis.

— Où on va, maintenant ?

— À l'endroit où il a capturé Félix Torrens, dit Milo en prenant place dans la voiture. Je voudrais…

— Tu veux le voir de tes propres yeux ?

Rebeca récupéra sa place au volant et conduisit jusqu'au quartier de Pedralbes.

— On ne va rien trouver de neuf, assura-t-elle. Sonseca a déjà dit à la réunion que ce tronçon de rue ne possédait pas la moindre caméra. Ce doit être un autre lieu pas très illuminé, isolé et solitaire, idéal pour immobiliser une proie.

— On ne va pas faire le trajet pour rien, ne t'en fais pas. D'abord on vérifie les faits puis, tant qu'à y être, on en profite pour faire autre chose, tu vas voir !

Pour l'instant, la circulation était dense, mais dans deux heures, étant donné que c'était vendredi, jour de départ en trombe de tous ceux qui possédaient une résidence secondaire, elle deviendrait impossible.

— Pourquoi as-tu demandé à Crespo cette liste de crimes étranges et de personnes disparues ?

— C'est difficile de tuer. Il faut une grande force intérieure, même si c'est par vengeance. Une grande force intérieure et de la détermination. Et ça, ce n'est pas à la portée de tout le monde. Personne ne peut tuer sur un coup de tête. À mon avis, ce n'est pas la première fois que notre individu passe à l'acte. Et les victimes les plus faciles, celles qui permettent de "s'entraîner" sans se faire prendre, ce sont celles que le système a délaissées, celles que personne ne viendra jamais réclamer, dit-il en se grattant le front. Je ne sais pas ce que ça peut donner, mais on pourrait tout à fait tomber sur quelque chose d'intéressant.

— Tu veux dire qu'un assassin aurait opéré depuis des mois et des mois et qu'on ne l'aurait pas su ?

— Ce n'est pas évident à croire, je sais. C'est bien pour ça que j'ai parlé d'un coup d'épée dans l'eau tout à l'heure.

Ils roulèrent en silence. Un instant plus tard, Rebeca fit claquer sa langue.

— Deux autres conclusions me sont brusquement venues en tête, dit-elle. S'il est du genre organisé, il évite d'opérer sur son territoire. Donc, il n'habite pas la zone haute de la ville.

— C'est un peu tôt pour affirmer ça. Barcelone est très vaste et pour l'instant on ne dispose que de deux lieux ; il en manque encore quelques autres pour pouvoir élaborer un modèle.

— S'il continue à agir, il va tôt ou tard commettre une erreur. Le besoin de vengeance est aussi incapacitant que n'importe quelle névrose. C'est une maladie mentale. Dans son délire narcissique, il va prendre de plus en plus de risques, il va tenter d'aller de plus en plus loin, dit-elle en avalant sa salive. La théorie dit qu'il peut même en venir à organiser un vrai massacre pour brouiller les pistes.

— À quoi tu penses ?

— À ce qu'a expliqué ta juge Cabot dans la salle de réunion. Dans une quinzaine de jours, à peu près, le pape vient en visite à Barcelone. La Sagrada Familia. Gaudí. C'est une occasion en or, non ?

Milo se tourna vers elle. Rebeca serra les lèvres. Il l'observa fixement.

— Le dispositif de sécurité de toutes les forces de police sera du jamais vu, dit-il.

— Je sais, ça va être un déploiement sans précédent : les TEDAX-NBQ*, l'unité cynophile, les GEI**, l'unité d'intervention en sous-sol, celle des interventions aériennes, la DI***, des milliers d'agents. Même une petite épingle ne pourrait pas s'y infiltrer.

— Alors ? demanda Milo.

— Je pensais simplement au caractère méticuleux de notre assassin. À sa façon de toujours réfléchir à tout.

Milo observa ses yeux gris. Ils reflétaient une intelligence froide. Ou une brûlante émotion.

Il détourna le regard en premier.

— Ce n'est pas ma juge, dit-il. Et bon, vas-y, accélère.

Rebeca enfonça la pédale de l'accélérateur sans ciller.

— Je te jure, Pablo, tu ne le regretteras pas. Tu vas remporter un grand triomphe comme producteur, insista Mauricio Navarro en pressant son BlackBerry contre son oreille. Ce sont des informations de tout premier choix et la chaîne ne peut pas se payer le luxe d'attendre ma rubrique de mardi pour en parler.

— C'est toi qui ne peux te payer aucun luxe, Mauricio !

* Técnico especialista en desactivación de artefactos explosivos – nucleares, biológicos y químicos. (Technicien spécialiste en désactivation d'engins explosifs – nucléaires, biologiques et chimiques.)

** Grupo especial de intervención. (Groupe spécial d'intervention de la police de Catalogne.)

*** División de intervención. (Division d'intervention de la police de Catalogne.)

— Non, non, je dis bien la chaîne ! Moi, je ne compte pas ! Dans cette affaire nous sommes main dans la main, toi et moi. Et lorsque l'audimat va décoller, nous serons tous gagnants. Et il va décoller, crois-moi.

— Je ne peux pas prendre cette décision sans consulter les autres membres de la direction, dit Pablo Romero en hésitant encore.

— Eh bien, appelle Picazo tout de suite et tu lui en parles, bordel !

— Il est en réunion. Tu ne crois tout de même pas que le directeur de Telecinco est en train d'attendre ton appel ?

— La seule chose que je te demande est de lui en parler, de lui dire que je viens d'obtenir une information du tonnerre de Dieu, et que ce n'est pas une nouvelle à passer dans le journal du matin. Bordel, puisque je te dis que ça va être l'accroche de tous les journaux télévisés sur toutes les chaînes du pays, et ça va avoir une couverture internationale ensuite ! Tu ne comprends donc pas ? Je ne suis pas en train de te parler de n'importe quoi !

— Donne-moi quelque chose d'abord et je verrais ce que je peux faire.

— Pablo, je ne suis pas un novice, répliqua Mauricio Navarro. Mon information m'appartient et personne ne va me la voler, je te le garantis. Mais je te jure que si tu ne m'écoutes pas, ça va te coûter ta tête. Et je ne plaisante pas. Tu me connais et tu sais que je ne raconte pas des sornettes.

Pablo Romero fit une pause. Mauricio Navarro l'imagina en train de décroiser les jambes, avec une allure maniérée, réfléchissant à toute vitesse, pesant le pour et le contre.

— C'est bon, dit-il. Un instant, j'en parle à Picazo et, s'il est d'accord, je te le passe. Mais si tu es en train de me rouler dans la farine, mon vieux, je te botte personnellement le cul.

— Pas de problème, j'ai tout mon temps.

Il regarda à droite et à gauche pour vérifier si quelqu'un était en train de l'écouter. Il se trouvait dans une cafétéria, assis à une extrémité du comptoir. Il observa la façon dont les garçons de café finissaient de dresser les tables pour servir le déjeuner. Un appétissant parfum de ratatouille et de viande grillée filtrait par la petite ouverture qui donnait sur la cuisine.

Ismaël Picazo, le tout-puissant directeur de Telecinco, prit l'appareil téléphonique. Il entra immédiatement dans le vif du sujet.

— Navarro ? Pablo m'a appelé ! Qu'est-ce que tu as de si important à nous proposer ?

— Écoute, je voudrais que tu demandes à Blanco de me libérer un petit créneau en *prime time*. Vingt minutes pas plus. Mais à la première heure. Il ne faut pas qu'il me programme en cours de matinée. Ensuite, je voudrais que tu interviennes pour calmer Julia, qu'elle n'exerce pas de représailles envers moi. Dis-lui que mardi j'apporterai plus de détails sur cette affaire, dans *Les Matinées de Julia*, qu'elle aura sa part du gâteau. Tu as juste à les convaincre tous les deux, c'est tout.

— Tu me donnes des ordres, maintenant ? demanda Picazo d'une voix glaciale. J'étais en réunion et je n'ai pas le temps d'écouter tes sornettes. Navarro, cesse de boire, s'il te plaît.

— Ne raccroche pas ! hurla-t-il hors de lui. D'accord, je suis nerveux, mais toi aussi tu le serais si tu savais ce que j'ai entre les mains. C'est une chose si explosive qu'elle va…

— Ça suffit de me faire l'article ! Ou tu me dis de quoi il s'agit, ou je raccroche immédiatement.

Mauricio Navarro s'accouda au comptoir. Il ferma les yeux, mit une main devant sa bouche. Il souffla en détachant chaque syllabe, dans un filet de voix :

— Barcelone ? Assassin en série. *Le Bourreau de Gaudí*. Ça te suffit, j'espère !

Rebeca conduisit habilement à l'intérieur du labyrinthe de ruelles étroites qui montaient et descendaient dans un insolite chaos urbain pour un quartier aussi sélect.

Enfin, ils arrivèrent à la rue Can Falgàs et elle arrêta la voiture à hauteur d'un bateau.

— C'est ça Pedralbes ? demanda-t-elle.

— L'extrême sud. Pedralbes avec des propriétés à te couper le souffle se trouve plus au nord.

— Ici aussi, il y a des villas à faire tourner la tête, commenta Rebeca.

— Mais pas de résidences avec voie d'accès particulière s'enfonçant dans des bosquets centenaires et intimité absolument assurée. Ici, c'est un autre monde.

— Je t'en fais cadeau. Il n'y a pas de boulangeries et moi j'aime les croissants frais au petit-déjeuner.

— Eh bien, ici, tu dormirais comme une masse, insista Milo. Je parie que dans ce quartier les sirènes sont interdites, pour qu'elles ne dérangent pas le sommeil de ses illustres résidents.

— Toi, tu n'aimes pas beaucoup la bourgeoisie ni les riches, n'est-ce pas ?

Milo haussa les épaules et observa la rue.

— Tu vois quelque chose ? demanda-t-elle.

— Rien qu'on ne savait déjà. C'est un endroit solitaire, loin de tout, peu éclairé et sans caméras. Très semblable à l'autre, conclut-il. Vu ! Maintenant, on va rue Torrent de les Roses.

— Tu veux dire au domicile de Félix Torrens ?

— Oui. Bien sûr. Et pourquoi pas ? Serait-il interdit de s'y rendre ?

— C'est toi qui décides, moi je ne dis rien. Par où on passe ? Je ne connais pas ce quartier.

— Eh bien, comme d'habitude, tu prends au fond à droite.

Elle repartit et ils longèrent plusieurs ruelles jusqu'à trouver le bon chemin en grimpant vers le haut de la montagne, en tournant à gauche. La luxueuse habitation de Félix Torrens se trouvait, posée sur de gros murs de soutènement, à la moitié de la rue, dans une descente vertigineuse. Une grille d'une hauteur infranchissable se dressait devant l'étroit trottoir.

Rebeca se gara devant et ils descendirent du véhicule. Elle pointa son doigt sur la Volkswagen de Milo.

— Et à nouveau on ne voit qu'elle, déclara Rebeca. Si une automobile constitue le reflet psychologique de son propriétaire, je suis éberluée d'imaginer l'état dans lequel doit se trouver ta tête. Bousillée, cabossée de partout…

Sans lui prêter attention, Milo s'approcha du vidéophone et appuya sur l'unique bouton qui s'y trouvait. Il avait d'abord extrait sa plaque et la planta devant l'objectif de la caméra.

— Inspecteurs Malart et Mercader, dit-il, du Département

des personnes disparues. Nous sommes en mission officielle pour parler à la maîtresse de maison.

Tandis que le mécanisme d'ouverture s'activait, Rebeca murmura :

— Qu'est-ce que tu fais ? Je ne suis pas inspectrice et on n'appartient pas au Département des personnes disparues.

— Je ne peux pas lui dire que nous sommes de la criminelle, tu veux qu'elle nous fasse une attaque ?

Ils entrèrent dans la propriété. Lorsque la lourde grille se referma dans son dos, Milo s'arrêta un instant.

— Je n'ai pas le temps de t'expliquer pourquoi à présent, mais tu dois savoir que les entretiens avec les membres de la famille des victimes ne se passent jamais très bien avec moi. C'est toi qui mèneras la conversation et moi je resterai discrètement en retrait, d'accord ? C'est juste pour éviter des problèmes par la suite.

— Des problèmes ? demanda-t-elle. Quel genre de problèmes ?

Milo ne répondit pas. Il avait repris la marche sur le chemin goudronné qui conduisait au garage et se poursuivait par un sentier de petites dalles serpentant, à travers le gazon d'un jardin extrêmement soigné, en direction du flanc gauche de la maison. Rebeca pressa le pas et le rejoignit.

Un homme aux traits orientaux, vêtu d'un uniforme de majordome, ouvrit la porte principale et les pria d'entrer. Ensuite, il traversa à pas lents un vaste salon au sol reluisant, récemment ciré, et sortit sur une terrasse donnant sur le devant de la maison.

— Je vous prie de patienter ici, je vais prévenir madame.

Ils inspectèrent les lieux. La vue panoramique dont on jouissait était spectaculaire. Barcelone s'étendait devant eux comme un tapis et ils contemplèrent la capitale, complètement envoûtés. À l'extrême droite, on pouvait apercevoir l'autoroute menant à Castelldefels et la plaine humide de Prat de Llobregat ; ensuite, la Zona Franca avec ses bâtiments industriels, la singulière structure blanche de la tour Calatrava, et la montagne de Montjuïc avec son château au sommet et son cimetière tout gris accroché à l'un de ses flancs. Plus au centre, le port et son horrible entassement de conteneurs, avec les cargos aux peintures ternies grillant au soleil et attendant leur tour de se mettre à quai un peu au large, puis les impressionnants bateaux de croisière de luxe. Et dans le prolongement, le fameux *skyline* de la ville : les gratte-ciel, la statue de Christophe Colomb, les coupoles de la cathédrale, les clochers pointus de la Sagrada Familia, la singulière tour Agbar avec sa forme phallique et les cheminées de la centrale thermique à l'embouchure du fleuve Besòs. Ils avaient devant eux, comme sur un plan, mais à échelle réelle, les quatre points de référence qui transformaient Barcelone en une ville à l'orientation facile : en limites latérales, les fleuves Llobregat et Besòs ; et, pour compléter le rectangle la mer, du côté opposé, la montagne.

— Nom d'un chien ! Il ne me faudrait pas bien longtemps pour m'habituer à vivre ici, expliqua Rebeca. Avec une vue comme ça, pas besoin de croissants frais le matin ! Le spectacle nourrit parfaitement son homme !

La décoration de la terrasse était, comme tout le reste dans cette maison, exquise. Des tauds de toiles exotiques protégeaient du soleil deux vastes zones de fauteuils, avec une profusion de coussins multicolores et de tables basses du meilleur design. Éparpillées par-ci par-là, de magnifiques pièces de sculpteurs reconnus. Et un peu partout, d'originaux et hors de prix détails décoratifs manifestant très clairement non seulement un goût des plus raffinés, mais également la puissance financière de leurs propriétaires.

— Jolie chaumière, dit Milo. D'ici, il n'est pas très compliqué de se sentir le maître de Barcelone. C'est très tentant. Avec la ville à tes pieds, loin de la plèbe, il ne serait pas étonnant que le pouvoir te monte soudain à la tête. Ces vues peuvent éveiller des sensations dangereuses.

— Je vous assure que cela n'est pas du tout monté à la tête de mon mari, dit une voix féminine dans leur dos et ils se retournèrent brusquement. Détrompez-vous, ce qui est dangereux, ce n'est pas la vue, mais plutôt l'opinion que vous en avez. Peut-être que l'individu qui a séquestré mon mari partage la même.

De noble allure, avec ses cheveux bruns et raides, la femme était vêtue d'un élégant tailleur d'été ; une montre en or au poignet, une fine gourmette d'argent à l'autre, un sommaire collier de perles autour du cou et, ressortant parmi tous les accessoires, une alliance sur laquelle était incrusté un gros diamant. Son visage, à l'expression hautaine, ne transmettait pas vraiment d'émotion, qui se voyait cependant dénoncée par une légère rougeur dans les yeux et par la blancheur des articulations de ses doigts lorsqu'elle serrait la main.

— Virginia Colomer, Mme Torrens, se présenta-t-elle. Du nouveau sur l'endroit où se trouve mon époux ?

— Nous sommes navrés de ce qui s'est passé, madame, dit Rebeca en bégayant. Nous sommes l'inspecteur Malart et la sous-inspectrice Mercader, du Département des personnes disparues. Nous voudrions vous poser quelques questions.

— À votre aise. Mais avant, désirez-vous boire quelque chose ? Avec cette chaleur torride, je vous recommande de la citronnade, naturelle. Presita, ma… notre assistante, y rajoute des feuilles de menthe qui lui donnent un goût réellement délicieux. Presita, s'il vous plaît !

À l'instant, comme si elle avait été en train d'attendre près d'eux, une femme aux traits orientaux et vêtue de l'uniforme classique des servantes apparut de derrière un rideau agité par une douce brise.

— Trois citronnades bien glacées, dit Mme Torrens, puis elle s'adressa à nouveau à eux : Moi, je ne peux pas boire d'alcool, vous savez bien, à cause des tranquillisants, mais si vous préférez quelque chose de plus fort…

— Non, merci, refusa Rebeca. Une citronnade, c'est parfait.

— Sous-inspectrice ? J'avais cru comprendre que vous étiez inspecteurs tous les deux.

— Votre majordome a dû mal comprendre.

— Probablement, Ubaldo n'est pas seulement petit, il est dur d'oreille, dit-elle en montrant un endroit où se trouvaient des fauteuils. Voulez-vous vous asseoir ?

Elle attendit qu'ils soient bien installés. Milo choisit le fauteuil le plus éloigné et croisa les jambes. Rebeca, en revanche, choisit une banquette et s'assit juste sur le bord, ne sachant pas très bien que faire des siennes qu'elle décida finalement de placer parallèlement, inclinées dans un angle plutôt inconfortable. L'hôtesse s'assit à ses côtés, à bonne distance, ni trop près ni trop loin.

— Vous faites partie de l'équipe de l'inspecteur-chef Mateo Sonseca ? demanda-t-elle.

— Techniquement, oui, répondit évasivement Rebeca. Madame Torrens, la raison pour laquelle nous sommes ici est très difficile à exposer, ajouta-t-elle avant de s'interrompre, troublée. Ce que nous aimerions savoir est si…

— Les indices que nous avons récoltés, dit Milo, donnent le sentiment que votre époux n'a pas été victime d'un enlèvement, mais qu'il pourrait plutôt s'agir d'une fuite organisée. Avez-vous quelque chose à dire à ce sujet ?

— Ce sont des bêtises, dit-elle en repoussant catégoriquement cette hypothèse. J'ignore de quelles preuves vous voulez parler, mais tout cela est une manœuvre de ce petit homme aux costumes si abominables. L'avez-vous vu à la télévision ? On aurait dit un rat terrorisé à la conférence de presse. Il aspire à faire carrière au ministère public pour mieux entrer en politique ensuite, c'est pour cette raison qu'il obéit comme un agneau. Félix en fuite ? Ne me faites pas rire. Tout cela est un montage de ces arrivistes qui ne supportent pas que mon mari se soit saigné aux quatre veines pour construire le pays. La Catalogne est devenue ce qu'elle est grâce à des hommes tels que lui, et c'est une chose qu'ils ne peuvent pas lui pardonner. Pour quelle raison aurait-il fui ? Il sait parfaitement les manipuler, les remettre à leur place si c'est nécessaire, dit-elle avec un reflet de défi dans les yeux. Non, en aucune manière.

— Donc, votre mari a de nombreux ennemis ?

— Nombreux ? Vous voulez dire qu'il les collectionne, se vanta-t-elle. Et ce sont tous des personnages remarquables de la ville. D'après lui, on doit mesurer la grandeur d'un homme à la qualité de ses ennemis. Et je vous garantis que si on lui applique cette règle, mon époux est une sommité époustouflante.

Milo retint un mouvement de consternation. Il se mordit la langue pour ne pas répliquer.

— Vous pensez que l'un d'eux aurait été capable de planifier, puis de mener à terme son enlèvement ? demanda-t-il.

— Vous ne comprenez rien du tout, mon cher. Les hautes finances obligent les gens à s'asseoir à table avec leurs ennemis. Ce sont les règles du jeu. Il faut entretenir ce qu'on pourrait appeler une “amicale inimitié” avec eux. Les affaires sont les affaires, et parfois les uns gagnent et les autres perdent. Ils se font des croche-pieds entre eux, et parfois même ils se poignardent dans le dos, par exemple comme pour ce montage du procureur, mais ça ne va jamais très loin. Le malentendu du Cercle Gaudí. Vous croyez que cela pourrait finir par une inculpation de mon époux ? Mais absolument pas. Ce n'est que de la politique. Et en plus, il n'existe pas un seul juge capable de commettre une erreur aussi invraisemblable, ce serait comme un suicide professionnel pour lui. Ils jouent tous au golf avec mon mari, je ne sais pas si je me fais bien comprendre.

— Vous vous faites parfaitement comprendre, indiqua Milo avec amertume.

— J'insiste, il est absurde de penser qu'il ait pu fuir. Il n'avait aucune raison de le faire. Ce genre de problème est notre pain quotidien. Et je vous assure que cela ne l'aurait pas empêché de dormir, ne serait-ce qu'une minute. Mon mari est intouchable, comprenez-vous ? Je répète, c'est le système, les règles du jeu. Et Félix les maîtrise mieux que quiconque. De la corruption ? Vous voulez rire ! Étroitesse de vue, bêtise.

Rebeca vit Milo décroiser ses jambes et se lever brusquement. Elle décida d'intervenir.

— Madame, si nous sommes ici, c'est que nous croyons à la version de l'enlèvement.

— Est-ce que vous ou votre mari connaissiez Eduard Pinto ? demanda Milo en levant les yeux.

Virginia Colomer mit ses mains sur son giron et se les tritura férocement.

— Vous voulez parler de ce pauvre homme qui a brûlé comme une torche sur la façade de la Casa Milà ?

— Lui-même, dit Milo sèchement.

— Mais... Ce n'est pas possible, balbutia-t-elle soudain terrorisée. Ç'a été l'œuvre d'un fou, d'un psychopathe. Cela n'a rien à voir avec mon mari.

— Vous ne m'avez pas répondu. Le connaissiez-vous, oui ou non ?

— C'est probable. Nous avons dû le croiser au cours de quelque soirée culturelle ; en tout cas, je ne m'en souviens pas.

— Votre mari a-t-il quelquefois négocié des affaires avec lui ?

— Non, pas que je sache. Nous avons regardé ensemble ces terribles images à la télévision et il a été aussi surpris que moi. Il m'aurait dit quelque chose, si…

— Votre mari vous raconte-t-il tout ?

— Tout ce qu'il considère que je dois savoir, oui. Mais… non… je ne comprends pas…

— Eduard Pinto n'était-il pas un des ennemis amicaux de votre mari ?

— Absolument pas. L'homme dont vous parlez n'était qu'un simple membre de la hiérarchie intermédiaire, un parmi tant d'autres, expliqua-t-elle. Félix n'aurait jamais traité avec lui, il n'était pas à sa hauteur.

— Même pas par le passé, lorsqu'ils étaient débutants ? insista-t-il.

— Non, leurs chemins ne se sont jamais croisés.

— Ils n'ont jamais passé le moindre accord ensemble, réalisé une de ces négociations que vous appelez des bêtises ?

Virginia Colomer se leva brusquement. Toute pâle, elle pointa un doigt tremblant en direction de Milo.

— Qui êtes-vous donc ? Pourquoi toutes ces questions ? Vous êtes en train de tenter de m'intimider ! dit-elle, avant d'ajouter déconcertée : Vous n'avez pas le droit de me traiter de cette façon… Je suis… Je suis…

À cet instant, la servante arriva avec le plateau aux citronnades. Elle le posa sur la table basse et s'adressa à Mme Torrens.

— Madame, le téléphone n'arrête pas de sonner, dit-elle. Nous répondons aux journalistes que vous n'êtes pas à la maison, mais Ubaldo a vu des voitures envahir la rue, ainsi que des gens avec des micros et des caméras. Voulez-vous que je sorte pour leur dire quelque chose ? Ah, et puis des personnes de la police demandent également après vous, dans l'entrée.

— De la police ? demanda l'hôtesse, en clignant des yeux. Quelle police ?

— Ils ont dit qu'ils appartenaient au Département des personnes disparues.

— Dis-leur d'entrer immédiatement ! ordonna-t-elle.

— Et qu'est-ce que je dis à Ubaldo ?

— Rien, qu'il ne fasse rien, pour l'instant!

Tandis que la servante faisait demi-tour, Milo se leva.

— Bon, sur ce, nous partons, dit-il. La citronnade était excellente.

— Non, vous restez ici jusqu'à ce que j'aie pu éclaircir cette affaire! hurla Mme Torrens. Je vais demander des explications à propos de votre comportement!

— Faites ce que bon vous semble, dit Milo. Mais à votre place, je me ferais du souci à propos de cette meute qui est en train de se former devant votre porte. Elle a flairé le scandale et ne vous lâchera plus. Dans quelques heures votre vie intime sera exposée dans tous les médias. Ça aussi ce sont les règles du jeu, madame Torrens.

— Vous ignorez à qui vous parlez, monsieur! répondit-elle en affrontant Milo; une mèche de ses cheveux raides lui tomba devant les yeux et elle l'écarta d'un air furieux. Je connais le maire, les juges, les commissaires, je m'entretiens quotidiennement avec eux, dans des soirées de gala et de bienfaisance! Un appel de moi et vous perdez illico votre travail!

— C'est un détail, croyez-moi, répliqua-t-il. Allons-nous-en, sous-inspectrice.

Ils se dirigèrent vers la sortie en négligeant les cris de Mme Torrens derrière eux.

Ubaldo leur ouvrit la porte. En empruntant le sentier aux petites dalles, ils tombèrent nez à nez avec l'inspecteur-chef Mateo Sonseca et l'inspecteur Sergi Cruz.

— Qu'est-ce que vous faites ici? demanda le premier.

Mais Milo les esquiva sans s'arrêter.

— Malart, ce cas n'est pas du ressort du GEHME, c'est le Département des personnes disparues qui gère Félix Torrens! poursuivit-il.

Milo s'arrêta brusquement, se retourna.

— Ce matin, je t'ai demandé de venir ici avec vous et tu as refusé. Alors maintenant, tu me fous la paix! Compris?

— Ça ne va pas se passer comme ça, menaça l'inspecteur-chef. Je vais en glisser deux mots à Bastos! Et on verra…

Mais Milo avait fait demi-tour et s'éloignait déjà en direction de la grille, Rebeca sur ses talons.

— Malart ! hurla Sonseca à pleins poumons.

Faisant comme si de rien n'était, Milo ouvrit la lourde grille d'entrée. Les cris ayant déclenché l'alerte, ils furent reçus par une multitude de déclics d'appareils photo, tandis que la foule des journalistes entassés là les bombardait de questions.

Ils se frayèrent tant bien que mal un passage jusqu'à la voiture. Milo écarta un reporter de la télévision qui lui barrait la route et vit que Rebeca réussissait à pénétrer dans la Volkswagen cabossée. Échappant au harcèlement d'autres journalistes, il parvint jusqu'à la portière du chauffeur. Un photographe le saisit par le bras et il se dégagea. Une fois installé au volant, il démarra, écrasa la pédale de l'accélérateur et le vrombissement du moteur fit immédiatement s'écarter les reporters et les caméramans situés devant le véhicule. Il engagea la première et avança lentement, vers le bas de la rue.

— Ils n'ont pas mis longtemps à se pointer. Tu comprends maintenant pourquoi ma voiture est toute cabossée ?

— Ce que je comprends, ce sont surtout tes problèmes avec les entretiens, dit-elle le souffle court. Pourquoi tant de dureté avec Mme Torrens ?

Il enfila une rue dont la pente était vertigineuse.

— Les courtes distances ne me conviennent pas. On dit que je suis trop direct.

— J'ai vu ça, répondit Rebeca avec une certaine hostilité.

— Qu'est-ce qu'il y a ?

— Eh bien, je n'ai pas vraiment apprécié la façon dont tu as traité cette femme, voilà ce qu'il y a !

Il accéléra.

— Ouvre les yeux une fois pour toutes et apprends à ne pas confondre les agneaux et les hyènes.

— Peu importe qui elle est ; ce que je sais, moi, c'est qu'elle est en train de souffrir. Son mari a disparu et je ne crois pas qu'on ait le droit, même pas toi, d'ajouter à sa douleur.

Il écrasa la pédale du frein devant la caserne militaire de Bruc. Dans la guérite, un jeune soldat s'inquiéta de sa présence. Il serra son CETME entre ses mains et les observa d'un air alarmé, ne sachant trop que faire.

Milo respira profondément, une fois, deux fois.

— Il nous fallait vérifier s'il existait un rapport quelconque entre Félix Torrens et Eduard Pinto, aujourd'hui ou par le passé, dit-il.

— Je ne parle pas de ça. C'est ta façon d'intimider cette femme. Je ne peux pas tolérer ce genre de chose.

Il se recroquevilla comme s'il venait de prendre un coup de poing dans le ventre. Il posa sa tête sur le volant, demeura quelques instants immobile sans dire un mot.

— Ça ne se reproduira plus, dit-il à voix basse, puis il vit que le soldat s'approchait d'eux, serrant toujours son fusil d'assaut et d'un pas mal assuré. Tu n'avais pas besoin d'envoyer l'armée, vilaine fille.

Il démarra à nouveau et prit lentement la direction de l'avenue Diagonal.

— Et en plus, tu viens de te créer de nouveaux problèmes avec Bastos, dit Rebeca.

— Ce ne seront pas les derniers, dit-il en indiquant un bar dans un angle de rue. Tu as faim ? C'est là qu'ils font les meilleurs hot-dogs de la ville. Je fréquentais cet endroit lorsque j'étais encore à la faculté de droit.

Rebeca haussa les épaules.

— Tu veux bien entrer pour réserver une table, pendant que je gare la voiture ? Profites-en pour appeler ce numéro et donner rendez-vous à Aurelio González, ici ! dit-il en lui tendant le bout de papier sur lequel le sergent Crespo avait noté le renseignement. Si on a un peu de chance, il se trouve peut-être dans le coin.

— Qui est-ce ? demanda-t-elle en saisissant la note.

— Le chauffeur de taxi qui a prévenu les pompiers. Je doute que cela serve à quelque chose, mais on ne sait jamais.

Elle descendit de la voiture et entra dans le local. Il était plein de monde, des jeunes gens bruyants et de vagues cadres d'entreprise, mais elle trouva un endroit libre au comptoir et prit place sur un tabouret pour passer son appel. Lorsque Milo se présenta, elle lui expliqua que le chauffeur de taxi se trouvait dans le quartier et qu'il venait à leur rencontre.

— Il faudra lui payer la course, dit-elle. Mais il sera là dans quelques minutes.

— Alors, je préfère l'attendre dans la rue. Tu veux passer la commande en attendant ? Je te conseille les saucisses du pays, elles sont faites maison.

Il sortit du bar. Rebeca le vit s'appuyer sur le capot d'une BMW garée en épi, puis elle tourna la tête pour étudier la liste des sandwichs. On proposait toutes sortes de hot-dogs avec toutes sortes de saucisses, c'était la spécialité de la maison. Tous étaient servis chauds. Elle observa la plancha huileuse, la viande crue et sentit l'odeur de la friture. Elle n'était pas pointilleuse, mais cela lui donna un instant la nausée. Cependant, lorsque le garçon s'approcha, elle lui commanda deux hot-dogs au fromage, salade et tomate. Tout en attendant, elle observa le chauffeur de taxi qui freinait à l'angle de la rue, descendait de voiture et engageait la conversation avec Milo.

Un instant plus tard, ils entraient tous les deux dans le bar. Ils se dirigèrent vers elle.

— Sous-inspectrice Mercader, Aurelio González, les présenta-t-il. C'est comme je le craignais, il n'y a rien à ajouter de nouveau. Il n'a pas vu la fourgonnette ni le gars aux cheveux rasés, rien que le corps en train de brûler et il a appelé les pompiers. Il dit que tu lui as promis de payer sa course, tu vois avec lui ?

— D'accord. Qu'est-ce que tu veux manger ?

— Rien, il faut que j'y aille, dit Milo. Qu'ils mettent ça sur mon ardoise.

— Mais où vas-tu ? demanda-t-elle d'un air surpris. Tu as une ardoise, ici ?

— Des affaires personnelles. Tu te charges de rédiger le rapport, d'accord ? Prends le taxi pour retourner au commissariat.

Abasourdie, Rebeca le vit sortir du local à toute vitesse, monter dans sa voiture et disparaître.

— Madame, la course se monte à douze euros, dit Aurelio González. Et votre collègue m'a promis cinq euros de pourboire si j'attends que vous ayez fini de manger. Mais je vous préviens, le taximètre continue à tourner. Je dis ça pour que vous soyez au courant, vous comprenez ? Prévenir n'est pas trahir.

Rebeca eut un profond désir d'étrangler quelqu'un. Et elle savait exactement qui.

8

La macédoine de légumes était rance, la friture de petits poissons immangeable et le pain à la tomate en caoutchouc. Il écarta les assiettes qui se trouvaient devant lui. Il avait besoin d'un café pour éviter de s'endormir sur son tabouret. Il en demanda un, sans lait, bien serré, avec des glaçons. Il fit une boule avec sa serviette en papier et la lança dans la poubelle qui se trouvait derrière le comptoir. Elle frappa le rebord, rebondit en dehors et roula un instant avant de s'arrêter tout près d'autres détritus. C'était une adresse aux menus très bon marché. En hiver, le local était fréquenté par des étudiants de l'université qui se trouvait sur la place et à présent par des touristes avec de grands sacs et de minuscules portefeuilles. Il regarda en direction du téléviseur qui se trouvait au-dessus des machines à sous. La musique entêtante de ces dernières l'empêchait d'entendre distinctement les nouvelles de Canal 3/24. Les images montraient plusieurs agents de la police de Catalogne, engoncés dans de voyantes vestes jaunes et sortant du Palau Güell chargés de gros cartons et de volumineuses tours d'ordinateur.

Le garçon de café posa un verre avec des glaçons et une tasse à moitié pleine de café devant lui.

— Tu me sers une autre tasse, dit Milo, et pleine cette fois. Remballe cette saloperie et monte le son de la télé.

Tout en rouspétant, l'homme s'éloigna avec les assiettes, saisit la télécommande et monta le son de deux graduations. Il se tourna vers Milo et écarta les bras.

— C'est mieux ?

On aperçut sur l'écran le visage du procureur anticorruption qui exposait les raisons pour lesquelles on avait apposé les scellés sur le Cercle Gaudí. Il vit de quelle façon la salle de presse versait dans le chaos le plus indescriptible, sa gêne devant les questions des journalistes. Il avala une gorgée de café pendant que l'intendante Anna Bassa reprenait la situation en main. Il fut étonné qu'elle ait choisi ce type pour intervenir le premier. Il la connaissait bien, cela ne pouvait pas être une erreur de sa part. Il tendit l'oreille au moment où le procureur répondait. Lorsqu'il l'entendit dire que, d'après le GEHME, la disparition de Félix Torrens était en réalité une fuite, les muscles de son abdomen se tétanisèrent. Puis le même journaliste demanda à Bastos s'il était d'accord avec la déclaration du procureur. Il leva les yeux et vit le commissaire ouvrir puis fermer la bouche, baisser les yeux, et finalement dire qu'il n'avait rien à ajouter.

— Tu t'es foutu dedans, murmura-t-il.

Le garçon lui apporta un deuxième café, cette fois la tasse était pleine, et le verre contenait des glaçons à ras bord. Milo versa la tasse à l'intérieur du verre qu'il porta à ses lèvres sans cesser d'observer l'avalanche des questions et des réponses. Le visage du procureur pâlissait progressivement. Tout de suite après, le journal télévisé montrait plusieurs hommes politiques commenter la conférence de presse, faire des déclarations si vagues et démagogiques que Milo fixa son regard sur une étagère en face de lui. Les bouteilles d'alcool. Le vide.

La sonnerie de son portable le fit sursauter. C'était Bastos.

— Malart, on me demande votre tête, dit la voix crispée de celui-ci. Cette femme a des relations haut placées et vous avez dynamité notre politique de confidentialité avec votre maudite visite.

— Chef, rafraîchissez-leur la mémoire. L'estime de soi de Mme Torrens peut avoir subi quelque égratignure, d'accord, mais son mari n'a pas de temps à perdre en subtilités de ce genre. Il lui reste moins de cinq jours à vivre. Lorsque tout sera fini, je lui enverrai un technicien de surface pour réparer les dégâts.

— Vous avez pu en tirer quelque chose ? demanda-t-il après une pause.

— Elle affirme qu'il n'y a eu que quelques rencontres occasionnelles entre son mari et Eduard Pinto et que l'idée qu'il se soit enfui est grotesque. Elle peut avoir menti, mais moi je la crois.

Bastos observa une nouvelle pause. Un instant plus tard, sa voix se durcit et il dit :

— L'inspecteur-chef Sonseca vous accuse d'intrusion dans son enquête. C'est une accusation grave, inspecteur Malart.

— Transmettez-lui mes condoléances. Encore une autre plainte ?

Le commissaire-chef fit une énième pause. Cette fois, elle fut plus longue que les précédentes.

— Malart, votre plaque ne tient plus qu'à un fil.

— Si à la fin mes résultats ne sont pas concluants, je vous fournirai moi-même les ciseaux pour le couper définitivement, commissaire-chef !

— Faites-moi plaisir : arrêtez votre petit numéro. Il n'y aura pas d'autre avertissement.

— Puisqu'on parle de faveurs, pourriez-vous prendre en charge une petite facture ? Je n'ai pas eu le temps d'aller à la banque et je dois payer un menu…

— J'en ai plus que par-dessus la tête de vous, coupa Bastos, irrité. Passez-moi le garçon !

Milo fit un signe au serveur, lui tendit son portable, et ne s'occupa plus de l'affaire.

— Il vous faudra signer la note, dit le garçon en lui rendant le téléphone.

— Pas de problème, c'est un plaisir. Apporte-moi un autre café.

Lorsqu'il sortit sur la place Universidad, le soleil n'avait pas cédé un seul degré. Il se sentit défaillir. Il traversa au feu rouge et se dirigea vers les bancs du centre de l'îlot. Il observa l'appartement qui avait jadis appartenu à son père, le foyer familial, où habitait à présent son frère avec Sara. L'appartement. Marc. Au bas de l'immeuble, il y avait une boutique qui vendait des couvertures. Il se retourna pour jeter un coup d'œil à l'horloge de la tour et pensa que Hugo devait encore se trouver chez lui.

Il fixa son regard sur l'entrée. Il disposait de trois heures avant son rendez-vous avec la psychologue et le cabinet de consultation de celle-ci ne se trouvait pas très loin.

Un moment plus tard, comme il s'y attendait, des jeunes avaient peu à peu commencé à arriver sur la place. Il y avait environ une dizaine de garçons et de filles, entre quatorze et seize ans, tous habillés de la même façon. Des tee-shirts amples, des jeans très larges à taille basse, des casquettes de baseball et des chaussures de sport délacées à semelle plate. La rumeur des skates s'ajouta à celle de la circulation à l'heure de pointe. Marc lui avait raconté qu'il retrouvait souvent ses amis à cet endroit pour faire des figures. Il marcha en direction du groupe de skateurs sans perdre de vue l'entrée près de la boutique de couvertures. Il s'assit sur un singulier banc de granit noir. Pendant que les uns faisaient rouler leur skate en évitant les piétons, d'autres les observaient depuis le banc.

— Ils sont bons, n'est-ce pas ? dit-il d'un air distrait.

Une fille de quatorze ans maximum le regarda d'un air suffisant. Elle fit oui de la tête. Elle portait un débardeur contre la maltraitance des animaux et arborait deux piercings, l'un sur la lèvre inférieure et l'autre sur le sourcil gauche. Tout le pavillon de son oreille droite était percé par une file de clous argentés.

— Qu'est-ce qu'il veut celui-là ? lui demanda un garçon avec des dreadlocks nouées par un ruban.

— Faire genre qu'il s'y connaît, dit la jeune aux piercings. Il est inoffensif.

— C'est un bolosse, conclut l'autre.

— Un qui n'était vraiment pas un bolosse, c'était Marc, dit Milo. Vous le connaissiez ?

— Marc ? Quel Marc ? demanda le garçon aux dreadlocks.

— Marc Malart. Il vivait ici, en face. Il s'est suicidé il y a deux mois. C'est de ce Marc-là que je parle.

Les deux jeunes se regardèrent. La fille se gratta l'aisselle d'un air indolent.

— Double M, oui. Il était trop ce mec-là, dit-elle, puis elle s'étira : Vraiment trop.

— C'est fort ce qu'il a fait, commenta son copain. Vraiment fort. Il devait bien planer.

Un autre garçon arriva, freinant sec sur sa planche. Il avait une multitude de chaînes autour du cou et plusieurs tatouages sur les bras. Le garçon aux dreadlocks signala Milo avec son pouce par-dessus son épaule et lui raconta qu'il posait des questions à propos de Double M. Un autre garçon s'approcha. Il freina de la même façon, fit sauter la planche jusqu'à sa main et s'assit sur le banc.

— Oh, putain, ce soleil ! Quelqu'un a du hasch ?

— Tu rigoles ; on n'a pas de fric, dit celui qui avait des chaînes autour du cou. J'ai piqué de la Trinitrine à mon père.

Un autre garçon vint rejoindre le groupe. Il sauta de sa planche et la laissa filer tout droit. La planche fonça sur le banc. Il retira son tee-shirt, en introduisit un bout dans une poche de son jean et leva les bras.

— Oh putain, cette chaleur ! dit-il en se tournant vers le groupe. J'ai des amphés, qui va acheter la mousse ?

— Toi, dit la fille aux piercings à Milo. T'as du fric, hein ? Démerde-toi, mec.

— Même pas pour un café. La vie est une vraie merde.

Les jeunes le regardèrent avec une sorte de respect et de stupéfaction mêlés. L'un d'eux lui demanda si Double M était quelqu'un de sa famille. Milo fit oui de la tête. Le garçon secoua les mains.

— Il avait des couilles.

— Quelqu'un sait ce qu'il avait ?

— Merde alors ! Il avait ce qu'on a tous ! dit un autre en faisant la moue : Rien. Tout.

— Je ne comprends pas, dit Milo.

— Bingo ! s'exclama la fille. Vous, les vieux, vous comprenez jamais rien.

— Et qu'y a-t-il à comprendre ?

— C'est nous qu'il faut comprendre. Notre bande. Qu'est-ce que tu vois devant toi ? dit-elle en ne montrant aucun endroit en particulier. Rien. Y a rien. Et c'est vers là qu'il faudrait aller ? Il faudrait être taré.

Le jeune sans tee-shirt cligna des yeux.

— Marc pensait-il la même chose ?

L'un d'eux détourna le regard et les autres se turent. La fille se racla la gorge. Elle cracha.

— Il avait des problèmes, dit-elle. Il était mal en point. Foutu, sacrément foutu.

— Quel genre de problèmes ?

— Et comment tu veux que je sache ça, mec ! J'étais pas sa copine !

— Oui, tu étais juste sa nana ! se moqua le garçon aux dreadlocks. Et t'as fini par le sécher à force de lui faire des pipes !

Tout le groupe éclata de rire de façon compulsive, animale. Le rire du troupeau.

— Bande de puceaux ! grommela la fille les yeux tout brillants. Double M était un brave mec, bien plus cool que vous en tout cas, espèce de connards. Oui, il pleurait, et alors ? Un mec a pas le droit de pleurer peut-être ? Allez vous faire foutre !

Elle plongea sa tête entre ses genoux qu'elle entoura de ses bras. Les autres se regardèrent. Un instant plus tard, les skates se remirent à rouler. Ils s'élancèrent d'un côté et de l'autre de la place, sans aller nulle part. Un photographe, à l'ombre d'un saule, prenait leurs acrobaties en photo.

Du coin de l'œil, Milo s'aperçut que l'entrée qui se trouvait à côté de la boutique de couvertures s'ouvrait. Hugo sortit dans la rue. Il le reconnut malgré son allure. Maigre, le visage émacié, les épaules basses. Son frère se mit à marcher d'un pas lent et fatigué. Il le suivit du regard et le vit tourner dans la rue Pelayo.

Il toucha l'épaule de la jeune fille aux piercings. Elle leva immédiatement la tête.

— Me touche pas, mec ! hurla-t-elle raidissant soudain tout son corps, le crispant, puis lui adressant une moue de dégoût.

Milo lui répondit par un regard aimable et retira immédiatement sa main.

— Merci, fit-il.

La gamine fut surprise par la réponse. Lorsqu'elle comprit ce qu'on lui avait dit, Milo était déjà en train de traverser la place Universidad et d'entrer dans l'immeuble juste à côté de la boutique de couvertures.

Il gravit les marches deux par deux jusqu'à atteindre le quatrième étage. Sur le palier, il reprit sa respiration, attendit quelques secondes, puis s'approcha de la troisième porte. Il appuya sur la sonnette.

Une femme ouvrit. Elle demeura muette. Elle portait un jean coupé sous son tablier, un top, et chaussait des tongs. Milo observa sa belle-sœur. Les yeux enfoncés, la peau ridée, les cheveux collés, ternes. Rien à voir avec la Sara de toujours, la Sara au regard doux, souriante, avec sa blonde et soyeuse chevelure bien coiffée. Il n'avait jamais compris ce qu'elle avait pu trouver à un homme comme son frère et comment Hugo avait eu la chance de dégoter une femme comme elle. Mais tout cela n'était plus qu'une vieille histoire.

— Sara, dit-il, je peux entrer ?

Elle s'écarta pour lui ouvrir le passage et il pénétra dans l'appartement, qui sentait la cuisine, l'eau de Javel, la douleur passée et la douleur récente. Il entra dans le salon plongé dans la pénombre avec ses stores baissés à cause du soleil. Il se souvint que l'après-midi celui-ci cognait très fort et que cela était insupportable. Il fit un pas vers elle et la serra dans ses bras. Sara se raidit mais se laissa faire. Il sentit son corps menu, ses os. Elle le repoussa brusquement.

— Hugo vient juste de sortir, dit-elle. Mais je suppose que tu le sais. Qu'est-ce que tu veux ?

— Parler avec toi. On s'assoit, si tu veux bien, dit-il en montrant le canapé. Je t'en prie.

— Parler ? dit-elle. Mais de quoi tu veux parler ?

— De rien en particulier, insista-t-il en montrant à nouveau le canapé. Un peu de tout.

Il la vit triturer son tablier dans la pénombre. Détourner son regard, puis le fixer à nouveau sur lui.

— Comment ça va ? demanda Milo.

— Tu me demandes comment ça va ?

— Oui, comment va tout ?

Elle recula. Milo lui saisit un bras et l'arrêta.

— Je t'en prie, Sara.

Dans les ténèbres de l'appartement, il la vit battre des paupières, un peu troublée, se débattre un instant. Elle lui frappa la poitrine doucement, sans énergie. Milo la lâcha. Ses jambes se dérobèrent.

— Je te hais. Je ne supporte pas que tu sois vivant et que lui… que lui… Avec ton arme…

Elle ne put continuer à parler. Milo évita qu'elle ne tombe par terre et l'allongea sur le canapé. Ensuite, il installa sa tête sur un coussin, l'observa quelques secondes.

— Est-ce que je peux entrer dans sa chambre ? dit-il.

Sara fit un geste et Milo tourna rapidement les talons et s'éloigna vers le couloir.

Il savait où se trouvait la chambre de Marc. Ç'avait été la sienne, qu'il avait partagée avec Hugo, à une époque qu'il préférait à présent oublier. Il longea le couloir dans le noir et s'arrêta devant la dernière porte. En nage, il eut le sentiment d'être un voleur en train de pénétrer dans un mausolée. Il l'ouvrit, alluma la lumière et battit un instant des paupières. Tout était comme d'habitude. Les mêmes posters accrochés au mur, la corbeille à papier sous le bureau, le pyjama au portemanteau et, par terre, les chaussons pour se déplacer dans la maison et une ligne de plusieurs paires de chaussures de sport dépareillées. Près de celles-ci, son skate bien aguerri. Deux tee-shirts sur le dossier de la chaise. Un jean sur son ordinateur portable fermé. Le lit fait, sans un pli. L'ordinateur portable. Milo l'observa fixement et ne réfléchit pas deux fois. Il saisit un sac noir et l'introduisit à l'intérieur. Ensuite, il éteignit la lumière et ferma la porte. De retour dans le salon, il le suspendit à son épaule.

— Sara, j'emporte son ordinateur, dit-il. Je peux ?

Elle ne répondit pas. Milo se pencha sur elle et lui embrassa le front.

— On reste en contact murmura-t-il.

Il abandonna l'appartement à l'atmosphère irrespirable. Il ferma la porte précautionneusement et s'adossa à elle. Il inspira une bouffée d'air. *Ne m'abandonne pas.* Il sentit une secousse et son cœur démarra à toute vitesse. Il se retint à la poignée. *Tire-moi de là.* Des gouttes de sueur froide dégoulinèrent dans son dos. *S'il te plaît.* Il n'en pouvait plus. Tout en tremblant, il se boucha les oreilles et descendit l'escalier en titubant. Il sortit dans la rue et tenta de reprendre sa respiration.

Le flux régulier des passants s'arrêta pour l'éviter. Deux vieilles femmes, bras dessus, bras dessous, le regardèrent d'un air dégoûté. L'une d'elles s'arrêta et pointa sa canne sur lui.

— Vous n'avez pas honte, jeune homme ? À l'heure qu'il est et déjà soûl. Je me demande où va le monde.

Elles reprirent leur chemin tandis que Milo, comme devant un mirage, voyait des ombres s'approcher puis s'éloigner de lui, entendait des cris et le vacarme des voitures, des hurlements de sirènes et l'insupportable grincement des skate-boards sur le dallage de la place. Il s'appuya contre un mur et tenta de respirer à un rythme régulier.

Au bout de quelques minutes, il finit d'accrocher le sac dans son dos et se concentra sur la façon de faire un pas après l'autre. Il se mit à marcher lentement, traversa à un feu, puis au suivant, et longea le bâtiment de l'université. À hauteur du cinéma Coliseum, il sentit que son anxiété commençait à faiblir. Il pouvait à nouveau bien voir les visages de la foule, leur expression d'indifférence urbaine. Il marcha jusqu'à l'angle, vit qu'il était encore tôt sur l'horloge d'une bijouterie. Il avait le temps. D'un pas assuré, il décida de remonter le paseo central de la Rambla. Il faisait frais sous les arbres et il remercia la légère brise qui caressait sa peau. Un peu plus haut, il aperçut la librairie Bertrand. Il décida d'aller s'y réfugier, traversa la chaussée et y entra.

Il avança parmi les rayonnages remplis de livres, fit le tour des tables sur lesquelles étaient exposées les nouveautés dans le domaine de la fiction et, après avoir descendu quelques marches, se dirigea vers les fauteuils du fond. Il s'assit face à la section des livres de développement personnel. Un agréable air climatisé l'aida à récupérer ses forces.

Un instant plus tard, il ne put résister à la tentation et s'avança vers la table la plus proche pour jeter un coup d'œil sur les titres et les couvertures. Il avait déjà lu les premiers et il examina les autres. L'un d'eux apprenait à méditer en une minute, le suivant recommandait de vivre comme un prince si l'on était au chômage, et le suivant encore affirmait que toutes les personnes possèdent quelque chose de positif. Il passa à la deuxième table. Sur celle-ci, un livre soutenait que manger peut augmenter l'espérance de vie et un autre que la paix intérieure était la meilleure des médecines. Il fit non de la tête, aucun d'entre eux ne lui convenait. À nouveau, il se demanda pourquoi personne n'écrivait sur un sujet qui pût réellement l'aider. Par exemple : comment s'y prendre pour contourner son patrimoine génétique. C'était le seul sujet tangible, pour lui.

L'heure de son rendez-vous approchait et il quitta la librairie.

Tête basse, il atteignit l'angle de la rue, leva les yeux et observa deux employés d'un supermarché tout proche en train de vider une poubelle pleine de bocaux périmés dans un conteneur. À peine eurent-ils tourné les talons, qu'un homme et un gamin, qui étaient restés plantés là à attendre, se précipitèrent sur ledit conteneur. Le gamin introduisit la moitié de son corps à l'intérieur, alors que l'adulte lui tenait les jambes. Il chercha un peu de nourriture parmi les ordures. Milo secoua la tête, ne venait-il pas juste de lire que ce père de famille et son fils avaient de la chance, qu'ils vivraient plus longtemps que les autres?

— Putain de vie, murmura-t-il en réfléchissant à l'étrange paradoxe.

Il s'arrêta devant une entrée qui se trouvait à l'angle de la rue Muntaner et de la Gran Vía, puis il examina la carte de visite que lui avait remise Bastos. Il vérifia le numéro. Sur le côté de la porte, plusieurs plaques disposées les unes au-dessus des autres annonçaient qu'il y avait dans cet immeuble un centre d'aide aux personnes souffrant du syndrome de Down, le consulat de Gambie et le cabinet de consultation de Judit Gaig, docteur en psychologie. Il regarda à travers la vitre. Le vestibule donnait sur deux escaliers, sans ascenseur.

Il recula de plusieurs pas, jusqu'au bord du trottoir. Il se promena en faisant plusieurs allées et venues. Des enfants sautaient à la corde sur le terre-plein central de la Gran Vía, une jeune fille métisse poussait un vieillard en fauteuil roulant, un homme photographiait les arbres, et une femme en tenue de sport promenait son chien. Il remplit ses poumons d'air torride et secoua la tête. S'il n'y allait pas, on le renverrait de la police. À lui de choisir : c'était ou le divan ou la mise à pied. Il se dirigea vers l'entrée de l'immeuble.

Il grimpa l'escalier. Il y avait deux portes sur l'étroit palier du premier étage. Sur celle de droite, on pouvait voir une plaque sur laquelle était inscrit le nom de Judit Gaig. Il appuya sur la sonnette. La porte s'entrouvrit avec un claquement métallique. Il regarda à travers la fente. Il n'y avait personne. Il poussa doucement jusqu'à ouvrir complètement.

— Par ici, dit une voix.

Il avança d'un pas. Le sol était revêtu d'un parquet flottant et les murs recouverts d'une peinture citrouille dans un ton pastel. Dans un coin du vestibule, on pouvait voir un comptoir blanc à l'extrémité duquel on avait posé un vase avec des fleurs, tandis que l'autre extrémité était occupée par un bol rempli de bonbons. La moitié d'une tête avec une chevelure violette dépassait entre les deux objets. La femme étira son cou et Milo calcula qu'elle devait avoir autour de la soixantaine.

— Monsieur Malart ? Entrez, jeune homme, entrez donc.

— Je suis désolé, je ne vous avais pas vue.

La dame lui adressa une moue de circonstance.

— Vous êtes en retard, la psychologue vous attend, lui dit-elle en lui lançant un regard réprobateur, puis elle barra son nom sur un agenda. À ce que je vois, la troisième fois est la bonne. Je suis heureuse que vous vous soyez enfin décidé. Vous verrez ça ne fait pas mal du tout, ajouta-t-elle en rangeant l'agenda dans un tiroir et en faisant de gros efforts pour se redresser. Vous êtes le dernier. En ce qui me concerne, c'est fini pour aujourd'hui. Vous voudrez bien lui dire que je suis rentrée chez moi ? C'est au fond du couloir, tout droit.

La femme saisit une canne et se dirigea vers la porte d'un pas incertain.

— Cet escalier va me tuer, dit-elle avant de la claquer bruyamment.

Milo avança le long du couloir. Sur les murs, on pouvait voir des dessins au fusain représentant des têtes de chevaux, des tableaux abstraits et deux marines idylliques. Il s'arrêta devant une porte blanche, tambourina du bout des doigts et tourna la poignée dorée.

Le cabinet de consultation était vide.

— Docteur ? fit-il. Docteur Judit Gaig ?

Le bruit d'une chasse d'eau lui fit tourner la tête. Près d'une bibliothèque, il y avait une autre porte, blanche également, et l'on entendait de l'eau en train de couler. Le bureau était décoré dans une dominante de teintes claires et relaxantes. La tapisserie des chaises et des fauteuils était saumon pastel, les meubles d'une couleur os, et les lampes bleu ciel à leur base et bleu plus foncé sur les abat-jour. Il n'y avait pas de rideaux. Devant les fenêtres, on avait installé une galerie remplie de plantes, fermée avec des portes en verre, qui séparait le cabinet de consultation des bruits de la rue. Sur le bureau, il y avait deux stylos-plumes, un téléphone sans fil, et une chemise pourpre en carton rigide. Et sur un retour latéral du bureau, un portable Apple posé près d'une imprimante. Milo fut étonné par l'absence du rituel divan. Il posa son sac par terre et s'assit confortablement dans un des fauteuils, en face du bureau.

Le bruit de l'eau cessa. Quelques secondes plus tard, Judit Gaig entra dans la pièce.

— Excusez-moi, mais les besoins naturels sont les besoins naturels, dit-elle.

Elle portait d'élégants pantalons de soie crème, un chemisier blanc à manches courtes et des mocassins beiges. Ses mouvements étaient posés, mesurés et son visage ovale avait une expression chaleureuse et distante à la fois. Elle était de taille moyenne, avec des épaules étroites et des hanches larges. Son regard dégageait une certaine autorité et une évidente fermeté. Elle avait des yeux couleur miel, la peau sans la moindre tache, légèrement bronzée et une petite bouche aux lèvres soulignées par une fine couche de gloss. Cependant sa voix pouvait surprendre avec cette octave plus grave mal assortie à son allure générale.

— Je méritais cette attente, dit Milo. Un à trois.

Elle tourna la tête et eut l'air déconcerté. Ensuite, elle lui lança un regard dénué d'émotion, comme si elle était en train d'examiner une dalle en ciment.

— Judit Gaig, lança-t-elle froidement. J'ai bien peur que nous ne soyons partis du mauvais pied.

— Milo Malart. C'est à vous de savoir, c'est vous la psychologue !

— Vous commencez toujours vos entrevues de la même façon, monsieur Malart ?

— Inspecteur Malart. À quelle façon faites-vous allusion, madame Gaig ?

— Docteur Gaig. Je veux dire comme en ce moment : toujours sur la défensive.

— C'est juste de la méfiance. Lorsque vous aurez fini de remplir mon dossier, dit-il en lui indiquant la chemise pourpre qui se trouvait sur son bureau, vous le ferez parvenir au commissaire avec vos conclusions et la nature de celles-ci peut entraîner la fin de ma carrière. Et je dois dire que justement le choix du rouge me renvoie à des choses plutôt funestes.

Judith Gaig prit place à son bureau. Elle y posa les coudes et croisa les mains.

— Toutes les conversations que nous allons avoir entre ces quatre murs resteront rigoureusement confidentielles, personne ne saura jamais ce qui se sera dit ici. La relation entre le médecin et son patient est sacrée, secrète.

— Vous pourriez me mettre ça par écrit, je vous prie ?

— Vous n'avez à ce point pas confiance en moi ?

— Docteur, les paroles s'envolent. Supposons que vous découvriez un problème sérieux dans ma tête, ne me dites pas que vous allez garder ça pour vous !

Le docteur Gaig réprima un mouvement d'impatience.

— Inspecteur Malart, je crois que vous vous méprenez sur la nature de ma mission, ici.

— Éclairez-moi donc.

— Ma mission est d'évaluer votre taux de stress et d'anxiété, je cherche juste à savoir si vous avez une difficulté particulière qui puisse affecter votre travail et votre aptitude à vous contrôler, c'est tout. Vos supérieurs pensent que vous pourriez être sur le point de vous effondrer. Mon travail consiste à déterminer si vous êtes apte au service, si vous avez besoin de repos ou d'une thérapie personnalisée pour corriger votre comportement. Je ne suis pas psychiatre, je suis psychologue, et je ne suis pas qualifiée pour diagnostiquer ce que vous appelez un problème sérieux. En dernière instance, je pourrais seulement vous recommander de consulter justement un psychiatre, mais c'est une chose qui, d'après les renseignements qui sont en ma possession, ne me paraît vraiment pas d'actualité.

— C'est bien cette dernière instance qui m'inquiète.

La doctoresse soutint le regard de Milo sans ciller.

— Je vous propose un marché. Commençons la séance et si nous nous heurtons à quelque chose de grave, je vous préviens immédiatement, et c'est vous qui décidez si nous arrêtons ou nous poursuivons l'entretien.

— Ah, vous voulez dire que nous n'avions pas déjà commencé la séance ?

— De fait, nous l'avons commencée, sourit-elle.

— Et vous avez déjà détecté quelque chose ?

— Pas mal de choses. Vos problèmes envers l'autorité sont évidents. Vous êtes réticent et méfiant, rebelle. Vous voulez contrôler les conversations et votre attitude hostile et sceptique, avec une pointe d'humour burlesque, indique la possibilité d'un trouble d'opposition avec provocation.

— Ça a l'air vraiment grave.

— Non, pas du tout, moi-même je souffre de ces symptômes et vous le voyez, je suis de l'autre côté du bureau.

— Oui, j'ai repéré ton obsession pour l'ordre, dit Milo en faisant un geste de la main qui embarqua tout le cabinet de consultation. Tout est à sa place, parfaitement rangé. C'est la soupape de sécurité qui te permet de garder le contrôle sur le chaos que tes patients viennent te déverser au quotidien. On est tous obsédés par quelque chose, le problème c'est l'intensité de l'obsession. La mienne est moyenne, et la tienne ?

Judit Gaig le regarda fixement. Elle leva les yeux au ciel.

— Est-ce que m'analyser t'aide à vaincre l'amertume que tu ressens après avoir été forcé de venir me consulter ?

— Tu ne fais pas la même chose pour fuir tes problèmes, toi ?

— Tu n'as pas répondu à ma question, dit-elle en calant son dos au fond de son fauteuil.

— Toi non plus, dit Milo qui en fit autant.

— Moi je suis la psychologue et ici, c'est ma consultation.

— Et moi, un des policiers qui arrivent à tout résoudre, sauf leurs propres problèmes.

— Que veux-tu dire par là ?

— Je ne sais pas. J'ai entendu ça à la télévision et je me suis dit que ça venait à propos dans notre conversation.

Ils firent une pause. Immobiles, ils s'étudièrent en silence.

— Tu es vraiment fuyant, dit-elle. À quel moment a-t-on adopté le tutoiement, toi et moi ?

— Je ne sais pas. Ça fait un moment. C'est un problème ?

— Inspecteur, nous ne sommes pas en train de jouer. C'est évident que tu as besoin d'aide.

— Docteur, j'ai surtout besoin d'eau. J'ai la gorge sèche.

Elle se dirigea vers un buffet. Elle tira deux petites bouteilles du réfrigérateur situé dans la partie basse du meuble. Elle retourna à son bureau, tendit une bouteille à Milo et regagna son fauteuil.

— De quelle façon veux-tu poursuivre cet entretien, à présent ?

— De quelle façon penses-tu toi-même qu'on doive le poursuivre ?

Elle but un long trait d'eau. Milo l'imita.

Dans le noir, ayant perdu toute notion du temps, il commença à se torturer avec l'idée de l'eau. Il sentait que sa bouche était pâteuse, sa langue raide comme du carton. Le manque de nourriture l'avait affaibli, désorienté, faisant alterner sommeil et veille. Mais la soif était de plus en plus pressante. Il ne cessait d'avoir des visions de rivières, de sources, de cascades. Il se recroquevilla par terre, appuya sa joue sur le ciment et tenta de ne plus penser à de l'eau en train de glisser au fond de sa gorge, de ne pas revivre le sentiment de soulagement au moment de l'avaler. Qui donc le torturait de cette façon ? Et pourquoi ? C'était un homme puissant dans la société ; il était inconcevable qu'on le soumît à un traitement aussi dégradant.

Irrité, il se traîna jusqu'aux grilles de la cellule et fit un gros effort pour se redresser.

— Je veux boire, exigea-t-il d'une voix pâteuse en secouant les barreaux. Je veux boire !

Silence.

— Tu vas payer pour ce que tu es en train de faire, maudit sois-tu. J'ai des amis influents ! J'ai… j'ai…

Il se laissa retomber par terre, exténué. Ce n'était pas possible. D'habitude toutes les portes s'ouvraient devant lui, on lui faisait des courbettes. Au bureau, on lui envoyait une multitude d'invitations à se rendre dans les endroits les plus privilégiés de la capitale. On ne pouvait pas faire ça à un homme comme lui. Personne n'oserait faire une telle chose, même pas les acteurs de ses vidéos. Ils auraient trop peur de s'exposer à un scandale qui détruirait leur carrière et ruinerait leur vie à jamais. Non, ils n'oseraient pas se rebeller, le prix à payer serait trop faramineux ensuite. Et il s'y connaissait en matière de prix. C'était un autre de ses talents. Toujours exiger le juste prix, ni trop cher, ce qui pourrait étrangler le payeur, ni trop bon marché, ce qui risquerait d'entraîner qu'on ne le prît pas au sérieux. Il était capable de deviner, avec une extrême précision, le prix de chaque individu qu'il croisait. Il ne manquait jamais son coup. Pour lui, l'argent avait toujours été la solution de tout. La clé. Tout possédait son juste prix.

Il se redressa jusqu'à réussir à s'asseoir. Il saisit les barreaux, approcha sa bouche.

— Mille euros pour un verre d'eau, dit-il en s'adressant à l'obscurité.

Il ne reconnut pas sa voix, elle ressemblait à un croassement. Il avait du mal à articuler, comme si sa langue sableuse frappait contre son palais de boue solidifiée.

— Deux mille, rugit-il dans un murmure aphone.

Il n'obtint pas de réponse.

— Cinq mille, insista-t-il, en se déchirant les cordes vocales.

Après le nouveau silence, il chercha pour la énième fois son portefeuille dans ses poches, son portable, ses lunettes, sa montre-bracelet grand luxe. En vain. Cette espèce de bâtard lui avait volé toutes ses affaires et l'avait jeté dans cette cellule comme un déchet humain, pour le laisser pourrir là-dedans, jusqu'à la mort. Une douleur fulgurante traversa son cœur. Là où il se trouvait, il n'avait pas la moindre influence sur les choses, son argent ne valait rien, ce n'était que papier mouillé. Son ravisseur lui avait aussi dérobé son principal argument. Sans lui, il ne pourrait pas infléchir le cours des événements. Il n'était plus aux commandes, ce n'est plus lui qui décidait.

Il était vieux, fini et en train de vivre ses derniers instants. Il se sentit flancher de partout. On avait atteint son intégrité.

Renonçant à toute idée de puissance, il supplia :

— S'il te plaît, un peu d'eau… Je te donnerai tout ce que tu voudras… N'importe quoi…

Soudain, un faisceau de lumière s'alluma, l'aveuglant de son éclat blanc. Mais cette fois, au lieu de s'en protéger, il se contenta de détourner le regard. Au bord de l'évanouissement, il ouvrit plusieurs fois la bouche, comme un poisson :

— De l'eau, pour l'amour du ciel… De l'eau…

Brusquement le faisceau de lumière fut légèrement coupé par une ombre et une pluie de bouts de papier s'abattit sur son visage. Perplexe, il en saisit maladroitement un et l'examina sans comprendre. C'était un billet violet. Un billet de cinq cents euros. Des centaines de billets.

Félix Torrens lâcha un rire caverneux, complètement fou. Il baignait dans la fortune et était mort de soif. Il leva la tête en direction de la lampe. Son puissant éclat blessait ses pupilles. Il entrouvrit ses lèvres couvertes d'une épaisse croûte blanchâtre et murmura :

— Dis-moi… au moins… qui tu es…

Il laissa retomber son menton, certain que c'était le silence qui allait à nouveau lui répondre. Il ferma les yeux. Il n'y avait pas de solution. Alors, il entendit une voix douce, dure mais douce. Son manque d'émotion le fit frissonner de la tête aux pieds.

La voix dit :

— Tu peux m'appeler majesté.

La psychologue Gaig prit son stylo rouge, la chemise pourpre, puis se pencha en arrière sur le fauteuil. Ensuite, elle cala le dossier sur le bord du bureau et le feuilleta.

— Et si nous commencions par le début ? Originaire de Barcelone, lut-elle en sautant quelques lignes. Un frère qui a trois ans de plus. Orphelin de mère à six ans. Tes grands-parents maternels t'ont élevé jusqu'à l'âge de douze ans… dit-elle en levant brusquement les yeux. De quoi est-elle morte ?

— Ma mère? Un infarctus. Foudroyant. À trente-quatre ans. Elle était malade du cœur.

— Et pourquoi es-tu allé vivre avec tes grands-parents?

— Je ne sais pas ; j'étais tout petit. Ils ont dû se dire que changer d'air me ferait du bien et ils m'ont emmené avec eux à Port de la Selva. C'est un petit village de pêcheurs dans le Haut-Empourdan.

— Je connais. Et ton père n'a pas eu de mal à s'éloigner de son fils cadet?

— C'est à lui que tu aurais dû demander ça. Voilà six mois qu'il est mort.

— Que faisait-il?

— Il était représentant pour une marque d'appareils électroménagers. Quand ma mère est morte, il a arrêté de voyager et il a accepté un poste de vendeur en ville. Et puis il a été licencié.

— Comment t'entendais-tu avec lui à cette époque?

— Je ne m'entendais pas du tout. Question suivante.

Elle fixa son regard sur le dossier.

— Tu es retourné vivre chez ton père et ton frère. Tu as étudié pendant cinq ans au lycée des jésuites, rue Caspe, et puis tu t'es inscrit en droit à l'université de Barcelone. Tu t'es ensuite inscrit à l'académie de Mollet en… fit-elle en levant les yeux. Pourquoi as-tu décidé d'être policier?

— Ça te semble si bizarre que ça? Tu penses qu'il faut être fou pour vouloir rejoindre le Corps?

Elle médita quelques secondes, dirigea son regard vers le dossier.

— Sans atteindre l'excellence, on pourrait qualifier tes notes à l'université de très honorables, meilleures que la moyenne, dit-elle en tournant les feuillets puis en levant les yeux. D'après Jung, c'est dans notre inconscient que se trouve la clé de notre vocation. Tu aurais pu entrer dans n'importe quel cabinet d'avocat de la ville ou choisir des emplois bien mieux rémunérés et socialement plus prestigieux. Mais tu as choisi celui-ci, un emploi très éloigné de celui de ton père et qui ne répond pas aux attentes habituelles d'un jeune qui veut se forger un avenir… plus ambitieux. Pourquoi?

— Peut-être que je n'étais justement pas du tout ambitieux?

— Voilà que tu recommences ! Stratégie évasive. Tu réponds par une autre question pour te donner le temps de réfléchir, dit-elle en respirant profondément. Alors, tu ne l'étais pas ?

Milo commença à s'énerver sur son fauteuil.

— Je n'ai jamais correspondu à ce que tu appelles un prototype social standard.

— Tu ne m'as pas répondu. Tu avais la vocation tout petit déjà ? C'est ton grand-père qui t'y a encouragé ?

— Mon grand-père était pêcheur, il savait lire le ciel et deviner les gens d'un simple coup d'œil. Il m'a montré comment prendre mes décisions tout seul. Et non, je n'avais pas la vocation. C'est venu tout seul, au fur et à mesure.

Judit Gaig introduisit le bout du stylo dans sa bouche et le mordilla de façon inconsciente. Au bout d'un moment, elle le pointa sur Milo.

— Y a-t-il eu un événement précis qui t'ait poussé à prendre cette décision ? demanda-t-elle. Une chose qui t'aurait marqué tout particulièrement ?

Milo tourna son regard vers son sac, il le rangea à nouveau près de son siège. Il ne répondit pas, pensif. Il feuilleta les pages du catalogue et gonfla ses poumons. Puis il lui dit qu'il y en avait eu un, un événement qu'il ne pourrait jamais oublier, même cent ans plus tard.

— Cela a eu lieu à l'université, pendant une fête, dit-il d'une voix monocorde. Tu sais comment c'est. Parfois les choses dégénèrent et il se passe ce qui n'aurait jamais dû se passer. J'ai vu un groupe de gars dans une classe. Ils étaient soûls, ils criaient, ils plaisantaient. Je me suis approché. Et au milieu d'eux, j'ai vu qu'il y avait une fille, une camarade de dernière année. Ils la tenaient par les bras et par les jambes, ils lui bouchaient la bouche avec les mains. Je me suis retourné et je suis parti, sans intervenir. J'ai été témoin de la scène, mais je n'ai rien fait. Je me suis conduit comme un lâche, de façon misérable. Plusieurs jours après, j'ai croisé cette bande de sauvages et je me suis tu, j'ai gardé un silence complice. C'est à ce moment-là qu'ont commencé mes problèmes pour trouver le sommeil. Et lorsque j'ai eu mon examen final, j'ai décidé que je ne me comporterais jamais plus comme un lâche. Peut-être que ça a pu influencer ma décision, je ne sais pas. Qu'est-ce que tu en penses ?

La psychologue l'observa longuement, sans prononcer le moindre mot.

Milo supporta le poids de son regard sans bouger. Et puis il se sentit soudain mal à l'aise.

— D'accord, j'ai peut-être inventé tout ça, dit-il. C'est une des vingt réponses que j'ai préparées au cas où quelqu'un me poserait des questions à ce sujet.

— Et quelle est la vraie réponse ? demanda-t-elle sans broncher.

Milo baissa la tête. Il croisa les bras et se balança légèrement d'avant en arrière.

— C'est une réponse dont je ne suis vraiment pas du tout fier, souffla-t-il. J'avais douze ans, j'étais gamin, je venais juste d'arriver à la ville. J'avais laissé derrière moi la vie simple du village et je m'étais soudain retrouvé entouré d'une multitude de gamins, à l'école. J'étais très timide à l'époque. On est allés faire une retraite spirituelle à l'abbaye de Montserrat. Les jésuites organisaient souvent ce genre d'événement. Ce que j'ignorais alors c'est qu'au passage l'un d'eux en profiterait pour abuser d'un jeune garçon aussi marginalisé que moi, au sein du groupe. J'étais une proie facile pour un délinquant dissimulé sous une soutane. Il est entré dans ma chambre. Ce soir-là, le Barça jouait contre Madrid et les couloirs étaient déserts. J'ai fait semblant de dormir. Alors qu'il se livrait à des agissements dégueulasses sur moi, je me suis juré qu'un jour, lorsque je serais plus grand, je le conduirais devant un juge qui le flanquerait derrière les barreaux. Voilà la raison de mon choix, voilà l'événement qui m'a tout particulièrement marqué. Je me souviens même du résultat du match, ç'a été un scandale. Satisfaite ?

La psychologue pinça les lèvres et cligna les yeux.

— Quel est le rang qu'occupe cette réponse dans ta liste des vingt ? demanda-t-elle froidement.

Milo recula sur son siège, se caressa un instant le menton et fit la moue.

— Je suis un très mauvais comédien. Huitième rang. Pourquoi ?

— Bon, maintenant ça suffit de jouer, dit-elle d'un air fâché. Je n'apprécie pas tes plaisanteries. Pour la dernière fois, inspecteur, quelle est la vraie réponse ?

— Je voulais faire partie d'un groupe ! lança-t-il en écartant les bras. Voilà. Un point c'est tout.

Judit Gaig le regarda à nouveau fixement.

— Encore un mensonge ? Tu as horreur de travailler en équipe.

— L'un n'empêche pas l'autre.

— Comme tu voudras, conclut-elle en notant quelques lignes dans la marge. Mais je ne trouve pas très élégant de se moquer de ces tragédies. Certaines personnes en ont été vraiment victimes.

— Comment tu sais que ce n'est pas vrai ? Tu as un détecteur de mensonges caché dans ta belle lampe design ? dit-il en tendant un doigt vers son stylo. Qu'est-ce que tu écris sur cette feuille ?

— Ce n'est pas de ton ressort, répliqua la psychologue. Qu'obtiens-tu en truffant cette toile d'araignée de vérités et de mensonges ? En me trompant, c'est surtout à toi que tu portes préjudice.

— Tu t'es déjà fait une idée sur moi, j'ai seulement dit ce que tu espérais entendre. Le lieu commun d'un homme traumatisé par un événement de son passé et qui décide de devenir policier pour le dépasser.

— Tu m'as manipulée depuis le début ? répliqua-t-elle quelque peu mal à l'aise.

— Docteur, je peux simuler d'être un peu givré, mais je ne suis pas un menteur. C'est une chose qui me réussit bien avec les gens que je fréquente dans mon travail, mais avec toi, je m'en suis à peine servi, je n'ai vraiment pas forcé.

— À peine ? dit Judit Gaig le visage écarlate.

Milo prit l'air innocent.

— Tu devrais faire analyser ce manque de confiance en soi, madame la psychologue.

— Tu es insupportable. Tout cela est une perte de temps, dit-elle en refermant le dossier et en se levant brusquement. La séance est terminée. Voilà, c'est tout.

Milo se pencha vers elle. Il tendit la main pour l'arrêter.

— Attends ! C'est parce que je n'ai pas l'habitude, tu comprends ? Je ne raconte jamais rien à personne. Tout ça est nouveau pour moi. Mon talent, si tant est que j'en possède un, est justement de me fourrer dans la peau des givrés. Pour le reste, je suis un vrai désastre. Oui bon, je suis mentalement plutôt dispersé et j'ai une certaine tendance à la bipolarité. Et alors ? Ça arrive à des gens très bien. Si on poursuit la séance, je vais tenter d'être sincère. Allez, assieds-toi et continuons.

Elle le regarda d'un air suspicieux. Se rassit lentement, sans cesser de l'observer.

— Inspecteur, fini de jouer. Je sais que sans ces séances tu vas perdre ta plaque. J'ai besoin d'être certaine que tu répondras sincèrement à toutes mes questions. Puis-je avoir ta parole ?

— Tu l'as, dit-il. Et tu peux me croire, je suis un représentant de la loi.

Judit Gaig s'enfonça confortablement dans son fauteuil. Elle ouvrit le dossier.

— Pourquoi refuses-tu de parler de ton père ?

Milo s'en voulut. Avec cette remise en place inattendue, la psychologue avait réussi à reprendre la main sur leur conversation, elle avait fichu en l'air toute sa stratégie et avait saisi les rênes de la séance. Au fond de lui, il maudit l'habileté de cette femme.

Il hésita un moment pour tenter de trouver une échappatoire et décida de saisir une nouvelle chance.

— C'est un sujet privé, répéta-t-il.

— Pourquoi as-tu tant de réticences à parler de lui ? insista-t-elle.

— Parce que c'était un ivrogne et un sale type, dit-il d'une voix étouffée.

Milo revit son père, fort comme un chêne. Le poing levé. Hors de lui. Son image persistait depuis des années dans son crâne, la mémoire de la douleur. Il se racla nerveusement la gorge et reprit :

— C'était un homme primitif, cruel. Je me demande comment ma mère faisait pour le supporter. C'était une autre époque.

— Il la maltraitait ?

— J'étais tout petit, je ne m'en souviens plus, dit-il de plus en plus nerveux.

— Quel genre de relation aviez-vous ?

— Avec mon père ? demanda Milo en se recroquevillant sur son siège. Froide, distante. Il m'a écarté en prétendant que j'étais irrécupérable et il s'est consacré à éduquer mon frère comme un homme dur, résistant, comme quelqu'un capable d'affronter une expérience de survie.

Judit Gaig posa le dossier sur le bureau et se pencha en avant.

— Ça a dû être une époque difficile pour vous, pointa-t-elle avec une certaine douceur.

— Les enfants prennent pas mal sur eux, ils encaissent tout, dit-il.

Six ans et Milo s'était déjà renfermé sur lui-même. Et lorsqu'il était retourné chez son père à douze ans, il avait eu le sentiment d'être un étranger. Les liens s'étaient rompus entre eux. Sans attaches, il se sentait un solitaire obsédé par le comportement des êtres humains. À commencer par celui de sa famille.

— C'est normal, ajouta Milo, tandis que la psychologue consultait ses papiers.

— Et peu de temps après, on a détecté les premiers symptômes de schizophrénie chez ton père, ce qui lui a valu un internement dans un hôpital psychiatrique. Vous avez pris la décision ensemble, ton frère et toi ?

— Je ne parle pas de ce sujet, déclara Milo. Madame la psychologue, un marché est un marché.

— Ce n'était pas notre arrangement, objecta-t-elle. Si je me heurtais à quelque chose de grave, je devais te prévenir et tu décidais de continuer ou non. Mais, pour l'instant, je ne me suis heurtée à aucun problème, c'est juste une question comme une autre.

— On a dit, si on se heurtait, docteur, toi et moi, corrigea Milo. Et en ce qui me concerne, je décide de ne pas poursuivre dans cette direction.

Judit examina le visage de son interlocuteur et constata qu'il était déterminé. Elle tourna plusieurs feuillets.

— Pourquoi penses-tu qu'on t'a obligé à venir me consulter ?

— C'est un malentendu. Je t'ai déjà expliqué que parfois je faisais semblant d'être déjanté, sauf que la dernière fois je suis sans doute allé un peu loin et ce coup-ci ils ont pris la chose trop au sérieux.

— Tu as agressé un supérieur hiérarchique, tout de même ! Tu es coutumier de ce genre de gestes impulsifs ?

Milo se pencha en avant, posa ses bras sur ses jambes et joignit les mains.

— Mon travail comporte une énorme tension, dit-il. Ça explique qu'il y ait parfois des étincelles. Des mots mal compris, et puis une chose en amène une autre. Tu vois ce que je veux dire ? Mais rien d'important, madame la psychologue. Tout le monde comprend que c'est quelque chose qui fait partie de cette profession.

— Insinuerais-tu que le travail qui consiste à faire respecter la loi implique des comportements violents ?

— Je ne suis pas habilité à insinuer ce qui implique ceci ou cela. Je sais seulement que c'est une réalité à laquelle on se heurte quotidiennement. Ce que j'affirme en effet, c'est que la plupart d'entre nous, pour ne pas dire la totalité, n'ont pas de problème de maîtrise de soi. Mais parfois, dans des cas très exceptionnels, on peut brusquement exploser. Comme dans tout travail, tu ne crois pas ? Eh bien, ç'a été mon cas.

— Et les raisons ?

Milo éprouva une sensation de froid à l'estomac.

— Une étincelle. Un excès de testostérone, dit-il. La moue de Singla. Les mots odieux, les insinuations. Et soudain le vertige, la fureur. Mauvaise combinaison.

— Un cocktail explosif qui s'est achevé en rapport disciplinaire. Parle-moi de lui.

Milo se dandina dans son fauteuil.

— Ça ne suffit pas pour aujourd'hui ? Je suis crevé, et demain j'ai une très dure journée.

Elle jeta un coup d'œil à sa montre et accepta de conclure la séance.

— Il est tard, je ne suis pas habituée à lutter contre des patients aussi durs à combattre.

— Tu plaisantes ? Tu m'as pressé comme un citron, fit-il en

récupérant son sac et en se redressant. Tu as tiré une conclusion intéressante ?

— Plusieurs, oui, admit-elle en refermant le dossier et en se levant à son tour. Mais ça fait partie du secret de l'instruction.

Elle lui indiqua la sortie et Milo se dirigea vers le vestibule en mettant son sac sur l'épaule. Arrivée au comptoir, la psychologue ouvrit un tiroir et consulta son agenda.

— Je veux te voir… jeudi prochain… jeudi 15. À la même heure. Ça te va ?

— Est-ce que j'ai le choix ?

— Tu as trouvé le matériel que je t'ai demandé ?

— Tout le matériel, répondit Lucas. Tout est parfaitement enregistré : dans la boîte.

— Magnifique. Prends un taxi et on se retrouve à l'aéroport. On a juste le temps.

— C'est toi qui commandes.

Ils raccrochèrent. Mauricio Navarro se frotta les mains.

Il entra dans le couloir de la rue de l'Atlàntida, actionna l'interrupteur de la cage d'escalier et monta dans le noir jusqu'au quatrième et dernier étage en terrasse. Singulièrement préoccupé, il pénétra dans son appartement. En refermant la porte, la solitude lui retomba dessus comme une dalle. Il avait eu trop d'émotions en une seule journée.

Il abandonna le sac sur la table et sortit sur la terrasse. Dehors, la vie et l'animation bouillonnaient. Dans son cerveau, seulement une ribambelle de pensées fébriles. Il entra dans le salon et s'allongea sur le canapé. Il saisit la télécommande du téléviseur, appuya sur n'importe quelle touche. Sur l'écran, apparurent les images des policiers entrant dans le Cercle Gaudí. Il changea de chaîne. Le visage du procureur anticorruption en train de parler pendant la conférence de presse. Il changea à nouveau. La meute de journalistes devant la maison de Félix Torrens. Encore une chaîne. Une série américaine, avec la belle détective en talons hauts en train de poursuivre un suspect. Il coupa le son et appuya de façon compulsive sur la touche de la télécommande jusqu'à tomber sur la seule chose qui valait le coup. *Les Simpson*. Il remit le son.

Il retira ses baskets en poussant avec les pieds, puis se tourna et retourna sur le canapé jusqu'à trouver la bonne position. Il envia Homer. Sa simplicité écrasante, son optimisme indestructible, son bonheur d'être vivant. Et lorsqu'il s'aperçut qu'il était en train de se comparer à un dessin animé, il se sentit déprimé. Ses forces l'abandonnèrent brusquement, comme si quelqu'un venait de le débrancher.

Le portable sonna et il sursauta. C'était Susana Cabot.

— Il y a eu un de ces baroufs au commissariat. Tu n'es pas au courant ?

— Si.

— Je t'ai réveillé ?

— Non.

— Tu n'es pas très bavard, dit la juge. Tu as un problème ? Je peux t'aider ?

— J'aimerais retourner chez moi, c'est tout.

La juge Cabot réprima un commentaire. Elle laissa passer quelques instants.

— Milo, ne refais pas les mêmes erreurs. C'est certainement la fatigue.

Elle perçut le silence à l'autre bout du fil.

— Ma maison est ta maison, reprit-elle, tu le sais bien. Tu seras toujours le bienvenu. À n'importe quelle heure. Et sans conditions.

— Je reconnais que c'est très tentant. Mais je viendrai à un autre moment, Votre Honneur.

— Comme tu voudras. Essaie de dormir. Prends quelque chose si tu en as besoin, mais dors.

Il raccrocha. Sur l'écran, un Homer affectueux proposait à sa femme de faire "ce que tu sais". Elle acceptait en gloussant et ils se cachaient tous les deux sous la couverture. Il changea de chaîne. Il en choisit une qui diffusait du sport, c'était de la natation synchronisée. Le portable sonna à nouveau. C'était Irene. Il posa l'appareil sur le canapé. Les notes d'un thème de Queen résonnèrent alors dans le salon. Il se demanda quel genre de sport c'était. Il ne comprenait vraiment plus rien. Enfin, le portable se tut.

9

L'aurore surprit Milo en train de nager plusieurs longueurs dans une mer d'huile, afin de tenter de se débarrasser d'une lourdeur mentale qui menaçait de lui miner la journée. Il s'arrêta. Essoufflé, il contempla un quartier de la boule incandescente qui montait progressivement dans le ciel. Lorsqu'elle fut devenue une moitié parfaite, il se retourna et observa la plage. Les véhicules de nettoyage la parcouraient déjà en dérangeant plusieurs dormeurs, des bandes de jeunes en train de finir leur dernier verre, et quelques couples d'amants surpris par le lever du jour, qui venait toujours trop tôt pour eux. Plusieurs agents de la police urbaine allaient à pas lents réveiller les premiers, sonner la fin de la fête pour les deuxièmes et interrompre les troisièmes en leur demandant de s'en aller continuer ailleurs. Au bord de l'eau, quelques baigneurs, en majorité des vieux à la peau toute fripée, entraient dans la mer en titubant. Des mouettes picoraient les détritus à la recherche de nourriture, imprimant dans le sable la carte de leurs empreintes.

Fatigué, car il avait à peine fermé l'œil, Milo fit quelques brasses et sortit de l'eau. Il enfila son jean, mit sa chemise sur son épaule, saisit le livre et marcha pieds nus jusqu'au petit kiosque. Sans s'arrêter, il laissa le bouquin sur une des tables et continua en direction de l'appartement.

Près de l'entrée, quelqu'un se jeta sur lui. Il sentit l'impact d'un poing en plein visage qui le fit reculer de plusieurs pas. Il tomba par terre. Tandis qu'une myriade de petites étoiles scintillantes explosaient dans son cerveau, il entendit une voix cassée, rauque sous l'effet de l'alcool.

— Tu as volé l'ordinateur portable de mon fils, dit Hugo. Tu es un putain de voleur de merde.

Milo se releva doucement tout en essuyant du revers de la main quelques gouttes de sang qui coulaient de sa lèvre. Il actionna sa mâchoire pour vérifier qu'il n'y avait rien de cassé. Il pencha la tête sur le côté et observa son frère. Il serrait les dents, respirait à toute vitesse.

— Je ne discute pas avec les ivrognes comme toi, dit-il en faisant demi-tour.

Hugo devint furieux, leva le poing, mais Milo se retourna rapidement, l'arrêta de sa main dans les airs, tout en recevant les relents d'une haleine imprégnée de whisky bon marché.

— Arrête l'alcool, ça risque d'accélérer le développement de ta maladie. Tu veux peut-être finir comme notre père ? Tu as le même gène, imbécile !

Il le bouscula et son frère recula de quelques pas. Il se frotta l'épaule.

— Je me fous de tout. C'est toi qui m'as volé mon fils et maintenant…

— Marc, il s'appelait Marc. Tu délires, tu es complètement bourré.

— Ne prononce pas son nom, saloperie de voleur de merde ! hurla-t-il en l'attaquant à nouveau.

Milo l'esquiva aisément, lui fit un croc-en-jambe et son frère tomba par terre. Il appuya ensuite son genou sur sa poitrine pour l'immobiliser.

— Je veux trouver pourquoi il a fait ça, Hugo. Que ça te plaise ou pas.

Au sol, le regard de son frère s'assombrit. Comme un puits sans fond.

— Il a fait ça par ta faute, nom de Dieu de merde, tu le sais très bien ! hurla-t-il en tentant de se dégager. Toi et tes maudits conseils d'amateur ! Lâche-moi !

— Mais quels conseils ?

— Je t'ai dit de me lâcher.

Milo se redressa sans le perdre de vue, déconcerté. Une idée lui traversa l'esprit.

— Tu savais qu'il avait des problèmes. Et tu me l'as confié. Moi, j'ai bien vu que c'était sérieux, mais je n'ai pas pensé que c'était grave à ce point. En revanche, toi, tu vivais avec lui, tu le voyais à toute heure. Et tu t'es contenté de te dire qu'en parlant avec moi, il allait pouvoir trouver une solution à ses problèmes. C'est bien comme ça que ça s'est passé, hein ? Réponds-moi, c'est bien comme ça ?

Hugo demeura allongé par terre. Il prit ses jambes entre ses mains et ferma les yeux.

— Et pendant une de ses crises, il a bien dû te lâcher qu'il voulait en finir une bonne fois pour toutes. Tu l'as entendu et tu t'es dit que c'était juste une façon d'attirer l'attention sur lui, des choses d'adolescent.

— Juste… je voulais juste le considérer comme un homme, le préparer à survivre…

— Putain, Hugo, ça suffit maintenant, dit Milo en lui tendant la main. Lève-toi, allez !

Il écarquilla férocement les yeux, se releva lentement et esquissa un sourire des plus sinistres.

— C'est toi qui as appuyé sur la détente. Je n'en ai rien à foutre que tu sois policier, je vais porter plainte contre toi.

— Fais ce que tu voudras.

— Je vais m'arranger pour qu'on t'enferme, dit-il en avançant vers lui, puis en s'arrêtant à quelques centimètres de son visage. Je vais transformer ta vie en enfer.

Milo ramassa sa chemise et s'approcha de l'entrée.

— Ma vie est déjà un enfer. C'est ça que tu voulais entendre, hein ?

— Tu es un assassin ! hurla Hugo hors de lui. Tu vas payer pour ce que tu as fait, voilà, c'est tout !

Sans lui prêter la moindre attention, Milo pénétra dans l'immeuble et gravit les marches deux à deux. Lorsqu'il atteignit son appartement, la voix de son frère résonnait encore dans sa tête. Il ferma la porte-fenêtre de la terrasse. Se dirigea directement vers le réfrigérateur, en tira plusieurs glaçons et les enveloppa dans un torchon. Tout en se l'appliquant sur la joue, il se dirigea vers la salle de bains et ouvrit le robinet de la douche. Il se déshabilla, entra dans la cabine, appuya sa tête contre les carreaux de faïence sans cesser de s'appliquer les glaçons. Il sentait le sang pulser sous sa peau et comment la douleur du visage s'accentuait. L'autre, il n'y avait pas moyen de la calmer.

— Tu es en retard, l'artiste, dit Singla. Rojo et Cervera t'attendent en bas pour que tu identifies ton clochard. Ils l'ont arrêté au paseo de Gracia et il a cuvé son vin dans sa cellule toute la nuit.

Milo se dirigea vers son bureau et vida son sac près du téléphone.

— Tu as entendu ? insista Singla.

Cette fois, Milo se tourna vers lui.

— Que t'est-il arrivé ?

— Je suis tombé du lit. Je descends tout de suite, juste le temps de prendre un café.

Il tenta de l'éviter, mais l'inspecteur-chef lui barra le chemin.

— Tu viens de goûter à ta propre médecine, hein ?

Il réussit à l'esquiver et entra dans la salle de repos. Il y retrouva Rebeca, qui feuilletait la presse du jour tout en tenant une tasse de café fumant à la main. Elle leva les yeux vers lui.

— Merde alors ! s'exclama-t-elle. Qu'est-ce qui t'est arrivé ?

— Je me suis cogné dans ma douche.

Il se dirigea vers la machine à café et sélectionna un express bien serré.

— Tu as lu les journaux du matin ? demanda-t-elle. Ils titrent tous sur la perquisition de la police de Catalogne au Cercle Gaudí. Je ne te dis pas le scandale !

Il saisit le café dans le distributeur et alla s'asseoir le plus loin possible, à une autre table. Tout en tournant son café, il buvait de petites gorgées de crème à la cuillère. Rebeca poussa un profond soupir et voulut savoir ce qu'il avait fait hier, après qu'elle l'eut laissé à Pedralbes avec le chauffeur de taxi.

— Je suis allé chez la psy.

— Oui, mais ton rendez-vous était à huit heures et tu m'as faussé compagnie à quatre heures. Tu as enquêté en solo, hein ?

— Qu'est-ce qu'y a ? demanda-t-il crispé. Tu me surveilles toi aussi, maintenant ?

Elle réprima un commentaire, referma le journal et le posa sur un tas d'autres quotidiens. Elle se leva, allait abandonner la salle lorsqu'elle se ravisa, saisit l'ensemble de la presse du jour et la jeta sur la table où se trouvait Milo. Celui-ci la regarda de haut en bas d'un air méfiant. Ce matin, elle portait un tee-shirt bleu marine avec les lettres NCIS imprimées en blanc, à hauteur de sa poitrine.

Il fit la moue.

— Ta ferveur pour l'empire des *subprimes* me fait horreur. Tu ne pourrais pas changer de style ?

— Tu vas te conduire comme ça toute la journée ? rétorqua-t-elle. Je te le demande, pour savoir si je dois enfiler mon gilet pare-balles ou pas.

— Tu ne risques pas. On n'y a imprimé aucun sigle du pays où un beau jour tout a commencé.

— J'ai compris, dit-elle en faisant demi-tour, aujourd'hui je vais devoir me farcir un équipier super-chiant.

Milo la regarda sortir de la salle et respira soulagé. Il feuilleta les journaux.

Toutes les unes évoquaient la même affaire. "Saccage d'une institution historique." "La police de Catalogne pénètre dans le Cercle Gaudí à la demande du juge." "Fraude au cœur culturel de Barcelone." "Un grand coup porté à la bourgeoisie catalane." La plupart des photos choisies en une montraient le moment où les policiers entraient dans le Palau Güell, des gros plans de Félix Torrens et d'Arnau Mascaró et plusieurs images du bâtiment de Gaudí prises sous différents angles. Seul un journal se détachait de l'ensemble. Le titre était le suivant : "Un grand monsieur de Barcelone." Sur la partie inférieure, on pouvait voir un portrait de Félix Torrens visage creusé de rides, léger sourire forcé, lunettes à fine monture sombre, vêtu d'une veste noire, d'une chemise blanche et d'une cravate bleu ciel. Le reste de la première page énumérait la liste des soixante mandats qu'il exerçait, chacun précédé d'un point à l'encre rouge. Soixante points rouges semblables à soixante tirs de petit calibre, ou à soixante gouttes de sang. La première page ne mentionnait aucunement que sa disparition pouvait être due à un enlèvement et prenait pour argent comptant l'affirmation du bureau du procureur anticorruption prétendant qu'il avait pris la fuite.

Il soupira agacé. Cela pouvait le mettre en difficulté avec le procureur et il n'avait certainement pas besoin d'un ennemi supplémentaire. De nouveaux problèmes s'annonçaient à l'horizon. Il acheva de boire son café et se dirigea vers l'ascenseur pour descendre vers les cellules situées au premier sous-sol.

Les inspecteurs Rojo et Cervera le reçurent avec un visage pas du tout sympathique.

— Tu es en retard, dit Cervera d'un air sévère.

— Qu'est-ce qui t'est arrivé au visage ? demanda l'inspecteur Rojo.

— Je me suis cogné à une persienne. Où est-il ?

— À la sept. Allons-y, dit Cervera.

Il fit un signe au sergent de garde qui leur ouvrit une porte métallique.

Il saisit son HK et le remit au sergent à travers une ouverture de la paroi de verre. Celui-ci le rangea dans un tiroir sous le comptoir. Ensuite, il activa l'ouverture d'une grille coulissante et les trois inspecteurs purent accéder à l'intérieur de la prison. Ils longèrent le couloir abondamment éclairé. Milo observa que les cellules qu'ils laissaient derrière eux étaient occupées par trois hommes d'origine arabe, deux autres aux traits occidentaux et une femme d'allure orientale. Ils s'approchèrent de la cellule n° 7. Allongé sur une banquette vissée au sol, un clochard était enveloppé dans une couverture. Il l'observa à travers les barreaux.

— Il a dit quelque chose ? demanda-t-il.

— Pas un mot, répondit l'inspecteur Rojo.

— On a dû lui faite une piqûre, dit Cervera en faisant comme si la tête lui tournait. Il est devenu très nerveux en montant dans la voiture. Il n'arrêtait pas de hurler je ne sais quoi à propos d'une valise et il ne voulait pas lâcher son chariot rempli d'ordures. En chemin, il s'est mis à taper des pieds, à se cogner la tête et à raconter n'importe quoi. On lui a fait un shoot et depuis il est là, il dort comme un loir.

— Vous êtes sûrs qu'il n'a rien dit ? insista-t-il.

Cervera fit non de la tête.

— C'est comme je le craignais, reprit Milo. Demande à ce qu'on m'ouvre la porte, je vais aller le voir.

Cervera haussa les épaules et prévint le sergent. Ils entendirent aussitôt le cliquetis du mécanisme qui se déclenchait. Milo tira la grille et pénétra dans la cellule. Le clochard ne bougeait pas. Il s'approcha de lui, le secoua doucement. L'homme demeura immobile.

— Quel genre de tranquillisant vous lui avez injecté ? Pour un cheval ? demanda-t-il.

Il mit sa main sur son dos et vérifia qu'il respirait bien, légèrement, mais il respirait. La puanteur que dégageait son corps était repoussante. Il s'accroupit à côté de lui, le retourna, et l'observa attentivement.

Il reconnut son visage buriné sans qu'il ait besoin d'ouvrir les yeux.

— C'est bien lui.

— Parfait. Alors, allons-y, dit Cervera. Qu'est-ce que ça pue ! C'est insoutenable…

— Il y a apparemment bien d'autres choses qui puent dans cette affaire.

— Ah, commence pas à me casser les couilles. Tu nous as fait bosser tout le week-end à chercher des fantômes… On en a ras le bol maintenant. Ne viens pas en plus nous faire des politesses et des cérémonies avec ton type.

Milo se tourna vers lui.

— Qu'est-ce que tu as dit ?

Il y eut un violent silence. L'inspecteur Cervera s'éventa de la main.

— Quoi qu'il en soit, il faudra attendre qu'il ait cuvé avant de l'interroger.

— Il n'est pas soûl, il a été shooté jusqu'à l'os avec un putain de sédatif de cheval.

— Et qu'est-ce que tu voulais qu'on fasse ? lâcha Cervera. Qu'on le laisse continuer à se foutre des coups ? On lui a injecté une dose un peu plus forte que d'habitude, et c'est tout. Tu n'as qu'à demander à Rojo.

Gêné, l'inspecteur Rojo acquiesça.

— Bon, on y va, ou quoi ? dit Cervera.

— Un instant, je voudrais m'assurer qu'il va bien.

Il tapota ses joues toutes flasques. L'homme battit des paupières, hébété. Lorsqu'il fixa son regard égaré, Milo examina ses yeux.

Il se tourna vers les deux inspecteurs qui l'attendaient à l'extérieur.

— Je veux qu'un médecin contrôle immédiatement l'état de santé de cet homme.

— Fais pas chier, Malart !

— Tu préfères avoir un macchabée enfermé en cellule ? À son âge, et avec la dose que vous lui avez injectée, je me demande comment son cœur ne s'est pas arrêté de battre. Qu'est-ce que tu attends ?

L'inspecteur Cervera se dirigea vers le guichet où se trouvait le sergent.

— C'est vrai, on y est allé un peu trop fort, admit l'inspecteur Rojo.

Milo observa le mendiant. Il restait là, la bouche ouverte, un filet de salive coulait à la commissure de ses lèvres, et ses yeux étaient vitreux. On aurait dit qu'il avait rapetissé de vingt centimètres.

— Calmez-vous, chef, on récupérera votre valise, murmura Milo.

Une soudaine lueur illumina ses yeux. Mais elle s'évanouit aussitôt après.

Milo se redressa, le contempla un instant et quitta la cellule.

— Il ne devrait pas être ici, mais dans un hôpital. Cet homme est malade ; ce n'est pas un délinquant.

— Peut-être, mais c'est aussi un témoin et on a besoin de savoir ce qu'il a vu. De prendre sa déposition.

— Ici, vous ne parviendrez pas à en tirer un seul mot, assura Milo en s'éloignant dans le couloir. Je vous l'ai déjà dit. Il va se refermer sur lui-même, un point c'est tout. Peut-être qu'à l'hôpital, en lui prodiguant les soins adéquats, il aurait pu vous dire quelque chose. Mais, ici, vous perdez votre temps. Et ce qui est encore pire, c'est que nous mettons sa vie en danger, sans aucune raison.

— Les ordres sont les ordres, se justifia Rojo en baissant la tête.

— Je n'en ai rien à foutre de vos putains d'ordres de merde ; vous comprenez ça ?

Dans le bureau commun, il s'assit à son poste de travail. Puis il jeta un coup d'œil à la salle tout entière. Les uns détournèrent leur regard, les autres lui adressèrent une moue de désapprobation. Ainsi que l'avait exprimé Cervera, personne n'avait trouvé très amusant de travailler un samedi en plein mois de juillet. Dehors, le soleil brillait et ç'aurait été un jour idéal pour partir en week-end avec toute la famille. Et où étaient-ils, eux ? Ils étaient ici et débordés de travail. Un travail qui ne se justifiait qu'à travers des suppositions, sans aucune garantie de résultat. Les collègues le rendaient responsable de tout. Il les envia d'avoir au moins un bouc émissaire.

Le sergent Crespo s'approcha de lui, chargé de plusieurs dossiers et d'un bloc. Milo hésita.

— Toi aussi tu es en pétard contre moi, ce matin ?

Toni Crespo arqua les sourcils.

— Je devrais l'être ?

Milo observa son expression, sa franchise presque infantile. Avec son talent et sa sérénité, le sergent était la note discordante du bureau. Sa façon de travailler méthodique et une tranquillité à toute épreuve supposaient un vrai *rara avis* au sein de l'équipe du GEHME. Et en plus, son efficacité pour recueillir des données était reconnue de tous, il ne semblait jamais se décourager malgré l'accumulation de demandes sur son bureau, bien au contraire, il les traitait avec toute son énergie, comme si chaque recherche entreprise lui procurait la satisfaction de se mesurer à un nouveau défi.

— Oublions ça, dit Milo. Qu'est-ce qui t'amène ?

— Plusieurs choses, par laquelle tu préfères que je commence ?

— Choisis toi-même.

Crespo réfléchit un instant, comme s'il remettait toutes ses pensées en ordre, puis il lui dit qu'une foule de gens appelaient au commissariat pour expliquer qu'ils avaient aperçu Félix Torrens dans des endroits ou des régions tout à fait insolites. Il choisit un dossier vert et le lut rapidement.

— On l'a aperçu en Andorre, où il est entré dans plusieurs banques, puis est ressorti de certains magasins chargé de sacs ; on l'a aperçu dans plusieurs villages de la côte de Tarragone, où il a paraît-il l'habitude de consommer de la bière avec de jeunes Anglais ; dans de petits villages de la province de Lérida dont il ne connaissait même pas l'existence et aussi dans la région du Val d'Aran en train de faire une randonnée. Curieusement, personne ne l'a aperçu dans la province de Gérone, dit-il. Quelqu'un prétend qu'il fait de la plongée à Formentera, en face d'un hôtel à S'Arenal, conclut-il en survolant le dernier feuillet.

Milo se frotta la nuque et se vautra sur sa chaise.

— Tous les témoignages sont du même acabit ?

— Plus ou moins. Aucun d'eux ne tient plus de trois ou quatre questions. C'est la même chose que lorsque Eduard Pinto a disparu, mais en plus important, dit-il en souriant. Tu n'avais pas encore réintégré le Groupe, mais lorsqu'on l'a retrouvé suspendu à La Pedrera, les jours suivants le standard était devenu un vrai hôpital psychiatrique.

— Les habituels cinglés ?

Il acquiesça.

— Tous affirmaient avoir été les auteurs du crime, et avec des mobiles plus dingues les uns que les autres : depuis la mission divine, les rituels habituels d'exorcisme pour extirper le diable de son for intérieur, jusqu'aux mobiles les plus pragmatiques, comme le règlement de compte pour raisons financières, ou la vengeance après la ruine fomentée par ce pauvre type et même les plus exotiques, de type extraterrestre.

Milo se redressa sur sa chaise.

— Tu as gardé les archives de tous ces appels, les enregistrements ?

— Bien sûr, mais ça ne sert à rien, assura-t-il. Ils sont tous plus cinglés les uns que les autres. Ce sont des malades mentaux qui cherchent leurs fameuses cinq minutes de gloire.

— Notre assassin pourrait très bien correspondre à ce profil, expliqua Milo.

Le sergent Crespo réfléchit en silence.

— Si tu veux, je te les passe. Mais je te préviens, c'est un ramassis de conneries et même pire que ça.

— Fais-le, Toni. Lorsque tu auras le temps, tu les récupères et tu me les passes, d'accord ?

— C'est toi qui commandes, dit Crespo, en le notant sur son bloc, puis il lui remit le dossier.

Milo le posa sur son bureau. Il croisa les bras.

— Passons à autre chose.

Le sergent examina le reste des dossiers et en choisit un en particulier, bleu clair.

— Voilà la liste des voleurs en activité que tu m'as demandée, dit-il en la lui tendant. Plus de la moitié d'entre eux n'ont pas la moindre envergure, ils utilisent des méthodes anciennes et ne correspondent pas à ce que tu es en train de chercher ; ils volent des voitures pour commettre toutes sortes de délits. Un tiers ne sont même pas de ce niveau-là, ce sont les typiques dilettantes qui se contentent de profiter des opportunités. Et le reste ce sont des professionnels qui travaillent pour des réseaux internationaux, ils sont spécialisés dans le vol de voitures de luxe, à grande échelle ; ils utilisent des systèmes extrêmement sophistiqués, travaillent en équipe, et peuvent compter sur de gros moyens et de grandes infrastructures. Ils sont une centaine au total. Tu veux que je te dise ce que je pense ?

— Vas-y.

— Je ne crois pas que notre homme fasse partie d'un de ces groupes. Vu son habileté pour copier les fréquences, il pourrait appartenir au dernier groupe, mais j'en doute fort. Un type qui séquestre des gens pour les brûler ensuite attire trop l'attention sur lui, et s'il y a bien quelque chose qui caractérise ces réseaux, c'est qu'ils détestent les feux de la rampe, dit-il en secouant la tête. Non, aucune mafia de ce genre n'accepterait un assassin dans ses rangs ; il attirerait notre attention et serait un danger pour les affaires de tous.

— Alors ?

— C'est forcément un franc-tireur, et il n'est pas encore fiché. Il ne fait partie d'aucun réseau, ce n'est pas un voleur de petite envergure ni un dilettante, conclut-il. Ça ne peut être qu'un autodidacte qui s'est débrouillé tout seul pour trouver comment mener à bien son projet avec succès.

— Le truc de l'autodidacte, tu l'as dit exprès ou ça t'est venu dans la foulée ?

Crespo le regarda d'un air troublé. Au bout d'un moment, il capta la blague et son visage s'éclaira.

— C'est une pure coïncidence, je t'assure, sourit-il. Les jeux de mots, ce n'est pas mon fort.

— Tu as appelé le Département des vols ?

— Je me suis entretenu avec l'inspectrice Elisabet Serra et je lui ai transmis ta demande de serrer la vis aux informateurs. Elle a accepté tout de suite. C'est une femme très agréable, et compétente. Tu devrais entendre sa voix… Excuse-moi, dit-il en rougissant, je me suis laissé aller. Comme je te l'ai déjà dit, si ça ne donne rien, j'ai bien peur qu'on ne se retrouve rapidement dans une impasse.

— On verra bien, sergent, on verra bien. Il faut rester optimiste. Sujet suivant.

— Voilà l'historique élargi d'Eduard Pinto, fit-il en le lui tendant, puis il saisit le dernier dossier jaune et en fit autant. Et ça, c'est celui de Félix Torrens. Il n'est pas complet, prévint-il, mais avec ce qui est en train de se passer, j'obtiendrai certainement plus de renseignements du côté des médias. La couverture de la plupart des quotidiens de Catalogne et nationaux est effarante. Sans aller plus loin, ils ont annoncé deux émissions spéciales pour ce soir. Une sur TV3 et l'autre sur Telecinco. Et je ne parle même pas des radios. C'est leur sujet principal d'aujourd'hui, avec une avalanche d'informations toutes les heures. Et j'imagine qu'à partir de demain les répercussions internationales feront leur apparition.

Milo lui rendit le dossier.

— Eh bien, je vais attendre que tu l'aies complété. Jusqu'à quelle période tu es remonté ?

— Presque aux origines, c'est suffisant cette fois ? Il a soixante-deux ans et j'ai réuni pas mal d'informations. Il y a des choses très révélatrices.

— Fais-en un résumé.

Le sergent ouvrit le dossier et lut, en sautant des lignes et tout en faisant des commentaires.

— Bien, d'après ce que j'ai trouvé, tout jeune c'était déjà une tête brûlée, ce qui n'est pas étonnant venant d'une famille aussi riche. Un garçon bien, tu vois ce que je veux dire, au caractère turbulent. Fils de banquier et de politique, petit-neveu d'un célèbre sculpteur… Il a passé son bac chez les jésuites de Sarrià… Il a un diplôme d'ingénieur textile, il a suivi des cours de gestion d'entreprise… Dans les deux domaines il s'est fait remarquer comme un leader sans trop de scrupules, entouré de sa sempiternelle cour d'admirateurs. Puis il s'est rapidement embarqué dans toutes sortes de projets afin d'atteindre le succès par ses propres moyens : il a monté une affaire textile avec un haut responsable franquiste de Lugo, qui s'est terminée par un monumental fiasco ; ensuite il a dirigé une plantation de tabac en République dominicaine, dont il a dû s'échapper à toute vitesse ; puis ç'a été une usine de chaussures aux Philippines qui…

— Je vois à peu près, coupa Milo. Continue.

— Après son dernier scandale commercial, son père, fatigué de couvrir ses velléités et d'éponger ses dettes, l'a expulsé de Barcelone…

— Comment ça, il l'a expulsé de Barcelone ?

— Oui, il paraît qu'il l'a obligé à choisir entre rester et accepter un poste de subalterne dans la banque qu'il dirigeait, afin de se ranger une bonne fois pour toutes, ou quitter la ville pour faire définitivement taire les rumeurs sur sa conduite scandaleuse. Félix Torrens a bien entendu opté pour la deuxième solution et, j'ouvre les guillemets, s'est exilé, je ferme les guillemets, à Tarragone.

— Il n'est pas allé bien loin, ironisa Milo. Et quelles ont été ses activités, cette fois ?

— Un instant, pas si vite. Il faut tenir compte du fait que c'était l'année 1986 et que les Jeux olympiques de 1992 étaient déjà à l'horizon de Barcelone. Pour un homme aussi ambitieux ça a dû être un coup très dur de ne pas participer à la fête qui allait complètement changer la physionomie de la ville, en la reconstruisant du nord au sud et d'est en…

— Compris, coupa-t-il à nouveau. Il ne voulait pas rater une belle occasion de faire de bonnes affaires.

Le sergent Crespo se tut et le regarda un instant par-dessus le dossier.

— Je continue, dit-il en tournant à nouveau les yeux vers ses papiers. Une fois à Tarragone, il a fait appel à ses contacts de l'administration et a décidé de s'occuper du monde de l'enfance en difficulté. J'ignore vraiment pour quelle raison il a fait ce choix surprenant le concernant. Je ne pense pas que c'était une affaire très lucrative, mais bon, je ne suis pas économiste.

— Il voulait peut-être redorer son blason, pointa Milo. Continue.

— En tout cas, il a reçu l'aide du Département de la protection de l'enfance et, début 1987, il a réussi à monter un centre d'accueil pilote à Tarragone, qui allait par la suite essaimer dans le reste des provinces de la communauté de Catalogne…

— En laissant Barcelone pour la fin, où il allait faire une entrée triomphale comme organisateur d'une structure prenant en charge les enfants déshérités de notre société et en réalisant ainsi un retour comme nouveau dirigeant repenti de ses péchés de jeunesse.

— Comment tu le sais ?

— Ça va de soi, dit Milo sur un ton laconique. Et il a réussi son coup ?

— Oui, il a monté trois centres ; celui dont je t'ai déjà parlé, un autre à Lérida à la fin de la même année et un dernier à Gérone courant 1988. Ensuite, il a décidé d'en céder la direction et il est retourné à Barcelone en 1990, pile quatre ans après son fameux "exil".

Milo écarta les bras, se pencha en arrière et cala son dos au fond de sa chaise.

— Juste à temps, dit-il. J'étais certain qu'un homme avec un profil pareil ne laisserait pour rien au monde tomber les fastes de Barcelone 92. Rater le train de la grande restructuration de la ville ? Il faudrait être fou. Un type comme Félix Torrens ne fait pas ce genre d'erreur.

— Tu n'aimes vraiment pas ce gars, inspecteur. Je me trompe ?

— Ce n'est pas ça, je connais tout simplement les individus de ce genre par cœur, répondit-il âprement. Ils ne sont animés que par la cupidité. Tout le reste est accessoire pour eux, crois-moi. Il te faudrait entendre parler sa femme et tu comprendrais.

— De quelle femme parlez-vous donc ? demanda à brûle-pourpoint la sous-inspectrice Mercader, en s'approchant des deux hommes.

— De Mme Torrens, répondit Crespo.

— Et que se passe-t-il avec Virginia Colomer ?

Le sergent s'empressa de lui résumer l'affaire en deux mots et elle reprit :

— Toni, tu devrais savoir que l'inspecteur Malart ne peut pas blairer la haute bourgeoisie ; il doit avoir ses raisons. Et que malmener les personnes qui la composent est donc devenu son sport favori.

Milo se mordit la langue et ne répliqua pas. Il se tourna vers Crespo.

— On continue ? Nous disions que Félix Torrens est arrivé à Barcelone un peu avant les Jeux et que son père l'a accueilli les bras ouverts, comme un fils prodigue.

— Là, tu te trompes, dit Crespo. Il est vrai que son père avait fondé le Cercle Gaudí, mais avec la banque et ses autres responsabilités, il l'avait à moitié abandonné. C'est alors que plusieurs journalistes de renom ont lancé une campagne pour dénoncer la détérioration du Palau Güell, et ont pointé le besoin d'apporter du sang neuf et de l'imagination à la tête de la fondation.

— Une campagne très opportune, lâcha Milo. Opportune et fortuite. Et je ne crois pas aux…

— Choses fortuites, intervint Rebeca. Oui, tu l'as déjà dit mille fois.

Milo la fusilla du regard.

— Je te parie tout ce que tu voudras que cette campagne a été orchestrée par Félix Torrens lui-même, pour devenir président de la fondation, dit-il. Tout cela en échange de futurs arrangements, cela va sans dire. Ces gens agissent de cette façon, même contre leur propre père, si c'est nécessaire.

— Quoi qu'il en soit, poursuivit le sergent, au début, Oriol Torrens, le père, s'est opposé à la nomination de Félix Torrens comme son successeur à la tête de la fondation. Mais au cours de leur campagne, les journalistes ont insisté et lui ont demandé de céder et de passer la main à son fils. Ils ont prétendu que ce dernier possédait des idées novatrices, que la passation du pouvoir était urgente, notamment en raison de l'approche des Jeux qui allaient propulser l'image de la ville dans le monde entier, et parce qu'il était inacceptable que la figure et l'œuvre de Gaudí demeurent cantonnées au second plan.

— Le discours habituel, commenta Milo. L'image de la ville… et blablabla. Continue.

— L'affaire s'est débloquée lorsque le président de la Generalitat de Catalogne de l'époque est intervenu en faveur de Félix Torrens. Le père a finalement accepté. Malgré les réserves du vieux Torrens, la décision a été une vraie réussite et pendant les premières années, aussi bien le Cercle Gaudí que l'œuvre de l'architecte se sont vus mis en valeur par la gestion du nouveau président.

— Va le dire à présent aux membres du conseil d'administration qu'il a escroqués, expliqua Milo. Ils sont furieux.

— Puis quelque chose l'a fait dévier du droit chemin, dit Crespo.

— La cupidité, sergent, la cupidité qui commande toutes ses actions. Ne l'oublie jamais. Grâce à ses nouvelles responsabilités, son ascension était en marche, il ne lui restait plus qu'à l'amplifier. Il se foutait éperdument de l'œuvre de Gaudí. C'était un débrouillard, un filou, et ce genre d'individu ne change jamais. Le résultat était plus que prévisible. Quelque chose à ajouter ?

— Oui, bon, qu'à partir de là, il a eu accès à tous les niveaux du réseau social de Barcelone, lut Crespo. Il a commencé à faire partie de plusieurs organismes et de diverses officines de conseils en entreprise, puis il a étendu son réseau d'influence au monde de l'immobilier, de l'industrie et de la finance.

— Jusqu'à cumuler une bonne soixantaine de mandats, ça, on le sait déjà, coupa-t-il. Rien d'autre ?

— Eh bien, son ascension a été sidérante, tout comme sa chute. Et c'est là que je manque de détails.

Milo tendit la main.

— J'ai changé d'avis, dit-il. Donne-moi ce que tu as déjà et continue à creuser. Lorsque tu auras fini, j'ajouterai tes résultats au dossier.

Le sergent lui remit la chemise jaune et Milo la posa sur les autres en ajoutant :

— Sujet suivant. Qu'as-tu trouvé sur la liste que je t'ai demandée à propos des crimes et des disparitions bizarres pendant ces cinq dernières années ?

— Je n'ai pas eu le temps, inspecteur, avoua-t-il.

Milo lui lança un regard glacial.

— Et tu n'as rien non plus sur les sociétés maçonniques de Barcelone ?

Crespo fit non de la tête. Il fixa le bout de ses chaussures d'un air gêné.

— Qu'est-ce que tu croyais ? intervint Rebeca. Tu trouves qu'il n'a pas assez fait de choses en vingt-quatre heures ?

Milo les observa alternativement. Il poussa un profond soupir.

— D'accord, dit-il en esquissant un sourire crispé. Parfois, je perds la notion du temps.

— Tu les auras demain ces listes, inspecteur, affirma Crespo. Au plus tard, lundi.

— Bien, changeons de sujet. J'ai un service à te demander, dit-il en saisissant son sac. C'est une affaire strictement personnelle. Il faudra t'en occuper en dehors des heures de travail. Je sais que c'est chiant, mais…

— Ce n'est pas chiant, non !… C'est une chienlit grosse comme une cathédrale ! reprocha Rebeca à Milo. Tu n'en as jamais assez, tu ne t'arrêtes jamais ou quoi ?

— Pas de problème, sous-inspectrice, dit le sergent. Les journées sont longues, ajouta-t-il en se tournant vers Milo. En quoi puis-je t'aider ?

Milo lui tendit le sac.

— C'est l'ordinateur portable de Marc, mon neveu, fit-il sur un ton maussade. J'ai besoin que tu craques le code pour accéder à son disque dur, aux comptes de courrier, aux réseaux sociaux, tout ça. Et tant que tu y seras, vérifie ses mails, ses contacts, ses archives personnelles. Tout. Je ne sais pas ce que je cherche, mais il se pourrait bien qu'il y ait là-dedans une réponse à ce qui… est arrivé.

— Je m'y collerai ce soir même, à la maison, dit Crespo. Ça ne devrait pas être très difficile. Les adolescents ne prennent pas beaucoup de précautions pour protéger leurs archives. Autre chose ?

— C'est un sujet extrêmement délicat, Toni. Quoi que tu trouves, je te demande de…

— Je ne te cacherai absolument rien, Milo. Quoi que je trouve. Tu peux me faire confiance.

Milo acquiesça d'un geste et se vautra sur sa chaise.

— Inspecteur, puis-je te poser une question ? dit le sergent en attendant la réponse avec un air innocent.

Milo acquiesça à nouveau.

— Que t'est-il arrivé au visage ?

— Je me suis pris un vrai gnon. Mais je l'ai mérité. Pour avoir fait les choses n'importe comment.

Crespo secoua la tête. Il tourna les talons pour se diriger vers son bureau.

— Toni, la bibliothèque dont tu m'as parlé est ouverte aujourd'hui, samedi ?

— La bibliothèque Arús ? Non, ils ferment le week-end. Mais si tu veux, je peux appeler mon ami Eugeni et lui demander s'il peut s'occuper de toi… disons… cet après-midi ? Ça te va à cinq heures ?

— Ce serait génial, sergent. Tu le préviens que je serai accompagné de la sous-inspectrice.

Tandis que Crespo s'éloignait avec le sac, Rebeca se tourna vers Milo.

— Pourquoi tu ne m'as pas raconté la vérité sur ce qui t'est arrivé ?

Milo empila calmement les dossiers de couleur, ouvrit le tiroir et les rangea à l'intérieur, avec les autres. Ensuite, il croisa les bras et observa le plateau vide de son bureau.

— Ma tête ne fonctionne pas très bien, aujourd'hui, dit-il en fermant les yeux. C'est comme si elle était enveloppée dans une couverture, dans une couverture de laine épaisse.

— Tu ne m'as pas répondu. Pourquoi tu ne me l'as pas dit, je suis ton équipière. Non ?

— À cause de tes tee-shirts, je ne leur fais pas confiance.

Éberluée, Rebeca baissa la tête sur sa poitrine dans un mouvement réflexe. Elle tira sur son vêtement.

— On peut savoir ce qui ne va pas ?

Milo se redressa brusquement.

— Allons rendre visite à la veuve d'Eduard Pinto, dit-il. Peut-être va-t-elle nous éclairer.

— Maintenant, tu veux aller chez ?…

Rebeca ne termina pas sa phrase. L'inspecteur Malart se dirigeait déjà vers les ascenseurs et elle se dépêcha de prendre sa veste et de courir à ses trousses.

La maison d'Eduard Pinto était située avenue du Tibidabo, dans un des derniers virages avant d'arriver au pied du funiculaire. C'était une villa seigneuriale, entourée de murs épais, qui s'élevait sur plusieurs étages au-dessus de la rue.

Rebeca gara la voiture en face de l'entrée principale. Milo descendit et leva les yeux.

— Une autre grande villa, dit-il. Elles ne font que me rappeler ma situation précaire.

— Vilaine jalousie, répliqua Rebeca, en s'approchant du vidéophone. Elle planta sa carte devant l'objectif et appuya sur le seul bouton visible. C'est moi qui parle, d'accord ? Toi, tu restes au second plan, parce qu'on sait déjà comment tu te comportes avec la famille des victimes.

Une voix à l'accent particulier surgit de l'appareil et leur demanda ce qu'ils désiraient.

— Inspecteur Malart et sous-inspectrice Mercader. Nous voudrions parler à Mme Pinto.

La lourde porte blindée s'ouvrit avec un claquement sec, en même temps qu'une voix métallique annonçait qu'elle était déjà ouverte et qu'ils pouvaient entrer. Milo et Rebeca se regardèrent d'un air étonné.

— Politesse de toute dernière génération, dit Milo. En plus d'asséner une évidence.

— Tais-toi, inspecteur. Ils grimpèrent un escalier aux marches très raides et accédèrent à un terre-plein d'où, en tournant à angle droit, partaient plusieurs autres escaliers dont on ne pouvait pas voir la fin.

— C'est un système idéal pour décourager les visites et les releveurs de compteurs de gaz, dit Milo tout essoufflé.

Ils débouchèrent sur un jardin bien entretenu et reprirent leur souffle. Sous un soleil de plomb, ils observèrent des haies taillées avec une exquise perfection, différents massifs de fleurs jouxtant un impeccable tapis de pelouse et une piscine de forme irrégulière creusée en plein milieu. À une extrémité, une délicate cascade coulait avec des gargouillis reposants, tandis que derrière, dans un espace à part, un jacuzzi glougloutait à l'ombre d'un auvent design. De là où ils se trouvaient, ils pouvaient apercevoir deux têtes à l'intérieur : celle d'un homme avec une chevelure fauve et celle d'une femme aux cheveux courts. Les clapotis de l'eau ne les empêchaient pas d'entendre leurs gloussements et leurs rires étouffés.

— Tu imagines, un bain maintenant, avec la chaleur qu'il fait ? dit Rebeca en suant à grosses gouttes.

Un homme aux traits orientaux s'approcha d'eux. Il inclina légèrement la tête.

— Madame vous attend, suivez-moi, dit-il en leur indiquant le chemin.

Ils foulèrent la pelouse en réprimant leur envie de se déchausser pour sentir la caresse de l'herbe. L'homme les conduisit jusqu'au jacuzzi. Ensuite, il recula de quelques pas et attendit d'un air impassible.

— Vous êtes l'épouse de ?... Excusez-moi, vous êtes Laia Subirats veuve Pinto ? demanda Rebeca.

— Elle-même, dit-elle en faisant une moue de coquetterie. Mais je préférerais que vous vous absteniez de parler de mon récent veuvage, je trouve que ça me vieillit. Pardonnez-moi de ne pas me lever.

Elle lança à nouveau des gloussements juvéniles. C'était une belle femme, aux pommettes saillantes, lèvres charnues et flamboyants yeux vert turquoise. Consciente de son pouvoir de séduction, elle leur sourit d'un air affable.

— Je suis la sous-inspectrice Mercader, madame.

— Appelez-moi Laia, corrigea-t-elle. Et ton camarade, avec son gros bleu sur le visage ?

— C'est l'inspecteur Malart, précisa Rebeca.

Elle observa l'homme aux yeux globuleux et à la peau bronzée qui se baignait à ses côtés. Si sa vue ne la trompait pas, ils étaient tous les deux tout nus sous les bulles qui éclataient en surface.

— Nous voudrions vous poser quelques questions, reprit-elle, au sujet de la mort de votre mari.

Laia Subirats prit immédiatement un air de circonstance.

— Je vous en prie, sous-inspectrice. Mon Dieu, encore cette affaire. Mais vous ne vous reposez donc jamais dans la police ?

L'homme au visage de lutin avala son verre de margarita, le posa sur le rebord jaspé du jacuzzi et se redressa. Tout dégoulinant, il tendit la main à Rebeca avec le plus grand naturel.

— Enric Matas, architecte, se présenta-t-il. Vous désirez boire quelque chose ?

— Chéri, jamais pendant le service, ils n'ont pas le droit, tu le sais bien, lui reprocha la femme. Ou oui ? Vous voulez boire quelque chose ? Fabricio, prépare deux margaritas pour ces messieurs dames. Non, plutôt quatre, corrigea-t-elle en vidant son verre. Cette chaleur est horrible, se justifia-t-elle tandis que l'homme oriental disposait les verres vides sur un plateau et s'éloignait en direction de la maison. Il s'appelle Fernando, précisa-t-elle, mais moi je préfère Fabricio, c'est plus classe, n'est-ce pas ? Vous allez voir, même Boadas, paix à son âme, ne préparait pas les margaritas aussi bien que lui.

— Laia, l'admonesta affectueusement Enric Matas. Tu ne laisses pas parler les inspecteurs.

— Oh, oui, tu as raison, chéri, dit-elle en portant sa main devant sa bouche et en se remettant à glousser sans raison. Chéri, couvre-toi un peu, s'il te plaît. Tu es ridicule avec ces poignées d'amour. Et en plus, il se peut que nos amis soient gênés de voir tes bijoux de famille.

— Moi, ça ne me dérange pas, dit Milo en s'asseyant sur une chaise. J'habite à la Barceloneta et je suis habitué à voir pas mal de bijouterie sur la plage.

L'architecte se replongea dans l'eau. Ses yeux globuleux rapetissèrent de quelques millimètres.

Gênée par la tournure que prenait la conversation, Rebeca s'empressa d'intervenir.

— Madame, répondez-moi : est-ce que vous connaissiez Félix Torrens ?

— Laia, rappela-t-elle avec un petit rire nerveux. Eh bien, je ne sais pas, je suppose que oui. Nous avons dû nous rencontrer à l'occasion de quelque réception ou de quelque gala de bienfaisance ; au théâtre du Liceo, dans la loge du Barça… Nous connaissons tellement de monde que… va savoir. Tu n'imagines même pas, ma chérie, c'est une plaie ! Mais comme disait mon mari, cela fait partie de notre travail. Et bien entendu, si tu es un ex-conseiller et que tu possèdes de hautes responsabilités à La Caixa, tu te vois obligé d'accepter un maximum d'invitations.

— Parlons de votre mari. Comment était-il ? demanda la sous-inspectrice.

Les yeux de la veuve fixèrent ceux de l'architecte, puis ceux de Rebeca. Elle battit des paupières.

— Je… Je ne comprends pas ta question.

— Je vais répondre moi-même, dit Enric Matas. C'était un brave homme, qui avait des goûts simples et adorait ses enfants, c'était un excellent père de famille. Il a passé toute sa vie à travailler, s'obstinant à forger un avenir à toute sa famille. Si vous voulez mon opinion, il prenait tout trop au sérieux. Il ne savait pas profiter des bons moments.

— Oui, sa vie était son travail, sa carrière, confirma la veuve en acquiesçant fermement de la tête. Il n'avait jamais de temps pour ses enfants ni pour moi. Nous ne le voyions presque pas à la maison.

— Un vrai drame, je vois, murmura Milo avec un visage inexpressif.

— Je vais te dire, commissaire, lança l'architecte. Eduard était un homme ambitieux, mais il était réglo et honnête, je ne sais pas si je me fais bien comprendre. Et réaliste. Il savait comment s'y prendre pour obtenir ce qu'il voulait. Depuis le début, lorsqu'il est entré à Servihabitat comme directeur des opérations, il savait déjà que ç'allait être un parfait tremplin pour accéder à La Caixa. Et de là, en gravissant les échelons, au monde de la politique. Il avait dessiné sa carrière à l'avance, dans les moindres détails. S'il avait décidé d'obtenir quelque chose, il ne s'arrêtait pas tant qu'il n'avait pas atteint son objectif. C'était un pragmatique de la tête aux pieds, il ne se laissait jamais abuser par les émotions. Dernièrement, il s'était mis en tête de devenir le prochain maire de Barcelone, et n'en doute pas, il serait parvenu à ses fins, si…

— M. Pinto avait-il un ennemi en particulier ? Quelqu'un qui aurait juré de se venger de lui, pour une raison ou pour une autre ? Avait-il reçu des menaces ?

— Absolument pas, affirma-t-il catégoriquement. Je t'ai déjà dit que c'était un homme honnête. Il pouvait éveiller des jalousies ou des rancœurs, mais rien de bien sérieux. Non, je ne crois pas qu'il ait eu un ennemi comme tu le décris. Nous l'appréciions tous vraiment.

— Et que fait dans cette maison un aide-architecte ?

La peau bronzée de l'architecte pâlit. Offensé, il fixa son regard sur l'eau.

— Je suis un ami de la famille, dit-il. Une espèce de conseiller en matière d'urbanisme.

— Enric est un ange, il a été mon réconfort émotionnel dans ce mauvais moment, déclara la veuve en lui caressant tendrement les cheveux. Et avec les enfants, il se comporte comme une sorte de deuxième père. Il les a aidés à faire leur deuil, à intégrer le départ de leur père et à construire leurs nouvelles vies à partir de cette acceptation. Il a été si affectueux et si compréhensif avec eux…

— Ils ne sont pas à la maison ? s'intéressa Milo. Je veux parler des enfants.

— Non, oh mon Dieu ! Je me suis dit qu'il valait mieux les éloigner de tout ça et je les ai envoyés chez leurs grands-parents, chez les parents d'Eduard. Ils passeront les vacances d'été avec eux, à Cadaqués. Ce sont de petits anges. Vous ne pouvez pas vous imager combien ils ont souffert. Leur père leur manque énormément.

— C'est normal, commenta Rebeca en observant Milo du coin de l'œil.

— Vous êtes scandalisés, je le sais, dit la veuve en éclatant de rire tandis que la courbe de ses seins dépassait par-dessus les bulles. La vie est courte et il faut en profiter. Rien de ce que vous voyez ici n'était un secret pour mon mari. Il avait l'art de la négociation. Moi je jouais mon rôle à ses côtés, je lui fournissais un certain prestige sur les photographies et pendant les fêtes, et lui savait se retirer au bon moment pour me laisser mon espace. Il n'y a rien de mal à cela. Et bien sûr que je regrette beaucoup ce qui s'est passé, mais je sais que lui, au ciel, voit d'un bon œil que je poursuive mon bonheur. Ah, tu es déjà de retour avec les margaritas, Fabricio ?

Le majordome s'approcha avec une allure cérémonieuse et déposa le plateau sur une table. Puis, il distribua les verres, en faisant chaque fois une légère révérence.

— Trinquons, proposa la veuve, en faisant de petits sauts dans le jacuzzi. À la vie !

Tandis qu'Enric et Laia entrechoquaient leurs verres, Rebeca s'efforça de regarder ailleurs, contrairement à Milo qui continua à regarder la femme d'Eduard Pinto sans trop savoir que faire, troublé par les tressautements de ses deux seins remarquablement refaits.

Il se racla la gorge.

— Est-ce que votre mari a quelquefois dit qu'il avait l'impression que quelqu'un le suivait ?

Elle se figea, se retourna et réfléchit un instant. Ses yeux brillèrent d'un soudain éclat.

— Maintenant que tu le dis, je me souviens qu'une fois il m'a expliqué qu'il se sentait surveillé. Je n'y ai pas prêté attention. Lorsque tu deviens un futur candidat au poste de maire, ce sont des choses qui peuvent se produire. Mais, oui, il m'a dit qu'il avait cette impression. Les traits concentrés de son visage s'évanouirent et furent remplacés par une expression de joie et de désinvolture. Tu ne trinques pas ?

— Il faut qu'on s'en aille, dit Rebeca en rendant son verre au majordome oriental.

Milo haussa les épaules et l'imita.

L'architecte changea son verre de main et fit un grand geste de la main.

— Pour les trois jours qu'il nous reste à vivre, ça ne vaut pas la peine de perdre une minute de plus avec ces tragédies.

— On y va, inspecteur, insista Rebeca.

Ils s'éloignèrent, traversèrent le jardin et commencèrent à descendre les volées d'escalier successives.

— Je commence à me dire que tu as raison, commenta-t-elle en pénétrant dans la voiture.

— Toi ? Tu me donnes raison ? Le soleil t'a tapé sur la tête ou quoi ?

10

— Tu ne lâches jamais le moindre euro n'est-ce pas ?

— Et où veux-tu que je mette le portefeuille en été, dans mon sac à main, peut-être ? se défendit Milo.

— C'est ça ! Toutes les excuses sont bonnes pour ne pas payer un rond, conclut Rebeca.

Après avoir laissé derrière eux l'avenue du Tibidabo, ils s'étaient dirigés vers le centre de la ville pour manger quelque chose et passer le temps jusqu'à dix-sept heures. Ils avaient choisi un bar de la rue Lauria, près de la place Urquinaona, où ils commandèrent deux menus ; il n'y avait plus de friture de poissons et Milo se contenta de petites seiches. Au moment de payer, il se débina en allant faire un propice passage aux toilettes. Puis, ils avaient roulé le long du paseo San Juan, tourné plusieurs fois à la recherche d'une place pour se garer, jusqu'à ce qu'il se souvienne que le samedi le stationnement n'était pas payant en zone bleue. À présent, ils attendaient adossés à la voiture, devant la bibliothèque publique Arús.

— Ça ne paie vraiment pas de mine, dit Rebeca en observant le bâtiment tout gris. Pour une bibliothèque maçonnique, je m'attendais à quelque chose de mieux, je ne sais pas, moi, à un bâtiment plus spectaculaire que ce truc-là. Ou plus mystérieux.

En effet, il s'agissait d'un immeuble tout ce qu'il y a de plus courant et banal. Sur la façade, au premier étage, on pouvait apercevoir une simple galerie et un lampadaire de forme triangulaire accroché à la rampe de celle-ci. De chaque côté, on pouvait lire BIBLIOTHÈQUE PUBLIQUE, écrit en lettres pointues et bleues, et dessous, en rouge, ARÚS. Au niveau de la rue, sans indication supplémentaire, une étroite porte de bois était fermée. À côté, une plaque de céramique indiquait le numéro 26.

Rebeca jeta un coup d'œil à sa montre. Il était cinq heures moins dix.

— D'après ce que nous ont raconté la veuve et l'architecte, on pourrait dire qu'Eduard Pinto et Félix Torrens étaient comme la nuit et le jour. Le premier était un travailleur acharné, montant les échelons les uns après les autres, de façon honnête, tandis que le second était un homme plein d'ambition, cherchant toujours des raccourcis et faisant sans cesse intervenir ses relations.

— Oui, et si on ne nous a pas menti, il semblerait qu'il n'y ait aucun rapport entre eux, dit Milo.

— Ce qui complique la tâche d'autant : qu'est-ce qu'on va faire avec ça ?

À cet instant, la porte d'entrée s'entrouvrit d'une cinquantaine de centimètres et un homme passa discrètement la tête.

— Vous venez de la part de Toni Crespo ? leur demanda-t-il en même temps qu'il ouvrait entièrement un des deux battants de la porte.

Ils s'approchèrent de leur interlocuteur et celui-ci leur serra la main en ajoutant :

— Eugeni Gombrowicz, enchanté. Entrez donc, vous êtes ici chez vous. Les amis de Toni sont mes amis.

L'homme ne mesurait pas plus d'un mètre soixante. Il portait des pantalons de coton noir, une chemise à manches courtes bleu clair, et des chaussures bateau. D'âge moyen, mince et visage affable, il avait une façon de parler lente et posée. Ses yeux reflétaient un esprit vif.

Il s'écarta pour leur permettre d'entrer et, tout de suite après, se dépêcha de refermer la porte.

— Vous excuserez ma façon de vous recevoir, mais je ne voudrais pas que les gens du quartier me voient en train de faire entrer des visiteurs à cette heure-là, dit-il. Ensuite, ils pourraient me demander de faire la même chose pour eux et j'ai l'habitude de consacrer la fin de la semaine à l'étude des livres. Il y a tellement de choses à apprendre, soupira-t-il.

— Nous vous remercions de faire une exception pour nous, ajouta Rebeca. Je vous présente l'inspecteur Malart et je suis moi-même la sous-inspectrice Mercader ; nous appartenons tous les deux au GEHME.

— Vous me direz en quoi je peux vous être utile. Mais, je vous en prie, suivez-moi.

L'homme avança le long du couloir pour déboucher sur une cour intérieure. Une fois là-bas, Milo et Rebeca restèrent bouche bée, on ne peut plus surpris. Une entrée majestueuse s'ouvrait devant eux. Flanquée de quatre colonnes ioniques, une réplique de la statue de la Liberté leur souhaitait la bienvenue du haut d'un perron de marbre. Sur les deux côtés, deux imposantes et lourdes appliques à trois branches éclairaient le chemin. Habitué à cette réaction, M. Gombrowicz prit l'initiative et, contournant la statue, entra à l'intérieur de la bibliothèque.

Le mobilier avait été assemblé avec plusieurs bois nobles, conservé en parfait état, et les vitrines, aux étagères bourrées de livres anciens, étaient disposées sur toute la surface des murs, en comptant une galerie qui dominait et entourait tout l'espace. Les plafonds étaient hauts, ornés de luxueux caissons, tandis que le sol était fait de dalles noires et blanches, disposées en échiquier, un symbole clairement d'inspiration maçonnique. Ils entrèrent dans la première salle et furent reçus par la statue d'un homme portant un bonnet phrygien et se tenant près d'un symbole de la maçonnerie : un compas ouvert verticalement sur une équerre, en train de tracer un G majuscule et doré. Et au-dessous les armes de la loge Avant.

— Elle a été créée par Arús lui-même, notre bienfaiteur, expliqua Gombrowicz. C'est lui qui nous a fait donation du bâtiment, le capital et le fonds maçonnique que constitue son inestimable collection de quatre mille volumes, auxquels se sont ajoutés au fur et à mesure plus de quarante mille autres titres pour former le catalogue actuel de notre humble bibliothèque.

— Humble? dit Milo impressionné par l'admirable et accueillante décoration.

Puis il observa une frise, au plafond, où alternaient des noms de philosophes, de narrateurs et de poètes de siècles différents.

Bakounine et Pétrarque se mêlaient à Balmes et Verne. D'après ce qu'il savait, ils étaient tous laïques et il voulut argumenter :

— Ici, on respire… Comment dirais-je…

— Vous voulez dire la connaissance, le rationalisme, les idéaux démocratiques, la libre-pensée, la tolérance, l'universalisme ? suggéra le bibliothécaire.

— Par exemple, oui, dit Milo abasourdi.

— Réussis tout ce que tu entreprends : ce sont nos principes ; mais j'en ai d'autres en réserve. Ç'a été la première bibliothèque publique de la ville, inaugurée en 1895, et, comme je vous l'ai dit, M. Rossend Arús a cédé sa maison pour héberger ce legs, avec l'objectif exprès de donner gracieusement accès à la connaissance au monde ouvrier. Et vous le voyez vous-même, aujourd'hui c'est une des plus importantes d'Europe spécialisées dans l'histoire des mouvements sociaux des XIXe et XXe siècles.

— En plus d'abriter également quelques secrets, j'imagine, lança Milo.

— Oui, bon, quelques-uns, en effet, répondit-il. Il faut actionner le panneau "bibliothèque", qui pivote sur un axe, pour ouvrir la passerelle qui donne accès aux livres qui se trouvent dans le haut de la salle de lecture, et derrière certains rayonnages, on a caché quelques judas, dit-il en souriant de façon franche et ouverte. À l'époque, les employés de M. Arús les utilisaient pour surveiller les lecteurs soupçonnés de subtiliser des livres. Ce n'est pas très différent des caméras de surveillance de notre époque, n'est-ce pas ?

Milo acquiesça d'un signe de tête tout en enfonçant les mains dans ses poches.

— Et il doit y avoir encore d'autres secrets, j'en suis certaine, intervint Rebeca.

— Peut-être, mais je ne peux lire que ceux-là, dit Gombrowicz en utilisant une expression hermétique. Sinon, ce ne serait plus des secrets. Que diriez-vous de nous asseoir afin de me raconter à votre tour l'objet de cette visite ?

Il leur indiqua de confortables fauteuils et ils s'installèrent tous les trois. Un instant, Milo eut l'impression de se transporter dans un autre siècle, à une époque où la vie était différente.

Cependant, conclut-il pour lui-même, les problèmes étaient toujours les mêmes. Ils concernaient la survie.

— Voilà, monsieur Gombrowicz… commença Rebeca.

— Eugeni, s'il vous plaît. Quand on a un nom comme le mien, on se fait appeler par son prénom.

— Très bien, Eugeni, accepta Rebeca. Nous sommes sur une affaire qui nous pose plusieurs problèmes. Nous ne pouvons pas vous donner trop de détails, mais…

— Sous-inspectrice, je pense que nous pouvons faire confiance à M. Eugeni, l'interrompit Milo. Étant donné la teneur de ses sujets d'étude, je pense que sa discrétion est plus qu'assurée.

— N'en doutez pas, inspecteur, ma bouche est bien cousue. C'est une habitude, conclut-il d'un air résigné. Vous pouvez parler en toute liberté. Rien de ce qui se dira entre ces murs n'en sortira : ici, c'est la règle, depuis plus d'un siècle.

Rebeca se racla la gorge.

— Nous avons trouvé un G, et nous pensons qu'il est en rapport avec un assassinat, déclara-t-elle sans ambages. Nous avons entendu dire que c'était un symbole par antonomase de la maçonnerie, de fait nous venons juste de le voir ici, à l'entrée, mais nous ignorons sa signification.

— Et vous aimeriez que je vous éclaire à ce sujet, dit le bibliothécaire en joignant ses doigts.

— Cela nous aiderait énormément, convint-elle.

Eugeni Gombrowicz demeura quelques instants à réfléchir en silence.

— Cela peut avoir plusieurs interprétations, dit-il, bien que certaines soient trop singulières. Je vais vous résumer celles qui sont les plus courantes. Pour commencer, je vous dirai que vous êtes dans le vrai ; il s'agit de la lettre qui, placée au-dessus de la chaise du maître, préside toutes les loges maçonniques modernes, qu'elle soit peinte sur le mur ou sculptée dans du bois ou dans du métal. C'est, comme vous l'avez bien dit, si ce n'est le plus important, le plus familier de tous les symboles de la franc-maçonnerie. Nous, les maçons, sommes friands de symboles ; et non seulement nous ne les cachons pas, mais nous les exposons en public, à la vue de tous. Pour celui qui est initié, c'est très éloquent, le symbole parle. En revanche, pour le profane, ça reste confus et étrange, ça ne dit rien du tout. Nous apprécions ces petits jeux intellectuels, expliqua-t-il. Mais, comme vous pouvez le constater, ils sont inoffensifs.

Rebeca échangea un regard perplexe avec Milo.

Le bibliothécaire poursuivit :

— La lettre G est le "hiéroglyphe brillant", comme l'a défini le poète Burns. Il y a des divergences à propos de la date à laquelle il fut utilisé pour la première fois. On sait que les maçons du Moyen Âge n'utilisaient pas cette lettre, car on ne la rencontre jamais sur les décorations des anciennes cathédrales, mais on la trouve en revanche au centre du temple de Salomon. L'utilisation de cette lettre prend sa source dans la langue anglaise et l'époque moderne. Concernant sa signification, je serai on ne peut plus bref. De nombreuses personnes pensent que c'est l'initiale de *God*, Dieu. D'autres lui attribuent la signification de triomphe, en raison de son septième rang dans l'alphabet, qui dans la kabbale a un rapport avec le succès ou la victoire, mais aussi parce que c'est la première lettre des concepts qui renferment de la dignité, du privilège, de la hauteur ou de la portée, tels que "Génie", "Grandeur", "Gloire", "Grâce", et cetera. Il existe également une troisième signification : la "Gnose", ou connaissance suprême, à laquelle on peut accéder au moyen d'un travail intérieur. Une quatrième possibilité est déterminée par son rapport avec la lettre grecque gamma, que les pythagoriciens vénéraient car elle est aussi l'initiale de "Géométrie", laquelle était pour les ouvriers la science grâce à laquelle se calculaient et s'élaboraient tous leurs travaux et qui, pour les maçons, contient la détermination, la définition, l'ordre, la beauté et la connaissance patentes dans la création. Une cinquième signification se réfère au fait qu'elle est seulement le symbole du symbole, l'œil du Grand Architecte. Et une dernière, amplement répandue, affirme qu'elle signifie Génération.

— Génération ? demanda Rebeca.

— Oui, il s'agit d'une théorie qui soutient que tout s'est formé par génération et non pas par création. D'après cette théorie, la corruption ou la destruction accompagnent la génération sous toutes ses formes. Et la génération rétablit sous d'autres formes les effets de la destruction, car l'homme et la femme sont toujours deux en une seule personne, et une seule personne en deux éternels générateurs, je ne sais pas si je me fais bien comprendre, dit-il en faisant une pause. Le principe générateur est en lui-même singulier, mais triple dans sa manifestation : cause, milieu, effet ; mâle, femelle et produit de la création.

— Il y a une chose que je ne comprends pas, dit Milo. Vous vous déclarez bien laïques, si je ne me trompe pas ; alors comment se fait-il que Dieu puisse être l'initiale de votre symbole principal ?

— C'est très simple, indiqua le bibliothécaire, mais pour vous l'expliquer, il me faudra faire un peu d'histoire. Comme vous le savez, l'origine de la maçonnerie remonte aux temps anciens ; elle vient des corporations des constructeurs de cathédrales médiévales, au XIIIe siècle. Les Anglais nommaient *free stone mason* le maçon qui s'occupait de la pierre de décoration, pour le différencier du *rough mason* qui travaillait la pierre brute. C'est de là que vient le terme "franc-maçon", de *free-mason*, un mot qui allait finir par désigner tous les membres de la maçonnerie. Bien, ces constructeurs de cathédrales arrivaient sur les lieux de l'œuvre, qui se trouvaient souvent hors de leur pays ou loin de l'endroit où ils habitaient, et la première chose qu'ils faisaient était de construire l'atelier, ou la loge, où ils allaient résider pendant des années, ranger leurs précieux outils, former leurs apprentis et transmettre, dans un environnement fermé, les techniques de leur corporation à ceux qui avaient été admis, après une cérémonie d'initiation pendant laquelle ces derniers juraient fidélité afin que ces connaissances ne sortent pas du cercle de la construction. Autrement dit, jusqu'au XVIe siècle, les loges étaient des écoles professionnelles où l'on enseignait le calcul, la géométrie, la physique et tout le reste, à une époque où la plupart des gens étaient analphabètes. De telle sorte que les maçons en vinrent à constituer une corporation organisée et exclusive, où l'expérience de chacun déterminait les connaissances auxquelles il pouvait aspirer, lesquelles se divisaient en trois catégories : maître, compagnon et apprenti.

— Très intéressant, mais quel rapport avec ma question ? intervint Milo.

— J'y viens, ne soyez pas si impatient, dit calmement Gombrowicz. Peu à peu, les sociétés maçonniques ont commencé à accepter des membres honorifiques, dont les professions n'avaient aucun rapport avec la construction. Ainsi, pour résumer, je vous dirai que les aspects techniques des loges sont devenus une chose anachronique et celles-ci ont été transformées au début du XVIIIe siècle en lieux de réflexion, libres de tout dogmatisme et de toute restriction, elles ont donné naissance à une maçonnerie dont la finalité n'était plus de construire des temples, mais plutôt d'édifier le temple de la fraternité universelle pour la gloire du Grand Architecte de l'Univers, dont l'acronyme est GADU, une autre signification du G symbolique. Dès lors, les maçons se sont mis à défendre l'égalité de tous les membres et ont tenté de limiter les excès de leur époque, à savoir le fanatisme et les guerres de Religion, au moyen de la tolérance, de la fraternité et de la liberté. Et c'est précisément à cause de la religion que la maçonnerie s'est scindée en deux groupes : la maçonnerie anglo-saxonne, qui n'admettait que des hommes qui croyaient en Dieu, en l'immortalité de l'âme, et la maçonnerie latine, ou maçonnerie libérale, qui permettait d'accepter en son sein des agnostiques et des athées et a ouvert ses portes aux femmes. C'est pour cette raison, étant donné que la maçonnerie comprenait des croyants et des non-croyants, que les deux groupes avaient décidé de s'identifier à travers la lettre G, chacun choisissant l'interprétation qui lui convenait le mieux en fonction de sa réflexion.

— Très pratique, affirma Milo. Un même symbole pour plusieurs courants.

— Actuellement, poursuivit le bibliothécaire, la maçonnerie est devenue un processus d'autoconstruction intérieure qui garde le compromis de ses origines : "Ce que tu fais te fait." Nous sommes des hommes et des femmes qui nous retrouvons dans un temple, appelé aussi atelier, tous unis dans un rituel laïque aux racines anciennes, pour rechercher un perfectionnement personnel, afin de le transmettre individuellement ou collectivement au reste de la société. On ne distribue ni consignes ni ordres, on ne défend pas de secrets ; on respecte, on accepte toutes les croyances, sauf celles qui supposent du fanatisme ou de l'intolérance, et l'on rejette toute discrimination de race ou de condition sociale. En quelques mots, la méthode maçonnique est un processus d'auto-éclairage continu, compatible avec n'importe quelle foi religieuse ou ésotérique qui ne grève pas la liberté de l'individu.

— Et est-ce que vous pouvez me dire où un assassin inhumain peut se glisser parmi ces idéaux ?

Eugeni Gombrowicz demeura immobile, observant Milo sans ciller.

— Il ne peut tout simplement pas s'y glisser, dit-il. C'est contre tous nos principes. C'est inconcevable. C'est tout à fait, tout à fait impossible !

— Impossible ou peu probable ?

— Comme vous voudrez, répliqua Gombrowicz. Je vous donne un exemple pratique. Ces derniers jours, tout le monde parle d'un personnage public qui, d'après ce que racontent les médias, s'est enfui avec une mallette pleine d'argent après avoir dévalisé une institution culturelle très connue de Barcelone. Eh bien, je sais parfaitement que cette personne, qui accapare à présent toutes les unes, a tenté d'entrer, un peu avant les Jeux olympiques, dans une des loges les plus prestigieuses de notre ville, dont je ne révélerai pas le nom, dit-il en regardant alternativement les deux policiers. Eh bien, pour votre information, je vais vous dire qu'il n'y a jamais été admis car, et je cite textuellement, il était "dépourvu des indispensables aptitudes pour devenir l'architecte de son temple intérieur". Je vous dis cela juste pour que vous vous fassiez une petite idée de la façon dont nous fonctionnons. Une loge ou société maçonnique ne peut pas aujourd'hui être mêlée à des crimes ou à des choses semblables. Cela fait partie du passé, de la légende noire qu'on a inventé de façon intéressée pour nous discréditer. On peut toujours rencontrer une exception, mais nous ne sommes pas en Italie, ici, conclut-il.

— Vous parlez de Félix Torrens, n'est-ce pas ?

— Je n'ai cité aucun nom, dit Gombrowicz en lui adressant un large sourire.

Inquiète, la sous-inspectrice Mercader commença à s'agiter sur son fauteuil.

— Et qu'est-ce que cela nous apprend au sujet de notre assassin ?

— Si j'étais vous, je le chercherais ailleurs, répondit le bibliothécaire. C'est lui qui a tracé ce G dont nous avons parlé ?

Rebeca acquiesça et Eugeni Gombrowicz poursuivit :

— Alors, soit il s'agit d'une grossière manœuvre de diversion, qui ne possède aucun rapport avec quelque motivation maçonnique, soit j'oserais affirmer que sa signification renferme un autre genre de symbole.

— Oui, mais lequel ?

— Nous avons tous un don particulier, un talent pour quelque chose ; mais à chaque don correspond une faiblesse. Il faut que vous découvriez ses faiblesses et ses dons. Ce n'est qu'en les connaissant que vous pourrez déchiffrer cette lettre.

— Il agit par vengeance, par douleur, dit Milo. Il ne peut pas oublier ni pardonner.

— Mon expérience m'a appris, dit Gombrowicz en se levant, que les choses ne sont pas toujours ce qu'elles semblent être. Et d'après ce que vous dites, un esprit aussi torturé ne va pas s'arrêter aussi facilement que ça. J'ai bien peur qu'il n'y ait d'autres actions terribles dans notre chère Barcelone, ajouta-t-il en leur indiquant la sortie. Je suis désolé de ne pas pouvoir vous aider davantage.

Milo et Rebeca se levèrent et se dirigèrent vers la porte en baissant la tête.

— Vous voulez parler du crime de La Pedrera, n'est-ce pas ? demanda le bibliothécaire dans leur dos.

Milo s'arrêta sur-le-champ.

— Pourquoi ?

— À cause de Gaudí, répondit-il sereinement. La maçonnerie et lui ont croisé leurs chemins. Le fait qu'il ait appartenu ou non à une loge maçonnique reste encore aujourd'hui une énigme, mais ce qui est unique est l'utilisation qu'il a faite de notre symbolisme. Il existe des preuves irréfutables de cela dans toute la ville. Si vous le voulez nous pourrons parler de cela un autre jour. Je vous donnerai plusieurs exemples qui vont vous laisser pantois, dit-il en posant sa main sur l'épaule de Milo et en se remettant à marcher. Je peux déjà vous dire, en guise de préambule, qu'au parc Güell, sur les marches de l'entrée, on peut voir une structure en forme de tripode qui contient une pierre non dégrossie, brute, perpétuellement mouillée par une petite fontaine. Cet élément représente la structure de base d'un four de fusion alchimique, c'est une copie du modèle qu'on peut apercevoir sur un médaillon du portique principal de Notre-Dame de Paris. C'est ce que je vous disais, dit-il en souriant pour lui-même, nous adorons les défis intellectuels, jouer avec les symboles.

— Comme des enfants, tenta de plaisanter Rebeca.

— Le problème est que notre assassin semble vouloir les imiter, répondit Milo sur un ton lugubre. Et que ses jeux n'ont rien d'innocentes distractions enfantines.

Ils laissèrent la statue de la Liberté derrière eux et se dirigèrent vers la porte du couloir.

Eugeni Gombrowicz l'entrouvrit de quelques centimètres.

— Ce qui est dit est dit. Lorsque cela vous conviendra, vous savez où me trouver, dit-il en leur serrant la main. Mais prenez bien soin de Toni Crespo ; je sais qu'il vous estime énormément. C'est un homme très prometteur, qui a l'étoffe d'un maître, si vous voyez ce que je veux dire, ajouta-t-il avant de faire une pause. Oui, j'ai mis de grands espoirs en lui.

Il referma lentement la porte. Milo et Rebeca se regardèrent, perplexes.

— Qu'est-ce qu'il a voulu dire ?

— Pas la moindre idée, répondit Milo en faisant rouler son doigt à hauteur de sa tempe.

Ils circulaient en silence sur la Vía Layetana, en direction de la mer. Milo avait pris la première rue qui menait à la Barceloneta. Sans s'être concertés sur leur destination, chacun d'eux s'était plongé dans ses pensées et méditait les révélations du bibliothécaire, avec l'étrange sentiment d'être revenu d'un voyage dans le temps, et de se trouver encore sous l'effet du *jet lag*. Il freina à un feu qui venait de passer au rouge sur la place del Ángel. Toujours muet, il se pencha vers le pare-brise et surveilla le changement de couleur. Des coups de klaxon le réveillèrent en sursaut et il démarra en douceur. Il atteignit le paseo d'Isabel II et le traversa pour prendre la rue Juan de Borbón. La circulation commença à devenir plus dense.

— Je n'arrête pas de penser à ce qu'a dit Gombrowicz, lança-t-il d'un air distrait.

— Et qu'est-ce qu'il a dit ? demanda-t-elle en observant les promeneurs et les bateaux amarrés aux quais.

— Quand il a parlé du fait que Félix Torrens s'est vu refuser l'entrée dans une loge juste avant les Jeux olympiques. Un homme comme lui n'a pas dû accepter facilement un tel refus, dit-il en évitant un cycliste puis en accélérant pour passer un autre feu à l'orange et en tournant pour pénétrer dans les ruelles. Je suis persuadé qu'il voulait utiliser son appartenance à une loge maçonnique comme une espèce de lobby lui permettant d'élargir ses contacts. Ça coïncide avec la date de retour à Barcelone après son exil forcé, précisa-t-il en tournant une dernière fois pour arriver au magasin qu'il utilisait comme parking. Je suis convaincu qu'il pensait pouvoir se faciliter les choses pour réussir son ascension à tous les niveaux du tissu social de Barcelone.

— Oui, mais il n'a pas été admis, dit Rebeca en descendant de la voiture. On a ruiné ses projets.

Milo ferma sa portière à clé et, de façon mécanique, vérifia les trois autres.

— Je parie qu'il en a été mortifié.

— Pour le moins, concéda-t-elle en marchant à ses côtés. Vu son profil d'homme cupide, le refus a dû le piquer au vif. Mais je doute qu'il en soit resté là.

— C'est bien pour ça que je le dis, expliqua Milo en ouvrant la porte d'entrée de son immeuble. Il actionna l'interrupteur et commença à gravir les quatre étages dans le noir. Je te parie ce que tu veux qu'il a pris un autre chemin pour arriver à ses fins, son réseau d'influence.

— Et le connaissant, je suis persuadée que c'était un raccourci, dit-elle tout essoufflée dans son dos.

Milo ouvrit la porte de son appartement, traversa le salon et sortit sur la terrasse. Il s'arrêta brusquement.

— Un raccourci qui aurait très bien pu ne pas être très légal ? dit-il en se retournant vers elle. Il agissait par dépit.

— Et se sentait on ne peut plus motivé, dit Rebeca à cinquante centimètres à peine de Milo, le regardant dans les yeux. Un homme comme lui ne se serait pas arrêté aussi facilement.

Milo réduisit la distance qui les séparait. Il baissa la tête.

— Non, pas après avoir surmonté tant d'obstacles, murmura-t-il.

— Pas juste après son retour à Barcelone, dit-elle à voix basse et en se penchant sur la pointe des pieds.

— Et sur le point de parvenir à toucher le ciel du bout des doigts.

— Et d'avoir réussi ce qu'il avait toujours désiré.

La sonnerie du portable arrêta leurs lèvres juste au moment où elles allaient entrer en contact. Leurs visages s'éloignèrent brusquement comme s'ils venaient de recevoir une décharge électrique.

Milo tira l'appareil de sa poche et lut le nom de la personne qui l'appelait. Il le laissa sonner sans décrocher.

— Tu ne réponds pas ? demanda Rebecca en s'éloignant en direction de la porte.

Elle la ferma. Clignant des yeux, Milo serra les poings et se contrôla alors qu'il était sur le point de lancer le mobile par-dessus la terrasse. Pourquoi Irene l'appelait-elle maintenant ?

À la fois déconcerté et furieux, il grommela :

— Qu'a donc fait ce putain de bon à rien ensuite ? Comment il a réussi à créer son réseau de contacts ?

Rebeca s'approcha de lui. Posa sa tête sur la poitrine de Milo, puis sa main.

Celui-ci demeura immobile, bras ballants de chaque côté de son corps. Le regard planté sur le téléphone fixe. Il sentit ses caresses et son cœur s'accéléra. Sans détourner les yeux de l'appareil, il se laissa faire. Enfin un peu de chaleur, et autre chose, une chose qu'il avait presque oubliée. Le téléphone fixe se mit à sonner et il sursauta. Rebeca le saisit par la chemise, l'attira à elle.

Le répondeur automatique s'activa. Et tout de suite après une voix envahit le salon.

— Milo, c'est moi. Je suis en bas. Je sais que tu es chez toi. Je t'ai vu monter. Ce n'est pas un problème si tu n'es pas seul. Mais il faut absolument qu'on parle. Tu m'ouvres la porte d'entrée ? S'il te plaît, c'est important.

On entendit un cliquetis et l'appel fut coupé. Rebeca respira profondément et s'écarta de Milo.

— Qui est-ce ? demanda-t-elle. Ta femme ?

— Mon ex. Mais nous ne sommes que séparés.

Elle fit demi-tour et se dirigea vers la porte.

— Joli appartement, dit-elle. Mais un peu en désordre. Qu'est-ce que c'est tous ces cartons dans le coin ? demanda-t-elle en pointant son doigt dessus. Et cette pile de livres près de la porte ? poursuivit-elle en appuyant sur le bouton d'ouverture automatique de la porte de l'immeuble. Un autre jour, tu me le feras visiter. Je suis curieuse de voir le reste.

Elle sortit de l'appartement. Milo entendit ses pas résonner dans l'escalier. Leur bruit s'arrêta quelques secondes, puis il les entendit résonner à nouveau. Irene entra, un instant plus tard.

— La lumière ne fonctionne pas ; cet immeuble est vraiment nul. Qu'est-ce que tu as sur le visage ?

Longue chevelure blonde et bouclée, bouche sensuelle, grande, et yeux bleus, cristallins. Mince, bronzée. Minijupe en jean, sandales à la mode, tee-shirt blanc de grande marque, sans rien dessous. De la classe, de l'argent, de la beauté. Une combinaison explosive. Sa femme. Son ex-femme.

Milo demeura immobile au centre du salon. Pendant un moment, il ne sut que dire.

— Tu ne sais pas quoi dire ? demanda-t-elle en fermant la porte.

Milo se racla légèrement la gorge.

— Deux mois, Irene. Deux mois. Et voilà que tu réapparais comme ça, à l'improviste.

— Tu ne m'as pas donné le choix. Voilà plusieurs jours que je t'appelle et que tu ne me réponds pas.

— Je suis très occupé avec une affaire.

— Tu as maigri, dit-elle en s'approchant de lui. Tu ne manges pas ou quoi ?

— Juste ce qu'il faut, ainsi je jouirai, paraît-il, d'une vie plus longue.

Irene s'arrêta à quelques pas et Milo perçut son parfum. C'était le même qui alertait ses sens, éveillait les hormones, faisait sauter les réticences et calmait les discussions. Qui actionnait certains interrupteurs et encourageait la vulnérabilité, la chaleur, la faiblesse. Les désirs, la peau qui se hérisse, les frissons. Les secousses et le calme. Mais cela avait eu lieu, il y a bien longtemps, dans une autre vie. Elle esquissa un étrange sourire.

— Mais qui veut avoir une vie plus longue ? dit-elle. La mienne, économiquement parlant, ne tiendra pas plus de quelques jours. Elle est en train de couler à pic.

Milo sentit que sa tête allait exploser.

— De l'argent ? Tu viens pour de l'argent ? murmura-t-il. Alors, là, je ne comprends pas !

— Bien sûr que tu comprends, parfaitement même que tu comprends, dit-elle en posant son sac sur une chaise et en faisant un tour complet autour de Milo. Tu sais toujours tout, toi, avec ce maudit sixième sens qui est le tien, ajouta-t-elle en s'arrêtant devant lui. Je n'aurais jamais dû ouvrir la boutique de la rue Bonanova. Ça ne marche pas du tout, c'est un vrai putain de fiasco. Et la crise risque de faire couler l'ensemble de la chaîne. Exactement ce que tu avais prévu. Voilà, je suis vraiment dans la merde, dit-elle en faisant un geste de découragement. Tu vois, tout ça c'est le résultat de ta putain de haine.

— Mais je ne te hais pas ! s'insurgea Milo.

— Parlons d'autre chose, je ne suis pas venue me disputer avec toi.

— Qu'est-ce que tu es venue faire alors ? demanda-t-il d'une voix qui n'était pas la sienne, c'était celle d'une autre personne.

— Tu as de la bière ? Je suis morte de soif.

Milo tenta d'actionner ses pieds, mais quelque chose les maintint cloués au sol. Il fit un geste pour indiquer où se trouvait la cuisine.

— Qui était cette fille que j'ai croisée dans l'escalier ?

À tous les deux, ils avaient improvisé un dîner. De la macédoine de légumes, des petits poissons frits et des anchois, tout cela accompagné d'une bouteille de penedès rouge. Tandis qu'elle préparait le pain à la tomate, Milo était descendu à la taverne. Ils n'avaient presque rien mangé. Irene n'avait rien trouvé à son goût, mais elle avait bu pour deux.

— Ma nouvelle équipière, répondit-il sur un ton évasif. Elle est sous-inspectrice.

— Elle n'est pas belle, mais elle est séduisante.

— Vraiment ?

— Milo, ne joue pas avec moi, dit-elle en pointant son index vers lui. Je connais le genre de femme qui te convient et cette fille te va comme un gant. Tu as couché avec elle ?

— Ce que je fais de ma vie ne te regarde pas. Je te signale que c'est toi qui es partie.

— Tout de suite les grands mots : ce que je fais de maaa vie ! Ne prends pas tout aussi au sérieux, mon vieux, rit-elle un peu éméchée. C'était juste de la curiosité. C'est incroyable que tu ne me connaisses pas à ce point.

— Non, je ne te connais pas. Nous avons passé la moitié de notre vie ensemble et je ne sais toujours pas qui tu es vraiment.

— Je t'en prie, arrête de parler de la vie ! Tu veux me gâcher le dîner ou quoi ?

— Qu'est-ce que tu es venue faire ?

— Je suis venue baiser ! s'exclama-t-elle. Qu'est-ce que tu en penses ? dit-elle en soutenant quelques instants son regard. Je voudrais qu'on vende l'appartement, c'est la seule solution ; mais il est à nos deux noms. J'ai besoin de ta signature. J'ai rendez-vous lundi avec un agent immobilier. D'après ce qu'il m'a dit, il aurait un acheteur en vue. Mais les prix sont à la baisse. Et avec cette putain de crise, les vautours sont de sortie.

— Et ton père ? demanda Milo. Pourquoi tu ne lui demandes pas de t'aider ? Il est bourré de fric, lui.

Irene saisit la bouteille et quitta la table. Elle se laissa tomber dans le canapé.

— Je ne veux pas qu'il le sache. Je suis une femme d'affaires indépendante.

Il l'observa en train de boire son verre. Il eut l'eau à la bouche, mais de quelque chose de plus fort.

— Tu ne changes pas. Toujours les mêmes secrets et ton absurde qu'en-dira-t-on ?

— Je constate que tu continues à avoir des préjugés envers ma famille et moi-même, dit-elle d'une voix pâteuse. Elle se redressa à moitié et pointa la bouteille vers lui. Et ce n'est pas ma faute si je porte ce nom.

Milo écrasa son poing sur la table.

— Merde, ça suffit avec ton discours ! Je n'ai pas du tout envie de discuter à nouveau de la même chose que d'habitude.

— Pourtant avant, tu aimais bien notre façon de faire la paix, dit-elle en inclinant la tête sur le côté. Tu ne pouvais pas nous blairer, ça c'est sûr ; mais me baiser, ça te rendait fou. Tu démarrais au quart de tour.

Milo se mordit la langue. Il se dirigea vers le canapé et saisit la télécommande. Il alluma la télévision.

Irene allongea sa jambe et lui frôla le bas du dos.

— Tu n'aimerais pas faire la paix avec moi… maintenant ?

Il serra la télécommande. Et lorsqu'il entendit la sonnerie du téléphone, il porta immédiatement l'appareil à son oreille.

— Milo, c'est moi, dit la juge. Tu es chez toi ? Allume la télé sur Telecinco, magne-toi. Je te rappelle tout de suite.

Il posa le téléphone et sélectionna la chaîne. Sur l'écran, un visage avec une barbiche toute blanche, en gros plan, parlait de façon élégante et d'un ton très assuré. Bien que deux ans se soient écoulés, il le reconnut tout de suite. Ce type avait conclu un pacte avec le diable. Avec son style habituel, saturé de demi-vérités et de sensationnalisme bon marché, Mauricio Navarro commentait quelque chose à propos d'une information exclusive concernant le cas qui terrorisait Barcelone.

— Qu'est-ce que c'est ? demanda Irene.

Milo monta le son. De sa voix quelque peu flûtée, le journaliste disait :

— D'après des sources bien informées, l'assassin d'Eduard Pinto a sévi une nouvelle fois à Barcelone. Le Bourreau de Gaudí, ainsi que l'ont surnommé les inspecteurs du corps de police de la communauté catalane qui mènent l'enquête, vient encore de semer la panique dans les rues de la capitale catalane en séquestrant en plein jour, et avec une totale impunité, Félix Torrens, le célèbre président de la prestigieuse fondation du Cercle Gaudí, jusqu'à présent principal accusé de détournement de fonds et de fraude envers ladite institution.

Plusieurs images d'archives concernant Félix Torrens apparurent sur l'écran, avec des titres de presse écrite, dont l'un d'entre eux se détachait plus que les autres : "Un grand monsieur de Barcelone."

— Pour l'instant, et d'après une source proche de l'enquête, nous ignorons s'il existe un rapport entre Eduard Pinto et Félix Torrens, mais ladite source a affirmé qu'on n'écartait pas la possibilité que le responsable de ces deux atrocités pût être un assassin en série choisissant ses victimes au hasard.

L'écran montra ensuite le film réalisé par l'assassin, dans le but de le poster sur internet. Un premier plan du visage agonisant d'Eduard Pinto. Un plan moyen de son corps en flammes. Un plan général de ses convulsions tandis que le feu le consumait vif, avec la Casa Milà en toile de fond. Le réalisateur passa une nouvelle fois le plan moyen pendant que résonnait la voix de Mauricio Navarro.

— Les hommes qui sont sur l'affaire travaillent d'arrache-pied, en accomplissant un valeureux effort pour arrêter le psychopathe, avant que Félix Torrens ne subisse le même sort qu'Eduard Pinto. Un sort qui semble plus proche des temps obscurs de l'Inquisition que du modernisme de notre XXIe siècle. Cependant, il s'agit d'un compte à rebours désespéré et, d'après mes sources, les chances de succès restent extrêmement faibles.

Les images du supplice d'Eduard Pinto disparurent pour laisser place à un plateau où les spectateurs, qui occupaient les gradins, derrière le présentateur Rafael Blanco, ne cessaient de se dandiner sur leur siège, horrifiés par le spectacle dantesque. Assis près de Rafael Blanco, Mauricio Navarro avait pris un air grave. La réalisation choisit les deux visages.

— Mauricio, éclaire-nous donc : s'agit-il réellement d'un enlèvement ? demanda Rafael Blanco sur un ton inquiet. D'après les déclarations du procureur anticorruption, j'ai compris que les forces de police ont écarté cette hypothèse en affirmant qu'il s'agit d'une fuite.

— En effet, mon cher Rafael, dit Mauricio Navarro sur un ton prétentieux. Dans une nouvelle démonstration d'absence de coordination entre les forces des différentes instances de la communauté autonome, le procureur a bien déclaré ce que tu dis. Cependant, ainsi que nous allons pouvoir le vérifier dans la vidéo qui suit, le commissaire-chef Benet Bastos, le plus haut responsable du GEHME, le Groupe spécial d'homicides, donne des preuves suffisamment parlantes de la confusion qui règne en ce moment autour de cette affaire. Observez donc sa réaction devant une de mes questions. Vidéo, s'il vous plaît.

L'écran montra l'instant de la conférence de presse où Mauricio Navarro demandait à Benet Bastos s'il était d'accord avec les déclarations du procureur prétendant qu'il s'agissait bien d'une fuite. Dans un éloquent premier plan, le commissaire-chef hésitait pour répondre ensuite, d'une voix ferme, qu'il n'avait rien à ajouter. La réalisation repassa la séquence à cinq reprises, en s'arrêtant avec une délectation toute particulière sur la dubitative hésitation du policier.

— Ainsi que tu peux le constater, mon cher Rafael, poursuivit Mauricio Navarro, on ne peut pas dire que le commissaire soit vraiment d'accord avec la version du procureur. On dirait plutôt, même si ce n'est qu'une impression personnelle, qu'il s'agit d'un homme pris en flagrant délit et qui ne sait, ou ne veut pas répondre.

— C'est bien l'impression qui se dégage de cette scène, admit Rafael Blanco en s'adressant à la caméra. Et vous en conviendrez avec nous. Les images ne peuvent pas tromper. Continuons, dit-il en se tournant vers Mauricio Navarro. D'après ce que tu as eu l'occasion de vérifier, il semblerait bien que la confusion ne règne pas seulement parmi les chefs.

— Absolument, répondit-il alors que la réalisation avait choisi de les montrer tous les deux en plan moyen. Dans la vidéo suivante, nous allons pouvoir observer deux des inspecteurs chargés de l'affaire, dont nous tairons les noms, ne pas précisément donner l'image d'une parfaite harmonie, sourit Mauricio Navarro sans cependant perdre un iota de gravité. Vidéo, s'il vous plaît.

L'écran montrait à présent Milo et Rebeca, garés devant le commissariat, en train de se disputer à l'intérieur du véhicule. D'après leurs gesticulations, il était évident qu'ils n'étaient pas du tout d'accord. La vidéo se terminait au moment où Milo démarrait en trombe, faisant hurler les pneus sur l'asphalte, tout en agitant ses bras avec d'ostensibles grimaces de désaccord.

— Regarde, c'est ton amie, la policière ! hurla Irene en montrant le téléviseur.

— Tu as raison, ils n'ont pas l'air en très bons termes, admit Rafael Blanco à nouveau à l'écran. Et tu dis que les enquêteurs sont au nombre de deux sur cette affaire ?

— Oui, et l'homme n'est pas n'importe qui, expliqua Mauricio Navarro en se caressant la barbiche. Tu te souviens de l'affaire de l'Assassin du parking, il y a deux ans, ça s'est également passé à Barcelone ?

— Évidemment, affirma Rafael Blanco. C'est une affaire qui a eu un fort retentissement.

— Eh bien, il s'agit de l'inspecteur qui avait fini par la résoudre à l'époque… malheureusement un peu tard, ajouta-t-il après une pause calculée et prosaïque. Si l'on se souvient bien, il s'est produit un dernier assassinat qu'on aurait tout à fait pu éviter. Lors d'un événement encore non élucidé, cet inspecteur a été soupçonné d'avoir été à l'origine de diverses fuites, ce qui aurait eu pour effet d'alerter l'assassin et, d'après des milieux bien informés, l'aurait poussé à commettre son dernier crime. Une femme innocente fut retrouvée morte dans un parking de la capitale, étranglée, la tête enfouie dans un sac-poubelle. Et le plus triste, mon cher Rafael, c'est que cette femme était mère de deux enfants en bas âge. Une véritable tragédie.

La caméra cadra les gradins sur le plateau. Les spectateurs avaient le visage tout froissé, une moue écœurée aux lèvres. Une femme secoua péniblement la tête.

— Mais tout cela est faux ! s'exclama Irene en se redressant sur le canapé. Ah, les salauds !

Milo était devenu tout pâle. Incapable de contrôler les tremblements de ses jambes, il s'assit.

— Et il n'a pas été mis en examen ? demanda Blanco avec une stupéfaction absolument étudiée. C'est tout de même difficile à croire.

— Si, il l'a été. Mais, étant donné la gravité de cette dernière affaire, il vient juste de rejoindre le groupe des enquêteurs, expliqua Mauricio Navarro. Cependant, observons les images suivantes. L'homme est le seul animal qui trébuche deux fois de suite sur le même caillou. Vidéo, s'il vous plaît.

L'écran présenta Milo en train de sortir d'un couloir. Vu son état lamentable, il donnait l'impression d'avoir bu. Il portait un sac à l'épaule et titubait en pleine rue. La vidéo montrait le moment où deux vieilles femmes brandissaient leur canne devant lui et la façon dont il traversait une place pleine de jeunes juchés sur leur skate-board. Dans la scène suivante, Milo se trouvait devant l'entrée d'un autre immeuble et il hésitait à y entrer. Quelques secondes plus tard, il en poussait la porte sans trop de conviction et le battant se refermait derrière lui. La caméra s'approchait alors pour filmer une liste de plaques fixées à la verticale sur la façade et en cadrait une en particulier. En zoomant et en faisant le point sur un nom, on pouvait lire : Consultation de…, Docteur en psychologie.

— On est en train de te crucifier, Milo, murmura Irene. Et on le fait tout à fait consciemment.

— Bien, je dirais que les images parlent d'elles-mêmes, précisa Blanco, en plan moyen.

À ses côtés, Mauricio Navarro acquiesça avec un visage volontairement offensé, son collègue poursuivit :

— Un assassin en série se promène en liberté dans Barcelone, il tient en son pouvoir un des bienfaiteurs de la ville, dont la vie ne tient qu'à un fil, et à quoi se consacrent les enquêteurs ?

— Je ne me permettrai pas de juger la police de la communauté catalane, dit Mauricio Navarro, mais d'après ce qu'on peut observer sur cette vidéo, ses chefs sont totalement déconcertés, ainsi que les inspecteurs chargés de la capture du sinistre assassin. En tout cas l'un d'entre eux ne se gêne pas pour lever le coude (rires sur le plateau) pour se donner du courage avant de se rendre chez son psychologue, visite qui en soi est déjà suffisamment alarmante. Et pendant ce temps, le Bourreau de Gaudí se promène en liberté. Qui sait s'il n'est pas déjà à la recherche d'une nouvelle victime ? C'est décourageant, mon cher Rafael ! Jamais, pendant toutes mes années de journalisme, je n'avais assisté à la chronique d'un désastre aussi annoncé que celui-ci.

La caméra prit un plan d'ensemble du plateau, pour revenir immédiatement après en plan moyen.

— Bon travail, Mauricio. Nous allons demeurer attentifs à cette affaire. Tu continueras à nous informer, n'est-ce pas ?

— Régulièrement, mon cher Rafael, et espérons que les nouvelles ne seront pas trop mauvaises, dit-il en croisant les doigts dans un geste théâtral. D'après mes calculs, il reste moins de trois jours de vie à Félix Torrens.

— Mesdames et messieurs, dit Rafael Blanco en s'adressant à la caméra, nous vous tiendrons au courant des faits et gestes du Bourreau de Gaudí. La police catalane pourra-t-elle éviter qu'une nouvelle victime soit brûlée vive sur un des bâtiments emblématiques de Barcelone ? Sera-t-on capable de mettre fin à ce cauchemar qui terrorise les citoyens de cette ville ? Nous espérons que cela se passera ainsi et surtout qu'on est déjà en train de prendre les mesures adéquates. Merci, Mauricio. On peut t'applaudir, dit-il tandis que les spectateurs obéissaient et que Mauricio Navarro serrait la main de Rafael Blanco avant de quitter le plateau. Et maintenant, quelques instants de publicité. Mais ne partez pas, car *La Ronda* continue avec de nouveaux reportages et de nouveaux entretiens.

Milo éteignit le téléviseur.

Le mal était déjà fait. Grâce à un habile montage, le sensationnalisme avait mis suffisamment l'eau à la bouche pour générer une fantastique attente autour de l'affaire. Mais également semé des doutes, des soupçons et des insinuations. La cocotte-minute allait exploser, pressentait-il. Jusqu'à présent, il avait toujours réussi à bien se tirer de ce genre de conflit. Mais il savait pertinemment, tout le monde le savait, qu'un jour les choses risquaient de mal tourner et de devenir terribles pour lui. Et ce jour s'était peut-être déjà levé.

— Milo, garde ton calme, dit Irene. Je sais que tu me comprends.

— Comme si tu te souciais de ma santé mentale, toi, à présent !

Le portable se mit à sonner. Milo secoua la tête.

— Je te laisse, dit-elle. Le téléphone va se mettre à chauffer et tu vas être très occupé. On reparlera du rendez-vous de lundi demain. D'accord, chéri ? J'aimerais que tu viennes avec moi.

Milo saisit son portable et constata que c'était la juge. Il prit la communication et ferma les yeux.

— Je sais, Susana, murmura-t-il. Tout est foutu. Une nouvelle fois.

Le faisceau de lumière aveuglante s'alluma, illuminant la cellule où Félix Torrens était allongé par terre. Recroquevillé sur lui-même, il se serrait dans ses propres bras. Son cerveau enflé mit plusieurs instants à réagir. Il se tortilla sur le sol en gémissant et parvint à redresser la moitié de son corps.

— J'ai modifié mes projets, dit une voix râpeuse.

Complètement engourdi, il sentit renaître une étincelle d'espoir. Il se traîna péniblement vers la grille en essayant de ne pas sentir les lancements aigus de ses muscles tétanisés. Il s'accrocha à deux mains aux barreaux et lutta pour se mettre debout, mais ses jambes ne répondaient pas.

Sans forces, il se laissa retomber, la tête ballante, et s'immobilisa à moitié assis.

— Tu es là ? demanda-t-il les cordes vocales nouées.

Le silence était si dense qu'il pouvait sentir la pression que celui-ci opérait sur ses tympans.

— Je sais que… tu es là, croassa-t-il. Dans le noir… tout le temps… à jouir de la situation…

Il lâcha un éclat de rire hargneux qui résonna comme un crachat.

— Tu as soif, dit la voix.

Ses yeux s'exorbitèrent. Exaspéré, il réussit juste à demander de l'eau à travers d'insistants gémissements. Un objet lui frappa le visage.

— Bois, dit la voix.

Il palpa le sol. Sans lunettes, il ne voyait que des ombres. Finalement, il trouva l'objet. C'était un verre en carton. Il le porta avidement à ses lèvres. Mais une grimace d'horreur froissa son visage.

— Il est vide, murmura-t-il.

— Bois, répéta la voix sans intonation particulière.

Il observa le verre, la lumière ; il le refit à plusieurs reprises, sans bien comprendre. Il ouvrit et referma sa bouche pâteuse et il comprit alors ce que cela signifiait. Mais c'était si répugnant qu'il secoua la tête sans la moindre énergie.

— Non… non, supplia-t-il dégoûté.

Soudain, il entendit un bruit qu'il reconnut immédiatement. C'était de l'eau qui coulait par terre. Elle rebondissait sur le ciment, avec une rafraîchissante rumeur, tout près de la cellule. Et quelques gouttes éclaboussèrent l'intérieur de celle-ci. L'une d'elles atteignit même son visage et il se pourlécha rapidement, comme un reptile. Le bruit cessa.

— Je te donnerai de l'eau, dit la voix. Mais d'abord, bois. De ton corps.

Un frisson le traversa de haut en bas. C'était une voix mécanique, insensible. Sans vie. Qui se contentait de lui donner des instructions, sans un soupçon de compassion. Et, ce qui l'effrayait le plus, c'est qu'elle n'avait pas l'air humaine.

Le premier instant de surprise passé, il comprit qu'il lui faudrait lui obéir s'il voulait survivre. C'était la première chose à faire. La plus urgente. Grâce à un suprême effort, il se redressa et parvint à se mettre à genoux.

Il allait déjà lui tourner le dos, lorsque la voix l'interrompit.

— Non, de face.

Félix Torrens, autrefois tout-puissant, obéit.

— Trois, deux, un… action.

Il ne comprit pas ce qui se passait. Boire. Il voulait seulement boire. À tout prix. Il descendit la fermeture éclair de ses mains tremblantes. Tenta de vider sa vessie dans le verre. Mais après deux jours, ce ne fut pas facile. Il réussit à en remplir trois doigts. Sans réfléchir, il avala tout d'une gorgée. L'arrière-goût acide lui donna la nausée et il se plia en deux, vomissant une substance pestilentielle et grumeleuse. La toux le secoua de façon compulsive. Ensuite, il se tourna vers la lumière. Toujours à genoux, il avait le regard d'un homme ayant perdu la raison. Ayant absolument tout perdu.

— Ça y est… Donne-moi… de l'eau.

— Mets-toi d'abord à quatre pattes, dit la voix.

Il obéit.

— Sans bouger, ajouta-t-elle. Jusqu'à ce que je te le dise.

Comme un automate obéissant aux ordres de l'individu qui se trouvait derrière les grilles, il patienta dans cette position humiliante. Plusieurs minutes s'écoulèrent, un laps de temps qui devint éternel.

— Brave garçon, dit la voix. Et maintenant, ouvre la bouche.

Il obéit à nouveau, refusant de penser à autre chose qui ne soit obtenir de l'eau.

— Tu es sale. Je veux que tu te nettoies d'abord. Avec la langue. Passe-la sur tes lèvres.

En pleine confusion, sans volonté personnelle, il suivit les instructions au pied de la lettre.

— Lèche bien, n'en laisse pas une seule trace.

Son cerveau était hors service. Sa voix intérieure s'était complètement éteinte.

— À présent tourne le dos, comme ça, à quatre pattes. Ne bouge plus. Je m'en vais. Lorsque je vais revenir, je veux te trouver dans la même position. Sinon, tant pis pour toi, tu n'auras pas d'eau.

Le président du Cercle Gaudí fit oui de la tête.

— Tu as bougé, dit la voix. Tu n'auras pas d'eau.

En entendant cela, il se sentit désespéré, à la limite de ses forces.

— Non… s'il vous plaît… je ne le ferai plus…

La lumière s'éteignit.

Félix Torrens s'effondra sur le ciment. Il pleura dans l'obscurité.

11

L'ange de pierre l'observait avec miséricorde. Et au-delà, une Vierge de marbre au regard doux sembla vouloir le prendre dans ses bras. Milo se releva de la lourde dalle horizontale qui fermait une tombe sans nom, sur laquelle il s'était assis. Il marcha entre les tombes et s'arrêta devant la niche de la famille Malart.

— C'est comme ça, je suis en train de perdre la raison. Je parle avec un mort. C'est de la folie.

Il regarda le mur et ses six étages de niches. Entassées comme dans une ruche, elles lui donnaient une désagréable sensation de claustrophobie. Celle de Marc se trouvait sur la troisième rangée, c'était la quatrième en commençant par la gauche. À la différence des autres, ornées de chandeliers, de photographies des défunts et de fleurs artificielles, la sienne était toute nue.

Un sentiment d'abandon le saisit et sa gorge se noua.

Dans son dos, par terre, il y avait une dizaine de caveaux, présidés par une sculpture ou une dalle verticale, entourés d'étroits chemins herbeux et ornés de jardinières remplies de géraniums, d'arbustes taillés et d'autres plantes résistantes. Un caveau possédait de grands vases de pierre aux quatre coins, avec des bouquets bien fournis de roses blanches. Il se dirigea vers elles et en préleva quelques-unes.

— Ça ne te fait rien, n'est-ce pas ? demanda-t-il au visage sobre sculpté sur la dalle verticale.

Le visage barbu de Jésus-Christ l'observa d'un regard chargé de paix et de tendresse. Milo retourna devant la niche. Il leva le bras et posa les fleurs couchées sur le rebord.

— Comme ça, c'est mieux, dit-il.

Il avait quitté Barcelone alors qu'il faisait encore nuit noire, et l'aurore l'avait surpris qui se levait sur une autoroute solitaire. Après cette délirante émission à la télévision, il lui avait été impossible de dormir. D'autres appels avaient suivi en chaîne celui de la juge Cabot. Et lorsqu'il aperçut le nom de l'inspecteur-chef Singla, il éteignit le portable et prit les clés de la Volkswagen. Conduire de bonne heure l'avait toujours calmé. Il ne savait pas pourquoi ; peut-être le simple fait de s'installer au volant sans destination précise. Sur l'autoroute déserte, accompagné du ronronnement du moteur et sans réfléchir au fait que cela ressemblait énormément à une fuite, un étrange sentiment de paix l'avait envahi, comme si voyager de nuit à cent kilomètres-heure, seul et en silence, était une attitude logique pour quelqu'un dont l'existence était désormais gouvernée par le non-sens. Lorsque le sommeil le gagna, il s'arrêta pour prendre un café au bar d'une station-service. Dans les toilettes, il ouvrit le robinet du lavabo et commença à s'asperger le visage, à plusieurs reprises, et de façon frénétique. Ensuite, il saisit un tas de serviettes en papier, regarda son reflet dans le miroir et n'apprécia pas du tout son image. Les yeux enfoncés, tout rouges, la trace du coup de poing virant au jaune et sa peau grisâtre avec une barbe d'une semaine. C'était l'image de la fatigue. Et peut-être de quelque chose d'autre encore, mais il refusa de rester pour savoir de quoi. Il sortit rapidement des toilettes et retourna à Barcelone.

Le trajet de retour se passa de façon très différente. Il se mit sur la troisième file et ne l'abandonna pas jusqu'à Barcelone. Sans ralentir, il évita la voie centrale qui conduisait directement au commissariat. Il était suffisamment énervé pour ne pas se risquer à des attaques supplémentaires. Il prit donc la rocade littorale et la sortie menant au cimetière de Montjuïc. Il voulait présenter ses respects à Marc, et le moment lui sembla aussi adéquat que n'importe quel autre pour s'exécuter. Juste après avoir passé la grille d'entrée, les bruits de sa tête disparurent et toute sa fureur se transforma en un calme tendu.

Il réduisit sa vitesse jusqu'à atteindre les vingt kilomètres-heure réglementaires.

Le cimetière de Montjuïc, officiellement le cimetière sud-est de Barcelone, avec ses plus de cinq cent mille mètres carrés et ses près de cent soixante mille sépultures, était le plus grand de la ville et occupait presque la totalité du flanc de la montagne. La nécropole était gigantesque. L'émouvante sculpture d'un corps cadavérique, gisant à moitié couvert d'un suaire, lui adressa la bienvenue au cimetière. Le réalisme du crâne sculpté lui provoqua un frisson.

Il continua à avancer, le cœur serré.

Les mausolées les plus luxueux étaient répartis de chaque côté d'une rue, c'étaient d'authentiques cathédrales miniatures, bâties auprès d'humbles niches familiales. Tout avait sa place dans cette immense ville silencieuse. Une fois de plus, il remarqua la nécessité qu'éprouvaient certains de montrer au monde entier qui ils avaient été de leur vivant et l'argent qu'ils avaient gagné, en construisant leur dernière demeure sans regarder à la dépense. Et cela lui sembla choquant. L'être humain avait besoin de se distinguer, même dans la mort. Il fallait que sa tombe témoignât de sa classe sociale devant le commun des citoyens. Par exemple, le caveau qui se trouvait en ce moment devant ses yeux. Une construction qui rappelait les maisons bourgeoises d'antan s'élevait parmi les cyprès ; deux anges gardaient le tombeau, de part et d'autre de la porte verrouillée. Au-dessus, sur un imposant piédestal, se dressait une autre statue qui brandissait une croix pointant vers le ciel. Une mouette s'était posée sur sa tête et cela fit sourire Milo : toute cette majesté abîmée par un simple charognard en liberté.

Il poursuivit son ascension. Des caveaux, aux styles multiples et comportant toutes sortes de groupes sculptés, défilèrent sur son passage. Certains de ces groupes étaient intrigants, comme l'un d'entre eux constitué de deux hommes et d'une gamine ; ou d'autres plus monumentaux, comme celui de trois hommes armés avec des boucliers et des épées ; et d'autres encore impressionnants comme celui qui représentait le défunt rattrapé par un squelette enveloppé dans un suaire. Puis, venaient des sculptures plus traditionnelles. Des anges debout tenant des enfants dans les bras ou leur donnant la main, pleurant sur la tombe ou assis avec un air contemplatif, certains brandissant des épées flamboyantes et d'autres accueillant des femmes agenouillées dans une attitude de prière. Il y avait également toutes sortes de croix, surchargées et sobres. Et des Vierges aux bras écartés, observant le ciel avec un regard suppliant ou portant le corps de leur fils dans leurs bras. Et enfin des sculptures représentant des mortels : femmes assises sur leurs talons en train d'offrir des bouquets de fleurs, hommes cachant leur visage dans leurs mains et d'autres allongés sur les dalles, en train de demander pardon, jeunes impubères avec de petites ailes dans le dos, enfants semblables à des chérubins s'efforçant de grimper sur un monticule pour atteindre la croix…

Stupéfait par les contrastes, il poursuivit son ascension le long de la rue sinueuse qui menait au sommet. Il avait à peine croisé cinq ou six voitures et un fourgon funéraire, suivi par le cortège des endeuillés, l'obligea à s'arrêter un instant. Tandis qu'il laissait passer la file de véhicules, il remarqua un simple et solitaire caveau encastré dans le mur, sous un escalier qui conduisait à la rue du dessus. Deux colonnes soutenaient un arc tubulaire sans la moindre fioriture, à part un nom illisible gravé sur le linteau de pierre ; une croix de fer extrêmement élaborée se détachait sur son zénith. Ses robustes portes de bois étaient ouvertes et il eut envie d'aller y jeter un œil, mais juste à cet instant un individu portant une salopette bleue et une casquette à visière surgit de l'intérieur, ferma à clé, et alla ranger sa boîte à outils dans une fourgonnette. Il en déduisit qu'il s'agissait d'un employé des services funéraires et, lorsque le dernier véhicule du cortège fut passé devant lui, il reprit son chemin. Un peu plus loin, il tourna dans une rue, roula une centaine de mètres et s'arrêta sur une petite place, près d'un pin planté auprès d'un caveau horizontal et bien soigné. Il descendit et marcha jusqu'au garde-fou, tournant le dos au mur de niches, il observa la mer, le port de commerce, les cargos ancrés en attendant leur tour de décharger leur cargaison.

Le ciel brillait, splendide, d'un bleu propre et net. Et le soleil, immunisé contre le découragement, continuait à pulser sa chaleur suffocante. Tout demeurait silencieux, comme suspendu dans les airs. De temps en temps, celui-ci était rompu par les trilles discordants de quelque oiseau désorienté. Soudain, il détecta un mouvement sur sa gauche et il sursauta. Il se retourna brusquement. Ce n'était qu'un chat, costaud et noir, qui prenait ses aises. Il laissa échapper un soupir.

Ensuite, il marcha lentement en direction de la niche des Malart.

— Sérieusement, Marc. Les choses ne peuvent pas être plus noires. Je sais ce qu'il va se passer. On va m'accuser d'être un informateur, comme la dernière fois. Je vais peut-être perdre mon travail et je n'ai plus un sou après avoir payé la clinique psychiatrique de mon père. Si j'avais su, je l'aurais fait admettre à l'hôpital public, merde !

Il se tut. À ses côtés, le visage de Jésus-Christ sembla sourire et Milo fut sur le point de lui crier : "Et toi, que regardes-tu ?" Il se frotta les yeux.

— Si on me retire ma plaque, que vais-je devenir ? Il ne me restera plus qu'à faire le détective dans un hôtel.

Le cri strident d'une mouette l'interrompit. Il observa sa façon tranquille de planer, ses yeux froids et noirs. Elle se posa au sommet d'une croix et resta immobile, découpée sur le bleu du ciel.

Sans cesser de la regarder, il dit :

— Quelqu'un vient à ma rencontre, quelqu'un de très proche, je le sens.

Il observa à nouveau la niche et ajouta.

— La fin de la partie approche. *Game over*. Ça ne te rappelle rien à toi ?

Une autre mouette rejoignit la précédente. Elle réalisa la même manœuvre. Et juste après, une autre, ct encore une autre, puis une autre. Chacune choisit une croix où se poser.

Il enfonça ses mains dans ses poches et baissa la tête.

— Je te le jure, Marc. Il y a des fois où j'échangerais bien ma place contre la tienne.

Il fit quelques pas en direction de rien du tout. Il s'arrêta près du banc qui se trouvait sous le pin maritime. Il apprécia cette ombre, s'assit et se tritura les doigts en regardant par terre.

— Je sais, murmura-t-il, il faut que j'accepte ma part d'ombre, que j'enterre mes peurs. J'ai déjà lu ce livre de développement personnel, dit-il en faisant la moue. C'est un travail sur soi qui transforme les gens, mais l'abîme s'est déjà installé au fond de moi, ajouta-t-il en inspirant. Oui, mon esprit me fait peur. Mon instinct fonctionne encore, mais que puis-je faire s'il se retourne brusquement contre moi ? Je vais faire comme toi, me tirer une balle dans la tête ?

La Vierge de marbre au regard doux transforma soudain son visage, qui prit un air profondément fâché.

— Et que veux-tu que je fasse ? Prier ? la défia-t-il. Jusqu'à quand penses-tu que je vais pouvoir rester sage ? ajouta-t-il en serrant les poings. Peut-être qu'en finir une bonne fois pour toutes n'est pas une si mauvaise idée que ça. N'importe quoi plutôt que de perdre la raison et de finir comme mon père, dans cette putain de clinique.

L'ange de pierre tituba sur son piédestal.

— Oui, je suis en train de me victimiser, et alors ! s'exclama-t-il. J'ai pas le droit ? J'en ai plein les couilles de la pensée positive. Ça me fait vraiment chier tous ces trucs de merde !

Les mouettes se tournèrent vers lui, l'observèrent avec leurs yeux noirs, rigides comme des statues.

— Je n'ai pas le droit au pardon, moi, hein ?

Quelque chose lui tomba dessus, il le sentit sur sa tête. Cette chose ou l'ange de pierre l'avait frappé avec ses ailes. Ce devait être une aiguille de pin. Il chercha dans ses cheveux. Mais il ne trouva rien.

Il se leva brusquement.

— Merde alors, je viens au cimetière pour que personne ne me voie et on ne peut même pas me foutre la paix ici.

Il quitta l'ombre pour le plein soleil. Il observa les statues, les tombes, les croix.

Prenant leur envol, les mouettes s'approchèrent de lui.

Il se sentit défaillir. Que se passait-il ? Pourquoi se mettait-il soudain à parler avec des blocs de pierre et de marbre ? Que faisait-il là entouré de morts et d'oiseaux charognards ?

Il courut jusqu'à sa voiture. Verrouilla les portières et releva les vitres. Il tourna la clé de contact, passa la première. Il allait démarrer lorsqu'il vit quelque chose qui le rendit livide. La Vierge pointait fermement son doigt sur lui, elle avait la bouche ouverte, poussait un cri muet et, pendant que l'ange déployait les ailes de toute leur envergure, le visage de Jésus-Christ ordonna cruellement à celui-ci d'attaquer Milo.

Instinctivement, Milo croisa les bras à hauteur de ses yeux. Il accéléra à fond et partit à toute vitesse, comme une exhalaison. Avant de foncer sur le parapet et de précipiter la voiture en contrebas du cimetière, il contrôla le volant d'extrême justesse. Il fit un dérapage et abandonna la petite place à toute allure. Devant lui, les croix commencèrent à se renverser sur son chemin. Derrière, il aperçut dans le rétroviseur une ombre ailée qui fondait littéralement sur lui. Et elle n'était pas seule. Dans les airs, la bande de mouettes l'accompagnait poussée par la faim. Et sur terre, après s'être levés de leurs tombeaux, une horde de squelettes traînant leur linceul se groupaient : des hommes armés munis de boucliers et d'épées, des femmes avec des enfants dans leurs bras et des gamins et des gamines au visage de chérubin excités par une fillette impubère qui agitait ses petites ailes.

Effrayé, il fit rugir le moteur et prit un virage sur deux roues. Il aperçut une grille ouverte et la traversa sans savoir où elle menait. Quelques secondes plus tard, il reconnut la tour Calatrava, il comprit alors qu'il se trouvait dans la zone nord-est de la ville et accéléra pour s'éloigner de la nécropole. La respiration agitée, il s'engagea dans la ligne droite du stade olympique et se dirigea vers la place d'España pour laisser Montjuïc derrière lui, cette montagne qui, selon les guides touristiques, était magique.

Il se glissa dans la circulation de la Gran Vía sans regarder dans le rétroviseur.

Il monta l'escalier quatre à quatre et entra dans son appartement le souffle coupé. Il s'appuya à la porte. Le cœur battant, il ferma les yeux. Il entendit des voix, de la musique et il les rouvrit. Avait-il laissé la télévision allumée ? Il se dirigea lentement vers le salon.

— Enfin te voilà, dit Rebeca qui avait posé les pieds sur la table basse et se redressa sur le canapé. Où tu étais passé, toute la journée ?

— Qu'est-ce que tu fais là, toi ? demanda Milo. Comment tu es rentrée ?

— Hier, je me suis aperçue que ta serrure était une JIS, ancien modèle, expliqua-t-elle. C'est des trucs très vulnérables, il suffit d'une épingle à cheveux et l'affaire est dans le sac, mon vieux. Si ç'avait été un verrou, ç'aurait été une autre histoire. J'ai dû t'appeler plus de quarante fois. Tu as décidé de ne plus répondre au téléphone ?

— Le téléphone, oui, balbutia-t-il.

— Qu'est-ce qu'il t'arrive ? Tu es aussi pâle que si tu venais de croiser un fantôme.

Il s'assit sur le canapé et alluma le portable. Plusieurs bips se mirent à sonner pour indiquer qu'il avait des messages. Avant de les écouter, il vérifia les appels reçus. Cinq appels de la juge Cabot, trois de Singla, deux de Bastos et un d'Irene, en plus de la série de Rebeca. Il lista les gens qui lui avaient laissé des messages. Il choisit celui d'Irene. Elle lui rappelait leur rendez-vous du lendemain avec l'agent immobilier, elle lui précisait le lieu, le restaurant La Venta, et elle ajoutait enfin que sa présence était indispensable. "Ne me pose pas un lapin, chéri. À demain à deux heures. Je t'embrasse."

— Mauvaises nouvelles ? demanda-t-elle en apercevant la grimace qui s'était dessinée sur son visage.

Il passa au message suivant. C'était Bastos. Il lui ordonnait de passer le voir aujourd'hui sans faute au commissariat. Il ne l'écouta pas jusqu'à la fin. Il appuya sur une touche et entendit la voix de Susana lui indiquant qu'elle voulait juste savoir si tout allait bien pour lui et lui demandait de l'appeler lorsqu'il serait disponible. Tandis qu'il appuyait sur la touche permettant de supprimer les messages et d'écouter les suivants, il observa Rebeca. Elle était plantée au centre du salon, les mains sur les hanches. Elle portait un jean, des baskets et un tee-shirt gris, moulant, avec les lettres CIA imprimées à hauteur de la poitrine. Dans le creux, entre la lettre C et la lettre A, il s'était formé une petite tache de sueur, il détourna son regard. Singla hurlait qu'il était encore sous ses ordres et qu'il devait se rendre immédiatement dans son bureau s'il ne voulait pas l'énerver davantage. Milo coupa la communication sans lui laisser finir sa diatribe. Il se leva.

— Des problèmes ? insista Rebeca.

— En plus de t'habiller avec des tee-shirts horribles, dit-il en lui indiquant la porte, à Quantico, on t'a aussi appris à entrer chez les gens sans leur permission ?

— J'ai appris ça ici, à l'académie Mollet.

— Qu'est-ce que tu es venue faire chez moi ?

— J'étais inquiète, à cause de ce qui s'est passé hier, voilà tout. Et en plus tu ne répondais pas à mes appels, dit-elle en tournant son regard vers la terrasse. Il fait une chaleur terrible là-dedans, je ne comprends pas comment tu peux supporter ça.

— Je ne le supporte pas, répliqua Milo en faisant un pas vers elle. Tu t'es introduite chez moi juste pour me dire ça ?

— C'est un interrogatoire, maintenant ? demanda Rebeca en arquant ses sourcils.

— Je veux connaître la vérité.

— La vérité ? Voilà un mot qui résonne plutôt mal entre tes lèvres.

— Fous la paix à mes lèvres et réponds, insista-t-il en faisant un autre pas dans sa direction. Tu me surveilles, hein ? C'est bien ça ? On t'a donné l'ordre de me surveiller ? Réponds !

— Ne dis pas de conneries, va.

— Parle !

— Très bien ! Depuis hier soir, j'ai un problème. Tes lèvres… eh bien je ne peux pas les oublier, voilà !

Milo s'arrêta brusquement, pétrifié. Et à présent c'était Rebeca qui diminuait la distance entre eux.

— Ne parlons pas, murmura-t-elle les yeux brillants.

Elle l'attrapa par la nuque et l'attira doucement, mais fermement vers elle, jusqu'à atteindre sa bouche.

Il sentit une piqûre lui traverser le corps. Elle était de chair et d'os. La vie. La vie réelle. Il frissonna et eut la chair de poule. Ses bras se lancèrent en avant comme cherchant un refuge et il l'y serra anxieusement. Par douleur. Il saisit son visage en l'encadrant entre ses mains. Par désespoir. Il la regarda fixement à quelques centimètres de lui. Par besoin de contact. Il lut le message au fond de ses pupilles. Et alors, il se laissa aller intensément sur elle. S'accrocha à son corps. Avec une certaine urgence, une certaine maladresse, une certaine anxiété.

En tremblant.

— Du calme, on a tout notre temps, dit-elle, surprise par sa frénésie.

— Non, on n'a pas tout notre temps, répondit-il en fixant son cou. Le temps se finit.

Rebeca posa une main sur sa poitrine. Elle l'éloigna.

— Mais de quoi tu parles, à présent ?

— Je parle de mon temps. Il m'est compté, dit-il d'une voix rauque.

Il la regarda attentivement, hésita un instant.

— Tu ne pourrais pas te taire, pour une fois ?

Milo acquiesça d'un geste rapide. Elle insista.

— Ne pense à rien. Laisse-toi aller, dit-elle sur un ton qui ressemblait à un ordre. Tu vas y arriver ?

— Comme tu voudras.

Elle mit un doigt sur ses propres lèvres. Chut ! Puis elle referma sa main sur sa chemise et tira dessus pour qu'il s'approche. Ils caressèrent rapidement tout leur corps, puis se laissèrent choir sur le canapé.

— Tu vas déchirer mon tee-shirt, murmura Rebeca. Mais tu es un sauvage, toi.

Les vêtements chutèrent sur le sol, les défenses aussi. Milo congédia son esprit. La douleur. Puis il se laissa aller.

Le générique du journal télévisé se fit entendre et ils entrouvrirent les yeux. Enlacés sur le canapé, ils écoutèrent les titres. L'un d'eux faisait référence aux nouvelles déclarations du procureur anticorruption à propos de la mystérieuse disparition de Félix Torrens.

— Tu piques, dit Rebeca toute somnolente. Tu pourrais te raser de temps en temps.

Milo se frotta la barbe.

— Je vais faire ça, un de ces jours.

— Aujourd'hui, s'il te plaît, ça m'irrite la peau.

— Tu recommences avec tes exigences ?

— Si tu veux, je te le fais. J'ai de l'expérience, fit-elle en réprimant un bâillement. Quand mon frère a eu son accident, je l'ai rasé tous les jours à l'hôpital. Tu utilises un rasoir électrique, un rasoir à lames, un coupe-chou ?

— Un rasoir à lames. Il a eu un accident de la circulation ?

Elle acquiesça.

— Et il s'en est bien remis ?

— Bon, ce n'est plus vraiment le même homme, mais on peut dire que oui. Alors, je te le fais, je te rase ?

— Tu ne lâches jamais rien, toi !

— Et toi, tu es un idiot, fit-elle en lui frappant doucement la poitrine. Tu veux ou tu veux pas ? Tu n'auras même pas besoin de te lever. Lui, je le rasais couché au fond de son lit. Allez, ça va être marrant.

— Un instant, fit-il en indiquant le téléviseur du menton. Écoute ça.

On aperçut Màrius Fuster sur l'écran, entouré d'un grand nombre de micros. D'une voix grandiloquente, il assura que, sans l'ombre d'un doute, Félix Torrens avait pris la fuite et que c'était la seule cause de sa disparition. Adoptant une mimique sévère, il ajouta que ses bureaux étaient en train d'étudier la façon d'engager des poursuites contre Telecinco pour diffamation, pour avoir lancé des affirmations malintentionnées et violé le secret de l'instruction dans une de ses émissions. La grosse monture noire de ses lunettes se déchaussa de l'arête de son nez et, rapetissé par le nombre considérable de journalistes qui s'étaient regroupés autour de lui, le procureur s'empressa de la remettre en place d'un geste nerveux.

Rebeca bâilla. Chercha la télécommande sous son corps et éteignit l'appareil. Tout de suite après, elle posa à nouveau sa tête sur la poitrine de Milo et caressa ses abdominaux.

— Tu es vraiment en forme, toi.

— Juste devant chez moi, j'ai une immense piscine gratuite, ce serait un crime de ne pas en profiter.

— C'est plutôt ta barbe qui est un crime. Tu fais peur, dit-elle en se levant. Je vais chercher les affaires pour te raser. Tu as une petite bassine quelque part ?

Une fois dans la cuisine, elle chercha sous l'évier. Ensuite, elle pénétra dans la salle de bains, remplit la bassine d'eau chaude et retourna dans le salon avec une serviette et le reste des ustensiles. Elle lui demanda de ne pas bouger et étendit la mousse sur son visage. Puis elle commença à raser une joue tout en lui demandant où il était passé toute la journée. Milo répondit évasivement. Elle se fixa sur la zone du menton et plongea le rasoir dans l'eau pour rincer les lames. Ils abordèrent plusieurs sujets. Il voulut savoir ce qu'elle faisait lorsqu'elle ne travaillait pas et Rebeca lui raconta qu'elle était en train de passer son brevet de pilote d'hélicoptère. Ensuite, elle s'intéressa à son logement avec sa terrasse, voulut savoir s'il lui appartenait ou s'il le louait très cher, en front de mer. Milo lui dit qu'un couple d'amis le lui avait prêté pour quelques mois, pendant qu'ils étaient en voyage. Rebeca s'arrêta, leva les yeux au ciel.

— Tu veux dire que tu as des amis, toi ? dit-elle.

— Sympa ! Tu es passée au commissariat, aujourd'hui ? Il s'y dit quoi, hein ?

— Imagine. Tout le monde est hors de soi.

— Ils sont persuadés que c'est moi la gorge profonde, hein ? demanda-t-il.

Rebeca ne répondit pas, entreprit de lui raser l'autre joue. Milo insista :

— On était quatorze à la réunion où on a parlé du Bourreau de Gaudí, et tout le monde pense à moi comme principal suspect : ça ne manque pas d'air !

— Onze, corrigea-t-elle. On était onze, lorsqu'on a évoqué ce surnom, le procureur et les deux inspecteurs du patrimoine et des fraudes étaient déjà partis. On n'était plus que onze personnes. Bastos, Singla, Bachs, Sena, Rojo et Cervera, les deux inspecteurs du Département des personnes disparues, ta juge, toi et moi. Onze au total.

— C'est bien ce que je dis. Il y avait onze indicateurs possibles et ça retombe à tous les coups sur mézigue. C'est un peu fort, non ?

Rebeca agita le rasoir dans l'eau.

— Et à quoi tu penses que c'est dû ?

Milo remplit ses poumons d'air. Il lui dit qu'il revenait de loin, que tout avait commencé avec l'affaire de l'Assassin du parking. Il lui expliqua que juste avant de trouver l'assassin, quelqu'un avait laissé fuiter une information et que cela s'était fini de façon tragique. Tout le monde avait alors pensé que le renseignement ne pouvait venir que de lui.

— Je n'ai jamais compris pourquoi, mais je traîne cette mauvaise réputation depuis cette époque-là.

— Et ce n'était pas toi, bien sûr ? fit-elle en levant le rasoir dans les airs.

Milo fit non de la tête et elle se pencha sur lui, commença à lui raser le cou :

— Tu as une idée de qui ça pourrait être ? demanda-t-elle.

Il se tut. Il le savait parfaitement. Mais il était tout ce qu'on voudra, sauf un donneur, et il décida donc de se taire. Les journalistes étaient toujours à l'affût de nouvelles fraîches et ils payaient très bien n'importe quel renseignement. C'était vraiment tentant. Et encore plus si l'on était dans une situation financière délicate et qu'un troisième enfant était en route. Il n'avait pas eu trop de mal à faire le rapport. Lorsque quelqu'un passe toute la journée avec un équipier, il finit par le connaître mieux qu'il ne connaît sa propre épouse. Il avait pu comprendre ses raisons, mais il n'avait pas accepté qu'il le lâchât à ce point lorsque l'affaire avait commencé à sentir le roussi… Par chance les officiers de l'Inspection générale n'avaient pas trouvé la moindre preuve contre Milo et un peu plus tard l'affaire avait été classée sans suite. Mais le mal était déjà fait et l'ombre du doute planerait désormais toujours sur sa tête.

— Ça a pu être n'importe qui, murmura-t-il. Ça ne manquait pas de candidats.

— Mais c'est toi qu'on a choisi, alors que tu étais innocent, dit-elle. Et personne n'a pensé à ton équipier de l'époque, à Bachs ? Vous étiez deux à vous occuper de l'affaire, n'est-ce pas ? ajouta-t-elle en se levant. Voilà, tu n'es plus le même homme, à présent. Ça fait plaisir à voir.

Elle lui lança la serviette. Milo se redressa en s'appuyant sur son avant-bras. Il fronça les sourcils.

— Ce n'est pas la première fois que tu me poses des questions sur lui, dit-il avec amertume, tout en se séchant le visage. D'où vient cet intérêt pour Bachs, tu peux me le dire ?

— De quel intérêt tu parles ? dit-elle en rangeant les affaires. Mmm, tu as la peau bien douce, à présent !

— Tu dis juste ça parce que ma barbe t'irritait les joues, hein ?

Rebeca se leva, pénétra dans la cuisine, dans la salle de bains et retourna dans le salon. Elle se blottit contre lui. Ils demeurèrent un instant ainsi, silencieux, puis Milo se racla la gorge.

— Esther Garcilaso, dit-il. C'est le nom de la femme qui est morte à cause de l'informateur. Ç'a été la dernière victime de l'Assassin du parking. Il n'est pas un jour où je ne me souvienne de son nom. Elle avait deux enfants en bas âge.

Rebeca ne fit aucun commentaire.

— J'aurais peut-être pu faire quelque chose pour éviter ce drame. Par exemple, ne pas attendre que le Groupe me croie, surveiller personnellement le type qui avait fait vibrer mon antenne parabolique. J'ai perdu un temps précieux, à l'époque.

— Cette fois non plus, ils ne t'ont pas écouté ?

Il fit non en secouant violemment la tête.

— Ils avaient déjà arrêté quelqu'un et ils n'ont absolument pas pris mes objections en considération. Ensuite, il s'est passé ce que tu sais, mais c'était déjà trop tard. On n'a rien pu faire !

— On laisse tomber, d'accord ? Maintenant c'est du passé tout ça, dit-elle en jouant avec son nombril. Qui, parmi les onze personnes, est l'informateur d'après toi ? Excepté nous, il reste encore neuf personnes.

— Il y a dix possibilités.

Elle arrêta immédiatement de jouer.

— Tu me fourres dans le même sac ?

Milo déplia trois doigts et dit que le responsable devait satisfaire trois critères.

— Le premier : avoir été présent à la réunion lorsqu'on a prononcé le surnom ; le deuxième : avoir été au courant de ma visite chez la psychologue ; et le troisième : chercher d'une façon ou d'une autre à me détruire. Ce qui s'est passé pendant l'émission avait pour but affiché de me couler définitivement. Que je sache, toi, tu satisfais deux des trois critères. Je ne peux donc pas t'écarter d'emblée.

Rebeca se redressa brusquement. Offensée, elle pointa son doigt sur lui.

— Tu es un misérable. Je n'ai jamais eu l'intention de te détruire, Milo. Et d'abord pourquoi je le ferais ? Et puis, il n'était pas nécessaire d'être au courant de ton rendez-vous avec la psy, il suffisait de te suivre dans la rue. Et enfin, oui, j'étais présente à la réunion, mais tout comme dix autres personnes et parmi elles la juge. Va-t'en savoir si après ta liaison avec elle, tu ne lui as pas fait une crasse et qu'à présent elle tente de se venger, hein !...

Milo observa son expression indignée, le contraste avec la nudité de son corps, et il se tut.

— Salaud, tu me soupçonnes, moi ! hurla-t-elle en sautant du canapé et en se dirigeant vers la terrasse.

Il ne perdit aucun de ses pas. La silhouette stylisée, les zones blanches de sa peau. Il la regarda avec méfiance. À peine arrivée et elle n'arrêtait pas de lui poser des questions. Elle était toujours là, à mettre son nez dans ses affaires, collée à ses basques. Les officiers de l'Inspection générale auraient bien pu être capables de ça.

Il se leva lentement, la suivit. Posa une main sur son épaule, mais elle l'esquiva.

— Je ne t'accuse de rien, sous-inspectrice. J'ai juste dit la vérité, mais il n'y a pas que ça. Toi aussi, tu apparaissais sur la vidéo de l'émission ; on était en train de discuter et ce gland de Mauricio Navarro t'a incluse dans l'équipe des inspecteurs incompétents et pourris. Si tu avais été son informatrice, pourquoi t'aurait-il ridiculisée ? Ça n'a pas de sens. C'est ce que tu ne m'as pas laissé le temps de t'expliquer.

Rebeca serra les lèvres. Elle tourna son regard vers lui.

— Alors tu ne me soupçonnes pas ? fit-elle tandis qu'il haussait les épaules. J'aurais pu arranger la chose avec ce Mauricio Navarro, pour me fabriquer un alibi. Tu n'as pas pensé à ça, hein ?

Milo haussa à nouveau les épaules. Ensuite, il s'appuya sur le rebord de la terrasse et observa la mer. Un instant plus tard, il sentit Rebeca se plaquer contre son dos, l'entourer de ses bras, et frotter son visage entre ses omoplates. Tous les deux enfin apaisés, ils accordèrent le rythme de leur respiration.

— Tu es un type curieux, tu m'intrigueras toujours, avoua-t-elle tandis que Milo entendit sa voix résonner à travers ses côtes. Et s'il y a quelque chose qui m'attire dans la vie, c'est bien tout ce qui m'intrigue.

— Tu veux dire ce que tu ne parviens pas à maîtriser ?

— Ce que je ne parviens pas à comprendre surtout, précisa-t-elle. Et d'après ce que je vois, tu absorbes l'énergie que tu croises sur ton chemin. Si tu détectes de la violence, tu deviens agressif ; si ce sont des sentiments, tu deviens aimable ; si c'est le ciel, tu flottes sur un nuage ; si c'est l'enfer, tu deviens une âme en peine. Si c'est un trouble, tu deviens fou.

— Et si c'est la mort, j'entends des assassins qui parlent et je vois des statues qui commencent à me courser en plein cimetière, précisa-t-il à voix basse.

Rebeca décolla son visage un moment puis l'appuya à nouveau.

— Tu perçois le genre d'atmosphère qui t'entoure et tu t'en imprègnes, poursuivit-elle. J'ai trouvé : tu es un caméléon ! Tu t'adaptes en fonction de ce que ton radar détecte. J'aimerais savoir comment tu es en réalité, au fond de toi.

— Tu perds ton temps, dit-il sans se retourner. Je n'en ai pas la moindre idée moi-même.

— Tu dois bien en avoir une petite. Par exemple, l'idée que tu aimes ça, non ? demanda-t-elle en descendant sa main.

Milo retint sa respiration. Il se retourna. La souleva jusqu'à l'asseoir à califourchon sur sa taille. Rebeca l'entoura avec ses jambes, l'attrapa par les cheveux et tira sa tête en arrière.

— Tu as confiance en moi, hein ?

Soudain, une explosion de joie éclata dans la rue. Les cris arrivèrent jusqu'à eux par vagues successives.

— Qu'est-ce qu'il se passe encore ?

— C'est l'Espagne qui a dû marquer, gémit-elle. La finale du Mondial de football. Mais tu ne m'as pas répondu.

Milo observa attentivement son visage resplendissant, ferme. Il accéléra ses mouvements.

— Je ne sais pas qui en a après moi, mais quelque chose me dit que ce n'est pas toi. Tu es satisfaite ?

— Demain, les choses seront plus claires, dit-elle en lui lâchant les cheveux, en enfonçant son visage dans son cou et en plantant ses ongles dans son dos. Et alors tu pourras vraiment affronter le Groupe. Ah mon Dieu, continue, oui, continue, ne t'arrête pas, je t'en prie!

Il obéit. Par passion, à présent.

Elle ferma les yeux. Milo conserva les siens bien ouverts.

12

Le réveil sonna à cinq heures et demie. Il ouvrit les yeux. Il se leva comme un automate et entra dans la salle de bains. Il ouvrit le robinet d'eau froide. Un jet puissant commença à remplir la baignoire. Il s'approcha de la machine à glaçons, fit glisser le couvercle, et en préleva plusieurs cuillerées. D'après ce que lui avait appris son père, un bain froid était la meilleure méthode pour stimuler son énergie, favoriser sa vitalité et conserver une excellente santé. De son côté, il avait appris que si elle était glacée, elle acquérait un autre avantage. Celui de calmer son feu intérieur et de raffermir son corps. C'était comme dans la forge. Il modelait le fer grâce au feu et renforçait sa forme grâce à l'eau. À présent, transformé en lave pure, il était temps de réaliser son rituel. Il ferma le robinet et se plongea dans la baignoire.

Le *shock* de la première sensation fit régresser le sang de la périphérie vers l'intérieur de son corps, le refroidissant brusquement d'abord en surface, puis pénétrant dans ses entrailles jusqu'à paralyser quasiment son cœur. Respiration coupée, il sentit à quel point l'eau glacée fortifiait son organisme. En utilisant ce système pour prendre quotidiennement son bain, y compris les jours les plus rigoureux de l'hiver, non seulement il se protégeait contre les germes, mais il évitait également la féminisation qui gagnait progressivement toutes les classes sociales. Il avait horreur d'être comme ces personnes qui pullulent un peu partout : faibles, délicates, anémiées, molles. Cette thérapie augmentait sa vigueur, faisait exulter son courage et l'insensibilisait aux changements de temps, empêchant que les variations saisonnières ne lui apportent des maladies. Et au passage, il parvenait à maîtriser le feu, à posséder le secret de son pouvoir invincible. Il n'y avait que des avantages.

Il saisit un tissu grossier en lin, la savonnette, et commença à se frictionner intensément, pratiquant en même temps exercices et massages, pour éliminer les impuretés qui obstruaient les pores de la peau. Avec le tissu de lin plein de mousse, il débuta par les pieds, continua par les jambes, et frotta ses parties génitales de haut en bas, très doucement, et jamais de bas en haut. Il poursuivit par les bras, le tronc, réservant le visage et la tête pour la fin. Alors, il posa le tissu sur le bord de la baignoire et commença à se masser tout le corps à mains nues. C'était le moment qu'il préférait. Il était évident que les mains possédaient une indéfinissable et mystérieuse vertu magnétique et vivifiante. Il pouvait la sentir. Il s'immergea enfin complètement dans l'eau, puis sortit de la baignoire. Cinq minutes étaient passées, juste le temps de ne pas perdre trop de chaleur.

Il s'essuya vigoureusement la tête, les mains et les poignets, afin que le sang afflue à nouveau à la surface de son corps. Il récupéra ainsi la chaleur perdue et éprouva une réaction très agréable qui durerait plusieurs heures. Laissant le reste de la peau sans l'essuyer, attendant qu'elle sèche d'elle-même, il sortit de la salle de bains en trottinant doucement le long du couloir, puis il descendit l'escalier qui donnait sur le jardin. Là, à l'air libre, que ce soit en automne ou au printemps, tout nu, il défiait les vents et le climat, endurcissant et redonnant vigueur à sa nature. Il était important pour lui d'atteindre cette solidité, de devenir résistant, de s'immuniser contre toute inclémence du temps. “L'arbre qui pousse en plein air est insensible à l'ouragan et au calme, à la chaleur et au froid”, lui disait souvent son père lorsqu'il était enfant, en citant le livre de l'abbé Kneipp, son maître. Et s'il y avait une chose qu'il désirait plus que tout au monde, c'était bien de parvenir à être aussi fort qu'un arbre. Qu'un arbre de fer.

Il marcha plusieurs minutes pieds nus sur l'herbe, afin de s'assurer que la lésion de son mollet avait déjà cicatrisé. Il s'était blessé en tombant d'un échafaudage très élevé à Noël dernier et depuis il s'était appliqué des compresses de tissu mouillé qu'il fixait avec une épingle de nourrice. Il ne sentit plus la moindre gêne. Il aurait préféré marcher sur de la neige ou de la rosée – c'était ce que recommandait l'abbé – et c'est pour cette raison que, comme alternative d'été, il retourna à la salle de bains, ouvrit la machine à glaçons et se frotta la plante des pieds avec plusieurs d'entre eux.

Lorsqu'il eut fini, il retourna dans sa chambre. Enfila un slip propre et sec sur sa peau encore humide et finit de s'habiller avec des vêtements confortables. Sa chaleur intérieure ne tarderait pas à transmuer l'eau collée à sa peau en une sorte de chaleur plus intense. C'était du même ordre qu'arroser un feu avec des pulvérisateurs d'eau. Immédiatement après, il s'allongea par terre pour réaliser plusieurs exercices légers jusqu'à ce que son corps sèche complètement. Il accomplirait sa gymnastique plus sévère lorsque la journée s'achèverait, avec la tombée de la nuit.

Il pénétra dans la cuisine et se disposa à prendre son petit-déjeuner. Trois feuilles de salade avec de l'huile d'olive, de la confiture de betteraves, du pain avec du miel et un verre de lait mélangé à de l'acide citrique, sachant que la peau des fruits constituait le meilleur des régulateurs intestinaux. Il finit avec de la mie de pain, qui lui servait de brosse à dents, puis il se lava les mains avec la mie qui restait mouillée avec de l'eau. Enfin, il mit des amandes et des fruits secs dans ses poches au cas où il aurait faim un peu plus tard.

Dans le vestibule, il enfila des chaussures en cuir à semelle de spart, ses préférées pour réaliser ses longues marches quotidiennes, et sortit de chez lui sans faire de bruit. Il marcha d'un pas ferme et dynamique le long de la rue en pente raide qui descendait vers le centre de Barcelone, se considérant comme bien plus fort que ces hommes affaiblis par la vie sédentaire qui préféraient se rendre en voiture sur leur lieu de travail. Lui, qui appliquait ce qu'il appelait la "thérapie du mouvement", non seulement parcourait les trois kilomètres qui le séparaient du sien à pied, mais il allongeait son trajet à dix kilomètres et allait jusqu'au port en combinant du même coup un nécessaire changement d'altitude, pour remonter ensuite par la Vía Layetana sans perdre un soupçon de vigueur et arriver enfin place Gaudí dans une forme optimale, prêt à attaquer sa journée de travail.

Deux heures après avoir entamé sa marche, il s'assit sur un des bancs, en face de la Sagrada Familia. Tandis qu'il observait le visage des gens qui circulaient autour de lui, il enfonça une main dans sa poche et mangea quelques amandes crues. Des mères conduisant leurs enfants aux écoles d'été, de vieilles personnes marchant lentement, des jeunes des deux sexes parlant entre eux. La plupart, déjà habitués à la monumentale construction, passaient devant elle sans même lever les yeux. Avec les touristes c'était tout à fait différent. Malgré l'heure matinale, les autocars bourrés d'une foule de toutes nationalités se garaient et perturbaient la circulation de la rue Marina, ce qui avait pour conséquence de produire un grand chaos de coups de klaxon et de protestations. Après avoir déversé leur cargaison humaine, les mastodontes mécaniques se dirigeaient vers les parkings qui leur étaient spécialement réservés. Pendant ce temps, les troupeaux de touristes, précédés de guides brandissant dans les airs des parapluies de couleur différente pour bien se repérer, s'égaillaient dans les alentours, bouche bée au milieu du bruit continuel des déclencheurs des appareils photo, pour admirer la majestueuse, magnifique et insolite basilique, impatients de passer à la caisse et d'engraisser les arches du temple de leurs cent mille euros par jour.

Dernièrement, de nouveaux éléments étaient venus s'ajouter à ce carrousel d'admiration et d'enthousiasme. Des compagnies de techniciens se dispersaient de tous côtés, déchargeant chaises et bancs, suspendant des banderoles ou installant des caméras de surveillance, préparant la visite toute proche du pape. De la même façon, des officiers de différents corps de police se retrouvaient sur les lieux, accompagnés de leurs subordonnés, pour indiquer sur le terrain les mesures de sécurité que leurs hommes devaient mettre en place. Cet essaim humain autour de la "cathédrale des pauvres", comme l'avait baptisée Gaudí, commençait peu à peu à se transformer en gêne fourmillante pour les riverains.

Assis sur son banc, il finit sa réserve d'amandes et attaqua les fruits secs. Il n'appréciait pas du tout ce va-et-vient bruyant, qui cependant ne le préoccupait pas outre mesure. D'un geste indolent, il épousseta une miette de pain sur la jambe de son pantalon, puis consulta sa montre. Il était huit heures moins cinq.

Il se leva et, alors qu'il allait se mettre à marcher, deux enfants le bousculèrent. Il demeura immobile, le visage imperturbable. Les enfants levèrent craintivement la tête vers lui et découvrirent un visage agréable, sans expression, cheveux blonds presque coupés en brosse.

Il les observa avec ses yeux bleus et acérés, en silence.

— Excusez-nous, dit la mère en les rejoignant rapidement. Vous gênez le monsieur, les enfants!

Sans bouger, il attendit qu'elle les récupère et qu'ils s'éloignent tous trois en direction de la rue Mallorca.

Il détourna alors son regard, pour le fixer sur la Sagrada Familia. Ce matin, il devait superviser la mise en place de la couverture de la chaire de la nef centrale et achever d'en polir les délicates et exquises finitions en fer, forgées de ses propres mains. Gaudí avait travaillé quarante-trois ans à son chef-d'œuvre, mais il n'avait pu que contempler, et encore partiellement, la façade qu'il était en train de regarder lui-même, celle de la Nativité, alors que seule la tour de San Barnabé avait été plafonnée. Lui, en sautant une génération, et comme dernier membre d'une saga de forgerons qui atteignit le sommet de son artisanat en collaborant avec le génie, allait compléter les détails afin que tout soit prêt lorsque Benoît XVI pénétrerait dans la basilique par la puerta de la Gloria. Cette même puerta de la Gloria qui, d'après les plans de l'architecte visionnaire, dessinés en 1915 lorsque le lieu n'était encore qu'un terrain vague, allait entraîner dans quelques années la démolition de tous les bâtiments qui allaient de la rue Mallorca jusqu'à l'avenue Diagonal, c'est-à-dire trois pâtés de maisons entiers. On murmurait que les arrêtés d'expropriation se trouvaient déjà sur le bureau des conseillers municipaux et que les craintes des riverains allaient bon train. Mais les malheureux avaient perdu d'avance. L'image de la ville était un argument qui n'admettait pas la moindre objection. Il le savait, lui, qui l'avait expérimenté dans sa propre chair. Et encore plus, s'agissant des bijoux de la couronne. Barcelone était un parc thématique et Gaudí sa plus fameuse attraction, et le moment venu de lui rendre hommage, il fallait y mettre le prix. Tout comme cela allait se faire dans quelques jours. Les yeux du monde entier seraient tournés vers Barcelone et vers ce temple. La cérémonie serait retransmise en direct sur toute la planète. Et sans lésiner sur les moyens ni les efforts à fournir, l'ordre avait été sans appel : tout devait être prêt pour que le souverain pontife puisse mener à bien le rituel de la consécration de la basilique. On avait engagé des bataillons de sécurité supplémentaires, mobilisé toutes les forces de police, organisé la fermeture des rues, des places, et blindé l'accès à l'intérieur de la basilique. En ce qui le concernait, il ne devait omettre aucun détail. Dans treize jours, il aurait terminé son travail. Y compris une ultime finition. En bon artiste de la forge, cette dernière serait quelque peu audacieuse, géniale, en conformité avec l'ensemble de l'œuvre du maître. Pour lui, ce serait comme arroser le feu avec des asperseurs d'eau. Une sensation très agréable. Il pouvait presque dire qu'il avait hâte que ce soit le moment. Presque, car en réalité il était incapable d'avoir le moindre sentiment.

Il traversa la rue d'un pas paisible et se dirigea vers une des portes réservées aux techniciens.

En le voyant, un surveillant armé sourit.

— Bonjour, Héctor, dit-il en le laissant passer sans qu'il n'ait à montrer son accréditation. Alors ? Ça va être terminé pour le grand jour ? On sera prêts à temps, hein ?

— Tu peux en être sûr, dit Héctor d'une voix râpeuse.

Il traversa rapidement l'antichambre, pointa son doigt sur la porte fermée du bureau de Susana Cabot et dit :

— Son Excellence m'attend, je suis en retard.

— Mais, inspecteur Malart, votre visite n'est pas notée sur mon agenda ! protesta Alba Conte.

Milo saisit la poignée de la porte et entra. L'interphone sonna immédiatement et Susana appuya sur le bouton tout en l'observant en train de se poster devant son bureau, puis de s'asseoir.

— Calmez-vous, Alba, je m'en occupe. Pas de problème, fit-elle en raccrochant. Un de ces jours, tu vas lui faire avoir une crise cardiaque. Et c'est une brave femme.

— Mais elle manque de réflexes. Tu voulais me parler ?

— Je voulais te parler hier et aujourd'hui c'est lundi, précisa-t-elle froidement. Je t'ai appelé cinq fois.

— J'ai eu une journée très compliquée.

— Répondre à un appel ne prend que quelques minutes.

— J'avais éteint mon portable, puis j'ai oublié de le rallumer.

— D'accord, tu as oublié… toujours le même refrain, dit-elle en lui montrant le tas de papiers qui se trouvait sur sa table. Je suis très occupée. Tu viens pour quelque chose en particulier ou c'est une simple visite de courtoisie ?

— Pour deux choses en particulier, je ne te ferai pas perdre ton temps, ne t'inquiète pas. Qui est le juge chargé de l'affaire du Cercle Gaudí ?

— Ricard Espinosa ; je le connais. Pourquoi tu me demandes ça ?

— Il n'est pas impossible que j'aie besoin d'un mandat de perquisition pour jeter un coup d'œil dans les armoires de la famille Torrens. Mon entrevue avec son épouse n'a pas été très cordiale et je ne pense pas qu'elle va se montrer très coopérative. Est-ce que tu pourrais m'arranger ça ?

— J'en ai entendu parler, dit la juge Cabot. Il paraît que tu l'as mise hors d'elle. Le téléphone rouge a fonctionné dans toute la ville. Tu ne pourrais pas être un peu plus diplomate de temps en temps ? Au bout du compte, son mari a disparu. Et puis on n'attrape pas les mouches avec du vinaigre, tu es au courant ?

— Je sais, mais je ne supporte pas les gens qui parlent depuis leur piédestal, ça m'énerve au plus haut point. Et je mords !

— Et alors tu te jettes sur eux sans réfléchir, hein ? Tu négliges leurs contacts et leurs relations. Et qu'est-ce que tu obtiens, ensuite ? Tu obtiens que tu te compliques la vie, et au passage celle de tout le monde. Tu ne comprendras donc jamais qu'on vit en société ? Milo, tu ne peux pas te balader ainsi en provoquant des incendies partout où tu passes !

— Écoute, on se disputera une autre fois. Tu peux régler ça ou tu ne peux pas ?

— Tu arrives trop tard, mon vieux. Le juge Espinosa a déjà rédigé ce mandat pour les officiers du patrimoine et des fraudes et hier ils ont effectué la perquisition en collaboration avec les hommes du bureau du procureur. Mais ça ne t'aurait pas avancé beaucoup. Il s'agissait de trouver des documents et des archives concernant des malversations, et toi, que je sache, tu fais encore partie du Département des homicides, tu n'enquêtes pas sur des escroqueries. La loi est la loi, et même le célèbre inspecteur Malart ne peut la détourner.

— Tu dis ça à cause de l'émission de télé, hein ?

— Ç'a été une vacherie, murmura-t-elle, et en plus avec du gros calibre. Ce Navarro est un salopard qui s'abrite derrière la liberté de la presse. Tu as déjà eu des démêlés avec lui, il y a quelques années, je crois ? Et déjà à l'époque, il s'en était tiré sans une égratignure, fit-elle en secouant la tête d'un air dégoûté. Je sais parfaitement que c'est la règle du jeu, que la démocratie sans la presse, ce n'est pas la démocratie, mais je sais aussi que ce que pratique ce type n'a rien à voir avec la presse. C'est de la pure manipulation, et c'est un scandale qu'il soit intouchable. Est-ce que vous avez trouvé qui est son putain d'informateur chez vous ?

Milo fit non de la tête.

— On est onze suspects, dit-il, et tu fais partie des titulaires de l'équipe, ma chère.

— Mais tu me flattes ! rit-elle.

— Eh bien, en ce qui me concerne, ça ne me fait pas vraiment plaisir de me trouver dans l'œil du cyclone.

Susana Cabot recouvra soudain son sérieux.

— Milo, quelqu'un te tient dans sa ligne de mire. Si j'étais toi, je marcherais sur des œufs si tu vois ce que je veux dire.

— Revenons-en à ce mandat, madame la juge, tu es sûre que tu ne peux vraiment rien faire ?

— Est-ce que ça concerne l'assassinat d'Eduard Pinto ?

— Je n'en suis pas certain, mais c'est tout à fait possible. Pour l'instant, c'est juste un coup de sonde.

— Qu'est-ce que tu cherches ? Ou plutôt, qu'est-ce que tu espères trouver ?

Milo laissa échapper un soupir de frustration.

— Ce Félix Torrens ne me dit rien qui vaille. D'après ce que je sais, c'est quelqu'un qui ne s'est jamais laissé décourager par les difficultés. Il est capable d'user de tous les moyens, légaux ou illégaux. N'importe quoi pourvu qu'il atteigne son objectif. Il cache peut-être quelque chose chez lui qui pourrait me mettre sur la piste.

— Je ne peux pas rédiger un mandat de perquisition en me basant simplement sur tes pressentiments. Moi, je te crois, bien sûr, mais…

— La loi est la loi ; je sais.

— Fournis-moi une preuve, si mince soit-elle, et je te rédige le mandat immédiatement.

— C'est bien ça le problème, commenta Milo. Sans le secours d'un impondérable, c'est fichu. Je suis pieds et poings liés. Un peu de flexibilité me siérait à merveille, comme on dit.

— Un peu de flexibilité que je ne peux pas me permettre… n'en parlons plus, dit-elle fermement. Tu vas bien trouver quelque chose, je veux dire quelque chose de légal, ajouta-t-elle en faisant une pause. Mais, oui, je sais que tu as raison. D'après les informations qui sont arrivées sur mon bureau, ce type est une vraie canaille. Arnau Mascaró, le secrétaire général de la fondation, a fini par se mettre à table devant le procureur. Il a dit qu'il a réussi à créer de toutes pièces un réseau de comptes bancaires pour permettre à son chef de spolier à sa guise les fonds de l'association, en faisant valoir de fausses factures pour justifier l'octroi de subventions publiques, après avoir prétexté l'exécution de travaux dans plusieurs bâtiments modernistes. Il a escroqué ses amis et ses collaborateurs, les cent cinquante membres que compte la fondation.

— Est-ce qu'on peut déjà estimer à combien se monte le détournement de fonds ?

— Pour l'instant on l'évalue à près de quarante-cinq millions, dit-elle, et Milo laissa échapper un sifflement. Mais attends, non content de cela, ces dernières quatre années, il s'est octroyé huit mille euros de sursalaire, en plus d'avoir détourné un million et demi en travaux et en rénovations d'immeubles familiaux, plus cinq cent mille euros en voyages privés. Le comble, c'est qu'il a même créé des cours de gestion des fondations et on ne peut pas dire qu'ils étaient donnés non plus.

— Une fringale de pognon sans limites, quoi !…

— Oui, quelque chose d'un peu pathologique… À ce point, ça relève du domaine psychiatrique.

Milo se raidit sur son siège. Il prit note mentalement et dit :

— Voilà comment travaille une certaine classe sociale barcelonaise depuis plus d'un siècle, les bonnes familles, les fameux quatre cents individus… toujours les mêmes.

— Faut pas généraliser, Milo.

— Je me contente de faire remarquer l'évidence, répliqua-t-il. Il y a les pouvoirs publics, légitimes, puis ce qu'on appelle la "société civile" ou "des familles", celle qui occupe tous les postes clés à la tête des conseils d'administration des principales institutions de Barcelone. Le pouvoir authentique. Je veux parler de cette élite catalane qui entretient des liens de parenté, de couple ou d'amitié.

— Tu dis cela par pur dépit, à cause des problèmes que tu as eus avec ton beau-père.

— Ex-beau-père, corrigea-t-il. Mais pas du tout, si je dis ça, c'est parce que je ne supporte pas les concepts du genre : "l'un des nôtres". Le concept de groupe à part, de groupe soi-disant supérieur, en marge de tous les autres. Et cela comprend également leur comportement envers la loi. Elle ne s'applique tout simplement pas à eux. Ils jouent dans une autre cour, comme ils disent.

Susana Cabot se tortilla sur son siège, un peu gênée.

— Tu ne te trompes pas tant que ça. Quelques-uns de ces noms, qui entretiennent des liens avec des groupes politiques, commencent à faire leur apparition, dit-elle. D'après ce qu'on m'a dit, une partie du fric du Cercle Gaudí a fini dans les caisses de plusieurs partis ; concrètement, presque deux millions d'euros ont servi à subventionner une fondation politique nationaliste. Et ce n'est pas tout. En plus du trafic d'influence, Félix Torrens a également commis des irrégularités dans plusieurs opérations d'urbanisme, afin de construire des hôtels de luxe dans le quartier du Raval et à Ciutat Vella. Apparemment, celles-ci ont éclaboussé plusieurs fonctionnaires intermédiaires de la mairie, ainsi que de hauts fonctionnaires, et même encore plus haut, murmure-t-on. Tout ça doit rester entre nous, Milo. Pas un mot en dehors de ces murs.

Milo acquiesça tout en inspirant profondément. Sur un ton pessimiste, il augura :

— Dans ce cas, on va bientôt jeter de la terre par-dessus tout ça et étouffer l'affaire. La société des familles trouvera une façon de faire pour que les choses se passent calmement et tranquillement avant d'envoyer le train sur une voie de garage. L'oasis catalan doit perdurer et il perdurera. Il ne se passe jamais rien, ici. Et lorsqu'il se passe quelque chose, on s'occupe d'arranger ça à sa manière. En d'autres termes, c'est ce que Virginia Colomer m'a dit qui allait arriver. Et elle avait tout à fait raison.

— Ni le maire ni d'autres forces politiques ne peuvent se permettre une publicité aussi désastreuse avec les élections qui approchent à grands pas, commenta la juge. Si tu ne veux pas te retrouver à travailler comme un fossoyeur, à tout déterrer à la pioche, il faut que tu te dépêches de trouver quelque chose, n'importe quoi. Et puisqu'on parle de ça, un type comme lui, avec autant de victimes de ses magouilles gravitant autour de lui, pourrait bien avoir réveillé quelques désirs de vengeance chez l'un ou l'autre. Tu as pensé à ça, Milo ? Les candidats ne manquent pas.

— Oui, mais ce candidat aurait agi de façon plus directe, expliqua-t-il. Pourquoi l'aurait-il séquestré ? Non, la découverte de cette corruption financière a coïncidé avec les agissements de notre psychopathe ; je pense que c'est un pur hasard.

— Et c'est quelqu'un qui ne croit pas aux coïncidences qui dit ça !

Milo acquiesça en silence, puis il écarta les bras et haussa les épaules.

— Quoi qu'il en soit, soupira-t-elle, d'après ta version on saura demain mardi, de bonne heure, si tu as raison ou pas.

— Madame la juge, je n'en ai rien à faire d'avoir raison et de toute cette magouille financière. Personne ne mérite de connaître une fin comme celle d'Eduard Pinto, un supplice aussi horrible. Mais si je suis sur des charbons ardents, c'est à cause de cette puanteur qui a envahi mes narines et qui se dégage de quelque chose de pire à venir, d'un autre genre de corruption bien plus grave. Voilà pourquoi je te demandais ce mandat de perquisition, pour mettre la maison de Félix Torrens sens dessus dessous. Il cache bien plus que des malversations financières, et ça, c'est mon instinct qui me le dit.

— N'insiste pas, apporte-moi une preuve et tu auras le mandat que tu réclames. Mais j'ai besoin de quelque chose de concret, et rapidement. Et s'il te plaît, sois un peu plus discret. Cette nouvelle tournure politique complique un peu tout. On va subir des pressions féroces ; tu n'imagines même pas.

Milo se leva.

— Très bien, je t'apporterai cette sacrée preuve. Au fait, merci pour ton aide pendant la réunion de vendredi dernier. Si tu n'avais pas été là, ils m'auraient déjà condamné à mort, dit-il en se dirigeant vers la porte puis en s'arrêtant pour méditer. J'ai l'impression que dernièrement je n'arrête pas de te remercier, tu ne crois pas ?

— Plutôt, oui, sourit-elle. Mais tu as oublié la seconde raison de ta visite.

Milo saisit la poignée de la porte. Sans la lâcher, il se retourna.

— Mon frère va porter plainte contre moi, à cause du drame de Marc. Est-ce que je dois m'inquiéter ?

Susana Cabot pointa son doigt sur sa joue et Milo acquiesça lentement.

— Non, pas pour l'instant. Mais préviens-moi tout de suite si les choses se gâtent.

— C'est tout ? dit-il en ouvrant la porte.

— C'est mieux. Il était temps.

— Qu'est-ce que tu racontes ?

— Tu es bien rasé, dit-elle ; puis elle ajouta : Tu as changé autre chose que je doive savoir ?

Au commissariat, il ne réussit pas à atteindre son bureau, dans le coin, sans se faire aborder par Rebeca.

— Tu aurais pu me réveiller avant de sortir, dit-elle à voix basse.

Contrariée, elle regarda de tous côtés par-dessus son épaule :

— Je n'ai même pas eu le temps de passer chez moi pour me changer, ajouta-t-elle.

— Malart ! rugit Singla depuis l'autre bout de la pièce. Dans mon bureau, tout de suite !

— Enfin un tee-shirt comme il faut, la félicita Milo en reconnaissant son maillot de coton vert, deux tailles trop grand pour elle et sans la moindre inscription sur la poitrine. Le chef me demande, on en reparle tout à l'heure.

Il s'éloigna en évitant les postes de travail de ses collègues et pénétra dans le bureau. Sans prendre la peine de fermer la porte, il s'assit.

Les yeux de l'inspecteur-chef jetaient des étincelles.

— Hier, je t'ai donné l'ordre de te présenter au commissariat. Tu as désobéi. Une fois de plus.

— Je n'ai pas écouté ma boîte vocale avant cette nuit, inspecteur-chef, répliqua-t-il.

— Le commissariat central est sur le pied de guerre et tu passes ton dimanche à la plage, dit-il en effilant sa moustache. J'ai bien l'impression que tu t'es défilé.

— Inspecteur-chef, je ne me suis absolument pas défilé. Je te répète la même chose que je t'ai dite il y a deux ans. Je n'ai pas plus été l'informateur à l'époque que je ne le suis aujourd'hui. J'en ai ras le bol que tout le monde m'attribue ces fuites qui ne sont pas de mon fait. Je sais ce que je dis, point final. Si tu veux faire de moi le bouc émissaire, vas-y, mais tu te trompes de cible. Je suis la principale victime de ce reportage, tu me prends pour un imbécile ?

— Il y a un détail que tu ne comprendras jamais, murmura-t-il. Ce n'est pas toi la principale victime, c'est tout le Groupe. On nous a traités comme une bande d'incapables et ça me met hors de moi. Voilà deux jours que la presse nous tape dessus, les médias n'arrêtent pas de passer les images en boucle et une pluie de critiques s'est abattue sur nous tous. Le prestige de notre bureau est en jeu. Si l'on attaque un de mes hommes, on nous attaque tous. J'ai l'intention d'aller jusqu'au bout de cette affaire, de démasquer l'informateur, quel qu'il soit.

— Je suis ravi d'entendre ça. Par où commençons-nous ?

— Ton fameux flair te dit-il quelque chose ? demanda-t-il sur un ton sarcastique.

— Il me dit que nous devrions commencer par nous demander à qui profite cette campagne de discrédit. À part à ce salopard de Navarro, bien entendu.

— Si cela ne tenait qu'à moi, je le conduirais ici, au commissariat et je l'interrogerais dans une salle sans caméras, dit-il rageusement. Cinq minutes tout seul en sa compagnie et je t'assure qu'il me crache le nom de son indicateur.

— Tu ne réussirais qu'à lui donner davantage d'importance et c'est précisément ce qu'il cherche. Je connais ce genre de type, il va se retrancher derrière son droit à ne pas révéler ses sources et tu n'en tireras pas un mot.

— Même si ta juge le met en examen pour enquêter sur les fuites ?

— Lui mettre la pression, c'est inutile, affirma Milo. Tout ça ne servirait qu'à renforcer son audience et à nous couvrir encore plus de merde. Ça ne vaut pas le coup de s'acharner sur lui. Il a carte blanche.

— Je continue à penser que le mieux serait de passer à une action directe. Face à face.

— Fais-le si tu veux, mais ça ne servira à rien, je t'assure.

— Alors il ne reste plus qu'une solution, dit-il en baissant les yeux. Celle qui me dégoûte le plus.

— Enquêter sur tes propres hommes ?

Tandis qu'il se grattait le menton, l'inspecteur-chef Singla acquiesça.

— Les mouvements d'argent, les relevés bancaires. Ce type a dû payer cher une information aussi explosive, dit-il en levant la tête. Tes comptes, Malart, ce seront les premiers qu'on vérifiera.

— Pas de problème. Ils sont propres et nets, autrement dit vides, si tu vois ce que je veux dire.

— Oui, mais tu peux avoir été payé en liquide.

— Comme n'importe qui à commencer par notre chef Bastos, et même toi, d'ailleurs.

— Sans oublier ta juge.

— Merde, arrête tes conneries, ce n'est pas ma juge. Tu ferais mieux de l'oublier un peu, d'ailleurs. À ta place, moi, je chercherais plutôt dans le coin, et même pas très loin d'ici.

Singla s'enfonça dans son fauteuil.

— C'est une vraie saloperie, grogna-t-il. Un bâtard jette le discrédit sur nous et il me faut entamer une enquête au sein du Groupe. Juste au moment où l'on devrait plutôt se serrer les coudes. Même si je préfère laver le linge sale en famille et que les gars de l'Inspection générale ne viennent pas mettre leur nez ici. Et tout ça au milieu d'une enquête qui est en train de prendre une ampleur du tonnerre. Ce matin, le maire a convoqué Bastos, et les chaînes de radio et de télévision n'ont pas arrêté d'appeler pour demander une interview avec toi. Tu peux imaginer où je leur ai dit de s'enfoncer le micro.

Milo demeura pensif, sans dire un mot.

— Où tu en es de cette affaire ? Est-ce que ta fameuse intuition infaillible fonctionne ou pas ? Si on t'a réintégré, c'est pour obtenir des résultats, l'artiste, pas pour que tu te transformes brusquement en star de la télé.

— Il y a trop de coïncidences, murmura-t-il. Félix Torrens disparaît, le procureur parle de corruption à grande échelle et des connexions politiques se font jour… puis voilà qu'éclate cette histoire de fuites, à présent, juste au moment où on tente de résoudre un cas on ne peut plus complexe. L'informateur tombe vraiment à pic ; difficile de faire mieux pour détourner notre attention. Je crois que quelqu'un tente de fomenter des doutes, de provoquer des enquêtes internes, n'importe quoi pourvu que s'ouvrent de nouveaux fronts un peu partout…

— Mais de quoi tu parles, Milo ? s'énerva l'inspecteur-chef. Moi, je n'apprécie pas du tout tes petits numéros, tu sais !

— Où j'en suis de cette affaire, oui, se reprit-il en battant des paupières. On avance, mais lentement. Comment ça se passe pour les autres ? Ils ont obtenu des résultats avec les nouvelles lignes d'attaque ?

— Ils te le diront eux-mêmes, je ne suis pas ta courroie de transmission, putain !

— À vos ordres, chef, fit Milo en se levant brusquement. J'y vais de ce pas.

— Malart, dit Singla.

Milo s'arrêta sur le seuil.

— Je veux des résultats, compris ? Des résultats, pas des tâtonnements, merde !

Il traversa le bureau rapidement. Et en arrivant près du poste de travail de Crespo, il ralentit.

— Sergent, tu sais où est passé Bruno ? demanda-t-il sans s'arrêter et en montrant sa chaise vide.

— Il est venu de très bonne heure, puis il est reparti avec Sena, répondit-il tandis que Milo s'éloignait. Au fait, inspecteur, j'ai l'information que tu m'as demandée !

Il se tourna, hésita quelques secondes.

— Je reviens tout de suite, Toni, tu m'en parleras tout à l'heure, dit-il en marchant à reculons. Nous sommes allés à la bibliothèque Arús. Ton ami Gombrowicz t'estime vraiment beaucoup.

Il se dirigea vers les ascenseurs, appuya sur le bouton pour descendre. Tandis qu'il attendait, la sous-inspectrice Mercader fit son apparition. Les portes s'ouvrirent et il entra rapidement. Elle lui emboîta le pas.

— Tu cherches toujours à me fausser compagnie ? lui demanda-t-elle. Où va-t-on ?

— Moi, je vais au Département du patrimoine et des fraudes, répondit-il en appuyant sur le bouton du deuxième étage. Et toi, où vas-tu ?

— Eh bien, je t'accompagne. Comment ça s'est passé avec Singla ?

— Il a été aussi doux que la peau d'un nouveau-né. Tu connais quelqu'un à l'Inspection générale ?

— Non, personne, pourquoi ?

— Rappelle-moi de passer un coup de fil à Gérone tout à l'heure, aux services techniques. Tu connais des gens là-bas, hein ? Tu as d'anciens collègues.

— Mais pourquoi tu me demandes ça ? Tu es vraiment bizarre ce matin.

L'ascenseur freina au deuxième étage et les portes s'ouvrirent. Suivi de près par Rebeca, il se dirigea vers le bureau de Daniel Obispo. Il frappa discrètement à la porte et l'ouvrit.

L'inspecteur-chef était en réunion avec l'inspecteur Cano. Les deux hommes étaient penchés sur une table couverte de dossiers.

— Inspecteur-chef, s'il vous plaît, auriez-vous une minute à m'accorder ?

Daniel Obispo tourna la tête dans sa direction. Il se redressa sans cesser de l'observer avec son visage plat et hermétique. Il referma un des dossiers.

— Deux, je te donne deux minutes, pas une de plus.

— Ce sera suffisant. Je voulais savoir ce que vous avez trouvé lors de la perquisition chez Félix Torrens.

Obispo et Cano se regardèrent.

— Rien qui te concerne, dit ce dernier.

— Non, je ne me suis pas bien expliqué, insista Milo. Je n'ai pas du tout l'intention de me mêler de votre travail. Je suis juste intéressé par ce qui pourrait être en rapport avec mon affaire, pas avec la vôtre.

— Il va falloir que tu sois plus clair, mon vieux.

— Pendant la perquisition, à part des documents sur ses entreprises fantômes, des archives sur sa double comptabilité et des fausses factures pour les impôts, est-ce que vous avez trouvé autre chose ?

— Comment sais-tu que nous avons trouvé des documents compromettants ? s'alarma Cano.

— Tu viens juste de me le confirmer. J'imagine qu'il a dû les sortir du Cercle Gaudí pour les cacher chez lui un peu avant votre arrivée, n'est-ce pas ?

Tandis que Cano devenait tout rouge, l'inspecteur-chef Obispo fit le tour de son bureau et prit place sur sa chaise. Il serra les lèvres. Toisa Milo de haut en bas.

— Je savais que tu étais un inspecteur d'une trempe différente. Et d'après ce que j'ai pu voir pendant la réunion, quelqu'un qui utilise des méthodes pas très orthodoxes, qui ne fait pas de cachotteries. Ton nom a été cité plusieurs fois au sein de notre Département.

— J'espère que c'était en bien. Allons droit au but, nous avons utilisé une minute sur les deux que tu m'avais accordées et tu n'as toujours pas répondu à ma question.

— Nous avons juste trouvé ce que nous étions venus chercher, rien d'autre.

— Ça arrive souvent, remarqua Milo. Et sans enfreindre la moindre règle de confidentialité, pourrais-tu me dire où exactement ? C'est juste par curiosité.

— Il les avait dans son bureau, dans un petit réduit blindé et bien camouflé derrière un rayonnage bourré de livres. On y accédait grâce à un mécanisme très ingénieux. Les aiguilles d'une horloge. Il suffisait de les placer sur cinq heures pile.

— C'est une heure très poétique. Ainsi, le gars aime les cachettes et les mécanismes sophistiqués. Et comment vous l'avez découvert ?

— C'est Arnau Mascaró qui nous l'a indiqué, son bras droit et son complice en matière de détournements de fonds.

— Un autre classique, dit-il en observant Rebeca du coin de l'œil. La personne la plus proche.

— Oui, il s'est mis à table.

— Et à part tous ces documents et toutes ces archives, vous n'avez rien vu d'autre dans cette chambre forte ? Ou dans le reste de la maison. Quelque chose qui vous aurait attiré l'œil ?

— Comme quoi, par exemple ? demanda l'inspecteur Cano.

— Je ne sais pas, moi, des vêtements de cuir, des fouets, des menottes…

— Tu te fous de nous, hein ?

— Des fétiches, des magazines de femmes à poil, d'animaux, de BDSM, ou de douche dorée…

— BDSM ? s'étonna Obispo.

— Bondage et sadomaso, expliqua Milo. Domination et soumission, châtiment et douleur.

— Malart, tu es un vrai malade, un putain de pervers, dit Cano d'un air dégoûté.

— Mais ce n'est pas de la perversion, inspecteur, c'est juste du sexe, répliqua Milo. Et tant que ce sont des adultes consentants qui le pratiquent, où est le problème ? Pourquoi, tu ne pratiques pas le sexe, toi ? Voyons, qu'est-ce qui peut bien exciter un mec comme toi ?

— Les préférences sexuelles de l'inspecteur Cano ne sont pas à l'ordre du jour, intervint Obispo. Ton temps a expiré,

Malart. Encore une dernière question, moi aussi je suis curieux.

— Qu'est-ce que je cherche, c'est ça que tu veux savoir ? demanda Milo en devançant son chef qui acquiesça de la tête. J'ai une théorie, mais mon problème est que, pour l'instant, on ne me permet pas de pénétrer chez les Torrens pour pouvoir la démontrer.

— Et cette théorie est ?… demanda Daniel Obispo sans achever sa phrase.

— Ça ne concerne pas ton Département, inspecteur-chef. Merci de m'avoir accordé un peu de ton temps.

Il sortit du bureau avant qu'ils réagissent. Rebeca courut derrière lui pour le rattraper.

— En quel honneur tu as évoqué le sexe tout d'un coup ? Tu étais sérieux ou tu te foutais de lui ?

Milo s'arrêta brusquement.

— Sous-inspectrice, je suis toujours sérieux. Surtout lorsqu'il y a un crime au milieu de tout ça.

— Eh bien, moi, je ne comprends plus rien à rien.

Ils atteignirent les ascenseurs. Rebeca appuya sur le bouton d'appel. Mais au lieu d'attendre, Milo poussa la porte de l'issue de secours et monta par l'escalier. Elle se lança à sa poursuite.

— Est-ce que tu aurais l'amabilité de m'expliquer ce que tu as voulu dire tout à l'heure ? soupira Rebeca essoufflée.

— Tout ce qui entoure Félix Torrens est un énorme tissu de vérités et de mensonges. Vois-tu, on sait déjà pas mal de choses à propos de son profil, mais certains éléments nous échappent encore.

— Oui, et alors ?

— Tant qu'on ne les aura pas trouvés, on ne pourra pas avoir une vision globale du personnage. Et c'est justement ça que je cherche. Je voudrais obtenir un dessin complet de cet homme dans ma tête.

— Et tu penses qu'une de ses obsessions est le sexe… comment dire… différent ? demanda-t-elle en montant deux à deux les marches, sans cesser de fixer le sol.

Milo s'arrêta à nouveau brusquement et Rebeca se cogna à lui.

— Le sexe est vérité, décréta Milo en respirant profondément. Entre autres choses, c'est une arme des plus efficaces pour obtenir de l'information. Aussi bien pour la soutirer à quelqu'un que pour construire son vrai profil. Dis-moi comment tu fais l'amour et je te dirai qui tu es. Mais, bien entendu, toi, tu sais déjà tout ça, vilaine fille.

Il démarra à nouveau. Cette fois, Rebeca demeura immobile à observer son dos. Muette.

— Il nous a dit que tu progressais tous les jours comme constructeur de ton temple intérieur, et qu'il a déposé de grands espoirs en toi. D'après lui, tu as l'étoffe d'un maître.

Le sergent Crespo sourit timidement.

— Bon, si Gombrowicz m'a enseigné quelque chose, c'est justement que les choses ne sont pas toujours ce qu'elles semblent être. Parfois les attentes s'évanouissent et s'effondrent comme un château de cartes.

— Tu l'as dit, Toni : pas toujours. Tu as le renseignement que je t'ai demandé ?

— Complet, oui, dit-il.

Il choisit un dossier bleu contenant les enregistrements des appels qu'avait reçus le commissariat peu après la découverte du corps d'Eduard Pinto et le lui remit, en précisant :

— Je te l'ai déjà dit, ce sont les témoignages des mêmes timbrés que d'habitude.

— Je les écouterai lorsque j'aurai le temps, dit-il en déposant le dossier sur le bureau. Autre chose. As-tu parlé avec le Département des vols… oui, avec cette inspectrice qui a une voix si suggestive ?

Le sergent devint tout rouge.

— Elisabet Serra, oui. Elle a déjà fait passer le message parmi ses indicateurs. Jusqu'à présent, sans succès. Personne ne connaît notre psychopathe voleur de voitures. Elle a dit qu'elle allait suivre l'affaire.

— Et toi, tu la suivras, elle. Je veux dire, il faut que tu restes en contact avec elle, au cas où elle découvrirait quelque chose, comprends-tu ?

— Entendu, inspecteur. En contact, répéta-t-il en souriant d'une façon particulière, tout en ouvrant le dossier suivant, qui était jaune. D'autres détails sur les faits et gestes de Félix Torrens.

— On en était restés au moment où il avait créé trois centres d'accueil et où il était revenu à Barcelone en odeur de sainteté, juste avant les Jeux pour diriger le Cercle Gaudí. Le fils prodigue, la campagne de presse, tout le reste… Tu as quelque chose sur la façon dont il a réussi son ascension phénoménale ?

— En fin de compte, il a réussi son coup en se consacrant à servir de prête-nom à tous les organismes qui le lui demandaient, dit le sergent en feuilletant le dossier. Il faut bien comprendre que, grâce à son père, il était en relation avec plusieurs familles de banquiers de Madrid, et que la base opérationnelle que représentait pour lui le Cercle Gaudí lui a permis de commencer à rendre des services à droite et à gauche, à proposer des noms pour exercer des fonctions stratégiques, un maximum de choses de ce genre…

— Prête-nom, c'est une façon de parler… Toni, un type comme lui ne prête même pas l'air qu'il respire. Et encore moins son nom. Continue.

— Peu à peu, il a fait son trou, a connu un certain prestige parmi les forces politiques nationalistes ; il a par exemple financé des travaux à l'abbaye de Montserrat, il a aidé à la reconstruction du Palau de la Música, du Liceo, il est venu au secours du Barça dans ses moments difficiles… Uniquement des symboles catalans, tu vois ce que je veux dire. Il se vantait de participer à la construction du pays.

— Catalan par profit mais espagnol jusqu'au bout des ongles. C'est-à-dire : pragmatique jusqu'à la moelle.

— Plus ou moins, dit Crespo en jetant un rapide coup d'œil sur le reste du dossier. Il a accumulé une fortune et des propriétés, des villas d'une valeur inestimable. À La Garriga, Begur, Puigcerdà, Altafulla, Viella… Il s'est même fait construire un auditorium dans l'une d'entre elles.

— Je vois, aux quatre coins du territoire catalan. C'est sûr qu'il a participé à la construction du pays, il s'en est même construit un pour lui, dit-il sur un ton sarcastique. Mais entre le moment où il a commencé à vendre son nom et son décollage époustouflant… il me manque quelque chose. Tu n'as rien trouvé qui puisse combler ce trou ?

Le sergent fit lentement non de la tête.

— Rien qui soit illégal, dit-il. Ou s'il y a quelque chose de trouble, il en a très bien effacé les traces.

— Ça me semble toujours trop vertigineux. Pour monter tout ce réseau de contacts et d'influences en un laps de temps aussi court, il a forcément dû utiliser d'autres moyens. Ce sont mes tripes qui me disent ça, dit-il en observant Crespo et en haussant les épaules. Mais bien sûr, je peux tout à fait me tromper.

— Je ne sais pas que te dire, répondit-il en lui tendant le dossier. J'ai ratissé toutes les bases de données, épluché plusieurs hémérothèques et toutes les archives possibles, puis hacké plein de sites dont il vaut mieux que je ne te parle pas. Et je n'ai absolument rien trouvé.

— Je veux bien parier mes tripes contre les faits, dit Milo en saisissant le dossier jaune pour le poser sur l'autre. Mais je crois que ce coup-ci ce sont les faits qui l'emportent.

— Inspecteur, comme tu l'as dit à d'autres reprises, on verra bien, hein…

Milo leva les yeux et observa son air serein, sans double sens. Soudain, il se sentit fourbu, écrasé de fatigue.

— Autre chose ? murmura-t-il.

— Tu m'as demandé une liste des sociétés maçonniques de Barcelone ; la voilà, fit-il en lui tendant un dossier rouge. Elle est complète ; il n'y en a pas tout à fait une douzaine.

— J'ai bien peur que tu aies travaillé pour rien, dit-il sur un ton de découragement en l'empilant sur les autres. Vu ce que nous a dit Gombrowicz, ça ne me semble plus du tout nécessaire.

— C'est égal. Quatre-vingt-dix pour cent de ce qu'on fait ici finit à la poubelle. Ce sont juste des tours et des détours qui, à un moment, nous permettent de trouver enfin la bonne direction. Voilà en quoi consiste notre travail, n'est-ce pas ?

— Je vois que tu as encore deux dossiers.

Le sergent lui en tendit un. Il était blanc, sans étiquette. Étant donné l'air grave qu'adopta immédiatement Toni Crespo,

Milo comprit de quoi il s'agissait. Il observa le dossier sans oser le toucher.

— Ce sont les e-mails et les archives personnelles de Marc ? demanda Milo, la gorge nouée.

— Ceux que j'ai trouvés pertinents. Le reste, c'était du travail scolaire, des devoirs, des exposés, ce genre de choses. Je me suis dit que cela ne t'apporterait rien et je ne les ai pas imprimés. Il y a juste ce qui, d'après moi, peut éclairer et aider à comprendre ce drame. Je pense ne rien avoir laissé d'important de côté.

— Je t'avais dit : tout, grogna-t-il en lui arrachant le dossier des mains.

Plusieurs regards se tournèrent vers lui. Crespo demeura imperturbable.

— Si tu cherches une réponse à ce qui s'est passé, je pense que tu la trouveras là-dedans, dit-il en montrant le dossier. Le reste ne sert à rien. Tu as dit que tu me faisais confiance, inspecteur. Eh bien, montre-le : fais-moi confiance.

Sa colère se dégonfla comme un ballon de baudruche. Il fixa son regard sur le dossier blanc qui se trouvait entre ses mains et demeura immobile sans trop savoir qu'en faire.

— Moi, si j'étais toi, je le rangerais dans le tiroir avec les autres dossiers, dit Crespo. Ce n'est pas le moment de l'examiner. Tu l'emportes et lorsque tu rentreras chez toi tu l'ouvres tout seul. Mais c'est juste une suggestion.

Milo resta immobile encore quelques instants. Puis, réagissant au bout de quelques secondes, il décida de suivre les conseils du sergent.

Il ferma le tiroir et s'enfonça dans son fauteuil, bras croisés. Il laissa divaguer son regard au-delà des baies vitrées. Dehors, la vie battait son plein. Les plages étaient bourrées de monde, les gens se baignaient, les enfants faisaient du chahut. Les enfants. Marc et lui en train de jouer au volley-ball. Les sauts et les smashs, les plongeons et les réceptions. Tous les deux couverts de sable chaud. Ses courses pour arriver à l'eau le premier. Les bousculades et les rires. Les plongeons et les blagues. La vie. La mort. S'il pouvait, il fermerait les plages et interdirait au soleil de se montrer.

Le sergent se racla la gorge.

— J'ai gardé une des premières listes que tu m'avais demandées pour la fin. Elle contient des renseignements vraiment très curieux. Mais lis-la toi-même, tu verras tout de suite de quoi je veux parler.

Il lui tendit un dossier de couleur crème et attendit qu'il s'en saisisse.

Milo tendit son bras à contrecœur, le prit, et le posa immédiatement sur la table. Il n'avait plus envie de continuer, de rester enfermé au bureau. Il fut tenté de se lever, de prendre sa voiture et de laisser la vieille Volkswagen le conduire n'importe où. Un endroit des plus éloignés possibles. Abandonner la ville. S'enfuir. Il savait qu'il ne le ferait pas, mais le simple fait d'y penser le réconforta suffisamment pour retourner à son travail.

Il ouvrit le dossier et survola la première page. Au-dessous de l'en-tête désignant le chiffre de l'année, la feuille était divisée en deux colonnes. Sur celle de gauche, on pouvait consulter la liste des morts survenues dans la ville, où étaient soulignées en rouge celles qui s'étaient produites dans des circonstances étranges et encore non élucidées. Sur celle de droite, on pouvait consulter la liste des disparitions dont le sergent Crespo avait eu connaissance en consultant les archives des mains courantes. Pour permettre une compréhension rapide, il avait découpé les deux listes par mois, en les séparant par des cases vides et en suivant un ordre chronologique décroissant.

Milo passa plusieurs pages.

— Tu es remonté dix ans en arrière ? demanda-t-il perplexe. Je ne t'avais pas demandé cinq ans ?

— Si, mais je me suis pris au jeu, avoua Crespo un peu mal à l'aise. À mesure que j'élaborais la liste, j'ai considéré que cinq années n'étaient pas suffisantes pour vérifier ce que je me suis dit que tu cherchais. Et je sais que tu m'as juste demandé de repérer les morts les moins courantes ou les plus inhabituelles, mais je les ai toutes répertoriées afin d'obtenir une vue d'ensemble.

Milo parcourut à nouveau les feuilles.

Malgré ce qu'on pense, Barcelone était une des villes les plus sûres du monde concernant les homicides. D'après les statistiques, il s'en produisait juste un pour cent mille habitants, ce qui donnait une moyenne d'à peu près une vingtaine de morts violentes par an, un chiffre bien plus bas que celui d'autres agglomérations.

Il survola à nouveau la première page.

L'année dernière, le nombre de morts s'élevait à dix-huit. Un homme mort par balle dans la rue Santaló, deux autres dans leur appartement dans le district de Sant Martí. L'employé d'un hôtel poignardé près du Forum, même chose pour trois jeunes dans les quartiers du Raval, de Sants et de Pueblo Nuevo, et une serveuse dans un bar de la Sagrada Familia. Trois Chinois assassinés dans le quartier du Carmelo, trois femmes victimes de violences familiales, un cuisinier assassiné à Fort Pienc, un bébé par sa propre mère, une femme trouvée dans une valise sur la Gran Vía et un homme noyé dans la fontaine du Geni Català, à Pla de Palau. Ce dernier nom était souligné en rouge et annoté de deux initiales : NN.

— C'est le terme latin pour *nomen nescio*, "nom inconnu", expliqua Crespo. Son cadavre n'a pas été identifié. C'était un sans domicile fixe. C'est le seul cas qui n'a pas été élucidé cette année-là.

— Et pourquoi tu l'as souligné en rouge ?

— Il s'est noyé dans une fontaine.

— Oui, je vois bien, et en quoi c'est si étrange ?

— Il s'est noyé dans même pas vingt centimètres d'eau. Tu ne trouves pas ça bizarre ?

Milo fronça les sourcils. Le sergent poursuivit :

— Le corps était mutilé d'une main, la gauche. Et en plus ce n'est pas une fontaine quelconque, ajouta-t-il. Elle est surmontée d'une statue qui représente un éphèbe nu et ailé arborant une étoile à cinq branches sur la tête, un ancien symbole maçonnique. Par ailleurs, elle forme un triangle avec deux bâtiments très singuliers. Sur un côté du paseo, la Casa Xifré – un franc-maçon très connu à l'époque –, dont la façade est, avec sa profusion de symboles, un véritable paradigme hermétique. Et sur l'autre côté, à trente mètres, la Llotja. C'est là que se réunissaient les maçons de Barcelone pendant le règne d'Isabelle II, et c'est là que fut créée l'école d'architecture de Barcelone. Et tu sais qui s'y était inscrit à l'époque et occupait le dernier étage face aux bas-reliefs maçonniques de la Casa Xifré ?

Milo fit non de la tête.

— Un certain Gaudí, lança Crespo à voix basse.

— Putain, bafouilla Milo. Nous voilà revenus au point de départ.

— On dirait bien, oui.

Milo se pencha sur le dossier et prit son visage dans ses mains. Il soupira bruyamment.

— Tu as remarqué le mois de la case où est notée cette mort ? demanda le sergent.

Milo rouvrit les yeux et parcourut la page du bout du doigt.

— Juin, dit-il. Le 10 juin.

— Est-ce que tu vois une disparition sur la colonne d'à côté, dans la case du mois de juin ?

Il y jeta un coup d'œil et s'aperçut qu'elle était vide. Il fit à nouveau non de la tête.

— Bien, passons à la page suivante à présent, dit Crespo. C'est la page de l'année précédente. Et regarde la case du mois de juin, dans la colonne des disparitions. Qu'est-ce que tu vois ?

— Il y en a eu une, lut Milo. Un jeune Suédois.

— Un étudiant, précisa le sergent. C'est la patronne de la pension où il logeait qui a déclaré sa disparition, et on n'a jamais plus eu de nouvelles de lui.

— Mais dans la colonne de la mort, il y a en une, dit Milo. En fait, il y en a deux.

— Laisse tomber. Passe à la page suivante. On continue à remonter dans le temps.

Milo s'exécuta et s'aperçut que trois ans auparavant, il y avait eu une autre disparition au mois de juin.

— Cette fois-ci, c'était une prostituée, précisa Crespo, et c'est sa colocataire qui est allée déclarer la disparition. Elle aussi s'est envolée dans la nature, sans laisser la moindre trace. Et comme la précédente, également au mois de juin.

Nerveux, Milo commença à tourner les pages rapidement. Une mort ou une disparition avait eu lieu chaque année, dans des circonstances étranges. Et toujours le 10 juin. À cette date, et pendant les deux dernières années, cinq personnes s'étaient volatilisées et deux autres avaient été assassinées. Cela ne pouvait pas être une coïncidence.

— Il en manque trois, dit Milo contrarié. Pendant trois ans, il ne se passe rien de similaire.

— Je sais. Bien sûr ce n'est qu'une hypothèse, mais tu sais bien que toutes les disparitions ne sont pas signalées, expliqua Crespo. Imagine qu'il s'agisse d'un sans domicile fixe, par exemple. Qui peut savoir s'il s'agit d'un enlèvement ou s'il a tout simplement quitté la ville ? J'ai évidemment juste pu noter les disparitions qui ont été déclarées. Et je t'assure, j'ai examiné d'un bout à l'autre toutes les bases de données de toutes les forces et de tous les corps de l'État qui, par chance, sont intégrées dans une base commune afin de faciliter la coopération mutuelle entre tous les services de sécurité. Je parie que ces trois cases vides correspondent à des disparitions d'individus qui n'ont été réclamés par personne : des clochards, des sans-papiers, des gens anonymes qui pullulent dans les rues et à qui personne ne prête la moindre attention. Leur absence a pu passer inaperçue, tu ne crois pas ?…

— Tu réalises ce que tu es en train de dire, sergent ?

— Oui, je suis en train de dire qu'il y a un mode opératoire derrière tout ça.

Ils demeurèrent là, à se regarder l'un l'autre. Le bureau cessa d'exister. Les sons s'évanouirent. Le sol se déroba sous leurs pieds. Ils étaient devenus les deux uniques habitants d'une nouvelle planète : la planète Stupéfaction.

C'est Milo qui rompit le premier le charme.

— Putain, Toni, murmura-t-il. Tu es en train d'expliquer qu'il existe un assassin qui tue et fait disparaître des gens à notre nez et à notre barbe depuis dix ans, en plein Barcelone, sans qu'on s'en soit aperçu le moins du monde.

— Ce n'est pas exactement moi qui explique ça, ce sont les données qui le démontrent, répliqua-t-il également à voix basse. Et je n'ai pas dit non plus que c'était depuis dix ans, ajouta-t-il en avalant sa salive. Ça peut être plus, et ma démonstration ne serait alors que la partie visible de l'iceberg.

— Putain de merde, alors ! s'exclama Milo.

Il commença à avoir la désagréable impression que toute cette affaire le dépassait. Il avait eu l'intuition que quelqu'un capable de mener à bien le cruel assassinat d'Eduard Pinto avec une telle efficacité et un tel sang-froid ne pouvait qu'avoir déjà tué précédemment. Que ce n'était pas un novice. Mais il ne s'était pas attendu à être confronté à ça. Il n'aurait jamais imaginé que cela menait si loin et depuis tant de temps. D'après la liste de Crespo, voilà minimum dix ans que l'assassin "pratiquait". Deux mois auparavant, il avait lu un article de presse disant que, selon un sondage réalisé pour le magazine *Forbes*, Barcelone était la troisième ville sur la liste des agglomérations les plus tranquilles du monde. À l'époque, il avait déjà douté de la fiabilité de cette enquête. À présent, il était sûr qu'elle ne correspondait pas à la réalité. Sauf pour l'assassin.

— Si ça peut te rassurer… consoler, dit le sergent, tout ça démontre que tes tripes continuent à fonctionner à merveille. C'est toi qui as eu l'idée de dresser cette liste, non ?

— Mais j'y voyais juste un coup de sonde, allégua Milo, pas un coup de canon en pleine gueule, sergent.

— Eh bien, tu as une fois de plus tapé dans le mille, c'est tout ce que je peux dire après ça.

— L'autre victime découverte porte également les initiales NN ?

— Oui, c'était aussi un clochard.

— Et il était amputé, lui aussi ?

— Non, dans son cas, le cadavre était complet. Bon, il ne portait plus son dentier, ce qui est plutôt fréquent. Un autre clochard avait dû le lui voler. On l'a retrouvé plaza Real, au pied des lampadaires à six branches. De nombreux mendiants dorment dans le coin, là-bas, sous les arcades de la place, dit-il. Ce genre de lampadaire aussi est l'œuvre de Gaudí.

Milo ferma les yeux. Une sueur froide commença à se répandre à la surface de sa peau.

— Et à propos des cases vides, tu soutiens que l'assassin chasserait des anonymes et que donc personne n'aurait déclaré ces disparitions, c'est ça ? Et qu'ensuite… il n'aurait plus eu qu'à les rayer de la carte, comme les autres ?

— Comme si la terre les avait avalés, dit Crespo.

— Et qu'est-ce que tu penses qu'il a fait de leur corps ?

— Peut-être qu'il s'en est débarrassé avec de l'acide ? Il paraît que c'est le moyen le plus efficace, il ne reste même pas un bout d'ongle ensuite.

— Oui, mais il y en a aussi un autre, dit Milo en rouvrant les yeux : tout simplement le feu.

Crespo acquiesça.

— D'après le principe du rasoir d'Ockham, la théorie la plus simple est toujours la bonne. Et c'est quoi, cette théorie ? Que notre sujet organise et mène à bien, si on peut dire, une mort ou une disparition par an, et toujours le 10 juin.

— On ignore s'il s'agit du même assassin, répliqua Milo. Est-ce que par hasard les rapports évoqueraient une lettre G qu'on aurait retrouvée près des corps ?

— Je les ai tous parcourus et non, aucun ne mentionne ce genre de détail, dit le sergent.

— Alors ça ne peut pas être notre homme, dit-il en baissant la tête, puis en se redressant brusquement tout de suite après. Putain de merde, ce qui est sûr, c'est que ça doit tout simplement correspondre à un anniversaire !

Pendant qu'il acquiesçait en silence, le sergent maintint son regard inquisiteur.

C'est alors que les inspecteurs Bachs et Sena firent leur entrée dans le bureau.

— Qu'est-ce qui a bien pu se passer un 10 juin ? demanda Milo d'un air distrait.

Crespo se montra pour la première fois nerveux.

— Des milliers de choses, inspecteur. Mais à mon avis, oui on peut en déduire qu'il s'agit du même assassin, dit-il. Peut-être pas avec une absolue certitude pour l'instant, mais tout porte à croire que c'est une possibilité.

— Excuse-moi, qu'est-ce que tu disais ?

— Je disais que oui, qu'il se peut qu'il s'agisse du même assassin. Il y a un élément qui m'a vraiment frappé dans toute cette histoire.

Bruno Bachs et Víctor Sena se dirigèrent vers leurs bureaux respectifs en bavardant.

— Quel élément, Toni ? Sois plus clair, je te prie.

— Bien, tu sais déjà que j'aime lire des livres d'histoire, sur tout ce qui concerne la ville et la maçonnerie en général. C'est deux thèmes que je trouve passionnants, dit-il en se passant la main sur le front. Depuis que j'ai entrepris de dresser cette liste, je me suis cassé la tête pour tenter de savoir ce qui s'est passé à cette date…

— Toni, viens-en au fait, trépigna Milo en surveillant en même temps les mouvements de Bruno Bachs.

— C'est peut-être une coïncidence, je ne sais pas… mais…

— Vas-y, vide ton sac, mon vieux, une bonne fois pour toutes, merde !

— Est-ce que tu sais qui est mort le 10 juin 1926 ?

— Pas la moindre idée, sergent ! dit Milo sur le point de perdre définitivement patience.

— Gaudí.

Milo accusa le coup comme s'il venait de prendre un uppercut en plein visage.

— C'est peut-être une coïncidence, je ne dis pas non, ajouta Crespo. Mais apparemment notre sujet est attiré par tout ce qui a un rapport avec l'architecte. C'est une constante chez lui.

— Je ne crois pas aux coïncidences, murmura-t-il en se levant maladroitement. Toni, il faut que tu remontes encore plus loin dans cette liste. Je ne sais pas, encore une bonne dizaine d'années au moins…

— C'est ce que je suis en train de faire, l'interrompit Crespo. Et d'après les éléments que l'ordinateur a sélectionnés, pendant les deux années précédentes, le mode opératoire demeure toujours le même.

— Eh bien, continue à remonter le temps, dit Milo attentif aux faits et gestes de Bruno Bachs.

— Qu'est-ce qu'il y a ? demanda Crespo en regardant derrière lui.

— On continuera cette conversation plus tard, répondit-il en s'éloignant, puis en s'arrêtant pour revenir sur ses pas. Toni, pas un mot de cela à qui que ce soit. En bas, on nous pendrait par les pieds ou… je ne sais pas… pire encore. Compris ?

— Ne t'inquiète pas, inspecteur.

Le sergent le vit s'éloigner vers le centre du bureau. Il avait les poings serrés.

Assis à son poste de travail. Un sourire de publicité pour dentifrice. Un air détendu. Les yeux vigilants. Il se demanda comment il était possible qu'il ait considéré pendant un temps cet homme comme son camarade. Et peut-être même plus, comme son ami. Et cela ne faisait d'ailleurs pas si longtemps.

Il se planta à ses côtés. Sa première envie avait été de lui casser la figure. Mais il se contint.

— Où vous en êtes avec les sinistrés ? Vous avez trouvé quelque chose d'intéressant ?

Bruno Bachs se tourna lentement pour le regarder, puis il lui fit un large sourire.

— Tiens, voilà que le super-crack du Groupe d'homicides daigne s'intéresser à nous. Mais que nous vaut cet honneur… vraiment ?

— Arrête tes bouffonneries à la con et réponds-moi.

— Víctor, dit Bruno Bachs en se tournant vers Sena puis en désignant Milo avec son pouce par-dessus son épaule. L'artiste voudrait savoir si on a trouvé quelque chose pendant notre enquête. Tu ne veux pas le lui dire, toi qui aimes tant parler, ou c'est moi, qui ai tellement horreur de ça, qui vais devoir le faire ?

Sena fit rouler son fauteuil et s'approcha du bureau de Bruno Bachs.

— La liste des sinistrés est vraiment très longue, Malart, dit-il d'un air agressif. Cette idée que tu as eue est en train de nous pourrir la vie. À Barcelone, il y a un peu plus d'un million et demi d'habitants. Et si on excepte les hommes politiques et les bâtisseurs, je dirais qu'un million et demi de citoyens font partie de ce que tu appelles "le club des sinistrés". C'est infernal, on ne sait par quel bout prendre la chose. Même si l'on mettait les dix-huit inspecteurs de la Division à ce travail, on ne parviendrait pas à tous les repérer. Ah, ça, tu peux te vanter d'avoir bien réussi ton coup, mon vieux !…

— Un résumé me suffira, dit Milo en plantant son regard sur Bruno Bachs.

Sena farfouilla sur le bureau de son équipier et tomba sur les papiers qu'il cherchait. Il les jeta en direction de Milo qui les attrapa en l'air.

— Voilà, c'est tout ce qu'on a pu obtenir pour l'instant, grogna-t-il.

— J'ai dit "un résumé", j'ai l'impression que tu n'as pas bien compris !...

L'inspecteur Sena tordit le cou et fit profil bas. Milo eut l'impression d'entendre les engrenages rouillés de sa tête en train de pivoter et de méditer sa réplique. Un effort de toute évidence inutile.

En effet, il laissa immédiatement après échapper un profond soupir et s'installa confortablement dans son fauteuil.

— Il y en a des milliers, dit-il. On a exproprié pour rénover la Barceloneta, Pueblo Nuevo, Zona Franca, la place Cerdà et encore plus pour construire l'autoroute C31. Il n'est pas un quartier dans la ville qui n'ait eu son dossier d'expropriations. Du nord au sud et d'est en ouest, sur les cent kilomètres carrés du territoire. J'exagère, bien entendu. Des terrains, des maisons, des immeubles, des commerces. Bruno dit que c'est le progrès, le prix à payer pour le progrès. Moi, je commence à avoir des doutes. Ça a explosé avant les Jeux olympiques, avec les tunnels, les rocades, l'autoroute et la récupération de la façade maritime, et ça continue jusqu'à présent, mais à moindre échelle. Bien que je n'en sois pas très sûr non plus. En ce moment même trois PERI sont encore en route : dans les quartiers de la Sagrera, Les Corts et aux Tres Turons, c'est comme ça qu'on appelle les collines du Turó de la Rovira, la Creueta del Coll et le Carmelo, qui inclut le parc Güell. Les riverains sont hors d'eux. Le visage de la ville ne cesse d'être remodelé, on dirait une actrice d'Hollywood. Notre Barcelone est accro aux opérations esthétiques. Et d'après ce que nous a dit le service de l'urbanisme, cinq autres plans attendent d'être approuvés avant d'être annoncés au public. C'est la merde, mon vieux ! Je te le répète : les sinistrés se comptent par milliers. En vérité, je ne vois pas bien à quoi tout ça peut servir. C'est comme chercher une aiguille dans une botte de foin. Si tu veux que je te dise ce que j'en pense vraiment, eh bien c'est une sacrée perte de temps. Fin du résumé.

— On ne t'a pas demandé ton avis, ni moi, ni personne. C'est quoi un PERI ?

L'inspecteur Sena fit une moue de dégoût. C'est Bruno Bachs qui répondit :

— Plan Especial de Reforma Interior*. Un plan d'urbanisme servant à remodeler un ensemble de bâtiments, des pâtés de maisons ou n'importe quelle partie de la ville. Tu es satisfait ?

— Qu'avez-vous noté sur ces papiers ? dit-il en les secouant en l'air.

— Des noms et des noms, et même pas tous. Les zones affectées. Des informations générales.

— Et jusqu'à quand vous êtes remontés, on peut savoir ?

— Je te l'ai déjà dit. Tu ne m'écoutes pas ou quoi ? intervint à présent Sena en feignant une profonde lassitude avant de répondre : Jusqu'à deux ans avant les Jeux olympiques. Ils ont eu lieu en 1992, alors calcule toi-même. Tu sais faire une soustraction, non ?

— Il sait tout faire, Víctor, se moqua Bruno Bachs. Malart est un élément hors norme.

— Ce petit numéro de duo comique vous va à merveille, dit Milo en jetant un coup d'œil sur les feuilles de papier. Je crois que vous avez bien mérité un café. C'est moi qui vous l'offre. On y va ?

— Pas pour moi, dit Sena en refusant l'invitation. Il faut que je complète la liste des noms. Heureusement que l'informatique existe, sinon je t'aurais fourré ton fameux club des sinistrés là où je pense… et bien profond !

— Lorsque tu auras fini, tu laisses le reste du rapport sur mon bureau.

— Tu n'as pas à me donner des ordres, mon vieux !… protesta Sena.

— Et toi, arrête de m'appeler "mon vieux". Je crois qu'on t'a sorti un peu trop tôt de ta couveuse, toi ! Tu devrais porter plainte. Tu viens, Bruno ?

Bruno Bachs se leva au milieu des rires. Il poussa la chaise de son équipier pour se frayer un chemin.

* "Plan spécial de réforme intérieure" : il s'agit d'un plan d'aménagement urbain, équivalent aux anciens POS (plans d'occupation des sols) et aux nouveaux PLU (plans locaux d'urbanisme).

— Tu t'es fait avoir, Víctor.

— Allez vous faire foutre. Tous les deux, dit Sena en atterrissant devant son ordinateur.

Bruno et Milo se dirigèrent vers la salle de repos.

Ils marchèrent tout droit, vers l'angle. Avant de tourner, Milo lança les papiers sur son bureau ; ils s'éparpillèrent sur les dossiers de couleur et certains tombèrent par terre. Il passa à gauche de Bachs et ils continuèrent à avancer. Ils enfilèrent le couloir. En arrivant à hauteur de la salle de visionnage, il s'aperçut que la porte était ouverte et que celle-ci était vide.

C'était la bonne occasion.

Il y poussa Bruno Bachs d'une bourrade, l'obligeant à entrer, et ferma la porte du bout du pied. Il saisit l'inspecteur par le col de la chemise et le coinça contre le mur. Il appuya son avant-bras sur sa gorge.

— Je commence à en avoir ras le bol de ton petit manège, dit-il en collant son visage au sien.

— Je ne vois pas… de quoi… tu veux parler…

— À l'époque de l'Assassin du parking, je t'ai couvert et j'ai fermé ma gueule parce que je ne suis pas un mouchard. Mais cette fois, je te jure que je n'ai pas l'intention de tout me prendre sur le dos. Est-ce que tu as bien compris ce que je te dis ?

— Je te répète… je ne vois pas… de quoi tu veux parler… Putain… mais… tu es en train… de m'étouffer.

Milo vit la peur affleurer dans son regard et il relâcha sa pression. Il recula de cinquante centimètres.

Bruno Bachs put enfin reprendre sa respiration. Il porta ses mains à son cou.

— Tu es devenu complètement cinglé ou quoi ? demanda-t-il d'une voix rauque. Putain, mais tu as failli m'étrangler !

— Il n'est pas question de me rendre une nouvelle fois responsable de quelque fuite que ce soit, espèce de fils de pute. Cette fois, c'est toi qui vas payer le prix, tu m'entends ? À présent, c'est ton tour.

L'expression du visage de Bruno Bachs se durcit et il s'approcha de Milo.

— Espèce de gland, tu es taré ou quoi ? Je t'ai dit que je ne voyais pas de quoi tu voulais parler. Tu comprends ça ?

— Le Bourreau de Gaudí, dit Milo en détachant chaque syllabe. Tu étais à la réunion lorsqu'on a parlé de ce surnom. Et ton ami Navarro l'a ressorti dans son émission de merde. Tu es sa gorge profonde, espèce de connard. Et ce n'est pas nouveau. Combien t'a-t-il payé ce coup-ci ? Dis-le-moi, abruti !

— Je ne suis la source de personne, répliqua Bachs. Et quand bien même je l'aurais été, tu peux aller te faire foutre ! Je n'ai pas à te donner d'explications…

— Oh si que tu vas m'en donner ! Je vous ai tirés de la merde… j'ai sauvé votre peau, à toi et à ta famille, et tu me dois bien ça, maintenant !

— C'est bon, je l'ai fait une fois ! Une putain de fois, oui ! Et alors ? rugit-il furieux. Je traversais une mauvaise passe, ça aurait pu arriver à n'importe qui ! C'est la dernière fois que je te le dis : ce n'est pas moi qui ai parlé. Si tu ne veux pas me croire, c'est ton problème. Je n'en ai rien à foutre !

— Tu m'as déjà foutu dans la merde une fois, je ne vois pas pourquoi je te croirais, aujourd'hui !

— Qu'est-ce que tu racontes ? Tu es en train de me faire la même chose que tu reproches aux autres de t'avoir fait. Tu m'accuses sans preuves ! Tu ne comprends pas ça ? Toi non plus tu n'es pas un saint, mon vieux.

Milo recula de deux mètres. Ses tempes battaient extrêmement fort.

— Ne m'appelle surtout pas “mon vieux”, menaça-t-il à voix basse.

— Cherche-toi un autre coupable, tu n'as que l'embarras du choix. À l'extérieur comme à l'intérieur du commissariat. Et n'oublie pas la politique, ajouta-t-il en clignant des yeux. Puisque tu te crois si malin !

— Qu'est-ce que tu veux dire ?

— Manœuvre de diversion, rideau de fumée, intérêts occultes… Je n'en sais rien ! hurla-t-il avec virulence. Tu n'as toujours pas compris comment les choses fonctionnent, ici ? La politique est derrière tout ! Absolument tout ! Tu es stupide. C'est de la pure façade. Du carton-pâte.

Milo commença à respirer avec difficulté ; la tête lui tournait.

— Les choses ne vont pas en rester là, dit-il. Je ne sais pas comment, mais je vais te démasquer. Je te le jure.

— Oublie-moi, mon vieux. Tu ne sais pas ce que tu dis. Tu es pathétique.

Bruno saisit la poignée et ouvrit la porte. Plusieurs agents, qui avaient accouru en entendant les cris, se trouvaient dans le couloir. Crespo, Sena et Rebeca étaient parmi eux.

— Et tu n'as pas intérêt à me toucher à nouveau ! hurla Bruno Bachs.

Il claqua violemment la porte, à en faire trembler les cloisons.

— Je t'ai déjà dit de pas m'appeler "mon vieux", murmura Milo.

Il s'approcha d'une chaise et s'y laissa tomber comme un poids mort.

13

Il ouvrit la porte de l'appartement. Celui-ci se trouvait dans le noir, sentait le renfermé. Près de la porte, il aperçut le meuble où il avait posé son arme en commettant l'erreur impardonnable. La négligence. Il hésita à entrer ou pas. Deux mois sans se rendre dans ce qui avait été son foyer. Là où malgré tout il avait vécu heureux avec Irene. À l'angle de l'avenue Diagonal et de la rue Sabino de Arana. On ne pouvait faire moins s'agissant d'une Margarit. Quelqu'un de ce nom devait impérativement exhiber son statut, comme au cimetière. C'était la dynamique des personnes possédant un complexe de classe. Mais à présent, cet appartement était habité par un fantôme.

Il inspira une bouffée d'air et entra.

La chaleur le frappa comme un sac de sable. Il pénétra dans le salon et ouvrit les persiennes, fit coulisser la vitre sur le côté. Il s'accouda au garde-fou. Lorsqu'il ouvrit les yeux, il laissa divaguer son regard sur le panorama familier de la montagne de Collserola. La frondaison des arbres était complètement sèche, couverte d'une patine grisâtre. S'il ne pleuvait pas bientôt, toute la végétation allait mourir de soif.

— Putain de soleil, murmura-t-il.

L'église du Sacré-Cœur se détachait à la cime du Tibidabo. Il secoua la tête. Cela ne suffisait pas pour une ville de tant d'habitants qui avaient besoin d'expier leurs nombreuses fautes. Elle était à portée de sa main. Si près, si loin. Chaque fois qu'il l'observait elle lui renvoyait la même image : le château de Disneyland. La seule différence était la statue en cuivre sur sa partie supérieure, le Sacré-Cœur avec ses bras ouverts comme traçant un pont entre le ciel et la terre. En effet, Disneyland. Il avait lu quelque part que le Tibidabo devait son nom aux paroles que le diable avait adressées à Jésus en lui montrant le Royaume de la terre. *"Tibi dabo."* "Je te donnerai." Il se souvenait que c'était dans l'Évangile de saint Luc.

Il se retourna. Tout était plein de poussière ; les meubles, le parquet, les livres. Il allongea son bras et en tira un du rayonnage, format poche, contenant des citations de Confucius et Lao-tseu. Il s'aperçut alors qu'il avait marché sans le vouloir sur l'endroit où Marc s'était effondré. *Le sang*. Il avait sonné. Et il l'avait fait entrer. Il n'avait pas remarqué son air tendu, désespéré. Il était en pleine discussion avec Irene et ne s'était pas occupé de lui. Comme s'il était invisible. Et il s'était passé ce qui s'était passé. C'était inexcusable. *Je ne supporte plus la honte*. Son sang ne fit qu'un tour. Il referma la vitre.

Il partit à toute vitesse.

— Tu es en retard, dit Irene en fermant le livre qu'elle était en train de lire. Je commençais à me dire que tu ne viendrais pas.

— Tu n'avais pas rendez-vous avec un agent immobilier ?

Elle avala son vermouth blanc et posa son verre vide sur la table.

— Il doit venir tout à l'heure, pour le café. Un empêchement de dernière minute.

— Je ne suis pas le seul à être en retard, alors, dit-il en jetant un coup d'œil à toute la salle.

Celle-ci était plus pleine qu'il ne l'aurait cru. La Venta se trouvait sur la place Doctor Andreu qui dominait l'ensemble de la ville. Ce n'était pas un restaurant bon marché. Il se tourna vers Irene :

— Tu dis que tu es fauchée, mais ça ne se voit pas.

— Il faut faire les choses comme il faut, dit-elle en appelant le garçon. Il faut faire semblant d'être friqué, la réalité ne regarde pas les autres. C'est mon père qui m'a appris ça.

— C'est pour cela que tu ne lui racontes pas tes problèmes avec la boutique ? Tu devrais lui en parler.

— Si tu dois continuer comme ça, je préfère que tu t'en ailles tout de suite.

Le garçon leur tendit les cartes. Irene commanda un autre vermouth et Milo de l'eau. Lorsque l'homme s'éloigna, il décida de changer de sujet.

— Que lisais-tu ?

— Un livre de développement personnel. Pour les femmes qui désirent entreprendre.

— Rien que pour les femmes ?

— Je ne sais pas, c'est bourré d'âneries, répondit-elle en allumant une cigarette. Dans le chapitre où l'on explique qu'il ne faut pas nous laisser détruire par les difficultés, on cite le cancer du sein, dit-elle en voyant l'air perplexe de Milo, puis en soufflant la fumée de sa cigarette. Je sais, moi non plus je ne comprends pas pourquoi on parle de ça. On dit que nous nous le provoquons nous-mêmes pour nous punir d'avoir éteint notre lumière intérieure, ajouta-t-elle en faisant la moue. Que nous ne guérirons qu'à condition de nous pardonner. Et des bêtises de ce genre.

— Culpabiliser un malade est une atrocité, répondit-il en balayant la fumée de la main devant son visage. Alors, que se passe-t-il avec la boutique de la rue Bonanova ? Les gens ne jouent plus au squash ?

Irene tira une nouvelle bouffée. Elle baissa la tête et s'immobilisa en regardant la nappe. Elle avait monté la première boutique dans le quartier de l'Eixample et, vu son succès, elle avait décidé d'en ouvrir une autre sur l'avenue de Les Corts. Les choses lui ayant à nouveau souri, elle s'était mise en quête d'un troisième lieu. Mais cette fois, la chance lui avait carrément tourné le dos.

— Plus que jamais ; mais je ne sais pas, peut-être me suis-je trompée en choisissant cet endroit.

Le garçon apporta les boissons. Irene déplia la carte et commanda de la salade et une sole. Sans lire la carte, Milo commanda de la macédoine de légumes et de la friture de petits poissons.

— Mon Dieu, mais c'est un restaurant, ici, pas une taverne. Demande quelque chose d'un peu plus appétissant.

Milo déplia la carte avec un mouvement d'impatience. En voyant les prix, il arqua les sourcils.

— C'est toi qui payes ? demanda-t-il et elle acquiesça, les joues toutes rouges. Oursins gratinés et baudroie avec des crevettes sauce romesco. Et pour boire, madame prendra du vin blanc. Un foranell, ça te va ? Ah, et du pain à la tomate, si ça ne détonne pas trop.

Le garçon s'éloigna avec la commande.

— Tu me ridiculises toujours, se plaignit Irene en avalant une gorgée de vermouth, puis en tirant sur sa cigarette presque jusqu'au filtre. Je ne comprends pas pourquoi tu es incapable de te conduire comme un homme normal. Ce n'est pourtant pas si difficile.

Elle écrasa le mégot dans le cendrier et se frotta les mains.

— Tu n'as pas perdu ton flair de femme d'affaires, Irene. C'est cette putain de crise.

Elle joua quelques instants avec son verre vide.

— Ce n'est pas juste, Milo, murmura-t-elle. Tu calcules tes coûts au millimètre près, tu fais attention et la crise éclate brusquement, puis tu te retrouves comme une imbécile. Si j'avais vu trop grand, je pourrais comprendre, mais ce n'est pas le cas, je te le jure, dit-elle en serrant les lèvres et en secouant la tête. Il faut vendre l'appartement, c'est la seule solution.

Milo ne répondit pas. Sans savoir pourquoi, il pensa au cancer. Tout d'un coup une cellule pétait un câble et devenait une sale bestiole. Et elle grandissait, contaminant tout, autour d'elle, propageant le mal. Sans prévenir. Jusqu'à ce qu'une grosseur surgisse et qu'elle soit découverte. Mais le monstre avait déjà grandi. Si l'on avait de la chance, on prenait les choses à temps. Et si l'on arrivait trop tard, alors…

— À quoi penses-tu ? demanda Irene.

— Je pense que ce n'est pas une bonne idée. On va nous donner moins de la moitié de sa valeur.

— Tu crois que je ne le sais pas ? répliqua-t-elle. Mais que veux-tu que nous en fassions ? À présent, ce n'est plus qu'un mausolée. Si nous avions eu des enfants… Mais non, le bon Dieu n'a pas voulu à cause de ce putain de gène.

Le garçon apporta la bouteille de vin, la déboucha et en

versa une larme dans le verre de Milo, lequel indiqua Irene. Elle refusa d'un geste. L'homme plaça la bouteille dans un seau à glace et s'éloigna.

— C'est plus qu'une tombe, dit-il. C'est la seule chose qui nous reste en commun.

Irene l'observa d'un air étonné. Elle allait répondre, mais le garçon réapparut avec les assiettes et elle attendit qu'il les disposât chacune à sa place, puis qu'il s'en allât.

— Milo, si tu m'aides maintenant, nous pourrons peut-être attendre de voir comment les choses se passent, dit-elle en serrant une de ses mains dans la sienne. Qui sait, chéri ; peut-être pourrons-nous trouver une solution à nos problèmes.

Il vit soudain réapparaître l'Irene qu'il connaissait, celle qui parvenait toujours à ses fins. Comme le moment venu de défendre sa relation ou de mener ses projets à leur terme, malgré l'opposition de sa famille. Depuis le début, voilà treize ans désormais, elle s'était évertuée à chasser toutes les difficultés. Jusqu'à ce que le drame de Marc se produise et qu'elle en ait assez de ce jeu. Il ouvrit la bouche pour dire quelque chose, mais demeura muet.

Elle serra à nouveau sa main.

— Tu es toujours important pour moi, dit-elle.

— Tu ne changeras jamais, murmura-t-il.

— Ça veut dire oui ?

— Avant, j'aimerais revoir l'appartement. Mais à présent, déjeunons.

— Je suis très occupée en ce moment, dit-elle en prenant sa fourchette et son couteau. Mais lorsque j'aurai terminé, nous pourrions… tu sais bien… reconsidérer l'affaire. Qu'en penses-tu ? J'ai peut-être réagi de façon un peu infantile. Tu crois que je peux encore corriger l'erreur ?

— Ton père risquerait d'avoir une attaque.

Elle éclata de rire.

Ils finirent le premier plat et on leur apporta le deuxième. Ils ne demandèrent pas de dessert et ils commandèrent deux cafés. Elle se leva pour aller aux toilettes.

— Si l'agent immobilier arrive, ne le laisse pas repartir. Nous pourrions aller voir l'appartement tous les trois et signer les documents nécessaires, dit-elle en s'éloignant et avant de se retourner. Tu ne m'as pas répondu pour tout à l'heure.

Milo se mordit les lèvres.

— Tout ira bien, dit-il.

Elle entra à l'intérieur du restaurant.

Milo tira son portable de sa poche et appela Rebeca. Il prit le livre d'Irene. Sur la quatrième de couverture, on pouvait voir une femme d'âge moyen, vêtue de rose, assise sur l'accoudoir d'un canapé aussi noir que les rideaux qui se trouvaient dans son dos. La photo lui produisit instantanément du dégoût.

— Sous-inspectrice, nous arrivons trop tard pour éviter qu'il ne grandisse, mais pas pour qu'il continue à se développer davantage. Il a dû disjoncter très jeune, alors qu'il était encore enfant, ou tout au plus à la puberté. Ce n'est qu'un pressentiment, mais j'ai l'impression qu'il s'est senti trahi par Barcelone. Il doit y avoir eu un détonateur. Tu ne veux pas regarder dans mon tiroir, fouiller dans les dossiers ? Tu vas peut-être trouver quelque chose, toi.

Il raccrocha et passa un nouvel appel juste après. Il demanda à parler à Judit Gaig, la psychologue, en disant que c'était urgent. Il attendit quelques instants. Au bout d'un moment celle-ci prit la communication.

— Inspecteur Malart, je n'attendais pas ton appel si tôt.

— Est-ce que nous pourrions nous voir quelques minutes, cet après-midi ?

— Ma dernière visite est à sept heures. Est-ce que tu peux venir à ma consultation vers huit heures ?

— Je préférerais un autre endroit. Il se pourrait bien que quelqu'un soit posté dans la rue, devant chez toi, en train de monter la garde.

— Je comprends. Que proposes-tu alors ?

— Tu connais l'hôtel Axel ? La cafétéria… on y est très tranquille et c'est tout près de chez toi.

— La cafétéria d'un hôtel ? Mais inspecteur, ça ne me semble pas très indiqué…

— C'est un hôtel gay, situé en plein dans le Gay Eixample. Ne te fais surtout pas d'illusions.

— D'accord, j'y serai. Une nouvelle attaque ?

— Tout va comme sur des roulettes. Si je t'appelle, c'est pour te demander un service. J'aimerais que tu me confectionnes un profil psychologique de Félix Torrens. Tu vois de qui je veux parler, n'est-ce pas ?

— Je suis au courant, inspecteur. Mais vous n'avez pas des spécialistes pour ce genre de choses ?

— Je préfère une collaboratrice extérieure. Tu auras le temps d'analyser sa personnalité ?

— J'ai plus ou moins son portrait en tête, oui. C'est un véritable cas d'école cet homme-là.

— Parfait. On se voit à huit heures. Je serai ponctuel.

Il éteignit le portable, observa la table. Il se demanda ce qu'il pouvait bien faire là. Il finit son café et, avant qu'Irene ne revînt, quitta le restaurant.

Il remonta le paseo d'Isabel II à pied et arriva à la fontaine du Geni Català. Comme avait dit Crespo, elle n'avait même pas vingt centimètres de profondeur. Il étudia la statue qui se dressait au-dessus d'elle. Un éphèbe nu avec une étoile à cinq branches sur la tête, deux grandes ailes dans le dos. Était-ce un ange ? Il observa son sexe. Les anges n'en avaient pas. Inquiet, car soudain les sculptures lui produisaient des frissons, il se retourna pour observer les immeubles situés à gauche et à droite. Le second était une typique construction classique, avec lignes droites et structure monumentale ; en revanche, l'autre était rehaussé d'une multitude de reliefs.

Il tira son portable de sa poche.

— Sergent, je suis devant la Casa Xifré. J'aperçois de nombreux symboles, mais j'ignore ce qu'ils signifient. Si je te les décris, tu pourrais me les expliquer ?

— Bouge pas, répondit-il. À moto, je suis là dans dix minutes.

— Toni, ce n'est pas la peine de…

Il avait raccroché et Milo cessa de parler dans le vide. Immédiatement après, le téléphone sonna et il lut que c'était Irene. Il ne répondit pas. Il savait quelle était la raison de son appel. Il alla s'asseoir sur un banc de la rue Pla de Palau. Une sirène déchira la rumeur monotone de la circulation et fit aboyer plusieurs chiens. Il réfléchit à la liste de Crespo, à cette succession de crimes passés inaperçus. Il se sentit engourdi. Il avait trop mangé. Soudain, il fut saisi d'une sensation étrange, comme si tout autour de lui était devenu nébuleux, irréel. Il s'aperçut que quelque chose lui nouait la gorge et se leva brusquement. Il marcha rapidement jusqu'à l'immeuble aux lignes classiques. Remonta tout le trottoir puis retourna sur ses pas. Il refit le même trajet, mais cette fois au pas de course.

Alors qu'il se préparait à commencer le troisième tour, une moto lui barra le chemin.

— Inspecteur, demanda le sergent Crespo en retirant son casque, qu'est-ce que tu fais ?

— Ce n'était pas la peine de venir.

— Je sais, mais moi aussi j'ai besoin de me dégourdir les jambes de temps en temps. Si je ne sors jamais du bureau, je vais devenir complètement neurasthénique. Même Job, lui qui était si patient, a quelquefois perdu les pédales, dit-il en rangeant le casque dans le top-case et en retirant la clé de contact. Je suis désolé pour ta dispute avec Bachs. Il paraît que Singla a eu vent de l'affaire.

— C'était à prévoir. Ces jours-ci, on ne peut pas dire que mes interventions aient un quelconque caractère positif.

— Eh, bon ! Tu trouves que ce n'est rien d'avoir découvert les agissements d'un psychopathe, pendant toutes ces dernières années ?

— Au fait, tu en es où de cette liste ?

— J'avance, mais je n'ai pas encore tout à fait fini.

— La régularité des séquences se poursuit ?

— Je préfère attendre d'avoir terminé pour t'en parler. Alors, ces symboles, qu'en penses-tu ?

Ils allèrent se poster au milieu du trottoir, juste en face de la Casa Xifré.

Le sergent Crespo se racla légèrement la gorge. Il tendit son bras en direction du bâtiment.

— On pourrait dire que tout l'immeuble est une demeure philosophale, comme dirait Fulcanelli.

— Sois un peu plus clair, sergent.

— Fulcanelli, c'est le fameux alchimiste du XXe siècle, qui est venu à Barcelone de façon très assidue. D'après lui, une demeure philosophale, c'est le support physique de vérités hermétiques. Hermès, le philosophe égyptien qui a vécu suppose-t-on en l'an 2000 avant Jésus-Christ, a écrit plusieurs livres d'alchimie qui ont donné naissance à l'école alchimique. Je continue ? demanda-t-il et Milo acquiesça. Josep Xifré était un homme multimillionnaire qui avait également vécu aux Amériques, c'était aussi un franc-maçon reconnu qui acquit ce terrain à son retour de Cuba pour se faire construire un immeuble. Auparavant, cet endroit avait été baptisé "la place des traîtres". On y exécutait les prisonniers politiques de l'époque. Et c'est aussi cet endroit qui, pour quelque raison précise, fut choisi par les Romains pour installer leur premier port. Je te dis ça parce que le choix d'un emplacement n'a jamais été une chose gratuite pour un franc-maçon, celui-ci devait répondre à une série de critères bien précis.

— Pour l'instant, c'est clair. Continue.

— Observe la corniche du corps central, dit-il en pointant un doigt sur elle. C'est une parfaite allégorie de la science hermétique. L'homme que tu vois, à moitié nu, est Saturne-Chronos, le dieu du temps et le seigneur du chaos. Il tient la faux et l'horloge solaire et a posé sa main sur un ouroboros, le serpent qui s'enroule sur lui-même et se mord la queue. La figure féminine enceinte qui se trouve face à lui, un compas à la main, est Uranie. Ce n'est pas le moment de t'expliquer l'histoire de sa grossesse, mais sache que cela a un rapport avec le surnom que se donnent les maçons. Tu vois le socle qui se trouve derrière elle, n'est-ce pas ? Eh bien, il fait allusion à l'outil de base des travaux hermétiques, c'est l'athanor, autrement dit un creuset de fusion où l'on place l'antimoine, lui-même représenté par cet instrument astronomique qui se trouve être une sphère armillaire. Cette allégorie était très utilisée par les disciples d'Hermès. Une dame, la Théorie, médite devant l'athanor. Elle représente la préparation intellectuelle qu'il faut acquérir avant de réaliser les travaux pour ne pas ensuite tomber dans l'erreur.

— Cette dame devrait m'accompagner plus souvent, murmura Milo.

— Tu vois les porches ? Ces figures sont les caducées de Mercure formés par un bâton tout lisse et cylindrique, symbole de la colonne vertébrale du corps, entouré de deux serpents entrelacés dans des positions opposées, qui représentent les deux polarités qu'il faut franchir, les deux principes opposés du monde. Sur le bâton, on peut voir le heaume, le couronnement du triomphe, et la perle, représentant le pouvoir de l'expansion spirituelle.

— Très beau. Et ce casque ailé à gauche de la corniche, sur la partie supérieure ?

— Ce ne sont pas des ailes, mais des oreilles d'âne, et elles font référence à Midas, corrigea Crespo. Ça symbolise ce qui peut arriver si l'on entreprend mal son travail et l'échec qui nous attend si l'on ne cherche que l'or physique.

— Et la coquille du pèlerin, de l'autre côté, à droite de la corniche ?

— Elle représente le long et difficile chemin de l'alchimie, comme une pérégrination.

— Et juste en dessous de tout ce déploiement symboliste, un restaurant.

— Oui, le Set Portes, dit le sergent. Le sol est semblable à celui de la bibliothèque Arús, un quadrillage noir et blanc, comme un échiquier, un élément typique des loges maçonniques, et sa décoration comprend des branches d'acacia, l'arbre sacré des francs-maçons, dit Crespo en prenant une pause, puis il ajouta : En résumé, il est évident qu'à travers cet immeuble, Xifré a voulu refléter le symbole de l'hermétisme traditionnel et de l'alchimie classique.

— Et en face, il y a la Llotja, le bâtiment qui a abrité l'École d'architecture de Barcelone, où Gaudí a fait ses études.

— Oui, il avait devant ses yeux, à la même hauteur que la chambre où il logeait, ces reliefs maçonnico-hermétiques. Il y a des gens qui affirment qu'ils ont pu l'influencer et le pousser à les reproduire dans ses œuvres, y compris à la Sagrada Familia, ce qui est tout à fait surprenant.

— Et, formant un triangle avec les deux bâtiments, la fontaine du Geni Català, le lieu où est apparu un cadavre sans main. Il y a trop de correspondances, ça ne peut pas être une coïncidence.

— L'origine de la fontaine n'a aucune importance, déclara Crespo. On l'a construite pour commémorer l'arrivée de l'eau dans la ville. Non, si l'assassin l'a choisie pour y abandonner sa victime, c'est à cause de l'endroit où elle se trouve. Comme tu dis, il est impossible qu'il y ait autant de correspondances en même temps.

— Gaudí était franc-maçon ?

Le sergent éclata de rire.

— Qu'est-ce qui est si amusant ?

— Ta question. Si tu trouves la réponse, je te jure que tu vas remporter le gros lot. Tu n'imagines pas combien de chercheurs et de savants, qui se sont consacrés à l'étude de sa vie et de son œuvre, se sont torturé la cervelle en tentant de trouver cette réponse. Ils ont ratissé son existence jusqu'au moindre détail et personne, jusqu'à aujourd'hui, n'a pu apporter la preuve qu'il l'ait été, dit-il en secouant la tête de façon incrédule. Et voilà que toi, tu me poses la question comme ça, à brûle-pourpoint, le plus tranquillement du monde !...

— Excuse mon ignorance, mais...

— Non, mais c'est tout à fait sensé, dit le sergent en recouvrant son sérieux. Il suffit d'observer n'importe laquelle de ses œuvres pour se poser la question. C'est logique, inspecteur.

— L'autre cadavre est apparu sous un lampadaire de la plaza Real.

— En effet, c'est aussi une œuvre de Gaudí. Sur la partie supérieure, on peut apercevoir le même caducée que sur les porches de la Casa Xifré. C'est le symbole de l'art alchimique. Comme tu peux le constater, les gens qui affirment que, après avoir observé quotidiennement pendant ses années d'étude les mêmes reliefs, Gaudí a pu être influencé par cette symbolique ne se fourvoient pas vraiment.

— Ce qui nous conduit à conclure que l'assassin est d'une façon ou d'une autre obsédé par la vie et l'œuvre de l'architecte. Trois sur trois. Ce que nous ignorons, c'est pourquoi.

— Quatre sur quatre, corrigea Crespo d'un air grave.

— Un autre corps a fait son apparition ?

— Dans les archives, oui. En 1998, on a retrouvé le corps d'une prostituée dans le parc de la Ciudadela, juste sur la petite place Aribau, près du monument. Il lui manquait un pied.

— Et tu rattaches ça aux morts dans des circonstances étranges parce que…

— Le socle de la statue de Bonaventura Aribau est orné de signes maçonniques : les cubes pyramides, le tau, l'étoile à cinq branches, les feuilles d'acacia, les pierres cubiques…

— Et pour quelle raison…

— Tu sais qui a conçu l'ornementation de cette petite place, hein ?…

— Gaudí ?

— Bingo ! Et un autre détail encore ; si sur le plan tu traces une ligne droite joignant deux terrains d'action de l'assassin, par exemple la petite place Aribau et le lampadaire de la plaza Real, tous deux dessinés par Gaudí, et que tu la prolonges… eh bien, elle passe également par un troisième point qui est le Palau Güell : le siège de la fondation Cercle Gaudí, qui était déjà présidée à l'époque, je te le donne en mille, par…

— Félix Torrens, dit Milo d'un ton sec en complétant la phrase du sergent.

— Exact.

Ils se regardèrent sans mot dire. Milo avait les lèvres pincées.

— Mais cette ligne droite ne passe pas par la fontaine du Geni Català, objecta-t-il.

— Ce n'est pas Gaudí qui l'a dessinée.

Ils observèrent quelques secondes de silence.

— Cinq sur cinq, dit Milo.

— Il reste à démontrer que Félix Torrens a été séquestré par notre assassin, on n'en sait encore rien. Il peut s'agir d'une fuite, comme l'affirme le procureur.

— Bien sûr que c'est lui qui l'a séquestré.

Son portable commença à sonner et, distrait, il répondit sans lire le nom.

— Tu n'as pas honte ? Tu m'as laissé plantée là, dit Irène d'une voix glaciale.

Le sergent Crespo s'éloigna discrètement en direction de la moto.

— En ce moment, je suis très occupé, je ne peux pas te parler.

— Je n'ai pas besoin de toi, Milo. Il y a une autre façon de régler les choses. Par le conflit, par exemple.

— Tu me menaces ?

— Si je demande le divorce, le juge peut décider que l'appartement m'appartient.

— C'est possible. Mais cela va demander du temps. Tu en as vraiment ?

Irene raccrocha sans répondre.

Milo resta là, à observer fixement le téléphone. Il le fixait encore lorsque l'écran s'éteignit.

Il pénétra dans The Ground Bar d'un pas pressé. La combinaison des murs noirs, des meubles fuchsia et des détails dorés, avec les lumières multicolores des verrières modernistes du plafond, lui fit cligner des yeux. La plupart des clients du nouveau bar de l'hôtel Axel étaient des hommes de belle allure, habillés de façon élégante, avec un goût exquis. Il se sentit vraiment déplacé avec son jean délavé et son tee-shirt froissé. Conscient que tout le monde le regardait, il aperçut le visage de Judit Gaig, qui s'impatientait dans le fond de la salle et il s'approcha rapidement d'elle.

— Tu es en retard, inspecteur, lui reprocha-t-elle en guise de salut.

Milo se laissa tomber dans un gros fauteuil rouge design. Il soupira profondément.

— Je pensais que tu étais allé au bar de la terrasse, dit-il. Avec cette chaleur, je me suis dit que tu aurais préféré qu'on se voie à la piscine. J'ai perdu un temps précieux à te chercher.

— Une demi-heure pour monter et redescendre en ascenseur ?

— Il y avait une longue queue.

Judit Gaig arqua les sourcils et l'observa un instant.

— Ce bleu sur ta joue signifie ce que je pense ?

— Une porte, je me suis cogné dedans. Tu connaissais cet endroit ? C'est l'endroit le plus *cool* de la ville, le point de rendez-vous de la touche *trendy* de Barcelone. Ici, le jeu c'est de voir et d'être vu.

— *Trendy ?* C'est quoi ça, une nouvelle tendance ?

Milo haussa les épaules.

— Tu ne m'as pas fait venir pour me charrier ? dit-elle. Si ?

— Je voudrais que tu me parles de cul, dit Milo.

Un garçon s'approcha. Il leur demanda ce qu'ils voulaient boire.

— Un gin tonic Hendrick's et bien tassé, précisa la psychologue après avoir réfléchi quelques secondes.

— La même chose, mais sans gin, dit Milo. Non, un jus plutôt. Bon, apporte-moi de l'eau, pétillante. Un Vichy catalan. Sans glace. Mais très frais.

Ils attendirent que le garçon se soit éloigné.

— Je croyais que tu voulais parler du profil psychologique de Félix Torrens, dit-elle.

— C'est bien ce que j'ai dit.

La psychologue évita le contact visuel et regarda autour d'elle. L'ambiance était détendue, cosmopolite, agréable. Elle s'aperçut qu'elle était la seule femme du bar.

— Faisons les choses comme il faut, dit Milo. Je suis en train de te faire perdre ton temps avec une consultation, alors tu passeras la facture au commissariat, d'accord ? Et en même temps, tu incluras le prix des consommations.

Judit Gaig se tourna vers lui.

— Comme tu voudras, dit-elle en fouillant dans son sac, puis en lui tendant une boîte de cachets. Ce sont des anxiolytiques, au cas où tu te sentirais nerveux, sur le point d'exploser.

— Tu penses que j'en ai besoin, hein ?

— Je n'ai pas dit cela, réfuta-t-elle en récupérant son air autoritaire. La pression à laquelle tu es soumis peut parfois faire des dégâts. Ces cachets t'aideront à les réparer.

— Je n'aime pas ça. Ça m'embrume la tête.

— Avant que l'aiguille n'indique le trop-plein, il est bon de ralentir le rythme. Ils te seront également utiles pour trouver un sommeil profond et réparateur. Et ça, je pense que tu en as vraiment besoin, de façon urgente.

— J'en tiendrai compte, dit-il en rangeant la boîte. On parle de ce profil psychologique, oui ou non ?

Judit Gaig respira profondément et se concentra un instant avant de commencer :

— Il correspond exactement au profil du délinquant en col blanc. Ces individus ont pour unique règle morale de s'enrichir et ils subordonnent tout le reste à cela. Ils sont froids ; au lieu de trouver la sécurité dans les liens affectifs, ils la trouvent dans l'accumulation du pouvoir et de l'argent. Ils sont convaincus qu'agir de cette façon les rend autosuffisants face à toute difficulté. C'est pour cette raison que le réseau de relations qu'ils tissent n'est pas basé sur la confiance, mais sur des intérêts mutuels. Ils ne ressentent pas la moindre empathie pour les autres et sont incapables de se mettre dans la peau d'autrui, de comprendre son état d'esprit. Ils provoquent de la douleur ou de la destruction sans souffrir le moins du monde pour leurs victimes. De plus, ce sont de grands manipulateurs. Ils déploient leur faux charme irrésistible – la plupart du temps celui-ci est superficiel et même élémentaire – et se croient immunisés contre tout, du seul fait de distordre la réalité. Cela leur procure une grande satisfaction, un *shoot* d'adrénaline auquel ils finissent par devenir dépendants. Ils sont menteurs et narcissiques, ils vivent comme s'ils n'avaient besoin de personne, et ils se sentent intouchables. Ils semblent avoir de nombreuses capacités, mais ils confondent créativité et spoliation. Ils développent des stratégies qui ne sont pas basées sur l'intelligence, mais sur l'astuce, et ils se croient plus astucieux que leurs semblables. Ah, oui, et ils méprisent des sentiments tels que la honte ou le repentir ; ils les considèrent comme débilitants, propres aux gens médiocres.

— Et comment tu appellerais ce genre de conduite ?

— C'est carrément celle d'un psychopathe, trancha-t-elle.

Le garçon se présenta. Ils l'observèrent servir le gin tonic, mélanger les ingrédients. Il déposa l'eau minérale sur la table, le verre sans glace avec une rondelle de citron, et s'éloigna.

Judith Gaig avala une gorgée. Elle laissa échapper un soupir de soulagement.

— Mon Dieu, j'en avais vraiment besoin ! dit-elle. Tu ne bois pas ?

— Plus tard, continue.

Elle tourna le gin tonic avec son doigt, d'un air pensif.

— Le trait le plus caractéristique de leur comportement est qu'ils n'ont aucun sentiment de culpabilité. Ils ont du mal à prendre conscience des conséquences de leurs actes, ils ne parviennent pas à les comprendre. Ils cherchent la récompense immédiate et l'exigent ici et maintenant. Autrement dit, ils n'ont intégré aucune norme éthique et morale et considèrent que les lois sont de simples empêchements ou de dérisoires barrières qui ne s'adressent pas à eux. Voilà pourquoi ils les transgressent ou les franchissent sans le moindre problème.

— Et pourquoi quelqu'un qui possède déjà beaucoup de fric perd tout à coup son self-control et commence à commettre des délits sans limites ni même se cacher ?

Judit Gaig avala une nouvelle gorgée avant de répondre.

— Inspecteur, ce genre de personnages n'en a jamais assez. Il en veut toujours plus, il lui faut accumuler toujours plus de richesse, toujours plus de pouvoir. Il est accro à ce processus, il a besoin de sa dose, il ne peut jamais s'arrêter. Il est pris dans un mouvement perpétuel, comme une boule de neige qui grossirait de plus en plus à mesure que son réseau de mensonges et de manipulations augmente. Ces gens-là sont d'authentiques malades, inspecteur.

— Je ne les plains absolument pas, dit Milo. Leur place est en prison.

— Je ne dis pas le contraire, ajouta-t-elle. Je dis seulement que leur pathologie fait partie de ce qu'on appelle le "difficile accès", avec une guérison extrêmement laborieuse à obtenir. Certains médecins affirment que les causes de leur conduite sont à chercher dans leur enfance : carences affectives, entourage répressif, abandon émotionnel, besoin d'attirer l'attention sur soi. Pour le reste, et comme des malades qu'ils sont, il faut les protéger du sentiment de vengeance de leurs victimes.

— Peut-être, mais leur maladie ne les exempte pas de rendre tout ce qu'ils ont volé.

— Je t'assure que lorsqu'ils se font attraper, ils se sentent humiliés par leur déchéance sociale. N'oublie pas que ce sont des gens qui ont été très encensés et applaudis par la société. Je ne sais pas si la punition est suffisante mais…

— Est-ce qu'ils éprouvent de la culpabilité et de la honte ?

— Non, je te l'ai déjà dit.

— Alors la punition n'est absolument pas suffisante pour eux ! conclut-il.

Elle l'observa attentivement.

— Je te trouve extrêmement rancunier avec cet individu, expliqua-t-elle. Félix Torrens t'a fait quelque chose à toi en particulier, ou à quelqu'un de proche ?

— Toute cette hypocrisie me donne envie de vomir, dit Milo. D'un côté son image de personne irréprochable, honnête, patriotique ; et de l'autre, sa corruption camouflée, ses désirs égoïstes d'accumuler du pouvoir, sa conduite de canaille antisociale. Il va son train, il n'est pas concerné par les normes sociales, il a carte blanche pour faire ce qu'il veut. Et tandis qu'il fait semblant de construire, en réalité il détruit. D'une main il prétend divulguer au monde entier le génie de Gaudí et de l'autre, il souille tout ce qu'il touche de sa toute-puissance, de son avidité immorale et de ses mensonges, dit-il en plantant son regard sur la psychologue. Que se passe-t-il entre lui et la luxure ? Un homme avec tant de vices privés doit y être obligatoirement tombé. Parle-moi donc de cul, madame la psychologue.

Judit Gaig laissa transparaître sa perplexité.

— Inspecteur, je ne connais pas suffisamment son cas en particulier, dit-elle. Je manque d'éléments.

Milo se gratta la tête d'un air frustré.

— Eh bien, base-toi sur la théorie, sur le profil psychologique que tu viens de dresser.

La psychologue hésita plusieurs secondes.

— Voyons voir, dit-elle, il est possible qu'un homme qui se croit au-dessus de tout, avec du pouvoir sur toute chose et tout le monde, se serve et prenne ce qu'il désire sans tenir compte des conséquences éventuelles.

Milo se redressa dans son fauteuil rouge design.

— Qu'il prenne n'importe quelle personne qui l'attire, par exemple ?

Elle acquiesça.

— Le problème, c'est évident, ce sera alors pour lui de la soumettre à ses désirs, ajouta-t-elle.

— Tu penses qu'il peut la violer, hein ?

— En effet, mais ça n'a rien à voir avec la luxure, seulement avec le pouvoir.

— Et c'est quelque chose qui correspond parfaitement à son profil, réfléchit Milo.

— En effet.

Il se pencha vers elle et répéta :

— Tu penses qu'il peut faire ça avec n'importe quelle personne qui l'attire ?

— Oui, je te l'ai déjà dit, s'impatienta Judith Gaig.

— Y compris avec des enfants ?

La question claqua à ses oreilles comme un coup de feu. Elle avala bruyamment sa salive et se sentit soudain extrêmement mal à l'aise.

— Inspecteur, tu me poses des questions très délicates et je ne sais pas si je dois…

Milo l'interrompit.

— Quelques années avant les Jeux olympiques, Félix Torrens s'est employé à fond à laver son image dans le but de prendre le contrôle de la fondation Cercle Gaudí. Est-ce que tu sais à quoi il s'est consacré pendant ce temps ? demanda-t-il.

Son interlocutrice fit non de la tête.

— Eh bien, il s'est consacré à créer des centres d'accueil pour enfants handicapés, inadaptés au système. Il s'est consacré à leur trouver un toit.

La psychologue battit des paupières quelques instants, déconcertée.

— Je te pose à nouveau la question, dit Milo. Est-ce qu'un homme avec un profil pareil, amoral, habitué à provoquer de la douleur sans souffrir pour ses victimes, peut avoir pratiqué la pédophilie ?

— Et moi, je te le répète à mon tour, inspecteur : je ne dois ni ne veux répondre à cette…

— Un homme accro à l'adrénaline générée par ses actions, poursuivit Milo, narcissique, dépourvu de sentiment de culpabilité pour tous ses actes, qui se croit immunisé contre tout, intouchable…

— Inspecteur Malart, inutile de me mettre la pression, je ne suis pas un de tes détenus, protesta-t-elle.

— Un homme habitué à obtenir satisfaction grâce à ses délits, pour qui les lois sont juste une barrière qui ne le concerne pas, un homme qui a peut-être souffert dans son enfance d'un type de traumatisme…

— Arrête, je te prie, coupa-t-elle. Ça n'a pas de sens !

— Et pour quelle raison ?

— Parce qu'il ne pourrait pas s'enrichir avec ce… genre d'action, dit Judit Gaig.

— Mais il pourrait satisfaire sa personnalité d'homme qui se croit au-dessus de tout et de tout le monde, insista Milo. Ce sont tes propres mots. Ça colle avec la théorie que tu viens tout juste de développer.

— Mais de là à la mettre en pratique, la pente est raide, crois-moi ! Et ça échappe à mes attributions !

— Je ne te demande pas de me le certifier, expliqua-t-il. Je voudrais seulement que tu me dises s'il est possible qu'un individu comme Félix Torrens, qui se croit supérieur, supérieur à tout le monde, puisse avoir été capable de prendre… un gamin ou une gamine et de le soumettre à ses désirs, sans tenir compte des conséquences. Oui ou non ?

— Je ne sais pas, je… balbutia-t-elle.

— Il se sent maître de tout et de tout le monde, insista-t-il. Et il a devant lui un gamin. Vulnérable. Ou une gamine. Sans défense. Un enfant qui l'attire au point de l'obséder. Il a besoin d'exercer son pouvoir sur lui, de dominer. Il pourrait le faire oui ou non ?

— Mais cela ne signifierait pas qu'il soit un pédophile au sens strict du mot !

— Pour l'instant, personne ne prétend ça, argumenta Milo. Je pose la simple hypothèse qu'il puisse ou pas avoir soudain le désir de posséder un gamin ou une gamine. Les lois n'existent pas pour lui. La seule norme est de satisfaire ses désirs. Absolument tous ses désirs. Il pourrait oui ou non ?

Judit Gaig devint toute rouge, exaspérée.

— Je suppose qu'il pourrait ! lâcha-t-elle. Mais cela ne cadrerait pas avec le comportement d'un délinquant en col blanc.

Milo se détendit brusquement. Il s'enfonça à nouveau dans son fauteuil.

— Mais ça cadre avec l'existence d'un monstre, dit-il à mi-voix.

Il saisit le verre d'eau minérale et le vida d'un trait, jusqu'à la dernière goutte.

— Tu as soif?

Félix Torrens ouvrit les yeux avec difficulté et aperçut le faisceau de lumière. Dans un premier temps, il ne se rappela pas où il se trouvait. Désorienté, le cerveau livré aux ténèbres, il se contenta de respirer péniblement. La douleur lacéra ses poumons.

— Tu as soif? répéta la voix râpeuse.

Le prisonnier ouvrit et referma la bouche sans émettre le moindre son. Son esprit lui ordonna de continuer à dormir, de se réfugier dans le sommeil. De fermer les yeux et d'en finir avec la souffrance, sans résister. D'en finir avec tout. La mort ne pouvait pas être quelque chose de si horrible. Soif? Il se souvint alors de la cellule, de sa situation. Un dernier effort valait sans doute la peine.

Sans énergie, il roula sur lui-même, très lentement, pour faire face à la voix. À chaque mouvement, des milliers de dards se plantaient dans son corps. Il tenta de parler.

— De l'eau, parvint-il à dire.

— À genoux, maintenant, ordonna la voix.

Affaibli, sans force, il se disposa à obéir. Peu à peu, il réussit à appuyer ses bras et ses jambes jusqu'à parvenir à se placer à quatre pattes. Tremblant de la tête aux pieds, il entendit l'ordre suivant.

— Avance. Vers moi.

Clopin-clopant, avec une extrême lenteur, il s'approcha d'un pas, deux pas. Il s'arrêta, épuisé.

— C'est ta dernière chance. Ne bouge plus.

La voix était froide, glacée. Inexpressive.

Félix Torrens tenta de ne pas bouger. Priant pour que ses muscles ne le trahissent pas, il retint sa respiration. Il demeura immobile. Les secondes s'écoulèrent, les minutes. Une éternité. La honte envahit sa tête. Mais il découvrit également une chose qu'il n'aurait jamais soupçonnée, un certain plaisir dans la soumission. Il y avait de la paix dans le renoncement, dans cette façon de se livrer totalement.

— Ouvre la bouche, dit la voix.

Il obéit immédiatement, sans réfléchir. Et en s'exécutant, une sensation de chaleur inonda ses sens. Quelque chose d'individuel, d'impossible à partager. Le doux sentiment de l'abandon.

— Et maintenant, lèche.

Il vit une forme estompée devant son visage. On aurait dit une assiette. Il entendit le bruit de l'eau se répandant à l'intérieur. Ce fut bref, mais suffisant pour réveiller un insupportable désir. Il tira la langue et la plongea avidement dans le récipient. Au premier contact avec le liquide, une myriade d'explosions cicatrisantes explosèrent dans sa gorge. Il but rapidement, frénétiquement. Il but la mince quantité d'eau et lécha voracement la surface de l'objet jusqu'à ce qu'on le lui retire de façon brusque et soudaine.

— Qu'est-ce qu'on dit ? demanda la voix.

— Merci, balbutia Félix Torrens.

— Brave garçon.

Il sentit quelque chose d'étrange, de presque oublié. Après tant d'années, il expérimentait à nouveau le soulagement interdit de la déchéance. D'abord comme maître, maintenant comme esclave. L'intime gratitude de recevoir une récompense après avoir été humilié. Le cercle parfait.

Il se sentit vibrer et il eut un frisson inattendu de plaisir suprême.

La voix qui lui parlait découvrit soudain le relâchement de son visage, la marque de sa jouissance.

— Tu te souviens, dit la voix.

— Non… non je ne… comprends pas…

— La Ferradura, dit la voix râpeuse, sans intonation.

Ce mot lui coupa la respiration, comme s'il avait été violemment frappé à la poitrine par un poing de fer. Et il comprit immédiatement que les choses allaient mal finir pour lui, extrêmement mal.

Sa mémoire se mit tout de suite en route.

Le corps d'éphèbe, tentateur. La bouche douce et vierge. La peau sans tache. Un ange à l'esprit pervers qui s'était transformé en diable. Que lui-même avait transformé en diable. Il se rappela la façon dont il avait mille fois remercié le ciel, pour avoir mis sur son chemin un être aussi beau, aussi puissant.

— Mais, tu… tu n'es pas… murmura-t-il paralysé par la terreur. Tu es…

— Moi, je suis son disciple, je ne fais qu'obéir à ses ordres, dit la voix râpeuse.

— Non… ne me fais pas mal. Je te donnerai ce que… ce que tu voudras.

— Je n'ai pas l'intention de te toucher. Pas encore.

Les forces abandonnèrent Félix Torrens et il tomba, le visage contre le ciment. En proie à une crise d'hystérie, il se prit lui-même dans ses propres bras et commença à se balancer légèrement sur lui-même tout en récitant une prière.

Le puissant faisceau de lumière s'éteignit.

Le portable se mit à sonner et Milo ouvrit les yeux. Le jour ne s'était pas encore levé. Allongé sur la chaise longue de la terrasse, il chercha le téléphone par terre.

— Oui, dit-il en ravalant un bâillement.

— Tu dormais ?

— Je faisais juste un petit somme.

— Avale deux ou trois cafés bien serrés et viens tout de suite au commissariat central, dit la juge Cabot.

— Qu'est-ce qu'il se passe ?

— Cette nuit, le Groupe, avec Singla à la tête d'une unité des GEI, a arrêté un suspect pour l'assassinat d'Eduard Pinto. Comme tu dois t'en douter, les caméras n'en ont pas perdu une miette. On va l'interroger dans un instant.

— Un suspect ? répéta Milo en émergeant d'un seul coup.

Il se leva.

— C'est comme je te le dis, ajouta la juge. Un antisystème. Je t'expliquerai ça lorsque tu seras là. Étant donné les preuves qu'ils m'ont présentées, je n'ai pas eu d'autre choix que de signer son mandat de dépôt. Il y a vraiment une grande agitation, et en ce moment ils sont en train de prendre ses empreintes. Si tu ne veux pas rater ça, à ta place j'arriverai à toute vitesse. Tout le monde est là, il ne manque que toi.

Milo serra les lèvres. Il se tut pendant un instant.

— Qu'est-ce qui t'arrive ?

— Tu ne trouves pas que cette arrestation tombe un peu trop à point nommé ?

Susana Cabot attendit plusieurs secondes avant de répondre à Milo.

— Je ne trouve rien du tout. Mais tu devrais être content, commenta-t-elle. C'est toi qui as indiqué la bonne direction pour les recherches.

— Alors dis-moi pourquoi je ressens un arrière-goût étrange, au fond de la gorge ?

— Je n'en sais rien. Peut-être parce que tu as mangé quelque chose de pas très frais ?

14

VIVRE TUE, lut Milo sur le tee-shirt du détenu. Il était jeune, crâne complètement rasé, à part une houppe châtaigne à son sommet. Son visage aux pommettes osseuses et aux yeux enfoncés avait une expression indolente, comme si sa présence en ce lieu ne l'inquiétait pas le moins du monde. À travers la vitre de la salle contiguë, il observa la peau de son visage couverte de kystes et de boutons. Il arborait plusieurs éléments décoratifs : un anneau lui traversant la cloison nasale, un autre les sourcils et un dernier la commissure des lèvres. Il avait un collier de chien autour du cou, garni de clous dorés, assorti à ses bracelets, et, grâce à la façon dont il était assis, une jambe croisée sur la cuisse de l'autre, Milo put apercevoir son ceinturon parsemé de balles argentées, avec une boucle en forme de tête de mort, et ses rangers aux pieds.

— On connaît son nom ? demanda Milo.

— Jon Grau, vingt ans. Il a des antécédents pour plusieurs vols et actes de vandalisme, dit la juge Cabot. Un petit ange.

Le prisonnier gratta sa joue mal rasée, tout en ouvrant grande la bouche dans un interminable bâillement. Puis il se releva, et tandis qu'il étirait paresseusement ses bras, fit quelques pas dans la salle d'interrogatoire. Il fit le tour de la table fixée au sol, regarda la caméra de surveillance avec son voyant rouge allumé et s'approcha du miroir sans tain en traînant les pieds. Une moue de dégoût aux lèvres, il souleva son tee-shirt et montra le numéro de téléphone qui était inscrit sur son ventre en se donnant plusieurs coups insistants dessus.

— C'est le numéro de son avocat, grommela Cervera dans leur dos. Il suit au pied de la lettre le manuel du guérillero urbain. Mais il peut toujours courir ce gros salopard. Après la façon dont il nous a reçus – il avait mis des pièges partout –, il pense tout de même pas qu'on va téléphoner à un de ses collègues pour venir à son secours.

La juge Cabot se tourna vers lui.

— Inspecteur, inutile de vous préciser qu'il faudra respecter très scrupuleusement les droits du prévenu, dit-elle en ajoutant fermement : Appelez son avocat immédiatement, entendu ?

— Mais madame la juge, ce type a tenté de nous électrocuter et il a même failli nous brûler vifs. Si la DINF* ne nous avait pas indiqué l'endroit exact où il se trouvait, on aurait pu vivre une vraie tragédie.

— Faudra-t-il que j'en réfère à l'inspecteur-chef Singla ? demanda-t-elle sur un ton renfrogné. Obéissez immédiatement, et ne me faites pas perdre mon temps, je vous prie.

L'inspecteur Cervera sortit de la salle en protestant à voix basse.

— Il vous faut le comprendre, madame la juge, intervint Rojo. Ça n'a pas été du tout agréable de pénétrer dans un appartement complètement piégé dans le but de causer un maximum de pertes dans nos rangs.

— Et qui a dit que l'arrêter devait être un travail agréable ? insista-t-elle. Vous étiez escortés par une unité du GEI qui ouvrait le chemin, en suivant les indications d'un gars de la DINF qui avait infiltré le collectif des antisystèmes. Que vous fallait-il donc de plus ?

— Moi, je ne me plains pas, mais…

— Mais rien du tout, l'interrompit-elle en pointant son doigt sur le prévenu derrière la vitre. Au cas où vous ne le sauriez pas, ces gens-là sont en lutte contre le système. Et nous, l'autorité, nous sommes justement les représentants dudit système et par conséquent leurs ennemis. Que pensiez-vous trouver en allant là-bas. Un comité d'accueil pour vous souhaiter la bienvenue ?

* División de Información. C'est la Division de l'information de la police de Catalogne, autrement dit la police secrète ou les renseignements intérieurs.

L'inspecteur Rojo baissa la tête.

— Est-ce qu'il y a un gars de la DINF mêlée à cette histoire, demanda Milo.

— Oui, un membre de la Division d'information a infiltré le collectif, il y a six mois. Il est allé de squat en squat, dans les secteurs de Sants, de la Gran Vía, de Gracia et enfin là où on a réussi à arrêter le suspect, à l'angle des rues Urgel et Floridablanca. C'est grâce à lui qu'on a pu désactiver plusieurs cellules très combatives du collectif le plus violent, composé de quatre cents membres environ, puis ficher plusieurs militants antisystèmes appartenant au noyau dur.

— Et comment vous avez réussi à obtenir sa collaboration ? demanda Milo.

— Bastos a lancé sa canne à pêche dans tous les départements et un poisson a mordu à l'hameçon. La DINF avait en point de mire un type qui correspondait aux caractéristiques qu'on était en train de chercher et elle nous a passé l'information. Ç'a été un coup de pot, c'est tout.

— Moi, je ne crois pas à la chance.

L'inspecteur Rojo haussa les épaules et quitta immédiatement la salle.

— Tu t'es montrée très dure envers eux, dit Milo.

— Tu ne comprends donc pas de quoi il s'agit, non ? rétorqua-t-elle. Si on ne fait pas le travail dans les règles, il me faudra ensuite supporter que plusieurs centaines de professeurs d'université signent un manifeste me reprochant de criminaliser le mouvement social des antisystèmes pour le transformer en bouc émissaire et ainsi détourner l'attention des citoyens de la nature des conflits réels. Et j'en ai vraiment ras le bol de cette chanson. Je n'ai pas du tout l'intention de leur donner du grain à moudre ; alors la procédure doit être menée dans la plus stricte légalité, un point c'est tout.

— Ne t'en prends pas à moi, Votre Honneur, je t'en prie. N'oublie pas que je suis dans ton camp.

La juge Cabot laissa échapper un profond soupir d'impuissance.

— Tout ça est kafkaïen, dit-elle. Ils sont contre le système et ils s'accrochent en même temps aux règles du système pour lutter contre le système lui-même, ajouta-t-elle en secouant la tête. J'ai lu le fameux manuel du guérillero urbain dont parlait Cervera et, comble de l'absurde, ils ont eu le culot d'y inclure une observation légale à propos de l'inviolabilité du domicile par la police. Un domicile qu'ils ont eux-mêmes occupé ! Comme je t'ai dit : tout ça est kafkaïen.

Le phénomène des antisystèmes devenait un casse-tête de plus en plus compliqué pour les autorités. C'était un problème complexe. Au noyau dur des anarchistes violents et extrêmement militants, s'ajoutait le mouvement alternatif de Barcelone, un magma pluriel et sans structure organisée. Il formait une nébuleuse hétérodoxe de squatteurs, d'indépendantistes, d'antifascistes, de syndicalistes, d'associations de riverains, d'étudiants, de groupes féministes et d'écologistes, réunis ensemble autour de la défense des droits au travail et à l'accès à un logement digne. Selon les sociologues, la violence de ce collectif était due au fait que les membres faisaient partie d'une génération sans avenir, et ils attribuaient ses accès de colère au désespoir qu'entraînait le manque d'expectatives et d'opportunités. La perte d'identité de la ville – à cause des transformations et des rénovations constantes des rues et des bâtiments, des augmentations des loyers dans les quartiers à la mode – et la spéculation sur la construction qui étaient à l'origine de la pratique de prix abusifs constituaient autant d'éléments pointés du doigt par lesdits sociologues, qui justifiaient l'importance prise par le phénomène.

Milo se racla la gorge.

— Ce n'est pas pour te contredire, Votre Honneur, mais dans le fond je suis plutôt d'accord avec eux. Et avant de me mettre en taule, laisse-moi ajouter que je suis en revanche contre la violence.

La juge l'incendia du regard.

— Je ne suis pas d'accord. La précarité de l'emploi ou les difficultés pour accéder à un logement ne se combattent pas en brûlant des poubelles ou en cassant des vitrines.

— Je sais bien, mais tous les antisystèmes ne sont pas des gens violents ; certains possèdent une idéologie et elle est loin d'être absurde. Il ne faudrait tout de même pas se contenter de fourrer l'ensemble des militants dans le même sac.

— Et la propriété privée est sacrée, ajouta-t-elle avec la même froideur. C'est même la base de notre système. On n'a pas le droit d'occuper une maison qui ne nous appartient pas, sous prétexte qu'on a des idées.

— Sauf si tu es un jeune qui en a ras le bol de voir construire toujours plus d'hôtels de luxe pour touristes, tandis que tu sais parfaitement que tu n'auras jamais une maison à toi de toute ta putain de vie, si longue soit-elle.

— C'est la loi du capitalisme, répliqua Susana en devenant écarlate. Quelqu'un a acheté ces appartements et il peut en faire ce que bon lui semble. C'est la règle du jeu.

— Oui, tout comme construire des appartements pour spéculer, plutôt que pour offrir un toit à la population. C'est comme ça qu'a éclaté cette crise qui va tous nous envoyer en enfer. À cause de ta putain de règle du jeu. Une minorité de personnes gagne, tandis que la majorité perd. Je dis que ce n'est pas juste pour les personnes qui restent, un point c'est tout.

— C'est le système ! s'exclama-t-elle en perdant patience.

— Eh bien, le système, c'est de la merde, voilà ! Tu as compris ?

— Tu vas faire alliance avec un sale type comme lui ? demanda Susana, en pointant son doigt sur le prévenu.

— Je n'en sais rien avec qui je vais faire alliance, je n'ai pas encore eu le plaisir d'être présenté.

— Je vais le faire moi-même. Ce type est un individu qui truffe tout l'appartement qu'il a occupé illégalement de pièges pour que lorsque quelqu'un comme toi viendra l'arrêter, il tombe dedans. Des trous dans le plancher couverts par une natte, pour que l'agent se retrouve plusieurs étages plus bas après avoir marché dessus. Ou des poignées de porte branchées sur le courant électrique. Ou des seaux remplis d'essence placés derrière les portes pour qu'ils s'enflamment avec les étincelles de la scie circulaire et brûlent vif l'agent qui tentait de les forcer. Tu veux que je continue ?

Surpris par la véhémence de la juge, Milo ne répondit pas.

— Eh bien, c'est précisément ce que fait ce type, qui connaît par cœur le fameux manuel du guérillero, poursuivit-elle hors d'elle. Il s'intitule *Organise ta rage* et sa lecture est passionnante. Il préconise de toujours porter une capuche, car "la capuche est ton amie", et de se couvrir le visage avec un foulard ou une écharpe, en plus du truc du numéro de téléphone de l'avocat tatoué sur le corps. Et au passage, il donne des conseils sur la façon dont il faut s'y prendre pour freiner la charge de la police, pour bloquer les rues, pour fabriquer des cocktails Molotov afin d'incendier des véhicules. Maintenant que je t'ai présenté ce sale type, tu veux toujours faire alliance avec lui ?

Susana Cabot se croisa les bras et attendit. Elle tapait du talon par terre, en s'impatientant.

— Tiens, tu ne dis plus rien ? insista-t-elle.

— Tu crois que ce gars-là est capable de fabriquer des cocktails Molotov ?

— Oui, je te l'ai déjà dit, c'est un élève remarquable.

— J'ai besoin d'en savoir plus sur lui, dit Milo en tournant les talons.

— Où vas-tu ?

Le claquement de la porte la fit sursauter. Du coin de l'œil, elle aperçut le prévenu faire les cornes à la vitre avec ses deux mains, puis retourner s'affaler sur sa chaise. Elle lâcha un profond soupir. Elle commençait à sentir les pulsations de son sang accélérer au niveau de ses tempes. Elle ne se considérait pas spécialement comme superstitieuse, mais savait qu'un mardi, qui plus est comme aujourd'hui un 13, rien ne pouvait bien se passer. C'était évident.

L'inspecteur Rojo se trouvait dans le couloir, appuyé contre le mur, attendant qu'on l'appelle pour commencer l'interrogatoire. Il avait un verre en plastique de café glacé à la main, fixait distraitement le sol.

Milo le rejoignit en deux enjambées.

— Dis-moi, Malart, elle roule pour qui ta juge ?

— Ne lui en tiens pas rigueur, Rojo. Elle reçoit des pressions de tous les côtés et cette affaire rendrait nerveux n'importe qui d'autre. Et dis-moi, j'ai expliqué mille fois que ce n'était pas ma juge. Alors on se calme, je commence à en avoir ras le bol de votre petit refrain à tous.

— Ah, bon, toi aussi tu vas devenir désagréable, maintenant ?

— Parle-moi de ce gars, Jon Grau, qu'est-ce que vous savez sur lui ?

Rojo but une gorgée de café sans cesser de l'observer par-dessus son verre.

— Il est fils unique, il est issu d'une famille d'ouvriers, de La Verneda. Le père est maçon, au chômage, et la mère femme de ménage. Lui, il a lâché le lycée avant le bac et il a eu la brillante idée de chercher un boulot dans le bâtiment que, bien entendu, il n'a jamais obtenu. Il a alors commencé à vivoter, en trafiquant par-ci par-là, jusqu'à ce que La Caixa exécute l'hypothèque et fasse expulser ses parents pour défaut de paiement. Endettés jusqu'au trognon, après avoir perdu leur appartement, ils ont été forcés de déménager chez un membre de leur famille à Bellvitge. Notre type n'a pas supporté la chose et s'en est tout simplement allé vivre dans un squat du quartier de Gracia, où on l'a accueilli à bras ouverts. À partir de là, il a commencé sa carrière de belligérant chez les guérilleros urbains. Il hait viscéralement le système.

— Je ne le lui reproche pas vraiment, dit Milo. Peut-être que dans sa situation j'aurais fait la même chose.

— Moi aussi, mais au lieu de m'attaquer à des agents de police, peut-être que j'aurais dirigé ma rage un peu plus haut sur l'échelle des métiers. Par exemple envers un des dirigeants de La Caixa, oui, envers un vrai responsable de la ruine de ma famille, quoi ?

Ils échangèrent un regard complice.

— C'est une possibilité envisageable. Qu'est-ce que vous avez trouvé d'autre ?

— Le 29 juin, le jour où Eduard Pinto a disparu, notre jeune guérillero a quitté la ville et n'est revenu à son squat de la rue Floridablanca que cinq jours plus tard, le 4 juillet, précisément le jour où on a découvert le corps en flammes à la Casa Milà.

— Il a un alibi ?

— Il dit qu'il s'est rendu à moto à un festival de musique *heavy metal*, à Jaén, et qu'il a fait la fête pendant cinq jours.

Tu vois ce que je veux dire : cachets, alcool, tout ça à gogo. Il affirme qu'il n'était pas au courant pour la disparition de la victime et qu'il ne sait absolument pas de qui il s'agit.

— Vous avez vérifié ?

— On est justement en train de le faire. Pour l'instant, sans résultat. Mais il est encore trop tôt.

— Il a une moto, lui ?

— Non, elle appartient à un gars du squat. Tout comme la combinaison de moto et le casque. Bonhora est en train de les analyser en ce moment même, il cherche des empreintes. Ce que je peux te dire, pour l'instant, c'est que la combinaison et les gants portent des traces d'huile, même si cela n'a rien d'étonnant. La moto est un vieux machin, une Bultaco de la grande époque, qui doit perdre de l'huile par une durite.

— Et le casque ? Est-ce que la visière est fumée ?

— Non, elle est transparente. Mais il s'est peut-être débarrassé de l'autre.

— Est-ce que vous avez repéré une fourgonnette blanche quelque part ?

— Non, je t'ai dit que c'était encore trop tôt. Mais on va la retrouver, c'est évident.

— Je doute que ce Jon Grau connaisse l'existence même de Gaudí, murmura-t-il pensif.

— Malart, arrête de te torturer les méninges, on a trouvé le type, dit-il en finissant son café. Au début, je ne faisais pas vraiment confiance à la nouvelle direction que tu voulais donner à l'enquête, je ne trouvais pas très convaincant le fait de chercher quelqu'un qui haïsse Barcelone. Mais il faut reconnaître que ton intuition était la bonne. Tu as même ton G, le G de Grau. Tout coïncide, son poids, sa taille, sa corpulence, et son mobile est plus que convaincant. Tu ne chercherais pas à te venger du type qui a mis toute ta famille dans la rue, toi ?

Milo haussa les épaules et plissa les lèvres.

— Il y a plusieurs choses qui n'arrivent pas vraiment à me convaincre. Par exemple, ses cheveux.

— Qu'est-ce qu'ils ont ses cheveux ?

— Tu as vu quelqu'un avec des cheveux blonds et rasés, dans le squat ?

— Il y avait des coiffures de toutes les formes et des cheveux de toutes les couleurs. En brosse, à zéro, avec des dreadlocks, des blonds, des bruns et même deux types, dont l'un était teint en rouge et l'autre en bleu. On aurait dit qu'ils sortaient tout droit d'une bande dessinée.

— Qui est-ce qui va l'interroger ?

— Singla, Cervera et moi-même.

— Ça te gêne, si j'interviens moi aussi ?

— Non, pas de problème, mais il vaudrait mieux que tu demandes l'autorisation à Singla.

Milo fit oui de la tête et se dirigea à toute vitesse vers le bureau de l'inspecteur-chef. Alors qu'il traversait la grande salle, la sous-inspectrice Mercader lui fit signe d'un geste, mais il n'en tint pas compte et poursuivit son chemin sans s'arrêter. Il trouva porte close et les rideaux baissés.

Il entra sans frapper.

Singla était assis dans son fauteuil. Il était en train de parler avec un jeune habillé presque de la même façon que le prévenu. Tee-shirt noir avec une tête de mort imprimée dessus, toutes sortes de bijoux argentés, des rangers, un pantalon noir et une longue tignasse sale et dépeignée.

Contrarié par cette interruption, l'inspecteur-chef leva la tête.

— C'est une réunion privée, Malart. Sors d'ici.

— Juste deux choses, chef, dit Milo en s'approchant de l'inconnu la main tendue. Tu es le gars de la DINF, je suppose. Excellent camouflage, félicitations. Je voulais te demander quelque chose : est-ce que tu aurais vu un antisystème blond avec le crâne rasé, par hasard, dans le squat de la rue Floridablanca.

Le gars de la Division d'information la lui serra en regardant les deux hommes alternativement.

— Malart, ce n'est pas le moment de poser des questions intempestives, grommela Singla.

Sans lâcher la main de l'agent de la DINF, Milo continua à s'adresser à lui.

— Je veux parler d'un gars à l'allure un peu gay, tu vois ce que je veux dire, visage fin, avec un certain charme.

— Tu dois être le gars qui a mis le nouveau dispositif en route. Ça a failli foutre en l'air tout mon travail de ces derniers six mois. J'avais réussi à me faire une super-couverture pour infiltrer le groupe.

Milo lui lâcha la main.

— Ce sont des choses qui arrivent.

— Six mois, inspecteur, c'est pas rien, six mois à infiltrer cette foutue merde de squat et il s'en est fallu d'un cheveu que…

— Choisis donc un travail que tu aimes et tu n'auras pas à travailler un seul jour de ta vie, coupa Milo avec un large sourire. C'est Confucius qui a dit ça et il avait tout à fait raison.

— García, ne fais pas attention : c'est un imbécile, intervint Singla. C'est notre croix à nous, tu vois.

— García ? Un surnom très original. Alors, tu as vu quelqu'un de blond, crâne rasé, ou pas ?

Le gars de la DINF fit une moue moqueuse.

— Oui et non. Je pense bien à un gars qui correspond à cette description, mais ça ne veut rien dire. Il change à tout instant de look, pour brouiller les pistes et éviter qu'on l'identifie.

— Je sais, ce sont des gars très fuyants.

— Tu l'as dit. Les types du noyau dur sont très méfiants, ils sont toujours sur leurs gardes.

— Et tu as aperçu une fourgonnette blanche, dans un de ces squats ?

— À nouveau oui et non. Ils en ont plusieurs pour les déménagements, pour porter du matériel, des trucs comme ça. Des blanches, des noires, des bleues. Et même des multicolores. Ils s'amusent à les repeindre avec leurs marques. Elles sont faciles à repérer. Elles crachent une fumée noire du tonnerre de Dieu et leur moteur fait un bruit de vieille casserole. Ils les récupèrent à la casse, à un prix dérisoire, puis ils les réparent avec quatre bouts de fil électrique pour qu'elles tiennent encore quelques mois.

— Et à propos de Jon Grau. Tu as des éléments particuliers sur lui ?

— À part que c'est un dingue qui rêve de voir la ville en feu jusqu'à ses fondations. Oui, bon, et puis je sais qu'il adore s'amuser avec son Zippo. Il passe toutes ses journées en train d'ouvrir et de fermer le couvercle. J'ai ce clic gravé dans ma cervelle.

— Satisfait, Malart ? demanda Singla. Et maintenant barre-toi. Dehors !

— Une dernière chose, chef. J'aimerais bien participer à son interrogatoire.

— Même pas en rêve. Je n'ai pas envie que tu me l'abîmes avec un de ces numéros dont tu as le secret. Bastos sera là, lui aussi et je tiens à ce que tout soit nickel.

— Tu me dois bien ça, je suis tout de même à l'origine de cette arrestation, dit-il en écartant les bras. Et en plus, je suis le seul à continuer à avoir des doutes. Qu'est-ce que tu crains ? Si je suis convaincu par l'interrogatoire, l'affaire est dans le sac et tu accroches une nouvelle médaille sur ta poitrine en ta qualité de chef du GEHME.

— On est déjà plus qu'il ne faut, objecta Singla en hésitant. Et puis c'est pas le dernier salon où l'on cause.

— Tu peux te passer de Cervera, je le trouve passablement nerveux en ce moment. Il n'a pas du tout aimé l'histoire des pièges cachés un peu partout dans l'appartement et il pourrait tout à fait perdre les pédales.

L'inspecteur-chef réfléchit un instant, demeura le regard dans le vague.

— À condition que tu cloues ton bec, alors ! Et que tu nous laisses parler.

— Je serai une tombe, dit-il, puis il s'adressa au gars de la DINF : Joli déguisement, García. La tête de mort : vraiment génial.

Il sortit du bureau. En revenant vers la salle d'interrogatoire, il s'arrêta près du poste de travail de Crespo et lui demanda s'il était très occupé.

— Avec tout ce remue-ménage et l'enquête que m'a confiée Singla, je t'avoue que je ne sais plus où donner de la tête, dit le sergent en détournant le regard. Tu sais bien, l'enquête sur les mouvements bancaires de tous les membres du Groupe et sur la liste de leurs appels téléphoniques. Il s'agit de découvrir qui est la gorge profonde.

— Je suis sûr que je suis le premier sur la liste.

— J'ai l'impression d'être un fouille-merde. Et ça ne me plaît pas du tout, ce truc, crois-moi. Je ne suis pas là pour faire ce genre de sale boulot.

Milo observa sa moue offensée et lui tapa sur l'épaule.

— Il faut percer l'abcès, ensuite tout ira mieux.

— Ce qui m'inquiète, c'est de trouver quelque chose, dit-il d'un air crispé alors que ses yeux l'interrogeaient en silence. Je ne sais pas comment te dire ça.

— Je comprends tout à fait. Et je suis d'accord avec toi : utiliser ton cerveau pour quelque chose que peut faire n'importe quel sous-fifre de l'Inspection générale est une connerie. Et puisqu'on parle du loup, ne révèle surtout pas à la sous-inspectrice l'existence de notre liste. Je le ferai moi-même plus tard, en temps voulu. Je peux compter sur toi ?

— Sans problème.

— Tu as fini de la compléter ? lui demanda-t-il alors que le sergent lui répondait d'un regard furibond. Toni, je suis désolé, mais j'ai une liste supplémentaire. J'ai besoin que tu enquêtes sur les centres d'accueil qu'avait montés Félix Torrens à Lérida, Tarragone et Gérone. Il me faudrait le nom de ces centres. J'ai besoin de savoir si des plaintes ont été déposées contre eux, s'il y a eu des rumeurs et ce qu'ils sont devenus, s'ils continuent à fonctionner ou s'ils ont été fermés. Je ne veux pas te presser, mais je t'assure que c'est urgent.

— Je ferai de mon mieux, inspecteur.

Milo fit demi-tour pour s'en aller et se retrouva nez à nez avec la sous-inspectrice Mercader.

— Je me demande pourquoi j'ai toujours l'impression que tu es cachée derrière moi ?

— Complexe de persécution peut-être ? répliqua Rebeca. Il faut qu'on parle tous les deux.

— Plus tard, pour l'instant je suis pressé, dit Milo en tentant de l'éviter, tandis qu'elle s'interposait. Je n'ai pas le temps, vraiment !

— C'est personnel, dit Rebeca d'un ton grave.

Milo inspira profondément. Il remarqua soudain son tee-shirt bleu, avec les initiales CSI* imprimées au niveau de la poitrine. L'expression de son visage. La force avec laquelle elle serrait ses mâchoires. Il acquiesça légèrement.

* *Crime Scene Investigation*, série américaine intitulée *Les Experts* en France.

À cet instant, la porte du bureau de l'inspecteur-chef s'ouvrit et Singla surgit suivi de près par le gars de la DINF. Ils formaient un drôle de couple. Le premier, avec ses vêtements classiques ; le second, avec sa tenue *underground*, sombre et couverte d'accessoires argentés.

En arrivant à sa hauteur, Singla lui signala le couloir.

— Bastos arrive. Le spectacle va commencer.

— Je viens tout de suite, dit-il, puis il se retourna vers Rebeca. Je suis désolé, sous-inspectrice. Quoi que ce soit, il faudra que ça attende. Les ordres sont les ordres. Joli tee-shirt.

Il s'éloigna d'un pas rapide.

— Inspecteur ! l'appela-t-elle en criant dans son dos tandis que Milo continuait de s'éloigner. Ça n'a pas de rapport avec moi, mais avec toi ! Avec un dossier blanc…

Il ne l'entendit pas, continua à s'éloigner le long du couloir. Le visage tout rouge et l'air furieux, l'inspecteur Cervera l'arrêta brusquement.

— Tu es un fils de pute, dit-il en pointant chaque syllabe du bout du doigt sur sa poitrine. Je risque ma vie dans l'assaut de leur squat, et voilà que par ta faute je perds un siège au premier rang. Je ne peux pas blairer les salopards dans ton genre, tu comprends ça ?

Milo lui saisit le doigt et le lui tordit.

— J'ai exactement le même sentiment que toi. Il y a un problème, hein ? demanda-t-il en le lui tordant plus fort et tandis que Cervera faisait non de la tête tout en grimaçant de douleur. Très bien. Alors maintenant, laisse travailler les grandes personnes, petit !

Il l'écarta du bras.

Il fut le dernier à entrer dans la salle d'interrogatoire et il demeura près de la porte, dans l'angle de la pièce. Bastos, une immense masse molle appuyée contre le mur avec les bras croisés, le salua d'un imperceptible hochement de tête. Singla, lui, assis en face du prévenu, poursuivit la lecture des droits de celui-ci, tandis que Rojo, debout à sa gauche, n'arrêtait pas de le regarder.

— Putain encore un ! s'exclama Jon Grau. C'est quoi ça, une réunion de flics ? J'ai toujours rêvé d'assister à une fête d'anniversaire. Qui est-ce qui joue le rôle du clown ?

Imperturbable, l'inspecteur-chef Singla se pencha en avant.

— Avez-vous compris que toute cette conversation est enregistrée et filmée ?

— Les gars, vous avez oublié l'invité le plus important. Je ne goûterai pas au gâteau tant que mon avocat ne sera pas là. C'est un collègue très branché, lui, vous allez voir ça. Il connaît des tours de magie à se taper le cul par terre. Maintenant tu es là, maintenant tu n'es plus là. Super-cool, le mec !

— Il va arriver d'un instant à l'autre, monsieur Grau, dit Singla sur un ton guindé. Nous nous contentons de parler amicalement, pour gagner du temps.

— Ah, vous allez me faire pisser de rire, vous.

— Monsieur Grau, où étiez-vous le mardi 29 juin dernier autour de neuf heures du soir ?

— En train de me tirer de cette putain de ville, bordel ! J'ai dit ça mille fois ! Vous êtes complètement sourds, les mecs !

— Nous aimerions l'entendre à nouveau, monsieur Grau.

Le prévenu se tortilla rageusement sur sa chaise.

— Non, pas question, espèce de gland ! Je ne suis pas un perroquet, bordel de merde !

— Arrêtez vos âneries et répondez. Votre attitude belliqueuse ne va pas vous aider, croyez-moi !

— Belli… quoi ? *Douyouspikinglish ?*

— Est-ce vrai que vous avez abordé la victime à l'intérieur de son véhicule après avoir forcé sa portière dans le parking du siège central de La Caixa ?

— Alors là, mec, c'est encore mieux qu'un film.

— Et que vous l'avez obligée à tourner dans la rue Lluis Muntadas, où vous l'avez neutralisée ?

— Mais tu es complètement cinglé, mon vieux, c'est moi qui te le dis.

— Et que vous l'avez ensuite transportée dans une fourgonnette blanche dans un lieu précis, où vous l'avez enfermée cinq jours durant sans lui donner ni à boire ni à manger ?

Jon Grau s'affala sur sa chaise et croisa les mains derrière la tête.

— Et vas-y, et vas-y, l'encouragea-t-il avec un sourire méprisant. Du gore maintenant, c'est vraiment le pied !

— Enfin, lorsque la victime était au bord de l'inanition, n'est-il pas vrai que vous l'avez suspendue au balcon du premier étage de la Casa Milà et que vous lui avez mis le feu ?

Le prévenu ouvrit la bouche, tira la langue et cligna des yeux.

— Le feu, oui. Le feu, c'est génial.

Singla se leva brusquement.

— Alors vous reconnaissez les faits ?

Grau se libéra les mains, puis se pencha vers l'inspecteur-chef.

— Vous lisez sur mes lèvres, dit-il. Le feu, oui, ça me fait bander.

Singla fronça les sourcils d'un air confus.

— Dois-je en déduire que vous admettez avoir mis le feu à la victime ?

— Barcelone deviendra à nouveau la Rose de Feu, je vous dis, l'affrontement est inévitable.

— Vous l'avez fait pour vous venger n'est-ce pas, monsieur Grau ?

— Lorsque tout geste de rébellion est interprété comme un geste terroriste, nous devons prendre garde que la peur n'ait pas raison de nous, en organisant la solidarité et la résistance.

— Sans doute parce que la victime était à la tête de Servihabitat, une des entreprises dans lesquelles La Caixa avait des parts et qui est responsable de l'expulsion de vos parents de leur appartement du quartier de La Verneda ?

— Vive l'autorégulation, la lutte et la violence, récita Grau avec parcimonie.

— Pouvez-vous nous dire où vous avez séquestré la victime, monsieur Grau ?

— Nos actions ne sont pas de la violence, mais de la rage, de l'autodéfense et un besoin vital, psalmodia-t-il.

— Gardez vos proclamations pour vos amis, monsieur Grau, et répondez à mes questions !

— La violence vient de l'État et du capital, insista calmement le prévenu.

Singla se tourna vers Bastos avec un air interrogateur.

Et immédiatement, Milo avança d'un pas.

— Toi qu'est-ce que tu préfères, la *death*, la *black*, la *brutale* ou la *trash* ? demanda-t-il.

Jon Grau battit des paupières, stupéfait. Il demeura bouche bée jusqu'à ce qu'il en prît conscience et la referma brusquement. Ensuite, il leva les yeux au ciel et se tut.

— Ou tu t'en moques du moment que c'est du *metal* ? ajouta Milo.

— Le *metal* c'est ouf, tout le *metal*, murmura Grau avec méfiance.

— *Metal* catalan, andalou, européen ou américain ?

— Tout le *metal*.

Milo s'approcha de deux mètres. Il enfonça ses mains dans ses poches.

— Allez, ne me dis pas qu'il n'y en a pas un que tu kifes plus que les autres.

— Les Catalans, ils sont grave forts, commenta-t-il prudemment.

— Lesquels : Vidres a la sang, Crysys, Agression ?

— Putain, mec, ça c'est les meilleurs, dit-il tandis que son visage s'éclairait. Ils ont joué au Jaén Metal Fest et ç'a été le pied. Les potes ont halluciné grave.

— Est-ce que les gars de Grenade, les Canker, ont joué aussi ?

— Oui, et même les Avulsed, les Halley, les Exquisite Pus, les… fit-il en s'arrêtant puis en toisant Milo de haut en bas, avant d'ajouter : Tu n'es pas un poulet, toi, mec, hein ?

— Je ne suis surtout pas ton mec. Combien de temps a duré le festival ? Trois, quatre jours ? Et ensuite, toi et tes potes, vous avez fait une virée dans Valence. J'imagine la soirée, vous avez dû faire une méga-teuf.

— Tu étais là ? balbutia-t-il étonné.

— J'étais avec Gaudí, tu le connais ? Le gars à la Norton trafiquée, en combinaison noire avec le diable sur le dos.

Jon Grau fit non de la tête. Il l'observa avec ses yeux enfoncés. Milo continua.

— Mais si, bien sûr… le blond à la tête rasée, avec une tronche de tapette, tu vois bien qui je veux dire.

— Moi, je ne fais pas ça avec des mecs, lâcha-t-il en colère.

— Je suis sûr que tu le connais, insista Milo en s'approchant de lui. Le feu le fait jouir, comme toi. Et aussi l'essence. Il a un Zippo comme le tien, sauf que lui, il l'utilise vraiment.

— Ne me casse pas les couilles, mec ! Qui c'est, ce putain de Gaudí ?

Milo se pencha vers le prévenu jusqu'à avoir son visage à quelques centimètres du sien.

— Un gars qui va vraiment brûler Barcelone, lui, pas comme toi, pauvre taré.

Jon Grau se leva violemment et l'affronta.

— Ne m'appelle pas taré, espèce de connard de merde !

— D'accord, il mesure plus ou moins un mètre quatre-vingts, dit-il en le jaugeant à vue de nez. Il pèse environ soixante kilos. Tu sais ce que je pense ? Je pense que tu fais le fou, alors que tu n'es qu'un complice de Gaudí. Et c'est lui qui nous intéresse vraiment, pas toi, on s'en fout de toi. Dis-moi où il se cache.

— Va te faire foutre ! hurla-t-il en lui postillonnant au visage.

Milo s'essuya du revers de la main. Il respira profondément et s'approcha à nouveau de lui.

— Est-ce que tu veux me faire le plaisir de reconsidérer ta réponse ?

— Va te faire enculer, espèce de gland ! Toi et ton putain de Gaudí de merde !

— Assieds-toi, lui dit-il. Tout de suite.

— Je m'en bats les couilles !

— Mauvaise réponse, dit Milo.

Il se retourna et regarda Bastos qui demeurait imperturbable.

— Ce n'est pas notre homme. Ce gars, dit-il en montrant Jon Grau du pouce par-dessus son épaule, n'est qu'un blanc-bec qui essaie de jouer à faire le costaud, pas un psychopathe.

Rouge de colère, Grau se jeta brusquement sur Milo. L'inspecteur Rojo réagit rapidement, mais ne put éviter qu'il lui envoie un grand coup de poing sur la nuque. Après une légère empoignade, tandis que Singla réagissait une seconde trop tard et qu'il ne réussissait qu'à décroiser les bras, Rojo immobilisa Grau et le plaqua sur la table.

— Et en plus, c'est un péteux, dit Milo en se frottant les cervicales. Tu peux le lâcher, je n'ai pas l'intention de porter plainte contre lui. Eh, Rojo, je te revaudrai ça, merci. Tu as de bons réflexes.

Il quitta la salle au même instant qu'un type barbu avec un sac à l'épaule allait entrer d'un pas décidé. En voyant la mine de Milo, il recula d'un pas.

— Votre client vous attend. C'est bien vous l'avocat de ce petit ange, n'est-ce pas ?

L'homme acquiesça avec un mélange d'indignation et de crainte.

— Si vous l'avez touché, je porte plainte contre vous pour violence policière ! Et sachez que je ne suis pas seul, dans la rue il y a plusieurs centaines de personnes pour demander la libération de Jon Grau après son arrestation abusive qui…

Sans réfléchir à deux fois, Milo le saisit par les épaules, le poussa doucement à l'intérieur de la salle et lui referma la porte au nez.

— Je ne suis vraiment pas d'humeur à entendre vos conneries !… murmura-t-il.

— Tu as mal ? demanda la juge en lui appuyant le sachet de glace sur le cou. Tu es un fieffé crétin. Provoquer de cette façon un énergumène sans cervelle. Et en plus tu ne trouves rien de mieux que de lui tourner le dos.

— Ne me casse pas les pieds, Votre Honneur. Au moins tu ne pourras pas dire que je n'ai pas agi dans la plus stricte légalité.

Susana Cabot le fusilla du regard. Elle soupira.

— J'ignorais que tu étais un expert en musique *heavy metal*.

— Je ne le suis pas, mais avoir un neveu de quinze ans fournit pas mal d'informations modernes, dit-il, puis une ombre se posa sur son visage. Oui, bon, j'avais…

La juge changea rapidement de sujet.

— Tu lui as joué un joli tour.

— À présent on est sûrs que ce n'est pas notre homme. Il n'est ni froid, ni calculateur, et il n'a même jamais entendu le nom de Gaudí de toute sa vie, ce qui n'est pas flatteur pour notre système éducatif. Tu as compris ce qu'il a voulu dire en parlant de la Rose de Feu ?

— C'est le nom qu'on a donné à Barcelone après la semaine tragique de 1909.

Milo éclata de rire.

— Pourquoi tu ris ? lui demanda-t-elle.

— Je ris à cause de la réalité, elle m'étonnera toujours. Il n'y a pas si longtemps, tu m'as parlé des quatre cents familles qui tirent les fils du pouvoir et voilà que maintenant c'est le même nombre pour quantifier les antisystèmes les plus violents. Tu ne trouves pas ça étonnant, toi ? Est-ce que c'est vrai que la réalité dépasse toujours la fiction ? D'un côté, les quatre cents qui commandent et de l'autre les quatre cents qui détruisent. Deux mondes diamétralement opposés, bien que symétriques, avec des comportements très différents, mais équidistants. Les deux pensent être au-dessus des autres, avoir le droit de mener n'importe quoi à bien du moment que c'est dans leur intérêt. Les uns, pour que tout continue de la même façon ; les autres, pour que tout change. Et au milieu de tout ça, la société innocente, anesthésiée par la crise, dit-il en secouant la tête. Le plus curieux c'est que tout ça se répète de façon cyclique. Voilà plus d'un siècle, la Barcelone anarchiste affrontait la Barcelone bourgeoise. Et aujourd'hui, c'est pareil. Les temps changent, mais les choses demeurent. Tandis que les gens comme nous assistent muets au spectacle. Au fond, on n'est que de simples figurants, Susana. Des bouche-trous. De vulgaires marionnettes.

Un silence pesant envahit la salle de repos.

La juge se racla la gorge. Tête baissée, elle commenta :

— Peut-être que toi et moi on a nos semblables en face. Tu imagines ?

Milo éclata à nouveau de rire.

— Ce petit numéro de l'arrestation va aller comme un gant à la société des familles, dit-il. Ça va cacher pendant plusieurs jours le scandale provoqué par Félix Torrens.

— C'est bien ce que je crains. Pendant que j'étais dans la salle d'interrogatoire, j'ai reçu un appel du maire. Il voulait savoir si le prévenu pouvait être réellement le coupable de la mort d'Eduard Pinto. Il n'en mène pas large. Tu sais ce que ça signifie.

— Que cette société craint que les noms de ses membres se retrouvent dans le dossier, et que tout cela arrive à point nommé pour gagner du temps et brouiller les pistes.

— Tu l'as dit, confirma-t-elle. Beaucoup de noms illustres, de gens avec plusieurs générations respectables derrière eux, se sont laissé séduire par le chant des sirènes et ils voient à présent leur position et leur prestige menacés pour avoir donné leur appui, et peut-être même un peu plus, à un escroc. Et puis il y a également les responsables politiques. Et leurs partis. Tout le monde craint que la marée noire de la corruption ne les atteigne. Pour l'instant, tout se maintient dans un calme tendu, mais le mauvais temps approche.

— Et nous, on est dans l'œil du cyclone, déclara Milo.

Il écarta le sachet de glaçons et se leva pour se diriger vers la machine à café.

— Ça te dit ?

— Je préférerais quelque chose de plus fort, mais ça ne serait pas bien vu que la juge qui s'occupe de l'affaire se tape un petit verre de gnôle à cette heure-ci.

— Tu devras te contenter d'un café bien serré.

Elle fit un geste de résignation. Milo disposa deux tasses sous le verseur de la machine et appuya sur le bouton.

— Ce matin, tu m'as expliqué que les caméras n'avaient pas perdu un seul détail de l'arrestation, dit-il. Je suis sûr que c'est Bastos qui a donné l'ordre de prévenir les médias de l'opération policière. Un nouveau service prêté à la cause, commenta-t-il d'un air narquois.

Il prit une des tasses et la tendit à la juge.

— Le plus important, c'est l'information qu'on diffuse, Milo, pas la réalité. Ici ce qui compte c'est de marquer des points, autant pour les responsables que pour les journalistes.

— Tu veux du sucre ? demanda-t-il en prenant la sienne.

— Absolument pas ! Tu ne voudrais tout de même pas que je conforte ma culotte de cheval ?

— Votre Honneur, je ne vois vraiment pas de quelle culotte de cheval tu parles, dit Milo en s'en servant une généreuse quantité. Tu as gardé la même ligne depuis plus de vingt ans.

— Très aimable, mais on ne se connaissait pas à l'époque, dit-elle en goûtant le café. Je regrette ce temps, vraiment ; tout était plus simple. La société n'était pas aussi complexe et les opérations politiques ne se résumaient pas à des problèmes cosmétiques et ne se rataient pas à cause des fuites de celui-ci ou de celui-là.

— Je n'en suis pas si sûr que toi. Et qu'est-ce que tu as répondu au maire ?

— Pas grand-chose. Que c'était encore trop tôt pour le dire. Il faut que je le rappelle tout à l'heure.

La porte s'ouvrit brutalement et l'inspecteur-chef fit irruption dans la salle, fou de rage.

— On peut savoir pourquoi tu as fait ça ? demanda-t-il. On avait dit que tu clouerais ton bec pendant tout l'interrogatoire ; et qu'est-ce que tu fais, toi ? Tu fiches toute notre stratégie en l'air ! Je l'avais déjà coincé, Malart. Il était sur le point de reconnaître qu'il avait mis le feu à la victime et voilà que, toi, tu te pointes et tu nous balances tes conneries à propos de ce putain de festival de merde.

Milo avala un long trait de café.

— Tout ça pue la tête de Turc à plein nez, dit-il.

— Et celui qui dit ça se base ni plus ni moins que sur la description d'un clochard lunatique et à moitié alcoolique, se moqua Singla. Ça alors, oui, que ça pue !

— Inspecteur-chef, intervint Susana Cabot. Qu'allez-vous faire du suspect ?

— Le garder à vue tout le temps que la loi nous le permettra. Et on en profitera pour vérifier son alibi et relier les fils qui ne l'ont pas encore été.

— Tout ça pour sauver les apparences et faire plaisir à la presse en leur donnant un os à ronger, dit Milo. Vous courez au fiasco, toi et toute l'équipe. Je vous aurai prévenus. Cet homme est innocent, et vous aurez beau vous acharner sur lui, vous ne parviendrez jamais à le transformer en coupable.

— Insinuerais-tu qu'il s'agit d'une conspiration quelconque et que tout cela n'est qu'un rideau de fumée pour détourner l'attention des médias ?

— La seule chose que je dis, c'est que moi, je le remettrais en liberté et je ne compliquerais pas davantage cette affaire.

— Tu ne sais pas de quoi tu parles, lâcha-t-il dédaigneusement. Ce qui te crève, c'est que nous ayons arrêté ce type qui ruine ta théorie du Bourreau de Gaudí. Après tout le cirque que tu as fait, tu vas être d'un ridicule!…

Milo plissa les lèvres. La tasse de café qu'il avait à la main commença à trembler.

— Chef, Félix Torrens est encore entre les mains de ce psychopathe. C'est un homme âgé et sa capacité à résister sans boire et sans manger en est amoindrie d'autant. Aujourd'hui, voilà cinq jours qu'il a disparu et on en est toujours au point mort. À mon avis, demain au petit jour on va le retrouver suspendu et en train de brûler sur un bâtiment de Gaudí. C'est ce qu'on peut en déduire après avoir analysé les vidéos et d'après ce que me dicte mon anten… s'interrompit-il en faisant claquer la langue. Bref! Jon Grau est étranger à cet assassinat et à cet enlèvement. Les preuves contre lui sont circonstancielles, elles ne démontrent absolument rien. C'est juste un apprenti guérillero. Il n'a pas l'intelligence de l'assassin et il ne cadre pas du tout avec son profil. Ça ne peut pas être lui.

— Ça, c'est toi qui le dis! Qui le déduis! Le reste du Groupe n'adhère pas du tout à ta théorie!

— Messieurs, ne perdons pas notre calme, voulut tempérer la juge. Inspecteur-chef Singla, avez-vous pensé à organiser un déploiement policier, cette nuit, devant les bâtiments de Gaudí, au cas où l'inspecteur Malart serait dans le vrai? Car finalement l'arrestation du suspect concerne uniquement l'assassinat d'Eduard Pinto. Pour l'instant, personne ne l'accuse de la séquestration de Félix Torrens. Ce qui signifie que le déploiement reste d'actualité. Je me trompe, inspecteur-chef?

— Non, non, vous ne vous trompez pas, madame la juge, admit Singla, cependant je me permets de vous rappeler que le procureur soutient toujours qu'il s'agit d'un délit de fuite, pas d'un enlèvement. Et par ailleurs, il existe plus d'une vingtaine de scènes possibles. Ce que vous me demandez est…

— Et moi je vous rappelle qu'en ce moment vous n'êtes pas en train de parler au procureur anticorruption, l'interrompitelle. Ne cherchons pas à surveiller l'ensemble des bâtiments et concentrons-nous plutôt sur les plus emblématiques. Serait-il possible de réaliser ce déploiement autour de, disons, les cinq ou six monuments les plus significatifs ?

— Oui, ce serait possible, mais ce serait aussi une perte de temps. Il est très improbable que ce qu'affirme l'inspecteur Malart se…

— Faites ce que je vous dis et n'en parlons plus, trancha Susana Cabot fermement.

Le visage de Singla se froissa dans un sourire macabre. Il fit face à Milo.

— Si jamais ça devait tourner mal, l'artiste, on te fout définitivement dehors.

Milo allait répliquer lorsque la tête de l'inspecteur Cervera passa par la porte entrouverte.

— Chef, l'agent de réception vous fait dire qu'un rassemblement d'antisystèmes est en train de se former devant le commissariat et qu'ils ont l'intention de se faire entendre. Il y en a plus d'une centaine en train de hurler des slogans pour obtenir la libération du prévenu, et l'avocat vient de les rejoindre en menaçant d'envenimer les choses. Ah, et plusieurs caméras de télévision sont là également.

Singla serra les dents.

— Je viens tout juste de te prévenir, dit Milo d'une voix calme. Eh oui : l'affaire se complique !

15

— Ils sont en train d'organiser un de ces baroufs !…

— Et à quoi t'attendais-tu donc ? demanda la juge. Aujourd'hui, c'est mardi et en plus c'est le 13. Rien ne peut bien se passer.

Ils observaient les troubles depuis la fenêtre de la salle de repos. Au début, la longue manifestation d'une centaine de jeunes vêtus style squatteurs s'était contentée de crier des slogans, d'agiter plusieurs pancartes et de proférer quelques insultes envers les forces de l'ordre. Mais soudain une dizaine d'individus encapuchonnés, au visage masqué par un foulard noir, armés de cailloux et de morceaux de pavé, s'étaient joints à eux, et l'affrontement avait dégénéré. Après les premiers jets de pierres, les agents qui se trouvaient dehors s'étaient réfugiés à l'intérieur du commissariat. Mais à la deuxième volée de projectiles, une unité de policiers antiémeute, protégés par leur casque et leur bouclier, surgit en trombe du bâtiment pour disperser les manifestants. Dans le même temps, plusieurs fourgons venus en renfort freinaient en faisant crisser leurs pneus devant le commissariat central. Des hommes en étaient descendus à toute vitesse pour délimiter le périmètre de la zone. Les caméras de plusieurs chaînes de télévision, aussi bien catalanes que du pays, filmaient les courses et les affrontements, des deux côtés de la voie. La circulation de la Travessera de les Corts avait été coupée par la police municipale depuis la rue Entenza jusqu'à la rue Numancia, bloquant l'accès aux véhicules et aux piétons grâce à un dispositif spécial qui obligeait les premiers à contourner la zone et convainquait les curieux de s'éloigner. Un manifestant encapuchonné au visage masqué par un foulard noir tira de son sac une bouteille avec un bout de chiffon sortant du goulot qu'il alluma puis, tandis que le reste des manifestants l'encourageait, il arma son bras pour la lancer contre la façade vitrée. Le cocktail Molotov alla s'écraser contre la porte du commissariat en provoquant une pluie de flammes qui s'abattit sur le dernier piquet de policiers. Ces derniers s'écartèrent à temps pour éviter que le feu ne prenne à leurs vêtements. Sous la direction de plusieurs manifestants encapuchonnés et masqués, de nouveaux cocktails furent lancés, ce qui obligea de nouvelles forces antiémeutes à sortir du bâtiment, armées cette fois de pistolets à balles en caoutchouc. Ils se mirent en formation et, sans cesser d'avancer, visèrent le sol et commencèrent à tirer. Il s'ensuivit une dispersion générale. Mais un instant plus tard, imitant les évolutions d'une bande d'étourneaux, les manifestants se regroupèrent à nouveau dans une chorégraphie répétée, où chaque individu connaissait parfaitement son rôle et s'employait à le jouer consciencieusement.

Rebeca pénétra dans la salle de repos et se dirigea directement vers le téléviseur.

— Je crois qu'on devrait regarder ça, dit-elle en appuyant sur le bouton de mise en marche puis en sélectionnant la chaîne Telecinco. C'est l'émission *Les Matinées de Julia*, où Mauricio Navarro va revenir à l'attaque.

Ils s'éloignèrent tous les deux de la fenêtre et fixèrent l'écran.

Le visage gracieux de Julia Valle apparut en gros plan. Elle parlait, avec un ton qui se voulait extrêmement digne, des derniers événements en train de se dérouler à Barcelone. Ensuite, comme si elle le regrettait, elle passa la parole à un Mauricio Navarro on ne peut plus sérieux, visage grave, exhibant en plan moyen sa chevelure crantée tout en caressant sa barbichette blanche.

— En effet, Julia, dit-il d'une voix quelque peu flûtée. D'après les informations de notre confrère sur place à Barcelone, un grave affrontement est en train de se produire en ce moment entre les forces de l'ordre et un petit groupe de manifestants antisystèmes, en réponse à ce que ce collectif estime être l'injuste arrestation d'un jeune squatteur. Avons-nous la liaison ? Très bien, Sergio, nous t'écoutons. Sergio ?

On pouvait voir sur l'écran des images floues, prises à toute vitesse, pendant que le fameux Sergio courait pour se mettre à l'abri des jets de cailloux, de cocktails Molotov et de balles en caoutchouc.

— Peux-tu nous dire ce qu'il se passe ? insista le journaliste. Sergio ?…

Le visage angoissé de Mauricio Navarro apparaissait sur une incrustation, en haut à droite de l'écran, alors que le reste était occupé par des images pas très nettes parlant par elles-mêmes comme le pavement de la rue filmé de travers, le caméraman trébuchant à chaque pas.

— Je suis désolé, Julia, nous ne pouvons pour l'instant pas établir la connexion, expliqua Mauricio Navarro, la voix essoufflée, comme s'il avait lui-même couru au milieu des troubles. Ce sont les avatars du direct, comme le savent parfaitement nos téléspectateurs, poursuivit-il en souriant d'un air affecté. Ce que je peux cependant te dire, c'est que l'arrestation de l'individu suspecté d'avoir commis le terrible meurtre d'Eduard Pinto a eu lieu ce matin au petit jour. Il s'agit d'un jeune homme de dix-sept ans, sans travail, occupant une maison vide dans le quartier de Sants. D'après des sources bien informées, on a retrouvé dans ladite maison un authentique arsenal d'armes, ainsi que les preuves évidentes que la victime avait été retenue dans ce lieu contre sa volonté. Le jeune prévenu possède un long historique de crimes, dont des tentatives de viol, des agressions à main armée et d'autres délits. On le soupçonne également d'être à la tête d'une bande de délinquants qui, se dissimulant derrière l'étiquette d'antisystèmes, écument plusieurs quartiers de la ville.

— Mais qu'est-ce qu'il raconte, cet imbécile, lâcha la juge effarée. Il n'a pas dix-sept ans, l'arrestation n'a pas eu lieu dans le quartier de Sants, on n'a jamais séquestré quelqu'un chez lui, il n'y avait pas d'armes et il ne possède absolument aucun antécédent. Tout cela est un tissu de mensonges ! De quoi parle-t-il donc ?

— C'est ce que notre bon Navarro appelle des *sources bien informées*, dit Milo.

— C'est lamentable, Mauricio, commenta tristement Julia Valle. La jeunesse d'aujourd'hui ne respecte plus rien. Je veux parler d'une certaine jeunesse, bien entendu, ajouta-t-elle avec un petit rire nerveux. Dans le fond, ces jeunes sont les victimes d'un système qui n'a pas su leur donner leur chance.

— Tu as raison, Julia, intervint Mauricio Navarro alors qu'un plan moyen des deux animateurs mit parfaitement en relief la tension qui régnait entre eux. Mais je pense que tu seras d'accord avec moi pour dire qu'avec un individu de ce genre, qui semble complètement inconscient, on ne peut pas user de demi-mesures. Si, comme l'indiquent les premiers éléments, il est l'auteur d'un assassinat aussi exécrable, la loi doit le punir avec la même dureté que celle dont il a fait preuve. À présent, l'important est que les enquêteurs vérifient immédiatement sa culpabilité. Il ne faudrait surtout pas qu'il se passe la même chose que la dernière fois, avec l'Assassin du parking, lorsqu'ils se sont trompés d'homme et que l'erreur a fini par provoquer la mort d'une pauvre femme innocente.

— Mon Dieu, Mauricio, s'exclama Julia Valle exagérément émue. Espérons que cette fois la police de Catalogne ait réussi du premier coup.

Milo soupira avec une rage contenue.

— Madame la juge, vraiment tu n'as aucune possibilité de traîner ce crétin devant le tribunal ?

— Je vais étudier ça à fond, le concernant lui, ainsi que la potiche qui lui donne la réplique, précisa Susana Cabot. Il y a des choses qui passent les limites du journalisme. Ça frise même la diffamation.

— Tu trouves juste que ça frise !… Pas plus ?

— Étant donné ma longue expérience de la chronique noire, dit Mauricio Navarro d'une voix pédante, les enquêtes sur les assassins en série – et tout mène à penser qu'il s'agit bien de cela – laissent souvent transparaître les aspects sombres de notre police.

— Les aspects sombres ? demanda Julia Valle en feignant d'être scandalisée.

Elle joignit ses mains comme si elle priait, puis les porta à sa bouche en même temps qu'elle le regardait attentivement. Ensuite, ses cheveux retombèrent de chaque côté de son visage et elle ajouta :

— Mais quels sont ces aspects sombres dont tu parles, Mauricio ?

— Eh bien, il s'agit de l'incompétence, de la bureaucratie, des occasions manquées, des préjugés envers la race, le genre ou la classe sociale, dit-il en baissant le ton d'une octave, et aussi de différentes autres anomalies qui peuvent retarder l'enquête et entraînent parfois d'autres assassinats, ajouta-t-il avant de faire une pause afin que les téléspectateurs perçoivent combien cela lui coûtait de prononcer ces mots. Chère Julia, je n'éprouve aucun plaisir à dire que la police a souvent du mal à admettre qu'elle identifie les assassins en série sous la pression qu'on lui fait subir pour qu'elle les capture au plus vite. Mais je ne fais que décrire la réalité, sans prétendre dénigrer l'effort des policiers, dont la plupart possèdent une grande abnégation et font un travail digne d'éloges.

La caméra cadra les gradins qui se trouvaient sur le plateau, où un public majoritairement composé de personnes du troisième âge et de maîtresses de maison acquiesçait avec un certain mécontentement.

— Mais dis-nous, Mauricio, pourrons-nous, dans la prochaine émission, compter sur la présence des parents de ce jeune déséquilibré. Leur témoignage possède un grand intérêt pour notre public. N'est-ce pas, mesdames et messieurs ? N'aimeriez-vous pas savoir comment se passe la gestation d'un monstre, ce qu'en pensent ses propres parents, le calvaire qu'ils ont dû subir ? Je suis convaincue que leur version va être déchirante.

Une rumeur de voix affirmatives s'éleva sur le plateau.

— Nous faisons tout pour cela, Julia. Mais ce ne sera pas avant jeudi prochain. Pour l'instant, étant donné que nous ne sommes pas parvenus à établir la liaison avec notre reporter sur place, nous allons faire un pas de plus et appeler en direct le commissariat central de la police de Catalogne, annonça, prolixe, Mauricio Navarro les yeux brillants. Je vais m'intéresser à la situation au nom de tous nos auditeurs et leur demander une entrevue avec le prévenu.

— Penses-tu que c'est vraiment le moment, Mauricio ? objecta Julia Valle sans conviction. D'après les images, ils doivent être très occupés à canaliser les troubles, en ce moment.

— Je suis un citoyen libre qui paie ses impôts et eux sont au service du public, proclama-t-il avec tant de véhémence que ses cheveux crantés retombèrent sur son front. Une exclusivité pour nos téléspectateurs ! Mesdames et messieurs, s'il vous plaît ! dit-il en s'adressant aux personnes qui se trouvaient sur le plateau. Je vous demande de faire silence afin que je puisse réaliser mon appel, demanda-t-il en portant son index à ses lèvres tandis qu'on entendait en fond la tonalité de la communication. Silence tout le monde, je vais parler d'un moment à l'autre avec la police de la capitale catalane.

Milo éteignit le téléviseur.

— Je ne le supporte plus, dit-il. Susana, ou tu t'occupes de lui ou je le fais personnellement.

— Dans ce cas, on sera deux, je te donnerai volontiers un coup de main, ajouta la sous-inspectrice Mercader d'un air féroce.

Ils se tournèrent brusquement tous les deux vers elle, les yeux écarquillés.

— Qu'est-ce qu'il y a ? Moi aussi j'ai le sang qui bout. Je n'ai pas le droit ou quoi ?

À dix-huit heures, les membres du GEHME se retrouvèrent dans la salle de réunion. L'inspecteur-chef Singla les avait convoqués pour organiser le déploiement nocturne autour des bâtiments de Gaudí. Quelques heures plus tôt, vers quatorze heures, les troubles devant le commissariat central avaient cessé comme par enchantement, comme si quelqu'un avait indiqué qu'il était l'heure de déjeuner. Le calme était revenu après la bataille qui avait fait deux blessés légers parmi les forces de la police antiémeute, avait donné lieu à cinq arrestations parmi les antisystèmes, dont aucun ne faisait partie de la dizaine d'encapuchonnés aux foulards noirs, et avait causé de nombreux dégâts parmi le mobilier urbain.

Visiblement très contrarié, Singla entreprit un bref résumé de la situation qui provoqua plusieurs commentaires de désapprobation, puis il céda la parole à Toni Crespo qui attendait, impassible, devant un plan de la ville.

Le sergent jeta un coup d'œil sur ses notes.

— Selon les instructions de l'inspecteur-chef, dit-il, on se concentre seulement sur les bâtiments les plus importants et on laisse de côté les ouvrages mineurs comme les lampadaires de la plaza Real, les pavillons Güell et leur grille à Pedralbes, le mur de la Casa Miralles et le parc Güell.

— Attendez, les gars ! Le parc n'est pas un ouvrage mineur, signala la sous-inspectrice Mercader. Il a été déclaré patrimoine de l'humanité par l'Unesco, si je me souviens bien.

— Fais pas chier, Mercader, grogna Cervera. C'est déjà assez emmerdant d'être obligé de passer une nuit blanche à cause des putains de caprices de ton équipier.

— Tu as raison, sous-inspectrice, concéda Crespo, mais il ne s'agit pas d'un bâtiment et, étant donné son étendue, soumettre tout le parc à une surveillance efficace demanderait un nombre considérable d'agents.

— La juge a suggéré de nous limiter aux bâtiments les plus significatifs et c'est ce qu'on va faire, déclara Singla. On n'en surveillera pas un de plus.

— Et j'espère aussi, pas un de moins, ajouta Milo.

Singla ne se donna pas la peine de répondre. Il fit signe à Crespo de poursuivre.

— Donc, on laisse le parc de côté et on se concentre sur les bâtiments de la ville considérés comme les plus emblématiques par l'Unesco. La Sagrada Familia, la Casa Vicens, la Casa Batlló, le Palau Güell et la Casa Milà. Concernant cette dernière, on ne pense pas que notre individu va répéter le même scénario, mais étant donné qu'elle est si proche de la Casa Batlló, elle est facilement contrôlable par la même équipe.

— Et comment on va se répartir les cinq autres bâtiments ? demanda Sena.

— Par quartiers, dit le sergent.

Milo souleva de nouvelles protestations et prétendit qu'il manquait plusieurs bâtiments suffisamment célèbres sur cette liste pour que l'assassin les choisisse afin d'obtenir l'effet médiatique recherché.

— Tu es vraiment pénible, Malart, lâcha Bruno Bachs. Tu es plus pénible qu'une mauvaise digestion, mon vieux. Est-ce qu'on pourrait en finir une bonne fois pour toutes avec cette affaire ? Crespo, dis-moi quel est le bâtiment que je dois surveiller et n'en parlons plus ! J'aimerais rentrer chez moi pour dormir une heure ou deux ; certains d'entre nous ont une famille et ce n'est pas mal de se montrer de temps en temps à la maison, pour que nos femmes et nos enfants ne se disent pas qu'un inconnu s'est brusquement introduit dans l'appartement.

— Inspecteur Malart, de quels bâtiments veux-tu parler ? demanda le sergent.

— De la Casa Calvet, de la tour Bellesguard, de l'école des Teresianas et de la Casa Clapés.

— Mais ça fait neuf lieux, ça, précisa Rojo. C'est bien trop pour trois équipes, on ne pourra jamais y arriver.

— On pourra, oui, à condition que chaque équipe soit responsable d'un quartier, comme l'a dit Crespo.

Le sergent vérifia ses notes. Ensuite, il s'approcha du plan et dessina trois cercles.

— Les neuf bâtiments se trouvent dans trois arrondissements différents. Dans ce cercle, qui englobe le quartier de Gracia, dit-il en indiquant le centre nord du plan – le 6e arrondissement –, il y a la Casa Vicens et la Casa Clapés. La première dans la rue Carolinas et la deuxième à Escorial. Elles ne sont pas très éloignées du tout.

— Adjugé, s'empressa de dire Bruno Bachs. C'est pour Víctor et moi.

Ensuite Crespo indiqua le cercle qu'il avait tracé au nord de la ville.

— Dans le 5e arrondissement, c'est-à-dire dans le quartier de Sarrià et de Sant Gervasi, on trouve l'école des Teresianas dans la rue Ganduxer, et la tour Bellesguard dans la rue du même nom. Elles ne sont pas trop éloignées non plus.

— Pour nous ! s'exclama Cervera. Rojo et moi, on se chargera de ces bâtiments.

— Le dernier cercle est le plus étendu, dit le sergent en observant Milo du coin de l'œil. Il comprend le 1er arrondissement, au sud de la ville, où se situe le Palau Güell, et le 2e arrondissement, au centre, où se trouvent la Sagrada Familia, la Casa Milà, la Casa Batlló et la Casa Calvet. Il occupe deux quartiers, la Dreta de l'Eixample et Ciutat Vella. Cinq bâtiments au total.

— Je vois, murmura Milo.

— C'est toi qui l'as cherché, tu n'avais qu'à te la fermer, dit Bachs en se levant. Autre chose, inspecteur-chef ?... On peut lever le camp ?

— C'est tout, dit-il. Cette affaire ne me dit pas grand-chose qui vaille, mais on ne sait jamais, ouvrez l'œil, au cas où... Si vous apercevez quelque chose de suspect demandez des renforts. Pas de blague, compris ? Il ne faudrait pas que Malart finisse par avoir raison et que l'individu nous file entre les doigts parce qu'un de vous se serait endormi. C'est clair, les gars ?

— Comme de l'eau de roche, chef. On reste vigilants et bien réveillés coûte que coûte.

Les inspecteurs se dirigèrent vers la sortie.

— L'heure la plus délicate, c'est lorsque le jour se lève, expliqua Milo. Lorsque la ville s'est profondément endormie et qu'il n'y a presque pas de circulation.

Personne ne prêta attention à lui. Ils sortirent de la salle suivis par Singla.

— Je suis désolé, inspecteur, dit Crespo. C'est toi qui as eu la plus grande part du gâteau.

Milo haussa les épaules tout en échangeant un regard avec Rebeca.

— Si tu veux, je peux m'occuper du Palau Güell, ajouta le sergent. Ça fait trop de bâtiments pour une seule équipe.

— Tu veux me faire rater le spectacle des Ramblas au petit matin ? Non, laisse tomber, Toni. Quatre bâtiments ou cinq, ça ne fait pas une grande différence. Tu es d'accord avec moi, sous-inspectrice ?

— Et à présent, est-ce que tu as du temps à m'accorder ? lui demanda Rebeca sans bouger de son siège.

Milo fit la moue.

— Tu vois, Toni ? Je suis super bien accompagné ? Ça va être un régal pour moi.

Mauricio Navarro pénétra dans son duplex-terrasse et la première chose qu'il fit fut d'allumer toutes les lumières, de poser les clés sur la commode Louis XIV, et de se laisser tomber dans un des confortables canapés du niveau inférieur de l'appartement. Il se sentait épuisé. Il avait eu la malchance d'être placé dans l'avion à côté d'une femme qui l'avait reconnu. Et pendant tout le vol, elle l'avait criblé de questions à propos de Julia Valle. Elle voulait tout savoir sur elle. Et rien ne le rendait plus nerveux que de se faire interroger sur cette bécasse. Il s'était libéré comme il avait pu de l'admiratrice et plongé dans la lecture des courbes d'audience. Il avait une nouvelle fois réussi, en effet grâce à sa "Chronique en noir", l'émission était une fois de plus arrivée numéro un de l'audimat, dans la tranche horaire du matin, laissant loin derrière elle les autres chaînes. Content de lui, il expliqua à la pie de l'avion que, parmi les prochains prix que décernait un magazine très connu, le nom qui revenait le plus souvent pour remporter celui du journaliste audiovisuel de l'année était le sien. Puis, après l'atterrissage, la fatigue et la pression commencèrent à avoir raison de lui. Même le fait d'avoir arraché en direct à la police de Catalogne la promesse d'une entrevue avec un des inspecteurs enquêtant sur l'affaire, vu que la juge menant la procédure avait refusé pour le détenu, ne l'avait pas empêché de tomber dans un soudain épuisement physique.

À présent, allongé sur un confortable canapé avec vue sur Barcelone illuminée, il sourit en réfléchissant à son prochain tour de force. C'était un homme extrêmement volontaire et aucun juge à la gomme ne pourrait l'empêcher d'interviewer le suspect si c'était ce qu'il avait décidé de faire. Trop paresseux pour se lever et se verser un verre, il ferma les yeux tout en savourant son dernier succès.

Le BlackBerry qu'il portait encore sur lui se mit à sonner de façon insistante. Il le saisit d'un air agacé. C'était un numéro inconnu, très long. Malgré cela, il porta l'appareil à son oreille.

— Oui, dit-il.

Il entendit une respiration posée à l'autre bout de la ligne et en bruit de fond la rumeur de la circulation, puis une sirène qui s'estompait au loin, accompagnée par les aboiements de plusieurs chiens.

— Mauricio Navarro ? demanda une voix râpeuse et désagréable.

— Lui-même. Mais, je suis très fatigué et…

— Écoute-moi, dit la voix.

Mauricio Navarro trouva qu'elle était écorchée, qu'elle avait la chair à vif. Il n'apprécia pas non plus d'être tutoyé comme cela, d'emblée. Mais quelque chose le poussa à poursuivre et à ne pas raccrocher.

— J'ai quelque chose pour toi.

— Qui êtes-vous ? demanda-t-il. Comment avez-vous eu mon numéro ?

— Moi aussi je suis un homme extrêmement volontaire.

Le journaliste se redressa immédiatement.

— Je ne sais pas comment vous avez eu mon numéro, mais je vous préviens que j'ai de nombreux amis dans la police et si vous tentez quelque chose contre moi…

— Tais-toi. Toi et moi, on connaît la vérité sur tes mensonges, dit-il tandis que Mauricio Navarro pâlissait brusquement. Je t'offre une exclusivité que tu ne peux pas refuser.

Mauricio Navarro tenta d'adopter un ton serein et de sembler intègre.

— Ça a un rapport avec ma "Chronique en noir" ?

— Tu chauffes.

— Peut-être avec le Bourreau de Gaudí ?

— Tu brûles.

Mauricio Navarro se mit à transpirer. Il regretta de ne pas s'être versé un verre. Il avait soudain la gorge sèche, extrêmement sèche.

— Je vous écoute attentivement, dit-il en saisissant un crayon noir.

— Brave garçon. On va se rencontrer vendredi, à six heures du matin.

— Si tôt ? Je ne sais pas si…

— C'est moi qui donne les ordres et toi tu obéis, l'interrompit la voix. Tu as compris ?

— Mais à qui pensez-vous parler ? protesta Mauricio Navarro de plus en plus nerveux. Je n'ai pas l'intention de poursuivre cette…

— Félix Torrens dans sa cellule. J'ai une vidéo. Ça t'intéresse ou pas ?

Le journaliste ouvrit la bouche et demeura muet. Soudain, sa tête démarra à toute vitesse.

— Tu es là ? demanda la voix sans la moindre inflexion.

— Vous êtes en train de me dire que vous êtes en possession d'un film sur lui ? demanda-t-il.

Silence à l'autre bout du fil.

— D'accord, vendredi, reprit-il en balbutiant. Ça ne pourrait pas être jeudi ? Pour me permettre d'inclure votre matériel dans l'émission et…

— Tu la reporteras à vendredi. Julia comprendra tout à fait ton problème.

Le cerveau de Mauricio Navarro étudia le moyen d'y parvenir. Il lui fallait trouver de quelle façon !

— Très bien à six heures du matin, dit-il en s'épongeant le front. Parlez-moi de ces images.

— Félix Torrens y brille dans toute sa splendeur.

Il avala sa salive. Des images exclusives du séquestré. En captivité. Ç'allait faire l'effet d'une bombe. Il fut obligé de mettre en mouvement toute son expérience pour ne pas se laisser emporter par son enthousiasme.

— Où nous retrouvons-nous ? demanda-t-il.

— À Montjuïc. Dans les jardins de Santa Madrona, près des arcades.

— Je les trouverai, je suis un homme extrêmement vol… Ne vous inquiétez pas. J'y serai.

— Une minute de retard et je serai parti, prévint la voix.

— Je serai ponctuel, ne vous inquiétez pas.

La voix se tut quelques secondes.

— Vous êtes là ?

— Et sans piège. Pas de police ni de caméra.

— Vous et moi, uniquement, assura Mauricio Navarro réfléchissant déjà à un plan B. Ce sera tout à fait tranquille.

— Si tu désobéis, tu auras des problèmes.

Il allait répéter qu'il n'y aurait personne d'autre lorsqu'il s'aperçut que son interlocuteur avait raccroché.

— Putain ! s'exclama-t-il en laissant retomber son bras.

Il entendait son cœur qui avait accéléré et il se leva pour aller se verser un verre. Il se servit trois doigts d'un pur malt de douze ans d'âge qu'il se réservait pour des occasions exceptionnelles et l'avala cul sec.

Il s'appuya sur le meuble bar et se regarda dans le miroir.

— Mauricio, lança-t-il à son reflet, tu es un type vraiment chanceux.

Immédiatement après, il se servit un autre whisky. Cette fois il remplit le verre de glaçons et il s'en versa une quantité plus généreuse. Il le leva en direction de son reflet et se regarda fixement dans les yeux.

— La déesse Chance est avec toi, tu es un crack, mon gars, il n'y a pas à dire !

Il but une longue gorgée et sortit sur la terrasse. Il entreprit de réfléchir sur la façon dont il allait s'y prendre pour convaincre Julia de repousser sa chronique au vendredi. Rien de plus simple. Il lui donnerait une excuse quelconque et l'affaire serait conclue. Bien entendu, il ne lui raconterait rien à propos de la vidéo. Il imaginait la tête de cette cancanière lorsqu'il la passerait en direct. Et après l'émission, sûr que la chaîne lui proposerait un *prime time*. Il allait se retrouver sur toutes les unes et les couvertures des quotidiens et des magazines, en ouverture de tous les journaux télévisés ! Il était convaincu que la répercussion serait énorme. Il conclut le sujet et se concentra sur son rendez-vous avec l'inconnu à la voix cassée. Il n'avait pas l'intention d'y aller seul. Ce type était fou de croire qu'il allait obéir à ses ordres au pied de la lettre.

— Pour qui me prend-il, pour son esclave ? dit-il en s'adressant à la nuit étoilée.

— Je voudrais jeter un nouveau coup d'œil à la vidéo filmée par l'assassin, dit Milo tandis que Rebeca, assise sur le siège du passager, demeura silencieuse. Je crois que quelque chose m'a échappé, je me suis endormi. C'était avant la réunion de vendredi dernier, tu te souviens ?

La sous-inspectrice Mercader ne répondit pas.

Ils étaient garés sur un bateau, à trente mètres du Palau Güell. De là, ils pouvaient surveiller l'entrée sans presque aucun obstacle. Un volumineux 4×4 la cachait partiellement.

— Qu'est-ce que tu as ? Tu n'as pas ouvert la bouche de toute la soirée.

Une femme à la peau noire, vêtue d'une minijupe rouge et de chaussures à talons hauts pénétra sous le porche étroit d'une entrée, de l'autre côté de la rue. Elle était accompagnée de deux jeunes étrangers à moitié soûls. Elle en poussa un contre le pilier latéral sur lequel se détachait la couleur blanche d'un interphone. Et pendant qu'elle lui déboutonnait la braguette, elle palpait de façon provocatrice le paquet de l'autre qui avait fermé les yeux et ébauchait un sourire vraiment idiot. La femme pencha ensuite la tête sur l'entrejambe du premier. Puis habilement, sans changer de position, elle répéta l'opération avec la fermeture éclair du second.

— En parlant de bouche, tiens, regarde ! dit Rebeca en montrant la scène du bout du menton.

— Ces gros couillons vont se payer une petite gâterie.

— Tous les hommes se baladent avec la langue pendante, critiqua-t-elle d'un air dédaigneux.

— Alors tu me mets dans le même sac que ces deux-là ?

Rebeca se contenta de soupirer.

— Je ne suis plus très étonnée que la plupart des gens pensent que le marché de la Boquería s'appelle comme ça à cause de toutes les fellations qu'on pratique dans le coin, dit-elle. Ça me semble absolument effrayant.

— Tu n'as qu'à dire ça au maire. S'il se pointait ici, en ce moment, il nous mettrait un PV pour nous être garés sur un bateau. Et en revanche, il irait taper amicalement sur l'épaule des touristes et leur demanderait si tout se passe bien. Il leur souhaiterait un bon séjour dans notre belle cité.

— Et il attendrait qu'ils aient fini pour arrêter la femme qui n'a probablement pas de papiers.

Milo acquiesça d'un geste.

— Ce que je n'arrive vraiment pas à comprendre, c'est que le comte Güell, pourtant un magnat de l'époque, ait choisi un endroit de la ville si peu sélect, et une rue comme ça, pleine de pisse, sale, livrée aux putes, pour demander à Gaudí de lui construire une maison familiale. Je ne comprends absolument pas, je t'assure.

— Peut-être qu'à la fin du XIXe siècle les choses étaient différentes, ici, s'aventura Milo.

— Je ne crois pas, non. Mon père m'a raconté qu'en face du Palau il y avait un lieu malfamé, l'Edén Concert, qui a subsisté jusque dans les années 1980. Ici, c'était le Barrio Chino jusqu'à il n'y a pas si longtemps, un endroit rempli de bordels de tous les côtés.

— Ton père a l'air bien au courant, qu'est-ce qu'il fait dans la vie ?

— Il est galeriste, pourquoi ? demanda Rebeca sur un ton cinglant.

— Et où se trouve sa galerie ?

— Dans la rue Consejo de Ciento. Pourquoi tu me demandes ça ?

— Je n'ai pas le droit de m'intéresser à ta famille ?

La sous-inspectrice Mercader croisa les bras et regarda à nouveau devant elle.

— Pourquoi on ne change pas d'endroit ? proposa-t-elle d'un ton sec. Il ne se passe rien, ici, et la chaleur est étouffante. On va ailleurs pour aérer un peu la bagnole !

— Si tu veux, dit Milo en démarrant la Volkswagen. Casa Batlló, ça te va ?

Il libéra le bateau et se dirigea vers le carrefour pour remonter les Ramblas en direction du paseo de Gracia.

— Et pourquoi pas la Sagrada Familia ?

— Elle est déjà surveillée par notre dispositif de sécurité.

Ils roulèrent en silence. Observèrent l'agitation de l'avenue la plus célèbre du monde. Quelle que soit l'heure, il y avait toujours de l'animation sur les Ramblas, des gens les montant ou les redescendant. À cette heure-là, les familles et les couples étaient remplacés par une faune multicolore. Vendeurs de canettes, prostituées, jeunes fêtards, sans-papiers, touristes en quête de sensations fortes, agents de la police municipale, mendiants, vendeurs de drogue. La physionomie de l'avenue était la même, mais l'ambiance changeait du tout au tout, comme le jour et la nuit. C'était un lieu caméléonesque et la fascination qu'éprouvaient pour celui-ci les forains n'était pas étonnante.

— Et la Casa Milà ?

— C’est peu probable. Il dispose d’autres lieux, répondit-il en s’arrêtant au feu rouge. Et la Casa Calvet n’est pas aussi populaire. Moi, je me concentrerais plutôt sur la Casa Batlló et le Palau Güell. La première, parce qu’elle est située dans la *milla de oro* de Barcelone, dit-il en redémarrant. Et la seconde, parce que c’est plus logique. C’est de là que cette sangsue de Félix Torrens dirigeait le Cercle Gaudí. Si l’assassin cherche à lui donner une bonne leçon, c’est le lieu le plus emblématique pour une justice poétique.

— Eh bien, fais demi-tour et on y retourne, fit Rebeca en soupirant.

— C’est pareil. On va d’abord jeter un coup d’œil à la Casa Batlló, on verra bien. De toute façon, on ne peut pas être à deux endroits à la fois, dit-il en se tournant vers elle. Est-ce que tu crois à ma théorie, toi ?

La sous-inspectrice prit un air de joueur de poker. Brusquement, le talkie-walkie qu’elle portait à la ceinture se mit à sonner et ils sursautèrent de concert. Elle l’approcha immédiatement de sa bouche.

— Mercader.

— Ici, Bachs. Il est quatre heures et demie et il ne se passe rien du tout, pas de nouvelles, annonça-t-il sur un ton mordant. Terminé.

Milo accéléra et serra les mâchoires. Un instant plus tard, il se gara à l’angle de la rue Aragó et du paseo de Gracia, dans l’angle opposé à la Casa Batlló. Il éteignit les phares et laissa retomber ses mains.

Ils observèrent l’étroit et singulier bâtiment, la forme ondulée de la façade dans le sens de la hauteur, revêtue de céramiques de différentes couleurs, suivant la technique du *trencadís*, qui consistait à utiliser du matériel de récupération. Les colonnes de forme osseuse et les volumes végétaux se détachaient du fond, ainsi que les masques de fer des balcons des trois étages supérieurs. La terrasse était couronnée par une voûte recouverte de céramiques brillantes en forme d’écailles de poisson, aux tons jaunes, verts et bleus, qui rappelaient le dos d’un dragon, et sur un des côtés, on pouvait voir la grande croix gaudinienne à quatre branches.

— Il pourrait tout à fait choisir cet endroit, commenta Rebeca.

Milo ferma les yeux. Il commençait à craindre que le petit jour ne se terminât par un éclatant fiasco. Finalement, sur quels éléments s'était-il basé pour exiger cette surveillance ? Sur son intuition, sur son flair ? Quel crédit pouvait-on accorder à l'un comme à l'autre ? Il commençait à tout trouver absurde, illusions d'un esprit par trop erratique.

— Il est impossible qu'un homme de son âge puisse tenir plus de cinq jours sans boire une goutte d'eau, murmura-t-il. C'est absolument impensable, ajouta-t-il en rouvrant les yeux. Et est-ce que tu sais ce que ça signifie ? Eh bien, ça signifie que je me suis trompé de bout en bout.

— Milo, il reste encore un peu de temps avant que le jour ne se lève.

L'inspecteur se réfugia dans un silence fermé. Il fixa son regard sur le bâtiment et demeura immobile, les bras croisés. À ses côtés, la sous-inspectrice s'était confortablement installée sur son siège.

— Pourquoi tu as choisi d'être policier ? demanda-t-elle.

— Et toi ? répliqua-t-il, sur un ton bourru. Que peut bien fabriquer la fille d'un galeriste dans cette voiture, un revolver à la ceinture ?

— Tu veux vraiment le savoir ? lui demanda-t-elle.

Milo ne répondit pas et elle ajouta :

— Très bien. À la maison, on m'a poussée à faire les beaux-arts, mais moi, j'ai préféré l'action. Je me sens plus à l'aise avec la dialectique des bons et des méchants. L'art est un machin sans avenir ; les forces de l'ordre, en revanche, oui. À ton tour de répondre à ma question.

Ils entendirent le son du talkie-walkie.

— Ici, Cervera. Il est cinq heures pile et toujours rien, pas de nouvelles, dit-il d'une voix moqueuse. Ah, pardon ! Deux bonnes sœurs de l'école des Teresianas ont sorti plusieurs sacs-poubelles et les ont jetés dans un conteneur de recyclage inapproprié. Est-ce qu'on doit procéder à leur arrestation et à leur interrogatoire ? Terminé.

Milo inspira lentement, une, deux, trois secondes, puis il expira l'air violemment.

— Ils vont faire ça jusqu'à ce que le jour se lève, dit Rebeca. Ce sont des imbéciles, ne fais pas attention, ajouta-t-elle en croisant les jambes pour se tourner vers lui. D'après mon père, tu mets deux hommes ensemble et ça ne parle que de voitures, de femmes et de football. Les femmes, en revanche, parlent de n'importe quoi, elles sont sensibles, intelligentes. Mais d'après lui, on est une catastrophe au volant. Je ne te dis pas comment réagit ma mère lorsqu'il dit des choses pareilles. Elle est professeur de dessin en terminale et très fière de sa façon de conduire. Je pense qu'elle doit avoir raison, car c'est lui qui prend tout le temps des PV, pas elle. Mon frère bien évidemment se range du côté de mon père. En somme, ce sont des hommes !

— Qui conduisait ? demanda Milo en conservant la même position.

— Qu'est-ce que tu dis ?

— Ton frère a eu un accident, non ? Qui conduisait, un homme ou une femme ?

— Qu'est-ce que c'est ? fit soudain Rebeca en montrant le bâtiment devant eux.

Une fourgonnette noire aux vitres teintées était venue se garer sur le trottoir et deux individus en étaient descendus. En se bousculant l'un l'autre, le premier sortit un appareil photo et commença à prendre des clichés du second, tandis que celui-ci adoptait toutes sortes de poses ridicules.

— Fausse alerte, deux touristes en plein délire, grogna Milo. Ils cherchent juste à emporter quelques souvenirs de notre adorable ville.

— Tu dis ça comme si elle ne l'était pas…

— Barcelone est devenue un centre commercial, coupa Milo irrité. Tout est fait pour gagner du fric. L'objectif, c'est les clients, d'ici ou d'ailleurs, et tout le reste est secondaire. Elle se sert de ses habitants au lieu de les servir elle-même, elle ne les aime tout simplement plus. Et moi j'en ai assez de vivre à l'étage des sports, au rayon de la chasse.

Rebeca observa son visage contracté, son air rageur, et ne répliqua pas.

Soudain, Milo mit le contact et démarra. Il prit la contre-allée du paseo de Gracia et, en arrivant à la Gran Vía, tourna à gauche jusqu'à la rue Pau Claris où, en tournant à nouveau dans la même direction, il prit la rue Caspe jusqu'à atteindre l'angle qu'elle forme avec la rue Bruc. Là, il s'arrêta en faisant hurler les pneus et Rebeca fut projetée contre le pare-brise.

— On peut savoir à quoi tu joues ? protesta-t-elle.

Contrairement à la Casa Batlló, la Casa Calvet était à peine illuminée. La façade était plongée dans la pénombre. Ils eurent du mal à apercevoir les balcons en fer forgé, couronnés de croix, et la tribune à l'étage principal décorée de motifs végétaux et mythologiques. De style plus baroque, celle-ci était surmontée de deux frontons, arborant une profusion de thèmes floraux et de colonnes torses, et elle était chapeautée de jardinières style rococo sur la terrasse.

La circulation était presque nulle et la rue était plongée dans le silence. Il n'y avait pas âme qui vive.

— Inspecteur, ne prends pas ça pour toi, dit Rebeca. Ce sont des choses qui arrivent.

Milo serra le volant et ne répondit pas. Il fixa son regard sur un endroit indéterminé. Attendit plusieurs minutes sans bouger. Pendant ce temps, Rebeca se faisait de l'air avec un journal qui traînait sur le siège arrière.

— Tu es obligée de t'éventer ? demanda-t-il.

— J'arrêterai lorsque tu auras décidé de me dire pour quelle raison tu es devenu policier.

— C'est une tradition familiale. Et maintenant arrête une bonne fois pour toutes.

La sous-inspectrice lança le journal par-dessus son épaule et observa le regard haineux de Milo. Ensuite, ils dirigèrent à nouveau leur regard vers le bâtiment, chacun ruminant au fond de lui-même.

— C'est un putain de labyrinthe, murmura Milo un instant plus tard. Je ne sais plus quelle direction prendre.

— Il faut que tu te reposes un peu, dit-elle. Depuis quand tu n'as pas dormi ?

— Je n'aime pas prendre des cachets.

Il observa la tribune centrale d'un air découragé. Il savait ce qui allait se passer si cela se terminait par un échec. Lorsqu'il se montrait efficace, les choses avaient un sens ; un triomphe le réhabilitait toujours, lui conférait une certaine valeur. Mais s'il se montrait inefficace, le pire sentiment qu'il pouvait éprouver envers lui-même était multiplié par dix. Il n'avait plus qu'à se précipiter dans une grotte sombre et son autoflagellation allait être atroce. Impitoyable. Une folie. La folie.

Le talkie-walkie sonna une nouvelle fois.

— Ici, Sena. Il est six heures et pour l'instant rien ne bouge à la Casa Vicens, entendirent-ils avec en fond les grands éclats de rire de Bruno Bachs. Le jour est sur le point de poindre. Rien d'autre. Terminé.

Milo enfonça son menton dans sa poitrine.

Quelques minutes plus tard, il démarra lentement et roula en direction du Palau Güell. À ses côtés, la sous-inspectrice Mercader regarda à travers la vitre.

— S'il ne pleut pas bientôt, la ville va devenir un enfer.

— Elle l'est déjà, grommela Milo.

Il prit la rue Nou de la Rambla et se gara sur le même bateau que précédemment. Abattu, il éteignit les phares et coupa le contact. Il s'appuya sur le repose-tête.

— Bien, et maintenant qu'est-ce qu'on fait ? demanda Rebeca d'un air méfiant.

— Maintenant ? Rien du tout. On attend que le jour se lève, un point c'est tout.

— Et ensuite ?

Milo fit un geste d'impuissance.

La femme noire à la minijupe rouge et aux talons hauts refit son apparition dans la rue, à présent accompagnée d'un homme mûr avec un gros ventre. Ils vinrent se placer sous le même porche et elle répéta l'opération avec la même indifférence. Cela rappela à Rebeca la mécanique froide d'un agent des impôts derrière le guichet des réclamations.

Le talkie-walkie sonna dans la voiture.

— Ici, Rojo. Le jour se lève. On abandonne la surveillance. Enfin ! Terminé.

— Merde, c'est raté, murmura Milo, au bord de la capitulation.

— De toute façon, il fallait essayer.

Le talkie-walkie se manifesta à nouveau dans l'habitacle.

— Ici, Bachs. Le soleil pointe à l'horizon. On lève la garde. Malart, tu t'es couvert de gloire, cette nuit. Terminé.

— Qu'est-ce que tu disais ? demanda Milo avec un petit filet de voix.

— Arrête de ruminer, dit Rebeca. Demain sera un autre jour. Tu verras !

— Demain ? Pour moi, c'est ici et maintenant. Demain n'existe pas.

Les talons de la femme noire résonnèrent dans la rue à la recherche d'un dernier client.

16

Lorsqu'il se réveilla, les draps étaient pleins de sable et sa peau le démangeait. Il se redressa difficilement. Il ne portait que son jean. Par terre, il aperçut le reste de ses vêtements, son arme et sa plaque. Il marcha sur deux bouteilles de vodka vides. Il avança d'un pas incertain jusqu'à la cuisine. Les dalles étaient brûlantes. Il pénétra dans la salle de bains. Ce n'est pas là que se trouvait le frigo. Il ouvrit un robinet et se pencha pour boire de l'eau. Elle avait mauvais goût. En sortant de la pièce, il se cogna la tête contre l'encadrement de la porte et tituba pendant plusieurs mètres. Il trouva enfin le réfrigérateur et l'ouvrit. L'intensité de la lumière intérieure l'aveugla. Il leva une main. La vue brouillée par des points irisés, il s'aperçut qu'il était dans le noir. D'où venait cette odeur nauséabonde ? Il vérifia le contenu du réfrigérateur. Il y avait des boîtes de conserve, d'autres produits en boîte ou en bouteille. Il saisit de l'eau et s'obligea à la boire malgré la puanteur. Il se pencha en arrière, remarqua les lézardes au plafond illuminées par un halo de lumière surgissant de quelque part. C'est alors qu'il entendit le bruit d'un moteur qui démarrait et la bouteille lui échappa des mains. En titubant, il se demanda ce qu'il faisait là. Où était-il ?

Il s'appuya sur le marbre. Il avait vraiment soif, une soif insoutenable.

Il distingua une bouteille par terre, tout près de ses pieds et se baissa pour la ramasser. En la portant à ses lèvres, il s'aperçut qu'elle était vide. Il l'observa quelques secondes. Boire, il voulait boire. Il fit un pas, glissa sur une flaque et tomba lourdement sur le sol. L'insupportable lueur du réfrigérateur le frappa en plein visage et il hurla de douleur, comme si celle-ci lui avait brûlé la peau. Il mit ses bras autour de son corps et demeura immobile. Il ferma les yeux en pressant fortement les paupières, en goûtant la fraîcheur qui humidifiait son dos. *Tu t'es trompé.* Il joignit ses genoux à sa poitrine. *Sur tout.* Il inspira une bouffée d'air brûlant. *Tu n'es rien du tout.*

Il s'endormit.

L'homme était un monsieur de Barcelone. Tête nue, lunettes à fine monture sombre et sourire forcé. Il tissait un réseau de soixante cercles rouges semblables à soixante coups de feu. À soixante gouttes de sang. Tout comme une araignée, il se cachait dans un coin en attendant qu'une victime tombât dans le piège. Tout près de lui, un gamin se tenait debout. Ou était-ce une gamine ? Il ne voyait pas bien. Dans son dos, un immense bûcher lançait ses langues de feu dans les airs, en ondulant de façon fébrile. L'enfant ne bougeait pas, hypnotisé par le crépitement de l'incendie qui dévorait tout, autour de lui. Il tenait une ombre dans sa main et un fouet pendait à son cou. Les flammes l'enveloppèrent. Mais le feu n'était pas rouge. Il était noir. Et là où auraient dû se trouver ses yeux, on pouvait juste apercevoir deux orbites vides. Il se tourna vers lui et lui adressa un regard sombre.

Milo se réveilla. Sa respiration était irrégulière.

Il remarqua la porte du réfrigérateur ouverte, le sol s'étendant à hauteur de son visage, les moutons de poussière s'entassant sous les meubles de la cuisine, partout.

L'air était épais, suffocant.

Il détendit ses jambes, tenta de se relever. Sur le point de perdre l'équilibre, il ferma le réfrigérateur et se retrouva dans l'obscurité totale. En bruit de fond, très loin, il entendit de l'eau en train de couler. Il sortit dans le couloir et se dirigea vers le bruit qui devenait de plus en plus net. En s'appuyant à la cloison, il atteignit la salle de bains. C'est de là que venait le bruit. Sans allumer la lumière, il palpa le porte-serviettes, le lavabo et trouva le robinet ouvert. Il le referma d'un mouvement lent et maladroit.

Enfin le silence.

Il fit le chemin inverse, en se guidant à nouveau grâce aux cloisons. Une fois dans le salon, il se dirigea vers la terrasse. Trébucha sur la table basse qui le projeta contre la porte. Le store était baissé et il força sur le ruban pour le remonter. Celui-ci était extrêmement lourd. Dehors, il remplit ses poumons d'air. Il faisait nuit. L'éclairage de la rue de l'Atlàntida illuminait la place déserte. Il se frotta les yeux. Où donc étaient passés les gens ? Il distingua au loin quelques ombres en train de marcher sur le paseo Marítimo. Il observa la mer, le calme des eaux. De minuscules vagues venaient mourir sur le bord, dans un murmure sourd se répétant avec la régularité d'un métronome et cette cadence le tranquillisa profondément. Immobile, il laissa s'écouler les minutes.

Il baissa les yeux et observa ses mains. Elles avaient l'air d'être très séparées de son corps, à une distance anormale. Il promena son regard de l'une à l'autre sans comprendre. Et c'était la même chose pour les pieds. Ils étaient très bas sous lui, ça ne pouvait pas être les siens. Il avala sa salive et ferma les yeux. Tout ça n'était que de simples visions, évidemment. Avec la sensation d'être contrôlé par une force étrangère, il craignit de soulever ses paupières. Son cerveau pouvait lui jouer un mauvais tour ; il ne le savait que trop. Mais que savait-il en réalité ? *Tu ne sais rien*. Du repos, il avait besoin de repos. Après avoir dormi quelques heures, il verrait tout plus clairement, récupérerait son équilibre. *Tu as perdu le contrôle*. Rien de mieux qu'un sommeil réparateur. *Tu as tout perdu*. Il entrouvrit lentement les yeux, craignant ce qu'il allait voir. Ses mains, ses pieds étaient à leur place. Il respira profondément, soulagé. Il allait sourire, lorsqu'il s'aperçut que la mer s'était transformée en une plaine en feu. Un arbre en flammes se dressait en son centre. Et des centaines et des milliers de roses ardentes s'étendaient sur tout le plateau. Il demeura tout raide, sans pouvoir bouger. Ce paysage ne pouvait être réel.

Il rentra rapidement dans l'appartement. Il s'arrêta pour observer les cartons empilés dans un angle. Mais où se trouvait-il donc ? Ce n'était pas son appartement, il ne reconnaissait pas les meubles ni la disposition de la pièce. Le cœur battant, il commença à ouvrir les cartons comme un possédé. Des vêtements, des objets de toutes sortes, des papiers. Il éparpilla tout sur le sol. Rien ne lui appartenait.

Il se dit qu'il devait quitter cet endroit.

Il se dirigea vers la porte et entra dans la chambre. *Ce n'est pas ici.* Il aperçut son arme, la saisit, l'introduisit dans sa ceinture et sortit à la recherche d'une autre porte. *Tu es en train de devenir fou.* Des portes, tout n'était que portes. Il retourna dans le salon, le parcourut des yeux, sans trop savoir que faire. *Pourquoi n'en finis-tu pas une bonne fois pour toutes*? Il s'obligea à s'asseoir sur le canapé, à raisonner calmement. L'arme se planta dans son aine. Il la retira et la regarda bêtement. *Finis-en une bonne fois.* Il la laissa tomber par terre. Il mit son visage dans ses mains. Il sentit autre chose se planter à hauteur de la cuisse, à l'intérieur de son jean. C'était une boîte de cachets. Elle était complètement écrasée. Dans ces ténèbres, il se souvint de Janet Grau. Non. De Judit Grau. Non plus. De *Judit Gaig*. Oui, c'est elle qui lui avait donné ces cachets. Pour combattre son anxiété.

Il la secoua au-dessus du canapé et deux lames argentées en sortirent, ainsi qu'un prospectus. Il le mit de côté et comprima un des blisters entre ses doigts. Un cachet en sortit. Il le porta à sa bouche sans réfléchir et l'avala d'un coup. Il ne savait que faire, hésitait à en avaler un second. *Avale toute la boîte*. Il répéta l'opération avec un deuxième cachet et se pencha en arrière sur le canapé. *Tu es un lâche*. Il tenta de ne penser à rien. Il s'allongea de tout son long. Il attrapa un coussin et le serra sur son ventre. Il commença à compter. Mille un, mille deux, mille trois. *La chose ne finit pas ici*. Mille sept, mille huit, mille neuf. *On se reverra*. Mille douze, mille treize, mille quatorze.

Les voix cessèrent soudain dans sa tête.

Il enchaîna des images et des idées incohérentes. Il était invisible, et habitait sur un continent caché, de légende. Un lieu qui n'avait peut-être jamais existé. Était-ce Barcelone? Non, l'Atlantide. L'archétype de la civilisation idéale, le symbole d'un avenir utopique. Un monde basé sur les principes de la raison et du progrès, avec une histoire qui contenait un message moral à propos d'une société qui, grâce à sa prospérité, était devenue étrangère et corrompue, et avait déchaîné sa destruction par châtiment divin. L'Atlantide ? Non, Barcelone. Un mythe où cohabitaient des victimes et des monstres.

En glissant le long de la spirale du sommeil, il s'aperçut que quelqu'un l'observait fixement. Son visage lui sembla familier. Des yeux de petit faon apeuré. L'air déshérité, fragile. Ressemblant à Marc. Mais c'était une gamine, une gamine nue avec un regard de vieille femme. Et très belle. C'était un ange avec une étoile à cinq branches sur la tête.

Sans croire ce qu'il voyait, il lutta pour se relever. Ce fut inutile. Il ouvrit la bouche, indécis, lorsqu'un rayon de lumière resplendissant jaillit d'une des mains de la silhouette pâle. Elle avait une colombe, dans l'autre. La gamine lui tordit le cou sans la moindre émotion. Ce ne furent pas des viscères et du sang qui s'échappèrent de son corps, mais des circuits et des éléments bioniques.

— L'esprit est mort, dit-elle. Le temps est fini.

La gamine pressa le corps détruit de la colombe sur sa poitrine pubère et baissa les yeux.

— Barcelone a tout abîmé, ajouta-t-elle sans intonation.

Le soleil qui filtrait à travers le store l'aveugla. Il se protégea de la main. Lorsqu'enfin il réussit à accommoder son regard, il aperçut le désordre qui régnait dans le salon. Des cartons ouverts, des vêtements un peu partout, la table basse déplacée. Il se redressa et demeura assis, puis il se releva entièrement. Il marcha sur son arme. L'observa un instant sans rien comprendre. Il tenta de se rappeler ce qui s'était passé. Mais il n'y avait qu'une sorte de fumée dense dans son cerveau. Il fixa sans le voir un point indéterminé, tout en tentant de revenir à la réalité. Un air lourd, irrespirable, s'accumulait dans l'atmosphère.

Il entendit un claquement. Il provenait de la porte d'entrée. Il mit plusieurs secondes à s'apercevoir que quelqu'un tentait de forcer la serrure. Au bout d'un moment, avec des mouvements lents et lourds, comme si ses articulations étaient bourrées de sable, il ramassa son arme et la pointa en direction du bruit.

Il attendit, le canon du HK dirigé vers le couloir.

Qui que ce fût, le visiteur allait avoir une belle surprise.

Il pencha la tête sur le côté pour viser.

Une femme entra dans le salon et s'arrêta net en se voyant mise en joue. Elle leva les mains dans un mouvement réflexe. Milo lut le mot *FORENSIC* imprimé en bleu sur un tee-shirt gris et il la reconnut en même temps que son esprit luttait pour lui donner un nom. Il détecta un sentiment de peur sur son visage.

— Tu as l'intention de me tirer dessus, inspecteur ? dit la femme sans bouger.

Il baissa son arme, la posa sur le canapé. Ensuite, il se recroquevilla sur lui-même et sa vue se troubla à nouveau.

— Mais qu'est-ce que ça signifie, putain ? demanda Rebeca en jetant un coup d'œil rapide autour d'elle et en apercevant le désordre qui régnait dans la pièce. On peut savoir ce qui s'est passé, ici ?

Milo murmura qu'il ne savait pas, sans changer d'attitude.

— Tu ne sais pas ? s'étonna-t-elle.

Il fit non d'un geste.

— On dirait qu'un ouragan a traversé l'appartement, dit-elle en s'approchant de lui. Ça va, tu en es sûr ? Tu es enfermé chez toi depuis deux jours, sans répondre à mes messages. J'étais vraiment inquiète.

Milo fit une moue d'impuissance et n'ouvrit pas la bouche. Sa tête se mit soudain à tourner.

— Depuis quand n'as-tu pas mangé ? demanda-t-elle en poussant quelques chemises du bout du pied.

Milo écarta les mains et bougea son cou.

— Quel… quel jour on est ?

— Jeudi, et il est midi. La dernière fois qu'on s'est vus, c'était mercredi, après le lever du jour, lorsque tu es rentré chez toi après avoir passé la nuit à monter la garde dans la voiture avec moi. Tu t'en souviens maintenant ?

Il secoua doucement la tête.

— Je me souviens de… de rien.

Rebeca retira son sac de son dos et le posa discrètement sur le HK. Ensuite, elle le regarda en silence, pointa son doigt sur la boîte de cachets.

— Combien tu en as pris ? dit-elle en prenant un blister et en comptant les trous. Deux, fit-elle en voyant que l'autre blister était intact. On ne joue pas avec ce genre de chose, Milo, tu devrais pourtant le savoir.

Il se tourna vers elle. Il dit à nouveau non d'un geste vague.

Rebeca observa son regard trouble, son air absent.

— Tu es groggy. Je croyais que tu avais horreur de prendre des cachets.

Il acquiesça tout en titubant.

— Je déteste ça, dit-il en bafouillant. C'est la… la psy… qui me les a… les a donnés, et moi… moi…

— Il te faut faire un effort pour te souvenir.

Il mit son visage dans ses mains et hocha la tête en silence. Au bout d'un instant, il laissa retomber ses bras.

— Le feu était noir.

— Que dis-tu ?

Il tenta de remettre de l'ordre dans son cerveau. L'image de la gamine y était restée gravée.

— Elle était en flammes, la colombe, c'était une colombe mécanique, balbutia-t-il. Elle la tenait dans sa main. L'esprit, l'esprit libre, ajouta-t-il en regardant ailleurs. Mais elle était artificielle aussi, dit-il encore en plissant son visage dans une moue de douleur. Tout est mensonge, tout est invention. Il n'est pas libre.

Il leva les yeux et Rebeca s'aperçut qu'ils exprimaient une immense frayeur.

— L'esprit est mort, conclut-il.

— Eh ! Arrête ton char, mon vieux ! Je ne sais pas de quoi tu parles, mais je t'assure que je m'en fous royalement. La première chose que tu vas faire, c'est avaler un café bien serré. Pendant que je le fais couler, ouvre plutôt les fenêtres pour aérer un peu ! C'est un four là-dedans et ça pue de façon insupportable, dit-elle en se dirigeant vers la cuisine.

— Le feu était noir, répéta-t-il extrêmement choqué.

Elle l'entendit farfouiller, dire quelque chose à propos d'une flaque par terre.

Il demeura immobile, sans force. Il s'allongea sur le canapé et ferma les yeux. Il aperçut le corps squelettique de la gamine, la pâleur de sa peau. Son absence d'émotion en tordant le cou de la colombe. Il les ouvrit à nouveau, observa le plafond, les ombres. Il remarqua une lézarde qui le traversait d'un bout à l'autre, tenta de se souvenir s'il l'avait déjà vue, mais il pensa immédiatement à autre chose. Il s'aperçut que son cerveau était ramolli. Il se frappa le front avec la paume de la main, secoua la tête et se frappa à nouveau. Pas moyen de s'éclaircir les idées. Il se dirigea d'un pas incertain vers la terrasse. Il ouvrit les deux battants de la porte-fenêtre. Une brise chaude pénétra dans le salon.

— Est-ce que le café t'a fait du bien ? demanda Rebeca sans le perdre de vue.

Milo fit un geste affirmatif et s'empressa de vider la deuxième tasse.

— Lorsque tu auras récupéré, on descendra manger un morceau. Mais avant, il faut que tu prennes une bonne douche. Tu en as vraiment besoin, ce ne sera pas du luxe, si tu vois ce que je veux dire !

— Je ne vais pas pouvoir sortir dans la rue, sous-inspectrice.

Il transpirait sa confusion par tous les pores et Rebeca laissa échapper un soupir.

— Tu as beaucoup de choses à me raconter, dit-elle.

Elle avait déroulé l'auvent et ils étaient assis à la table de la terrasse. Milo observa la plage. C'était un jour ouvré de juillet et le sable était couvert de monde. Des enfants en train de courir dans un sens et dans l'autre, de jeunes étrangers à la peau brûlée, des vendeurs ambulants, des femmes orientales pratiquant des massages, des tatoueurs au henné montrant leurs modèles, les maîtres nageurs grimpés sur leurs tours métalliques. La normalité d'un jour d'été.

Il sentit que la caféine faisait enfin effet et son sang se mit à bouillir.

— Allez, vas-y, c'est toi qui commences, lui lança-t-il.

Surprise, elle se pencha en arrière.

— Mais de quoi parles-tu, Milo ?

— Pourquoi tu fais ça ? On t'a sans doute promis une promotion, hein ?

— Qu'est-ce que tu veux dire ? Explique-toi.

— On t'a demandé de gagner ma confiance, hein ? De devenir ma confidente ?

— Qu'est-ce que tu racontes ?

— Qu'est-ce que tu es venue faire ici ? Tu n'as pas encore obtenu suffisamment de renseignements sur moi ?

— Je te jure que si tu ne t'expliques pas mieux, je ne vais pas comprendre un mot de ce que tu insinues.

Milo montra son tee-shirt du menton, le mot *FORENSIC* imprimé dessus.

— On aurait dû imprimer : INSPECTION GÉNÉRALE DE LA POLICE NATIONALE, à la place de ce truc, dit-il.

— Ça, ce n'est vraiment pas gentil. Pourquoi tu dis une chose pareille ?

— Parce que tu ne le sais pas, peut-être ! Puisque tu me le demandes, je vais être clair avec toi. Tu fais partie de l'Inspection générale de la police et tu enquêtes sur moi, voilà tout ! J'ignore pour quelle raison, mais c'est exactement ce que tu es en train de faire. Tu es une sale espionne.

Ses yeux se mirent à briller de façon hostile, comme ceux d'un obsédé. Abasourdie, Rebeca commença à battre des cils.

— Tu crois que je suis là pour te surveiller ?

— Ne fais pas l'innocente, par-dessus le marché. Qu'est-ce que tu cherches, une façon de grimper plus vite dans la hiérarchie ? Collaborer avec ces gens-là présente un certain nombre d'avantages pour la carrière d'une sous-inspectrice.

— Oui, pour les lèche-culs, peut-être. Tu divagues, mon pauvre vieux. Moi, moi, à l'Inspection générale ? Quelle connerie ! Même pas dans un million d'années ! Voilà la moitié de ma vie que je me prépare à rejoindre le GEHME et que je suis des stages à l'étranger… et j'aurais fait tout ça pour finir par fureter dans la vie privée de mes petits camarades ? Tu me prends pour qui ? Ce n'est pas drôle du tout, dit-elle en secouant la tête. Tu crois que je suis une imbécile ou quoi ?

Milo écarquilla les yeux.

— Tu ne fais vraiment pas partie de l'Inspection générale ?

— Non, pas le moins du monde.

— Sûr ? insista-t-il.

Rebeca lui lança un regard glacial.

— Où est-ce que tu es allé piocher une idée pareille ?

Milo ne sut que dire. Il se frotta la tempe.

— Je ne sais pas, ton insistance à propos de Bruno Bachs, ta façon de me suivre sans arrêt ces jours-ci, tes questions incessantes… J'en suis finalement venu à cette conclusion.

— Tu devrais consulter au sujet de cette manie de te sentir constamment persécuté. Sérieusement, inspecteur. Je ne plaisante pas du tout.

Milo baissa les épaules.

— Ça m'a semblé évident… tout collait parfaitement.

— Les choses ne sont pas toujours ce qu'elles semblent être. On commet tous des erreurs à un moment ou à un autre.

— Pas moi. Pas de ce calibre, en tout cas, dit-il en baissant la voix. Je soupçonne Bachs, je te soupçonne, je soupçonne tout le monde. J'ai perdu mon instinct, j'ai tout simplement perdu le nord. Les symptômes commencent à…

— Mais de quoi tu parles maintenant ?

— Je suis en train de tout perdre, dit-il et sa gorge se noua. Absolument tout.

Elle leva les bras au ciel, exaspérée.

— Encore des conneries ?

— Je doute même de moi.

— Eh bien, moi, j'ai confiance en toi. Quoique, vu ce que j'ai pu voir, il me faudrait peut-être réviser l'idée de te faire confiance.

Milo plissa ses lèvres.

— Peut-être qu'il est temps pour moi de me contenter de ce que j'ai et de vivre avec.

— Cela signifie que tu te considères comme un type définitivement à terre, foutu !

Il ne répondit pas.

— Tu es en train de te punir injustement. D'accord, ta théorie sur l'apparition du corps de Félix Torrens a été un fiasco, et alors ? Tu aurais très bien pu avoir raison, c'était une possibilité à prendre en compte, réalisable. Mais de là à déprimer de cette façon !… je ne sais pas, tu me déçois vraiment.

— Alors tu n'as qu'à aller retrouver les autres.

— Tu exagères, c'est tout ce que je dis.

Il fit non d'un geste.

— Je me suis aussi trompé au sujet de Bruno. Et de toi. Ça fait trop d'erreurs tout ça.

— Alors, tu ne vas plus retourner au commissariat ?

— Pour quoi faire ? À l'heure qu'il est, Singla a déjà dû me donner le coup de grâce. Il m'avait prévenu. Et j'ai accepté le pari, dit-il en la regardant fixement. Ce n'est pas vrai ?

Rebeca se dandina sur sa chaise.

— Bon, j'ai entendu des blagues un peu lourdes au commissariat, tu sais bien comment ils sont. Et à présent tout le monde se félicite d'avoir arrêté le suspect. On ne peut pas dire que le chef Singla soit spécialement déprimé.

— Me revoilà hors jeu. C'est tout ce que je mérite. C'est moi qui l'ai cherché.

— Putain, Malart ! explosa-t-elle. Je n'aime pas quand tu es aussi mou ! Je te préfère insolent et chiant. Tu m'énerves avec toute cette… avec tout ce !…

— Réalisme ?

— Autoflagellation ! On dirait un gamin qui s'effondre après avoir échoué à son examen !

Milo inspira sans énergie.

— On m'a rappelé pour résoudre une affaire et je me suis cassé la gueule. Ça, c'est la réalité numéro un. Réalité numéro deux : mon travail au commissariat central est terminé ; je n'ai pas été efficace et tout s'est terminé par un échec cuisant. Réalité numéro trois : je ne veux pas retourner au commissariat, pour quoi faire ? Pour supporter les sarcasmes et le mépris de mes collègues qui ne m'aiment pas ? Pas question ! La seule chose positive, dans tout ça, c'est que la psy ne fouillera plus dans mon cerveau, je n'aurai plus à retourner à son cabinet. C'est toujours ça de pris, hein ?

— Réalité numéro quatre : tu vas foutre ta juge dans la merde jusqu'au cou. Et je te signale qu'elle s'est mouillée pour qu'on te réintègre au GEHME. Et maintenant, toi, tu t'en fous ?

— J'irai m'expliquer avec elle ; elle comprendra.

— Elle comprendra de la merde, oui ! Elle se sentira trahie comme moi ! Voilà où mène ton putain de réalisme à la noix ! Et tout ça à cause de ton besoin de t'autoflageller : c'est pathétique. Tu me fais de la peine, mon vieux ! Et si je t'appelle "mon vieux", c'est parce que ça me vient du plus profond de mon être, crois-moi !

Hors d'elle, Rebeca l'observa soupirer. Il se tut.

— Tout ça n'est plus ton problème, vilaine fille. Pour nous, c'est terminé. Je n'ai plus l'énergie ni même l'envie de continuer. Je n'ai surtout plus l'instinct. J'ai besoin de m'occuper de ma santé. Je chercherai un autre boulot. C'est la fin de l'histoire, voilà !

— Et qu'est-ce que tu vas trouver d'autre ? Détective dans une compagnie d'assurances, sans doute ?

— Je te le répète, ce n'est pas ton problème, dit-il en observant plusieurs secondes de silence. Je suis en train de foutre ma vie en l'air, de perdre mon temps, comme si on me trahissait. Et j'en ai ras le cul. Je dois me trouver un autre chemin. Le monde est en train de changer, le mode de vie, de travail aussi. J'ignore à quoi va ressembler le nouveau monde, mais j'ai bien l'impression que moi, à cette allure-là, je n'y aurai pas ma place.

Milo se redressa brusquement.

— Je crois qu'il vaut mieux que tu t'en ailles à présent. Je te remercie pour ta confiance, mais maintenant j'aimerais rester seul.

Rebeca ne bougea pas.

— Tu n'as pas entendu ?

— Parfaitement. Mais je ne vais pas sortir d'ici et, toi, tu ne vas pas arrêter ton enquête.

— Et pour quelle raison ? Je peux savoir ?

— Parce qu'il faut qu'on parle.

Milo hocha impatiemment la tête.

— Il n'y a plus rien à dire.

— Si, justement, il reste encore une chose à dire, lança Rebeca en se levant rapidement pour se rendre dans le salon et retourner sur la terrasse immédiatement après, son sac à la main. Moi, à ta place, je me rassiérais. Parce que ça va faire mal.

Rebeca ouvrit le sac et en tira un dossier blanc. En le voyant Milo se dégonfla.

— Et tu ne vas pas arrêter ton enquête, car il faut que tu lises ces papiers auparavant, dit-elle. Il s'agit de plusieurs e-mails et de plusieurs *chats* que le sergent Crespo a réussi à extraire de l'ordinateur portable de ton neveu. Ou peut-être ne veux-tu plus savoir pourquoi Marc a fait ce qu'il a fait ?

Livide, Milo s'assit, extrêmement lentement.

— Il s'est mis dans de sales draps, indiqua Rebeca au bout de quelques minutes.

L'expression du visage de Milo changea progressivement à mesure qu'il avançait dans la lecture des archives que Toni avait recopiées à partir du réseau de contacts de Marc sur Facebook et Tuenti*. La plupart étaient constituées de dialogues banals entre garçons et filles préadolescents, bourrés d'abréviations et d'expressions grossières, avec des commérages et des blagues en abondance, des renseignements sur les skate-boards dernier cri, et quelques allusions plus ou moins sérieuses sur l'augmentation du chômage, le changement climatique ou la défense des animaux, et les interventions de Marc se contentaient de corroborer les commentaires les plus populaires. Au total, en comptant les deux réseaux, ses contacts n'atteignaient pas la cinquantaine de personnes.

Cependant, ses e-mails dévoilaient un Marc tout à fait différent, inconnu de Milo. Tout particulièrement ceux qu'il avait échangés quelques semaines avant sa mort avec une fille appelée Kata. Ils révélaient une personnalité extrêmement négative du garçon, torturée par les doutes, sombre. Ils montraient un moral au ras des pâquerettes et on sentait que Marc était prêt à prendre une décision aussi désespérée que définitive. Toni les avait classés par date et la chronologie mettait en évidence la descente aux enfers progressive de Marc. "Ça fait deux jours que je dégueule tripes et boyaux, ma vieille, j'en peux plus.

* Tuenti est un site de réseautage social basé à Madrid, l'un des plus utilisés en Espagne.

OK, le fric c'est cool, mais cette bande de vieux dégueulasses m'écœure grave. Je sais plus à qui parler, je me sens paumé." En réponse à son message, la fameuse Kata avait tenté de le rassurer. "Relax, MM, t'es pas bien de la tronche ou koi ? Pense ko fric, y a ke ça ki compte. Fais pas le bouffon et raconte rien à personne." La réplique de Marc avait été violente. "À qui tu veux que je raconte ça ? Personne voit que j'existe dans cette putain de ville. Je suis seul. Je suis rien du tout, pour personne. Ma famille existe pas." "MM, moi, je suis là, avec toi", avait-elle écrit. "Moi, je t'aime." Après quelques jours de silence, Marc s'était à nouveau confié à elle, il était écœuré, à bout de forces. "C'est plus à cause de la douleur, Kata, c'est parce que je me supporte plus. Inutile de continuer, c'est trop nul. Je recommencerai pas." Elle avait répondu tout de suite. "Tu peux pas me lâcher, MM. J'ai besoin de ce fric. T'auras ka fermer les yeux et me baiser, je m'occupe de tout le reste. Allez, t'as des couilles, mec ! Moi, j'ai même l'impression ke ça m'excite. On se retrouve sur la place, sur le même banc ke d'habitude. J'ai mis un autre piercing au sourcil, tu vas kifer grave."

Il écarta les feuillets et leva les yeux au ciel. Ses lèvres s'étaient mises à trembler.

— C'est dur, murmura Rebeca. Je les ai lus lundi dernier, sans le faire exprès, lorsque tu m'as appelée pour me demander de prendre connaissance des dossiers qui se trouvaient dans le tiroir, et depuis j'essaie de t'en parler, mais…

Il se tourna rageusement vers elle.

— Quatre jours ! rugit-il. Tu as mis quatre jours à me les donner !

— Merde, j'ai essayé de le faire avant, mais tu n'as pas arrêté de m'envoyer balader, plusieurs fois. Tu n'as pas voulu m'écouter.

— Tu aurais dû me forcer, nom de Dieu ! dit-il en brandissant les papiers en l'air. Et pendant toute la nuit de planque ? On a été ensemble jusqu'au petit matin et tu ne m'as rien dit !

— J'ai vu que tu avais le moral dans les chaussettes, se justifia-t-elle. J'ai pensé que ce n'était pas le moment et j'ai décidé d'attendre.

— Tu penses trop, sous-inspectrice ! Tu dis que tu m'as vu avec le moral à zéro et tu me donnes le dossier maintenant, alors que je suis comme une loque. En effet, le moment est mieux choisi, oui, madame!

— Exactement, ça va te sortir de ta léthargie! Comment pouvais-je savoir que tu allais être dans cet état? J'arrive et je te vois complètement démoli, en train de raconter des conneries, de prétendre que tu vas tout laisser tomber… Je voulais que tu réagisses, un point c'est tout. Tu parlais de tout plaquer! Voilà pourquoi je t'ai donné le fameux dossier blanc maintenant. Et je suis désolée si je me suis trompée! Mais avec toi, c'est très difficile de réussir quelque chose. On ne part jamais du bon pied!

Milo la fusilla du regard.

— Tu pourrais me rendre un service? demanda-t-il.

— Ça dépend, dit-elle en le regardant d'un air méfiant. Lequel?

— Faire davantage de café. Je vais en avoir besoin.

Sans répondre, Rebeca quitta la terrasse.

Milo retourna à ses papiers.

"Je te jure, Kata, faire ça devant ces putains de voyeurs, ça me fout la chiasse. C'est comme si je me roulais directement dans la merde. Quand je rentre chez moi, j'ai qu'une envie : m'enfermer dans ma chambre et barricader la porte. Et plus jamais ressortir, pour que personne me voie." "S'te plaît, MM. Les vioques tiendront pas longtemps, ils seront vite crevés. Me fais pas ce coup-là!" "Je peux pas. Je suis désolé." "J'en ai parlé au patron du parc et il va nous donner le double. MM, 1 000 euros par tête! Me lâche pas. Tiens bon encore ce coup-ci. Je t'aime, je t'aime, je t'aime."

Nerveusement, il sauta plusieurs feuilles jusqu'à atteindre les deux dernières. Le ton était différent.

Il identifia le signal de la descente en vrille de Marc. Celui de la fin de sa dégringolade.

"J'ai plus d'espoir. À quoi sert d'attendre? J'ai tout raté. Ma vie m'intéresse pas. J'en ai assez de le cacher. Je suis faible, c'est tout." La réponse de Kata avait été immédiate. "MM, tu es un gros connard de merde. Si j'avais su, j'aurais proposé à quelqu'un d'autre. Ce truc est une chance et toi tu chies dans ton froc. Va te faire tringler, merdeux. Oublie-moi."

Après ce message, Marc avait mis deux jours à écrire un nouvel e-mail. La date indiqua à Milo que c'était le dernier. Il mit fin à ses jours cet après-midi-là. Il imagina ce qu'il avait dû endurer pendant les quarante-huit heures précédentes, sa sinistre détermination pendant qu'il tapait le message. Il le lut au bord des larmes. Le texte était succinct, comme une note de suicidaire. "Ma vérité est… À quoi bon. *Game over*, ma vieille. Je vais vous donner une bonne leçon à tous. Je vous hais. C'est dur d'être invisible. Mais tout le monde autour de moi est aveugle !!!"

Le cri d'angoisse résonna à ses oreilles. Il jeta les feuilles de papier sur la table. Ensuite, il se coucha sur elles, il entrelaça ses doigts et ferma les yeux.

Rebeca le trouva dans cette position. Elle posa la cafetière par terre et s'assit à ses côtés. Elle déposa un baiser sur sa tête, lui caressa les cheveux. Tenta de le consoler, de lui dire des mots de réconfort. Mais l'effort qu'il faisait pour se contenir était visible même dans ses cheveux. Et elle se tut.

— Pourquoi ne m'a-t-il jamais raconté tout ce qui lui arrivait ? dit-il en se redressant et en regardant au loin, là où des enfants riaient d'allégresse. J'aurais pu l'aider. On était amis, de vrais copains. On se faisait confiance. N'importe quoi plutôt que de… Pourquoi ne m'a-t-il jamais raconté cette histoire ? Pourquoi ?

— Peut-être parce qu'il avait honte, il était très jeune. C'était un gamin qui s'était laissé déborder par une affaire devenue trop importante pour lui. Les adolescents sont comme ça. Impétueux pour certaines choses et muets comme des tombes pour d'autres, dit-elle en arquant les sourcils. Je suis désolée, c'est une image malheureuse.

Il se tourna lentement vers Rebeca, le visage décomposé.

— Il faut que je retrouve cette fameuse Kata. Et que je parle avec elle. Aujourd'hui. Maintenant.

— Eh bien, dis-moi comment on va faire. On n'a que son adresse électronique et un pseudo, qui dérive de Catalina, je suppose. On demande à Toni de retrouver son IP ?

— Non, je ne vais pas le mêler davantage à cette histoire. On pourrait lui envoyer un e-mail et lui donner rendez-vous sur la place.

— En prétextant quoi ? Quelle place ?

Milo porta sa main à sa tête.

— Putain de cachets ! s'exclama-t-il. Ils ne me laissent même pas réfléchir !

Il se leva brusquement et frappa à plusieurs reprises sur la toile de l'auvent. Ensuite, il parcourut la terrasse de long en large. Puis il attrapa le garde-fou et observa le pavage de la rue.

— Inspecteur, il vaudrait mieux considérer les choses calmement, dit Rebeca.

— De qui donc voulait-elle parler en évoquant "le patron du parc" ?

— Va-t'en savoir. Peut-être du parc d'attractions !

Il continua à regarder fixement les dalles du bas. Elles étaient lisses, sans irrégularités ; il apercevait même les pierres les plus minuscules. Idéales pour glisser dessus. Dès qu'il tombait quatre gouttes de pluie, les gens patinaient superbement. Lui-même avait déjà perdu l'équilibre plusieurs fois lorsque les employés les arrosaient.

— Ne te casse pas la tête. On trouvera bien quelque chose.

— Un instant, dit-il en se tournant vers elle. Cette Kata… Comment est-ce qu'elle appelle Marc ?

— MM.

— Autrement dit Double M, fit-il tandis que son visage s'illuminait. Il y a juste quelques jours, j'ai fait la connaissance d'une jeune fille sur la place Universidad, qui l'appelait de cette façon. Elle faisait partie de sa bande de skateurs. Elle avait un piercing sur la lèvre inférieure et l'autre sur le… sourcil gauche. Je m'en souviens, car c'est la seule qui a semblé affectée par sa mort, comme s'ils avaient eu une relation. Elle ne devait pas avoir plus de treize ans, quatorze au maximum. Putain de merde, et en plus je l'ai remerciée…

Leurs regards se croisèrent.

— Tu crois que ça peut être elle ?

— Je vais le vérifier sur-le-champ.

Sans perdre un instant, il pénétra dans le salon. Rebeca le suivit.

— Écoute-moi une seconde ! Tu ne peux pas te présenter comme ça, de but en blanc !

Il s'arrêta brusquement.

— Et pourquoi pas ?

— Parce que tu vas l'effrayer avec ta tête de mauvais coucheur. Tu t'es regardé dans le miroir ? Tu fais peur. Faisons les choses correctement, dit-elle. D'abord, tu vas prendre une douche, tu te calmes un peu, puis on ira manger quelque chose. Ensuite, tranquillement, on prend la voiture et on se rend sur la place. Ah, et c'est moi qui vais lui parler. Pas toi. Je ne voudrais pas que tu la traumatises et qu'elle se referme comme une huître. Il faut avoir du tact. Et ça, inspecteur Malart, ce n'est vraiment pas ton point fort.

Milo réfléchit un instant.

— Tu me crois trop expéditif, peut-être ?

— Ton problème n'est pas la précipitation, répondit-elle sérieusement. Ce sont les mots que tu utilises.

Il baissa la tête.

— D'accord, tu as gagné. Je vais prendre une douche.

— Parfait, pendant ce temps, je rangerai un peu tout ça. Je ne supporte pas le désordre.

— Il n'en est pas question. Tu es mon équipière, pas ma femme de ménage. Je le ferai plus tard, dit-il en amorçant un demi-tour pour se diriger vers la salle de bains, puis en ajoutant, dos à Rebeca : Et rends-moi mon HK. Je t'ai vu le planquer dans ton sac. On l'emportera avec nous. Il est temps de le rendre. Ah, et aussi ça.

Il saisit un livre parmi ceux qui étaient empilés près de l'entrée et il le lui lança.

— Inspecteur, dit-elle. Tu te sens bien ?

— Comme jamais.

Ils s'observèrent quelques secondes.

— Je suis ravie de te revoir, dit-elle.

17

Ils arrivèrent sous un soleil de plomb. Malgré ça, la place Universidad était pleine de monde. Plusieurs étrangers s'étaient réfugiés à l'ombre des saules, tandis que d'autres touristes plus âgés prenaient des photos des lieux. Le centre de la place était occupé par les jeunes aux skates. Leurs camarades applaudissaient les évolutions ou se moquaient des chutes de leurs copains. Un appareil de musique diffusait du rap à plein volume.

Ils s'arrêtèrent à une certaine distance d'eux. Rebeca lui demanda s'il voyait la jeune fille et Milo, après avoir observé attentivement, fit non de la tête. Il proposa d'aller s'asseoir sur un banc. Il prit place à une extrémité. Sans la moindre discrétion, il commença à étudier les visages des jeunes à quelques mètres de lui. Bientôt, plusieurs d'entre eux pointèrent leur doigt sur lui avec une certaine méfiance.

— Tu ne pourrais pas être un peu plus discret ? On devine que tu prépares un coup à mille lieues à la ronde. L'objectif n'est pas d'effrayer le personnel. Et je t'assure que ton agressivité se voit de loin. Milo, détends-toi, je te prie.

— Sous-inspectrice, tu es sûre que tu ne leur manques pas au commissariat ?

L'horloge de la tour indiquait six heures et quart. Il savait que l'attente risquait d'être longue. La jeune fille n'allait pas se présenter là juste au moment où ils arriveraient eux-mêmes. Il serra fortement les mâchoires.

— Sérieux, inspecteur, relaxe-toi un peu. Tu vas finir par exploser.

— Marc a été pris dans une affaire sordide. Et lorsqu'il a

voulu la laisser tomber, cette Kata lui a mis une pression effroyable. Elle a tenté de lui faire du chantage aux sentiments. Marc était dans les cordes et cette petite salope l'a poussé à continuer, jusqu'à finir par le détruire. Après ça, je ne peux pas me relaxer, non, sous-inspectrice. D'une façon ou d'une autre, cette fille est responsable de sa mort.

— Tu ne serais pas un peu trop partial, par hasard ? répliqua-t-elle tandis que Milo poussait un profond soupir. Ainsi, d'après toi, une jeune fille de treize ou quatorze ans peut passer sans problème de la condition de victime à celle de bourreau. Tu es injuste avec elle, il est trop tôt pour prononcer une sentence. D'après ce que je vois, il n'y a pas les bons d'un côté et les mauvais de l'autre dans cette histoire. Ou plutôt, les mauvais, ce sont ces putains de vieux dont on parle dans les e-mails et certainement pas deux gamins sans expérience qui se sont laissé éblouir par l'argent facile, en baisant en échange devant cette bande de libidineux dégueulasses. Et puis je t'assure : pour tirer son coup, il faut de toute façon être deux. Je suis désolée, mais je doute que quelqu'un ait mis un revolver sur la tempe de Marc pour l'obliger à coucher avec Kata.

Milo fit la grimace.

— Elle a été l'hameçon et l'appât, tu ne comprends pas ça, sous-inspectrice ?

— Ce que je comprends, c'est que ça te blesse, mais ce n'est pas une raison pour perdre ton objectivité. Tout le monde, à un moment ou à un autre de sa jeunesse, s'est mis dans de sales draps par manque d'expérience. Certains ont su en sortir à temps et d'autres n'ont jamais réussi à le faire. Est-ce que ça les transforme pour autant en bourreaux ou en coupables ? Non ! La plupart deviennent simplement de pauvres écervelés qui n'ont pas été capables de trouver la sortie.

— Dis donc, tu as l'air de bien t'y connaître, toi, en erreurs de jeunesse ? marmonna-t-il.

— Comme n'importe qui. Tu ne vas pas me faire croire que tout est *clean* dans ton passé ! dit-elle à Milo qui se garda bien de répondre. Eh bien, voilà, personne ne naît armé pour affronter la vie. À ta place, je dirigerais ma colère vers ces adultes qui ont profité de leur faiblesse, pas vers cette gamine qui n'a pas deux doigts de jugeote, conclut-elle en secouant la tête. Je suis en train de griller sur place. C'est possible de changer de banc ?

Ils se levèrent, se dirigèrent vers l'endroit ombragé sous les saules et elle lui dit :

— Je n'ai pas parlé d'objectivité pour rien. Si tu ne te sens pas capable de le faire, le mieux sera de refiler l'affaire aux gars des mœurs. Et tu verras bien ce qui se passe.

— Je vais plutôt m'arranger pour être impartial.

— Madame la juge, je viens juste d'écouter ton message.

Susana Cabot poussa un sonore soupir d'exaspération.

— Combien de fois je vais devoir te dire, inspecteur Malart, et cette fois je te le dis en tant que juge, pas en tant qu'amie, que ton portable doit toujours rester allumé près de toi… tu as compris ça, oui ? Vingt-quatre heures sur vingt-quatre ! J'ai trop de problèmes pour avoir le temps de m'occuper d'une tête de linotte qui pense avoir le droit d'éteindre son téléphone pour aller faire la sieste. Pas tant que ce dossier sera ouvert et que tu auras un pied dedans grâce à mon intervention ! Est-ce que je me suis exprimée clairement ou tu attends d'avoir les deux pieds dehors pour m'obéir ?

— Compris, Votre Honneur. Le portable toujours allumé. Vingt-quatre heures sur vingt-quatre.

— Bien, passons à la chose suivante. Tu connais la dernière de Singla ? Il insiste sur la culpabilité du prévenu et il veut organiser une présentation de suspects avec ton clochard.

— Il perd son temps ; ça ne servira à rien, rétorqua-t-il.

— Je le lui ai déjà dit. Il est comme un zombie à l'hôpital, mais Singla insiste pour l'en faire sortir afin de le conduire au commissariat et de le confondre. Il a déjà convoqué l'avocat du suspect.

— Il va de nouveau y avoir du grabuge. Et ils vont mettre à mal le peu de santé mentale qui reste à ce pauvre homme.

— Enfin, je verrai bien ce que je peux faire. Et toi, comment tu vas ? D'après ce que j'ai entendu dire, tu n'es pas retourné au commissariat depuis la fameuse nuit de surveillance. Tu te planques ?

— Ce n'est vraiment pas mon genre, Susana.

La juge se racla la gorge.

— Milo, on ne peut pas gagner à chaque coup, dit-elle. Si ça peut te consoler, je fais aveuglément confiance à tes capacités. Aujourd'hui comme hier. C'est clair ? S'il m'arrivait quelque chose, c'est toi que je choisirais les yeux fermés comme enquêteur. Tu m'entends ? Sans hésiter une seule seconde.

Milo ne répondit pas.

— Singla a donné l'ordre d'abandonner tes critères d'investigation, ajouta la juge tandis que Milo restait coi. Je vais te dire une chose : tu ne dois pas t'inquiéter pour une éventuelle nouvelle mise à pied. Je m'en charge. Mais il faut que tu fasses progresser l'affaire. On a besoin de résultats, Milo. Les gens d'en haut ont pour l'instant la mainmise sur l'affaire, et je me méfie de la tournure que peuvent prendre les événements. J'ai besoin de toi en pleine forme. Il faut que tu remettes tout en ordre et que tu utilises un peu de cette exceptionnelle sagesse qui est la tienne. Ce n'est surtout pas le moment de s'effondrer, Milo. Pas lorsque la visite du pape dans notre ville approche et qu'un psychopathe s'amuse à brûler les notables. Tu es d'accord avec moi, hein ?

— Absolument.

— Je suis ravie de te l'entendre dire. Il faut mettre de côté les affaires personnelles. Toutes les affaires personnelles. Les déceptions, les maladies et les suicides aussi. Absolument tout. La priorité reste la priorité. Tu es de mon côté, je suppose ?

— Tu le sais très bien, Votre Honneur.

— Parfait. Qu'est-ce que tu es en train de faire en ce moment, hein ?

— Je suis en train de suivre une piste, improvisa-t-il.

À ses côtés, Rebeca arqua un sourcil.

— Tiens-moi au courant. Minute par minute. Comment doit être ton portable ?

— Allumé. Vingt-quatre heures sur vingt-quatre.

Ils raccrochèrent.

— Tu te permets de mentir à une juge ? demanda Rebeca, perplexe.

— C'est une question d'appréciation, dit-il en observant les skateurs.

Il ne vit pas la moindre trace de la jeune fille.

Il lui raconta sa conversation avec la juge.

— Et elle ne t'a pas parlé du barouf qu'a fait Mauricio Navarro, hier, au commissariat ?

On entendit un grand bruit et ils tournèrent tous les deux la tête. Une automobile venait de percuter un motard au croisement de la rue Aribau avec la Gran Vía et tout de suite après une multitude de badauds s'étaient agglutinés autour de l'homme à terre. Les uns allèrent secourir le blessé, la plupart se contentèrent de regarder. Le groupe de skateurs suspendit également ses évolutions. Certains s'approchèrent, tandis que les autres, après avoir grimpé sur les bancs, tentaient de voir s'il y avait du sang sur l'asphalte. Au bout de quelques minutes, on entendit la sirène d'une ambulance ; et un peu plus tard deux équipiers de la police municipale se présentèrent. Faisant des grimaces pour se moquer d'eux, les jeunes poussèrent le volume de la musique et se mirent à danser. Une jeune fille de taille moyenne, avec des pantalons taille extra-basse, agitait ses bras en direction du ciel. Une casquette, enfoncée jusqu'aux sourcils, cachait partiellement son visage.

Milo esquiva la foule et se dirigea vers elle d'un pas rapide. À mesure qu'il s'approchait, il tentait de découvrir ses traits. Mais, comme elle bougeait constamment, il lui fut impossible de l'identifier. Rebeca le saisit par les épaules et l'arrêta à quelques mètres de la jeune fille.

Celle-ci tourna son visage. Ce n'était pas Kata.

— Y a quoi, les vieux ? les provoqua-t-elle. C'est ma façon de bouger le cul qui vous excite ?

Rebeca leva le pouce et traîna Milo jusqu'au banc libre.

— Ce n'est pas ce qu'on avait décidé, fit-elle.

Cinq ou six skateurs rejoignirent le groupe. Les nouveaux arrivants saluèrent leurs copains, trempés de sueur et assoiffés.

Ils firent rouler les planches et prirent la relève. L'horloge de la place indiquait dix-huit heures trente. La jeune fille n'était toujours pas en vue.

Rebeca observa les allées et venues des skateurs. Leur corps mince et musclé, leur habileté à utiliser ces planches étroites, leurs gestes imbus d'une suffisance qui se voulait désinvolte.

— Ils ont du talent, dit-elle. Moi, je ne tiendrais pas cinquante centimètres sur ces engins !

— Dommage qu'ils le gaspillent de cette façon, grommela-t-il.

— Ne sois pas si négatif. Ils sont jeunes, un point c'est tout.

— Oui, ils sont aussi jeunes que Marc, et tu vois où ça l'a mené : il se sentait invisible, dit-il en fixant le sol. Il se vivait comme une victime. Et moi, je ne me suis aperçu de rien, putain de merde !

— Moi aussi, j'ai vécu quelque chose de ce genre à son âge, dit Rebeca. Mais j'ai pris une décision : n'importe quoi, à condition de pas me vivre comme une victime. Alors j'ai décidé de renoncer à me plaindre. J'ai décidé de penser à ce que j'avais… plutôt que de penser à ce que je n'avais pas.

Milo respira profondément.

— Et tu es devenue de fer.

— Pas tout à fait, un peu en beurre aussi, répondit-elle en haussant les épaules. On n'est jamais immunisé contre les moments de faiblesse. Mais j'ai résisté. J'ai eu de la chance, c'est tout.

— De la chance ? Je dirais plutôt du caractère, corrigea-t-il en observant l'entrée qui se trouve près de la boutique aux couvertures.

Il parcourut la façade de l'immeuble des yeux et les fixa sur le balcon du quatrième étage. Les volets étaient clos. Il imagina Sara dans la cuisine et il demanda :

— Est-ce que tu accepterais de me rendre un service ?

— Sans problème. De quoi s'agit-il ?

— Est-ce que tu veux bien aller chez mon frère, là, dans l'immeuble d'en face, pour lui rendre l'ordinateur portable. Je n'ai pas envie d'y retourner, ça me rappelle trop de mauvais souvenirs, dit-il en dirigeant à présent son regard vers la place. Tu disais que Mauricio Navarro avait fait un scandale au commissariat central ?

Rebeca sourit et lui expliqua ce qui s'était passé. Avec sa suffisance habituelle, le journaliste s'était présenté avec un caméraman et avait exigé d'être conduit dans le bureau du commissaire-chef. Bastos avait instamment refusé de le rencontrer et Mauricio Navarro, hurlant qu'on lui avait promis une interview avec un des inspecteurs enquêtant sur l'affaire, l'accusa de lui voler son entretien, prétendit que la police était au service du public, et sans cesser de demander au caméraman de tout filmer, il avait proclamé en vociférant de plus belle qu'il avait le droit de les interviewer. Finalement, fatigués de l'entendre brailler, quatre agents l'avaient carrément jeté dehors.

— Cette espèce de merdeux ! dit-elle. Il nous traite comme des ordures et puis il vient imposer ses exigences !

— Cervera aurait dû s'occuper de lui. C'est une grosse tête de lard !

Rebeca corrobora l'avis de Milo en faisant une grimace.

— Le problème est que dans son émission d'aujourd'hui, il a recommencé à nous casser du sucre sur le dos. Il a dit que dans une nouvelle démonstration d'incompétence, expliqua-t-elle en imitant sa voix, finalement il s'avère que c'est une fausse alerte, que nous sommes revenus au point de départ, que nous sommes incapables d'éclaircir la disparition de Félix Torrens. Puis il a montré les images de son expulsion du commissariat et nous a accusés de cacher la vérité. Il a pris congé des téléspectateurs en annonçant avec tambour et trompette qu'il ferait une intervention spéciale dans sa rubrique de demain, il a parlé d'un reportage exclusif à propos du Bourreau de Gaudí. Ce type est fou à lier !

— Moi, ça ne me gênerait pas du tout, au contraire, d'échanger quelques mots avec lui, en direct.

Elle eut un air effaré.

— Tu parles sérieusement ?

— Pourquoi pas ? Je peux être des moins civilisés qui soient, quand je veux. Et à la télévision de quoi s'agit-il ? De faire du spectacle, non ?

Les ombres envahirent peu à peu la place et l'éclairage public se déclencha. La chaleur humide persistait, mais à présent l'atmosphère n'était plus aussi oppressante. Rebeca commença à s'impatienter.

— La bande des skateurs est en train de s'en aller et je ne pense pas que cette jeune fille va se présenter maintenant. On ne peut pas leur poser de questions, car s'ils la préviennent, elle ne pointera plus son nez par ici. Je propose de renter, Milo. Demain sera un autre jour.

Le portable de Milo se mit à sonner et il lut le nom sur l'écran. Judit Gaig. Il jura tout bas. Il avait rendez-vous avec elle une heure auparavant et il avait oublié de l'appeler pour annuler. Il porta l'appareil à son oreille et s'éloigna.

Un instant plus tard, il revint avec un air circonspect.

— C'est réglé ?

— Elle est furieuse, ça fait plusieurs fois que je lui pose un lapin.

— De toute façon, c'est ta spécialité. Et si j'allais rendre l'ordinateur portable tout de suite.

Milo acquiesça. Il prit le livre et lui tendit son sac. Rebeca lut le titre, *Libérez votre créativité*, Julia Cameron. Elle vit qu'il l'abandonnait sur le banc. Elle se redressa.

— Pourquoi t'en débarrasses-tu ? C'est mauvais à ce point ?

— Au contraire, c'est une merveille. C'est pour cela que je le laisse ici, pour lui permettre de circuler.

Elle mit le sac à l'épaule et traversa la rue. Puis elle se dirigea vers l'entrée, appuya sur le bouton de l'interphone. Au bout d'un instant, elle poussa la porte.

Milo passa son temps à observer la place. Des passants promenant leur chien, des couples enlacés, des gens seuls le regard fixé par terre. Deux sans-abri se disputaient violemment pour la possession de quelques cartons. Il saisit le livre et le feuilleta. De temps en temps, il s'arrêtait pour parcourir un paragraphe choisi au hasard. Puis il le referma, le regarda une dernière fois et se leva pour choisir un autre endroit où l'abandonner. Ensuite, il retourna à son banc de granit.

Quelques minutes plus tard, la sous-inspectrice vint s'asseoir à ses côtés.

— Ç'a été long !

— Tu veux savoir comment ça s'est passé, je suppose ?

Elle le vit dire oui sans conviction, le regard fuyant. Elle lui raconta qu'elle leur avait remis l'ordinateur portable et que Sara l'avait pris. Qu'elle avait compris, à son attitude, qu'il s'était passé quelque chose. Qu'elle avait trouvé le paquet par hasard, en balayant sa chambre. Qu'un morceau de plinthe s'était détaché et qu'en regardant dans le trou, elle avait découvert le sachet en plastique fermant hermétiquement. Qu'il était bourré de billets violets, et qu'au milieu on pouvait également voir des billets gris, roses et bleus qui se détachaient.

— Plus de cinq mille euros, inspecteur !

Milo serra les poings et se redressa sans forces. Il se dirigea comme un somnambule vers la voiture. Il prit sa place au volant tandis que Rebeca s'asseyait en silence. Il démarra.

— Je te conduis quelque part ?

— J'ai laissé ma voiture dans ton quartier, lui répondit-elle.

La circulation était fluide à cette heure de la soirée. Les gens remplissaient les cinémas et les restaurants climatisés, se groupaient sur les terrasses à l'air libre, ou bien choisissaient n'importe quelle paillote sur la plage. Sans se presser, il se mêla au flux de véhicules qui descendait en direction de la mer.

— Marc était un gentil garçon, dit Rebeca. Sara m'a avoué qu'il y avait un moment qu'elle avait l'impression que l'argent durait plus longtemps à la maison. Elle le rangeait dans une boîte à biscuits, dans la cuisine, et Marc était au courant. Tu comprends, inspecteur ? Il leur donnait de l'argent pour finir les fins de mois. Il touchait des billets de cinq cents, puis il les changeait contre d'autres moins importants, pour les glisser dans la boîte sans que personne ne s'en aperçoive. Il avait assez d'argent pour s'acheter une moto, par exemple, et au lieu de ça…

— Et aussi suffisamment pour partir de chez lui, murmura Milo. Mais il ne l'a pas fait.

— Il était gentil.

Il acquiesça d'un geste.

— Il n'est pas devenu l'habituel adolescent égoïste et capricieux.

Il fit non avec la tête.

L'atmosphère était poisseuse. Ils avaient tous les deux baissé leur vitre, mais l'air qui pénétrait dans le véhicule ne parvenait pas à pallier l'angoisse étouffante de la fournaise. Il conduisit tranquillement, se laissant doubler par d'autres voitures occupées par des jeunes gens qui se dirigeaient vers la zone des bars du port olympique. Il tourna dans la rue menant au vieux magasin qui lui servait de parking. Elle descendit, alla vers l'arrière du véhicule. Quelques secondes plus tard, étonnée, elle s'approcha de la portière du conducteur. Milo était immobile la nuque appuyée sur le repose-tête, les yeux fermés.

— Je t'invite à boire une bière, bien glacée, dit Rebeca.

Il descendit lourdement de la voiture. La ferma à clé. Marcha en traînant les pieds, tandis que Rebeca ajoutait :

— Et ensuite, on pourrait aller se baigner. Ça nous ferait du bien.

La brise marine était chaude, brûlante. Milo s'arrêta. Se tourna vers elle.

— Un autre jour plutôt.

Rebeca dissimula sa contrariété.

— Il faut qu'on se détende un peu, non ? Cette nuit, il ne va rien se passer.

— Non, cette nuit, il ne va rien se passer, répéta-t-il mollement. Rien du tout, ça c'est sûr.

La déception faisait briller les yeux de la sous-inspectrice.

— Tant pis pour toi, dit-elle en soutenant son regard. Dernier appel, le bateau va appareiller.

Milo se pencha vers son visage. Elle se mit sur la pointe des pieds.

— Bonne nuit, dit-il en l'embrassant sur la joue.

Sans dire un mot, Rebeca tourna les talons et s'éloigna.

Il observa sa façon de marcher, rapide, fâchée. Sa silhouette svelte. Puis il se dirigea d'un pas lent vers l'immeuble de la rue de l'Atlàntida. *Cette nuit, il ne va rien se passer*. En fond, on pouvait entendre la musique des bars, les rires des gens. *Tu es vraiment con*. Il pénétra dans l'entrée, actionna l'interrupteur, et grimpa les quatre étages dans le noir.

Georgina Perricot ne parvenait pas à trouver le sommeil. Elle se tourna dans son lit, consulta l'heure sur le réveil de la table de nuit, et repoussa les draps d'un air dégoûté. Dernièrement, elle ne dormait pas bien et ses problèmes de santé s'accentuaient à cause de cela. Avec un soupir de résignation, elle se redressa peu à peu jusqu'à s'asseoir au bord du lit. Puis elle mit les pieds par terre. Dans le noir, elle tâtonna du bout des orteils à la recherche de ses chaussons et elle se leva enfin d'un petit coup de reins. Elle attendit quelques secondes pour vérifier que la tête ne lui tournait pas. Une fois que tout fut en ordre, elle ramassa le chapelet qui se trouvait sur son livre de prières et l'entoura autour de sa main. Tout de suite après, elle se dirigea vers le balcon sans allumer la lumière. L'époque n'était pas au gaspillage.

Elle tira les rideaux et ouvrit la porte-fenêtre de la grande terrasse. Dehors, la température était étouffante. Bien qu'elle vécût dans une maison entourée d'arbres, sur les flancs de l'un des trois poumons de Barcelone, l'air était torride et irrespirable.

— Sainte Vierge ! murmura-t-elle.

Elle savait qu'un coup de chaleur pouvait être dramatique pour une personne du troisième âge et elle porta la main à sa poitrine. À travers sa chemise de nuit, elle vérifia que ses palpitations étaient normales et, rassurée, elle s'approcha de l'une des chaises. Tandis qu'elle s'asseyait, elle se dit qu'elle aimerait bien que le climat changeât une bonne fois pour toutes, débarrassé de cet air bouillant, qui, d'après le présentateur météo à la télévision, venait d'Afrique.

— Cinq heures du matin et je n'ai pas encore réussi à m'endormir, se lamenta-t-elle.

Et pourtant elle avait soigneusement choisi, avec Bernat – son mari aujourd'hui disparu –, l'emplacement de son futur foyer. Lorsque la petite poissonnerie qu'ils géraient dans la rue Roger de Flor commença à rapporter de l'argent à profusion, ce qui leur permit de s'installer comme grossistes au marché de Mercabarna au moment même où, dans les années 1960, l'économie décollait, ils passèrent de nombreuses années et beaucoup de temps à choisir le chemin qu'ils allaient suivre pour profiter d'une vie plus aisée et saine. C'est ainsi que, tandis que de grossistes ils devenaient armateurs, ils sondèrent la ville à la recherche du quartier de Barcelone le plus propice pour l'éducation de leurs enfants. D'après leur feuille de route, ils auraient quatre enfants, trois garçons qui, le temps passant, s'occuperaient de l'affaire familiale, et une fille qui serait la prunelle de leurs yeux. Pas moins mais pas plus, car ils risqueraient alors de se disputer entre eux.

Après avoir consulté plusieurs experts immobiliers, ils conclurent qu'il n'existait que trois endroits possibles alliant santé et bon investissement : la montagne de Collserola, Montjuïc et les Tres Turons. Finalement, ils se décidèrent pour ce dernier lieu, le plus prometteur, et se consacrèrent à chercher un bon terrain. L'argent n'était pas un problème, car l'entreprise avait le vent en poupe, et ils en trouvèrent bientôt un, sur le paseo Turull, qui réunissait toutes les conditions. Une difficulté cependant leur fit passer des nuits blanches pendant plusieurs semaines : le terrain qu'ils avaient choisi n'était pas constructible. Ce fut son bien-aimé Bernat qui trouva finalement la solution. Il se rendit à Madrid, exposa son problème devant le ministre du Logement lui-même et, après avoir graissé la patte comme il se devait (son entreprenant mari ne s'épancha jamais sur ce détail), il parvint à faire requalifier le terrain. L'horizon enfin dégagé, ils entreprirent d'engager un architecte et de dessiner la maison selon leur goût.

La fille arriva la première ; tout marchait comme sur des roulettes. Ils quittèrent l'appartement de la rue Lauria, à l'angle de la rue Caspe, et emménagèrent dans leur villa. C'était un plaisir d'écouter le silence, la nuit, de profiter de la paix de cette colline située si près et à la fois si loin d'une Barcelone qui, comme ils s'étaient aventurés à le prédire, grandissait à marche forcée. Le second bébé fut également une petite fille. Petite contrariété. Georgina se rendit tous les dimanches et jours de fête religieuse à l'église des jésuites de la rue Caspe, tout comme elle en avait eu l'habitude toutes ces années où elle avait vécu dans le quartier, afin de prier pour la conception du garçon tant attendu. À nouveau enceinte, elle redoubla de prières. Cependant, le troisième enfant fut également une petite fille. Et le quatrième aussi. Quatre petites filles en pleine santé. Et une villa dans une zone privilégiée. Ils décidèrent malgré tout qu'ils avaient de la chance et acceptèrent la situation comme un signe du destin. Les voies du Seigneur sont impénétrables, et ils furent vraiment une famille heureuse dans cette villa enclavée dans un des poumons de leur adorable Barcelone, la ville d'entre les villes.

Ils ne commirent que deux erreurs de calcul tout le long de leur vie. La première est qu'aucune de leurs filles ne voulut se consacrer au commerce du poisson. Mais ensuite, en considérant cela avec la perspective que donne le temps, c'était devenu une affaire tout à fait résolue. Toutes les quatre étaient bien mariées, avaient des enfants et des métiers qu'ils n'auraient jamais pu imaginer, même en réfléchissant pendant des millions d'années. L'aînée, Berta, était ophtalmologue ; la suivante, Montse, architecte à la mairie ; Rosa, avocate de la Generalitat ; et la petite, Mariona, qui résidait dans leur ancien appartement de la rue Lauria, actrice, c'était l'artiste de la famille. Quatre femmes indépendantes, solides et décidées. Les temps avaient vraiment changé. Si Bernat pouvait lever la tête ! Vraiment, les desseins du Seigneur sont impénétrables.

La deuxième erreur fut tout pareillement impossible à anticiper. Sans prévenir, la zone où ils avaient choisi de faire construire leur villa avait été décrétée expropriable et l'événement menaçait de compliquer sa vieillesse. Elle ne comprenait rien à cette affaire et décida de tout déléguer à sa fille Montse. Cependant, et sa mine le trahissait, elle avait compris que l'affaire ne se présentait pas bien du tout. Sa chère villa, celle qu'elle avait rêvée avec Bernat, le foyer où avaient grandi ses quatre filles, courait un sérieux danger. Elle n'aurait jamais imaginé que cela puisse arriver. Mieux encore, ils avaient pensé que le parc tout proche de chez eux, lieu de promenade permanent pour des milliers de touristes, fonctionnerait comme un mur de contention pour l'activisme urbain. Il se trouvait au-dessus de leur tête, au sommet de la butte, presque mur contre mur. Il leur causait des nuisances, car les étrangers grimpaient souvent le long de la côte du paseo Turull serpentant à flanc de colline, perdus, à la recherche de l'entrée principale qui se trouvait sur le flanc opposé, et, rompant le calme des lieux, elle se sentait le devoir de les remettre sur le bon chemin. Mais cela n'avait aucune importance comparé aux avantages qu'ils avaient espéré en tirer. Et voilà qu'à présent tout s'écroulait. On voulait lui prendre la propriété, un point c'est tout. Mais le pire est qu'on voulait lui donner une bagatelle en échange, un tiers de sa valeur réelle. Elle pouvait comprendre d'avoir à se sacrifier pour l'intérêt général. Mais pas qu'on la volât. Avec l'aumône qu'on lui proposait, elle ne pourrait jamais se racheter une villa semblable dans un autre secteur de la ville. Avec tous ces mètres carrés construits et le jardin, son calme et son silence. Et, pour elle, c'était un vol en règle. Mais bien entendu les gens de la mairie ne se préoccupaient pas du prix du marché, ils se contentaient de dire que leur offre correspondait à celle qui avait été fixée par l'agence d'évaluation. Une agence d'escrocs et de voleurs, voilà ce que c'était ! Et que ces choses-là se produisent à Barcelone, dans son adorable Barcelone !...

Fâchée, elle se leva brusquement. La tête lui tourna pendant plusieurs secondes.

Au bout d'un moment, elle s'approcha de la rampe en traînant les pieds. C'était une battante et elle n'avait pas l'intention d'en rester là, les bras croisés. Elle allait lutter comme elle l'avait fait toute sa vie. La preuve en était les protestations guerrières qu'elle avait écrites avec une bombe noire sur plusieurs draps, avec Berta et Mariona, car Montse et Rosa n'étaient pas d'accord et préféraient négocier dans les bureaux, et qu'elle avait l'intention de suspendre dimanche à toutes les fenêtres. Elle était contre ce PERI et n'avait aucunement l'intention de se taire. Même si elle devait être la seule riveraine à accrocher des banderoles partout. Elle était peut-être âgée, vieille, mais elle n'était certainement pas muette. Ils allaient voir de quel bois elle se chauffe... ah ! ça, c'est sûr qu'ils allaient voir !

Elle entendit un bruit.

Elle tourna la tête et observa en bas à l'extérieur. Le son avait retenti tout près, mais la noirceur de la nuit l'empêcha d'en déterminer l'origine. Malgré cela, elle scruta les différents tronçons de la rue qui zigzaguait tout le long de la grande côte. N'ayant rien remarqué, elle se désintéressa de la chose.

Elle aimait vivre dans ce quartier. En raison de son calme, entourée de ses arbres. Elle refusait d'en partir. C'était son foyer. Le construire leur avait coûté de gros efforts, de la sueur, et elle n'accepterait pour rien au monde de l'abandonner. C'est ce que son Bernat aurait lui-même fait. Il aurait lutté. Et si elle devait camper sur la place San Jaime pour faire valoir ses droits, elle le ferait sans sourciller. Elle était même prête, si cela s'avérait nécessaire, à distribuer de l'argent dans certains bureaux pour infléchir les volontés. Elle était prête à n'importe quoi, pourvu qu'elle atteigne son objectif. Qu'on la laisse vivre en paix dans la maison de ses rêves.

Elle entendit à nouveau un bruit.

Cette fois il avait retenti plus fort. Comme la plainte étouffée de quelqu'un qui demanderait de l'aide. Elle se pencha par-dessus le garde-fou et ne vit rien du tout. Bien entendu, sans ses lunettes, elle ne voyait pratiquement pas. À présent complètement réveillée, elle décida d'aller les chercher. Elles se trouvaient sur la table de nuit, près de son livre de prières. Elle se dirigea vers la chambre d'un pas incertain. En entrant, elle buta sur la marche et, après avoir chancelé un instant, réussit à se raccrocher à la poignée de la porte, alors qu'elle s'était déjà vue rouler par terre.

— Vierge Marie, murmura-t-elle, pâle de frayeur.

Elle évita d'aller jusqu'à la table de nuit pour allumer la petite applique. Ce serait une folie que de s'exposer une nouvelle fois à buter sur autre chose en chemin. Elle risquait de se tuer. Voilà pourquoi, à tâtons, elle suivit la surface de la porte pour enfin trouver l'interrupteur près du rideau.

Elle alluma le lustre suspendu au plafond. C'était un cadeau de Bernat. Il avait une forme de grappe de fruit et était composé d'une multitude de bouts de verre taillés à la main dissimulant une bonne douzaine d'ampoules à l'intérieur. Sa lumière était aveuglante. C'était une lumière qui se détachait dans l'obscurité.

Comme un phare.

Milo sortit de la mer. Détendu après son bain, il s'apprêta à retourner chez lui.

Après avoir pris congé de Rebeca, il s'était consacré à ranger son appartement. Puis il s'était allongé sur le canapé et avait allumé le téléviseur. Aucune émission ne l'avait aidé à apprivoiser le sommeil. Il fut un instant tenté d'aller prendre à nouveau des cachets, mais il repoussa vite cette idée. Et quelques heures plus tard, alors que l'horloge indiquait quatre heures passées, il avait décidé de descendre à la plage pour faire plusieurs longueurs, en goûtant à la solitude d'une nuit sans étoiles.

Il pénétra dans son appartement et fonça sous la douche. Ensuite, il chercha quelque chose dans le frigo pour satisfaire son appétit : sans succès. Alors, armé d'une bouteille d'eau froide, il sortit sur la terrasse et alla s'allonger sur la chaise longue. Il pensa à Rebeca et à la soirée qu'il avait refusé de passer avec elle. L'horloge de son téléphone portable indiquait cinq heures dix. Il se trouva parfaitement idiot et commença à imaginer comment les choses auraient pu se passer. Il ferma les yeux et se mit immédiatement à rêver éveillé.

Le véhicule monta la rue Lleida en direction de Montjuïc. Une fois au croisement, les deux hommes tournèrent à gauche et prirent le paseo de Santa Madrona qui permettait de gravir la montagne.

— Tu sais où se trouvent ces jardins exactement? C'est un vrai labyrinthe, ici.

Mauricio Navarro regarda son jeune caméraman du coin de l'œil. À la position de son corps penché sur le volant, il comprit tout de suite que Lucas était nerveux. Il lui indiqua le premier virage à droite et lui demanda de s'arrêter juste au passage clouté. Lucas vérifia dans le rétroviseur que personne ne le suivait, puis il ralentit jusqu'à freiner doucement. Il tourna sa tête vers la gauche.

— Ce sont eux?

— Non, ça, ce sont les jardins Laribal. Nous avons rendez-vous dans ceux d'en face.

Navarro descendit de voiture, lui demanda d'aller se garer plus haut et observa sa montre. Cinq heures vingt.

— Nous avons le temps. Je t'attends ici, dans les jardins, pendant que je repère les lieux.

— Où ça exactement ? Tout est très sombre et l'endroit est très étendu.

Navarro soupira d'impatience.

— Près du bassin, dit-il. Tu vois bien qu'on ne peut pas se perdre.

Il claqua la portière et fit demi-tour pour pénétrer dans les jardins. L'entrée était large, sans obstacle. Ainsi qu'il avait pu le vérifier sur internet, le parc était circulaire, d'une surface plutôt modeste. Au centre, il y avait un bassin, avec des jets d'eau qui ne fonctionnaient pas. Derrière, émergeant d'un mur de couleur claire, il distingua la sculpture d'une femme en train d'exécuter un pas de danse, tout en tentant de dissimuler sa nudité sous un voile… ou le contraire, de la révéler : il ne sut pas le déterminer. Il s'approcha d'elle avec méfiance, en contournant le bassin, et s'aperçut que les murs autour de lui étaient surmontés de hautes arches. "C'est ici", se dit-il.

Il observa les alentours, à la recherche d'un endroit où Lucas pourrait se cacher avec la caméra pour filmer la rencontre sans être vu. Il y en avait vraiment un grand nombre. Il se décida pour un arbuste près des arcades, sur la gauche. De là, même lui aurait du mal à le voir.

— Je suis là.

La voix résonna à ses côtés et le journaliste sursauta brusquement.

— Putain, Lucas ! Tu crois que ça m'amuse !

— Ne hurle pas, murmura Lucas. Cet endroit ne me dit rien qui vaille, il fait si noir.

— C'est juste un parc, rien d'autre.

— Je veux parler de Montjuïc. Si on l'appelle la montagne magique, c'est qu'il doit bien y avoir une raison, va ! Tu ne crois pas, toi ?

— Dans le bon sens du terme, putain ! *Mons Iovis*, montagne de Jupiter, la résidence des dieux. Et depuis quand les dieux résideraient-ils dans un lieu aussi sinistre, hein ? Ils ne le feraient jamais, ils laissent ça à la plèbe.

Inquiet, Lucas observa les hauts cyprès, les mimosas, les acacias. Ils avancèrent en même temps vers les arcades. Navarro lui indiqua les arbustes touffus du bout et lui demanda de se glisser à l'intérieur afin de filmer toute la scène sans en perdre la moindre miette.

Lucas acquiesça, mais de mauvais gré.

— Allez, qu'attends-tu ? le pressa Navarro.

— Il est encore trop tôt, je vais me retrouver plié en quatre et attraper des courbatures.

— Entre là-dedans, putain de merde, si tu ne veux pas que je me fâche vraiment.

Lucas pénétra avec difficulté au milieu d'un fourré, puis il se baissa afin de s'asseoir sur les branches. Plusieurs craquements rompirent le silence sépulcral.

— Commence à installer la caméra, ordonna Navarro en s'éloignant de plusieurs mètres pour aller se placer à peu près à l'endroit où il calcula qu'aurait lieu le rendez-vous. Tu me vois bien, là ?

— La scène est bien centrée, pas le moindre obstacle, répondit-il en réprimant une plainte à cause des égratignures.

Navarro s'assit sur un banc. Il était tout à fait possible que l'inconnu ait envie de s'asseoir.

— Et d'ici ?

— Sans problème.

S'il décidait de marcher et d'aller se placer derrière les arcades, alors il deviendrait absolument impossible de filmer. Il lui faudrait faire appel à son savoir-faire pour le ramener progressivement vers l'endroit choisi. Il soupira. Cela n'arriverait pas, se dit-il, Mauricio Navarro avait toujours eu de la chance.

— Et à présent que fait-on ? murmura Lucas.

— Maintenant, on attend. Je ne veux plus entendre un mot.

Il jeta un regard à l'horloge de son BlackBerry. Cinq heures trente-cinq. Il croisa les jambes et se disposa à attendre patiemment. On voyait la ville, au loin, entre les branches des arbres. Les lampadaires de l'éclairage public traçant des lignes droites et courbes lui permirent de distinguer quelques bâtiments et plusieurs rues. Le reste était plongé dans une obscurité totale.

Pour patienter, il s'amusa à identifier certains lieux de la capitale.

La silhouette vêtue de noir se retourna et contempla Barcelone qui se dressait à ses pieds, son visage ne possédait pas la moindre expression.

Au bout de quelques instants, elle tira une petite caméra de sa poche. La silhouette dirigea l'objectif vers la droite, en direction de l'autoroute C31, et commença à filmer. Peu à peu, elle tourna l'objectif vers la gauche dans un lent balayage à cent quatre-vingts degrés, embrassant toute la ville : du fleuve Llobregat jusqu'au fleuve Besòs. Une vue panoramique complète. Ensuite, après une pause constituant la transition, elle continua à tourner de quatre-vingt-dix degrés pour se fixer sur le corps attaché à la croix qui se trouvait dans son dos. Elle actionna le zoom pour cadrer son visage en gros plan. Les yeux exorbités, la bouche tordue dans un rictus de frayeur, la peau toute noircie. La silhouette remarqua alors un détail et s'arrêta de filmer. Elle enfonça sa main gantée dans sa poche et en tira des lunettes à monture sombre et fine. Sans montrer la moindre émotion, elle s'approcha de l'homme et prit tout son temps pour les lui ajuster sur le nez en coinçant chacune des branches derrière ses oreilles.

La silhouette recula d'un pas et observa le résultat.

— Il ne faudrait pas que tu rates le spectacle, dit-elle.

Elle recula davantage, pointa la caméra et continua à filmer, à présent en plan moyen. Elle s'efforça de cadrer parfaitement la croix de Gaudí.

Lorsqu'elle considéra que cela suffisait, elle éteignit la caméra. Placée comme elle l'était, sur le promontoire, elle n'avait pas assez de recul pour prendre un plan d'ensemble. Ce n'était pas très gênant, elle le ferait d'en bas. Ce serait même plus impressionnant. Plus esthétique, plus magnifique.

— Je vais m'occuper de toi tout de suite, brave garçon.

Malgré son état d'extrême faiblesse, pris de panique, l'homme tentait de se libérer de ses liens.

La silhouette vêtue de noir tira un briquet Zippo de sa poche et l'ouvrit avec un cliquetis métallique. Ensuite, elle se plaça à deux mètres du crucifié et le lui lança dessus. Il s'enflamma sur-le-champ.

Félix Torrens commença à proférer de déchirants hurlements de douleur.

La silhouette alluma la caméra et l'observa à travers le viseur. Calmement, elle fit passer le poids de son corps d'une jambe sur l'autre. Elle actionna la pause.

— Brave garçon, fit-elle.

Elle se baissa calmement devant la croix, s'agenouilla péniblement et, du bout du doigt, traça un G sur le sol de terre et de gravillons. Au même moment, elle reçut une intense bouffée de chaleur, brûlante, qui fut sur le point d'enflammer ses cheveux ras. Un instant plus tard, elle se redressa, ramassa le bidon vide, et descendit rapidement les marches irrégulières en s'aidant de la rampe en fer.

Arrivée au pied du promontoire, elle lâcha le bidon, pointa la caméra et filma à nouveau en prenant le plan d'ensemble qu'elle désirait réaliser depuis le début.

Au sommet, trois croix se découpaient dans le ciel, tel un mont des Oliviers moderne, à présent illuminées par l'éclat du corps en flammes en train de se tordre de douleur sur celle du centre. La silhouette mit une application toute particulière à saisir la douleur de l'agonie de Félix Torrens, à enregistrer ses hurlements et ses convulsions. Enfin, prenant comme point de départ l'image du bûcher humain, elle réalisa une nouvelle fois le balayage inverse, lentement, partant cette fois du fleuve Besòs jusqu'au fleuve Llobregat. Puis elle s'arrêta à l'endroit où elle avait commencé, autrement dit sur l'autoroute C31.

La silhouette se racla la gorge, tentant de faire porter sa voix au maximum, et dit :

— La lutte antisystème est le chemin. Et nous sommes légion.

Elle éteignit la caméra, ramassa à nouveau le bidon et se dirigea calmement vers la sortie sans détourner son regard du sentier. Elle ressentait une véritable aversion pour ce lieu. Pour toutes ces lignes courbes, ces sculptures penchées, ces colonnes tordues. Cela lui donnait littéralement la nausée. Elle l'abandonna pour prendre la rue d'Olot à l'angle de la rue Santuario. Elle s'assit dans le trou du mur, fit un effort pour plier ses jambes, puis se laissa tomber. Une fois sur l'asphalte, elle retira les housses de plastique qui recouvraient ses bottes à grosse semelle de caoutchouc et les enfonça dans ses poches. Elle grimpa dans la fourgonnette qui était en marche et quitta les lieux.

Mauricio Navarro se redressa brusquement.

— Oh putain !… fit-il.

Il regarda au loin et se frotta les yeux. Un point de lumière oscillait dans le fond.

— Que se passe-t-il ? demanda tout affolé Lucas en levant la tête.

— Baisse-toi, imbécile !

— Mais que se passe-t-il ?

— Je ne sais pas. Un petit feu vient de prendre au sommet de la montagne.

— Appelle les pompiers, dit-il. Avec cette sécheresse, il risque de s'étendre comme une traînée de poudre et d'entraîner une tragédie.

— Quelqu'un a déjà dû appeler. Cache-toi dans tes fourrés et tais-toi, putain de merde ! C'est bientôt l'heure.

— J'ai des fourmis dans les jambes, protesta-t-il dans un murmure.

— Tu es sourd ou quoi ? souffla-t-il furieux. Tais-toi une bonne fois.

Son cœur battait à toute vitesse. Il épongea la sueur de son front avec son mouchoir.

Il commençait à se dire qu'il n'aurait peut-être pas dû accepter cette rencontre avec l'inconnu à la voix cassée. Le monde était bourré de cinglés, et peut-être que ce rendez-vous dans un lieu aussi isolé avec un type qui prétendait posséder une bande magnétique du disparu n'était pas une bonne idée. Le pari était cependant très alléchant, mais il n'était pas prêt à risquer sa vie pour un reportage. Et encore moins sans la moindre protection policière.

Il ouvrit son BlackBerry. Il était six heures moins quatre minutes. Nerveux, il l'utilisa comme lampe de poche et jeta un coup d'œil autour de lui. Il ne remarqua aucun mouvement et s'adossa à la pierre du banc. Inconsciemment, il commença à secouer sa jambe dans un tremblement frénétique. Il hésitait encore à se lever et à laisser tomber l'affaire lorsqu'il entendit une voix cassée dans son dos.

— Hier, tu n'as pas obéi à mes ordres.

Navarro se redressa brusquement. Il se retourna et aperçut une silhouette vêtue de noir des pieds à la tête. Le casque de motard était ovale, avec une visière teintée.

Il tenta de paraître paisible, s'efforça de ne pas faire trembler sa voix.

— Julia m'a obligé à faire l'émission, je vous le jure. Elle m'a menacé de me renvoyer.

Il se sentit ridicule de vouvoyer un casque, un individu qui cachait son visage. Il était aussi grand que lui, peut-être un peu plus grand même, et d'une constitution athlétique. Mais si les choses venaient à se gâter, il pensait pouvoir le maîtriser, s'en tirer brillamment.

La silhouette ne bougea pas, demeura silencieuse.

— Que vouliez-vous que je fasse ? Il valait mieux ne pas compliquer la situation. Je veux parler du reportage d'aujourd'hui. Elle est très capricieuse. C'est ça la télé. Un vrai bordel.

— N'insulte pas Julia. Elle, c'est une star.

Il avala sa salive. Il avait commis une erreur. Il devait marcher sur des œufs, parler juste ce qu'il fallait. Autrement dit, mesurer chaque parole.

— Vous avez la disquette de l'enregistrement ?

La silhouette bougea lentement un bras et Mauricio Navarro recula d'un pas. Honteux, il s'aperçut qu'elle se contentait d'introduire une main dans son blouson de cuir. Lorsqu'elle la retira, deux de ses doigts gantés de cuir noir pinçaient une petite disquette dans sa protection de plastique.

La silhouette la lui tendit et Mauricio Navarro s'empressa de la récupérer. Son cœur battait à tout rompre.

— Je ne vous décevrai pas. Dans quelques heures tout le pays va découvrir ce film, le monde entier.

Son esprit travaillait à cent à l'heure. C'était un journaliste et il ne pouvait pas laisser passer une occasion comme celle qui se présentait en ce moment devant lui.

— Puis-je vous poser une question ?

Il n'obtint pas de réponse et, s'armant de courage, il pointa son doigt sur la montagne au loin en demandant :

— Ce feu, c'est vous ?

La silhouette noire ne répondit pas, sereine. S'il n'avait pas été effrayé, Mauricio Navarro aurait pu jurer qu'un visage souriant de fierté se dessinait derrière cette visière fumée.

— Pourquoi faites-vous tout cela ?

— Ça fait partie de la lutte antisystème, dit la silhouette comme un automate. Un siècle plus tard, il faut que Barcelone redevienne la Rose de Feu.

Mauricio Navarro arqua les sourcils, méfiant. Il eut l'impression que la déclaration résonnait à la façon d'une leçon apprise, artificielle. Il cligna des yeux. La voix arrivait amortie à travers le casque et cela produisait un effet moins menaçant. Cela lui donna du courage.

— Je pourrais peut-être t'aider. Multiplier ces entretiens, par exemple. Pour informer.

Il s'aperçut immédiatement qu'il avait tutoyé la silhouette et s'en repentit sur l'instant.

Celle-ci ne sembla pas en prendre ombrage. Elle demeurait droite, sans bouger un seul muscle.

— Et si je te demande qui tu es, tu ne me répondras pas, bien entendu, laissa-t-il tomber.

— *Ayer pastor, hoy señor** !

Mauricio Navarro en eut le souffle coupé, il était médusé. Il allait dire quelque chose, lorsque la silhouette le pointa du doigt.

— Ne me désobéis plus, je te préviens…

Ensuite, elle fit demi-tour et s'éloigna en longeant tranquillement le bassin.

Navarro la perdit de vue au moment où elle tourna à l'angle. Il jeta sa tête en arrière et respira profondément.

— Le Bourreau est parti ? murmura Lucas depuis l'intérieur de son bouquet d'arbustes.

Le journaliste se précipita sur lui.

* "Jadis berger, aujourd'hui seigneur !"

— Vite, passe-moi la caméra. Tu as tout filmé ?

— Bien sûr. Cet individu me fait dresser les cheveux sur la tête, dit Lucas avant de retirer la disquette tout juste enregistrée et de lui tendre la caméra. Pourquoi la veux-tu ?

Navarro se battit quelques instants avec le matériel jusqu'à parvenir à y introduire la disquette de l'inconnu. Tandis qu'il la démarrait, il approcha son œil du viseur.

— Dépêche-toi de sortir de là, dit Navarro, on a juste le temps de rejoindre l'aéroport.

Les images commencèrent à apparaître sur le petit écran de la caméra.

Un instant plus tard, tandis que Lucas s'approchait pour jeter un coup d'œil. Navarro lui tendit précipitamment la caméra, se plia en deux et vida le contenu de son estomac sur une haie de buissons.

— Putain, mon vieux, putain ! s'exclama Lucas en écarquillant les yeux.

Le téléphone portable le réveilla juste alors qu'il venait de réussir à s'endormir. Il se redressa, s'assit à califourchon sur la chaise longue et aperçut la légère lueur qu'on commençait à deviner à l'horizon. Le jour se levait. Contrarié, il saisit le téléphone. C'était Susana.

— Que se passe-t-il, Votre Honneur ?

— Félix Torrens a été retrouvé. Comme tu l'avais prévu. Brûlé vif.

Un frisson lui parcourut le dos.

— Où ça ?

— Au parc Güell. Dépêche-toi.

18

Le soleil se levait sur la ville recouverte d'une dense brume d'humidité et de pollution. Il se gara derrière deux véhicules de la police urbaine, gyrophares encore allumés.

Un des agents lui indiqua l'entrée.

— La scène du crime se trouve sur le promontoire des Trois-Croix. Il faut prendre les marches jusqu'à la salle des colonnes et, de là, suivre le viaduc du Rosario, jusqu'au sentier. Vous trouverez tout de suite, on ne peut pas se tromper. Vous voulez que quelqu'un vous y accompagne ?

Il fit non de la tête.

— Les autres inspecteurs sont déjà partis, ajouta l'agent.

Il passa la grande porte de fer forgé. Le parc avait une surface de plus de dix-sept hectares et était situé sur la Montaña Pelada, dans le quartier du Carmelo. Gaudí l'avait conçu avec un sentiment religieux, profitant du dénivelé pour concevoir un chemin d'élévation spirituelle, dont l'entrée deviendrait l'allégorie de l'accès au paradis, et installant au sommet le monument du Calvaire. Milo traversa les quatre cents mètres de la vaste entrée et commença à gravir les marches. Il dépassa la fontaine du dragon, qui était devenue l'icône de Barcelone, et atteignit la colonnade. Une autre volée de marches montait à sa droite et conduisait à une place en forme de théâtre grec, mais il décida de se glisser entre les piliers avec l'impression de pénétrer dans une forêt de colonnes de pierre. Il déboucha sous un portique viaduc qui soutenait une partie des espaces jardinés et, arrivé au sentier, s'arrêta pour reprendre son souffle. En haut, à moitié cachée par les branches des arbres, se dressait une des croix du promontoire. On percevait une rumeur de voix. Il inspira profondément et gravit la côte raide qui menait au monument mégalithique de même forme que les *talayots** des îles Baléares. À mesure qu'il s'approchait, il observa sa base circulaire et les deux volées d'escaliers. Au sommet, on pouvait apercevoir les trois croix pointant vers le ciel, deux d'entre elles étant plus basses que la croix centrale. Sur cette dernière, un corps carbonisé fumait encore.

Il esquiva le ruban de balisage et repéra le petit nombre de marques numérotées. Éclairé par les flashs de l'appareil photo de l'un de ses collaborateurs, il aperçut le visage de Goyo Bonhora, hermétique et concentré, à quelques centimètres de la victime.

Il salua la juge Cabot et Rebeca d'un geste et s'approcha directement du légiste-chef.

— Il n'y a pas beaucoup d'indices, dit-il.

— Oui, l'assassin est un gars extrêmement soigneux. À part le briquet Zippo, je doute que les autres traces aient un rapport avec l'affaire. Tu sais combien de personnes visitent quotidiennement cet endroit ? D'après la police urbaine, près de vingt mille touristes, fit-il en secouant la tête. Tu vois cette marque, là, la numéro trois ? D'après sa forme, je dirais qu'elle correspond à un bidon. Et ces traces lisses indiquent que l'assassin avait recouvert ses chaussures pour ne pas laisser l'empreinte de ses semelles.

Milo indiqua la marque numéro deux, au pied de la croix centrale. Il s'accroupit devant elle.

— On a encore une lettre G.

Bonhora acquiesça en silence.

— La signature. Comme pour la première victime.

— On a pu trouver des traces sur les rampes ? demanda-t-il en se redressant.

— Une infinité. Et plusieurs traces de gants absolument inexploitables. Le rapport des pièces à conviction va tenir tout entier sur une carte de visite.

* Constructions mégalithiques des îles Baléares (Majorque et Minorque), essentiellement en forme de tour circulaire (époque préhistorique).

— Parle-moi du corps. Une conclusion préliminaire ?

— En attendant de confirmer l'identification par les empreintes dentaires, on pense qu'il s'agit bien de Félix Torrens. On a retrouvé son portefeuille dans ses vêtements, ainsi que son téléphone portable et sa montre, une Patek Philippe en or rose qui doit valoir une fortune. Tout ça est brûlé mais révèle son identité. On a également trouvé des restes d'une somme considérable d'argent dans ses poches. Des billets de cinq cents euros, calcinés. Un vrai trésor.

— Ça doit venir de la fameuse mallette qui a disparu.

Bonhora haussa les épaules.

— Ce qui signifie deux choses, dit la juge en s'invitant dans la conversation suivie de la sous-inspectrice Mercader. Qu'il ne s'était pas enfui et que l'assassin n'agit pas pour de l'argent. Comme tu l'as dit, il s'agit d'une vengeance, d'une vengeance pure et dure.

— D'une exécution publique, dit Bonhora.

— Oui, d'un châtiment, ajouta Milo.

— L'assassin est en train d'asseoir son pouvoir, intervint Rebeca. Cette fois, il a choisi pour échafaud un des points les plus élevés de la ville, afin que la victime puisse avoir Barcelone à ses pieds au moment où elle brûlait vive. Un paradoxe cruel. L'élite tutoyant la cime. Une authentique punition.

Ils se regardèrent tour à tour. La juge Cabot se racla la gorge.

— Monsieur le médecin légiste-chef, peut-on savoir s'il a été soumis à la même torture qu'Eduard Pinto ?

— Tant que je n'aurai pas pratiqué l'autopsie, je ne pourrai pas en être certain, mais d'après les premières constatations à partir de ses restes, je dirais qu'il a subi le même traitement que lui pendant sa captivité.

— Et comment expliquez-vous qu'il ait tenu sept jours sans boire ?

Le légiste prit quelques secondes avant de répondre.

— Je ne vois qu'une possibilité, dit-il. Il lui a donné juste les doses indispensables à sa survie.

— Il l'a fait durer, pointa Rebeca.

— Pour prolonger ses souffrances, ajouta Milo.

— Et par la même occasion, nous induire en erreur, en

nous faisant croire qu'il avait fui, conclut la juge. L'assassin s'est amusé avec nous. En plus d'être sadique, il est manipulateur.

La sous-inspectrice Mercader se mit à tousser légèrement.

— Il est mû par une haine profonde, une haine à l'état pur. Envers ses victimes, envers la ville et envers tout et tout le monde. Voilà pourquoi il a choisi cet endroit, le promontoire des Trois-Croix. Et sur laquelle des trois est-ce qu'il a accroché le corps ? Sur celle du milieu, pardi. Son intention est de profaner et son message est on ne peut plus clair. Félix Torrens était un homme admiré, applaudi par la société avant qu'elle ne découvre ses corruptions. Eh bien, lui, il ose défier cette société-là et le crucifie pour avoir été un de ses faux rois. Il ne s'est pas arrêté en chemin, et ne s'arrêtera devant rien ni personne.

— Voilà pourquoi il a une nouvelle fois choisi un lieu déclaré patrimoine de l'humanité, ajouta la juge Cabot. Pour souligner le caractère irrespectueux de son geste, son intention de piétiner l'ordre établi.

— Ce qui démontre que ledit patrimoine n'est pas un lieu ni un bâtiment, dit Milo sur un ton funèbre, mais tout simplement la cruauté.

Les trois autres se tournèrent vers lui d'un air perplexe.

Il dirigea son regard vers le panorama spectaculaire de la ville qui s'étendait devant eux.

— Quelque chose nous observe, murmura-t-il, quelque chose de froid et d'atterrant, de dépourvu de sentiments, d'inhumain, ajouta-t-il en embrassant la zone d'un large geste. Je parie que l'assassin est en train de nous regarder, en ce moment. Il est là, sur une de ces terrasses ou caché dans le bois. En train de jouir, pointa-t-il. Mais ne faites pas attention à ce que je dis, c'est juste un sentiment personnel. Vous savez comment je suis, c'est encore une de mes calembredaines.

Malgré la chaleur, un frisson parcourut leur dos.

— Qui a découvert le corps ? voulut savoir Rebeca.

— Un voisin du parc. Il a vu l'incendie, a appelé les secours, et la police a alerté les gardiens qui étaient en train de dormir. Lorsque ces derniers sont arrivés sur les lieux, la victime était déjà calcinée. Elle n'était plus qu'un corps sans vie, carbonisé jusqu'à devenir presque complètement méconnaissable.

— On connaît l'heure de la mort ?

— Un peu avant six heures du matin. D'après le témoignage, le feu a pris vers six heures moins le quart. S'il a mis les quinze minutes nécessaires à se consumer, tu peux la calculer toi-même. Je crois qu'il n'est pas nécessaire de vous préciser la cause du décès, n'est-ce pas ?

— Et comment vous savez qu'il était vivant avant de brûler ? demanda Milo.

— Sur les poignets et sur les chevilles, le corps présente les marques de quelqu'un qui s'est débattu. Elles ont été provoquées par les liens en acier de la victime. Cette dernière a tenté de s'enfuir. Je te parie ce que tu veux que je vais trouver du monoxyde de carbone et des particules solides dans ses poumons, comme pour la première victime. C'est son mode opératoire, dit Bonhora en s'impatientant, à présent. Si vous n'avez pas d'autres questions, moi j'ai terminé, ici. Madame la juge, pourriez-vous ordonner la levée du corps, je vous prie ? J'aimerais commencer l'autopsie le plus vite possible.

— C'est quand vous voudrez, ma secrétaire a déjà tapé le mandat, dit-elle en signant le document. Je m'en vais également. La journée va être très longue. Milo, si tu as besoin de moi, je serai à mon bureau. Et la prochaine fois, essaie de ne pas arriver aussi en retard, s'il te plaît.

Milo acquiesça avec la tête.

Le légiste-chef fit un signe à son assistant et, engoncés dans des vêtements spéciaux, les deux hommes grimpèrent sur des échelles pour sectionner, à l'aide de cisailles, le câble qui maintenait la victime par les poignets et sous les aisselles à la barre horizontale de la croix. Ils répétèrent ensuite l'opération avec le câble qui maintenait les chevilles au poteau vertical. Enfin, en faisant extrêmement attention pour éviter de casser le corps en plusieurs morceaux, ils le descendirent et l'introduisirent dans un sac de nylon noir étendu sur le sol de terre et de gravillons.

Tout en les observant descendre du promontoire avec difficulté le long de l'étroit escalier de pierre, Milo s'approcha de Bonhora.

— Encore un détail, Goyo. Tu as découvert quelque chose à propos du G ? Tu sais la fameuse étude du service de calligraphie légale dont tu m'as parlé !

— Pas grand-chose, pour ne pas dire rien du tout. En fait, ce n'est pas concluant du tout. D'après le tracé, ce pourrait aussi bien être une écriture de femme que d'homme, de personne âgée que de jeune, de gaucher que de droitier. Je t'avais dit qu'avec un échantillon aussi maigre, il était difficile d'en conclure quelque chose de solide. On n'a pratiquement aucune variable à soumettre à l'analyse, tu comprends !...

— Tu as photographié le nouveau G, hein ?

— Ça ce sont deux choses différentes, inspecteur. Je vais te répondre par une citation. "Je ne cherche pas les réponses, je tente de comprendre les questions."

— Bonhora, je n'ai pas le cœur à me lancer dans des joutes intellectuelles, en ce moment. Tu pourras les comparer et tenter d'en tirer une conclusion ? Tu as le double d'espace graphique, tu obtiendras peut-être quelque chose, cette fois. Tu crois que c'est possible ?

— C'est ce que je pensais faire, Milo. Qui sait. "Il vaut mieux allumer une bougie que maudire l'obscurité." On verra bien, sourit-il. Je trouve que tu n'es vraiment pas en forme, c'est plutôt rare de te voir repousser une invitation à engager un combat de citations.

— Tu es trop savant pour moi, Goyo, je ne suis pas à la hauteur, répondit Milo. De toute façon, les deux citations de Confucius que tu as tirées de ta manche ne valent rien du tout face à celle de Lao-tseu. "Qui veut humilier autrui doit d'abord le flatter." Jeu, set et match.

Bonhora écarquilla les yeux. Immédiatement après, il fit un geste théâtral, une espèce de révérence, et il quitta le promontoire en se tenant fermement à l'étroite rampe.

— À quoi vous jouez tous les deux ? demanda Rebeca étonnée.

— Ça nous regarde. Tu as vérifié de quelle façon l'assassin est arrivé jusqu'ici ?

La sous-inspectrice tira un bloc et lut ses notes.

— À part l'entrée principale, le parc en compte neuf autres. Trois latérales donnant sur la rue d'Olot, deux qui donnent sur l'avenue du Coll del Portell, trois autres dans la zone boisée au nord et une dernière qui donne sur la route du Carmelo, dit-il en levant les yeux. Mais la muraille qui entoure le parc s'est écroulée à plusieurs endroits et il y a d'autres endroits où l'on peut passer sans trop de difficultés. En plus le mur n'a été que partiellement construit et le reste du périmètre est juste protégé par un grillage qui est plein de trous.

— Ainsi, pénétrer dans ce parc est un jeu d'enfant, conclut-il.

Elle fit un geste affirmatif.

— Mais on sait par où il est sorti. Un des agents a retrouvé de la terre sur le revêtement de la rue d'Olot, juste devant un de ces fameux endroits où le mur s'est éboulé. Et s'il est sorti par là, il est fort possible qu'il y soit également entré avec la victime.

— Et tu crois qu'il l'a portée sur le dos sur toute la pente du parc, depuis la rue d'Olot jusqu'au promontoire ? dit-il en plissant le visage. On sait qu'il s'agit d'un type athlétique, mais là, ça frise la prouesse. Moi, j'ai été obligé de m'arrêter pour reprendre mon souffle et je ne portais pas le poids d'un corps inerte. La côte est vraiment raide.

— Je sais, mais toi tu ne manges pas et tu ne dors presque jamais. Il a peut-être utilisé quelque chose pour le transporter, une charrette ou un truc de ce genre.

— A-t-on remarqué des traces de roues ?

Rebeca fit non de la tête.

— Suggestion écartée, reprit-il.

— Pas si vite. Un type aussi prévoyant, qui recouvre ses chaussures avec des housses, peut tout à fait les avoir effacées. Il est entré par la rue d'Olot, a introduit la victime et la charrette par le trou et a grimpé jusqu'ici. Ensuite, après avoir exécuté sa tâche macabre, il a accroché son machin à son épaule et est descendu par le même chemin en effaçant la trace des roues. C'est tout à fait plausible.

— D'accord, dit-il. Mais il y a une solution plus simple. Il a pu bénéficier de l'aide d'une autre personne. Ça expliquerait de quelle façon il a monté les marches et aussi comment il a réussi à hisser la victime jusqu'à la barre horizontale de la croix, puis à l'y attacher, dit-il. Elle est haute et le corps était très lourd. Comment aurait-il pu le soulever et l'attacher tout seul ? Non, je suis persuadé qu'il a dû se faire aider par quelqu'un d'autre.

— Tu t'acharnes à penser qu'il a un complice ?

Milo écarta les bras.

— Oui, et je ne sais pas pourquoi, c'est sans doute à cause de la version qu'a donnée le clochard du paseo de Gracia. Une fourgonnette est venue prendre le type efféminé, tu te souviens ? Et de la conversation que nous avons eue avec Bonhora au laboratoire. Avec un complice, les choses s'expliqueraient, elles prendraient tout leur sens.

— En tout cas, il n'y a pas de preuves irréfutables. Ce sont juste des mots.

Il se tut, enfonça les mains dans ses poches d'un air absolument affligé.

— Parfois je me trompe, je sais. Et j'ai même l'impression que ça m'arrive de plus en plus souvent.

Rebeca marcha un instant autour des croix. Elle réfléchit quelques secondes, puis revint vers Milo en baissant la tête.

— Il faut voir tous les obstacles que s'est cherchés l'assassin, dit-elle. Et tout ça, juste pour suspendre les corps dans des endroits emblématiques, avec Gaudí comme dénominateur commun. Moi, j'appelle ça : se compliquer la vie, un point c'est tout. Il aurait pu obtenir le même résultat sans faire tous ces efforts. Tu comprends ?

— Pas si ce qui le pousse est une pulsion incontrôlable qui lui commande d'atteindre un objectif précis, expliqua Milo en montrant la ville. Pour lui, Barcelone est le parc thématique de l'horreur ; et Gaudí en est l'attraction principale pour les touristes. J'ignore ses motivations, mais tout montre que l'une comme l'autre, la ville et l'architecte, sont les victimes sous-jacentes du comportement de l'assassin.

Ils échangèrent un regard.

— Et il n'a pas l'intention de s'arrêter en si bon chemin, dit Rebeca d'une voix faible.

— Certainement pas.

— Et tant qu'il ne commettra pas une erreur, ajouta-t-elle, on restera dans l'obscurité la plus totale.

Milo fit lentement oui de la tête.

Au commissariat, on pouvait entendre les hurlements de Singla depuis le couloir.

Milo et Rebeca s'approchèrent du bureau du sergent Crespo.

— Il n'est pas à prendre avec des pincettes, dit celui-ci en montrant le bureau de l'inspecteur-chef d'un signe de tête. Si j'étais vous, je me méfierais. Il cherche quelqu'un sur qui décharger sa colère.

— Avec qui est-il ?

— Tout le monde est là, l'état-major des inspecteurs. Il ne manque plus que toi.

Milo prit un air résigné :

— Sous-inspectrice, dit-il, tu peux tout à fait t'abstenir. Ça ne va pas être agréable.

— Moi, rater une visite gratis de la gueule du loup ? Tu plaisantes ! Je t'accompagne.

— Comme tu voudras, dit-il en ouvrant le chemin vers le bureau, puis en pointant son doigt sur son tee-shirt noir portant les lettres SWAT* imprimées en blanc. Peut-être cela nous portera-t-il chance.

Ils entrèrent sans frapper. Singla leur lança un regard furieux. Il continua à parler.

— Ceci est un assassinat, messieurs les inspecteurs. *À présent, oui*, la balle est dans notre camp et les théories du juge anticorruption à propos d'un délit de fuite n'ont plus lieu d'être. On est le Groupe des homicides, bordel ! On va mener l'enquête sur cette putain d'affaire et on va s'efforcer de résoudre cette saloperie de cas. Finies les conneries, compris ?

Les quatre inspecteurs acquiescèrent en silence.

* Special Weapons and Tactics. Aux États-Unis, unité de police spécialisée dans les opérations paramilitaires.

— Je veux que vous passiez un avis pour soumettre tous les cybercafés de la ville à une surveillance serrée, au cas où l'assassin aurait l'idée d'utiliser à nouveau ce moyen de communication pour faire la publicité de ses crimes.

— Mais, chef, il va falloir un effectif considérable pour ça, objecta Cervera.

— On demandera de l'aide aux autres commissariats, et même à l'académie de police, s'il le faut, répondit-il en secouant le menton avec véhémence. Je veux tout savoir sur Félix Torrens. Sena, Bachs, vous allez me ratisser tous les membres de l'association, ses amis et ses connaissances. Vous interrogerez tout le monde, un par un. Mettez-vous en rapport avec les gars du patrimoine et des fraudes et qu'ils vous donnent tous les renseignements dont ils disposent.

— À vos ordres, dit Sena.

— Rojo, Cervera, vous enquêterez chez ses ennemis. Contactez le Département des personnes disparues et tirez-en tous les éléments qui peuvent nous mettre sur une piste. Et s'ils se rebiffent vous avez l'autorisation de mettre leur bureau à sac.

— C'est comme si c'était fait, confirma Rojo.

Singla se leva. Il appuya ses poings sur sa table.

— Recommençons à zéro. Je veux que vous fouilliez dans son passé de fond en comble. Que vous croisiez ses données avec celles d'Eduard Pinto, à la recherche d'un quelconque rapport entre eux. Il y en a un, il faut qu'il y en ait un. L'assassin le connaît, lui, et je ne veux pas paraître plus ignorant que ce psychopathe, dit-il en desserrant le nœud de sa cravate. Nous sommes en présence d'un individu qui a le sentiment absurde de pouvoir se moquer de nous. Mais cela ne se passera pas comme ça. Du moins, pas au commissariat central, ajouta-t-il le visage tout rouge en observant l'un après l'autre tous les membres du Groupe. Est-ce que c'est clair, messieurs ?

— On ne peut plus clair, inspecteur-chef, s'empressa de répondre Cervera.

— On va accomplir notre tâche, un point c'est tout. Et en suivant les procédures habituelles, pas en organisant des actions exotiques ou extravagantes, dit-il en dirigeant son regard vers Milo. Finies les clowneries, c'est clair ? On va coincer ce salopard, on va le traquer comme la sale bête qu'il est. Trouvons-le, messieurs !

Bruno Bachs se leva rapidement et ouvrit la porte. Les autres lui emboîtèrent le pas.

La voix de Singla résonna dans son dos.

— Un instant, Malart. Toi, tu restes ici. Mercader, lui tout seul, pas toi. Et referme la porte derrière toi en sortant.

Milo se dirigea vers une des chaises, tandis que la sous-inspectrice obéissait à l'ordre qu'on venait de lui intimer.

— Tu as dû t'apercevoir que je ne t'ai pas chargé d'une mission, hein ? dit-il en s'épongeant le visage baigné de sueur. Tu as une idée de la raison pour laquelle j'ai fait ça ?

— J'ai dû fâcher une certaine catégorie de personnes de la Haute.

— Et aussi tu nous as fait perdre un temps précieux avec tes théories à la con.

— Je vais te dire quelque chose, chef, quelque chose que tu ne veux pas entendre, mais je vais te le dire quand même. Je vous ai prévenus qu'il allait se passer ce qui s'est passé ce matin, et c'est effectivement arrivé. Je vous ai expliqué que l'assassin ne se contenterait pas d'Eduard Pinto, et il ne s'en est pas contenté. Ce n'étaient pas les conneries d'un cinglé comme tu te plais à le répéter à tout bout de champ. Je me suis juste trompé de deux jours, car l'esprit de cet assassin est sacrément tortueux, dit-il en grimaçant. Et oui, je vais te l'avouer, j'ai étudié la possibilité de présenter ma démission. Mais finalement, non, je ne vais pas le faire. Pas encore du moins. Auparavant il me faut élucider une affaire en cours. Et je te rappelle que vous m'avez réintégré pour que j'enquête d'un point de vue différent du vôtre. Et c'est exactement ce que je me suis efforcé de faire.

— Sans le moindre résultat, trancha Singla. Et ce n'est certainement pas moi qui t'ai réintégré.

— Tu n'as qu'à aller te plaindre auprès du commissaire-chef. Et je te signale que le match n'est pas encore terminé !

Singla s'enfonça dans son siège.

— La seule chose que tu as faite, c'est de courir après des ombres.

— Et vous, la seule chose que vous avez faite, c'est d'arrêter des innocents en chair et en os, répondit-il irrité. J'imagine que vous avez déjà relâché cet antisystème avec un cerveau de moustique.

— Absolument pas. C'est un suspect qui éclaire de nombreuses questions qui se posent encore dans l'affaire de la première victime. Comme celle du téléphone portable, par exemple.

Milo leva les bras au ciel, exaspéré.

— Tu peux me dire comment s'y est pris Jon Grau, du fond de son cachot, pour emmener Félix Torrens jusqu'au parc Güell et pour le brûler sur une croix ?

— Très simple, dit-il en joignant les mains et en souriant. Il a un complice.

— Mais ce n'est pas toi qui soutenais que l'assassin agissait tout seul, il me semble ?

— Eh bien, j'ai changé d'avis.

— Oui, pour que tout cadre après coup. Tu enfonces les pièces en force pour qu'elles s'emboîtent coûte que coûte.

Singla esquissa à nouveau un demi-sourire tout en se caressant la moustache.

— Je fais comme toi, l'artiste.

Milo cligna des yeux puis l'observa un instant.

— Ta tactique ne fonctionnera jamais. Je sais ce que tu cherches, en réalité.

— Il me fallait bien essayer, dit-il en se penchant en avant. En tout cas, tu peux faire ce que tu voudras, toi et ta sous-inspectrice avec ses tee-shirts oncle Sam, mais à partir de cette seconde, tu ne fais plus partie de l'enquête officielle.

— C'est ce que je voulais entendre, dit-il en se levant. Je continuerai donc à mener la mienne tout seul, en parallèle, comme je l'ai toujours fait.

Il tourna les talons et sortit du bureau. Rebeca vint à sa rencontre, très contrariée.

— Je te signale que l'inspecteur-chef ne peut pas blairer tes tee-shirts.

— On n'a pas le temps de parler de mes tee-shirts, dit-elle en le prenant par le bras et en le tirant vers la salle de visionnage. Tu dois regarder quelque chose. Mauricio Navarro est en train de faire des siennes à la télévision.

— Ça, ce n'est certainement pas nouveau.

— Cette fois, ça l'est. Il va diffuser des images de la captivité de Félix Torrens en direct. Et aussi sa mort.

Dans la salle de visionnage, le reste des inspecteurs chargés de l'affaire étaient déjà installés, ainsi que le sergent Crespo. Milo et Rebeca prirent place à côté de lui tandis que, sur l'écran, la voix de Mauricio Navarro prévenait pour la énième fois que les images qu'on allait voir pouvaient blesser la sensibilité des spectateurs.

Ensuite, sans autre préambule, il lança la vidéo d'un geste solennel.

Le visage de Félix Torrens, amaigri, la peau cireuse et une barbe de plusieurs jours, apparut en plan moyen. Ses yeux sans lunettes avaient une expression comateuse. Il avait une allure loqueteuse avec sa veste couverte de boue et de poussière, comme sa chemise, et ses pantalons déchirés et râpés. Il ne portait plus sa cravate, tenait un verre en carton à la main. Aveuglé par une puissante lumière, on pouvait percevoir sa répulsion, l'éclat de la démence dans son regard.

— Sergent, dit Milo. Tu enregistres ?

Crespo acquiesça d'un air tendu.

La vidéo était en haute définition. Elle ne possédait ni son ni compteur de temps. Le zoom s'activa et le plan s'élargit.

À travers les grilles d'une cellule, ils s'aperçurent que le président du Cercle Gaudí était à genoux, la tête sur le côté en train de supplier. Un tremblement secouait tout son corps engourdi.

— Ces papiers éparpillés sur le sol de la cellule, qu'est-ce que c'est ? demanda Sena.

— Des billets de banque. De cinq cents euros, répondit Bruno Bachs d'un ton sec. Un super-gros tas de billets.

Le visage de Félix Torrens allait du verre à la caméra et de celle-ci à nouveau au récipient. Il vacillait. Soudain, comme s'il venait de recevoir un ordre, il se plaça bien de face et, avec des mouvements maladroits, commença à baisser la fermeture éclair de sa braguette. Tout de suite après, il y introduisit sa main, mit son sexe dans le verre et ferma les yeux.

— Putain, il est en train de pisser devant nous ! fit Cervera stupéfait.

Une fois qu'il se fut vidé la vessie, il leva le verre en carton pour l'approcher de ses lèvres.

— Merde, qu'est-ce qu'il va faire ? C'est pas poss…

Il l'avala cul sec. La caméra se fixa sur son visage creusé par la nausée, et sur sa façon de se plier en deux pour cracher une substance blanchâtre et grumeleuse, tandis que son torse était secoué par une toux compulsive.

— C'est répugnant, murmura Rebeca.

Félix Torrens leva le visage et regarda les téléspectateurs avec des yeux qui avaient perdu la raison, implorants. Ses lèvres proféraient des mots en silence.

— Il réclame de l'eau. "Donne-moi… de l'eau", lut Sena.

Ensuite, de façon inexplicable, il se mit à quatre pattes et s'immobilisa dans cette position.

— Que fait-il ?

— Il obéit à un ordre, dit Milo à voix basse.

Les minutes passèrent lentement et Félix Torrens restait toujours immobile. Brusquement, il ouvrit la bouche et se passa la langue sur les lèvres.

— Putain, on dirait qu'il se pourlèche !…

Lorsqu'il eut fini, il se tourna lentement, comme une marionnette téléguidée, jusqu'à venir se placer, toujours à quatre pattes, de dos à la caméra. Il attendit à nouveau sans bouger. Un instant plus tard, il faisait oui de la tête. Soudain, il se mit à nouveau à supplier, de façon frénétique, sans cesser de faire non… non… non… pris de tremblements et implorant de plus belle. Un fondu au noir concluait la scène.

— C'est quoi, cette merde ? protesta Cervera en se tournant vers le reste de l'assistance.

— Attention, le revoilà !

L'image suivante le montrait allongé par terre, les yeux fermés, dans la même cellule. Il respirait difficilement. Ensuite, il roulait sur lui-même pour faire face à la caméra et ses lèvres articulaient le mot "eau". Affaibli, il se remettait un moment à quatre pattes et commençait à avancer dans cette position en s'approchant des grilles. Il s'arrêta.

— Et à présent, quelle va être la prochaine vexation ?

— Attends et tu verras bien ! dit Bruno Bachs.

Ils le virent ouvrir la bouche, exténué. Un bras apparut à gauche de l'écran, une main gantée qui tenait une assiette creuse. Un jet d'eau se précipita à l'intérieur de celle-ci, se répandant plus à l'extérieur qu'à l'intérieur. Stimulé, comme si son cerveau s'activait soudain, Félix Torrens tendit la langue et la plongea voracement dans le récipient. En proie à son avidité, il avala la petite quantité d'eau et lécha frénétiquement l'assiette jusqu'à ce qu'une main brusquement la lui retire. L'image suivante montrait ses lèvres en train de prononcer avec une grande douceur le mot "merci".

Sur l'écran, tout le monde vit de quelle façon, au bout de quelques secondes, son visage marqué par la douleur se relâchait soudain, jusqu'à se transformer sous l'effet d'une autre jouissance, comme si son corps vibrait sous l'effet d'un flux de plaisir inattendu. La métamorphose fut étonnante, déconcertante.

— Mais il est… il est en train… d'éjaculer ! balbutia Cervera.

Personne ne répondit. Sans pouvoir détourner les yeux de l'écran, personne n'ouvrit la bouche.

Comme s'il venait d'être pris en faute, Félix Torrens bafouilla plusieurs fois "non" jusqu'à ce que quelque chose le rendît muet sur-le-champ. Paralysé par une atroce frayeur, il écarquilla les yeux tout en se lançant à nouveau dans les suppliques. Un instant plus tard, il s'écroula le visage contre le ciment. Ensuite, à moitié hystérique, il s'entoura de ses bras tout en entamant un léger balancement.

Noir.

L'image suivante montrait un décor tout à fait différent.

À la place du lugubre espace de la cellule, l'écran présentait à présent une Barcelone plongée dans l'obscurité de la nuit. Un lent balayage d'est en ouest embrassait toute la ville illuminée par l'éclairage public. Par contraste, cela provoquait une sensation de calme dont nul n'ignorait qu'il allait s'évanouir d'un instant à l'autre. Cette fois, le son était activé et l'on pouvait percevoir en fond le bruit d'une respiration, accompagnée du doux frottement de la brise sur le microphone. La prise de vue panoramique était complète, sans interruption, jusqu'à ce que la caméra continue à tourner pour viser ce qui se trouvait dans son dos depuis le début du balayage. La moitié du corps d'un Félix Torrens étourdi, suspendu par les bras à une croix de pierre.

— Le voilà, murmura Cervera sans parvenir à se contenir.

— Merde, tais-toi une bonne fois pour toutes ! protesta Rojo exaspéré.

Le zoom rapprocha le visage pour le cadrer en gros plan. La terreur se reflétait sur chaque ride de sa peau. L'enregistrement s'interrompit brusquement pour reprendre tout de suite après. À présent, ses lunettes à fine monture sombre se détachaient sur son visage.

— Quel salopard ! s'exclama Sena. Il lui a mis les lunettes pour qu'il puisse mieux admirer Barcelone…

— C'est une attention, dit Bachs. Et regardez, il lui a même nettoyé les verres.

Un plan moyen succéda au précédent. L'image de la croix de Gaudí sur laquelle était suspendu le corps occupait le centre de l'écran dans une scène impressionnante. Le plan demeura ainsi, fixe, pendant un bon moment, puis il y eut un nouveau noir. Lorsque l'image revint, Félix Torrens hurlait de douleur tandis que le feu commençait à dévorer ses chairs. Le plan moyen dura plusieurs secondes, après un soubresaut de la caméra, l'angle de prise de vue changea soudain.

— Il est descendu au pied du promontoire, précisa le sergent Crespo.

Effectuant une contre-plongée, le film montrait l'émouvante image des trois croix sur le promontoire, tandis que l'homme en flammes se tordait sur lui-même entre deux convulsions. Le plan était d'une esthétique on ne peut plus troublante, qui présentait un mélange de beauté plastique et de cruauté impitoyable : les trois croix asymétriques se découpaient sur un ciel sans étoiles, illuminées par l'éclat ondulant du feu. Lumière et obscurité sur le calvaire pensé par Gaudí.

— Ça me rend malade, murmura Rojo.

La caméra, immobile, filmait imperturbablement l'agonie de la victime. Tous les cris et les convulsions de cette dernière.

Lorsque l'intensité de sa douleur commença à diminuer, elle entama un balayage inverse, lentement, jusqu'à finir là où elle avait commencé, au-delà de la Zona Franca.

Alors, à la surprise de tous, tandis qu'elle demeurait en plan fixe sur la ville, on entendit une voix :

— La lutte antisystème est le chemin. Et nous sommes légion.

L'écran demeura noir et, sans transition, le visage de Julia Valle apparut.

— Ces images sont terribles, Mauricio, vraiment terribles, dit-elle en posant une main sur sa poitrine. Et si l'on passait une page de publicité pour nous remettre de nos émotions ?

— Éteignez cette putain de télé ! hurla Cervera.

Tout le monde demeura immobile, sans réagir. Cervera se leva d'un bond et éteignit l'appareil. Il se retourna vers ses collègues.

— Qu'est-ce qui vous prend, putain ? Vous êtes sourds ?

— À présent nous savons à quelles pratiques il soumet ses victimes pendant leur captivité.

Rebeca battit des paupières, encore sous l'effet de la vidéo. À ses côtés, le sergent Crespo laissa échapper un soupir tout en échangeant un regard avec Milo.

— Tu y as cru, toi ? Je trouve que cette déclaration… je ne sais pas… je trouve qu'elle sonne faux. Maintenant qu'on est tout seuls, je vais t'avouer quelque chose : je n'y crois pas un instant. Ce slogan des antisystèmes est une vaste fumisterie.

— Je suis d'accord avec toi, Toni, dit Milo. Ce type est un manipulateur et c'est sa dernière trouvaille. Il cherche à entraîner avec lui les jeunes mécontents, les anarchistes, les antisystèmes, les gens qui, même s'ils ne sont pas d'accord avec ses méthodes, pourraient éventuellement commencer à le considérer comme le héros de leur cause. Et la merde, c'est qu'avec son putain de petit slogan, il va offrir à Singla l'alibi dont il avait besoin pour maintenir ce débile de Jon Grau au cachot et consolider sa suspicion à propos des antisystèmes, ajouta-t-il. Il ne nous manquait plus que ça pour embrouiller l'affaire encore plus.

— Il a trafiqué sa voix, j'en suis sûr. Il l'a maquillée pour la rendre plus grave, pour éviter qu'on puisse l'identifier.

Milo regarda fixement le sergent.

— C'est possible, il ne laisse aucun détail au hasard. C'est un individu extrêmement méticuleux. C'est comme les coupures qu'il a opérées dans la partie du promontoire. Elles correspondent au moment où il s'est adressé à Félix Torrens. Il ne voulait pas qu'on puisse entendre sa véritable voix ; sauf la phrase finale, et il a transformé sa voix, l'a rendue plus grave et plus plate, sans émotion.

— Et pourquoi penses-tu que cette fois il a choisi la télé plutôt qu'internet ?

— Peut-être voulait-il une immédiateté, une répercussion instantanée ? s'interrogea-t-il en haussant les épaules. Ce qui est sûr, c'est qu'il a parfaitement atteint son objectif. L'avantage, c'est que de cette façon, on n'aura plus besoin de surveiller les cybercafés. Ça nous fera un boulot de moins.

— Tout coïncide avec un profil d'assassin organisé, intervint Rebeca. Il est irrésistiblement attiré par le fait d'admirer ses exploits dans les médias. Ça lui procure un sentiment de pouvoir, dit-elle en respirant profondément. Et un échantillon de ce pouvoir-là, c'est de nous provoquer. Participer à une émission de très grande audience, sur une chaîne d'État, c'est comme nous dire qu'on ne l'arrêtera jamais, qu'il se considère comme invincible. Une seconde, coupa-t-elle en se redressant sur sa chaise. J'y pense soudain ! Comment Mauricio Navarro s'est-il procuré cette vidéo ? Il a bien fallu que l'assassin le contacte. Ils se sont donc rencontrés ! On doit absolument interroger ce merdeux. Appelle ta juge et qu'elle se bouge le cul pour mettre la procédure en route. On voulait trouver un moyen de l'empêcher de nuire, hein ? Eh bien, il vient de nous servir l'occasion sur un plateau.

— Explique-toi.

— Mais c'est évident, l'assassin a bien été obligé de parler avec lui pour mettre au point une rencontre alors que Félix Torrens était encore en vie. Ta juge peut l'accuser d'obstruction au bon déroulement de la justice et, ce qui est encore plus grave, de complicité d'assassinat. Il fallait bien qu'il sache ce que l'assassin était en train de tramer ! S'il nous en avait parlé avant, on aurait peut-être pu lui sauver la vie. Mais comme il n'a rien dit, ça le transforme en complice de l'assassin. On le tient par les couilles, je te dis !

Milo tira son mobile de sa poche, chercha un nom et le tendit à Rebeca.

— Appelle toi-même. Ce n'est pas *ma* juge.

Rebeca se leva.

— Madame la juge Cabot ? Je suis la sous-inspectrice Mercader, dit-elle en se plaçant près de la fenêtre.

Milo l'observa enfoncer une main dans sa poche tout en se déhanchant.

— Toni, j'en ai ras le bol de ce refrain… *ta* juge ! Je t'assure, dit-il à haute voix pour que tout le monde l'entende. Où en es-tu de la petite commande de Singla ? Tu as trouvé quelque chose sur l'origine des fuites ? dit-il en observant les cernes sous ses yeux et sa peau toute fripée. Tu n'as vraiment pas bonne mine, mon vieux.

— C'est ce qui arrive lorsque tu t'occupes d'enquêter sur tes camarades. Mais pour répondre à ta question, rien, zéro. On en est comme au début.

— C'est bien ce que je pensais. Personne n'est assez con, ici, pour toucher du fric à son nom ou recevoir ce genre d'appel sur son propre téléphone portable. Même pas Cervera, fit-il en se grattant le front. Et qu'est-ce que tu as trouvé au sujet des centres d'accueil montés par Félix Torrens ?

— Je n'ai pas eu le temps, inspecteur. Je ne m'en sors plus, moi, de tout ce boulot. Je sature à mort.

— Il te faut demander des heures supplémentaires, Toni. Il n'y a pas d'autre solution.

— En revanche, j'ai terminé la liste des morts étranges et des disparitions.

Milo se redressa brusquement.

— Elle est complète ?

Il acquiesça.

— Ç'a été compliqué. Il y a eu plus de quatorze mille disparitions ces dernières années dans tout le pays, et j'ai dû solliciter tous les rapports qui remontent avant 2000 auprès de la police nationale. Il n'est pas nécessaire que je t'explique comment ça se passe avec les archives trop anciennes…

— Tu en as parlé à quelqu'un ?

— À personne, même pas à elle, dit-il en montrant Rebeca d'un geste. Quand est-ce que tu vas le lui dire ?

— Je ne sais pas, tout à l'heure peut-être. D'abord, je voulais que tu finisses le travail, dit-il en baissant la voix. Les crimes ont commencé en quelle année ?

— En 1991. Cette année-là, on a retrouvé un cadavre impossible à identifier. Un clochard. On l'a découvert dans la cascade du parc de la Ciudadela, dit-il en retenant sa respiration. Ça s'est passé un 10 juin.

— Et les parties du corps manquantes ?

— Une main, la droite.

— Fais-moi un résumé de la liste. Tu te souviens encore des détails ?

— On n'oublie pas ce genre de choses, dit-il en grimaçant de façon nerveuse. Six morts en vingt ans, huit disparitions signalées et six cases vides qui, selon notre hypothèse, peuvent correspondre à six personnes qui se sont volatilisées sans que quelqu'un vienne les réclamer. Au total, ça fait vingt victimes. Une tous les ans, quoi ! Et toutes à la même date, dit-il en se frottant le menton. Avant 1991, il ne s'est jamais rien passé le 10 juin, le mode opératoire s'arrête. Je n'en ai pas la certitude absolue, mais tout porte à croire que c'est à partir de cette année qu'a commencé la série de crimes.

— Et le 10 juin dernier, que s'est-il passé ?

— C'est une case vide.

— La cascade où l'on a retrouvé la première victime a-t-elle un rapport avec Gaudí ?

Crespo acquiesça à nouveau.

— C'est lui-même qui l'a dessinée. Mais ce n'est pas tout, fit-il en jetant un coup d'œil sur Rebeca et en baissant soudain la voix. Elle présente également une géométrie extrêmement particulière, comme pour la petite place Aribau… et comme pour le parc Güell. Tout est lié, dit-il en se penchant au-dessus de Milo. C'est de ça que je voulais te parler. Je crois qu'un nouveau rendez-vous avec Gombrowicz ne serait pas superflu. Je dis ça à cause des étranges coïncidences que je suis en train de découvrir. Je préférerais que ce soit un expert qui vous les explique. Si tu veux, je peux organiser la rencontre. Et cette fois j'aimerais bien vous accompagner.

— Pas de problème, tu t'occupes de tout. Mais pas avant la semaine prochaine, samedi et dimanche, je suis occupé.

Rebeca s'approcha d'eux avec un grand sourire.

— Les choses sont en route, dit-elle en rendant son téléphone portable à Milo. La juge Cabot partage ma théorie et elle est en train de rédiger le mandat d'arrêt pour mettre Mauricio Navarro à la disposition de la justice. Elle va également prévenir l'aéroport de Barajas afin que la garde civile nous prévienne lorsque ce connard aura enregistré sa carte d'embarquement. Nous le cueillerons à son atterrissage à Barcelone pour le conduire à la Cité de la justice.

— Auparavant, j'aimerais bien échanger quelques mots en privé avec lui.

— Et qu'est-ce que tu vas lui dire ?

Milo balaya l'air d'un geste vague.

— Je vois que *ta* juge a des réflexes plutôt rapides, dit-il.

— N'y aurait-il pas un peu de jalousie dans le ton de ta voix, par hasard, Milo ?

— Tu étais en train de décrire le profil de l'assassin, tout à l'heure. Alors continue, j'ai bien l'impression qu'aujourd'hui tu es pas mal inspirée.

— Et à présent ce serait plutôt un ton de dépit, n'est-ce pas, inspecteur ?

— Sous-inspectrice, je n'ai pas du tout envie de plaisanter. Explique-moi ce que te suggèrent ces images ?

— L'individu exerce un pouvoir absolu sur sa victime. Il ne ressent pas la moindre empathie envers elle. Il la torture psychologiquement, il la rend dépendante de lui pour survivre. On est en train de parler de domination, de soumission et d'assassinat. Son pouvoir sur elle est total et définitif, et cela lui procure une intense satisfaction. Il ne se contente pas de la tuer. Il veut lui infliger un maximum de souffrance, une mort lente. L'humiliation de la victime est triple : d'abord, on lui inflige ce type de captivité ; ensuite, on l'expose au public au moment d'en finir avec elle ; et enfin, on diffuse sa déchéance et son agonie à la télévision.

— Est-ce que ça peut être lié à des abus dont l'assassin aurait lui-même souffert par le passé ?

— C'est la chose la plus probable, dit Rebeca puis elle réfléchit un instant. D'après ce que nous avons vu, il mène à son terme un rituel très précis. En principe, je dirais que l'assassin est en train de reproduire des scènes qu'il a dû subir dans sa propre chair. Tout est très mécanique, ordonné, ne laisse apparemment pas place à l'improvisation. Oui, je crois que l'assassin était en train de revivre des événements survenus pendant son enfance ou son adolescence.

— Tu veux dire : des événements que Félix Torrens a bien pu provoquer ?

— Impossible à savoir, répondit-elle. La façon dont l'assassin s'est acharné sur sa victime pourrait confirmer ce que tu dis, mais il n'y a pas moyen de le confirmer. Tu penses qu'Eduard Pinto aussi l'aurait soumis à des abus ?

— En ce qui concerne ce dernier, il ne nous a pas montré sa cellule, seulement son exécution et son agonie. La démarche est différente.

— Mais on n'en est pas certains, inspecteur. On ne peut pas faire de suppositions. Et souviens-toi qu'on n'a rien trouvé qui relie Eduard Pinto à Félix Torrens.

— Ce qui ne signifie pas que ça n'existe pas.

— Ce ne sont que des suppositions, précisa Rebeca. Sans preuves, on ne peut rien affirmer.

Milo se tut. Il dirigea son regard vers le moniteur éteint.

— Il faudrait visionner la vidéo une nouvelle fois, dit-il. C'est possible ?

Le sergent Crespo fit rouler son fauteuil jusqu'aux commandes tandis que Rebeca faisait une grimace de dégoût. Après quelques secondes le film occupait à nouveau tout l'écran.

— D'accord, la victime est à la limite de sa résistance, morte de soif, décrivit Milo. On active le zoom et… arrête l'image. Qu'est-ce qu'on voit ? La victime se trouve dans une cellule. On n'aperçoit pas la moindre fenêtre.

— L'assassin dispose d'une cave ou d'un souterrain. D'un espace fermé.

— Et éloigné de tout, précisa Crespo. La victime a dû hurler de toutes ses forces. Il ne doit pas y avoir de voisins aux alentours. Il ne s'agit pas d'un appartement. Il se pourrait bien que ce soit une villa !

— Ou une maison en dehors de la ville, dit Rebeca. Les barreaux sont bizarres, vous ne trouvez pas ? Ce ne sont pas des barreaux habituels, dit Rebeca stupéfaite. Je n'en avais jamais vu d'aussi irréguliers, d'aussi… particuliers.

— Ils sont en fer forgé, dit Crespo. Et ils ont des formes de plantes et de lierres. Qu'est-ce que c'est ? Là, en bas à gauche ? On dirait le bord supérieur d'une tête d'animal, mais je ne vois pas très bien ; le cadrage ne montre pas le reste, dit-il en se tournant vers Milo. Qui donc peut bien utiliser des grilles aussi sophistiquées pour une simple cellule ?

Milo soutint son regard.

— Un collectionneur excentrique ? Peut-être utilisait-il auparavant cet espace en guise de cave ?

— C'est possible, dit-il en forçant la vue. Les dimensions sont trop réduites. Mais sans la voir dans son ensemble, c'est difficile à déterminer. Et concernant la grille, je ne sais pas, moi, mais on dirait qu'elle n'est pas achevée. La disposition de ses décorations est très étrange. C'est peut-être du matériel de récupération que l'assassin aurait acheté à la casse, chez un ferrailleur, chez un antiquaire. Ou alors il a commandé ça, il y a très longtemps chez un forgeron ? Elle peut venir de n'importe où, cette grille, c'est comme chercher une aiguille dans une botte de foin.

— Continuons, murmura Milo. La cellule est remplie de billets de banque.

— L'individu les lui a jetés à la figure avec mépris, dit Rebeca. Torrens a dû lui proposer du fric et ç'a été sa réponse. L'assassin n'avait pas prévu que la mallette se trouverait dans la voiture, ce n'est pas du tout ce qu'il cherchait.

— Et maintenant, il l'oblige à boire son urine. Il commande et la victime obéit. Soumission absolue. Qu'est-ce qu'il a bien pu lui promettre en échange, quelle est la récompense ?

— Sans doute de l'eau. Voilà pourquoi Torrens exécute ses instructions et s'humilie à ce point. Il n'a pas le choix. Dans ces cas-là, résister c'est mourir. Il l'oblige à se pourlécher les babines, puis à rester immobile, regarde.

— Mais il bouge. Et donc, on lui inflige un châtiment. Il n'aura pas d'eau, voilà. Arrête la vidéo, Toni.

— C'est dégueulasse, marmonna Rebeca.

Milo tira ses épaules en arrière.

— L'assassin n'est pas pressé. Il filme calmement, en prenant tout son temps. Il se complaît dans les détails. Il utilise des techniques cinématographiques, zoom, travellings, angles de prise de vue et plans variés. Ce que je vais dire est sans doute barbare, mais je suis absolument persuadé qu'il possède un certain sens artistique.

— Un plus que certain sens de l'horreur, tu veux dire !... répliqua-t-elle. C'est un salopard, un pervers, un tortionnaire. Je ne comprends vraiment pas où tu vois de l'art, là-dedans, toi ?

— Toni, continue jusqu'à la prise de vue du Calvaire, dit-il, puis il patienta. Là, mais tu ne vois pas ? expliqua-t-il en montrant l'avant-dernier plan. Regarde bien comment les croix se découpent sur le ciel, regarde l'effet qu'il a obtenu grâce au feu, tu ne vois pas la façon dont il capte les ombres en même temps que l'éclat des flammes. Je suis d'accord pour dire que sa cruauté est infinie, mais tu ne vas pas me faire croire que ces images ne renferment pas, je ne sais pas comment appeler ça... un penchant créatif, un sens artistique, oui. Ce ne sont pas du tout des images grossières et merdiques, protesta-t-il en écartant les bras. Je suis désolé, mais ce ne sont pas de vulgaires films, sous-inspectrice, il cherche autre chose... Ce sont des images fortes, avec une certaine poésie. D'accord, elles sont cruelles mais elles sont en même temps esthétiques. C'est comme un film d'horreur qui fascinerait le spectateur par la puissance de ses scènes. L'assassin est capable de transmettre ce qu'il ressent et il y parvient tout à fait bien. Il veut faire les choses correctement et il a le talent qu'il faut pour y arriver, pour réussir.

— Tu penses qu'il pourrait s'agir d'un réalisateur de cinéma frustré ?

— Non, ça peut être un simple amateur, un étudiant. Je n'en sais rien, moi. C'est l'impression que ça me donne.

Crespo réprima un geste d'impuissance.

— D'accord, il peut être lié au monde de la ferronnerie, à celui des collectionneurs ou à celui du cinéma. On commence par où, pour le chercher, par les pages jaunes ? Cette affaire devient de plus en plus dingue.

— On continue, Toni. Où est-ce qu'on en était, dis-moi ?

Le sergent appuya sur la touche de retour en arrière. Il était choquant de voir les images en accéléré et Rebeca détourna son regard. Lorsqu'elles s'arrêtèrent, elle fixa à nouveau l'écran.

— C'est toujours la même mécanique : il y en a un qui donne les ordres et l'autre qui obéit, dit-elle. Mais cette fois, ici, la victime obtient sa récompense. Il lui donne de l'eau à boire.

— Oui mais, tu as remarqué, il la lui sert dans une assiette. Il l'oblige à la lécher. Domination égale aussi humiliation.

— Et soumission. Il le remercie, dit-elle tandis que son visage s'illuminait. Maître et esclave. Actif et passif. Il y a du sadomasochisme là-dedans. On obtient du plaisir à travers la douleur.

— Ou au-delà, dit Milo d'une voix neutre. Observe donc le regard de la victime, son expression. Ce n'est pas un orgasme, ça ? Vous ne voyez pas le pied qu'il prend ? Son regard… il exprime un soulagement particulièrement intime, non ? Et ce n'est pas à cause de la douleur, c'est au-delà, c'est plutôt à cause de la dégradation qu'il ressent. C'est un niveau supérieur de jouissance, là !

— Maître, esclave.

— Exact. Et maintenant la chose la plus criante : après avoir bu, la victime n'arrête pas de bafouiller. Puis elle devient brusquement muette, elle donne l'impression d'avoir aperçu le diable en personne, elle se met à gémir comme une possédée. Qu'est-ce qui a provoqué une peur aussi féroce ? s'interrogea-t-il en observant l'attitude interrogatrice de la victime. Toni repasse-moi ces images, s'il te plaît.

Tous les trois fixèrent la scène.

— Il dit tout à fait distinctement non, et puis… il devient livide. Il est pétrifié, regarde, comme s'il avait reçu un coup de fusil, expliqua Rebeca. Qu'est-ce que l'assassin a bien pu dire de si monstrueux à sa victime ?

Crespo arrêta l'image. Le visage de Torrens montrait une frayeur épouvantable.

— Il l'a fait se souvenir de quelque chose, dit Milo. Il a fait retourner la victime dans le passé. Elle vient de comprendre qu'elle est perdue… regarde ! L'assassin n'oublie pas. Il ne pardonne pas. Ce sont les deux phrases qu'on a retrouvées à La Pedrera, tu te souviens ? Continue, Toni.

Le sergent désactiva la pause.

— Et ensuite… indiqua Rebeca. Encore des négations… toujours des suppliques…

— Non, réfuta Milo, il n'implore pas. Il dit… Je ne sais pas. Je n'arrive pas à lire sur ses lèvres. Quelqu'un peut interpréter les mouvements de sa bouche ? Toni, vas-y, repasse la scène.

Crespo fit reculer puis avancer la bande à plusieurs reprises.

— "Mais toi… toi…" commença Rebeca.

— "… tu n'es pas… Tu es…" compléta le sergent.

— *Mais toi, tu n'es pas. Tu es*, dit Milo. Arrête l'enregistrement dit-il en se tournant vers eux. La victime a reconnu l'assassin. Et ce n'est pas la personne à laquelle il pensait en premier, dit-il en inspirant profondément. C'est quelqu'un d'autre.

— Oh, putain de merde !

— Il a abusé de plusieurs de ses protégés. Si on en avait besoin, en voilà la preuve, dit-il en pointant son doigt sur l'écran. Le passé est revenu pour se venger. Mais à présent le maître est devenu l'esclave et vice-versa.

— C'était lui le maître, putain de maître, dit Milo froidement, son visage transformé en masque de glace. Il se voyait comme un être supérieur, c'était lui le maître et le seigneur de tout et de tout le monde. Il pouvait prendre ce que bon lui semblait. Et voilà que ce petit dieu abject s'était entiché d'un mineur, plus précisément : de plusieurs mineurs. Il les avait à sa merci dans ses centres d'accueil. Il n'avait pas besoin d'aller les chercher, ils venaient à lui tout seuls. Ils étaient sans défense, on ne pouvait plus vulnérables. Et il a assouvi son besoin de dominer, ce salopard, et aussi ses fantasmes sur eux, dit-il.

Puis il fit une pause, inspira profondément et poursuivit :

— Il a assouvi ses désirs les plus secrets. Tous ses désirs, les plus enfouis. Sans s'occuper des conséquences.

— Ce Torrens était une ordure, ajouta Rebeca la voix tremblante. Au lieu d'avoir ramassé ses restes dans un sac de nylon, les gars de la scientifique auraient dû les foutre dans un vulgaire cendrier.

Milo se tourna brusquement vers le sergent Crespo.

— Dis-moi, Toni, à quelle époque a-t-il monté le premier centre d'accueil ?

— Début 1987.

— Et les autres ?

— À la fin de la même année, à Lérida, et mi-1988, à Gérone, ce coup-ci.

— Et il est retourné à Barcelone en 1990 pour diriger la fondation Cercle Gaudí, c'est ça ? demanda-t-il et Crespo acquiesça. Trois ans à la tête du projet, dit-il en baissant la tête. Trois ans en train d'exercer son pouvoir sur des mineurs sans défense. C'est plus qu'il n'en faut pour rendre fous des dizaines de gamins. Et d'ailleurs un seul, c'est déjà trop.

Ils le regardèrent bouger les lèvres en silence, en train de calculer. Il releva la tête.

— À quelle époque tu m'as dit que les crimes de l'assassin à la liste avaient commencé ?

— En 1991, répondit-il en le fixant dans les yeux. Un an après le retour de Torrens.

— Mais de quel assassin êtes-vous en train de parler ? intervint Rebeca. Et de quelle liste ?

— Autrement dit, lorsque l'assassin est devenu majeur et qu'il a quitté un de ces fameux centres.

Crespo compta rapidement sur ses doigts.

— Si on fait une règle de trois, on peut dire qu'il devait avoir quatorze ans lorsqu'il est tombé entre les griffes de Torrens.

— Ou plus, ça dépend de sa date d'admission et de l'âge qu'il avait alors.

— C'est égal, dit le sergent en serrant les dents. Il était mineur et son esprit était aussi malléable que de la glaise. Il suffit de six jours à un adulte pour développer le syndrome de Stockholm ; imagine pour un gamin, et ça n'a pas duré qu'une semaine, mais un an, deux… Va-t'en savoir !

L'expression du visage de Milo se durcit.

— Il a réussi à en faire un monstre, à son image. Et il l'a fait consciemment.

— Et lorsque notre jeune psychopathe a récupéré les rênes de son existence, il est venu à Barcelone, il s'y est installé et a commencé son aventure criminelle.

— Oui, poussé par une soif de vengeance.

— Mais le Bourreau de Gaudí agit depuis à peine quinze jours et sa méthode est différente, répliqua Crespo. Il est organisé. L'assassin à la liste est tout le contraire de lui. Il semble agir par impulsions, comme un chasseur. Et puis, lui, il n'utilise pas le feu.

— Quel assassin ? Quelle liste ? demanda à nouveau Rebeca.

— Ce sont sans doute deux assassins différents, dit Milo. Et Gaudí serait l'élément qui les réunit.

— Tu veux dire que ce serait un imitateur ? Un individu qui aurait pris la relève ?

— Tout a commencé il y a vingt ans. On ne peut pas transformer le passé, dit Milo offusqué en battant des paupières. Il nous manque de nombreuses pièces du puzzle, mais celles que nous avons s'emboîtent parfaitement.

— Et quel rôle joue Eduard Pinto dans tout ça, inspecteur ? Ça n'a ni queue ni tête ! s'exclama Crespo.

— Aucune idée. Mais il est urgent que tu enquêtes à fond sur ces centres d'accueil, Toni. Il nous faut savoir quels sont les noms de ces jeunes garçons et de ces jeunes filles qui ont été accueillis dans ces centres. Notre psychopathe… ou nos psychopathes se trouvent parmi eux.

Le sergent acquiesça de façon véhémente.

— Je vais faire tout mon possible !

— Fais-le.

— Mais quelle liste ? Quel assassin ? insista hors d'elle Rebeca en se levant de sa chaise.

Crespo et Milo l'imitèrent.

— Plus tard, vilaine fille, je t'expliquerai ça plus tard.

19

— Voilà ce que tu voulais savoir, dit Milo en tendant un dossier à Rebeca. Maintenant, tu en sais autant que nous.

Rebeca soupira bruyamment.

— C'est difficile à croire. Vingt ans en train de commettre des crimes et personne n'a remarqué l'assassin. Il est passé inaperçu. Comme s'il était invisible.

— Jusqu'à présent, oui.

— Ce n'est pas le même assassin, inspecteur. Je jurerais qu'il y en a deux, bien différents.

Milo détourna le regard et observa à nouveau la place à travers la vitre ouverte. Il faisait cela depuis une heure et demie, toutes les dix minutes. Il s'était garé devant la boutique qui proposait les couvertures, près de plusieurs jardinières plantées d'arbustes et délimitant la terrasse d'un bar. De là, non seulement son frère ou Sara ne pouvaient pas l'apercevoir en sortant de chez eux, mais lui-même disposait d'une bonne position pour tenter de reconnaître le visage de Kata parmi les gens, pour l'instant sans succès. La bande des skateurs ne s'était pas encore présentée. La chaleur à l'intérieur du véhicule était infernale, et l'intense et bruyante circulation qui paralysait les voies permettant de sortir de la ville pour profiter du week-end, associée aux pestilentielles fumées des pots d'échappement, produisait un air infect et étouffant.

— Un assassin désorganisé ne pourrait-il pas tout d'un coup devenir méthodique et rationnel ?

— C'est le contraire qui serait plus logique, qu'un assassin organisé perde la tête, son self-control, et qu'il ne se maîtrise plus jusqu'à en devenir brouillon. Mais l'inverse ? J'en doute un peu. On est en train de parler de personnalités psychotiques et tout est possible, mais les probabilités sont vraiment minces, dit Rebeca en croisant les bras. Un assassin n'est pas une machine, ni ses actions ni ses rituels ne sont fixes et parfaits. Il peut les changer en grande ou moindre partie, même si à ce point, ça me semble invraisemblable.

Il se tourna vers elle, remarqua son front où perlait la sueur, une lueur blafarde dans les yeux.

— Logique, probabilités ? Tu parles de son comportement comme s'il s'agissait d'une science exacte et tu oublies les émotions. En vingt ans, les personnes changent.

Rebeca se mordit la langue.

— Je ne te dis pas le contraire, mais leur façon de procéder est tout à fait différente. L'un choisit ses victimes au hasard, l'autre recherche des personnes bien précises. L'un guette des clochards, des sans-papiers, des prostituées ; il attrape le premier qui lui tombe sous la main, le fait disparaître ou en finit avec lui de façon violente, emporte une partie de son corps et abandonne le reste. Il y a du sang. Et l'autre, en revanche, choisit des notables connus, les torture, et ensuite les suspend et les brûle vifs, sans faire couler une goutte de sang. Le premier ne laisse pas de signature, il agit depuis une bonne vingtaine d'années, une fois par an, et l'autre signe avec un G, il vient tout juste de commencer, et il a fait deux victimes en quinze jours. Le premier tente de ne pas attirer l'attention sur lui avec ses crimes, et l'autre fait tout le contraire, il utilise même internet et une chaîne de télévision pour atteindre la plus grande diffusion possible, dit-elle, puis elle secoua la tête. Ce sont des *modus operandi* qui n'ont aucun rapport entre eux, clairement différents.

— Mais liés par un élément commun : Gaudí.

Rebeca demeura un instant songeuse, puis elle fit claquer sa langue.

— Reprenons au début, dit-elle en ouvrant le dossier qu'avait constitué le sergent Crespo et en cherchant la page correspondant à l'année 1991. Première victime : le corps d'un clochard, NN, sans main, est retrouvé dans la cascade dessinée par Gaudí du parc de la Ciudadela, fit-elle en tournant la page. L'année suivante, on retrouve le corps d'un drogué sans tête en face de l'hôpital San Pablo, juste sur la diagonale où débute l'avenue Gaudí qui débouche sur l'abside de la Sagrada Familia. Ensuite, en 1993 et 1994, les assassinats sont interrompus et les disparitions commencent ; une vieille femme qui souffrait de la maladie d'Alzheimer et un homme d'une vingtaine d'années ayant fugué de chez lui. Pourquoi ce changement ?

— Pour que personne ne découvre qu'un assassin en série était à l'œuvre, qui sait ?

— Encore une question, pourquoi est-ce qu'on admet que la série a commencé en 1991 ? Les cases situées avant cette date restent également vides.

— Sur la liste, les cases vides partent de l'année 1995, et c'est à ce moment-là que commence à se reproduire le même mode opératoire, répondit Milo en se frottant la nuque. Je vais t'expliquer : cela n'a de sens que parce qu'on l'étudie après coup. Autrement dit, parce que pour trouver l'origine on se sert de la chaîne du temps et qu'on la remonte. Alors que si tu observes le phénomène au présent, année par année, ça semble faire partie des événements habituels qui surviennent dans toutes les grandes agglomérations. Voilà pourquoi personne ne s'en est aperçu. Il n'y a aucune constante qui se répète, sauf la date du 10 juin. Tout ça est resté recensé dans les chiffres habituels de la criminalité et n'en serait jamais sorti si le Bourreau de Gaudí n'avait pas soudain fait irruption.

Rebeca le regarda d'un air indécis. Elle haussa les épaules.

— Très bien, poursuivons. Rien pendant deux ans et en 1997 une étudiante venue faire un échange disparaît, une Italienne de vingt et un ans. Ensuite, en 1998, on retrouve le cadavre d'une prostituée sans pied sur la petite place Aribau, également dessinée par Gaudí, dans le parc de la Ciudadela. Et l'année suivante, le corps d'un vieux sans-papiers pakistanais sans main, devant le Palau Güell, également une œuvre de l'architecte. Est-ce que tout ça était prémonitoire ?

Milo ne répondit pas.

— Deux disparitions de plus, un mendiant, un autre jeune qui fait une fugue et encore des cases vides. Un vieux pensionnaire d'une maison de retraite se volatilise et, en 2004, on découvre le corps d'un sans domicile fixe sur la plaza Real, au pied d'un lampadaire de Gaudí, complètement édenté. Une autre prostituée disparaît et deux cases vides consécutives. En 2008, on déclare la disparition d'un étudiant suédois, et l'année suivante le cadavre d'un nouveau sans domicile fixe, NN, est découvert en train de flotter, sans main, dans la fontaine du Geni Català, tout près de l'endroit où Gaudí a réalisé ses études. Et, pour couronner le tout, le 10 juin dernier, case vide, dit-elle en s'enfonçant dans son siège. C'est dément, il n'y a pas de règle. D'abord il tue, ensuite il fait disparaître, pour ne pas laisser de traces j'imagine, et enfin, en l'absence d'une proie facile, il combine les deux formules, comme s'il improvisait en chemin. Il n'obéit pas à un système logique, ordonné.

— Ou tout le contraire, intervint Milo. Et puis c'est faux : bien sûr qu'y a une règle. Et elle s'appelle Gaudí.

— D'accord, mais l'Assassin à la liste n'entend pas provoquer une alerte sociale. C'est un chasseur invisible qui ne cherche pas à se vanter de ses agissements. Et c'est exactement le contraire du Bourreau de Gaudí qui, lui, veut faire du bruit et du mal. Beaucoup de bruit et le plus de mal possible. Lui, il veut semer la terreur dans la ville, dit-elle en levant les bras de façon exaspérée. La seule chose qu'ils aient en commun, c'est leur fixation sur les réalisations de l'architecte.

Milo tourna son regard vers la place. La bande de skateurs venait d'arriver avec les appareils de musique à fond et tout l'attirail habituel. Il se racla la gorge.

— Ils ont autre chose en commun, dit-il, ni l'un ni l'autre n'a choisi d'enfant parmi ses victimes.

— Ça, on n'en sait rien, inspecteur, refusa d'admettre Rebeca. N'importe quelle case vide peut en abriter un, ajouta-t-elle tandis que Milo tambourinait sur le volant, en silence. Tu la vois ?

Il fit non de la tête, sans se tourner vers elle.

— Et si elle était partie en vacances, inspecteur ? Tu as envisagé cette possibilité ?

— D'après toi, qu'est-ce que cherche l'assassin à la liste ? Quel besoin profond et personnel est-il en train de satisfaire en se comportant comme il le fait ?

— Il tente de calmer ses instincts. D'après moi, son comportement dans la vie quotidienne est tout à fait normal. Il ne se fait pas remarquer, c'est un individu banal parmi tous les autres individus. Et ça l'enchante, oui… mais en même temps ça l'irrite. Il ne se sent pas fier de ses assassinats et c'est pour cette raison qu'il tente de les dissimuler. Ils sont l'œuvre de son for intérieur, de sa nature, une nature qu'il ne maîtrise pas, et c'est pour cette raison qu'au fond de soi, il la déteste. Il devient *quelqu'un de spécial* en tuant. Il semble poursuivre un processus de transformation.

— Et le Bourreau ?

— Dans son cas, je pense qu'il a l'impression qu'on le sous-estime. Toute cette théâtralité est une façon de renforcer son estime de soi. Il possède un haut niveau d'organisation, ainsi qu'une grande maîtrise de lui-même. Il ne tue pas, il exécute ; et s'il exécute en particulier ces victimes-là, c'est pour éliminer les responsables des malheurs de sa vie. Il pense que ses crimes sont justifiés, il est fier d'eux. Pour lui, ses crimes constituent un acte de justice. De châtiment. Un châtiment divin. Et son utilisation du feu me suggère deux choses : d'une part qu'il souhaite apporter de la lumière à l'obscurité, aux traumatismes qu'il a vécus par le passé ; et d'autre part qu'il ressent le besoin de se *désinfecter* de ce passé qui l'a rendu malade. Il est embarqué dans un processus de purification.

Milo cligna des yeux. De grosses gouttes de sueur glissaient sur son visage et sur le côté, le long des pattes.

— Et pourquoi est-ce qu'il a attendu aussi longtemps ? demanda-t-il les yeux rivés sur la place.

— Je n'en sais rien. Peut-être pour se sentir prêt… avec la force nécessaire ? Pour prendre le temps de tout prévoir ?

— Non, il faut qu'il y ait eu un déclencheur. Quelque chose l'a fait exploser maintenant. Quelque chose a dû l'obliger à revivre ces sales moments dont tu parles, dit-il en prenant ensuite une pause. Mais quoi ? Je n'en sais rien.

— Les questions sont légion ! Comme a dit Crespo : ça n'a ni queue ni tête !

Milo fit un geste négatif de la main, lentement, extrêmement posément.

— Il y a une raison à tout ça, ils sont en train de nous la donner, l'un comme l'autre. Et elle se trouve là, sous notre nez, mais pour l'instant on est incapables de la voir, dit-il en se tournant vers Rebeca. Pourquoi fait-on ce qu'on fait ? Il y a toujours une raison.

— Non, inspecteur, là tu te trompes. Est-ce que toi, tu sais toujours pourquoi tu fais ce que tu fais ?

— Oublie-moi, je te prie ! Ces crimes sont empreints de haine. Et pourquoi donc toute cette rancœur ? Toi, tu penses que c'est parce que les deux assassins se sentent inférieurs aux autres, dit-il en respirant profondément. Mais on peut aussi haïr les gens parce qu'on se sent supérieur à eux.

— Oui, et alors ?

— Eh bien, qu'est-ce qu'il manque ici ? Il manque quelque chose. Qu'est-ce qu'il n'y a pas, sous-inspectrice ?

Rebeca observa son visage tendu.

— Des enfants victimes ? Mais on a déjà expliqué qu'on ne pouvait pas le savoir, car…

— Supposons que les cases vides ne correspondent pas à des mineurs, dit-il en lui coupant la parole. Et supposons également que les assassins soient au nombre de deux, l'un organisé et l'autre très désorganisé. Qu'est-ce que tu as dit hier exactement ? Que, lorsque tu étais adolescente, tu avais pris la décision de devenir n'importe quoi mais certainement pas une victime. C'est bien ça ?

— Oui, mais…

— Tu as dix-huit ans et tu viens de sortir d'un centre d'accueil où on a abusé sexuellement de toi. Tu hais le monde entier. Tu retournes à Barcelone, où tu ne connais plus personne. Tu as subi des humiliations, tu viens juste de te libérer de l'esclavage que t'a imposé un dépravé pendant des années. Nous sommes en 1991 et… Qu'est-ce que tu fais ?

Rebeca se pencha en arrière, sur son siège.

— Je commence à tuer. Peut-être que j'étais déjà plus ou moins psychopathe avant d'entrer au centre d'accueil.

Milo se tut, demeura pensif. Il fit non, doucement.

— Non, ça ne colle pas, merde. Ce porc s'est acharné à te soumettre, à te forger un caractère passif. Ça ne marche pas ton truc, insista-t-il le regard absent puis il battit des paupières. Ou alors… ou alors…

— Merde, oui ! Ou alors quoi ?

— Ou alors, tu n'as pas quitté le centre en 1991, mais en 1990, fit-il en arquant les sourcils. Un peu avant Félix Torrens, lorsque tu as eu dix-huit ans.

— Et pourquoi avant Torrens ? Comment tu fais pour tirer cette conclusion ?

— Parce que tu ne sais plus quoi faire sans un maître. Tu ne connais personne. C'est pour ça que tu ne commences pas à tuer.

Rebeca demeura bouche bée.

— Et qu'est-ce que je fais alors ? Je rage en silence ?

— Tu t'enfermes dans ta tanière. Et tu souffres. Ton esprit devient de plus en plus malade.

— Mais pourquoi est-ce que j'attends un an pour donner libre cours à ma haine ? Qu'est-ce que j'attends au juste ?

Le visage de Milo se déforma, prit l'expression d'un illuminé. Il la regarda bien en face.

— Un ordre, dit-il. Tu attends un ordre.

Rebeca écarquilla les yeux.

— C'est ce qu'on m'a appris à faire au centre, admit-elle. À obéir. Et… et lorsque je le reçois, je laisse libre cours à mes pulsions, je commets les crimes. Mais on me donne l'autorisation d'agir seulement une fois par an, le 10 juin. Ce jour-là, je peux faire tout ce qui me plaît à qui je veux… sauf à un enfant. Mais qui me donne l'ordre ? Qui est mon maître ?

Milo se frappa la poitrine.

— Moi. Ton camarade qui était resté au centre d'accueil.

— Tu n'as pas été le seul mineur à subir des sévices au centre d'accueil. Moi, je suis plus jeune que toi et je suis toujours là, car je ne suis pas encore majeur. Je te vois quitter le centre. Et je me sens perdu, sans défense. Je vais devenir ton remplaçant, je le sais, le nouveau caprice de ce gros porc de Torrens. Ma seule défense est de rassembler tous mes esprits. Et je prends une décision : avant de devenir une victime je préfère devenir n'importe quoi pourvu que je survive. J'en fais le serment. Sur ce que j'ai de plus cher : ma vie.

Rebeca avala sa salive. Les pupilles de Milo étaient devenues deux profonds trous noirs.

— Mais ce salopard commence à te soumettre.

— Et je me rebelle. J'apprends rapidement mon nouveau rôle. J'ai eu un bon maître.

— Alors tu deviens un bourreau.

Milo fit non de la tête dans un mouvement électrique, furieux.

— Non, je deviens un maître. Je ne sais pas de quelle façon, mais je réussis à retourner la situation, dit-il avec une voix rauque. Et je commence à dominer celui qui m'a soumis à toutes sortes de dégradations.

— Tu cesses d'être l'esclave et tu te transformes en un monstre encore plus pervers que ton maître. Pour survivre. N'importe quoi plutôt que d'être une victime. Et puis c'est ton tour d'abandonner le centre.

— Et je te trouve en train d'errer, tout seul dans la ville. Tu as besoin de quelqu'un qui te donne des ordres. Qui t'indique un sens, une mission. Quelqu'un qui te susurre à l'oreille des mots qui te réconfortent.

— Je suis prêt à obéir, murmura-t-elle. À être soumis.

— Et moi à donner des ordres. À être dominant.

Rebecca sentit un frisson parcourir son dos. Elle pointa un doigt tremblant sur Milo.

— Toi, tu es celui qui est organisé. Tu as l'esprit perturbé. Tu es le bourreau, celui qui commande.

Il acquiesça.

— Et toi le psychopathe désorganisé, l'Assassin à la liste, et tu m'obéis.

Ils s'observèrent tous les deux, le regard fixe, la respiration saccadée.

— J'avais raison, dit-elle dans un filet de voix. Ce n'est pas le même assassin.

— Mais on n'agit pas chacun de notre côté. On forme une vraie équipe. Une équipe létale.

— Nous sommes étroitement liés et notre lien est solide, indestructible, définitif. Pour quelle raison ?

Milo dit d'une voix monotone :

— Lorsqu'un empereur faisait son entrée triomphale à Rome devant les gens qui l'acclamaient, il était accompagné d'un esclave qui lui susurrait sans arrêt à l'oreille : "Tu n'es qu'un homme", fit-il en fixant le pare-brise. Dans notre cas ç'a été le contraire. Je n'ai pas cessé de te répéter : "Tu es Dieu." Il fallait que je te fasse croire que tu étais invincible. C'était une question de survie.

Il tourna la tête pour faire face à Rebeca, puis il se pencha sur elle. La sous-inspectrice aperçut le vide au fond de ses yeux, son visage d'illuminé, et elle pâlit tout en s'enfonçant dans son siège, en rapetissant progressivement.

— À partir de maintenant, c'est moi qui vais te diriger, dit Milo. Tu feras tout ce que je te dirai. Tu vivras seulement la réalité que je t'imposerai. Tu me le dois, tu m'as abandonné au centre. Pour obtenir mon pardon, tu dois devenir mon loyal valet. Obéis-moi et on ne nous humiliera plus jamais. Tu deviendras Dieu en train d'infliger ses châtiments. Mon bras exécuteur, un exécuteur implacable. Ce sera ta mission.

Rebeca obéit doucement, intimidée.

— Je serai ton serf.

— Et moi ton maître.

Elle baissa les yeux, joignit les mains et les plaça entre ses jambes, tout en frissonnant.

— Et pourquoi toi, mon maître, tu as décidé d'intervenir juste maintenant ? Pourquoi précisément maintenant ?

— Parce qu'on vient d'essuyer une nouvelle humiliation. Et je ne peux pas le tolérer plus longtemps.

Alors que soudain toutes les pièces s'emboîtaient les unes dans les autres, tout son sang s'accumula dans son cerveau.

Elle se tourna lentement vers lui.

— Si ça s'était passé ainsi, beaucoup de choses cadreraient, murmura-t-elle en battant des paupières.

Milo prit un air sombre.

— Ou alors, il se peut que tout ça, ce ne soit que des conjectures, dit-il en grimaçant. De jolies conjectures, tout de même.

Un téléphone portable se mit à sonner et ils sursautèrent de conserve. Rebeca reconnut *Born in the USA* de Springsteen. Elle répondit.

— Oui ? dit-elle d'une voix inaudible, puis elle se racla la gorge et répéta : Oui ?

Milo se frotta les yeux du revers de la main. Puis il tourna à nouveau son regard en direction de la place. Il observa les skateurs. Kata ne se trouvait pas dans le groupe de jeunes et il jura en silence.

— C'était la juge Cabot, dit Rebeca en rangeant le téléphone. Elle a reçu un appel de la garde civile. Il vient d'embarquer. On va à l'aéroport tout de suite.

— Mauricio Navarro ?

— Mauricio Navarro !

Milo posa sa main sur la clé de contact. Il suspendit son mouvement, demeura immobile, sans actionner le démarreur.

— Qu'est-ce qu'il se passe ?

— Félix Torrens n'a jamais monté de centre d'accueil à Barcelone. Alors, pourquoi est-ce qu'on voudrait punir la ville ? Qu'est-ce qu'elle nous a fait cette putain de capitale ?

Rebeca soupira.

— Je t'en prie. Me soûle plus, inspecteur ! Laisse-moi reprendre mon souffle.

Ils laissèrent la place Cerdà derrière eux, le complexe de la Cité de la justice, et ils prirent l'autoroute C31 en direction de l'aéroport. Les six voies étaient bourrées de véhicules, ils avançaient à pas de tortue et Milo se vit forcé de ralentir.

— Mets la sirène, on va arriver en retard.

— Quelle sirène ? Je hais ce genre de truc, je ne supporte pas les sirènes. On n'arrivera pas en retard. On a cinquante minutes devant nous et il n'y a que six kilomètres. Au fait, il y aura une patrouille sur place ?

— Ce sont eux qui auront le mandat d'arrêt, confirma-t-elle de mauvaise humeur.

Milo tourna la tête à droite et à gauche.

— C'est là que le Bourreau a commencé son travelling depuis le promontoire du parc Güell, dit-il à Rebeca qui resta silencieuse. Et c'est par ici également que se termine la vidéo, avec la fameuse phrase à propos de la lutte des antisystèmes, ajouta-t-il en fronçant les sourcils. Tu ne trouves pas ça étrange?

— Ce que je trouve étrange, c'est que tu n'aies même pas une putain de sirène dans ta bagnole et que tu ne prennes pas au moins la bande d'arrêt d'urgence pour avancer plus vite. On est de la police, tu t'en souviens, j'espère? Et en plus on est en service, au cas où tu le saurais pas.

— Avec une tête pareille, tu vas faire peur à la télé. Tu me passes ton bloc-notes?

Elle le lui tendit.

— Qu'est-ce que tu veux en faire?

Milo le rangea. Passa la seconde et ils avancèrent de plusieurs mètres sans pouvoir passer la troisième.

— Les nerfs commencent à me bouffer, je te préviens. Si au moins tu avais la clim, ce serait moins insoutenable. Inspecteur, cette bagnole est une vraie poubelle. Tu n'as pas encore décidé d'en changer?

— En fait, on ne fait plus partie de l'enquête officielle. Ah bon, je ne t'avais pas prévenue?

Rebeca s'agita dans sa direction, comme une vraie furie.

— Mais qu'est-ce que tu racontes, putain de merde?

— Qu'on est free-lance désormais, on ne travaille plus pour le Groupe, pour le GEHME, dit-il en haussant les épaules. Je suis désolé pour toi, tu n'as pas eu de chance d'avoir été désignée pour me chaperonner.

Rebeca serra les dents, lui lança un regard assassin et regarda à nouveau devant elle.

— Je corrige ce que j'ai dit. C'est toi qui es une vraie poubelle… merde!

Ils couvrirent le reste du trajet en silence.

Ils se garèrent derrière la voiture de la police de Barcelone. Milo donna ses instructions et un des agents les accompagna tandis que l'autre les attendait dans le véhicule.

Ils franchirent l'entrée et l'air froid les surprit, les fit frissonner de la tête aux pieds. Sans ralentir, ils se rendirent directement dans le hall des arrivées à l'instant précis où le visage si particulier de Mauricio Navarro, avec son petit bouc blanc et ses cheveux bruns crantés, faisait son apparition derrière les portes coulissantes, escorté par deux individus. Celui qui se trouvait à sa gauche était un garçon aux cheveux longs et au regard distrait, portant une caméra en bandoulière sur le côté, vêtu d'un jean, d'un tee-shirt de sport à manches courtes. En revanche, celui de droite, portait un costume trois pièces et l'expression sourcilleuse de son visage ne plut pas à Milo.

Ils les rejoignirent et la sous-inspectrice Mercader se posta devant eux.

— Mauricio Navarro ? dit-elle en lui montrant sa plaque de police. Suivez-nous, je vous prie !

— Un moment, m'sieu dame, s'interposa l'homme costumé. Mon client, M. Navarro, ne vous suivra nulle part sans un mandat. Je suis son avocat et…

— Voilà votre putain de mandat, intervint Rebeca en le lui collant sur la poitrine.

Le chevelu se cala la caméra sur l'épaule, fit deux pas en arrière et commença à filmer comme s'il avait reçu des instructions à l'avance.

— C'est vrai ? Je suis arrêté ? demanda Navarro avec un large sourire.

Les gens avaient commencé à se grouper en cercle autour d'eux. Le journaliste leva les mains avec un geste étudié et s'adressa à présent à eux :

— Vous êtes tous témoins de la façon dont la police de Catalogne tente de museler la liberté de la presse.

— Ça, c'est la juge qui le déterminera, dit Rebeca en le tirant par le bras. Pour l'instant nous avons juste reçu l'ordre de vous mettre à la disposition de la justice et c'est exactement ce que nous allons faire.

— Ne touchez pas à mon client ! brama l'avocat. Lâchez-le immédiatement !

Mauricio Navarro adopta une allure de martyr.

— Pas de problème, Carlos, dit-il. Je sais de quelle façon ils procèdent. Mais je ne vous ai pas présentés ! Carlos Nin, avocat de Telecinco. Son nom vous dit sans doute quelque chose.

— Tout ça va vous coûter cher, menaça l'avocat. Si la juge désirait s'entretenir avec mon client, il lui suffisait de l'appeler au téléphone. Il se serait fait un plaisir de se présenter au rendez-vous. Mais cette façon de procéder est intolérable ! Vous n'avez pas le droit de le traiter comme un vulgaire délinquant !

Mauricio Navarro tendit ses poignets devant la sous-inspectrice.

— Vous ne me passez pas les menottes ?

— Vous allez opposer une résistance ?

— Bien sûr que non, ma belle, mais j'ai toujours désiré être menotté par une femme.

— Gardez vos fantasmes pour vous et avancez, allons ! ajouta-t-elle sur un ton autoritaire.

Le journaliste ne bougea pas d'un millimètre et Rebeca tituba un instant.

— Une minute, messieurs, intervint Milo en souriant. Si nous nous calmions tous un peu, qu'en pensez-vous ? dit-il en passant son bras sur les épaules de Mauricio Navarro. Ce monsieur et moi-même sommes des amis de longue date et je pense que tout cela est un peu superflu.

Le chevelu continuait à tourner la scène sans perdre le moindre détail.

— Qu'en penses-tu, Mauricio ? poursuivit Milo. Pourquoi ne bavarderions-nous pas cinq minutes, toi et moi, en privé ? demanda-t-il en pointant du doigt une rangée de sièges dans le gigantesque hall. Peut-être arriverions-nous à résoudre cette affaire ici même, qui sait ? En l'honneur des temps anciens…

Mauricio Navarro l'observa d'un air stupéfait, absolument confondu. Rebeca lui lâcha le bras, aussi surprise que lui par cette insolite amabilité. Milo hocha plusieurs fois la tête pour le convaincre.

— Cinq minutes, ce n'est rien du tout pour deux amis comme nous ?

Il fit un pas en direction des fauteuils et le journaliste se laissa entraîner. Milo lui donna plusieurs tapes dans le dos.

— Mon client ne parlera à personne, si ce n'est pas en ma présence, vociféra le magistrat.

— Tu as besoin d'un garde du corps, maintenant ? dit Milo en se moquant de lui. Alors là, tu as vraiment changé.

Mauricio Navarro se tourna vers son avocat.

— Pas de problème, Carlos. L'inspecteur et moi sommes de vieilles connaissances et je peux parfaitement lui parler en privé. Je ne pense pas qu'il soit en train de me tendre un piège.

— Un piège, non? fit Milo en éclatant de rire. Mais pour qui me prends-tu donc?

Le caméraman s'écarta pour les laisser passer, sans cesser de les filmer.

Rebeca s'empressa de se placer à hauteur de Milo.

— Sous-inspectrice, en privé, lui dit celui-ci en souriant avec les lèvres, mais pas avec les yeux.

L'avocat demeura de glace et les observa s'éloigner tous les deux. L'agent de police adressa un geste d'incompréhension à Rebeca et celle-ci haussa les épaules.

Les curieux commencèrent à s'éparpiller un peu partout dans le hall.

— Tu es un être exceptionnel, Navarro. Un professionnel de haut vol. Tu ne fais jamais rien sans avoir tout calculé au préalable. Je comprends ta réussite, à présent!

— Mais tu me lèches les bottes, maintenant? demanda-t-il mal à l'aise à cause du bras de Milo qui l'enlaçait.

Milo leva la tête et éclata à nouveau de rire en continuant à marcher.

Ils s'approchèrent de la zone isolée, où l'on avait installé des fauteuils tapissés, et ils prirent place côte à côte. Milo croisa les jambes, s'enfonça dans son siège. En revanche, Mauricio Navarro s'assit sur le bord, la poitrine tournée vers lui. Il l'observa quelques secondes.

— Qu'est-ce qu'on fout ici? demanda-t-il.

Le caméraman effectua un zoom et continua à faire son travail.

— Tu as réalisé un super-coup, hein? lui dit Milo en lui donnant une petite tape amicale sur le genou. Le standard téléphonique est en train de chauffer en raison des tonnes d'appels que reçoit la police en ce moment. Un tas de citoyens indignés protestent à cause de notre manque d'efficacité, et pour avoir permis que de telles images soient diffusées. Tu ne peux pas imaginer, fit-il en hochant la tête. Si, bien sûr que tu imagines. Tout ça n'est pas nouveau pour toi. C'est même ta spécialité. Et je vais te dire, je n'ai rien contre ça, chacun son boulot.

— Je suis ravi de l'entendre.

— Ta traque est vraiment brutale, dit-il en continuant à sourire.

— Tu me flattes.

— Grâce à ton sensationnalisme ordurier, tu es en train de réussir exactement ce que l'assassin cherchait à faire, répandre la terreur dans toute la ville. Créer la panique à travers la capitale.

— Ça, ce sont les dommages collatéraux. Ce ne sont pas mes oignons.

— Tu es en train de jouer son jeu, abruti ! Tu lui offres la publicité qu'il désire. Tu es devenu sa courroie de transmission. Tu travailles pour lui, à présent, c'est ça ?

— Je suis un journaliste libre, je n'ai pas de patron, moi. Je ne supporte pas ça, c'est dans mes gènes.

— Et lorsque tu ne lui seras plus utile ? demanda-t-il en faisant claquer sa langue. Tu as pensé à ça ?

Mauricio Navarro se dandina sur son siège avec une certaine inquiétude. La question virevolta dans sa tête.

— Je ne suis en aucun cas une menace pour lui. En plus, je suis un gars qui a toujours eu de la chance.

— Oui, jusqu'au jour où elle va finir par tourner. Tu fais confiance à un psychopathe, dit-il en faisant la moue. Tu es en train de jouer avec le feu. Le feu ? J'ai dit le feu ?

— Ma vie est aussi plate et calme qu'une flaque d'huile, tout est sous contrôle. Et voilà déjà trois minutes sur les cinq qui viennent de s'écouler, inspecteur. Autre chose, ou tu voulais juste me parler pour essayer de me foutre la trouille ?

Milo rit ouvertement.

— Tu es un lynx, Navarro, un gars exceptionnel, hors série.

— Tu perds ton temps en me conduisant au commissariat, vous n'obtiendrez rien du tout.

— Je le sais bien, c'est pour ça qu'on va te conduire directement à la Cité de la justice. Je suis désolé pour toi, mais comme dit mon équipière, on te tient par les couilles. Cette fois, tu as commis une grosse erreur, mon vieux.

— Je ne commets jamais d'erreurs.

Milo décroisa les jambes. Il se pencha sur le journaliste.

— L'assassin t'a contacté pour te remettre la vidéo. Et à ce moment-là, Félix Torrens était encore vivant, et ça tu le savais. Mais tu l'as fermée. Chez nous, ça s'appelle de la complicité d'assassinat. Et c'est même puni par la loi. Si tu étais venu nous raconter tout ça avant, on aurait sans doute pu sauver la vie de Torrens. Tu ne crois pas ?

— Comme d'habitude, vous vous trompez, dit-il en feignant d'être infiniment patient. J'ai trouvé la vidéo dans ma boîte aux lettres vendredi matin à la première heure, en sortant de chez moi pour venir ici. L'assassin ne m'a pas contacté et je n'ai jamais eu de rendez-vous avec lui. Ce n'est pas plus difficile que ça. Je ne savais absolument rien du tout.

Milo écarta les bras de façon théâtrale.

— Dans ton billet du jeudi, tu as annoncé avec tambour et trompette, comme vous dites, que le lendemain tu ferais une intervention exceptionnelle pour présenter un reportage en exclusivité sur le Bourreau de Gaudí.

— Oui, mais je voulais parler d'une autre vidéo.

— Mais tu as passé celle de la captivité et de la mort de Félix Torrens.

— Que j'ai obtenue par hasard, et c'est l'actualité qui commande. Je suis soumis à elle. C'est comme ça que marchent les affaires, chez nous. Que veux-tu que j'y fasse, moi ?

— Tu mens.

— Eh bien, prouve-le !

Chacun soutint le regard de l'autre en silence.

— Vous n'avez absolument rien contre moi, dit Navarro, en lui adressant un magnifique sourire.

— Touché, dit Milo qui esquissa un sourire encore plus large et tira le bloc de Rebeca de sa poche pour prendre des notes sans cesser d'acquiescer. Donc, tu ne sais rien à propos du Bourreau de Gaudí ?

— La même chose que vous. Rien de plus. Comme n'importe quel citoyen.

— Comment as-tu appris l'existence de ce surnom ? demanda-t-il le plus naturellement du monde.

Mauricio Navarro se pencha en arrière.

— Tu voudrais que je te révèle l'identité de mes informateurs ?

— Ce serait bien, oui, dit Milo en tenant son stylo prêt.

— Mes informateurs sont sacrés, inspecteur. Ce que tu me demandes là est impossible.

— Rien n'est sacré, Mauricio. Et je suis prêt à négocier avec toi.

Navarro cligna des yeux.

— Et qu'as-tu à m'offrir ?

— Moi, dit-il. Dans ton émission. Une interview en direct. Ce n'est pas ce que tu voulais ?

Le journaliste arqua les sourcils.

— Et en échange tu veux que je te donne le nom de mon informateur, fit-il en se caressant le menton. Ce n'est pas mal. Ça mérite réflexion…

— Je ne veux pas t'aider à renforcer ton audience, mais "Paris vaut bien une messe", comme on dit.

— Je vais te détruire dans mon émission, sourit-il. Je vais t'éliminer d'un seul trait de plume.

— Ça, c'est encore à voir, répondit Milo en accentuant son sourire. Et puis ce n'est pas vraiment ton émission, hein ?… C'est celle de Julia Valle, je crois, ajouta-t-il en lui faisant un clin d'œil. Tu dis que tu n'as pas de patron, mais pourtant elle te tient bien en laisse, je trouve. Je vois le collier qui dépasse du col de ta chemise. Il ne te serre pas trop, non ? Ça va ?

— Les cinq minutes sont écoulées, dit-il en se levant brusquement.

— Qu'est-ce qu'on fait alors ? demanda Milo en se levant à son tour et en rangeant le bloc-notes.

— Je t'appellerai.

— Très bien, comme tu voudras.

Il lui tendit la main et Mauricio Navarro la lui serra dans un mouvement réflexe.

— Esther Garcilaso, dit Milo sans le lâcher.

— Mais de quoi tu parles ?

— La dernière victime de l'Assassin du parking, précisa-t-il en lui serrant doucement le bras de sa main libre. Elle est morte par ta faute. Moi, je n'ai pas oublié cette pauvre femme. Le fait que tu sois parvenu à infiltrer le milieu de la police a fait deux orphelins à l'époque.

Mauricio Navarro recula d'un pas et Milo ne l'en empêcha pas. Il continuait à sourire.

— Cette conversation est terminée.

— Tu es incroyable, dit-il en secouant la tête dans une attitude amicale. L'assassin sait où tu habites. Il trafique dans ta boîte aux lettres. Et toi, tu restes peinard, comme si de rien n'était. Alors là, je te tire mon chapeau, mon vieux !

— Surtout ne rate pas l'émission de demain samedi. C'est toi qui en seras la star. Tu peux te préparer, mon gars.

Le journaliste s'éloigna rapidement pour rejoindre l'endroit où l'attendait son avocat.

— Non, Mauricio, la star, ce sera toi, murmura Milo.

Remarquant que le chevelu éteignait la caméra, il débrancha son large sourire et son visage adopta une expression neutre, impénétrable.

— Tu es une boîte à surprises, dit Rebeca, debout sur le trottoir.

Mauricio Navarro et Carlos Nin attendaient, installés près de l'agent, sur le siège arrière du véhicule de la police de Barcelone.

— Je ne sais pas si je vais arriver à te comprendre, un de ces jours, ajouta-t-elle.

Milo se tourna vers le chevelu à la caméra.

— Je t'emmène en ville ?

— Je prendrai un taxi, répondit Lucas en se dirigeant à grandes enjambées vers l'arrêt.

— Tu ne nous accompagnes pas à la Cité de la justice ? demanda-t-elle étonnée.

— J'ai à faire.

— Vraiment, je ne te comprends pas. Cette envie de t'entretenir avec lui, seul à seul… ça n'était que pure mièvrerie. On aurait dit une collégienne devant son chanteur préféré. Tu lui as demandé un autographe au moins ?

— Comme l'a dit ta juge, on n'attrape pas les mouches avec du vinaigre, dit-il en lui rendant son bloc-notes. Je me suis contenté de suivre ses conseils.

— Ce n'est pas *ma* juge, répliqua Rebeca.

— L'assassin va reprendre contact avec lui, dit-il en indiquant la voiture du regard. Demande à Susana si elle est prête à donner l'ordre d'intervenir sur sa ligne téléphonique. Si c'est toi qui le lui demandes, peut-être qu'elle acceptera.

— Et ça va nous servir à quoi ? Il peut appeler depuis une cabine. Notre individu est plutôt intelligent, il ne commettra certainement pas une erreur aussi grossière. Il vaudrait mieux le faire prendre en filature.

— Ça, c'est la seconde chose que tu lui demanderas, que quelqu'un ne le perde pas de vue un seul instant. Je vois d'ici la tête de Singla… ah !… la rage.

Rebeca fronça le nez.

— Et comment tu sais qu'il va le recontacter ?

— Ça s'appelle un pressentiment.

Elle l'observa fixement. Milo soutint son regard inquisiteur. Elle acquiesça doucement.

— Très bien, je demanderai à la juge. Même si je la vois déjà hurler d'ici. Je pense qu'elle ne doit pas être très chaude pour mettre un journaliste sur écoute.

— J'ai l'impression qu'elle s'intéresse beaucoup à toi en ce moment.

— Tu es en train de devenir très désagréable, dit-elle, gênée.

Puis elle fit demi-tour et s'engouffra dans la voiture. Ils démarrèrent. Elle feuilleta le bloc. Sur une page griffonnée de façon presque illisible, elle put lire ce que Milo avait écrit. “Ce type est un gland !”

Elle tourna la tête vers son équipier, mais l'inspecteur Malart avait déjà disparu.

20

Il ouvrit les yeux, tâtonna dans le noir jusqu'à trouver son jean et il en tira son mobile. Il était cinq heures quatorze. Il se leva, s'habilla en vitesse et abandonna son appartement. Il roula à toute vitesse le long des rues désertes, en direction de la place de Lesseps. Ensuite, il enfila les ruelles qui montaient vers la montagne. Il atteignit la rue Santuario à l'angle de la rue d'Olot et gara sa voiture.

Il s'approcha du trou dans le mur et, sans la moindre difficulté, pénétra dans le parc Güell.

Il gravit tout essoufflé le chemin jusqu'au promontoire. Il évita la bande de balisage policier et s'arrêta près des trois croix pour reprendre son souffle. Il espérait ne pas avoir alerté les gardiens.

Il regarda l'heure. Cinq heures quarante-deux. Il observa la ville sommeiller à ses pieds.

Il était persuadé qu'elle était capable du meilleur comme du pire.

Elle était tout à fait capable d'avoir engendré un psychopathe. Et même deux.

Soudain, il eut une vision apocalyptique. La ville était une énorme décharge où s'entassait toute la misère du monde. Un mythe où cohabitaient victimes et bourreaux : d'un côté les monstres, les corrompus et de l'autre les gens endommagés par les premiers, un autre genre de monstres, puis au milieu la population sans défense. Un cocktail explosif qui menaçait de conduire la cité à sa perte. Pour citer le poète : "La douleur accouche."

Le téléphone portable indiquait six heures moins le quart. C'était le moment.

Il tenta de sentir la même chose que l'assassin. De voir avec ses yeux. Il inspira profondément et balaya du regard le panorama d'est en ouest, lentement jusqu'à faire un demi-tour et se retrouver face à la croix. Ensuite, il fit le chemin inverse et s'arrêta à l'endroit où il avait commencé. Il contempla la Zona Franca, le terrain où s'amalgamaient industries et bateaux de commerce, l'autoroute C31 qui s'enfonçait en direction de la plaine. Il secoua la tête et observa la mer.

Elle était sombre, aussi sombre que son esprit.

Il se rappela ses rêves de mort, comme si vivre était un jeu. Comme si mourir était un jeu également. Les fantômes se déchaînèrent à l'intérieur de lui. *La douleur accouche.* Il commença à avoir peur des pulsions qui martelaient son cerveau. *Nous sommes légion.* La décision dépendait de lui, tout de suite, plus tard, n'importe quand. *Mon temps s'achève.* C'était une idée qui le hantait de plus en plus souvent. *À présent, je vais m'occuper de toi.* Il flaira l'état d'esprit de l'assassin, la raison de ses pulsions autodestructrices. *Brave garçon.* Son pessimisme forcené. *Il n'y a pas d'espoir.*

Et soudain tout s'éclaircit.

— Toi, tu ne crains pas de mourir, murmura-t-il tout étourdi. Tu sais qu'il n'y a pas d'issue…

— Haut les mains ! hurla une voix.

Deux puissants faisceaux de lumière l'aveuglèrent et il obéit à l'ordre dans un geste mécanique.

— Qui es-tu ? Réponds ! Que cherches-tu par ici ?

Les lampes s'écartèrent une seconde de ses yeux et il put apercevoir l'uniforme de deux gardiens. Tous deux pointaient leur arme sur lui. Et leur visage avait un air féroce.

— Ce n'est pas ce que vous croyez, dit-il. Ma plaque se trouve dans ma poche.

— Tu es un policier ? demanda l'un d'eux en prenant soin de ne pas s'approcher.

— Inspecteur Malart du GEHME. Je suis en service.

— À cette heure-ci ? demanda-t-il méfiant.

— Les assassins n'ont pas d'horaire de fermeture.

Les deux gardiens échangèrent un regard et l'un d'eux s'approcha pour lui tâter les poches. Il tira la plaque de l'une d'entre elles et l'éclaira avec sa lampe.

— Tout est en ordre, tu peux baisser les mains, dit-il en lui rendant sa plaque. C'est qu'avec ce qui nous est tombé dessus, tu comprends… On a décidé de redoubler de vigilance. C'était un malentendu.

— Je suis habitué. Et à présent, si ça ne vous dérange pas, je vais vous fausser compagnie.

— Tu veux qu'on t'éclaire le chemin ? Il fait encore nuit et sans lumière tu risques de…

— Ne vous inquiétez pas, messieurs, je retrouverai mon chemin tout seul.

Il se glissa sous le ruban de balisage et descendit du promontoire en tenant la rampe. Ensuite, il se dirigea vers le trou dans le mur, dans la rue d'Olot, le cœur battant.

Il monta dans sa voiture et actionna le démarreur. À présent, il savait que les assassins étaient également des kamikazes. Que quoi qu'ils aient choisi comme bouquet final, ils n'avaient pas peur de mourir. Milo avait compris qu'on ne parviendrait jamais à les arrêter. Il passa une vitesse et enfila la première rue qu'il trouva, descendant en direction du centre.

— Et ça les transforme en bombe à retardement, murmura-t-il pour lui-même.

Complètement réveillé, sans le moindre soupçon de sommeil, il se dirigea vers la place Universidad. Cette fois, il se gara sur un arrêt de taxis, le long de la contre-allée de la Gran Vía. Il coupa le contact et s'installa confortablement sur le siège. L'attente promettait d'être longue. Il croisa les bras tandis que le ciel commençait à s'éclaircir.

De grands coups sur le toit de son véhicule le réveillèrent en sursaut.

— Chef, tu ne peux pas rester ici. C'est réservé aux taxis, entendit-il ensuite.

D'un geste évasif, il montra sa plaque et l'homme s'éloigna sans rouspéter. Il se redressa. Les gens traversaient la place d'un pas rapide, quelques enfants galopaient joyeusement, et plusieurs vieillards occupaient les bancs au soleil. Encore endormi, il s'étira, descendit de la voiture et se rendit dans un bar pour boire un café. Au comptoir, il aperçut la une de *La Vanguardia*. "Félix Torrens brûlé vif au parc Güell." Il ouvrit le journal et lut les pages intérieures. Un fonctionnaire de la mairie déclarait dans une interview le besoin de reposer le problème. "Peut-être avons-nous commis une injustice et devrions-nous à présent réhabiliter sa mémoire."

— On commence déjà à serrer les rangs, se dit-il.

Il feuilleta le reste de la presse tout en finissant son café. Il abandonna le bar et retourna à sa voiture. Il fixa son regard sur la place. Le groupe des skateurs n'était pas encore arrivé. Il sentit ses paupières très lourdes et décida de ne pas lutter contre le sommeil. À midi, il rouvrit les yeux, alerté par les hululements d'une sirène. La chaleur était étouffante. Il marcha un moment dans les alentours, en restant à l'ombre. Il acheta deux bouteilles d'eau et des barres de céréales dans une supérette Spar de la rue Tallers tenue par des Indiens. Lorsqu'il décida de revenir s'asseoir au volant de sa voiture, l'horloge de la place indiquait dix-neuf heures. Il se réveilla une heure plus tard. Les skateurs circulaient déjà sur les lieux. Il observa les visages, aucun d'eux ne correspondait à celui de la fille qu'il cherchait. À la nuit tombée, il vit les jeunes ramasser leurs affaires et s'éloigner en groupe vers la place Castilla. La paix s'installa à nouveau sur le dallage. Il porta la deuxième bouteille à sa bouche et la vida d'un long trait. Tout de suite après, il mit le contact et rentra chez lui.

Il monta les quatre étages dans le noir et pénétra dans le salon. Il alluma le téléviseur. Il ouvrit les deux battants de la porte-fenêtre donnant sur la terrasse et jeta un coup d'œil à la multitude de personnes qui était encore sur la plage. La mer était comme d'habitude, plate tel un miroir. Il saisit la télécommande, zappa un instant jusqu'à se voir lui-même assis en face de Mauricio Navarro, à l'aéroport, en train de parler amicalement avec lui. La voix *off* du journaliste commentait les images depuis le plateau tout en narrant son odyssée à la Cité de la justice et la façon dont on l'avait obligé à faire une déposition.

Il appuya sur *Mute* à l'instant précis où ils se levaient tous les deux et se serraient la main. Il fixa son regard sur les sourires, sur la longue poignée de main, de la même façon que les millions de spectateurs qui regardaient l'émission *La Ronda*, celle qui faisait une audience maximale le samedi soir, à travers tout le pays. Y compris à Barcelone.

Fidèle à son rendez-vous de tous les dimanches, Georgina Perricot se présenta à la messe de midi, à l'église des jésuites de la rue Caspe et elle s'assit, comme elle en avait l'habitude, sur un des bancs de derrière, le premier en face de l'entrée latérale, juste au croisement des deux allées. Elle n'était pas comme ces ferventes vieilles femmes qui arrivaient en avance pour réserver leur place au premier rang, afin que tout le monde les voie et qu'elles puissent démontrer aux yeux de tous leur pieuse croyance. La foi de Georgina Perricot, elle, était détendue et simple, et la femme n'avait besoin de la prouver à qui que ce soit. De plus, elle aimait observer les fidèles de loin, vérifier qui accompagnait qui, énumérer la liste des présents et prier pour le repos éternel de ceux qui étaient absents pour le deuxième dimanche consécutif, ou pour son prompt et sans douleur rétablissement, surtout sans douleur, après un éventuel problème de santé. La plupart des fidèles étaient des personnes du troisième âge ; après toutes ces années, elle les connaissait de vue et il n'était pas difficile d'imaginer ce qui les avait empêchés de se présenter à leur rendez-vous dominical. Et puis il y avait également des personnes d'âge moyen, principalement des femmes mais aussi quelques hommes probablement au chômage. Les quelques jeunes présents portaient des vêtements gris et avaient une peau très pâle.

C'est alors que le père Gabriel fit son apparition et que tout le monde se leva.

Georgina le connaissait bien. C'était un jésuite aux cheveux blancs, aux joues creuses et aux mains couleur cendre. Il s'exprimait d'une voix profonde, bien timbrée, mais il le faisait sans passion et on l'entendait à peine. On sentait qu'il avait perdu son enthousiasme. Au bout d'un moment, il commença à lire un livre doré sur tranches avec des marque-pages en couleur. Il récita quelque chose à propos des vents et des torrents et des hommes avisés qui construisent leur maison sur un roc, d'un ton si monocorde que Georgina ne parvint pas à en capter le sens, car le père Gabriel ne prit même pas la peine d'articuler. Cela l'énerva. Ce genre de texte ne devrait pas être lu comme s'il s'agissait d'une notice, sans emphase, ça manque de nerf, conclut-elle pour soi, il ne faisait aucun effort pour capter l'attention de ses fidèles. Elle regarda autour d'elle et, en effet, personne ne semblait l'écouter. Les gens donnaient l'impression d'être totalement absents, l'esprit ailleurs. Si c'était elle qui disait la messe, ce ne serait pas la même chose. Elle saurait attirer l'attention des fidèles, les exciter jusqu'à d'insoupçonnables limites. Car elle n'avait pas perdu sa passion pour le monde extérieur. Le père Gabriel était capable d'endormir un troupeau de moutons.

Les vieilles femmes du premier rang se levèrent et le reste des fidèles les imita de façon mécanique. Lorsque les gens retournèrent s'asseoir, Georgina en fit autant tout en se laissant absorber par ses problèmes. Ils n'avaient pas le droit de faire ce qu'ils étaient en train de faire. Les représentants de la municipalité refusaient de se soumettre aux tarifs du marché, alors qu'elle de son côté serait bien obligée de le faire pour acheter une autre maison. Et puis leur excuse de la crise… comme si elle n'en était pas victime, elle aussi ! Et le plus irritant c'est qu'ils ne voyaient pas où était le problème. On allait expulser plus d'une centaine de familles en échange d'une indemnisation ridicule, et ces gens-là ne voyaient pas où était le problème. Ces choses-là ne se passaient pas en Côte d'Ivoire, non, ni au Congo ou Maroc, mais à Barcelone. Dans sa Barcelone chérie. Une chose pareille ne pouvait pas être légale, d'aucune façon. Et si ça l'était, cela signifiait que la justice était dictée par des misérables. Très remontée, elle se sentit tentée de demander à Dieu d'intercéder en sa faveur. Mais elle écarta immédiatement cette idée. Il en avait déjà fait suffisamment pour sa famille et il n'avait pas à faire son travail à sa place. Non, elle le ferait elle-même, avec ses filles bien entendu. Justement, aujourd'hui elle allait déjeuner chez Mariona, la plus jeune, puis elles étaient convenues d'aller accrocher ensemble les banderoles de protestation contre cette barbarie, après le repas. Elle était en train de réfléchir à d'autres formules possibles, lorsqu'elle sentit brusquement quelque chose d'étrange dans son dos.

Elle se retourna effrayée. Mais il n'y avait personne.

Elle laissa échapper un petit rire nerveux. "Voilà que je me fais des idées", se dit-elle. Cependant elle avait eu vraiment peur. Commençait-elle à radoter, par hasard ? se demanda-t-elle. Ou peut-être étaient-ce toutes ces tensions qui peu à peu lui sapaient le moral ? Elle soupira profondément tout en portant la main à sa poitrine et entendit que les fidèles étaient déjà en train de réciter le Notre Père. Sainte Vierge, avec toutes ses préoccupations, elle ne s'était pas aperçue que le curé en était déjà à la consécration et elle ne s'était même pas agenouillée ! Troublée, elle s'empressa de susurrer sa prière. Lorsque ce fut terminé, elle se sentit plus apaisée et attendit stoïquement, debout, le rite qui précédait la communion, qui était de loin son sacrement préféré. La voix du père Gabriel continuait à résonner de façon routinière tandis qu'il récitait des paragraphes et levait les bras au ciel.

— Mes frères, vous pouvez échanger un signe de paix, dit le curé.

Georgina hésita à s'approcher des bancs à sa gauche et de ceux qui se trouvaient à sa droite. À cet instant, elle sentit qu'on lui donnait un petit coup sur l'épaule et elle se retourna la main tendue, ravie de ne pas être obligée de quitter sa place.

Un homme au visage agréable, les cheveux blonds coupés très court, lui tendait la main et Georgina la serra sans hésiter. Tout se passa en quelques secondes. Elle sentit la légère piqûre à son poignet et, sans comprendre ce qui se passait, observa les yeux bleus de l'inconnu en même temps que ses jambes commençaient à flancher. Une agréable sensation de faiblesse envahit tout son corps. Gentleman, l'inconnu la retint fermement avec ses deux mains et elle voulut le remercier, mais quelque chose troublait son esprit et entravait sa langue.

— La paix du Christ, dit l'homme d'une voix râpeuse, âpre.

Pendant qu'il l'asseyait délicatement sur le banc, Georgina se demanda où elle avait vu ce visage, pourquoi elle ne pouvait pas parler, et, le plus important, ce qui était en train de lui arriver. En proie à une progressive somnolence, elle remarqua de quelle façon l'homme l'aidait à appuyer sa tête sur sa poitrine, lui plaçait les mains sur son giron, l'une sur l'autre, et redressait ses épaules pour la maintenir bien droite. Ce qu'elle sentit ensuite ressembla tout à fait à la façon dont elle s'endormait tous les jours. La seule différence fut que cela se passa de façon très rapide, sans lui donner le temps de s'apercevoir qu'elle allait rater la communion, sa dernière communion. Ni de penser que les voies du Seigneur sont impénétrables.

Fatigué de demeurer assis dans la voiture, Milo saisit le bouquin qu'il avait pris dans la pile de livres de son appartement et s'en alla marcher sur la place. Il la parcourut d'un bout à l'autre, puis traversa au passage clouté pour refaire le chemin en sens inverse, cette fois en longeant le gigantesque bâtiment qui abritait plusieurs universités. Il atteignit le kiosque Aribau et s'attarda à regarder les unes du jour. Toutes se faisaient exclusivement l'écho de l'affaire Félix Torrens. L'une d'elles cependant avait ajouté une autre nouvelle. Le titre était alarmant : le probable départ la saison prochaine de l'actuel entraîneur du Barça, d'après un quotidien italien.

Il décida de se rendre à la supérette indienne de la veille et d'acheter quelque chose pour tromper sa faim. Il choisit un paquet de chips, deux barres de céréales et une bouteille d'eau. Il abandonna discrètement son livre dans la section des chocolats et alla payer à la caisse. Il retourna sur la place, s'appuya contre la palissade vitrée de l'entrée du métro, à l'ombre, et avala ses provisions. Puis il retourna à la voiture et s'assit au volant, le regard rivé sur le banc de granit noir, désert à cette heure-là. Une ambulance traversa à toute vitesse la Gran Vía, provoquant la débandade des pigeons à cause du hurlement strident de la sirène. Quelques instants plus tard, ses yeux se fermèrent tout seuls.

L'après-midi était déjà bien avancé, lorsque des doigts se mirent à tambouriner sur le pare-brise, Milo se redressa brusquement en même temps que la portière du passager s'ouvrait et que la sous-inspectrice Mercader prenait place sur le siège, à ses côtés.

— Je me doutais que je te trouverais ici, dit-elle.

Le sol était couvert d'emballages vides et elle les écarta du bout du pied. Elle tira un sandwich au jambon et fromage, enveloppé dans de la cellophane transparente, d'un sachet en papier kraft et le lui tendit.

— Je t'en ai aussi apporté un au poulet, deux bananes et deux canettes de Coca toutes fraîches, lui dit-elle en lui en tendant une. Si tu ne manges pas, tu vas attraper quelque chose.

Encore à moitié endormi, Milo observa le sandwich et la canette dans ses mains.

— Tu te souviens comment on fait pour manger et pour boire ? ironisa Rebeca.

Il lui dit qu'il n'avait pas faim et lui rendit tout ce qu'elle lui avait apporté.

— Je t'en prie, fit-elle. Tu es toujours aussi aimable à ce que je vois, protesta-t-elle.

— Tu m'empêches de voir, bafouilla Milo en la repoussant contre le dossier et en découvrant son tee-shirt blanc, repassé, immaculé, les lettres DEA* imprimées en bleu marine. Joli tee-shirt, ajouta-t-il.

— On ne peut pas dire la même chose du tien, indiqua-t-elle. Il est à foutre aux ordures.

Milo ne répondit pas.

— Depuis combien de temps tu es là ? lui demanda-t-elle alors qu'il haussait les épaules sans détourner son regard du centre de la place. Tu l'as vue ?

Il fit non de la tête.

— Inspecteur, combien de temps est-ce que tout ça va durer ? Je t'ai déjà dit qu'elle a pu quitter la ville, changer d'amis, être malade…

— Elle viendra, l'interrompit-il. Je suis sûr que tôt ou tard, elle va venir.

— Tu devrais te fixer une limite. Mettre un…

— Je n'ai pas le choix. Je dois le faire pour Marc.

* Drug Enforcement Administration.

Rebeca inspira de façon bruyante. Plusieurs minutes s'écoulèrent. Elle ouvrit une canette et commença à boire à petites gorgées. Milo lança un grognement. Ils se turent un instant.

— Tu veux savoir comment ça s'est passé entre la juge Cabot et Mauricio Navarro ?

— Je veux juste savoir si elle a accepté de le mettre sur écoute et de le faire suivre.

— Pour la première chose, elle a refusé catégoriquement ; mais elle a accepté la seconde à contrecœur. Elle a envoyé l'ordre à Singla, et l'inspecteur-chef, qui semblait excité par la perspective de cette filature, l'a finalement confiée à Cervera.

— Cervera ? Ce gros balourd ?… Il ne serait même pas foutu de suivre son ombre.

— La juge n'a rien compris à ta mise en scène de l'aéroport, ajouta-t-elle. Et moi non plus. Hier soir, je t'ai vu à la télé et c'était vraiment surréaliste. J'ai eu l'impression que ce n'était pas toi. Qu'est-ce que tu voulais faire passer à travers ton répertoire de gestes aimables et de sourires ?

Milo tendit à nouveau son bras pour l'écarter de son angle de vision.

— Tu l'as dit. C'était juste de la mise en scène.

Rebeca tourna la tête pour le regarder. Il se contenta de maintenir son visage fermé.

— Où es-tu allé ensuite ? voulut-elle savoir.

— Je me suis baladé.

— Tu as trouvé autre chose sur nos assassins ?

— C'est possible, répondit-il en la poussant pour la troisième fois contre le dossier.

— Mais arrête de me pousser, inspecteur ! Si ce que tu veux, c'est…

— C'est elle, coupa-t-il d'un ton sec.

Kata venait juste de s'asseoir sur le banc.

La sous-inspectrice Mercader tourna immédiatement la tête dans sa direction.

Elle aperçut une jeune fille menue, portant un sarouel noir, un débardeur également noir et des ballerines. Elle était assise, les genoux ramenés sous sa poitrine, la tête penchée sur le côté. Elle était toute seule sur le banc de granit et, avec la distance, Rebeca eut l'impression qu'elle faisait partie d'un ensemble sculpté intitulé *La Solitude*, ou bien *Le Désarroi*. Elle était l'image des deux choses à la fois.

— Tu es certain que c'est elle ?

Il ne répondit pas, tira la poignée pour sortir de la voiture et elle le retint par le bras.

— Laisse-moi m'approcher d'abord, lui dit-elle en le regardant fixement. On n'attrape pas les mouches avec du vinaigre. Tu attends que je te fasse signe et tu te pointes. Mais calmement, compris ? Ne va pas l'effrayer.

Rebeca descendit du véhicule et marcha lentement en direction de la jeune fille. Milo la vit l'aborder tout à fait naturellement et engager la conversation. D'après leurs gestes, il devina que la sous-inspectrice était en train de gagner sa confiance. Kata avait l'air hébété et répondait avec des gestes brouillons, qui contrastaient avec ceux de Rebeca, énergiques et décidés. Soudain la jeune fille fit non de la tête et Rebeca insista énergiquement, elle la saisit par les épaules et commença à lui parler de façon plus affirmée, en soulignant chaque mot d'un mouvement ferme, afin de vaincre ses réticences.

Un instant plus tard, Kata sembla accepter à contrecœur ses propositions et la sous-inspectrice pointa son doigt sur une des extrémités de la place. Milo les vit se diriger vers un endroit où se trouvaient des bancs plus conventionnels, prendre place l'une à côté de l'autre, et il remarqua la façon dont Rebeca tirait son bloc-notes de ses affaires et notait les réponses de la jeune fille aux piercings. Quelques minutes plus tard, elle fit un signe à Milo et il les rejoignit. Il s'assit à côté de la jeune fille, qui se recroquevilla sur elle-même comme un escargot dans sa coquille.

— J'ai lu les mails que tu as envoyés à Marc, pardon : à Double M. On est au courant de tout.

— Eh mec ! Je veux pas de problèmes, dit la jeune fille en gardant ses yeux rivés au sol.

— On veut juste éclaircir un peu les choses, dit-il en gonflant ses poumons d'air. Toi, tu n'es pas coupable, tu es seulement victime.

Kata se tortilla les mains. Puis elle les mit entre ses cuisses. Elle se balança légèrement tandis que Milo lui proposait une canette de Coca-Cola.

— Elle est encore fraîche, dit-il mais la jeune fille demeura immobile. Tu la veux ou pas ?

— T'as rien de plus fort que ça ? demanda-t-elle d'une voix pâteuse.

— Qu'est-ce que tu as pris ?

— Fais pas chier, mec. Qu'est-ce que t'as ? On dirait mon vieux, putain de merde !

Milo l'observa perdre un instant l'équilibre, puis le regarder avec des yeux tout troubles.

— Raconte-nous comment ça a commencé, intervint Rebeca. Au tout début.

— Au tout début ?...

Elle ferma les yeux et secoua la tête mollement, dans tous les sens.

— Je veux pas de problèmes… je veux pas de problèmes, merde.

Rebeca la prit à nouveau par les épaules et la maintint ainsi.

— Tu n'en auras pas, je te promets.

Kata la regarda. Un instant passa et elle s'en prit soudain à Milo :

— Ce type a décidé de me dénoncer, je le sais. Je le vois à sa tronche. C'est un tordu.

— Il a juste besoin de savoir, assura-t-elle. Et s'il a l'air d'un tordu, c'est parce qu'il est vraiment très triste. Il fait cette tête depuis la mort de Double M. Ça n'a rien à voir avec toi.

— À moi aussi, il me manque, c'était un gars chouette !

— Au tout début, Kata, insista-t-elle avec douceur. Comment ça s'est passé ?

La jeune fille laissa retomber sa tête. Elle fit une grimace puis commença à parler.

— On nous faisait rien, on nous payait juste pour aller dans cette baraque, dans le parc ; je devais mettre des fringues de pute et on restait ensemble, en train de baiser. C'est tout, fit-elle en tordant la bouche. Y avait un grand salon, tout était grand dans cette bicoque. On nous demandait de rester au milieu. Un projecteur s'allumait et on baisait. Rien d'autre. On faisait ce qu'on nous demandait. C'est tout.

— Cette baraque, la maison dont tu parles, dans quel parc se trouve-t-elle ? demanda-t-elle.

— Un très grand parc, tout en haut. Y a un dragon et plein de couleurs.

— Le parc Güell ?

— J'en sais rien, moi. Depuis la bicoque, on voyait une place et des colonnes et des escaliers. Et trois croix en haut de la montagne. Y a une grande grille à l'entrée. Et deux maisons plus petites, assez bizarres.

— Le parc Güell, dit Rebeca. Continue.

— Y a rien d'autre à raconter, on baisait dans le salon, devant tous ces vieux dégueulasses, ils nous payaient et du balai ! Ils étaient allongés sur des canapés, avec des pouffiasses qui les branlaient, monte et descends, monte et descends. Mais Double M et moi, on faisait d'autres choses. On nous donnait les ordres à l'oreille.

— Comment ça, à l'oreille ?

— Mais putain, comme à la télé ! Tu te fous un truc dans les oreilles et tu entends ce qu'on te demande de faire.

— Un casque ?

— Mais non, putain, un truc plus petit, réfuta-t-elle en colère. Une espèce de bouchon, je sais pas moi. Vous regardez jamais la télé, ou quoi ?

— D'accord, et ils vous donnaient des instructions sur ce que vous deviez faire.

Elle acquiesça sans grande conviction.

— À tous les deux ?

Elle acquiesça à nouveau d'un geste. Puis elle leva la tête vers ses interlocuteurs.

— J'avais fini par convaincre Double M, je préférais le faire avec lui. Il me plaisait. J'aurais pu demander à quelqu'un d'autre, mais Double M me plaisait, dit-elle en faisant oui de la tête. Et moi aussi je lui plaisais. Il disait que j'étais sa meuf, ajouta-t-elle en esquissant un sourire tordu qui s'évanouit immédiatement. On nous donnait cinq cents euros par soirée, à chacun. C'est beaucoup de blé, merde ! Et il suffisait juste de chauffer les participants. Les pouffiasses s'occupaient des vieux vicelards, mais pas nous. Nous, ils nous expliquaient juste ce qu'on devait se faire entre nous. Et c'était facile. Il suffisait d'oublier les voyeurs et de s'occuper de nous. Double M m'excitait vraiment trop. Et moi aussi je l'excitais, insista-t-elle. J'étais sa meuf.

— Tu saurais reconnaître cette maison ?

Elle acquiesça en secouant doucement la tête.

— Et ils ne vous ont jamais obligés à faire des choses avec eux, c'est bien ça ? demanda Rebeca.

— Oui, bon…

— Tu viens juste de dire non.

— Putain, toi, t'es vraiment chiante ! Ils nous filaient vachement de fric ! Mille pour une branlette, mille cinq cents avec la bouche et deux mille si on se laissait sauter, dit-elle en haussant les épaules. Ça les chauffait un max que j'aie quatorze ans. Je sais pas pourquoi.

— Et Marc ?

— Mais je sais pas, moi ! Je crois que oui, mais je sais pas bien, dit-elle.

Le piercing de sa lèvre supérieure commença à se mettre à trembler.

— C'est à cette époque-là qu'on a cassé. Et puis, de toute façon, on en parlait jamais. Double M trouvait ça dégueulasse, ça lui donnait envie de dégueuler et tout ça. Et ça l'était, si tu vois ce que je veux dire. Mais c'était du pognon facile. Et le fric c'est le fric, merde alors ! Ou tu le ramasses, ou tu en chies toute ta vie. Et moi, j'ai préféré le ramasser, dit-elle en serrant les lèvres. Mais faut pas croire : je suis pas une pute. Je l'ai pas fait si souvent… trois, quatre fois… je sais pas, moi, dix fois ? Je suis pas une pute, non, pas du tout.

— Kata, on n'est pas là pour te juger, dit Rebeca en jetant un regard sur Milo. Et après Double M, tu t'es cherché un autre partenaire ?

Elle fit non de façon catégorique. Les petites taches argentées qui jalonnaient son oreille renvoyèrent des reflets.

— Je me suis enfermée dans la piaule à mes vieux, au fond de ma putain de tanière.

— Mais, toi, tu étais une habituée, tu y allais pour le fric. Tu devais avoir tant et plus d'amis prêts à t'accompagner.

— J'en sais rien. Écoute, j'en ai eu ras le bol de ces saloperies, un point c'est tout, dit-elle en collant ses genoux sous sa poitrine et en y cachant son visage. Un jour, je me suis laissée aller. Je savais plus qui se trouvait derrière moi, ni combien y avait de types. C'était vraiment pas très clair. Et après ça, Double M a picolé sans arrêt pendant deux jours. Et lorsque… lorsqu'il s'est fait sauter la cervelle, j'ai plus pu continuer, dit-elle en montrant la moitié de son visage. Maintenant je supporte plus qu'on me touche. Personne, putain de merde! fit-elle en cachant à nouveau son visage. Je pouvais pas savoir qu'il le prendrait comme ça, moi, je l'ai juste embringué pour qu'il gagne du blé. Il disait qu'il en avait besoin, que ses vieux en avaient pas et que… Moi… moi… moi, j'ai tout perdu dans cette bicoque de merde. Absolument tout.

Milo ne tenait plus en place sur son banc. Il fixa son regard sur un pigeon.

— Et comment la chose a-t-elle commencé? demanda Rebeca.

Kata mit quelques instants avant de répondre. Sa tête oscillait entre ses bras.

— Sur internet, dit-elle d'une voix amortie. Je passais tout mon temps sur les *chats*, et je chauffais tout le monde. C'était un jeu. Je planais un max.

— Et c'est de cette façon que ces types entraient en contact avec toi?

Elle fit oui d'un brusque mouvement de la tête.

— Comment vous rendiez-vous jusqu'au parc? Qui vous emmenait?

Elle découvrit son visage.

— On passait nous chercher en voiture, dit-elle en signalant le kiosque de la rue Aribau du bout du menton. Comme les gens bien. Et même chose pour le retour.

— Encore une question, ce sera la dernière, dit Rebeca en se raclant la gorge. Qui était le patron du parc que tu citais dans tes mails?

Kata la regarda avec des yeux complètement voilés. Elle plissa méchamment ses lèvres.

— Celui qui organisait tout ce bordel, murmura-t-elle, le propriétaire de la baraque. Il nous observait d'en haut et dirigeait toutes les opérations. Comme si c'était un chef d'orchestre, un putain de merde de chef d'orchestre.

— Tu connais son nom ?

Elle fit non, tout doucement.

— Et tu pourrais l'identifier ?

Elle acquiesça imperceptiblement.

— C'est un mec très célèbre, murmura-t-elle.

Milo eut une intuition, il se mit à trembler de tous ses muscles. Rebeca l'arrêta d'un geste de la main.

— Pourquoi tu dis qu'il est très célèbre ? demanda-t-elle en réprimant son anxiété.

— Il est passé à la télé, dit Kata en souriant froidement à Rebeca. On l'a brûlé vif. Et c'est bien fait pour sa sale gueule, à cette espèce de salopard de merde !

Milo roulait dans la ville, sans but précis. Il connaissait enfin le raccourci qu'avait pris Félix Torrens, le fameux trou qu'il lui restait à combler, comment il avait réussi son ascension fulgurante, son réseau d'influence. Il organisait des fêtes avec des prostituées, il y invitait les notables de la ville qui détenaient les postes clés puis, sans rien dire, il recrutait quelques mineurs pour corser le tout.

— Je parie ma paye intégralement qu'il filmait ces soirées, je suis persuadé qu'il existe des films de ces orgies. Ça lui permettait de les faire chanter ensuite.

— C'est impossible à affirmer, dit Rebeca. On se base juste sur le témoignage d'une jeune fille qui est complètement dans les vapes la plus grande partie de la journée. Tant qu'on n'aura pas croisé les informations, moi, je préfère ne rien tenir pour sûr. Elle a aussi dit plusieurs choses qui n'ont pas vraiment beaucoup de sens.

— Tu te trompes, dit-il en écrasant rageusement la pédale de l'accélérateur. Cette jeune fille est la preuve dont on a besoin pour demander un mandat de perquisition. Appelle la juge Cabot et raconte-lui tout.

— Non, d'abord je vais appeler une inspectrice que je connais et qui fait partie du Département des mœurs, pour lui donner les coordonnées de Kata et pour qu'elle ouvre une enquête. Cette affaire ne peut pas en rester là.

— D'accord, mais tout de suite après, tu appelles Susana. Et tu lui demandes également un mandat pour cette maison du parc Güell.

— Je voulais justement te parler de ça, dit Rebeca. Mais quelle maison du parc ?

— Tu n'as qu'à décrypter ce qu'elle a dit, expliqua Milo, en détournant un instant ses yeux de la circulation.

Il donna un grand coup de volant et regarda à nouveau devant lui.

— Elle a dit qu'on voyait le parc depuis la maison, poursuivit-il. Elle doit être collée à l'enceinte du parc, sur la montagne du Carmelo. Elle doit être entourée d'arbres et la gamine a pu penser qu'elle se trouvait à l'intérieur du périmètre. C'est tout simplement pour cette raison qu'elle a cru que Torrens était le propriétaire du parc.

— Ça, ce sont que des suppositions, inspecteur, objecta Rebeca.

— Je le demanderai à la veuve lorsqu'on ira perquisitionner chez elle, dit-il en doublant une voiture par la droite et tout de suite après, il fit la même chose par la gauche. Ce salopard les a trompés petit à petit, il y est allé progressivement. Au début, ils étaient d'accord, c'était juste entre eux deux, et ensuite ils ont été forcés, séduits par les billets qu'on agitait devant leur nez. Jusqu'à les transformer en rien du tout, en simples corps sans esprit.

— Sans esprit ? Je te trouve très poétique, aujourd'hui. Il les a enfoncés dans la merde, oui !

Il s'abstint de répliquer. Il pensait à Marc. Seul, sans issue, perdu. Et lui n'avait pas su le voir. Putain d'invisibilité ! Et il n'a pas été là quand il aurait fallu y être. Une falaise lui revint en mémoire, au bord de l'abîme. On aurait dit qu'une éternité s'était écoulée. Il était arrivé trop tard, comme d'habitude.

Voilà qu'il avait à présent les réponses à ses questions, mais il ne se sentait pas du tout soulagé.

Rebeca dit plusieurs mots qui le ramenèrent à la réalité.

— Les jeunes de quinze ans sont déjà vieux, expliquait-elle. Ils ont les mêmes tics que les adultes, comme si c'était naturel, dit-elle en secouant la tête. Tout cela est sordide : le vide, les jeux de rôles tordus et les prédateurs tels que Félix Torrens sur le point de fondre sur eux, qui sont des proies vulnérables. Ce qui me tue, c'est que ce n'était pas la première fois qu'il le faisait, conclut-elle en se tournant vers Milo. Tu crois que ça peut être lié à notre affaire ? Ce serait une coïncidence.

— Une coïncidence ? fit-il en freinant à l'angle d'une rue et en l'affrontant nez à nez. Sous-inspectrice, ces jeunes possèdent une famille, mais moi je suis policier, et je suis du commissariat central. Marc savait que tôt ou tard cette affaire finirait sur mon bureau. C'est mon travail. Non, ce n'est pas une coïncidence, c'est une fatalité. Il a croisé un monstre qui était en train de répandre sa merde depuis une bonne vingtaine d'années.

— Et c'est pour cette raison qu'il s'est rendu chez toi, pour t'en parler, peut-être pour te dévoiler l'affaire.

Milo acquiesça sans énergie.

— Mais la honte a été plus forte que lui, dit-il en baissant la tête.

21

Le mécanisme d'ouverture automatique s'activa et Milo et Rebeca, suivi de deux couples d'agents, pénétrèrent dans la somptueuse propriété. Ils avancèrent en procession le long du chemin goudronné et, au bout de la côte, prirent le sentier de petites dalles distribuées sur un gazon souple et léger.

La porte principale de la maison s'ouvrit et une femme au visage long, bras croisés à hauteur de la poitrine, se planta dans l'entrée. Elle tenait un foulard tout froissé dans une de ses mains.

— Vous n'en avez donc pas assez ? Pourquoi ne cessez-vous pas de l'importuner une bonne fois pour toutes ? Mme Torrens est extrêmement affligée, elle tente de surmonter cette tragédie, dit-elle en colère. Et vous… et vous ne faites qu'interrompre son deuil.

— Inspecteur Malart, et sous-inspectrice Mercader, du Groupe d'homicides, dit Rebeca en brandissant sa plaque, puis en la rangeant dans la poche pour en tirer un document. Nous avons un mandat de perquisition. Mme Virginia Colomer est-elle à la maison ?

— C'est intolérable ! s'exclama la femme, furieuse.

Depuis l'intérieur de la luxueuse demeure, on entendit une voix éteinte.

— Laura ? Avec qui es-tu en train de parler, Laura ?

— Madame, écartez-vous et laissez-nous accomplir notre travail, répliqua fermement Rebeca.

Ils pénétrèrent dans le vaste salon sans prendre garde aux protestations et s'arrêtèrent devant une table ronde, située au centre de la pièce. Un bouquet de fleurs plutôt exotique se trouvait à l'intérieur d'un vase non moins exotique, posé près d'un plateau en argent débordant de cartes de visite. La porte vitrée du fond s'ouvrait sur le jardin. Les quatre autres, avec des poignées dorées et des moulures de bois blanc, étaient toujours fermées.

Milo détourna son regard et aperçut Virginia Colomer, complètement vêtue de noir, descendre le perron. Ses cheveux bruns et raides étaient devenus tout blancs, elle n'avait plus son allure altière de l'autre jour, et le seul accessoire qu'elle portait pour l'occasion était son alliance ornée d'un gros diamant. Il l'observa descendre les marches d'un pas lent et peu assuré, qui lui fit penser à un vieux film nord-américain. Il eut l'impression que plus de vingt ans étaient passés pour cette femme depuis leur dernière rencontre.

— Madame, dit Rebeca en s'approchant d'elle, nous vous adressons nos plus sincères condoléances.

— Laissez tomber les formalités d'usage, répondit-elle froidement. Qu'êtes-vous venus faire ici ? dit-elle en s'arrêtant devant eux et en les regardant fixement, d'un air méprisant. Vous êtes sans doute venus vous réjouir de ma douleur ? ajouta-t-elle en se tournant vers la femme au visage long. Laura, aurais-tu l'obligeance de les mettre dehors.

— Je ne peux pas, Virginia. Ils ont un mandat de perquisition. Et je… je…

— Je vous prie d'excuser ma sœur, dit la veuve de Félix Torrens. Elle n'a aucun caractère, la pauvre.

— Le mandat est signé par un juge et il concerne l'ensemble de la propriété, dit Rebeca en tendant le document que la veuve écarta d'une main. Nous sommes désolés pour le dérangement, juste en ce moment, mais…

— Vous n'êtes pas désolés du tout, vous n'avez ni sentiments ni sensibilité, dit-elle en récupérant sa fierté. Vous me rappelez des hyènes en train de flairer au milieu des cadavres.

— Ce sont les condoléances ? demanda Milo en pointant du doigt le plateau en argent.

— Oui, du maire, de divers chefs d'entreprise, de conseillers de la Generalitat de Catalogne… De toutes les personnalités que compte ce pays.

— Vous allez bientôt cesser d'en recevoir, c'est moi qui vous le dis. Lorsqu'on révélera les agissements de votre mari, personne ne voudra plus vous approcher. On vous traitera comme une pestiférée.

— Mais comment osez-vous me parler de la sorte !

— Vous deviez être au courant des inclinations particulières de votre époux, l'accusa-t-il. Il ne peut en être autrement. Ce sont des choses qu'on ne peut pas cacher dans le lit conjugal.

— Je ne vois pas de quoi vous voulez parler. Mon mari et moi faisions chambre à part.

— Je parle des petits jeux maître-esclave, il les pratiquait également avec vous ? Non, bien entendu. Vous étiez trop âgée, cela ne correspondait pas à ses goûts. Lui, il aimait le faire avec des jeunes filles et des jeunes garçons. Peut-être d'ailleurs se limitait-il à observer, à jouer le grand maître ?

Rouge comme une tomate, Virginia Colomer fit un pas en direction de Milo.

— Vous avez perdu la raison, mon pauvre ami, vous êtes devenu complètement fou ! Je vais téléphoner et on vous reprendra votre plaque !

Rebeca s'interposa et se retourna vers la femme.

— Ça suffit, madame. On connaît le genre de fêtes qu'organisait votre mari dans la maison du Carmelo. On a un témoin, on a tout ce dont nous avons besoin. Et ne nous traitez plus de hyènes, je vous prie.

— Des fêtes ? Dans la maison du Carmelo ? dit-elle en titubant un instant. Mais la maison est vide… Il l'a achetée il y a très longtemps, un peu après les Jeux olympiques, pour réaliser un investissement. Je… je ne l'ai visitée qu'une fois. Elle est dans un quartier très… très ouvrier, vous me comprenez ? Je ne mettrais jamais les pieds dans… dans cette maison.

— On vous comprend parfaitement, assura Rebeca. Et à présent, on vous serait très reconnaissants de nous laisser travailler, ajouta-t-elle avant de s'adresser aux agents. Vous deux, le rez-de-chaussée. Et vous, le garage. L'inspecteur et moi-même, on s'occupera de l'étage.

Tandis que tout le monde passait des gants de latex, Mme Colomer, veuve Torrens, saisit le bras de sa sœur.

— Sers-moi un verre, Laura, dit-elle le souffle court. Quelque chose de fort.

— Tu es sûre, Virginia ? À cette heure-ci ?

— Sers-moi un verre d'alcool, je te dis !

Rebeca et Milo gravirent l'élégant perron.

— Je vois que tu as changé d'opinion, dit Milo. Tu ne disais pas qu'il ne fallait pas la traiter durement ? Que c'était une femme en souffrance et tout le reste ?

— Oui, mais je ne supporte pas de me faire traiter de hyène de bon matin.

Ils s'arrêtèrent dans le vestibule. Une énorme baie ouvrait sur toute la ville.

— La vue est toujours aussi spectaculaire, dit-elle.

— C'est possible mais, à présent, j'ai l'impression que Barcelone me rend claustrophobe.

Rebeca tendit le cou dans l'entrebâillement d'une porte et décida de choisir cette pièce.

— Je m'occupe de la chambre de la veuve.

— Très bien, et moi de celle de Félix Torrens. Et dis-moi, surtout ne cherche pas, occupe-toi juste de trouver. Il est aussi important de voir ce qui est là, que ce qui n'y est pas. Si tu t'attends à trouver quelque chose de précis, alors tu ne verras pas le reste.

— Compris, fit-elle. Comme lorsque je fouillais dans la chambre de mon frère.

— Ce type raffolait des mécanismes et des cachettes particulièrement sophistiqués. Méfie-toi de tous les objets et de tous les meubles quand bien même ils auraient une apparence tout à fait normale.

— Inspecteur, là, tu commences à m'ennuyer sérieusement. On peut s'y mettre, une bonne fois ?

Depuis l'un des angles de la pièce, installé dans un confortable fauteuil à oreilles, Milo parcourut toute la chambre à coucher des yeux. En commençant par la gauche, il observa la cloison de verre, dont une porte donnait sur la terrasse, encadrée par des doubles rideaux, les uns denses et épais, couleur grenat, et les autres blancs, plus fins. Dans le prolongement, on pouvait voir un lit aux dimensions gigantesques, flanqué de deux tables de nuit et couronné d'un baldaquin d'une autre époque. En face, d'un côté, la porte de la salle de bains, et de l'autre celle du dressing, toutes les deux ouvertes. Au milieu, un tableau de Lempicka, la peintre polonaise, aux dimensions moyennes. Il représentait une jeune fille aux cheveux blonds, aux yeux et aux lèvres maquillés, assise sur un balcon. La main gauche était posée sur la rambarde et des bâtiments gris s'agglutinaient derrière les rideaux. Elle était vêtue d'une nuisette grise qui couvrait ses jambes bronzées jusqu'à mi-cuisse, était chaussée de sandales à boucle avec de longues chaussettes blanches. Sa main droite reposait sur sa robe, la paume tournée vers le haut, et son pied droit était sur la tranche, légèrement incliné vers l'intérieur, dans une pose enfantine. C'était une peinture à l'huile à la beauté froide, avec des contrastes plutôt criards. Il poursuivit son parcours visuel. Sur le mur de droite, une commode élisabéthaine. Posée sur celle-ci, à une extrémité, une reproduction en cuivre des fameuses cheminées-soldats de Gaudí qui jalonnent la terrasse de La Pedrera. Et accroché au-dessus, comme s'il s'agissait d'un autre tableau, un magnifique téléviseur Bang & Olufsen, avec un grand écran plasma extra-plat.

Il se leva et ouvrit les compartiments latéraux de la commode. Dans l'un d'eux, il trouva une chaîne audio et dans l'autre, deux lecteurs, l'un de cassettes vidéo et l'autre de DVD, tous les deux de la même marque.

Il allait faire la même chose avec le compartiment central lorsque son téléphone portable se mit soudain à sonner. Il lut que c'était Irene.

— Tu m'appelles au mauvais moment, dit-il en ouvrant la petite porte.

— J'ai discuté avec mon père, je lui ai parlé de mes problèmes avec le magasin, dit-elle pendant que Milo s'apercevait que celui-ci était occupé par des centaines de CD, une collection complète de musique classique. Il est en train d'étudier la possibilité de sauver encore les meubles avec ses avocats.

— Il faut faire confiance aux experts, dit-il de façon distraite en s'apercevant qu'il y avait également une sélection éclectique de musique contemporaine, dont il détailla plus ou moins les titres. De quelle possibilité tu veux parler ?

— Ce n'est pas encore décidé, mais il m'a dit que l'arrangement risquait d'être très sévère.

— De quel ordre ? dit-il en s'approchant des tables de nuit pour en ouvrir le tiroir.

— Je ne le lui ai pas demandé.

— C'est un tort, dit-il en saisissant les télécommandes des différents appareils qui se trouvaient tous là.

— J'ai suivi ton conseil, précisa-t-elle.

— Tu as bien fait, dit-il en s'apercevant qu'il manquait les cassettes vidéo et les DVD.

— Mes problèmes ne t'intéressent pas, c'est ça ? lâcha Irene tandis que Milo retournait vers le fauteuil. Tu ne m'as même pas appelée pour me demander comment vont mes affaires.

— J'avais l'intention de le faire tout à l'heure, répondit-il en laissant divaguer son regard à travers la luxueuse chambre à coucher de Félix Torrens. La salle de bains, le dressing, le tableau. Comment vont tes affaires ?

— Et tu n'as rien fait non plus pour l'appartement.

— Je ne pense qu'à ça, dit-il en se demandant où ils pouvaient bien se trouver. Le baldaquin, les tables de nuit, le lit posé directement sur le parquet. Qu'est-ce qui pouvait bien manquer à cet endroit ?

— À rien. Tu ne t'intéresses à rien de rien, dit-elle fâchée en lui raccrochant au nez.

— Des pieds, dit Milo en se levant. Il n'y a pas de pieds.

Il s'agenouilla sur le parquet, près du montant latéral, et souleva le dessus-de-lit. Le matelas était épais, en latex, et en dessous il y avait un sommier avec des supports particuliers. L'ensemble reposait sur une estrade de bois blanc. Il toqua dessus avec ses doigts repliés. Elle était creuse. Il vérifia la surface, puis tout le périmètre. De l'autre côté, à une extrémité de la tête du lit, ses doigts sentirent un léger dénivelé, à peine perceptible. Il approcha son visage et vit qu'il s'agissait d'une espèce de guichet coulissant blanc. Il le fit glisser sans difficulté du bout des ongles. Cachée à l'intérieur, il remarqua une petite cavité et y introduisit son index ganté. Il sentit un mécanisme à ressort et l'actionna sans difficulté avec l'extrémité de son ongle. Immédiatement après, une trappe d'une cinquantaine de centimètres, pratiquée dans le montant latéral du sommier, glissa lentement vers le haut, amortie par d'autres ressorts. Il aperçut une poignée et tira dessus. Sans effort, un caisson sur roulettes en sortit, à l'intérieur duquel étaient rangées une série de cassettes vidéo datées et numérotées et une série de DVD, numérotés également mais portant des dates plus récentes.

— Sous-inspectrice ! rugit-il.

Après avoir visionné plusieurs films sur les deux supports, choisis au hasard, mais en évitant ceux des six derniers mois, Rebeca se leva du lit et éteignit les lecteurs.

— J'en ai assez vu pour aujourd'hui, fit-elle. Tout ça est vraiment à vomir.

— Tu as reconnu quelqu'un ?

— Bien entendu que j'ai reconnu plein de monde : le responsable juridique du secteur de l'urbanisme par exemple, un adjoint au maire, un conseiller municipal, et même le grand chef de l'urbanisme et un jeune politicien de gauche qui est aujourd'hui secrétaire général d'un parti conservateur dont je préfère taire le nom.

Leurs regards se croisèrent.

— On a du matériel super-chaud entre les mains, une vraie bombe incendiaire, je crois.

Elle acquiesça.

— Beaucoup de gens ne vont pas aimer ce qu'on a découvert, ça c'est sûr.

— Eh bien, qu'ils aillent se faire foutre, lâcha Milo en se mettant à arpenter la chambre de long en large. Félix Torrens arrive à Barcelone un peu avant la tenue des Jeux olympiques, il cherche du soutien parmi les différents groupes politiques et ne l'obtient pas. Ensuite, il tente de se faire accepter par une société maçonnique et sa candidature est rejetée.

— Il poursuit son ascension à tous les niveaux du tissu social de Barcelone, mais ses plans échouent. Et un homme comme lui est incapable d'accepter facilement qu'on lui dise non.

— Alors, par dépit, il prend un raccourci. Il achète une maison isolée dans la montagne du Carmelo et organise des fêtes *hard* auxquelles il invite toutes sortes de gens qui pourront lui servir ensuite à tisser son réseau de contacts et de personnes influentes, dans la ville.

— Oui, aussi bien les individus déjà puissants à l'époque, que les futurs puissants qui sont en poste aujourd'hui.

— Et tandis qu'ils satisfont leurs pulsions les plus primaires, qu'ils donnent libre cours à leurs fantasmes sexuels notre aventurier les filme à leur insu.

Il s'arrêta et réfléchit, puis il reprit :

— Mais jusque-là, il n'a commis aucun délit. Les femmes qu'il engage sont des professionnelles, elles sont toutes majeures, et eux sont des adultes.

— Le problème surgit lorsque l'un d'entre eux refuse, par exemple, de requalifier des terrains. Il sort alors son artillerie lourde et n'a aucun mal à le convaincre. La crainte du scandale, de ruiner sa carrière fait l'effet escompté, et l'engrenage de la corruption commence.

— Son ascension devient soudain fulgurante. Et avec elle, la réussite que représente un espace culturel comme celui de la fondation Cercle Gaudí. Les protections lui pleuvent de partout, des charges considérables aussi. Tout ce qu'il touche devient une nouvelle source d'investissement qui se compte par millions. C'est l'homme le plus important du moment.

— Et personne n'a ouvert la bouche ? demanda Rebeca. Ça n'a étonné personne qu'il soit arrivé à cumuler plus de soixante mandats à lui seul ? Une aussi grande voracité n'a éveillé les soupçons de personne ?

— Ne sois pas naïve, il était un des nôtres, dit-il en grimaçant. Et ce qui se passe à la maison ne doit en aucun cas sortir de la maison. Tout le monde possède des intérêts cachés. Vu le renom qu'a rapidement atteint la fondation, les quatre cents noms illustres se sont contentés de regarder dans une autre direction. D'accord, c'était un agneau égaré, mais la machine fonctionnait et le reste n'était que des bêtises comme nous a dit sa femme.

— Un loup camouflé sous une peau d'agneau, oui ! répliqua-t-elle. Mais ça ne lui a pas suffi, il lui manquait encore un ingrédient, un peu de piquant. Celui qu'il avait jadis expérimenté dans ses centres d'accueil. Il était devenu accro à ce qu'il avait pu éprouver là-bas, accro à la chose interdite.

Milo indiqua l'écran.

— Et pendant ses petites fêtes, il a voulu mettre la cerise sur le gâteau. Il a engagé des mineurs et les a présentés en pleine action.

— Il savait parfaitement où les trouver, il possédait un fichier inépuisable avec ses anciens centres. Et lorsque ceux-ci ont cessé de lui être utiles, il s'est mis à ratisser les *chats* sur internet, à la recherche de chair fraîche.

— Ainsi, il faisait d'une pierre deux coups. D'un côté il satisfaisait ses propres besoins de domination. Et de l'autre, il ligotait les personnalités impliquées avec des liens d'acier.

Rebeca contracta fortement son visage dans une expression de vaste écœurement.

— Il tentait les gros bonnets avec une pomme empoisonnée. Et il séduisait les mineurs avec du fric.

— Autrement dit, il était devenu le Midas de la merde.

La sous-inspectrice écarta les bras, les paumes vers le haut.

— Et pourquoi est-ce qu'il a poursuivi le jeu jusqu'à aujourd'hui ? Il n'avait plus besoin de son réseau de chantage ni de continuer à corrompre des mineurs. Tout le monde était à ses bottes. Pourquoi est-ce qu'il a pris le risque de continuer ?

Milo se tourna vers elle.

— C'était devenu son jouet personnel, son divertissement intime. Il adorait voir les puissants trembler en sa présence. Il n'en avait jamais assez. Il n'était jamais rassasié. Et comme tu l'as dit, il était accro à son obsession. Imagine le plaisir qu'il devait ressentir, ici, en train de se passer plusieurs fois tous ces films, en train de revivre la sensation que lui procurait le fait de donner des ordres à des adolescentes et à des gamins pour qu'ils fassent tout ce qui lui passait par la tête.

— Bien, soupira-t-elle tout en mettant ses mains sur ses hanches. Et où est-ce que ça nous mène tout ça, hein ?

— Une parfaite connaissance de la victime est un élément de base pour comprendre pourquoi elle a été assassinée. Maintenant on sait qui était en réalité Félix Torrens, on en a la preuve, on connaît les pulsions les plus profondes de ce type. On sait quel était son vrai visage.

— Tu penses qu'un de ces individus peut l'avoir éliminé pour en finir avec son chantage ? C'est un mobile aussi acceptable que n'importe quel autre, non ?

— Non, justement, le scénario du meurtre est trop compliqué. Pour ça, il suffisait d'engager un tueur et de lui loger une balle dans la tête.

— Alors c'est peut-être un des mineurs qu'on voit dans les films, ou quelqu'un de leur famille ?

— Mais pourquoi l'enfermer pendant sept jours avant de le brûler sur une des réalisations architecturales de Gaudí ? Non, ce sont bien nos deux psychopathes qui ont fait le coup. Et je suis persuadé que le meurtre est également lié à ces fameux centres d'accueil.

— Peut-être qu'ils jouent dans une des premières vidéos et qu'on pourra apercevoir leur visage.

Milo secoua à nouveau la tête.

— Non, il a commencé à filmer après les Jeux olympiques et les jeunes des centres étaient déjà majeurs, ils n'avaient plus aucun intérêt pour ce salopard.

— Et que vient faire Eduard Pinto au milieu de tout ça ? Son profil est l'opposé de celui de Félix Torrens.

— C'est ce qu'il nous reste à découvrir. Pas mal de choses nous échappent encore.

Rebeca pointa les films du doigt.

— Il va falloir les inventorier au commissariat, l'un après l'autre.

— Puis les remettre à ton inspectrice du Département des mœurs.

— Je n'envie pas son travail, dit-elle en saisissant la poignée. Je vais appeler un agent pour qu'il monte des sacs-poubelles et les range à l'intérieur, c'est précisément là qu'ils méritent de se retrouver.

Elle ouvrit la porte.

— Sous-inspectrice, dit Milo. On n'a vu Marc sur aucun de ces films et je te…

— Ne t'inquiète pas, fit-elle.

Avant d'abandonner la chambre elle pointa son doigt sur la reproduction des cheminées-soldats :

— Elles foutent la trouille, tu ne trouves pas ?

Milo s'assit au pied du lit. Il fixa les visages cachés des soldats, leur heaume pointu, leurs orbites creuses. Un frisson parcourut tout son dos.

Ils s'enfermèrent avec Crespo dans la salle de visionnage. Après lui avoir raconté ce qu'ils avaient trouvé à l'issue de la perquisition, Milo lui avait remis les trois sacs-poubelles contenant les films.

— Fais-moi un inventaire de toute cette saloperie.

Le sergent soupira profondément devant tout le travail qui lui tombait dessus.

— Je les dépose ensuite au magasin des preuves ?

— Non, tu me les rends, dit Rebeca. Je les apporterai moi-même au Département des mœurs.

— Mais en attendant, ne les perds pas de vue, insista Milo. Pas même une seconde.

Il acquiesça.

— Voulez-vous que je vous explique à présent les résultats que j'ai obtenus au cours de mes recherches ?

— Fais-nous-en un résumé, dit Milo en s'installant sur la chaise.

Crespo posa les sacs-poubelles par terre. Il se gratta la tête et choisit un des dossiers.

— Je vais commencer par les bonnes nouvelles, annonça-t-il. On a vraiment eu de la chance. L'inspectrice Serra, du Département des vols, m'a appelé ce matin pour me dire qu'un de ses indics lui avait donné un renseignement intéressant hier soir. Apparemment, un type a acheté un décodeur-reproducteur de fréquences dans un magasin d'électronique de la rue Sepúlveda. Ce genre d'engin est interdit à la vente, mais certains commerçants en proposent sous le manteau, vous voyez ce que je veux dire…

— Il faut nous rendre immédiatement à ce magasin, dit Rebeca.

— J'y ai déjà envoyé deux agents ce matin.

— Et ils ont réussi à avoir une description de l'individu ?

— C'est bien ça le problème, dit Crespo. Le patron leur a expliqué qu'il n'avait pas bien pu voir son visage, qu'il transpirait et qu'il avait enfoncé sa casquette jusqu'aux sourcils.

— Tu ne nous avais pas annoncé une bonne nouvelle ? se plaignit Milo.

Le sergent respira profondément.

— Parce qu'il leur a tout de même donné plusieurs détails. Le premier : il est de forte complexion, énuméra-t-il, une chose que nous savions déjà. Le deuxième : il a les yeux bleus. Et le troisième : sa voix.

— Qu'est-ce qu'elle a sa voix ?

— Elle est cassée. Très désagréable. D'après le patron, c'est une voix qui te hérisse carrément le poil.

— C'est toujours ça, dit Rebeca. On peut l'ajouter à ses cheveux blonds coupés très court, au fait que c'est un gars pas mal, et que, d'après notre théorie, il a aujourd'hui trente-huit ans. Tout indique qu'il possède un type nordique.

— Un individu de type nordique avec la voix râpeuse et qui a plus ou moins la quarantaine, où allons-nous avec ça ? grommela Milo. Ça ne mène pas bien loin. Est-ce que cette boutique vend aussi des caméras ?

— Non.

— Encore une piste qui ne nous conduit nulle part.

— En tout cas, ça colle avec la description que nous en avait faite le clochard, et elle écarte définitivement Jon Grau.

— Mais elle continue à être insuffisante pour dresser un portrait-robot, conclut Milo.

— Il faut donner du temps au temps, inspecteur. On verra bien, c'est encore trop tôt.

— Sujet suivant, dit Milo en croisant les bras. À présent, on passe aux mauvaises nouvelles.

Le sergent Crespo ouvrit un nouveau dossier.

— Les centres d'accueil ouverts par Félix Torrens, commença-t-il. Les noms de ces centres. Il a baptisé le premier, inauguré dans la province de Tarragone en janvier 1987, “La Ferradura”. Le second, à Lérida en décembre de la même année,

“El Mussol”. Et le troisième et dernier, à Gérone en juillet 1988, “El Trèbol”. D’après ce que j’ai pu savoir, aucun d’entre eux n’a fait l’objet d’une plainte, et aucune rumeur n’a jamais circulé à propos de ce qui pouvait se passer à l’intérieur. Apparemment, les trois institutions ont fonctionné normalement.

— Et on sait que c’est parfaitement faux, dit Milo.

— Non, on ne le sait pas avec certitude, corrigea Rebeca.

— Parle pour toi, sous-inspectrice, répliqua-t-il sèchement. Moi, je n’ai pas le moindre doute là-dessus.

Crespo fit le dos rond.

— Il ne manquait pas de sens de l’humour… macabre, mais de l’humour tout de même, dit-il. Les trois noms de centres font référence à la chance. Le fer à cheval, un hibou, et un trèfle, sans doute à quatre feuilles, ce sont les symboles de la bonne étoile. En tout cas, en Catalogne. Et vu le succès qu’il a connu après les avoir montés, il semble qu’il ait bien réussi.

— Tu n’as qu’à aller raconter ça aux pauvres gamins qui ont subi ses brimades.

Rebeca fit non de la tête.

— Il n’a pas eu tellement de chance ; tu n’as pas vu de quelle façon il a fini ?

— On sait si les centres continuent à fonctionner ? demanda Milo.

— Aucun, et ça c’est le plus curieux, dit Crespo. Ceux de Lérida et de Gérone ont été fermés quelques années plus tard. Mais celui de Tarragone a brûlé de fond en comble, il n’en reste plus rien. Ça s’est passé pendant la Noël 1990, alors qu’il fonctionnait encore. D’après le rapport de police, il n’y a pas eu de victimes.

Ils se regardèrent tous les trois.

— Vous pensez à l’Assassin à la liste ? finit par demander le sergent.

— Les incendies volontaires sont un délit de réaffirmation de son propre pouvoir, dit Rebeca. Ça pourrait coller avec un profil d’assassin en série, avec les pratiques qu’il a pu mener à bien dans son enfance et qu’il a développées à sa majorité.

Milo secoua la tête.

— Mais on a dit qu’il devait attendre un ordre, tu t’en souviens, non ?

— Quel ordre ? demanda Crespo.

Ils le mirent tous les deux au courant des conjectures auxquelles ils avaient abouti.

— Ça ne peut signifier qu'une seule chose, dit Rebeca. Que son camarade au centre d'accueil avait également quitté l'établissement autour de cette date.

— Revoyons un peu tout ça, proposa Milo en se tournant vers Crespo. À quelle date est-ce que Félix Torrens est revenu à Barcelone, exactement ?

— En 1990, au mois d'août.

— Bien, et l'Assassin à la liste quitte le centre d'accueil quelques mois plus tôt que lui, disons en mars. Il laisse son camarade tout seul avec ce monstre et retourne en ville. Une fois ici, il attend passivement sa sortie.

— Qui a lieu maximum au mois de décembre, autour de Noël, intervint Rebeca. Il est devenu le jouet de ce dépravé pendant six ou huit mois, suffisamment de temps pour fomenter son passage de l'état de victime à celui de bourreau.

— Et, à peine arrivé à Barcelone, il prend contact avec l'Assassin à la liste et lui ordonne d'accomplir sa première mission : brûler le centre d'accueil, l'endroit où il a subi tortures et sévices. Il lui demande de le réduire en cendres.

— Chose qu'il réalise de façon implacable et efficace. Sans la moindre victime.

— C'est exact, aucun enfant n'a été blessé dans l'incendie, confirma le sergent.

— Puis, après l'avoir mis à l'épreuve, il lui offre une récompense. Il va pouvoir satisfaire ses instincts criminels – la psychose qu'il traînait déjà avant d'intégrer le centre d'accueil – une seule fois par an, et ce sera tous les 10 juin. Le Bourreau est devenu son maître.

— Et tous les deux forment désormais un tandem létal, sans pitié, conclut Rebeca. Ça cadre tout à fait.

— À présent, il ne nous manque plus que certaines preuves, dit Milo. Toni, est-ce que tu as obtenu la liste que je t'ai demandée des garçons et des filles qui ont intégré les centres d'accueil, et tout spécialement celui de Tarragone ?

Le sergent fit non de la tête.

— C'était justement la mauvaise nouvelle, dit-il. Toutes les archives ont été détruites dans l'incendie. On n'a pas de traces de leur présence, ajouta-t-il en ouvrant un dossier. J'ai les identités des mineurs qui ont fréquenté les deux autres centres d'accueil, mais je ne crois pas que…

— Non, le seul qui nous intéresse est La Ferradura, coupa Milo. L'incendie fait de lui l'endroit où nos assassins ont résidé à une certaine époque. Ça ne peut pas être un autre centre !

— Je suis d'accord, concéda Rebeca. Et c'est vraiment dommage.

— Mais ça réduit le champ des recherches, répliqua Milo. À présent on connaît le lieu exact où tout a commencé, dit-il en se redressant brusquement. Il doit bien y avoir un employé de ce centre qui va pouvoir nous raconter quelque chose sur ces gamins, un pédagogue, un éducateur, je ne sais pas, moi, quelqu'un qui aurait été embauché là-bas à l'époque. Toni ?…

— Je tenterai d'en trouver, inspecteur. Mais rends-toi compte qu'on est en train de parler d'événements qui ont eu lieu il y a une bonne vingtaine d'années. Je t'assure que ça ne va pas être de tout repos.

— Parce que c'est quelquefois de tout repos, sergent ? Ne tente pas d'en trouver, Toni, trouve-les. Remue ciel et terre s'il le faut, nous avons besoin de ces noms. Peut-être qu'un seul suffirait. Sous-inspectrice ?…

— Je suis paumée, mais je vais réfléchir. Et toi ? Tu penses à quelque chose ?

— J'ai une amie, Martina Cots, de l'époque de l'université. Elle est inspectrice au Département des vols, au commissariat central de Tarragone, dit-il en haussant les épaules. Je ne pense pas qu'elle se souvienne de moi, mais je pourrais lui demander de poser quelques questions. On ne sait jamais.

— Je suis persuadée qu'elle se souvient de toi, inspecteur. Tu as une façon de t'y prendre tout à fait particulière avec nous, dit-elle en commençant à énumérer du bout des doigts. Ta juge, ton ex, la psy, moi… Tu es entouré de femmes.

— Et alors ? Je m'entends mieux avec vous, et ce n'est pas peu dire !

— C'est bien de ça que je veux parler. Il est tout à fait probable que tu lui aies joué un sale tour et nous, les femmes, n'oublions jamais la canaille universitaire. Appelle-la tout de suite. Mais peut-être que tu n'oses pas la contacter, hein ?

Milo se souvint de Martina. De la fête des étudiants. De la cuite. De cette fille, entourée de types, bras et jambes immobilisés. De ses vêtements déchirés, de la lutte, des cris. Et de la façon dont il était intervenu avec la première chose qui lui était tombée sous la main : un extincteur.

— Tu vas l'appeler, oui ou non ?

— Je vais le faire quand je serai tout seul, dit-il en lui montrant la porte. Sergent, sous-inspectrice, si vous voulez bien vous donner la peine…

— Ça te va, si je prends rendez-vous avec Gombrowicz demain, à dix-neuf heures ? demanda Crespo en ramassant les sacs-poubelles contenant les films. À cette heure-là, ce sera plus commode pour lui de s'occuper de nous, à la bibliothèque.

— Comme tu voudras, Toni.

Ils quittèrent tous les deux la pièce ; Rebeca, à contrecœur.

— Je ne comprends pas pourquoi tu fais tant de secrets, grommela-t-elle en fermant la porte.

Milo chercha un numéro dans son agenda et appuya sur la touche d'appel.

Leur salut fut très formel, courtois, mais plutôt froid. Après les questions de rigueur à propos de la carrière de chacun, Milo lui raconta la situation et lui demanda si elle pouvait lui donner un coup de main. Elle accepta, non sans lui dire que cela risquait d'être difficile.

— Si l'un des ex-employés du centre d'accueil réside encore à Tarragone, je pourrai peut-être trouver quelque chose. Beaucoup de retraités se sont installés sur la côte et il se peut que ce soit le cas de ces gens-là. Mais si c'est un employé qui a quitté la province, alors…

— Je sais que ça va être difficile. Contente-toi de lancer un coup de sonde, on ne sait jamais.

Il y eut un silence embarrassant.

— De toute façon, merci d'essayer, Martina.

— C'est à ça que servent les vieux amis, non ?

Ils observèrent à nouveau le silence. Gêné, Milo s'apprêtait à raccrocher lorsqu'elle dit :

— Je me souviens encore de toi avec ton extincteur, en train de mettre en fuite cette bande de connards.

— C'est la première chose qui m'est venue à l'idée.

— Tu as foutu un sacré bordel, quand même !

— Pas plus que toi, tu balançais des coups de pied dans les couilles de tous les gars qui s'approchaient.

— Je n'ai fait que suivre ton exemple lorsque tu as commencé à leur foutre des grands coups avec l'extincteur en question. Tu étais comme fou, tu hurlais comme un chien enragé. Tu faisais peur, je t'assure…

— J'ai fait un sacré barouf, oui !

Martina reprit un ton sérieux.

— J'étais devenue hystérique. J'étais atterrée. Si tu n'étais pas intervenu, je crois que…

— Je passais par là, par hasard… N'en parlons plus.

Elle laissa s'écouler quelques secondes.

— Une hystérique et un fou, dit-elle en lâchant un petit éclat de rire fugace. On formait une bonne équipe tout de même.

— Une équipe du tonnerre de Dieu, oui !

— Je ne t'ai jamais remercié. Après ça, je n'ai jamais pu te regarder dans les yeux. Même en ce moment, j'ai encore du mal à parler avec toi.

— Ce sont des choses qui arrivent, Martina. Ça n'a pas tellement d'importance.

Elle se tut à nouveau un instant.

— Bon, dit-elle, je m'occupe de ton affaire et je t'appelle, d'accord ? soupira-t-elle. Quelqu'un qui aurait travaillé à La Ferradura entre 1987 et 1990, c'est ça ?

— Absolument, inspectrice. Je suis très content d'avoir bavardé avec toi.

— Moi aussi. Et dis-moi, même si c'est avec du retard, je voudrais te…

— Nous restons en contact, Martina, dit Milo avant de raccrocher.

22

La secrétaire de la juge Cabot le vit arriver de loin, se leva et courut rapidement jusqu'à la porte du bureau de la magistrate. Elle s'interposa en écartant les bras.

— Cette fois-ci, vous ne réussirez pas votre coup, inspecteur Malart, dit-elle d'une voix ferme.

Milo s'aperçut que sa lèvre supérieure tremblait et il recula d'un pas.

— Très bien, madame Conte, comme vous voudrez. Mais si vous vérifiez votre agenda, vous vous apercevrez que j'ai rendez-vous aujourd'hui, mardi, à dix heures, avec Son Honneur. Et je suis déjà en retard.

Alba Conte le regarda d'un air suspicieux.

— Je jurerais que ce rendez-vous est une invention de votre part, inspecteur.

Milo leva les mains.

— Vous accusez de mensonge un membre des forces de l'ordre ? Vérifiez, je vous prie, et que je disparaisse sur-le-champ si ce n'est pas vrai.

— Ne bougez pas d'ici, dit la femme en se dirigeant vers son bureau.

À peine se fut-elle éloignée, que Milo se précipita dans le bureau de la juge. Il referma la porte derrière lui et s'appuya dessus en laissant échapper un soupir.

— Tu refais des misères à ma secrétaire ? dit Susana Cabot en levant les yeux de ses documents. C'est une brave femme, Milo. Tu vas finir par la tuer.

Tandis que Milo avançait vers elle et s'asseyait, l'interphone se mit à sonner.

— Oui, Alba, je sais, répondit la juge. Non, ce n'est pas la peine d'appeler la sécurité. L'inspecteur Malart me demande de vous transmettre ses excuses. Il dit que c'était un cas de force majeure. Oui, c'est ce qu'il m'a dit. Un cas de force majeure. Oui, ne vous en faites pas, tout est en ordre.

Elle raccrocha et lui lança un regard furibond.

— Que ce soit la dernière fois que tu te présentes à mon bureau de cette façon. Tu ne suis pas mes instructions et par-dessus le marché tu entres ici comme dans un moulin. C'est la dernière fois, tu m'entends ?

— À quelles instructions ai-je désobéi ? demanda Milo.

— Ne fais pas l'imbécile, tu le sais très bien.

— Je t'assure, Votre Honneur, que je ne sais pas de quoi tu veux parler.

Susana Cabot inspira profondément et expira l'air de façon bruyante.

— Je t'ai demandé de laisser de côté tes affaires personnelles et qu'est-ce que tu fais ? Tu continues à enquêter sur le suicide de ton neveu. Inspecteur, il ne faut pas me prendre pour une imbécile.

Milo la regarda caler son dos dans son fauteuil. Elle était vraiment fâchée.

— Soyons francs, Susana. Oui, j'ai continué à m'occuper d'un dossier personnel, mais il se trouve qu'il est parallèle à l'affaire dont on s'occupe. Et qu'il nous a conduits à Félix Torrens. Ç'a été un coup de chance.

— Tu parles d'un coup de chance, toi ? grogna-t-elle en se penchant en avant d'un air furieux. La nouvelle de la découverte des films s'est répandue comme une traînée de poudre dans toute la ville. Mme Colomer s'en est chargée personnellement, bien entendu. Et où penses-tu qu'est allé exploser le baril de poudre ? Juste ici, devant mon nez ! Putain, Milo, je t'avais demandé de ne plus allumer d'incendies, non ? Est-ce que tu imagines le brasier que tu as déclenché maintenant ?

— La seule chose que j'ai faite a été de mettre au jour une sale affaire de corruption de mineurs.

— Une affaire dans laquelle sont impliqués plusieurs gros poissons de la mairie, pour ne pas citer d'autres institutions. Tu sais ce que ça signifie ?

— Oui, ça signifie une tempête politique ! Ça signifie qu'il y a beaucoup de gens très nerveux dans les hautes instances de la ville ! Eh bien, qu'ils aillent tous se faire foutre, Susana ! Mon instinct me disait que cette bête malfaisante de Torrens cachait autre chose que des arnaques financières et c'était vrai. Tu dis que ça déchaîne des tensions ? Eh bien, ils n'ont qu'à se taper un bon litre de tilleul ! Qu'est-ce que tu viens me raconter là ? Ils utilisent des mineurs pour se chauffer, Susana. Des mineurs, je te dis ! Comme mon neveu ! Tu comprends ça, oui ?

— Ce n'est pas une raison pour en faire une croisade personnelle, répondit-elle.

— Ça l'a conduit à se suicider. Toute cette merde lui est tombée dessus. Il n'a pas su comment s'en sortir… Et toi, tu viens me dire de ne pas transformer ça en une croisade personnelle. Où sont donc les limites, Susana ? Tu serais très aimable de m'indiquer la ligne de partage entre ce qui est personnel et ce qui est professionnel !

La juge adoucit l'expression de son visage.

— Tu as raison, Milo. Excuse-moi. On est tous très tendus, en ce moment.

Il l'observa fixement, réfléchit un instant, commença à sentir la rage monter en lui.

— Ne fais pas chier, Susana. J'ai compris. Ils ont déjà mis la machine en route pour minimiser les preuves, dit-il alarmé. Tu m'as demandé une preuve pour élargir ton mandat et je viens de te l'apporter. Félix Torrens faisait chanter toutes sortes de personnalités et il se servait de mineurs pour cela. Sa corruption était sans bornes, pourvu qu'il atteigne ses fins et je viens de le démontrer. Qu'est-ce qu'il vous faut de plus ?

— Le mandat de perquisition est légal, déclara Susana.

— Je suis soulagé de l'entendre.

— Mais il faut qu'il concerne l'affaire qui nous occupe, ajouta-t-elle.

— Il concerne la prostitution de mineurs.

— Ce n'est pas démontré, pointa-t-elle en baissant les yeux. D'après ce que j'ai entendu dire, il y a eu consentement.

Milo secoua la tête, perplexe.

— Je ne peux pas croire ce que j'entends.

— Et moi, je ne dis rien que tu ne saches déjà.

— Tu ne peux pas me faire ça, Susana. Pas toi.

La juge Cabot leva les yeux.

— Moi, je ne vais pas laisser faire, dit-elle. Mais si, comme tout l'indique, les preuves n'ont aucun rapport avec les morts d'Eduard Pinto et de Félix Torrens, un autre juge prendra en charge la procédure et c'est lui qui pourra choisir les mesures qu'il estimera opportunes, y compris l'annulation de ces films comme preuve.

— Tu parles sérieusement ?

Elle acquiesça sans énergie.

— La seule chose que je dis c'est qu'il peut juger que le mandat ne correspond pas à l'affaire pour laquelle il a été rédigé, et que les preuves ont été obtenues de façon illégale, procéduralement parlant.

— Et alors ?

— Tu ferais bien de t'attendre au pire.

Milo serra les dents et se leva. Il se dirigea vers la porte.

— Milo, dit la juge. Inspecteur Malart !

Il saisit la poignée et se retourna.

— Tu es un policier, pas un vengeur.

— Je le sais, madame la juge. Mais réponds à ma question : pourquoi ai-je le sentiment que quelqu'un veut foutre tout mon boulot par terre ?

Susana Cabot ne répondit pas.

— Tu ne réponds pas, hein ? Alors je vais le faire à ta place. Il existe deux genres de citoyens, ceux qui commandent et ceux qui obéissent. Et moi, j'ai horreur d'être dans le rôle du soumis.

— Tu exagères, dit-elle en s'éventant de la main. Tu ne devrais pas le prendre comme ça.

— Je n'exagère pas du tout. Virginia Colomer m'a prévenu. Ils sont intouchables.

— Assieds-toi, allons. Tu ne m'as pas encore raconté la raison de ta visite.

— J'ai oublié, répliqua Milo en sortant du bureau.

Il traversa la réception sans prendre congé d'Alba Conte. Dans le couloir, il tira son téléphone mobile de sa poche.

— Sergent, cache les films en lieu sûr. Je t'expliquerai plus tard… Mais Toni ?… Que se passe-t-il ?…

— Inspecteur, je suis désolé. Le juge Nadal vient de saisir tous les films. Il avait un mandat et tout était parfaitement en règle. Je n'ai rien pu faire.

Il s'appuya contre le mur. Ses tempes étaient sur le point d'exploser, comme sa tête.

— Ils ont vraiment fait vite, murmura-t-il.

Il traversa la pièce et se laissa tomber dans un fauteuil près du bureau de Bruno Bachs.

— Il fait une chaleur étouffante, dit-il en se tordant sur son siège. C'est inhumain.

— Je n'ai pas le temps d'entendre des conneries, lança l'inspecteur Bachs. Fous-moi la paix.

— Tu savais que la douleur active la mémoire plus que n'importe quel autre sens ?

Bruno Bachs leva les yeux de son ordinateur.

— Qu'est-ce que ça veut dire ?

— Rien, que j'ai un flair très développé.

— Je te félicite. Et maintenant barre-toi ! dit-il en faisant à nouveau face à son écran.

— Les parfums laissent des traces.

— Et les éléphants se déplacent en troupeau, qu'est-ce que tu veux dire ? demanda-t-il en tournant la tête vers lui.

— Il y a comme une odeur de pourriture, ici, dit-il en se penchant sur lui. Qu'est-ce que tu as voulu dire l'autre jour, en me suggérant de chercher à l'intérieur et à l'extérieur du commissariat ?

Bruno Bachs roula des yeux. Il regarda rapidement à droite et à gauche.

— Tu as à nouveau oublié de prendre tes médicaments ?

Milo Malart éclata de rire en même temps qu'il se tapait violemment sur les cuisses.

Plusieurs têtes se tournèrent dans sa direction.

— Bachs, tu es formidable. J'ai toujours apprécié ton sens de l'humour. Sérieusement, même dans les moments les plus délicats, tu réussis à rendre l'affaire marrante.

— De quels moments est-ce que tu veux parler ? dit-il d'une voix blanche. De quelle affaire ?

— D'une affaire qui va avoir de grosses répercussions. Alors que toi, peinard, tu te contentes de faire des mots d'esprit. Tu m'étonneras vraiment toujours.

— Si tu ne m'expliques pas davantage, je ne peux rien comprendre, tu vois.

— Je dois reconnaître que ta couverture est impeccable. Tu fais ça magistralement.

— Tu as toujours été un gland, Malart. Va te faire foutre, dit-il en fixant à nouveau l'écran.

— Génial, mon vieux, génial. Tu es un super-acteur. Mais il arrive parfois qu'on tombe sur quelqu'un qui sait parfaitement faire les comptes et qui trouve le bon résultat, plaisanta-t-il en s'allongeant sur son siège. Qui a eu cette idée ?

— Tu es encore là ? Mais barre-toi, putain de merde !

— Voyons, il faut réfléchir à ce qu'on sait et à ce qu'on ne sait pas. Et qu'est-ce qu'on sait, hein ? dit-il en commençant à compter sur ses doigts. Primo, que le pouvoir est dans le mensonge. Deuzio, que la taupe est toujours la personne à qui on pense le moins. Tertio, qui mieux que celui qui a été accusé il y a deux ans pour la démasquer ? fit-il en fronçant le nez. Tu commences à voir ce que je veux dire ? demanda-t-il à Bruno Bachs qui continua à fixer l'écran de l'ordinateur. Et à présent, ce qu'on ne sait pas. Tu joues dans deux équipes différentes en même temps ? On est en train de te mettre un maximum de pression ? Et la dernière question : qui est-ce que tu protèges, bordel ?

L'inspecteur Bachs tapa fébrilement sur son clavier sans répondre.

— Je vois bien que je t'emmerde, poursuivit Milo. Bon, je vais te raconter une blague, même si ce n'est pas vraiment mon truc. Qu'ont en commun l'intelligence artificielle et l'Inspection générale, les Affaires internes ? demanda-t-il, puis il attendit un instant. L'une est le contraire de l'autre, autrement dit, elle devient : la stupidité naturelle. Tu vois ce que je veux dire ? Les sigles sont inversés, IA et AI. Tu comprends, à présent ? Je sais, c'est très mauvais, mais c'est exactement ça, tu ne crois pas ?

Bruno leva les mains du clavier et se retourna lentement vers Milo.

— Je crois que tu es une grande gueule, dit-il d'une voix glaciale. Et tu commences à me casser les couilles.

— C'est toi qui t'es proposé ou ils sont venus te chercher ?

— Tu es complètement dingue !

Plusieurs personnes travaillant dans le bureau commun abandonnèrent ce qu'ils étaient en train de faire pour écouter la conversation.

Conscient de la curiosité qu'il venait d'éveiller, Milo prit un ton condescendant.

— Il a bien fallu que Félix Torrens s'appuie sur quelqu'un du commissariat central pour étendre son réseau de corruption. Sur quelqu'un qui puisse contrôler les choses d'ici, dit-il en inspectant ses ongles. Je me trompe ? Bien entendu, c'est juste une supposition, ajouta-t-il en levant les yeux. Sur quelqu'un qui puisse vérifier qu'on n'est pas en train de déposer une plainte trop gênante, par exemple.

Il fit une pause tandis que le visage de Bruno Bachs se congestionnait dans une moue de mépris.

— Contrôle et domination, reprit Milo. Sa spécialité. Et bien entendu tout cela en échange de succulents cadeaux en espèces. Mais tu dois certainement savoir de quoi je veux parler, toi, hein, non ?

Bruno Bachs se leva très lentement.

— Il vaudrait mieux pour toi que tu la fermes une bonne fois pour toutes, murmura-t-il.

— Et ce type se trouve sur un des films réquisitionnés, dit Milo. Pas vrai ?

— Mais arrête de me casser les couilles, putain !

Milo eut un large sourire.

— C'est un travail très consciencieux que le tien.

Bachs s'avança vers lui. Rouge de colère, il brandit son poing en direction de Milo.

— Je t'ai demandé de fermer ta gueule, je ne vais pas te le répéter deux fois.

Milo se concentra à nouveau sur ses ongles.

— Si j'étais ce type, je pourrais être tenté de garder mon petit commerce ouvert. Et alors tu te trouverais entre deux feux. Tu parles d'un boulot, hein ?

Le commissaire-chef Bastos et l'inspecteur-chef Singla entrèrent dans le bureau. Le contraste entre les deux hommes était impressionnant. L'un était grand et costaud, le crâne chauve et rond, alors que l'autre était plus petit et maigre, et marchait d'un pas alerte et athlétique. Les deux hommes se dirigèrent vers le bureau du second. Ils tournèrent la tête pour les regarder. Bruno Bachs se lissa les cheveux d'un geste nerveux.

Milo laissa échapper un soupir de résignation et se leva de sa chaise.

— Je me trompe peut-être, dit-il en donnant plusieurs petites tapes sur son épaule. Fais gaffe à ton cul. C'est un conseil que je te donne… en souvenir du bon vieux temps.

Il fit demi-tour et s'éloigna calmement. Plusieurs personnes le suivirent des yeux.

Pour patienter jusqu'à l'heure du rendez-vous, il se rendit au parc de la Ciudadela. Il y avait foule. Les gens étaient couchés sur le gazon des différents jardins, d'autres s'abritaient à l'ombre des bancs et d'autres encore étaient confortablement installés à la terrasse des cafés. Il vit des familles entières, des touristes, des groupes d'étudiants. Les enfants s'égaillaient autour des adultes, tandis que les étrangers s'empressaient de déclencher leurs appareils photo et leurs caméras sans se soucier d'avoir en toile de fond de jeunes couples en train de folâtrer sur l'herbe. La température était effrayante et les citoyens en profitaient pour se rafraîchir dans un endroit éloigné de la rumeur de la circulation et de la pollution. Il eut l'impression d'être un étranger en visite au paradis. Un animal bizarre. Pendant un moment, il regretta de ne pas être comme eux. De ne pas pouvoir se mêler à ces groupes et prendre un peu de repos en bavardant amicalement de n'importe quoi, sans méfiance, sans soupçons. Sans idées noires. Il eut envie de se mêler à la vie, de vivre. De vibrer en compagnie de gens normaux. De rire. De parler un rafraîchissement à la main, y compris une bière, et de ne pas avoir peur. Et de ne pas mentir. De laisser libre cours à son esprit et de sentir. Mais cela ne dura qu'un instant.

Il observa les feux et se dirigea d'un pas lent vers la cascade du parc, l'endroit où l'on avait retrouvé la première victime de l'Assassin à la liste. Après y avoir jeté un coup d'œil, il en fit autant avec la petite place Aribau, à l'extrême nord-est, en face du château aux trois dragons qui abritait le musée des Sciences naturelles. Enfin, il abandonna le parc et remonta le paseo Lluís Companys, traversa l'arc de triomphe monumental et marcha en traînant les pieds sur la contre-allée du paseo San Juan jusqu'à arriver à la bibliothèque Arús.

Hébété par la chaleur, il ne prêta pas attention à la réplique de la statue de la Liberté qui se trouvait dans le vestibule et entra tête baissée dans l'une des premières salles où un écriteau annonçait un futur cours intitulé “Le symbolisme maçonnique”, organisé par le Gran Priorato de Hispania.

— Tu es en retard, dit Rebeca en venant à sa rencontre.

— Crespo est déjà là ?

— Il est avec Gombrowicz, dans une des salles. Ils sont en train de parler de leurs affaires. J'ai préféré ne pas les déranger et t'attendre ici, en feuilletant des livres. Tu savais que dans certaines cultures le fait de ne pas être ponctuel est considéré comme une grave offense envers autrui ?

— Sous-inspectrice, je ne suis vraiment pas d'humeur à…

Elle haussa les épaules et le guida le long des couloirs jusqu'à une petite salle cachée, avec des rayonnages de livres sur les quatre murs. Au centre, de vieux fauteuils étaient disposés autour d'une table basse. C'était un lieu tranquille et peu fréquenté.

En les apercevant, Eugeni Gombrowicz se leva immédiatement, la main tendue.

— Heureux de vous revoir, inspecteur. Bien que si j'en juge à votre allure fatiguée je dirais que vous êtes écrasé de travail. Je vous sers quelque chose à boire ?

Milo lui serra la main et fit un geste de refus. Puis il salua Crespo d'un signe de tête.

— Monsieur Gombrowicz, dit-il en s'affalant dans un des fauteuils, vous ne croyez pas à la pensée positive n'est-ce pas ?

— Si, j'y crois, mais je crois également au réalisme, répondit le bibliothécaire en s'asseyant à ses côtés. L'idée est de finir le travail, pas que le travail en finisse avec l'individu. La passion est une bonne chose, mais pas lorsqu'elle se transforme en obsession. Le secret est de ne jamais perdre le contrôle de soi.

— Quelque chose à ajouter ?

Eugeni Gombrowicz se mit à rire.

— Excusez-moi, un de mes défauts est justement de me mêler de ce qui ne me regarde pas.

— Et si on allait droit au but ? dit-il en dirigeant son regard vers le sergent. Tu m'as parlé de la géographie particulière que décrivaient entre eux les différents lieux où l'assassin a déposé ses victimes. Tu m'as dit que tous ceux-ci étaient reliés, et je ne sais plus quoi à propos de coïncidences étranges que tu relevais. On commence par là, d'accord ?

Toni Crespo se dandina jusqu'à se retrouver assis sur le bord de son siège.

— Eugeni, je lui ai raconté l'histoire des droites de Gaudí, mais dans ce domaine l'expert c'est toi, hésita-t-il un instant. Ce qu'on va te dire ne doit pas sortir de ces quatre murs, on nous donnerait un…

— Je sais cela parfaitement, coupa-t-il. Bouche cousue, comme d'habitude.

Le sergent inspira profondément.

— On a une théorie.

Dans la foulée, il lui expliqua de façon schématique ce qu'ils avaient découvert à propos de l'Assassin à la liste : les emplacements que celui-ci avait choisis pour abandonner les corps de ses victimes, ainsi que le fait qu'ils pensaient avoir affaire non pas à un, mais à deux psychopathes. Lorsqu'il eut fini, l'air de la pièce semblait être devenu soudain plus dense, carrément de plomb.

Le visage affable du bibliothécaire se durcit, comme marqué par une certaine préoccupation.

— À présent, je comprends votre fatigue, inspecteur Malart, dit-il. Je ne sais pas vous, mais moi, j'ai besoin d'un bon thé glacé. J'ai la gorge toute sèche.

Il se leva d'un mouvement agile et disparut sans ajouter un mot.

Ils observèrent tous les trois Gombrowicz qui, armé de crayons de couleur et d'une règle, étendait un plan de la ville sur la table basse, près des quatre verres et de la carafe de thé où tintinnabulaient plusieurs glaçons. Ensuite, il marqua une série de points et saisit la règle.

— Ils y sont tous, dit-il. Et maintenant, regardez bien, ce sont les fameuses et énigmatiques droites de Gaudí, ajouta-t-il en se penchant sur le plan avec un crayon rouge. Traçons la première droite. Si nous nous plaçons au début de l'avenue Gaudí, face à l'hôpital San Pablo, à l'endroit où l'assassin a déposé sa victime de 1992, et que nous traçons une ligne droite, celle-ci nous conduit, en passant par l'abside de la Sagrada Familia, exactement au Palau Güell, l'endroit où il a abandonné sa victime de 1999. De la même façon, si l'on prend comme point de départ la petite place Aribau du parc de la Ciudadela, lieu de la victime de 1998, et que nous tirons un trait passant par la plaza Real, c'est ça, le lieu de la victime de 2004, vous verrez qu'il arrive au même point, à nouveau le Palau Güell, conclut-il en levant les yeux du plan. Que vous rappelle à présent la figure formée par ces deux droites ?

— Une flèche ?… risqua Rebeca.

— Exactement, une espèce de signe indiquant un point concret : le Palau Güell.

— Le siège de la fondation Cercle Gaudí, intervint Crespo.

— Fondation présidée par Félix Torrens après avoir abandonné son projet des centres d'accueil, martela Milo sur un ton sombre. L'homme à cause de qui s'est déchaîné ce torrent de crimes.

Les autres se turent.

— Poursuivons, dit le bibliothécaire en prenant un crayon bleu. À présent, traçons une droite passant par le parc Güell, lieu où a été retrouvé Félix Torrens brûlé et crucifié, jusqu'à la petite place Aribau ; et ensuite, en prenant le même point de départ, une autre qui passe par la grille des pavillons Güell de Pedralbes. Ces deux segments sont égaux et perpendiculaires, ce qui est plus que curieux ; mais ce qui est encore plus singulier, c'est que si nous joignons les deux points éloignés, la grille de Pedralbes et la petite place Aribau, ce segment devient à son tour l'hypoténuse du triangle rectangle isocèle qu'il forme avec les deux segments précédents. Vous conviendrez avec moi que cette géométrie du génial architecte est pour le moins énigmatique.

Tous les trois acquiescèrent sans quitter le plan des yeux.

— Mais les coïncidences géométriques ne s'arrêtent pas là, dit Gombrowicz. La distance qui sépare la cascade du parc de la Ciudadela et le perron central du parc Güell, juste depuis l'emplacement de l'athanor, est la même que celle qui va de ce lieu à la grille de Pedralbes.

— Cependant, intervint Crespo, cette grille des pavillons Güell dont tu parles n'a pas été utilisée par les assassins pour déposer une victime.

Le bibliothécaire écarta les bras et eut une moue perplexe.

— Cette grille a-t-elle quelque chose de particulier ?

— Eh bien, c'est là que se trouve le dragon en fer forgé qui représente Ladon, le gardien du jardin des Hespérides, vaincu par Hercule lors de son onzième travail, ainsi que le raconte Jacint Verdaguer dans son poème *L'Atlàntida*, expliqua Gombrowicz. Il est soutenu par une colonne au sommet de laquelle est planté un oranger façonné avec de l'antimoine, le métal des alchimistes, et qui fait également allusion aux Hespérides. La forme du dragon correspond à la position des étoiles de la constellation du Serpent, en quoi fut transformé Ladon comme punition pour le vol des oranges.

Pendant que Crespo et Rebeca assimilaient cette information, Milo murmura :

— Je parie que c'est l'endroit qu'a choisi le Bourreau pour brûler sa prochaine victime.

— Inspecteur, il n'y a eu aucun nouvel enlèvement, objecta le sergent.

— Je sais, mais ce type est très minutieux. Et apparemment, il est en train de suivre, l'un après l'autre, tous les points que forment les fameuses droites de Gaudí.

— Pas tous, dit Rebeca, il en manque un.

Ils se tournèrent vers elle et elle pointa son index sur le plan.

— Il manque la Sagrada Familia. Concrètement, il manque l'abside.

— Le temple où le pape doit se rendre en visite dimanche prochain, dit Crespo.

Milo serra les dents et secoua la tête.

— Oui, mais elle va être protégée par des centaines d'hommes appartenant à tous les corps de police.

Ne sachant que dire, ils demeurèrent tous trois muets.

— En parlant de temple expiatoire, saviez-vous qu'il en existe deux à Barcelone ? demanda le bibliothécaire. En plus de la Sagrada Familia, nous avons le Tibidabo. Je vous le dis car nous y retrouvons des singularités géométriques. Regardez ! dit-il en se penchant à nouveau sur le plan. Si nous traçons une droite unissant les deux temples, elle passe pratiquement par le point le plus haut du parc Güell, le promontoire des Trois-Croix, où l'on a retrouvé le corps de Félix Torrens. Et ce n'est pas tout, si nous en traçons une autre unissant le Tibidabo avec la Casa Xifré, lieu voisin de l'endroit où l'on a découvert la victime de 2009, la ligne passe juste par La Pedrera, bâtiment que l'assassin a utilisé pour suspendre le corps en flammes d'Eduard Pinto.

Milo poussa un soupir d'impatience.

— Toutes ces coïncidences commencent à me faire tourner la tête.

— Et pourtant je ne vous ai pas encore expliqué les particularités que renferme le promontoire des Trois-Croix, précisa Gombrowicz. Ni la profusion de symboles maçonniques et hermétiques qu'a utilisée Gaudí dans la plupart de ses œuvres.

— Parlez-moi de ce promontoire, demanda Milo. Mais en résumé, si ça ne vous dérange pas.

— C'est un lieu franchement mystérieux. Pour commencer, une des trois croix n'en est pas vraiment une, c'est un signe qui indique la direction haut/bas ; une autre est orientée nord/sud et la troisième est/ouest. Ce qui signifie que ce sont trois éléments qui indiquent les six directions. Et de fait aucune d'entre elles n'est vraiment une croix, en réalité ce sont des tau chapeautés par la forme la moins catholique qui soit : un cube en pointe, qui est le symbole maçonnique du grade de maître et qu'on retrouve aussi sur…

— C'est parfait, l'interrompit Milo, mais laissons ça pour plus tard. J'aimerais surtout savoir ce que signifient toutes ces lignes que vous avez tracées sur le plan. Je n'y ai jamais cru, je ne crois pas aux coïncidences et je ne parviens pas à comprendre quel a pu être le projet de Gaudí, si toutefois il en a eu un, en disposant ses œuvres de façon si… si mathématique.

— Voulez-vous savoir ce que je pense à leur propos ? demanda le bibliothécaire, quelque peu contrarié par cette interruption, à Milo qui acquiesça. Eh bien, ces droites ont été étudiées par une quantité d'experts qui ne sont parvenus à aucune conclusion. Elles sont frappantes, énigmatiques, constituent une belle attraction pour les spécialistes, les pseudo-studieux et les divulgateurs… mais tant qu'on n'aura pas démontré le contraire, elles ne signifient absolument rien. À mon avis, elles sont une ingéniosité de Gaudí, un simple défi à son génial intellect, peut-être stimulé par son goût pour l'exactitude.

— Vous voulez dire que tout se résumerait à cela, à un simple jeu géométrique.

— C'est ce que je pense, oui. Ce qui n'empêche pas que les assassins, fascinés de façon plus qu'évidente par le personnage de Gaudí, aient voulu profiter de ce mystère pour y mettre encore plus de confusion.

— De la confusion ?

— Pour creuser au sein de l'inexplicable, pour multiplier les théories les plus exotiques, pour abonder incidemment dans le symbolisme hermétique. Ce que je veux dire, c'est que leurs motivations ont pu être de souligner leur obsession envers le génie, et qu'elles n'ont pas une signification bien définie. Un maçon ne ferait pas cela et un adversaire des loges maçonniques non plus. Qu'y gagneraient-ils ? Non, dans cette affaire, il y a comme un traumatisme sous-jacent, un grave dérèglement de la psyché, qui se traduit par un esprit torturé.

Le sergent Crespo se racla la gorge.

— Ce qui, de façon scabreuse, les fait se sentir liés à Gaudí, mais de loin bien sûr.

— Explique-toi.

— D'après les experts, sa vie est encore un mystère. Il existe de nombreux points qu'ils ne parviennent pas à éclaircir. Pour commencer, ils n'arrivent pas à se mettre d'accord sur son lieu de naissance : certains parlent de Riudoms et d'autres de Reus. Et puis il y a le fameux changement drastique qu'il a opéré dans sa vie, un virage à cent quatre-vingts degrés. Lorsqu'il est arrivé à Barcelone pour étudier l'architecture, les chroniques disent que c'était un jeune snob orgueilleux, qu'il se faisait conduire en calèche sur les chantiers et qu'il n'en descendait même pas pour consulter les plans. À cette époque, il avait déjà des rapports avec certains membres connus de la franc-maçonnerie et s'était écarté du culte religieux. Et soudain, après avoir été le jeune dandy dont je vous ai parlé, aux goûts de gourmet, habitué du théâtre et de l'opéra, il a opéré une transformation radicale et est devenu l'exact contraire, un mystique qui se rendait quotidiennement à la messe, se réfugiait complètement dans son travail, pratiquait le jeûne et la plus sévère frugalité, portait de vieux costumes élimés et ne se souciait pas de son apparence, à tel point qu'on l'avait plusieurs fois pris pour un clochard, comme ce jour où il a été renversé et tué par un tramway.

Gombrowicz acquiesça lentement en hochant plusieurs fois la tête.

— Et la raison de son virage si radical constitue encore aujourd'hui une énigme.

— Oui, et ce changement présente un certain parallélisme avec celui dont ont souffert nos assassins, ajouta Crespo. C'est de cela que je voulais parler. Leur vie aussi a souffert une transformation radicale, et il se peut que cet aspect des choses, pour leur esprit perturbé, les ait poussés à *fraterniser* avec leur idole, dit-il en haussant les épaules. Je sais que ça semble un peu alambiqué et tiré par les cheveux, mais ça expliquerait qu'ils aient fait une fixation sur le personnage de l'architecte.

Milo s'adressa à Rebeca :

— Lorsque tu m'as parlé du profil des deux assassins, tu as dit que l'un d'eux, l'Assassin à la liste, semblait s'être plongé dans un processus de transformation.

— Oui, et l'autre, le Bourreau, dans un processus de purification, ajouta la sous-inspectrice. Cela pourrait coller avec ce que vient de signaler le sergent.

Milo prit son visage dans ses mains. Il pressa ses yeux et s'étira la peau des joues en tentant de chasser les brumes de son esprit. Ensuite, il s'enfonça dans son fauteuil et battit des paupières en fixant le plafond.

— Celui qui m'intéresse est le Bourreau. Nous en sommes venus à penser que c'était lui qui dirigeait l'Assassin à la liste, n'est-ce pas ? Eh bien, concentrons-nous sur lui.

Rebeca et Crespo se regardèrent tandis que Gombrowicz se resservait du thé.

— Un instant, dit Milo en se redressant brusquement.

Il se pencha sur le plan et l'observa fixement. Au bout de quelques instants, il saisit un crayon, traça une croix sur le Palau Güell et s'exclama :

— La flèche pointe sur lui ! Il ne l'a pas encore utilisé pour suspendre et brûler une victime ! Et à présent, si on ajoute les lieux qu'il a utilisés, le parc Güell, La Pedrera, dit-il en traçant deux croix sur eux, et qu'on y ajoute les deux qui manquent, la grille de Pedralbes et la Sagrada Familia, poursuivit-il en répétant l'opération, qu'est-ce qu'on obtient ?

— Eh bien, nous obtenons cinq croix ? dit Gombrowicz en plaisantant.

— En effet. Il ne reste plus qu'à les relier, dit-il à Crespo. Gaudí avait une prédilection pour les lignes courbes, hein ? Mais ce n'est pas grave, des droites feront tout autant l'affaire.

Il posa la pointe du crayon sur la croix qui se trouvait en haut à droite et le fit glisser vers la gauche. Ensuite, il descendit jusqu'à la croix la plus basse et, de là, partit à la recherche des deux suivantes pour finir sur la dernière croix, presque au centre du plan. Puis il observa le résultat en expliquant :

— Le dessin n'est pas mon point fort, mais avec un peu d'imagination on distingue parfaitement la lettre que cela donne, vous ne trouvez pas ?

Gombrowicz et Crespo restèrent muets.

— Ça donne le fameux G ! s'exclama Rebeca.

— Exact, le Bourreau est en train de signer la ville.

Ils sortirent dans la rue, encore éberlués par le renseignement qu'ils venaient d'obtenir. La moto du sergent se trouvait juste devant la porte de la bibliothèque, cependant chacun descendit le paseo San Juan, méditatif, ruminant pour lui-même et fixant le sol. Rebeca portait sous son bras le plan de Barcelone que leur avait remis Gombrowicz.

Milo s'arrêta, se tourna vers Crespo.

— Tu as l'intention de rentrer au commissariat ou tu considères que la journée est finie ?

— Je devrais y retourner. Mais pour être franc, je n'en ai pas du tout envie.

— Et toi ? demanda-t-il à Rebeca.

— Même chose. Tu ne viens pas avec nous ?

— J'ai déjà eu suffisamment de commissariat pour aujourd'hui. J'ai besoin de souffler.

Le sergent se racla la gorge.

— Puis-je te poser une question, inspecteur ? demanda-t-il à Milo qui acquiesça. Quel but est-ce que tu poursuivais, tout à l'heure avec Bruno Bachs ?

Un camion de pompiers passa devant eux, sirène hurlante, et Milo attendit qu'il se fût éloigné pour répondre.

— Je voulais secouer le cocotier, dit-il. Pour voir s'il en tombait quelque chose !

— Mais de quoi parlez-vous ? s'intéressa Rebeca.

— C'est un jeu qui peut se révéler très dangereux pour toi, déclara Crespo. Tu en es bien conscient, j'espère !

— L'idée est que quelqu'un s'énerve et finisse par commettre une erreur.

Rebeca s'interposa en mettant ses mains sur ses hanches et leur demanda à nouveau de quoi ils parlaient. Le sergent Crespo le lui expliqua brièvement.

— Tu es malade, inspecteur, réagit-elle.

— Pas du tout, je suis convaincu que Félix Torrens avait

soudoyé de nombreuses personnes qui occupent des postes clés dans la ville. Le ministère des Finances, par exemple, dit-il en hochant la tête. Je te parie ce que tu veux que la lettre anonyme qui a permis de découvrir le pot aux roses n'était pas la première, et qu'il y en a eu d'autres et qu'elles ont été détournées par une main invisible. La différence, c'est que la dernière est arrivée directement au bureau du procureur anticorruption et que celui-ci ne faisait pas partie de l'agenda de Torrens, un point c'est tout.

— Et tu penses qu'il se passait la même chose au commissariat central ?

— Pourquoi ç'aurait été différent ? C'est aussi un poste clé, dit-il en se tournant vers Crespo. C'était quoi cette maxime des loges maçonniques ?

— "Ce que tu fais te fait", répondit Toni du tac au tac.

— C'est ça. Si tu te soumets, tu deviens un soumis. Si tu acceptes des pressions, tu deviens un corrompu.

— Et si tu as agi comme un corrompu, tu deviens un nom sur l'agenda de Torrens.

— C'est une chaîne. Vous n'êtes pas surpris de la vitesse à laquelle le juge Nadal s'est présenté au commissariat pour récupérer les films ?

— Et il était accompagné de l'état-major, Bastos et Singla, précisa Crespo.

Milo fit claquer sa langue.

— Ils n'ont même pas mis vingt-quatre heures à réagir.

— Qui ça ? demanda Rebeca.

— Je n'en sais rien, reconnut-il. Mais quelque chose est en train de bouger. Les responsables qui se trouvent sur les films craignent que ceux-ci soient divulgués et que leur carrière soit à jamais détruite en plus de finir en taule. Torrens disparu, on pouvait garder son calme, même si c'était un calme tout à fait relatif. Mais à présent les choses sont différentes et les pouvoirs ont de fait bougé pour se protéger et couvrir l'affaire. "Ils sont des nôtres", et on ne peut pas tolérer que le citoyen lambda soit au courant de tout. Voilà comment fonctionnent les choses et il n'y a vraiment pas de raison que ça change.

— Tu soupçonnes quelqu'un en particulier ? demanda la sous-inspectrice.

— J'ai une vague idée, oui.

— Ce n'est pas la peine d'aller critiquer le culte du secret des sociétés maçonniques, se plaignit Toni.

— Sergent, c'est toujours la même chose. Il ne faut jamais que la main gauche sache ce qu'est en train de faire la main droite, dit-il en le prenant par les épaules. Je vous accompagne pour aller chercher la moto.

Ils refirent le chemin à l'envers dans un silence total.

En arrivant près du véhicule, Crespo en tira deux casques et en tendit un à Rebeca.

— Inspecteur, avant d'oublier, cet après-midi, j'ai reçu un rapport au sujet de la mort d'une vieille dame qui assistait à la messe. Je te dis ça parce que, avec cette histoire de liste… je vois des morts suspectes un peu partout.

— Quand est-ce arrivé ?

— Dimanche dernier.

— Ce n'était pas le 10 juin, précisa Milo.

— Je sais.

— Alors qu'y a-t-il de particulier ?

Le sergent haussa les épaules. Mal à l'aise, il joua un instant avec la visière de son casque.

— Georgina Perricot, veuve, quatre filles, quatre-vingt-deux ans. Elle vivait toute seule sur le paseo Turull. D'après le rapport, tout indique que c'est un infarctus.

— Est-ce qu'on a pratiqué une autopsie ?

— Quatre-vingt-deux ans, inspecteur.

— J'insiste : pourquoi tu trouves cette mort étrange ?

— Le paseo Turull est très près du parc Güell. Juste en dessous.

Milo arqua les sourcils.

— Continue.

— C'est arrivé pendant la messe.

— Ça, tu l'as déjà dit.

— À l'église des jésuites de la rue Caspe, ajouta Crespo.

— Et alors ?

— J'ai fait une recherche sur internet et l'architecte était Joan Martorell…

— Merde, Toni, accouche une bonne fois pour toutes.

— Mais le dessinateur était Gaudí. Ç'a été une de ses premières collaborations.

Milo fit la moue.

— C'est peut-être une coïncidence, murmura le sergent en mettant son casque.

— Toi et tes fameuses coïncidences, grommela Milo. Les jésuites de la rue Caspe ?

Crespo acquiesça, tout en enfourchant sa moto.

— On ne risque rien d'aller y voir de plus près. Sous-inspectrice, tu es d'accord ?

— Moi, aller à l'église ? demanda-t-elle en prenant place derrière le sergent.

— Il y fait très frais et tu pourras prier à ton aise. Et, au passage, je te présenterai quelques amis.

— Prier ? Tu n'y penses pas, fit-elle en s'accrochant à la taille du sergent. À neuf heures, ça te va ?

— Je serai ponctuel. Et, au fait, n'oublie pas de ranger le plan dans mon tiroir.

Crespo démarra. Planté sur le trottoir, Milo les observa descendre sur la chaussée et s'éloigner en se mêlant à la circulation. Tout de suite après, il enfonça les mains dans ses poches et marcha tête baissée vers l'endroit où il avait garé sa voiture.

23

Il traversa la rue Pau Claris au rouge et courut jusqu'à l'autre côté, où se trouvait la grande porte de l'école des jésuites. Il ne put résister à la tentation de passer la tête pour jeter un coup d'œil à l'intérieur. Des années durant, il avait quotidiennement franchi ces portes pour se rendre en classe et il eut la curiosité d'aller voir si les choses avaient changé. Le vestibule était pareil, sauf qu'à présent il était désert en raison des vacances. Même loge vitrée du concierge, mêmes photographies de groupe sur les murs et porte du secrétariat ; et, en face, même escalier conduisant aux salles de classe, même sculpture du Sacré-Cœur de Jésus sur le premier palier, qui l'avait tant intimidé les toutes premières semaines de sa scolarité. Un souvenir éclata dans son cerveau : les enfants en train de monter, en rang deux par deux, les marches usées, frôlant de la main les pieds de la statue pour ensuite embrasser leurs doigts. Il secoua la tête. Ah, l'époque de l'école ! En réalité, elle ne fut pas si mauvaise. Une fois qu'il se fut habitué au changement, à partager l'énorme bâtiment avec des centaines d'autres élèves, tout se passa relativement bien. À un détail près. Un tout petit détail. Et il se mit à espérer que, oui… que certaines choses aient cependant changé.

L'église se trouvait un peu plus loin, à un demi-pâté de maisons, dans la rue Caspe, et il se dépêcha pour ne pas faire attendre la sous-inspectrice Mercader. À peine aperçut-il son visage, qu'il comprit que ce n'était plus la peine de presser le pas.

On ne dit rien et on entre, pensa-t-il en arrivant à sa hauteur.

Rebeca se mordit la langue. Elle contint sa mauvaise humeur et le suivit.

Le lieu se trouvait dans le noir, un léger parfum d'encens planait au-dessus des bancs. Ils avancèrent le long d'une des allées latérales en attirant les regards inquisiteurs des quelques fidèles qui, à cette heure-là, étaient déjà agenouillés et attendaient l'office de dix heures.

Ils pénétrèrent dans la sacristie. L'odeur de renfermé y était prégnante. Un homme vêtu de gris leur tournait le dos tout en préparant la tenue du curé qui allait bientôt dire la messe.

Milo se racla bruyamment la gorge et l'homme se retourna vers eux.

— Je suis l'inspecteur Malart et voici mon équipière, la sous-inspectrice Mercader, dit-il en lui montrant sa plaque. On souhaiterait poser quelques questions au curé qui a dit la messe, dimanche dernier.

— C'est au sujet de cette pauvre Mme Perricot, je suppose ? C'est un grand malheur, dit-il en joignant les mains. Mourir de cette façon, avant même d'avoir pris la communion. Quelle fatalité. Mon Dieu.

— Peut-être étiez-vous présent, ce jour-là ?

L'homme acquiesça.

— J'ai assisté le père Gabriel, comme d'habitude, dit-il en fermant les yeux. Elle est partie comme un petit oiseau, perchée sur son banc habituel, ajouta-t-il en les rouvrant en même temps qu'il les levait au plafond de la sacristie. Que Dieu la garde auprès de lui. C'était une des plus fidèles de nos fidèles ; autant que je me souvienne, elle n'a jamais manqué la messe de midi, tous les dimanches. Les voies du Seigneur sont impénétrables.

— Est-ce que vous avez remarqué quelque chose de bizarre, dimanche dernier ? demanda Rebeca. Quelqu'un… je ne sais pas, moi… un inconnu qui se serait approché d'elle ?

Le sacristain parut soudain déconcerté.

— Non… je ne vois pas à quoi vous faites allusion. Les ambulanciers ont dit que c'était le cœur qui avait lâché, une attaque fulgurante. Ils n'ont rien pu faire pour sauver la pauvre Mme Perricot. Vous comprenez… à cet âge, ce sont des choses qui arrivent. C'est vraiment très triste mais, croyez-moi, si j'en juge par l'expression de son visage, elle est partie en paix, je vous assure, dit-il en se signant à toute vitesse. À présent, elle nous regarde depuis là-haut, assise à la droite de Dieu.

— Et au premier rang… je suis sûr de ça, dit Milo. Donc, vous n'avez rien vu qui aurait pu attirer votre attention ? Pas d'inconnu assis à côté d'elle ? Peut-être un homme blond, non ?… Les cheveux coupés très court ?

La stupeur creusa davantage les traits du sacristain.

— Elle occupait les bancs du fond, murmura-t-il, juste à la croisée des allées. Habituellement, le dimanche, de nombreux fidèles assistent à l'office, avec leur famille. Non… moi, non… Moi, j'étais loin, sur le premier banc de la travée, près de la porte. Elle disait qu'elle aimait s'asseoir là-bas, car elle s'y sentait plus tranquille, il n'y avait personne autour d'elle. Et en vérité, je ne fais plus attention aux personnes qui assistent à la messe ou pas. Il est vrai que plusieurs non-habitués se joignent également à nous, y compris des touristes, mais je ne saurais vraiment pas vous dire si…

— Qu'est-ce que tu ne saurais vraiment pas leur dire, frère Josep ?

— Père Gabriel, ce sont des policiers, dit-il en les pointant du doigt. Et ils viennent pour le décès de Mme Perricot… inspecteurs Malart et Mercader.

— En ce qui me concerne, je suis sous-inspectrice, corrigea Rebeca en se tournant vers l'homme aux cheveux blancs qui venait de pénétrer dans la sacristie.

Il était vêtu d'une chemise et d'un pantalon noirs ; le col romain rigide était la seule note de couleur de sa tenue.

— C'est une enquête de routine, père Gabriel, reprit Rebeca. Nous voulions seulement savoir si, pendant l'office de dimanche dernier, vous aviez vu quelque chose d'étrange autour de la défunte, un détail inhabituel qui…

— Malart ? l'interrompit le curé. Camilo Malart ?

— Milo, si ça ne te dérange pas, précisa-t-il.

— C'est toujours un plaisir pour moi de retrouver un ancien élève.

— Moi, je n'utiliserais pas ce mot entre ces murs, Gabriel. Ça sonne faux, tu ne trouves pas ? Et en plus, dans la bouche d'un professeur de langue, je ne te dis pas…

— D'un ex-professeur, monsieur Malart ; j'ai abandonné l'enseignement.

— Ex-monsieur, Gabriel, car je ne vais plus à l'école. À présent je suis inspecteur de police.

— Appelle-moi père Gabriel, si tu veux bien. Je me souviens que tu n'avais pas de très bonnes notes dans ma discipline, tes rédactions étaient bourrées de fautes d'orthographe.

— Tu as une bonne mémoire, dis donc.

— Je n'oublie jamais un visage, assura le curé en souriant. Je vois que la vie t'a bien traité. Monsieur l'inspecteur, rien que ça !

— Qu'est-ce que tu peux nous dire sur ce qui s'est passé pendant la messe, dimanche ?

Le curé se tourna vers le sacristain et celui-ci lui tendit une pièce de lin blanc rectangulaire.

— Rien de particulier. J'ai officié comme d'habitude, dit-il en y introduisant la tête et en plaçant l'amict sur ses épaules et autour de son cou. Je me suis étonné que Mme Perricot ne soit pas venue prendre sa communion, mais je n'y ai pas accordé grande importance, ajouta-t-il tandis que le sacristain l'aidait à croiser les cordons dans le dos, avant qu'il ne se les noue lui-même par-devant. Ce sont les fidèles qui ont découvert qu'elle était inconsciente.

Le frère Josep lui remit son aube et le curé passa une robe blanche et brodée qui lui arrivait jusqu'aux pieds.

— Je suis allé voir lorsque j'ai entendu toute l'agitation et quelqu'un a appelé l'ambulance. Mais ça n'a servi à rien. J'ai juste pu réciter une prière pour la paix de son âme.

Il l'ajusta avec le ruban de soie de sa ceinture et ce fut le tour de l'étole.

— Son pouls ne battait plus, la pauvre. Et non, je n'ai rien remarqué de particulier, personne qui n'ait fait ce qu'on fait normalement dans ces cas-là.

Il revêtit en dernier sa chasuble verte sur la longue et étroite bande de la même couleur.

— Je l'ai juste éventée, je lui ai passé un mouchoir humide sur le front et je lui ai nettoyé le poignet…

— Tu lui as nettoyé le poignet ?

— Ce n'était rien, juste une petite goutte de sang, une éraflure que quelqu'un avait dû lui faire avec sa gourmette ; peut-être moi-même en me hâtant de lui tâter le pouls. Ses filles sont inconsolables ; c'est logique. Ç'a été une tragédie, dit-il en haussant les épaules. Mais lorsque Dieu nous rappelle à lui, quoi de mieux qu'une église ? ajouta-t-il gravement. Je peux témoigner que Georgina Perricot a vécu une vie de foi et de plénitude avec Dieu, obéissant à ses enseignements et fidèle à son credo. Qu'elle repose en paix. Et à présent, je te prie de m'excuser, les fidèles m'attendent.

Le curé allait partir, mais Milo s'interposa.

— Une minute, Gabriel, je te prie. Avant de lui prendre le pouls, tu es sûr qu'elle ne saignait pas ? Réfléchis à ça, c'est très important.

— Et comment veux-tu que je le sache, Malart. Avec le tumulte, je n'ai pas eu le temps de me fixer sur tous les détails. Elle a eu un infarctus, ça se produit tous les jours, et encore plus chez les personnes du troisième âge. Ne cherche pas à voir des choses là où il n'y a rien à voir, lui dit-il en posant une main sur son épaule. Tu as toujours été un dilettante, Malart. Je me souviens de toi en train de discuter pour tout, tu cherchais toujours la petite bête.

— C'est vous qui m'avez appris à le faire, à penser par moi-même. Comment est-ce que vous disiez déjà ? demanda-t-il en prenant une grosse voix. "Nous voulons éduquer les jeunes de façon à ce qu'ils ne correspondent pas tout à fait au système et qu'ainsi ils parviennent à le changer." Louable objectif, mais pas très commode pour les élèves. Après ça, on avance la tête la première, toute la journée à se cogner un peu partout, tu sais !

Le père Gabriel esquissa un large sourire.

— Tu devrais assister aux réunions des anciens élèves. On s'amuserait bien avec toi.

— Federico Pires vient également à ces réunions ?

Son sourire s'effaça immédiatement.

— Le père Pires a rejoint notre mission du Honduras.

— Il est bien à l'abri, si je comprends bien. Tu ne devrais pas le protéger, comme tu le fais.

— Il réalise un grand travail avec les enfants défavorisés, dit-il d'une voix rauque.

— Avec les enfants ? fit Milo dans un accès de colère. C'est un prédateur, et tu le sais, tout le monde le sait, il devrait se trouver derrière les barreaux. Vous n'avez vraiment honte de rien, ici !

— Jésus, Marie, Joseph ! s'exclama le sacristain. Ne perds pas la foi, mon fils.

— Je ne suis pas ton fils, abruti, protesta-t-il, puis il fit face au père Gabriel. Tu te souviens de Carlos Guevara ? C'était un de mes camarades de classe.

— Non, je ne me souviens pas de lui, répondit-il en baissant la voix de deux octaves.

— Et c'est toi qui viens d'affirmer que tu n'oubliais jamais un visage !... répliqua dédaigneusement Milo. Je te jure, Gabriel, je ne vous comprends pas, toi et les tiens. En le couvrant, vous êtes en train de lui permettre de continuer à exercer ses bassesses. Il ne serait pas plus simple de dire la vérité et de demander pardon ? Surtout à ses victimes, comme mon ami Guevara. Après ce qui s'est passé à Montserrat, il a complètement disparu de l'école.

— Comment osez-vous nous parler de la sorte, insensé ? clama frère Josep.

— Ne t'énerve pas, mon frère, intervint le père Gabriel. Malart doit avoir un problème avec la boisson ou la drogue... je ne sais pas.

— Non, pas du tout. Je me contente de lire des livres de développement personnel.

— Ah, je comprends !

— Non, comme je le craignais, tu ne comprends absolument rien du tout, dit Milo en tournant sa tête très lentement, de droite à gauche. Si un jour tu croises Pires, donne-lui mon bonjour. Dis-lui que, comme Guevara, je ne l'oublie pas et que je rêve de le croiser un jour, dans la rue.

Le téléphone portable de Milo se mit à sonner à cet instant-là. Il le tira immédiatement de sa poche, vit qu'il s'agissait d'un correspondant inconnu et reprit :

— Tu penses que Pires aura le même courage avec un adulte qu'avec un gamin de douze ans ?

Les joues du curé devinrent encore plus rouges. Le téléphone continuait à sonner.

— Tu as toujours été un insolent.

— Savoir ce qui se passe et regarder dans une autre direction est la pire des lâchetés.

Il appuya sur la touche pour répondre, avec une certaine appréhension. Il reconnut immédiatement la voix. C'était Alba Conte, la secrétaire de Susana. Elle avait l'air très nerveuse.

— Ici, c'est la maison du seigneur ! hurla le curé.

Il mit sa main sur le téléphone.

— Eh bien, montrez-le, alors ! Elle a besoin d'un sacré bon nettoyage.

Sans prêter attention aux protestations du père Gabriel, il porta le téléphone à son oreille tout en sortant de la sacristie. Rebeca le suivit.

La voix d'Alba Conte frôlait l'hystérie.

— Inspecteur, la juge Cabot avait une réunion à neuf heures à son bureau et elle n'est pas encore arrivée. Il est dix heures, ce ne sont pas du tout ses habitudes. Si elle avait été en retard, elle m'aurait prévenue. Et elle ne répond pas sur son portable ni chez elle. Il lui est arrivé quelque chose, inspecteur, j'en suis persuadée. Je vous appelle car elle n'a pas arrêté de me dire que si un jour il venait à lui arriver quelque chose, c'est vous que je devais appeler en priorité. Qu'est-ce que je fais, inspecteur ? Que faisons-nous ?

Milo devint soudain tout pâle.

— Ça ne va pas ? Que se passe-t-il ? demanda Rebeca alarmée.

— Ne vous en faites pas, madame Conte. Je m'en occupe. Je vous rappelle tout à l'heure. Essayez de vous calmer et restez près du téléphone. Je vous tiendrai au courant de la situation en temps réel.

Il raccrocha. C'est alors qu'il s'aperçut qu'il se trouvait devant l'autel. Les visages des fidèles l'observaient d'un air perplexe tandis qu'indigné le père Gabriel lui indiquait la sortie.

— Pour l'amour de Dieu, s'exclama-t-il.

Milo traversa l'église à toute vitesse, Rebeca sur ses talons.

Une fois dans la rue, il dit :

— Il se peut que Susana ait été enlevée.

Il chercha un numéro sur son agenda.

— La visite au paseo Turull est remise à plus tard, dit-il tandis que la communication s'établissait. Toni, passe-moi Sonseca, au Département des personnes disparues ! Immédiatement !

Le dispositif d'enquête détermina rapidement qu'en effet la juge Cabot avait été enlevée. Son véhicule, une Mercedes classe M, avait été découvert dans la rue General Batet, à proximité de l'hôtel Juan Carlos Ier, abandonnée et fermée à clé. Son sac à main se trouvait sur le siège passager et l'on découvrit un sac de sport dans le coffre qui contenait des vêtements et du matériel de gymnastique, ainsi que la carte du Club Laietà. Le Département des personnes disparues établit vers le milieu de l'après-midi l'enchaînement des événements dans le bureau de l'inspecteur-chef Mateo Sonseca.

— La méthode est très similaire à celle qui a été utilisée pour les enlèvements d'Eduard Pinto et de Félix Torrens, sauf que dans ce cas, au lieu d'avoir été abordée à la sortie de son travail, la victime l'a été au moment où elle quittait les installations du club sportif où elle se rendait tous les mardis et tous les jeudis pour prendre son cours de fitness.

— Maudite obsession pour la ligne, dit Milo entre ses dents. C'est tout elle, ça.

Il s'était transformé en l'ombre de Sonseca toute la journée et son visage commençait à refléter les stigmates de la fatigue.

— Elle a quitté la Cité de la justice vers huit heures du soir et a pris la direction du club. Les témoins affirment qu'une heure et demie plus tard elle est montée dans sa voiture et est sortie de l'enceinte. Une de ses camarades de cours lui a lancé un au revoir alors qu'elle franchissait la barrière automatique du parking. C'est la dernière à l'avoir vue.

— On pense que le ravisseur se trouvait déjà sur la banquette arrière, dit l'inspecteur Cruz.

— Tout indique qu'il a dû s'introduire dans le parking du club. Il se trouve à l'air libre et il n'est pas aussi bien surveillé que celui de la Cité de la justice. Il est très facile d'avoir accès aux installations comme si on était un membre parmi les autres. Le… le ravisseur…

— Tu peux dire le Bourreau… intervint Milo d'une voix neutre. Parce que c'est bien de lui qu'il s'agit.

Rebeca acquiesça d'un mouvement de tête et Sonseca poursuivit :

— Il a dû ouvrir le véhicule sans difficulté avec le reproducteur de fréquences, il s'est caché sur la banquette arrière, et a attendu le moment opportun pour la neutraliser.

— On pense que la juge a roulé en direction de la rue Pintor Ribalta, elle a ensuite pris l'avenue de Chile et a tourné à droite dans la rue General Batet. C'est cet endroit qu'a choisi le Bourreau pour agir.

— À nouveau une rue solitaire et peu fréquentée, sans la moindre caméra de surveillance.

— Oui, la rue s'anime bien plus tard, quand les prostituées et les travestis en prennent possession. Mais entre neuf heures et demie et dix heures, il n'y a pratiquement personne et pour l'instant on n'a trouvé aucun témoin de l'enlèvement.

— La scientifique a repéré des traces, des fibres et des cheveux, à l'intérieur du véhicule. Ils sont en train de les analyser. Peut-être aura-t-on de la chance, on ne sait jamais…

— Non, le Bourreau ne commet pas ce genre d'erreur, coupa Milo.

— D'après son *modus operandi*, on imagine qu'il l'a neutralisée de façon fulgurante, avec une substance anesthésiante ou de la drogue, puis qu'il l'a transportée inconsciente dans son véhicule.

— La fourgonnette blanche, précisa Rebeca.

— On n'en est pas sûrs, aucune caméra n'a filmé le moment de l'agression.

— Tout ça en moins de temps qu'il ne faut pour le dire, murmura Milo. Susana n'a même pas eu le temps de comprendre ce qui lui arrivait. Sinon, elle aurait résisté, je la connais.

— Ce type est vraiment une putain d'anguille, faut voir comme il nous file tranquillement entre les doigts. Il mène son enlèvement à bien et disparaît sans se presser, pour ne pas attirer l'attention.

— Il a dû la suivre ces dernières semaines, pour apprendre par cœur toutes ses habitudes.

— Et il a choisi l'endroit le plus approprié et a préparé soigneusement son intervention.

Rebeca se racla légèrement la gorge.

— Je sais que c'est ridicule de poser cette question, mais a-t-on reçu une demande de rançon ?

L'inspecteur-chef Sonseca fit un geste négatif.

— La vraie question est la suivante : pourquoi le Bourreau a-t-il enlevé Susana Cabot ?

— Tout simplement parce que c'est la juge chargée d'instruire l'affaire, répondit Cruz.

Milo se tut. Il se demandait si l'inspecteur avait raison.

— Malart, je suis désolé, dit Sonseca. Je sais que vous étiez très amis et…

— On est toujours très amis, Mateo, parle au présent je te prie, rectifia Milo en s'éloignant en direction de la porte. Le Bourreau a commis sa première erreur. Il a touché à un des miens et ça… je vous assure que ça ne va pas se passer comme il croit. Vous me tiendrez au courant de l'avancement de l'enquête, d'accord ?

— C'est comme si c'était fait.

Un silence tendu l'accompagna tandis qu'il sortait du bureau de l'inspecteur-chef.

Il traversa le bureau et se dirigea vers l'escalier. Il s'assit au milieu d'une volée de marches, demeura un instant les yeux rivés au sol. Ensuite, il respira profondément et appela Alba Conte pour lui donner les dernières nouvelles. La voix de la secrétaire retentit, pâteuse. Tout au long de la journée, il l'avait ponctuellement tenue au courant de l'évolution de la situation, mais plusieurs heures auparavant, on avait dû lui administrer un calmant et la renvoyer chez elle.

— Inspecteur Malart, elle a aveuglément confiance en vous, dit-elle en articulant très lentement. Vous ne nous décevrez pas, n'est-ce pas ? C'est… je…

— Je vous en donne ma parole.

Tandis qu'il raccrochait, il entendit s'ouvrir la porte d'entrée. Un moment plus tard, Rebeca était assise à ses côtés.

— Comment ça va ?

— Ça n'a aucune espèce d'importance, dit-il avec amertume, puis il se mordit les lèvres. Espérons que Susana Cabot ne devienne pas la nouvelle Esther Garcilaso.

— On a cinq jours pour arrêter le Bourreau, avant que…

— Avant qu'il ne la suspende dans un putain d'endroit dessiné par Gaudí et qu'il l'y brûle vive.

Rebeca retint sa respiration.

— La grille des pavillons de Pedralbes, murmura-t-elle.

— Ou la Sagrada Familia, les lieux ne manquent pas, tu le sais très bien.

Elle acquiesça :

— Cinq jours, inspecteur. Dimanche prochain. C'est aussi le jour où la Sagrada Familia doit être consacrée par le pape.

— Je sais compter, sous-inspectrice. Le compte à rebours a commencé hier soir.

Ils se regardèrent fixement l'un l'autre.

— Qu'est-ce que tu me caches, salopard de merde ? demanda-t-il à haute voix. Qu'est-ce qu'il n'y a pas ici ?

Il se trouvait dans la salle de visionnage. L'horloge indiquait quatre heures du matin passées et il avait déjà regardé plusieurs fois le film de l'agonie d'Eduard Pinto sans trouver ce qu'il cherchait. Il avait l'intuition que quelque chose lui échappait, mais il avait beau se triturer la cervelle, il ne parvenait pas à trouver ce que c'était. Mal à l'aise envers lui-même, il saisit la tasse vide et se leva. Il alla à nouveau la remplir dans la salle de repos et en profita pour faire un tour dans le bureau presque désert et se dégourdir les jambes. Il s'arrêta devant une des fenêtres et observa la rue.

La solitude. Le silence. La noirceur.

Plusieurs images flashèrent dans sa tête. Le visage d'Eduard Pinto déchiré par les cris de douleur. Le corps de Félix Torrens dévoré par les flammes. Le premier, suspendu à un balcon ; le second, crucifié sur un calvaire. Tous les deux se consumant sur un bûcher humain. Un châtiment. Punis. *L'esprit est mort.* Une main tordant le cou à une colombe. *Barcelone a tout abîmé.*

Susana enfermée dans une cellule nauséabonde. Sans eau. Attendant son heure. Le feu.

Il fit demi-tour et retourna à la salle de visionnage.

Il repassa l'enregistrement des caméras de surveillance. Le véhicule de Parcs & Jardins arrive à cinq heures quarante. Il s'arrête sous le balcon de la contre-allée. La silhouette habillée de noir de la tête aux pieds charge le corps sur la plateforme élévatrice. Elle le suspend au garde-fou, l'arrose d'essence. Eduard Pinto ouvre les yeux, la bouche. Il est cinq heures quarante-deux et la silhouette se place de dos aux caméras, s'entretient avec lui quelques secondes. Elle descend. Le compteur de temps indique cinq heures quarante-trois. Elle déplace le véhicule et met le feu à la victime. De grandes langues de feu l'enveloppent immédiatement. La silhouette s'en va et abandonne le véhicule dans la rue du haut. Elle traverse le paseo de Gracia en courant et disparaît de l'angle de la caméra. L'horloge indique cinq heures quarante-quatre. Eduard Pinto gigote dans les airs. À cinq heures quarante-sept ses mouvements sont moins énergiques. Le feu ne baisse pas. La victime cesse de bouger à cinq heures quarante-neuf. Un feu follet vacille sur sa tête noircie. Les pompiers arrivent à six heures deux. Une minute plus tard, l'enregistrement s'arrête.

— Je connais ce film par cœur, marmonna-t-il dans la salle vide.

Il remplaça le film par celui qu'avait enregistré l'assassin et appuya sur *Play*. Un gros plan sur la victime, sa terreur sans limites lorsqu'elle comprend qu'elle va être dévorée par le feu après avoir sucé quelques gouttes d'essence. C'était un caméscope, haute définition. Le son ainsi que l'horloge étaient désactivés.

— Il est cinq heures quarante-deux, dit Milo en se souvenant parfaitement de ce détail.

Il observa les traits d'Eduard Pinto au moment où il écoutait les mots de l'assassin et la soudaine frayeur qui envahissait ses yeux. Au plan suivant, qui cette fois avait été pris depuis l'angle d'en face, on pouvait voir son corps enveloppé par les flammes. Milo calcula qu'il était cinq heures quarante-cinq, une minute après que la silhouette était sortie du véhicule et avait traversé le paseo de Gracia en courant. Le zoom rapprochait le visage d'Eduard Pinto dans un deuxième gros plan cruel. Ses joues commençaient à fondre sous l'effet d'un feu lacérant. Deux minutes plus tard, l'objectif s'éloignait pour cadrer le corps en plan moyen. Les convulsions étaient de moins en moins énergiques. Et après deux minutes supplémentaires, un long plan général montrait le corps immobile suspendu au fastueux échafaud de Gaudí, la façade ondulée de…

— Attends, attends… murmura-t-il.

Il fit reculer l'enregistrement jusqu'au deuxième gros plan. Il approcha son visage de l'écran. Il observa les détails attentivement. Il battit des paupières, abasourdi, et recula.

Il saisit son portable et appela Rebeca. Il tambourina impatiemment sur la table en entendant la sonnerie.

— Oui ? dit-elle d'une voix somnolente.

— J'ai maintenant la preuve qu'ils sont bien deux. Et je sais comment ils s'y sont pris.

La sous-inspectrice Mercader arriva au commissariat central le visage encore tout endormi.

— Tu ne dors donc jamais, hein ? fit-elle en pénétrant dans la salle de visionnage un café à la main.

— Tu te charges de le faire pour deux, répondit-il en tapotant le siège d'une chaise. Assieds-toi et regarde bien ce que je vais te montrer.

Il fit tourner le film de l'assassin et lui indiqua l'écran.

— Qu'est-ce que tu vois ?

— Les images horribles de la mort d'un homme enveloppé par des…

— Et maintenant, qu'est-ce que tu ne vois pas ? coupa-t-il en agitant son index de façon péremptoire.

Pendant que Rebeca scrutait l'écran, Milo observa son visage concentré, ses yeux gris reflétant l'éclat des flammes. Un instant plus tard, il la vit froncer les sourcils.

— Ah, oui ! C'est évident, je ne vois pas l'horloge, dit-elle.

— Gagné. Et à présent, dis-moi, pourquoi l'assassin a désactivé cette fonction de la caméra ? Il se moque qu'on le voie en pied, qu'on découvre sa corpulence et tout le reste, mais il ne veut pas nous montrer l'horloge de la caméra. Pourquoi donc ?

— J'imagine qu'il a voulu nous cacher les minutes qui passent, je ne vois vraiment pas d'autre explication. Ce qui m'échappe, c'est pour quelle raison.

— On y vient, ne t'inquiète pas, mais avant… dit-il en manœuvrant les commandes jusqu'à arrêter le film sur le deuxième gros plan du visage d'Eduard Pinto. Dis-moi qu'est-ce que tu ne vois pas, ce coup-ci ?

En observant sa bouche déformée par les hurlements muets, la peau de ses joues en train de commencer à fondre comme du beurre, Rebeca fit une grimace. Elle cligna des yeux.

— Je ne vois pas de compassion ? De clémence, non ?

Milo eut un mouvement de contrariété.

— Non, je ne parle pas de ce qui est intangible. On ne s'intéresse qu'à ce qui est tangible. Que manque-t-il sur ce plan ?

Rebeca fronça ses lèvres. Elle fit non de la tête.

— Je donne ma langue au chat !

— Eh bien, il manque les dommages, les ravages du feu, dit-il en montrant l'image. L'assassin commence à faire brûler la victime à cinq heures quarante-trois, il part en courant à cinq heures quarante-quatre, va se poster à l'angle d'en face et reprend le film plus ou moins à cinq heures quarante-cinq. Eduard Pinto est en train de brûler depuis près de deux minutes… Et la peau de son visage commencerait à fondre à peine maintenant ? C'est bizarre, non ?

— Il n'est pas trop brûlé, c'est vrai, murmura-t-elle.

— Exact. Et cela ne peut signifier qu'une seule chose : qu'il y a une autre caméra et que c'est le second assassin qui l'utilise. Il attend que son comparse s'en aille avec la nacelle, il attend, oui… mais il se précipite, il commence à filmer trop tôt, peut-être juste une minute, mais ça suffit… C'est pour ça que le visage de la victime n'est pas encore vraiment détruit et que le feu vient à peine de prendre. Il a tout simplement commencé à filmer trop tôt.

— Deux caméras, deux assassins, dit Rebeca d'une voix douce. Il y a un saut dans le temps de la prise de vue : le film a été monté.

— Et pour éviter qu'on le découvre, ils ont supprimé la fonction de l'horloge.

— Voilà la preuve qu'ils sont bien deux, ce n'est plus une conjecture de notre part !

— C'est ce que je pense, oui, dit-il en esquissant un demi-sourire. Et à mon avis, celui qui tient la seconde caméra est le Bourreau. C'est lui qui signe avec le G, et c'est lui qui se charge de filmer les scènes les plus artistiques. C'est lui qui a la veine créative, l'artiste. L'autre, c'est la force à l'état brut, l'exécutant qui obéit aux ordres.

— L'Assassin à la liste, conclut Rebeca.

Milo fit un geste affirmatif.

— Reprenons la séquence des faits. Ils arrivent tous les deux à La Pedrera dans le véhicule de Parcs & Jardins. Eduard Pinto se trouve devant, sur les tapis de sol.

— Ainsi que l'a dit Bonhora, comme un paquet, à leurs pieds, dit-elle nerveusement. Le véhicule s'arrête un peu avant l'angle de prise de vue des caméras de surveillance et le Bourreau descend.

— Il va se placer à l'angle d'en face, à visage découvert, comme un piéton parmi d'autres, poursuivit Milo. Pendant ce temps, l'Assassin à la liste accomplit ce qu'on sait déjà. Efficacement et rapidement. Comme un automate.

— Le Bourreau attend impatiemment. Est-ce qu'il trace la lettre G sur le trottoir, à ce moment-là ?

— Non, plus tard, à la fin. Le Bourreau ne voulait surtout pas rater le spectacle. C'était un trop grand moment pour lui. Il avait trop besoin de savourer sa vengeance.

— Et en proie à son excitation, il se précipite pour filmer les souffrances de la victime.

— Oui, l'Assassin à la liste abandonne donc le véhicule dans la rue d'en haut et part à toute vitesse, il traverse le paseo de Gracia et s'éloigne ventre à terre. Mais il ne se dirige pas vers l'angle de la rue, il va tout droit, arrive à la Rambla Cataluña et, évitant les caméras, récupère la fourgonnette blanche dans la rue Consejo de Ciento, là où il l'avait garée en arrivant.

— Puis il revient pour emmener le Bourreau, précisa Rebeca, qui continuait à filmer tranquillement la mort d'Eduard Pinto et l'arrivée des pompiers, voilà…

— C'est cet instant-là que m'a raconté le clochard. Ça s'est passé exactement comme il me l'a dit. Ce qui explique pourquoi il a pu voir son visage. Parce que le Bourreau ne portait pas de casque, seul l'Assassin à la liste en avait un.

— Pour pouvoir filmer sans difficulté. Et comme ce n'est pas lui qui a couru, ajouta-t-elle, les images ne sont pas bougées, à cause de ses efforts. Son bras ne tremble pas. D'accord, sa caméra peut avoir une fonction stabilisatrice, mais les plans sont parfaitement cadrés, sans la moindre hésitation. Alors la fourgonnette arrive et le récupère, comme une fleur. Et ils se tirent ensemble.

Milo acquiesça, pensif :

— Grâce à ce vieux mendiant, on a une description du Bourreau. Il est blond, il a les cheveux ras, c'est un beau mec.

— Et d'après le patron de la boutique d'électronique : il a les yeux bleus et une voix très désagréable.

— C'est un homme de trente-huit ans avec un aspect nordique, dit-il tandis que son visage se refermait. Qui tient à présent Susana en son pouvoir.

Rebeca posa une main sur son épaule. Puis elle se leva pour éteindre l'écran.

— Non, ne l'éteins pas. On n'a pas encore tout à fait fini. Il manque encore un détail.

Elle ouvrit les yeux doucement. Une intense douleur aux tempes les lui fit refermer. Elle respirait avec difficulté. Calme, elle s'efforça de se libérer de l'oppression qui comprimait sa poitrine. Après avoir réussi à maîtriser le rythme de sa respiration, elle tenta de remettre ses idées en ordre. Le cours de fitness, les plaisanteries avec les camarades sous la douche, les au revoir à la cafétéria. Dans la voiture, elle avait déposé son sac de sport dans le coffre, pris place au volant. Puis elle avait démarré et était sortie du club.

La piqûre au cou.

En s'en souvenant, elle voulut porter son bras à cet endroit, mais celui-ci répondit au ralenti, comme s'il ne lui appartenait plus. Elle l'obligea jusqu'à ce qu'il lui réponde avec une exaspérante lenteur. Elle ne sentit rien. La douleur avait disparu. Son cou ou son système nerveux était encore anesthésié. Elle se rappela le moment. L'injection et ensuite le noir.

Jusqu'à présent.

C'était la méthode du bourreau.

Il l'avait prise en chasse comme Eduard Pinto et Félix Torrens. Soudain, deux sentiments l'envahirent : le premier était la honte et le second la terreur. Elle lutta contre les deux. C'était une juge mais elle ne pouvait pas prévoir que le psychopathe se retournerait à un moment contre elle. Quant à son autre sentiment, elle se dit que, dans sa vie, elle ne s'était jamais rendue sans d'abord livrer bataille.

— Ce ne sera pas la première fois, murmura-t-elle, la bouche pâteuse.

C'est alors que firent leur apparition dans son cerveau les images des vidéos et qu'elle s'aperçut que son cœur s'accélérait à nouveau. Elle avala sa salive. L'estomac noué, son assurance commença à flancher. La soif, le feu. Une mauvaise mort, lente. La douleur de ses tempes s'intensifia. La douleur. Elle ne la supporterait pas, elle allait craquer. Elle allait mourir de la pire des façons qui soit. Et elle ne voulait pas, elle ne voulait pas. Pas encore, mon Dieu. Plusieurs larmes s'échappèrent de ses yeux, et cela la rendit furieuse. Elle s'efforça de chasser ces sentiments de son esprit. À la façon d'un mantra, elle se répéta qu'elle était forte comme un roc. "Tu es en acier, une femme d'acier." Ensuite, elle énuméra les armes qu'elle avait en son pouvoir. La maîtrise du sens commun. Une force inébranlable. La tête, son seul talent naturel. Elle ne la perdait jamais, même pas dans les situations les plus difficiles. De plus, elle était une femme, et ce misérable était un homme. L'intelligence. Non, elle n'allait pas lui donner le plaisir de la voir effrayée. Et elle ne le supplierait pour rien au monde. Après avoir surmonté son accès de panique, elle décida de demeurer forte et de ne pas défaillir. Et qu'il se passe ce qui devait se passer. Elle franchirait chaque étape le moment venu.

Elle ouvrit à nouveau les yeux et aperçut des ombres allongées projetées sur le plafond. Elle roula sur elle-même et, au prix d'un suprême effort, se leva lentement en s'appuyant contre le mur. Elle leva la tête. Les barreaux se trouvaient à quelques mètres de là. Et derrière eux, un faisceau de lumière aveuglant. Elle battit des paupières tout en se protégeant, avec sa main, de cet éclat si blessant.

— Y a-t-il quelqu'un, là-dedans ? demanda-t-elle.

Silence.

Elle s'aperçut que ses cordes vocales étaient toutes sèches. Malgré cela, elle inspira et dit :

— Tu ne me fais pas peur.

Silence.

Elle se donna du courage et avança lentement jusqu'aux barreaux.

— Je résisterai tant qu'il le faudra, déclara-t-elle. Cinq, six, dix jours. Je suis comme les chameaux, mes réserves d'eau sont inépuisables.

Elle saisit violemment les barreaux et introduisit sa bouche entre eux.

— Jusqu'à ce qu'on vienne me sauver, fils de pute.

— Personne ne te sauvera, dit une voix au-delà du faisceau de lumière.

Susana Cabot se tut, surprise. La voix était douce. Elle s'était attendue à une voix plus grave. Déconcertée, elle observa un instant de silence, jusqu'à ce qu'elle s'aperçoive qu'elle avait réussi à lui arracher plusieurs mots. Un à zéro. C'était un bon début.

— Tu n'imagines même pas le nombre de gens qui te recherchent.

Elle ne reçut aucune réponse.

Sans s'effrayer, elle continua à le provoquer.

— Il y a quelqu'un qui connaît tout de toi. C'est le meilleur. Je t'assure qu'il n'échoue jamais.

Silence.

— Il est même capable de te suivre jusqu'en enfer pour t'arrêter. Et il sait lire dans ton esprit, il sait ce que tu penses.

Silence.

— Tu es fou si tu penses que je vais te supplier de me donner de l'eau ! hurla-t-elle.

— Tu sais prier, juge Cabot ?

Les barreaux l'empêchèrent de tomber par terre.

En passant de l'un à l'autre, sans les lâcher, elle arriva au mur et s'y appuya. Immédiatement après, elle se laissa glisser jusqu'à finir par s'asseoir. Elle étendit les jambes et tenta de faire comme tout à l'heure, maîtriser le rythme de sa respiration. Elle avait perdu son sang-froid. Une erreur impardonnable. Match nul. Elle inspira profondément. L'attente allait être longue et elle ne pouvait pas se permettre des maladresses d'enfant. Tout était à présent entre les mains de Milo. Milo. Le contradictoire et étrange Milo. Imprévisible et mécréant. Aussi changeant que les phases de la lune. Vertigineux comme des montagnes russes. Son loyal et ingouvernable Milo. Elle soupira en croisant les doigts. Elle espérait que, pour cette fois, il ne serait pas en retard. Que pour une fois dans sa vie, il serait ponctuel.

Consciente qu'on l'observait, elle ferma les yeux.

Elle tenta de vider son esprit. De ne pas avoir peur, de ne pas imaginer le pire.

Ce fut impossible. Alors, elle fit appel à son plan B. Elle improvisa une prière.

— Brave fille, dit la voix.

— Quel détail ?

Milo fit reculer le film et l'arrêta sur le premier gros plan.

— Regarde bien, dit-il en indiquant l'écran. L'assassin tourne le dos aux caméras de surveillance. Il se penche sur Eduard Pinto et il lui chuchote quelque chose.

— Il évite qu'on puisse lire sur ses lèvres et qu'on découvre ce qu'il lui dit.

— Absolument. À présent, observe bien le visage de la victime. Celle-ci est terrorisée, oui, pendant une fraction de seconde, elle contracte son visage en grimaçant d'horreur encore plus intensément. Qu'est-ce qu'expriment ses yeux d'après toi ?

Rebeca regarda les images, que Milo faisait passer en avant puis en arrière.

— Qu'il a reconnu le Bourreau, conclut-elle en se tournant vers Milo. Ses yeux me montrent que la victime vient de reconnaître le Bourreau.

Il acquiesça.

— Il lui a dit qui il était, dit Milo en appuyant sur la touche pause. L'assassin a voulu s'assurer qu'il connaissait son nom, sinon, où se trouve la satisfaction de sa vengeance ? C'est pour cette raison qu'il lui a dit qui il était. Et il l'a fait au dernier moment, après l'avoir retenu pendant cinq jours. Tu ne trouves pas ça bizarre, toi ?

— Non, je devrais ?

— Pendant tout ce temps, Eduard Pinto n'aurait pas reconnu son ravisseur, il n'aurait pas découvert qui il était ?

— Il lui a peut-être toujours bandé les yeux.

— Absolument pas, sous-inspectrice. Observe bien sa réaction. C'est celle de quelqu'un qui se souvient brusquement de quelqu'un, ou qui se rend compte tout d'un coup de quelque chose. Jusque-là, il n'avait même pas imaginé qui pouvait être son ravisseur. En revanche, l'assassin, lui, connaissait très bien Eduard Pinto. Et pour quelle raison ? Parce que par le passé, il lui a fait quelque chose qu'il n'a jamais pu ni pardonner ni oublier. Qu'il *ne veut pas* pardonner ni oublier. Et voilà pourquoi il lui rafraîchit la mémoire. La seule explication qui me passe par la tête est que la victime n'en était pas consciente et même qu'elle ne se sentait coupable de rien, dit Milo en pointant à nouveau l'écran. Voilà d'où vient la grimace d'horreur. Il vient de découvrir qu'un événement dont il ne se sentait pas spécialement responsable allait être la cause de sa mort.

— Un événement qui s'est déroulé il y a très longtemps.

— Oui, lorsque les assassins étaient des gamins. Dans les années 1980, conclut-il en éteignant l'écran. Pour être plus exact, quelques années avant 1990.

Rebeca fronça les sourcils.

— Et comment tu as fait pour trouver cette date ?

— Grâce à son profil psychologique. Tu l'as dit toi-même. Cet événement n'a pas pu survenir après sa sortie de La Ferradura, mais *avant*. Réfléchis. Lorsqu'ils ont quitté le centre d'accueil, en 1990, ils étaient invulnérables, désormais plus rien ne pouvait leur faire de mal. Ils sont arrivés transformés à Barcelone : l'un en assassin implacable ; l'autre en bourreau planifiant sa vengeance. Et ils sont devenus invisibles, dit-il en baissant la voix. Quel que soit l'événement survenu avec Eduard Pinto, celui-ci s'est déroulé avant qu'ils ne tombent entre les griffes de Félix Torrens, lorsqu'ils possédaient encore un profil de victimes, ajouta-t-il en haussant les épaules. Jusqu'à présent, on a toujours cru que c'est là que tout avait commencé. Eh bien, on s'est trompés.

— Mais rien ne semble lier Eduard Pinto à Félix Torrens, répliqua Rebeca.

— Je sais.

Il pencha la tête en avant et croisa les mains derrière sa nuque. Puis il fixa le sol.

Les pièces du puzzle continuaient à ne pas s'emboîter. Tout semblait avoir un sens, mais insuffisant pour obtenir une vision complète du tableau. Il sentait qu'il se trouvait tout près, extrêmement près, et en même temps très loin. Déçu, il en vint à conclure qu'il avait besoin d'une perspective différente, d'un nouvel angle d'attaque.

— On est encore en train de se tromper, murmura-t-il.

Il se leva à nouveau et commença à arpenter la pièce de long en large.

Il lui fallait réfléchir de façon différente, moins linéaire. Abandonner les lignes droites et faire ce qui avait toujours fonctionné : observer les pièces de l'intérieur, penser comme s'il était l'une d'elles. Tâter l'architecture, le dessin, la trame des assassins. Partir d'eux et se diriger vers l'extérieur. Faire le chemin inverse. Et modifier l'éclairage, voir le cas dans son essence même, en faire le tour. C'est seulement ainsi qu'il pourrait composer une nouvelle image.

Il s'arrêta brusquement.

— C'est l'inverse, dit-il.

— Qu'est-ce que tu dis ? demanda Rebeca.

— On cherche un lien entre Pinto et Torrens et on ne le trouve pas. Et qu'est-ce qu'on fait ? On se heurte sans arrêt comme des mouches contre une vitre. Pourquoi ? demanda-t-il en se retournant. Parce qu'on ne regarde pas dans la bonne direction. Tout simplement, parce qu'il n'existe aucun lien direct entre les deux hommes.

— Ce n'est pas possible, il faut qu'il y en ait un…

— Mais si on modifie l'éclairage, on voit tout de suite le lien. Il devient alors aussi clair que de l'eau de roche.

— Et quel est-il ?

— Les assassins.

Rebeca l'observa un peu étourdie, sans bien comprendre.

— Ce sont eux leur seul lien, tu ne le vois pas ? demanda-t-il en s'approchant d'elle. Ni Pinto, ni Torrens, ni à présent Susana, n'ont de lien entre eux. Mais si on fait un tour de plus, chacun d'entre eux les a connus à un moment donné, et séparément, il y a une vingtaine d'années. On vient de le voir dans le film. Eduard Pinto n'avait pas la moindre idée de l'identité de son ravisseur, jusqu'à ce que celui-ci lui dise son nom. Et alors, il l'a reconnu. Et souviens-toi de l'enregistrement de Félix Torrens, de ce que nous avons pu lire sur ses lèvres : "Toi, tu n'es pas, tu es…" Voilà le moment précis où il a enfin su qui étaient ses assassins, qui n'étaient autres que les victimes de ses sévices. La seule chose que tous les trois ont en commun, c'est l'événement de la fin des années 1980.

— Et que peut bien leur avoir fait Eduard Pinto à cette époque, qui justifie une mort aussi horrible ? Ce n'était qu'un cadre de La Caixa, un homme pacifique et un travailleur exemplaire.

Avant même qu'elle n'ait fini sa phrase, Milo sortit à toute vitesse de la pièce. Il se dirigea vers son poste de travail et, faisant abstraction des saluts des membres du bureau qui venaient d'arriver, il fouilla dans un tiroir pour trouver le dossier qu'il cherchait. Il retourna dans la salle de visionnage et le lança à Rebeca.

— Je parie que ta réponse se trouve là-dedans.

La sous-inspectrice le réceptionna dans les airs. Sans se formaliser, elle le posa sur son giron.

— Mais cherche la réponse, qu'attends-tu ? s'étonna Milo.

— Et Susana, inspecteur ? Toi et moi, on la connaît bien. Elle semble incapable de faire du mal à une mouche. Pourquoi est-ce que quelqu'un l'aurait séquestrée et soumise à une aussi cruelle torture ?

Milo demeura paralysé.

Au bout d'un moment, il s'affala sur sa chaise.

— Je suis incapable de penser. J'ai besoin d'un café.

— Ce dont tu as besoin, c'est de dormir, de te reposer pendant deux heures, au moins.

— Pas question. Tu te souviens des images de la cellule ?

Leurs regards se croisèrent.

— Je vais t'apporter un café.

— Non, je vais y aller moi-même. Pendant ce temps, commence à feuilleter le dossier. Du début à la fin. Il faut que tu trouves quelles étaient les activités d'Eduard Pinto à cette époque.

Rebeca l'ouvrit immédiatement. Elle allait commencer à lire les rapports qu'avait élaborés Crespo à propos de la première victime, lorsqu'elle s'aperçut du coin de l'œil que Milo ne bougeait plus.

— Inspecteur ?

Milo ouvrit les yeux et s'ébroua un instant.

— J'y vais, dit-il d'une voix endormie. J'y vais.

Il laissa ensuite retomber sa tête et se rendormit profondément.

24

Deux heures plus tard, il se réveilla en sursaut. Confus, il observa Crespo et Rebeca.

— Ça va ? demanda-t-elle.

— Quelle heure est-il ?

— Neuf heures passées, dit le sergent.

— Putain, pourquoi vous m'avez laissé dormir, bordel ? fit-il en se frottant les yeux et en étouffant un bâillement. Qu'est-ce que tu as découvert dans le dossier ?

— Ce café glacé est pour toi, indiqua Crespo. Il est tout frais, je viens de l'apporter.

Tandis que Milo le saisissait et en buvait une gorgée, Rebeca commença à expliquer :

— Pendant les années 1980, Eduard Pinto a rempli plusieurs fonctions dans différentes entreprises où La Caixa possédait des participations, dit-elle en posant les yeux sur les notes. Il a travaillé trois ans à Servihabitat, de 1983 à 1986, alors que l'entreprise possédait un autre nom, comme directeur des opérations. De là, il est passé chez Aucat, où il est resté cinq ans, jusqu'en 1991. Ensuite, à l'époque des Jeux olympiques, il a été promu aux bureaux centraux du groupe et, un peu plus tard, il a entamé une carrière politique.

— C'est l'entreprise Aucat qui m'intéresse. Quel était son poste là-bas ?

— La même chose, directeur des opérations.

— Et quelle était l'activité de cette entreprise ?

— Quelle *est* son activité, corrigea Rebeca. Elle s'occupe toujours de la construction des routes et des autoroutes de Catalogne.

Milo arrêta la tasse au moment où elle allait atteindre ses lèvres.

— Des routes. Les olympiades. Elle s'occupe des expropriations, alors !… dit-il en observant leur visage. Les deux assassins ou leur famille ont pu être expropriés. Les dates coïncident.

— Tu crois qu'ils appartiennent au club que tu appelles "le club des sinistrés" ? demanda Rebeca.

— Si tu sors de la ville par l'avenue Meridiana, tu apercevras une gigantesque inscription sur une des façades latérales d'un bâtiment. Il est inscrit : *Les jus de Barcelone*, dit-il en finissant sa tasse. Jusqu'à présent, on se demandait ce qu'avait bien pu faire la ville au Bourreau et à l'Assassin à la liste pour devenir l'objet de leur rancœur. La réponse pourrait être tout simplement : elle les a expropriés.

— Tu veux dire qu'elle a exproprié les deux gamins en même temps ! répliqua-t-elle. Qu'est-ce que tu veux dire, ils étaient voisins, peut-être ?

Milo réprima un geste d'impatience.

— Comment tu veux que je le sache, moi ? dit-il. Tu as une meilleure explication ?

Rebeca ne répondit pas, et il poursuivit :

— L'expropriation a pu provoquer quelque chose, je n'en sais rien.

— L'expropriation supposée, précisa Crespo.

— Toi aussi, tu t'y mets ? lança Milo en se levant, irrité. On est ici pour formuler des hypothèses solides, des prémices suffisamment plausibles à partir desquelles construire le reste de l'histoire, dit-il en leur jetant un regard furieux. Et pas pour mettre des bâtons dans les roues ; pour ça, il y a tout le reste du commissariat et ça me suffit. Compris ?

— Inspecteur, tu confonds divergences et affrontement, précisa Crespo.

— Laisse tomber, Toni. Au réveil, il est toujours d'une humeur massacrante, dit-elle.

Elle devint aussi rouge qu'une collégienne et le sergent fixa le sol.

— D'accord, Toni, comme tu voudras, poursuivit Milo sans avoir relevé la gaffe. On a deux jeunes hommes et une expropriation *supposée*. Ça pourrait expliquer pourquoi ils se sont vengés d'Eduard Pinto. Si c'est lui qui a été chargé de la négociation, ils ont pu le considérer comme le principal responsable de la perte de leur maison. Ça expliquerait aussi son horreur en découvrant la raison pour laquelle il allait mourir brûlé vif. Vous êtes d'accord ? dit-il en se campant devant le sergent qui acquiesça. À partir de là, que s'est-il donc passé qui puisse cadrer avec ce qu'on sait déjà ? Pourquoi est-ce qu'ils ont été placés dans un centre d'accueil ? Leur famille, leurs parents se seraient peut-être ruinés dans cette affaire, ou alors ils les auraient abandonnés ?

— Ce n'est pas pour te contrarier à tout bout de champ, inspecteur, mais en général une expropriation ne ruine pas les gens, au contraire. Ça peut bien entendu signifier une mauvaise passe pour eux et même un traumatisme, mais en revanche les expropriés reçoivent une somme d'argent plus ou moins équitable, en tout cas suffisante pour refaire leur vie ailleurs.

— Je me suis renseigné, Toni, détrompe-toi, cette histoire de somme d'argent plus ou moins équitable n'est pas du tout évidente. Aujourd'hui, il existe un bureau d'aide aux personnes expropriées, composé d'avocats et de conseillers spécialisés en la matière, et malgré ça les gens concernés reçoivent beaucoup moins d'argent que le prix réel de leur propriété. Si cela se passe encore en ce moment, imagine comment ça devait être il y a vingt ans, sans les défenses et les recours actuels. Non, les expropriés ne prennent pas l'argent et en avant, on y va, on fonce, la vie continue, on ne s'en fait pas, ça va passer. Pas du tout. C'est un coup très dur à encaisser pour eux. Et encore plus, si un événement comme celui qu'on cherche en ce moment à découvrir survient. Je pose donc la question une nouvelle fois : pourquoi est-ce qu'ils ont été placés à La Ferradura ?

— On n'a aucun moyen de le savoir, conclut Rebeca. On est dans une impasse.

— Parle pour toi, sous-inspectrice, grogna Milo. Sergent, tu as trouvé un ancien employé du centre ? demanda-t-il à Crespo qui secoua la tête en silence. Merde, alors ! Rien ne fonctionne aujourd'hui !

Il serra les poings et se dirigea à grandes enjambées vers la fenêtre. Il eut la tentation de donner un coup de poing dans la vitre, mais il se contrôla à temps et se contenta d'y appuyer ses deux mains.

Les images revinrent à son esprit.

Eduard Pinto hurlant au milieu des flammes, Félix Torrens en train de brûler crucifié, Susana enfermée dans une cellule en attendant d'être dévorée par les flammes.

Un pigeon avec le cou tordu.

— Barcelone a tout gâché, murmura-t-il pour lui-même. L'esprit est mort.

— Pardon ?

Il se tourna lentement.

— Ils ont été expropriés alors qu'ils étaient mineurs. Voilà ce qui a tout déclenché. À leurs yeux, c'est la ville qui était coupable de tout. C'est elle qui a présidé à leur descente aux enfers. Et là-bas, à La Ferradura, ils se sont tous les deux retrouvés en face d'un autre diable : Félix Torrens. Ce monstre a fini de ruiner leur vie, de détruire leur cerveau. Il a consciemment tué leur esprit. Eduard Pinto, Félix Torrens et Barcelone, voilà les trois sujets de leur haine.

— Et qu'est-ce que tu fais de Susana ? demanda Rebeca.

— Ils étaient mineurs, s'exclama-t-il. *Quelqu'un* a dû les envoyer dans ce centre d'accueil.

Crespo et Rebeca l'observèrent, ébahis.

— C'est bien le juge des tutelles du tribunal d'instance qui s'occupe de ça, n'est-ce pas ? demanda Crespo.

Milo acquiesça d'un air rageur.

— Mais, putain, que je suis con, hurla-t-il. C'est vrai. Susana Cabot a exercé un temps comme juge des tutelles, voilà un million d'années, je crois, c'était juste un peu avant qu'on se rencontre. Putain, mais c'est ça ! C'est elle qui a envoyé ces gamins dans un centre d'accueil. Elle a choisi cette solution en ignorant que cette décision scellait l'effrayant destin de deux pauvres gamins… et qu'elle signait du même coup sa propre sentence de mort, dit-il en respirant profondément. Voilà la raison pour laquelle elle est devenue le nouveau sujet de leur vengeance.

Il saisit son téléphone portable et sans perdre une seule seconde appela Alba Conte.

— Madame Conte, pour l'instant il n'y a pas de nouvelles concernant l'enlèvement. Je vous appelle juste pour vous demander un service. J'ai besoin que vous meniez une recherche dans les archives des mineurs, vers la fin des années 1980. Je ne suis intéressé que par les mineurs qui ont alors été placés dans un centre d'accueil de la province de Tarragone qui s'appelle La Ferradura. C'est très urgent, madame Conte. Pensez-vous pouvoir faire ça pour moi ?

— Absolument, inspecteur Malart, dit avec aplomb la secrétaire de la juge. Le seul problème va être de trouver les dossiers d'instruction.

— Expliquez-vous.

— Eh bien, il y a vingt ans on n'avait pas d'ordinateurs comme aujourd'hui et la plupart de ces archives n'ont pas encore été enregistrées sur un support informatique. Avec notre déménagement dans les locaux de la nouvelle Cité de la justice, je crains que les dossiers ne soient restés entassés n'importe où. Vous avez bien vu que nous sommes inondés de documents de toutes sortes.

— Malédiction, madame Conte, il est d'une importance cruciale que vous retrouviez ces documents.

— Mais je vais le faire, n'en doutez pas, assura-t-elle. Mais ça va me prendre du temps, voilà tout.

— Et c'est juste ce que nous n'avons pas : du temps.

— Mettez-vous à ma place, ils peuvent se trouver sous une pile d'autres dossiers, mal classés ou égarés parmi des milliers de cas, et moi…

— Je me mets à la place de Susana Cabot, l'interrompit sèchement Milo ce qui entraîna un silence à l'autre bout du fil. Mobilisez tout le personnel que vous pourrez. Eh, madame Conte ! excusez ma rudesse, mais ce n'est pas le moment de faire des subtilités. Vous avez bien noté tous les éléments ? La Ferradura, province de Tarragone. Tribunal d'instance, juge des tutelles, fin 1980. Madame Conte ?

— Je ferai l'impossible, expliqua la femme d'une voix chevrotante.

— Ça me va.

Il raccrocha tout en réprimant un geste d'impuissance. Rebeca se racla doucement la gorge.

— Inspecteur, est-ce qu'on est sûrs que le Bourreau est également responsable de l'enlèvement de la juge ?

— Absolument, mais pas pour les raisons qu'a dites Cruz, expliqua-t-il en s'adressant au sergent. On a besoin d'une nouvelle liste, Toni, une liste qui reprenne toutes les expropriations qu'Eduard Pinto s'est chargé de mener à leur terme, dans ces années-là. Seulement dans la ville de Barcelone et ses banlieues. Appelle l'entreprise Aucat et qu'ils te la remettent. Et presse-les ! Quand tu l'auras, on la croisera avec la liste des sinistrés élaborée par Bachs et Sena. Deux noms doivent en surgir, tu m'entends ? C'est tout ce que je te demande. Deux noms !

— Ne t'inquiète pas, je m'en charge. C'est tout ?

— Non, sergent, dit-il en le regardant fixement. Mais si tu as une idée, si vague soit-elle, ne me demande rien et suis-la. Quoi que ce soit. N'importe quoi.

Crespo acquiesça timidement et abandonna la salle de visionnage.

Milo se laissa tomber sur son siège. Il poussa un profond soupir.

— Qu'est-ce qu'il se passe dans ta tête, sous-inspectrice ? Tu ne dis plus rien.

— Je n'ose pas. Je suis très nerveuse, je vais exploser.

— Une vilaine fille comme toi ? Ne me fais pas rire. Allez, parle !

— Ce sont les fameuses pièces du puzzle, elles ne s'emboîtent pas correctement, dit-elle prudemment. Il reste encore trop de questions en suspens. Les expropriations, par exemple. Deux à la fois, et en même temps ? Et pourquoi Susana les a envoyés tous les deux dans ce centre d'accueil ? Sans parler des parents des gamins ? Qu'est-ce qui leur est arrivé, à eux ou à leur famille ? Toute cette histoire est très floue pour moi. Et avant que tu ne me sautes à la gorge, je voudrais aussi te parler du cas de cette vieille femme morte à l'église. Est-ce que c'est une nouvelle victime de la démence de nos deux psychopathes ? Et pour couronner le tout, ces affaires qui se mélangent avec

Gaudí. Que vient faire l'architecte au milieu de toute cette folie, dit-elle en faisant une pause et en écartant les bras. Et la question banco : pourquoi maintenant ? Vingt ans se sont écoulés depuis les faits. Pourquoi est-ce que le Bourreau a décidé de mettre sa vengeance à exécution juste maintenant ?

— Encore une question ?

Rebeca fit oui de la tête.

— Plusieurs, mais je les réserve pour un moment où tu seras un peu plus calme.

— Venant de ta part, c'est une attention qui me touche vraiment, grogna-t-il.

— Mais je t'en prie.

— Je te réponds la même chose qu'à Crespo. Je suis ouvert à n'importe quelle suggestion. J'ai bien dit n'importe laquelle.

Ils se turent un instant.

— Je crois qu'on devrait se repasser le film de Félix Torrens, dit Milo.

— Encore ! soupira Rebeca. Tu crois que c'est réellement nécessaire ?

— Aujourd'hui, c'est jeudi, sous-inspectrice. Et il nous reste un jour de moins.

— Allons-y pour le film. J'adore le cinéma.

La porte de la salle de visionnage s'ouvrit et le sergent Crespo passa la tête.

— Inspecteur, le commissaire-chef Bastos te demande à son bureau.

— Nous avons perdu deux points d'audience, dit Julia Valle en consultant sa fiche, en fin d'émission. Tu n'as pas été très fin, aujourd'hui.

— L'enlèvement de la juge, ce n'est pas aussi accrocheur que le reste, tu le sais bien. Ce que demande le spectateur, ce sont des images percutantes.

Julia lui plaqua les fiches d'audience sur la poitrine et Mauricio Navarro s'empressa de les récupérer.

— Eh bien, trouves-en donc, des images !

Le journaliste l'observa s'éloigner avec son insupportable

bruit de talons aiguilles. Il se sentit rougir. Cette sorcière était en train d'avoir raison de sa patience. Deux points de moins, et alors ? Son matériel était excellent. Le moment était peut-être vraiment venu de se poser la question de son départ pour une autre chaîne.

Il glissa les fiches sous son bras et activa le son de son BlackBerry tout en se dirigeant vers sa loge pour se démaquiller et se changer. Il avait le week-end libre et la seule chose qu'il souhaitait était retourner à Barcelone pour prendre un peu de repos. Pour bien décompresser. Il verrait les choses plus clairement après s'en être déconnecté pendant deux jours d'affilée. Le moment serait alors venu de prendre sa décision.

À peine après avoir franchi la porte, son téléphone portable se mit à sonner.

— Oui, demanda-t-il sans conviction.

— J'ai une nouvelle disquette pour toi, dit une voix, cassée et désagréable.

Navarro le reconnut immédiatement et il se mit sur ses gardes.

— De la juge ?

— Demain matin, à cinq heures, même endroit.

Il sentit son cœur s'accélérer. Il entendit en fond les hululements d'une sirène.

— Je serai là, sans faute. Ponctuel.

— Je dois te prévenir : on a flanqué un flic à tes trousses. Il te suit partout.

— On me file ? Putain de Malart ! Ne t'inquiète pas, je vais m'en débarrasser tout de suite.

— Et pas d'embrouilles. Tu viens tout seul, sinon…

— Il n'y aura pas d'embrouilles. Tu as ma parole d'honneur.

Il allait lui demander comment il avait découvert qu'on l'avait mis sous surveillance lorsqu'il entendit qu'il avait raccroché. Il rangea son BlackBerry d'un air satisfait.

Il sourit devant la glace.

— Mauricio, tu as toujours été un gars chanceux.

— Entrez et asseyez-vous, inspecteur Malart, ordonna le commissaire-chef Bastos.

Il avait planté ses coudes sur la table, le menton entre ses mains, et Milo obéit sans protester. Il s'assit, croisa les jambes. Une sensation étrange s'empara de lui.

— Je ne vais pas y aller par quatre chemins, dit Bastos sans changer de position. Vous êtes en train d'organiser un énorme grabuge avec les films que vous avez trouvés chez ce malheureux Félix Torrens.

— Un énorme grabuge ? Je ne vois pas de quoi vous voulez parler.

Il le transperça du regard.

— Ne vous foutez pas de moi, inspecteur. J'ai moi-même été témoin de votre petit numéro avec l'inspecteur Bruno Bachs, il y a quelques jours. Tout le commissariat en parle. Et je ne peux plus tolérer ce genre d'attitude.

— Je vous assure que je ne vois pas de quoi vous voulez parler. Ça n'a été qu'une conversation banale entre deux camarades. Si des langues de pute l'ont entendue, ce n'est vraiment pas mon problème.

Le commissaire-chef pinça ses lèvres qui se transformèrent en une mince ligne blanche.

— Il y a des choses qui vous dépassent dans cette affaire, déclara la voix enrouée.

— Que voulez-vous dire ?

— Qu'il est des sujets qui dépassent de loin votre niveau de salaire.

— Eh bien, vous n'avez qu'à m'augmenter, je n'y vois aucun inconvénient.

Bastos retira ses mains de son menton et les posa sur son bureau. Il serra les poings.

— Vous refusez de comprendre, n'est-ce pas ?

— Parlez plus clairement, commissaire-chef, et ne me faites pas perdre mon temps, je vous en prie.

— Ce sujet est surdimensionné pour vous, vous n'êtes pas l'homme de la situation. Il vous manque de la vision, de la hauteur, pour apprécier ce qui se passe. En réalité, nous sommes face à une grave affaire d'État.

— Je vous assure que je comprends parfaitement tout ce qui se passe, peut-être même que je ne le comprends que trop.

— Alors rendez service à votre pays et arrêtez de nous casser les couilles avec cette affaire, inspecteur Malart.

— Mais ce que vous me demandez est tout à fait impossible, monsieur.

— Je ne suis pas en train de vous demander un service, je suis en train de vous donner un ordre, Malart !

Milo sentit le sang bouillir dans ses veines.

— Commissaire-chef, j'ai bien l'impression que vous outrepassez vos droits. Vous pouvez me donner l'ordre d'enquêter, mais pas de faire comme si de rien n'était lorsqu'un grave délit vient d'être découvert.

Les yeux de Bastos se transformèrent en deux étroites rainures.

— Ce n'est pas à vous de décider ce que je peux ou ne peux pas faire.

— Ni à vous de me donner l'ordre d'enterrer cette affaire, commissaire-chef.

La sonnette de l'interphone retentit et Bastos appuya sur un bouton pour couper l'appel. Milo se demanda si cela indiquait la fin du premier round.

— Je n'apprécie guère votre attitude, Malart, dit le commissaire-chef en reprenant le contrôle de la situation. Je ne l'ai jamais appréciée. Les francs-tireurs créent toujours des problèmes dans un groupe. Je vous rappelle que si vous êtes ici, c'est à la demande expresse de la juge qui instruisait cette affaire. Mais ainsi que je le craignais, vous n'avez jamais été de notre côté.

— En effet, je ne suis pas de votre côté. En revanche, Susana Cabot, elle, est de mon côté.

— La juge n'est plus en mesure de vous couvrir, dit-il sur un ton quelque peu voilé de menace. À présent, vous êtes seul, Malart, souvenez-vous-en !

— Qu'est-ce que ça signifie ? demanda-t-il alors qu'une sueur froide commençait à lui descendre dans le dos. Qui ai-je importuné en faisant mon travail ? Les notables qu'on peut apercevoir sur les films ? Ce sont vos amis ? Ou peut-être quelqu'un d'encore plus proche de vous, une personnalité du commissariat central, non ?…

— Ne dites pas d'âneries, Malart. Vos théories conspiratives ne font que produire de la honte.

— De la honte ? C'est curieux que ce soit vous qui prononciez ce mot.

— Vous divaguez, comme d'habitude, dit-il en pointant son index sur lui. Vous êtes un expert en rideaux de fumée, inspecteur, je n'ai pas l'intention de me laisser prendre à vos provocations. La ville nous paie et nous sommes à son service.

— Moi, je suis au service des citoyens, de tous les citoyens de cette ville, pas seulement de quelques-uns. Si cela ne plaît pas à certaines familles, en ce qui me concerne, ça ne me fait absolument ni chaud ni froid.

Bastos inspira très lentement et ouvrit le dossier qui se trouvait sur son bureau. Il sauta quelques feuilles d'un air distrait. Au bout d'un moment, sans lever les yeux, il dit :

— Ce n'est pas une bonne politique que de mordre la main de celui qui te donne à manger.

— Personnellement, je ne fais pas de politique. Ces choses-là, je vous les laisse. Moi, je me contente de travailler.

— Comme vous avez fait par exemple avec Virginia Colomer, dit-il en levant les yeux, que vous avez à nouveau traitée sans la moindre considération après la perte de son époux. C'est la deuxième plainte qu'elle dépose contre vous. À ce que je vois, vous êtes insatiable. Pourquoi une telle animosité envers elle ? Je vous avais demandé de ne pas recommencer. Je vous ai dit que votre réintégration ne tenait qu'à un fil. Mais vous n'en faites qu'à votre tête, dit-il en tournant une autre feuille. Et puis votre petit numéro avec ce journaliste… franchement !…

— Que me reprochez-vous ?

— Vous ne me trompez pas avec votre mise en scène d'admirateur à l'aéroport, dit-il en faisant une de ces pauses dont il était coutumier, longues, interminables. On vous voit en train de vous entretenir avec lui de façon amicale, devant tout le monde. C'était une provocation, et vous avez transformé ce pauvre gars en cible potentielle. Priez pour qu'il ne lui arrive rien. Si jamais il venait à glisser dans sa douche et qu'il se tuait, je me chargerais personnellement de vous accuser d'incitation à son assassinat.

— J'ai demandé de le faire surveiller, commissaire-chef, que voulez-vous de plus ?

Bastos ne répondit pas. Il se concentra à nouveau sur son dossier.

— La liste de vos irrégularités est interminable, dit-il en tournant les feuilles l'une après l'autre. Et il faut y ajouter le rapport de la psychologue Judit Gaig et les errances dans votre comportement ces dernières semaines.

— Quelles errances dans mon comportement ?

— Menaces envers un collègue, tentative d'agression, ivresse sur la voie publique, intrusion dans un appartement, absence injustifiée pendant deux jours… Ça ne vous semble pas suffisant toutes ces plaintes contre vous ? Inspecteur Malart, vous êtes brûlé, mon vieux. Le rapport de la psychologue est très clair, dit-il en le parcourant rapidement à haute voix : instabilité émotionnelle, menteur compulsif, problèmes d'autorité, difficultés de se contrôler, et cetera, et cetera, fit-il en levant les yeux et en les fixant froidement sur Milo. La psychologue conseille qu'un psychiatre se penche sur votre cas en raison de votre façon de… et je cite textuellement, "fuir dangereusement la réalité".

Une sensation d'étouffement empêcha Milo de prononcer un mot.

— Mais la goutte qui fait déborder le vase est votre comportement envers elle, poursuivit Bastos, les deux derniers lapins que vous lui avez posés. À quoi pensiez-vous, Malart ? Lorsque j'ai suspendu votre mise à pied, j'ai dit que je ne voulais pas de plaintes, zéro erreur. Et vous, que faites-vous ? dit-il en refermant le dossier et en le poussant dédaigneusement vers Milo. Vous vous acharnez à nous mettre en évidence qui vous êtes vraiment. Non, vous n'avez pas été des nôtres, Malart, et vous ne le serez jamais. Vous êtes la honte de ce commissariat, ajouta-t-il avant de faire une pause. À partir de maintenant vous êtes à nouveau suspendu de vos fonctions, avec effet immédiat. Vous remettrez votre plaque et votre arme de service à votre supérieur. Rompez !

— Mais… l'affaire, la juge…

— Le Département s'en chargera. Vous pouvez sortir.

Milo se leva lentement, se dirigea vers la porte, saisit la poignée, se tourna et demanda :

— Commissaire-chef, vous aimez le cinéma ?

Il descendit d'abord les marches quatre à quatre puis, se ravisant, il se força à s'arrêter, à réfléchir un instant. Il n'était pas possible qu'une chose pareille lui arrivât maintenant. Non, surtout pas maintenant ! La vie de Susana était suspendue à un fil et il ne pouvait pas lâcher l'affaire. Il devait continuer, d'une façon ou d'une autre… Une terrible colère s'empara de tout son être, il se sentait trahi par Judith Gaig, mais il n'avait pas le temps de régler ses comptes avec la psychologue pour le moment. Il finit de descendre l'escalier et poussa la porte. Il traversa la salle commune en coup de vent et se dirigea vers le bureau de Singla.

Fidèle à son habitude, il entra sans frapper.

— Inspecteur-chef, c'est toi qui es responsable ?

— Les ordres sont venus d'en haut, mon vieux.

— Tu ne peux pas te rendre complice d'une situation pareille, dit-il en s'approchant de lui. Tu ne comprends pas que tout ça n'est qu'une manœuvre pour m'éloigner des films ? Putain, mais réfléchis un peu ! Il y a une taupe dans le Groupe, je secoue le cocotier, et qui est-ce qui tombe ? Bastos, pour me suspendre de mes fonctions, à peine quarante-huit heures plus tard. Tu ne trouves pas ça étrange, non ?

Singla cala confortablement son dos au fond du fauteuil. Il croisa les bras.

— Tu es en train d'accuser le commissaire-chef ?

Milo soutint son regard d'incrédulité.

— Mais c'est évident, putain ! Quelqu'un d'en haut a placé parmi nous son homme de paille. Il suffit de suivre la chaîne du commandement, dit-il en s'appuyant sur la table de travail. Elle aboutit à Félix Torrens et à son réseau de chantage. Réfléchis, inspecteur-chef, réfléchis, poursuivit-il en se penchant sur lui. Qui dans ce putain de commissariat central n'est pas de la police ? Qui a été promu ici, en n'étant pas issu de nos rangs mais du monde de la politique ?

Singla n'eut pas à se creuser longtemps la tête.

— Ce n'est pas possible, dit-il. Mais pour quelle raison? C'est ridicule!

— Tu as déjà tourné dans un film porno?

Le visage de l'inspecteur-chef demeura inexpressif.

— Tu ne peux pas me retirer cette affaire, insista Milo. Pas maintenant que la juge Cabot se trouve entre les mains de ces deux putains de psychopathes et qu'on est sur le point de les arrêter. J'ai besoin de ma plaque, au moins jusqu'à dimanche, inspecteur-chef.

Singla arqua les sourcils.

— Deux psychopathes?

Milo contrôla ses nerfs et lui expliqua en style télégraphique les conclusions auxquelles ils avaient abouti avec Rebeca et Crespo, pendant cette dernière semaine. À mesure qu'il avançait dans sa théorie, les mâchoires de l'inspecteur-chef semblèrent progressivement se décrocher.

— On a les preuves, la sous-inspectrice Mercader peut te les montrer, dit-il en réduisant la distance qui les séparait. Écoute, toi et moi, on a eu des différends par le passé, mais on est l'un et l'autre de vrais policiers. On parle le même langage. On sait ravaler notre fierté lorsque cela est nécessaire. Tu ne pourrais pas avoir un peu de courage et faire ce qu'il faut pour une fois? Jusqu'à dimanche… c'est tout ce que je te demande, inspecteur-chef. Ensuite tu pourras faire de moi ce que bon te semblera.

Singla repoussa Milo d'un geste.

— Dans le temps, j'étais comme toi, Malart, tout feu tout flamme. Mais, les années passant, j'ai appris qu'il fallait toujours agir avec prudence. Ce que tu me demandes est tout bonnement impossible.

— Tu n'as jamais été comme moi, grommela Milo. Fais ce que tu dois faire et parle à qui de droit, tu sais tout à fait comment t'y prendre, souligna-t-il stratégiquement. Mais il y a deux assassins dans la ville, dans notre ville, et tu ne peux pas accepter qu'un de tes hommes soit mis hors jeu de cette façon. C'est moi la star, tu te souviens?

Singla recula sa chaise et se redressa d'un bond.

— Je ne peux pas désobéir à un ordre.

— On doit les arrêter pour savoir où ils ont enfermé la juge, merde !

— J'ai rien à ajouter ! hurla-t-il.

Il se dirigea vers la fenêtre et observa la rue sans cesser de se lisser la moustache.

— Je sais à quel moment et à quel endroit ça va se passer. J'en ai l'intuition. Ce sera dimanche, le jour où le monde entier aura les yeux rivés sur Barcelone, sur le pape et sur la Sagrada Familia. Sur toutes les autorités au grand complet, ajouta-t-il en adoucissant la voix. Si mes soupçons sont exacts, tu pourrais devenir le prochain commissaire-chef. Tu deviendrais aussi l'homme qui a arrêté le Bourreau de Gaudí, sans parler de l'Assassin à la liste. Ta photo, ton nom seraient à la une de tous les journaux. Tu deviendrais l'homme de l'année.

Il se tut brusquement, espérant que ces mots aient réussi à faire de l'effet.

L'attente devint insoutenable.

— Tu as jusqu'à dimanche, dit l'inspecteur-chef Singla, sans se retourner.

Milo sortit en courant de son bureau.

Dans la grande salle commune, il se planta devant son poste de travail et commença à vider son casier.

— Qu'est-ce que tu fais ? demanda Rebeca éberluée.

— Je débarrasse le plancher au cas où !

Il lui décrivit la situation tout en introduisant les dossiers, le plan de Barcelone et ses documents dans une sacoche.

— Je me méfie, ajouta-t-il. Je passe te prendre devant la Casa Milà cet après-midi, à cinq heures. Et s'il te plaît, ne me fais pas attendre. Se garer dans le coin est mission impossible.

— On ira où ensuite ?

— Au paseo Turull, le plus loin possible du commissariat, dit-il en vérifiant qu'il avait complètement vidé son casier et en le refermant d'un coup de pied. Et, au fait, Singla t'attend. Explique-lui absolument tout, sans rien oublier, d'accord ? ajouta-t-il en saisissant son sac pour le suspendre à son épaule. Vilaine fille, les choses vont devenir très moches, dit-il en la fixant dans les yeux. Tu es de mon côté ?

— Il faut voir le culot que tu te paies ! protesta Rebeca vexée. D'abord, je ne t'ai jamais fait attendre et en plus tu me poses des questions stupides. Tu es devenu con ou quoi ?

Milo observa un instant la lueur de ses pupilles félines, la colère sur son visage. Il ne l'avait jamais vue aussi belle. Sans hésiter, il lui écrasa un baiser fugace sur les lèvres.

Il commença à s'éloigner à reculons.

— Lorsque tu verras Toni, dis-lui qu'il surveille son téléphone portable, qu'il ne s'en sépare pas une seule seconde, même pour aller pisser.

Il fit demi-tour et disparut rapidement, le sac cognant son flanc à chaque pas.

Le paseo Turull n'était pas un vrai paseo. Le nom était trop ronflant pour une ruelle mal goudronnée, étroite et sans signalisation, à part un seul poteau indicateur prévenant qu'il s'agissait d'une rue sans issue. On y accédait après avoir pris un virage serré en côte, caché et en épingle à cheveux, c'est la raison pour laquelle ils n'avaient pas vu le paseo la première fois qu'ils étaient passés devant. Perdus dans un labyrinthe de rues, ils avaient parcouru plusieurs fois la zone avant de tomber enfin dessus.

— Putain de petite rue, lâcha Rebeca. Aussi, si tu avais un GPS…

— Je doute que ce quartier soit noté sur ce genre d'appareil. On est à dix minutes de la place de Lesseps et on se croirait dans le trou du cul du monde.

Ils montèrent la rue très pentue en regardant des deux côtés. À la différence d'autres quartiers de la zone haute, il n'y avait pas la moindre uniformité et le mélange des styles des maisons était plutôt choquant. Il y en avait de toutes sortes. Des constructions simples et bon marché, avec des murs de briques ébréchées et des toits en tôle ondulée, collées à de vieux manoirs défraîchis qui avaient connu leur moment de splendeur à une époque révolue. De coquets chalets de style suisse. D'authentiques chaumières et de luxueuses propriétés avec de hauts murs. Des terrains abandonnés, couverts de végétation sauvage et des jardins raffinés avec piscine et solarium.

— Quel numéro on cherche ?

— Le 142. Ce doit être au bout de la rue. D'après Crespo, c'est en bordure du parc Güell.

Ils continuèrent à grimper la colline, la voiture protestant à cause de la terrible côte qui serpentait vers le sommet. À chaque virage, la suspension grinçait de façon inquiétante.

— Cette poubelle devrait enfin connaître une vie meilleure, inspecteur.

— Elle fonctionne ; c'est l'essentiel.

— Un de ces jours, elle va te lâcher sans crier gare.

— Elle nous enterrera tous.

Enfin, sur le dernier tronçon du parcours, Rebeca indiqua une maison.

— Ça ne peut être que celle-là, dit-elle.

Milo freina juste devant une grille blanche, pas très haute, qui ouvrait sur un chemin goudronné menant à ce qu'ils supposèrent être le garage. Ils descendirent de voiture. Entourée d'arbres, c'était une demeure à l'allure soignée et apparemment fonctionnelle. La chaux des façades était en bon état, le jardin sans mauvaises herbes et les persiennes brillaient au soleil. Deux terrasses s'ouvraient à l'étage, tandis qu'une autre parcourait tout le périmètre du rez-de-chaussée, flanquée d'une file de jardinières remplies de fleurs.

— Tu entends ? demanda Milo.

— Quoi ? Non. Je n'entends rien.

— Justement. Le silence est total. C'est un vrai miracle, dit-il en indiquant les bois. Des sapins, des cyprès, des pins maritimes… voilà pourquoi la chaleur est plus supportable. Tu crois qu'on accepterait de me la louer pour un prix raisonnable ?

— Très peu pour moi. Tu as vu les fenêtres ? Elles ont toutes des barreaux, on dirait une prison. Et regarde les portes. Elles sont en acier blindé. On dirait un coffre-fort.

— Je passe sur la sécurité et prends juste le silence et l'ombre. Il n'y a pas de couleur, dit-il en passant la moitié de son corps par-dessus la grille blanche pour voir derrière. Quel était le métier du mari ?

— Grossiste en poisson à Mercabarna. Quatre filles. Plein de fric.

— Un homme intelligent. Vie familiale au sommet de Barcelone. Une maison agréable, pas ostentatoire. De l'air pur et de la tranquillité. Sans sirènes et sans pollution. Il y en a qui naissent avec de la chance.

— Tu veux parler du couple ?

— Non, de leurs filles. Tu vois quelque chose de bizarre ?

Rebeca observa de tous côtés sans remarquer quoi que ce soit. Elle haussa les épaules.

— Je ne vois que des choses normales. On est en train de perdre notre temps.

— Pas si vite !

Milo tourna le dos à la maison et contempla le panorama. Au fond, la ville, avec ses bâtiments adossés les uns aux autres, comme dans une ruche. Et, au bas de la colline, le répertoire de villas, maisons et maisonnettes éparpillées parmi les arbres et la végétation. Juste en face, de l'autre côté de la rue, il y avait un terrain déboisé. Un vertigineux passage en escalier descendait sur la gauche qui, évitant le dénivelé extrêmement prononcé, traversait plusieurs fois le paseo Turull et débouchait sur le vieux manoir qu'il avait remarqué au début. Et de cet endroit, il réussit à l'apercevoir. Le bâtiment était gris, aux lignes classiques, orthogonales ; un étang vide présidait le terrain qui l'entourait, pelé, sans la moindre fleur. De vieux machins étaient entassés à une extrémité, des planches, des bouts de fer. Le seul signe de vie se réduisait à un grand eucalyptus aux grosses branches. Ayant perdu sa splendeur, le vieux manoir offrait l'image de la désolation et de l'abandon. En revanche, une volée de marches plus haut, il aperçut deux villas d'aspect tout à fait différent. Des toits d'ardoises, des façades blanches, des fleurs, du gazon fraîchement tondu et plusieurs chaises longues sur la partie arrière, entourant une piscine aux dimensions modestes. Trois jeunes adolescentes avaient retiré le soutien-gorge de leur maillot de bain, et se faisaient dorer au soleil.

— Tu louches, inspecteur. Sois plus discret.

— Je ne vois pas de quoi tu veux parler.

Il observa à nouveau la maison qui les avait conduits jusque-là en fronçant les sourcils.

— On y va ? insista Rebeca. Arrête de gamberger, Milo. Une vieille femme meurt d'un infarctus dans une église et Crespo se met à voir des fantômes partout ; ce qui ne m'étonne qu'à peine, après avoir élaboré ta liste de morts et de disparitions. Oui, Gaudí a été l'assistant architecte de la fameuse église à ses débuts, et alors ?

— Le dessinateur, rectifia-t-il d'un air distrait.

— Et alors. C'est juste une coïncidence.

— Je ne crois pas aux…

— Je sais, je sais ! s'impatienta-t-elle. Mais tu peux me dire ce que tu vois de suspect, ici ? Il n'y a rien qui ne soit tout à fait normal. C'est un quartier différent, un point c'est tout.

— Tu as vu ? Le parc Güell se trouve là, juste au-dessus, indiqua Milo.

— Oui, et la Sagrada Familia juste là, en bas. Et alors ? Cette vieille femme est morte d'un infarctus, c'est ce qu'ont affirmé les gars de l'ambulance.

— On n'a pas pratiqué d'autopsie et on a retrouvé une goutte de sang à son poignet.

— Un poignet couvert de bracelets, c'est ton ami qui l'a dit, le père Gabriel.

— Je n'ai pas confiance en lui et ce n'est pas vraiment mon ami, tu sais.

Tandis que Milo s'accroupissait, Rebeca soupira bruyamment. Elle le vit ramasser une petite branche et commencer à tracer des dessins dans la terre du bas-côté. Soudain, il s'arrêta et observa le bout de branche avec intérêt, notamment l'extrémité de celui-ci.

— L'assassin neutralise ses victimes à l'aide d'un sérum anesthésiant, murmura-t-il.

— Et alors ?

— Il se sert d'une seringue ou de quelque chose de ce genre, d'un machin pour injecter, dit-il en se relevant et en lui montrant la petite branche. Si je te pique avec ça, tu vas saigner. Tu veux qu'on essaie ?

— Pas question.

— Juste une goutte. Il était pressé, il s'y est mal pris et une goutte de sang a coulé. Ça a dû se passer comme ça. Et personne dans l'église ne s'en est aperçu.

— Et pour quoi faire, tu peux me le dire ? Ça ne colle pas avec ses méthodes. Ce type séquestre les gens, les enferme plusieurs jours sans eau et sans nourriture, puis il les brûle vifs. Ce n'est pas lui qui a fait ça.

Milo secoua la tête. Irritée, la sous-inspectrice poursuivit en exposant d'autres arguments.

— Ce n'était qu'une vieille femme, pourquoi aurait-il voulu la tuer ? Son idée aurait été de la séquestrer en pleine messe et il y est allé un peu trop fort dans sa dose ? Je te rappelle qu'il choisit des endroits isolés et solitaires. Réellement, tu penses qu'une église correspond à une telle description ? Non, ce n'est pas son *modus operandi* et la défunte n'a rien à voir avec notre affaire. Mon Dieu, la veuve d'un grossiste en poisson !

— Une femme qui était habituée à se lever tous les jours de bon matin pour préparer le petit-déjeuner à son mari avant qu'il ne se rende au marché de Mercabarna. Toute sa vie. Elle se lève, sort pour prendre le frais sur la terrasse de la chambre principale, dit-il en pointant l'index sur celle-ci, et se penche.

— Tu penses qu'elle a vu quelque chose ? demanda Rebeca soudain plus tendue.

— Une vieille femme de quatre-vingt-deux ans ?

— Elle a pu chausser ses lunettes.

— Au saut du lit ? dit-il en faisant non de la tête. Elle veut juste prendre l'air, se relaxer un peu avant de tenter de trouver à nouveau le sommeil. L'obscurité est totale, le silence…

Il devint soudain muet.

— Qu'y a-t-il ?

— Elle n'a rien vu… mais elle a pu *entendre* quelque chose. Quelque chose qui a attiré son attention en pleine nuit, un bruit inhabituel. Et que fait-elle alors ?

— Piquée par la curiosité, elle rentre pour prendre ses lunettes. Elles sont sur la table de nuit et…

— Elle allume la lumière, dit-il en se tournant vers elle. Préoccupée par ce qu'elle vient d'entendre, elle a peur de trébucher et allume la lumière, mais pas celle de la table de nuit. Une autre, plus puissante. Tu vois ce que je veux dire ? demanda-t-il en faisant un grand geste enveloppant tout le quartier. Il est très tôt, tout est encore dans le noir. Et cette maison se trouve en haut de la colline. Une lumière sur la terrasse ou dans la chambre à coucher qui brille dans la noirceur de la nuit.

— Ça doit se voir comme un phare au milieu du plus épais brouillard, dit Rebeca.

Il acquiesça lentement.

— Elle n'a rien vu, mais quelqu'un a pu croire qu'elle avait vu quelque chose.

— L'assassin. Les assassins.

— Et ils ont commis l'erreur qu'on attendait. Ils nous ont attirés dans ce quartier.

Son cœur accéléra.

— Ils l'ont tuée pour la faire taire, conclut Rebeca.

Milo inspira fortement.

— À présent, la question est la suivante : l'un d'entre eux habite-t-il ici, est-ce dans ce secteur que se trouve leur repaire ? Ou étaient-ils juste de passage avec leur fourgonnette en direction du parc Güell ?

— Putain ! s'exclama-t-elle. Le parc Güell, je l'avais oublié celui-là ! Quoi qu'il en soit, ça a dû se passer dans la nuit du jeudi au vendredi… un peu avant de pénétrer dans l'enceinte du parc et de suspendre Félix Torrens sur la croix du promontoire.

— Un parc qui se trouve juste au-dessus de nos têtes.

— Ils sont passés par ici, dit-elle en ouvrant la portière de la Volkswagen. Si on allait voir au bout du chemin ?

— Oui, mais pas en voiture !

— Pourquoi ? demanda-t-elle étonnée.

— Pour ne pas perdre le moindre détail, sous-inspectrice. Je veux pouvoir tout examiner à la loupe.

Il voulut prendre son temps et se prépara pour sortir de chez lui. Il prit un bain de mousse relaxante, passa des vêtements à la mode, but un verre d'alcool pour se remonter. Il regarda par la fenêtre. Une Opel Astra gris sombre était garée juste devant son portail. Il distingua à l'intérieur les jambes de son occupant. Il sourit. Il allait s'amuser un moment avec le limier qu'on lui avait collé aux fesses.

Il saisit les clés et abandonna son domicile. Sur le trottoir, il arrêta un taxi.

— Dans le centre, dit-il.

Il tourna la tête et, en effet, l'Astra démarra et vint se placer derrière eux, en laissant deux voitures s'intercaler.

— Où ça exactement, au centre ? demanda le chauffeur de taxi.

— Je vous indiquerai le chemin à mesure.

— Dites-moi, vous ne seriez pas le gars de la télévision, par hasard ? Ma femme est complètement folle de vos chroniques noires, même si, pour vous dire la vérité, moi, je préfère Julia Valle. C'est une superbe femme !

— Vraiment, répliqua Mauricio Navarro entre ses dents tout en regardant à travers la vitre.

25

Ils marchèrent le long de la rue goudronnée sans cesser d'observer à gauche et à droite. À mesure qu'ils montaient, les maisons disparurent l'une après l'autre pour laisser place à des lieux déboisés, à des terrains vagues, sur lesquels s'entassait une grande quantité de détritus. Des boîtes de conserve, des gravats, de sacs en plastique ; ils repérèrent même une cuvette de WC. La végétation était de plus en plus dense sur ce no man's land.

— Ce soleil va me tuer, se plaignit Rebeca essoufflée, dégoulinant de transpiration. C'est un four chauffé à blanc, ici.

— On est bientôt arrivés, vilaine fille.

L'asphalte disparut brusquement pour laisser place à des gravillons, comme si les cantonniers en avaient eu assez de goudronner le paseo. Un peu plus loin, ils aboutirent sur un terrain plat où finissait la rue, pour devenir, en tournant à droite, une nouvelle rue encore plus pentue, conduisant aux entrées nord et sud du parc clairement délimité par de hauts murs.

Ils s'arrêtèrent pour reprendre leur souffle.

Milo observa que trois sentiers partaient du terrain plat pour s'enfoncer ensuite dans les bois. Une femme s'appuyant sur sa canne s'éloignait en boitant sur celui du milieu, accompagnée par un homme de grande taille. La zone était occupée par une faune multicolore. Deux randonneurs étaient assis sur un tronc d'arbre et préparaient un pique-nique ; l'un d'eux avait les cheveux blonds très courts et, en revanche, l'autre les avait longs attachés en queue de cheval. Un peu plus loin, trois sportifs d'âge différent faisaient des étirements. Sur un des murs d'une hauteur considérable, deux jeunes pratiquaient l'escalade, tandis que deux autres les surveillaient d'en bas, attendant leur tour. Enfin, un groupe de touristes consultait une carte, un homme et son jeune fils promenaient deux rottweilers à l'air féroce et trois jeunes snobinards étaient en train de se rouler des joints à l'ombre des acacias.

— Je suis morte, soupira Rebeca en s'appuyant sur ses genoux. On se repose un peu ?

— Cette rue a bien une issue, mais elle est réservée aux chevaux.

— Et aux ânes, comme nous, n'est-ce pas ?

Ils se mirent à l'ombre. Rebeca s'affala par terre et appuya son dos contre un tronc d'arbre. Elle ferma les yeux.

— Toi et tes idées de pompier, protesta-t-elle.

Milo épongea sa transpiration tout en suivant l'habileté des escaladeurs. Après avoir choisi le chemin qu'il allait prendre, le groupe de touristes s'engagea dans la côte conduisant au parc. En fond, on entendait les rires moqueurs des trois snobinards défoncés.

Une des athlètes démarra doucement au trot en même temps qu'impatiente elle poussait ses camarades à terminer leurs exercices. Le randonneur à la queue de cheval tira une brique de vin bon marché et deux verres en carton qu'il remplit à moitié, puis il en tendit un à son compagnon. Tandis qu'ils trinquaient, la femme à la canne réapparut sur le chemin avec son accompagnateur. Ce dernier était habillé de façon tout à fait informelle : pantalons de camouflage, tee-shirt et chaussures de sport. Une casquette militaire le protégeait du soleil. Il ne cessait pas de bavarder avec la femme. Cheveux longs et blonds, corps bien tourné, boitant légèrement d'une jambe. De là où il se trouvait, Milo calcula qu'elle devait avoir un peu plus de la trentaine. Elle donnait le sentiment d'une femme qui ne s'efforçait pas d'accentuer ses charmes. Mieux encore, il eut l'impression que sa beauté était un fardeau pour elle, un défaut dont elle avait honte et duquel elle tentait de se libérer. Sans comprendre pourquoi, cela lui sembla singulier, très attirant, excessivement charnel. Elle leva brusquement les yeux et ses jambes flageolèrent. Ses yeux de biche, la minceur de ses joues. Quelque chose en elle lui sembla familier, très proche, *Marc*. Les petits rires des drogués le ramenèrent à la réalité. Et à ce moment précis, un des rottweilers, libéré de la laisse que tenait le gamin, prit une impulsion sur son train arrière et se jeta sur la femme.

Mauricio Navarro demanda au taxi de s'arrêter devant la librairie La Casa del Libro, sur le paseo de Gracia. Il paya la course et descendit tranquillement. Sans se presser, il lissa sa chemise sur le trottoir, tout en se débarrassant d'une mendiante portant un enfant dans les bras. Il voulait que son poursuivant se fasse un sang d'encre, il voulait jouer au chat et à la souris avec lui, mais sans se débarrasser de lui trop rapidement. Il lui avait réservé une journée mémorable.

Il entra donc dans la librairie et alla directement vers la table des nouveaux polars, son genre préféré. Il parcourut les titres. Il en vit deux qui lui semblèrent plutôt intéressants. L'un d'une Irlandaise et l'autre d'une Canadienne, mais il remit l'achat à plus tard. Il tourna les talons à l'improviste et se dirigea d'un pas rapide vers la sortie qui donnait sur la rue Valencia. Une fois à l'air libre, il attendit patiemment que passe un taxi. Alors, il leva la main et le véhicule s'arrêta à quelques mètres de lui. Il le prit.

— Au Corte Inglés, dit-il.

— Lequel ?

— Celui qui vous fera le plus plaisir. Démarrez.

Le chauffeur de taxi haussa les épaules et mit le compteur en marche. Sans hésiter un instant, il choisit le plus éloigné, celui de la Meridiana. Il vérifia son rétroviseur latéral et s'intercala dans la circulation. L'époque ne permettait pas de négliger les longues courses. En atteignant le premier feu au rouge, il regarda le rétroviseur intérieur. Il vit que son client s'était retourné pour observer quelque chose à travers la lunette arrière, puis qu'il s'installait confortablement sur la banquette avec un large sourire. Le chauffeur de taxi haussa à nouveau les épaules et attendit au feu. Il songea à le conduire jusqu'au Corte Inglés de Sabadell, mais y renonça. Il risquait de rentrer à vide et cela n'aurait servi à rien. Lorsque le feu passa au vert, il accéléra lentement et se prépara à traverser toute la ville.

Sans réfléchir à deux fois, Milo s'élança vers le chien et soudain, le temps se suspendit. Pendant qu'il bondissait, il prit conscience de trois choses. Primo, que la femme ne réagissait pas ; tranquille, sans même un cheveu dépeigné, elle se montrait indifférente à l'attaque et ne manifestait pas la moindre frayeur. Secundo, qu'à mesure qu'il s'approchait d'elle son attirance grandissait ; son visage n'était pas maquillé, elle était svelte avec un magnifique cou de cygne, mais sa silhouette n'était cependant pas très féminine. Et tertio, que son exceptionnelle beauté était en train de lui troubler l'esprit, car le rottweiler sur lequel il s'était jeté pesait plus de cinquante kilos et qu'il ne savait pas encore comment il allait s'y prendre pour affronter un molosse aussi costaud.

Il bouscula le chien de toutes ses forces et le fit reculer de quelques mètres. Ce fut la même chose que taper dans un sac de sable. Puis il s'apprêta à affronter le second qui aboyait furieusement et tirait sur sa laisse, pour s'en libérer. Déchaîné, la vue teintée de rouge, il avança son avant-bras tout en se mettant à hurler comme un possédé, hors de lui.

— Putain, le mec ! T'as vu ça ! s'exclama un des drogués.

L'athlète impatiente vint se planter à côté de lui, et juste après, Rebeca arriva, la main sur l'étui de son arme. Les randonneurs laissèrent tomber les verres et un des escaladeurs resta suspendu au mur par une seule main. Ceux qui se trouvaient au-dessous coururent prêter main-forte à Milo et à la jeune sportive. Ils entourèrent également la femme à la canne, tandis que son accompagnateur demeurait accroupi par terre, entourant son corps de ses propres bras. Tous les cinq parvinrent à contenir les chiens suffisamment de temps pour que l'homme récupère la laisse du premier rottweiler, tire ensuite sur les deux afin de contrôler les animaux et de parvenir à les calmer. Entre-temps, son fils fondit en larmes, pâle comme un linge.

L'incident s'arrêta brusquement, tout comme il avait commencé.

— Je suis désolé, je suis désolé, disait l'homme en reculant avec les chiens. Je ne comprends pas ce qui s'est passé. Jusqu'ici, ils n'avaient jamais attaqué personne.

— Il faut mettre une muselière à vos fauves ! dit Rebeca en colère, toujours sa main au côté. Ce sont des dangers publics, vous voyez bien !

L'homme s'éloigna en compagnie des rottweilers, qui tiraient la langue et regardaient tout le monde d'un air innocent. Sans lever les yeux, le gamin les suivit.

Milo se tourna vers la femme.

— Tout va bien ?

— J'ai juste eu peur, dit-elle.

Ils se regardèrent dans les yeux, et il devina à son teint livide que ça n'allait pas du tout. À l'instant, elle laissa tomber sa tête sur sa poitrine et, bien qu'elle s'appuyât sur sa canne, perdit l'équilibre. Milo la rattrapa par le bras et l'emmena, presque sans toucher terre, s'asseoir sur le tronc d'arbre, à l'ombre, près des randonneurs. Elle était légère comme une plume. Il s'assit à ses côtés.

— Vous avez un peu d'eau ? demanda-t-il au gars à la queue de cheval.

La femme but peu à peu, par petites gorgées. Pendant ce temps, Rebeca prit la situation en main. Elle remercia l'athlète et les deux escaladeurs pour leur aide, puis elle fit face à Milo.

— Tu es fou ? lui reprocha-t-elle. Attaquer un fauve pareil, à quoi pensais-tu, inspecteur ?

Le visage de l'inconnue devint à nouveau tout rouge.

— Ça va mieux, à présent ? s'intéressa-t-il.

— Oui, merci, fit-elle en esquissant un sourire guindé. Tu es inspecteur ?

— Plus pour très longtemps, tu peux m'appeler Milo.

— Je comprends, dit-elle en inspirant lentement. Moi c'est pareil, il ne me reste plus très longtemps à travailler dans ma boîte, non plus.

— Que fais-tu ?

— Je suis correctrice de livres, je travaille à la maison.

— C'est la meilleure, dit le type à la casquette militaire, en s'approchant d'eux. Elle fait des merveilles avec les textes, en tout cas avec les miens, ajouta-t-il en retirant nerveusement sa casquette et en se passant la main sur son crâne rasé, avant de se recoiffer puis de détourner son regard fuyant. Les chiens me terrorisent.

— Tu es écrivain ?

Il acquiesça tout en regardant ailleurs. Milo se tourna vers la femme.

— Donc, tu corriges des livres ? dit-il en même temps que Rebeca soupirait bruyamment. Si tu m'énumères quelques titres, peut-être en ai-je eu un entre les mains.

— À présent, je préférerais rentrer chez moi, dit-elle en se relevant péniblement. J'ai la tête qui tourne un peu.

— Ma voiture est garée tout près, je peux t'y conduire. Tu habites loin ?

— Non, au début du paseo. Il suffit de descendre et j'ai besoin de marcher, à cause de ma jambe.

Elle parlait d'une voix calme, ferme, sans bafouiller. Elle s'adressa à l'écrivain.

— On verra les corrections un autre jour.

Le type baissa les yeux et se dirigea vers la côte du parc pendant que, de son côté, elle s'éloignait lentement, en boitant, en direction du paseo.

— J'insiste, ça ne me dérange pas, proposa à nouveau Milo dans son dos.

Elle agita une main sans s'arrêter. Lorsqu'elle atteignit l'asphalte, Rebeca lâcha :

— Tu es incroyable, dès que tu vois un joli cul, tu te mets à baver comme une bête.

Mais Milo se tut jusqu'à ce que la femme eût disparu dans le virage.

— Un joli cul ? Tu sais quelle est la première image qui m'est passée par la tête en la voyant ? demanda-t-il en laissant traîner un long silence. Celle d'une jeune fille très vieille. Comme Marc. Lui aussi était un jeune garçon très vieux.

Rebeca demeura désarmée, de pierre.

— En route, vilaine fille. On continue ce putain de chemin, jusqu'au parc.

Après avoir tué le temps à l'étage, puis au rez-de-chaussée du centre commercial, il décida de passer à la dernière partie de son plan. Il sortit et arrêta un nouveau taxi.

— Hôtel Arts, dit-il.

Une fois arrivé dans le luxueux hôtel, il décida d'aller dîner à l'Arola, un des restaurants du complexe. Il n'appréciait pas la cuisine recherchée et expérimentale, mais il aimait regarder les expressions des gens élégants qui le reconnaissaient. Et l'Arola était un lieu fréquenté par ce genre de personnes. Il prit place dans l'un des angles, dos au mur, pour avoir une vue sur tout le local. De là, la vue était splendide. À ses pieds, le port olympique, la mer, une partie de la sculpture en bronze qui représentait la gigantesque baleine de Gehry. Il commanda un dîner léger et se consacra à distribuer des sourires à droite et à gauche. Il était d'excellente humeur.

Il choisit de prendre le café en terrasse. Tous les jeudis, pendant l'été, une agréable musique *chill out* égayait les soirées, et ce soir-là il eut la chance que ce soit en *live*. Il choisit de se placer à l'extrémité la plus éloignée et commanda également un whisky pur malt, sans glace, en confiant au garçon de café le choix de la marque et de l'année. Lorsqu'on lui apporta le verre, il y trempa les lèvres et constata que c'était parfait. On ne servirait jamais n'importe quel vulgaire petit breuvage à un personnage tel que lui, aussi connu et reconnu. Il savoura son verre tout en laissant passer les heures, sans consacrer une seule seconde à réfléchir à son départ de Telecinco en plantant là, une fois pour toutes, cette pimbêche de Julia Valle. Il déciderait ça le lendemain. Rien ne pressait.

Un peu avant la fermeture, il paya la note et abandonna le restaurant. Il prit les couloirs de l'hôtel, pour se diriger vers la terrasse de la piscine. Il s'assit dans l'endroit le plus écarté, près du paseo Marítimo, et cette fois, il commanda de l'eau minérale gazeuse. Dans peu de temps, il allait retrouver l'inconnu à la voix cassée et il serait bon de ne pas se présenter au rendez-vous avec l'esprit brumeux. Il se relaxa en écoutant de la musique douce, agrémentée en fond par la sourde rumeur des vagues. La vie était merveilleuse. Il ne pouvait pas penser à sa trajectoire sans la taxer de réussite totale, bouleversante. Même en rêve, il n'aurait pu la concevoir de façon aussi parfaite. Sa bonne étoile et son flair de journaliste l'avaient guidé jusqu'au sommet et à présent il lui suffisait d'en cueillir les fruits déjà mûrs. Il laissa échapper un soupir de satisfaction.

Une demi-heure plus tard, il tira son BlackBerry de sa poche et passa un appel.

— Lucas, viens me récupérer à l'entrée de l'hôpital del Mar, dans vingt minutes.

Sans se presser, il vida son verre et balaya la terrasse du regard. Pas de trace du limier. La chose la plus probable était qu'il fût garé à l'entrée de l'hôtel pour surveiller sa sortie. Et il allait être bien déçu. Il ne savait pas que Mauricio Navarro était un malin.

Il leva la main et appela le garçon.

— Dites-moi, la soirée est tellement agréable… j'aimerais aller faire une promenade sur la plage avant de monter dans ma chambre, dit-il en tirant un billet de cinquante euros de sa poche. Auriez-vous l'obligeance de m'ouvrir la sortie sur le côté ? Je sais que ce n'est pas très régulier, mais je vous en serais bien reconnaissant.

— Mais, entendu, monsieur Navarro, dit le garçon en prenant discrètement le billet.

Il sortit, descendit un escalier et se retrouva au Marina Village, au bas de l'hôtel, un endroit arboré, frais, au niveau de la mer. Il marcha entre les différents locaux avec un regard distrait. Sur le sable, il suivit d'un pas tranquille la zone animée des bars qui s'étendait au-dessous du paseo Marítimo. La lune se découpait sur le ciel, il ne manquait plus grand-chose pour qu'elle fût pleine. Il remonta une rampe et déboucha sur le paseo. Il le traversa en évitant les cyclistes et les patineurs, puis il atteignit l'hôpital del Mar, où il aperçut la voiture de son caméraman. Elle était garée et le moteur tournait encore.

— Démarre, Lucas, dit-il en s'installant sur le siège du passager.

Ils s'éloignèrent de la Barceloneta. Cette fois, Mauricio Navarro ne prit même pas la peine de se retourner. Il savait qu'il avait semé le policier. Tout allait comme sur des roulettes.

Après avoir inspecté l'hypothétique parcours qu'avaient emprunté les assassins, sans découvrir quoi que ce soit de particulier, Milo et Rebeca se rendirent à l'appartement en terrasse de la rue de l'Atlàntida. Ils gravirent les quatre étages dans le noir et s'affalèrent sur le canapé. Après s'être reposés un instant, ils se mirent à déblayer le salon ensemble. Ils poussèrent les quelques meubles contre le mur et empilèrent les chaises et les boîtes. Enfin, ils étalèrent les dossiers de couleur par terre, n'importe comment.

— On dirait un *trencadís* de Gaudí, dit Rebeca.

Milo secoua la tête.

— C'est un peu différent. Nos pièces à nous ne sont pas cassées, ce n'est pas du matériel de récupération.

— Si tu veux, mais je continue à trouver que ça ressemble à une composition de Gaudí, insista-t-elle. Toutes ces couleurs et ces…

— Il manque le plan de la ville. On en a besoin aussi, dispose-le bien en vue.

Ils l'accrochèrent ensemble au mur avec des punaises. Puis ils regagnèrent le canapé.

— Bien, tout est là, devant nos yeux, indiqua Milo. La réponse se trouve là. Tu as une idée ? demanda-t-il à Rebeca en se tournant vers elle. Sous-inspectrice ?

— J'ai les yeux qui se ferment tout seuls, murmura-t-elle éreintée, couchée sur les gros coussins.

Elle se déchaussa en donnant des coups de pied en l'air et ajouta :

— Tu n'es pas vanné, toi ?

— La cellule sans eau. Le corps qui prend feu, dit-il sèchement. Pas le temps d'être fatigué, vraiment !

Elle se redressa immédiatement.

— Allons-y, soupira-t-elle. La vengeance sert-elle à quelque chose ?

— Je ne suis pas philosophe.

Ils observèrent les lignes tracées sur le plan, le G sur Barcelone.

— Naît-on victime ou le devient-on ? demanda-t-elle au bout de quelques secondes.

— D'après ta théorie, que tu as appliquée pendant ta jeunesse, je dirais qu'on le devient ; mais je n'en suis pas sûr. Ce qui est évident, c'est que le Bourreau de Gaudí a refusé de le devenir. Et ensuite, avec le temps, il a assumé son ombre.

— Et il y a maintenant deux semaines, il a décidé de nous faire vivre ce cauchemar. Mais pour quelle raison ?

Milo l'imita et retira également ses chaussures de sport. Puis il se laissa choir sur le canapé.

— Je n'en ai pas la moindre idée.

— Les petits détails qu'on néglige s'avèrent parfois être les plus importants.

Ils se turent quelques minutes.

— Même si c'est un peu macabre, c'est grâce à l'enlèvement de la juge qu'on a réussi à trouver le lien entre les trois victimes, précisa-t-elle. Tu vois ce que je veux dire.

— Et grâce à l'assassinat de la vieille femme dans l'église, on sait qu'ils ont commis une erreur.

— Ils étaient trop pressés et ils ont agi sans planifier leur opération. C'est la première fois.

— Pas du tout, ils ont attendu trois jours, répliqua Milo. C'est arrivé le dimanche et l'assassinat de Félix Torrens a eu lieu dans la nuit du jeudi au vendredi. Pourquoi est-ce qu'ils ont attendu d'après toi ?

— Ils cherchaient à commettre leur meurtre sur un lieu dessiné par Gaudí, suggéra-t-elle. Le Bourreau est un obsédé de l'exactitude. Tout doit coïncider. Il fait une fixation maladive. Et sinon, je pense qu'il devait avoir un plan B.

— Oui, tout doit être parfait, jusqu'au dernier détail.

— C'est son œuvre, et il ne veut pas en rester là, elle doit devenir son chef-d'œuvre. On a affaire à un putain de cinglé, je t'assure !

— C'est ce que tout artiste cherche à atteindre dans son travail ; tu crois qu'ils sont tous dingues ?

— Il tue, inspecteur, ce type torture et tue. Plutôt que d'utiliser les couleurs, les notes ou les mots, ce débile se sert du feu, de la soif et de la cruauté. Et tu doutes encore de son état mental ?

— Non, je veux dire que… que… dit-il en ayant oublié la fin de sa phrase. Je ne sais plus ce que je voulais dire, conclut-il en se levant péniblement. La position assise me coupe tous mes moyens.

— C'est l'épuisement. Tu es comme moi, complètement vanné.

— On a déjà parlé de ça, dit-il en sortant sur la terrasse.

Il observa la nuit, le reflet de la lune sur la mer. Il s'étira longuement et respira profondément. La musique des paillotes commençait à faiblir. Il retourna dans le salon.
— La récréation est terminée, dit-il. On commence par le début. Voyons, qu'est-ce qu'on sait ?

Lucas vira à gauche en arrivant au Mercat de les Flors et remonta le paseo de Santa Madrona. Quelques minutes plus tard, Mauricio Navarro lui demanda de s'arrêter devant l'entrée du parc.
— Moi, je descends ici. Gare-toi au même endroit que l'autre jour.
Il descendit du véhicule. Lucas se pencha vers la portière ouverte.
— Et pourquoi je ne me garerais pas derrière cette fourgonnette ? dit-il en montrant l'autre côté de la rue.
— Je ne veux surtout pas que ce type découvre que je ne suis pas seul.
— Cette fois, tu pourrais au moins porter la caméra, suggéra le jeune chevelu.
— Tu veux que je froisse ma chemise ? répondit-il en soupirant bruyamment. Écoute-moi, même si nous avons le temps, dépêche-toi. Je n'aime pas du tout cet endroit.
— Je serai là dans deux minutes.
— Une minute. Je t'attends près de la fontaine.
Il referma violemment la portière et le regarda s'éloigner. Il jeta un coup d'œil à la fourgonnette. Elle était toute blanche, sans la moindre enseigne. Il se retourna. Un homme se trouvait à dix centimètres de son visage. Il était vêtu de noir, le visage découvert. Il avait des cheveux blonds, très courts et des yeux perçants, bleus.
— Tu arrives bien de bonne heure, dit-il d'une voix cassée.
Son sang ne fit qu'un tour. Un intense sentiment de danger bloqua son cerveau. Il tenta de baisser les yeux, mais ses muscles ne répondirent pas. La lumière de la lune brillait dans les pupilles de l'inconnu et le journaliste comprit brusquement que sa bonne étoile venait de lui tourner le dos.

— J'ai… j'ai semé la police, bredouilla-t-il.

— Brave garçon.

Le mouvement de l'homme fut rapide. Il sentit une piqûre dans le cou. Sans comprendre ce qui se passait, Mauricio Navarro eut la certitude que son flair avait à nouveau fonctionné. La journée allait effectivement être mémorable. Et lorsqu'il commença à sentir que ses forces l'abandonnaient, il sut que cela ne faisait plus aucun doute.

L'homme plia les genoux afin de recevoir le poids mort du journaliste sur une de ses épaules et il se releva tout de suite après.

— Tu n'aurais pas dû faire de l'ombre à Julia Valle, dit-il en se mettant à marcher. Elle n'est pas comme toi, elle, c'est une star, ajouta-t-il en traversant sur le passage clouté. Et puis je n'ai vraiment pas apprécié la façon dont tu t'es mis à parler avec cet inspecteur.

Il atteignit la fourgonnette blanche, ouvrit la porte arrière et le jeta à l'intérieur comme un sac de pommes de terre.

— Mais ce que tu as voulu faire à Julia est impardonnable, dit-il en refermant la porte sans bruit.

Il fit le tour du véhicule et alla s'asseoir au volant. Il démarra doucement.

Quelques secondes plus tard, Lucas pénétra dans le parc, caméra à l'épaule.

— Navarro ? Mauricio ? murmura-t-il aux arbustes.

— Un autre café ?

— J'en ai trop bu, dit Rebeca en bâillant.

Milo regarda ses yeux tout rouges, son air ravagé.

— Très bien, tu veux qu'on aille se réveiller ?

Il entra dans la chambre et en ressortit avec deux serviettes de bain. Il s'arrêta dans l'entrée.

— Tu ne veux pas venir ?

— Prendre un bain maintenant ? fit-elle en se frottant les paupières. Je suis morte de sommeil, je risque de me noyer.

— Non, tu ne te noieras pas. Je suis là.

Il ouvrit la porte et commença à descendre les marches. Il entendit des pas précipités dans son dos, puis la porte de l'appartement qui claquait.

Ils se déshabillèrent au bord de l'eau. La plage était absolument déserte.

Milo entra le premier dans la mer. Rebeca mit plusieurs secondes à le suivre. Elle plongea d'abord un pied et se serra dans ses propres bras. Ensuite, elle avança jusqu'à ce que l'eau lui arrive aux genoux.

— Elle est froide, protesta-t-elle.

— C'est juste en y entrant. Mais une fois qu'on y est…

Milo plongea et nagea plusieurs brasses vers le large. Lorsqu'il en eut assez, il se laissa flotter en regardant le bord. La sous-inspectrice était toujours au même endroit, bras croisés sur la poitrine. Alors, elle prit sa respiration et se lança en avant. Elle nagea rageusement jusqu'à arriver à sa hauteur. Puis elle sortit la tête de l'eau, en reprenant sa respiration.

— Putain, ça coupe le souffle.

— C'est ce qu'il faut. C'est le meilleur moyen de reprendre ses esprits.

— Le meilleur moyen de se faire un infarctus aussi !

— Tu exagères, vilaine fille. À Port de la Selva, oui, elle est froide, il faut que je t'y emmène un jour. Ici, on se croirait dans une station thermale.

Ils se remirent à nager, chacun de son côté, puis ils retournèrent vers l'endroit où ils avaient pied.

— Avec de l'eau jusqu'au cou, j'ai l'impression d'être ailleurs, dit-elle tout essoufflée. Comme si on n'était plus à Barcelone.

— La mer, ça change tout, vilaine fille.

— C'est vraiment agréable. Je comprends qu'au lieu de dormir, tu préfères passer toute la nuit à te tremper ici. Ce n'est pas pareil que dans la journée.

— Il n'y a personne. Ça change tout.

Rebeca roula sur elle-même et plongea sous l'eau, nageant plusieurs mètres à ras du sable.

Profitant du silence, Milo observa la ligne de la côte, les lumières de l'agglomération. Brusquement, il se souvint de la vision qu'il avait eue une fois : de tous ces corps inertes autour de lui, de ces citoyens oubliés qui à grands coups de pelle mécanique avaient été dépossédés de leur bien, des victimes invisibles qui flottaient près de lui, de ces milliers de corps semblant immergés dans le bassin de formol d'une morgue, de l'âme perdue de cette ville.

— On leur a tout simplement volé leur passion.

— Qu'est-ce que tu dis ? demanda Rebeca, en surgissant soudain à ses côtés.

— Dans le fond, on est juste une émotion, on est dépendants d'elle comme si c'était une drogue, dit-il d'une voix monotone. On est une émotion pour certaines choses, certaines personnes, pour une ville, poursuivit-il en se tournant lentement vers elle. Mais les assassins qu'on poursuit, eux, n'ont plus d'esprit. Ce monstre de Torrens les a anéantis, ils ne sont plus des êtres vivants. Il leur a volé leur passion. Et depuis, ils agissent comme des automates, sans émotion. Ils ne sont plus humains. À présent, ils vivent comme des machines. Ils sont morts et ils le savent parfaitement.

La sonnerie du téléphone portable de Milo retentit et il sortit de l'eau à toute vitesse. Il le tira de la poche de son jean et le porta à son oreille.

— Bonhora à l'appareil. On a retrouvé un autre corps en flammes. Suspendu à la grille des pavillons Güell de Pedralbes. Ils sont en train de le…

— Vous l'avez identifié ? demanda-t-il totalement effondré.

— Ce n'est pas la juge Cabot, Milo. Un voisin insomniaque a vu le feu et il est descendu immédiatement avec un extincteur. La victime n'est pas complètement carbonisée : ils sont uniques, on ne peut pas confondre les poils de son petit bouc ! si tu vois ce que je veux dire.

Il sentit comme une décharge électrique dans le dos. Encore des problèmes.

— Mais on n'avait pas dit que Cervera le filait ?

— Cet abruti ? dit le médecin légiste-chef. Les gars du commissariat central ont quitté les lieux. Il ne reste plus que nous, la scientifique. Tu peux te pointer, Milo.

— Toi aussi tu es au courant des rumeurs ?

— Je ne suis pas sourd, c'est tout ! Tu te charges de prévenir Mercader ?

— On sera là dans vingt minutes. Et dis-moi, Bonhora, merci pour ton coup de fil.

Ils raccrochèrent. Rebeca s'approcha. La lumière de la lune avait recouvert sa peau d'une pellicule d'argent.

— Il faut partir, dit Milo en ramassant ses affaires et la serviette.

Tandis qu'elle en faisait autant, il lui raconta ce qui s'était passé, puis il conclut :

— Maintenant, il ne reste plus qu'un endroit dessiné par Gaudí.

Ils partirent tous les deux en courant.

Lorsqu'ils arrivèrent à l'angle de l'avenue de Pedralbes et de la rue George R. Collins, plusieurs patrouilles de la police municipale étaient toujours là, gyrophares allumés. Un ruban de balisage délimitait le périmètre. Ils descendirent de voiture et s'approchèrent. Le corps avait déjà été décroché, et les assistants du médecin légiste étaient en train de l'introduire dans une housse de nylon noir. Avec les lumières et les ombres de la rue, le dragon de la grille avait un aspect terrifiant. La bouche ouverte, les dents aiguisées, les pattes ramassées en position d'attaque. Une trace noire provoquée par le feu avait noirci son aile et une de ses serres. Par terre, il y avait plusieurs marques numérotées.

Goyo Bonhora s'approcha d'eux.

— Impressionnant, n'est-ce pas? dit-il en pointant un doigt sur le dragon. Il y a de quoi faire des cauchemars avec ça!

— C'était bien le Bourreau?

— D'après les déclarations des témoins, il n'y a pas le moindre doute. Un type casqué, en tenue de motard. On a retrouvé son Zippo et on a quelques traces de ses semelles, cette fois. Et, en attendant de l'analyser au laboratoire, le câble en acier semble être le même. Il y a des caméras de surveillance là, dit-il en indiquant un grand poteau. Et en face aussi, dans cette agence de La Caixa de Catalunya. Mais j'ai bien peur de n'y découvrir que le genre de choses qu'on a déjà vues. Même méthode égale même résultat. À la différence que, cette fois, la réaction rapide du voisin insomniaque a évité que le corps ne brûle complètement. Et autre chose aussi, il l'a vu s'enfuir dans une fourgonnette blanche, sans plaque d'immatriculation. C'est toujours ça.

Milo inspecta les pavés.

— Qu'est-ce que tu cherches ?

— Il n'y a pas un G, quelque part ?

— Il est là, dit-il en indiquant le grand pilier qui soutenait une extrémité de la grille. Gravé dans la pierre par Gaudí lui-même. J'imagine qu'il doit s'agir de l'initiale de son principal commanditaire, le comte Güell. Tous les pavillons du parc lui appartenaient, tout comme la moitié de la ville.

— Puisqu'il y avait déjà un G, il n'a pas pris la peine d'en tracer un autre, supposa Rebeca.

Milo fronça les sourcils.

— Et cette chose, là, en haut, sur le pinacle ?

— C'est l'oranger façonné avec de l'antimoine, celui dont a parlé Gombrowicz, répondit-elle.

Milo indiqua la housse de nylon du bout du menton.

— Mauricio Navarro, le voleur d'oranges.

— Oui, un nouveau châtiment. Et une fois de plus, il a représenté un cruel paradoxe.

— Il a la fibre poétique, commenta Bonhora. Le suspendre au cou de la bête.

— Mais cette fois, il ne l'a pas soumis à la torture de la prison, sans eau et sans nourriture. Il a modifié son *modus operandi*. Pourquoi, d'après toi ?

— Parce que Mauricio Navarro n'est pas intervenu dans les événements d'il y a une vingtaine d'années. C'était quelqu'un appartenant au présent, dit Rebeca. Il a simplement joué avec lui, il s'est servi de son ambition pour obtenir les répercussions médiatiques qu'il recherchait. Et ensuite, après l'avoir bien utilisé, il l'a rapidement liquidé avec sa méthode favorite : le feu. Et du même coup, il a coché l'avant-dernier lieu, pour obtenir l'ensemble de sa signature.

— Mais sa vengeance n'est pas encore terminée, répliqua Milo d'un air sombre. Susana est en son pouvoir, il y aura d'autres films. Il avait pourtant encore besoin de lui pour continuer à publier ses crimes.

— Avec Eduard Pinto, il a choisi internet, dit Bonhora. Qui sait ce qui peut bien passer par l'esprit de ce psychopathe ?

— Peut-être a-t-il découvert que Mauricio Navarro lui avait joué un tour. Ce journaliste n'écoutait personne et il a sans doute pu ne pas respecter une de ses instructions. Je pense qu'il en était tout à fait capable.

Milo observa comment on introduisait la housse de nylon dans le fourgon.

— Heure de la mort ? demanda-t-il à Bonhora.

— Autour de cinq heures et demie du matin.

— Était-il vivant avant de brûler ?

— Comme les autres, il s'est débattu et il y a des marques sur ses poignets. Mais je te le confirmerai après l'autopsie.

— Quel est le juge qui a autorisé la levée du corps ?

— Marcel Godia, il vient juste de partir. Jeune, sans expérience. Tu aurais dû voir sa tête quand il a jeté un coup d'œil au corps à moitié calciné. Il était blanc comme un linge.

Milo détourna son regard.

— Des objets sur lui ?

— C'est là où je voulais en venir, dit Bonhora en se dirigeant vers une valise argentée, ouverte sur le trottoir d'où il tira un sachet en plastique transparent. Il est juste un peu cramé, ajouta-t-il en ouvrant la fermeture hermétique et en extrayant un BlackBerry avec sa main gantée. Il appartenait à la victime ; ça peut t'intéresser sans doute, conclut-il en lui adressant un regard éloquent. Utilise des gants, s'il te plaît.

Milo se baissa pour saisir une paire de gants de latex dans la valise et les enfila rapidement. Il saisit délicatement le BlackBerry. C'était un dernière génération. Il chercha le carnet d'adresses. La liste était interminable et il n'y avait presque que des initiales. Il appuya sur le B, fit descendre le curseur. Le sixième correspondant était noté : BB. Il releva la tête.

— Benet Bastos ?

— Ou Bruno Bachs, indiqua Rebeca.

Bonhora haussa les épaules.

— Tu ne peux pas l'emporter, dit-il en tendant la main pour le récupérer. On doit vérifier les derniers appels reçus et ceux passés par la victime. L'assassin a dû l'appeler pour lui donner rendez-vous, même si je pense qu'il a dû le faire depuis une cabine et que ça ne nous servira à rien.

— Un instant Goyo. Sous-inspectrice, note, dit-il en lui dictant le numéro. Tu l'as noté ?

— C'est fait.

Il prit son portable et lui demanda :

— Dicte-le-moi.

Il composa le numéro à mesure qu'elle lui dictait les chiffres. Lorsqu'il eut fini, il entendit un enregistrement : "Le numéro que vous appelez est indisponible ou hors couverture." Il raccrocha.

— Je suis persuadé que ce numéro est au nom de Navarro lui-même. Il remet le téléphone correspondant à son informateur et celui-ci s'en débarrasse au premier coup dur. Facile et simple d'emploi, à l'épreuve de toute tentative de poursuites. Un téléphone propre, sans trace.

— C'est tout à fait probable, dit Rebeca. De toute façon, tu n'as qu'à donner le numéro à Crespo. Il vérifiera.

Milo rendit le BlackBerry à Bonhora, qui l'introduisit à nouveau dans le sachet, puis il rangea le tout dans la valise. Il la referma et, après l'avoir prise à la main, se tourna lentement vers Milo.

— Avant de partir, Milo, dit-il en se raclant légèrement la gorge. Il se peut que le service de calligraphie légale du commissariat ait obtenu un résultat significatif à propos de ta fameuse lettre G.

— Putain, Goyo, tu aurais pu commencer par là !

Le médecin légiste-chef se fendit d'un large sourire.

— Ce n'est pas concluant, alors ne te fais pas trop d'illusions. Souviens-toi qu'il ne s'agit pas d'une science exacte et qu'avec un échantillon graphique aussi mince, il est très difficile d'obtenir quelque chose.

— Allez, lâche le morceau, Bonhora.

— Bien, le service a étudié plusieurs variables, comme le tracé, la rapidité de l'exécution, la direction, la forme et la continuité, et il en a conclu qu'il y a cinquante pour cent de chances pour que l'auteur de la lettre G soit une femme. C'est vraiment surprenant, non ?

— Rien que cinquante pour cent ? dit-il. Ça, on le savait déjà sans avoir besoin de réaliser d'étude, Bonhora ! Dire ça ou rien du tout, c'est la même chose, putain de merde !

— Excuse-moi de te contredire, Milo. Mais avant d'analyser les échantillons graphiques, l'auteur pouvait être aussi bien un homme qu'une femme. En revanche, à présent nous savons qu'il y a cinquante pour cent de chances que ce ne soit pas un homme, ce qui est très différent.

— Alors là, je ne vois vraiment pas la différence ! objecta-t-il irrité.

— Parce que tu n'as pas l'esprit scientifique, inspecteur. On est parvenu à tirer des conclusions plus importantes avec des pourcentages bien plus réduits. Bref, en ce qui me concerne, c'est tout. Si vous n'avez pas d'autres questions, j'ai une autopsie qui m'attend, dit-il, puis il réfléchit encore un instant et asséna : "Le vrai mystère du monde est le visible, non l'invisible", Oscar Wilde.

Milo fit un geste de résignation.

— Tu as gagné. Aujourd'hui, ma tête est hors service, dit-il en durcissant son regard. Bon, surveille ce BlackBerry, Goyo, et surtout je te supplie de le ranger en lieu sûr. Et je ne plaisante pas du tout.

— Ne t'inquiète pas, le coffre du laboratoire est à l'épreuve des bombes et on est juste trois à en connaître la combinaison.

Il se dirigea vers le fourgon, la valise à la main.

— Goyo ! "Ce qui ne me tue pas me rend plus fort", Albert Camus. On finira le match un autre jour.

Le médecin légiste-chef acquiesça d'un air contrarié et prit place sur le siège passager du fourgon. Peu après, le véhicule disparut le long de l'avenue de Pedralbes en direction de l'avenue Diagonal.

Le ciel de la ville commençait à s'éclaircir.

— Tu penses que le Bourreau de Gaudí peut vraiment être une femme ?

— Rien n'est impossible, sous-inspectrice. Tu devrais le savoir, dit-il en se dirigeant vers sa Volkswagen. Mais quoi qu'en pense Bonhora, ce pourcentage ne nous apporte rien du tout.

On est toujours dans le noir… comme au début, dit-il en se glissant au volant. Je te dépose quelque part ?

Rebeca s'assit à son tour.

— Chez moi. J'aimerais prendre une douche et me changer avant de retourner au commissariat.

Il démarra, passa la première et fit demi-tour pour prendre la même direction que le fourgon.

— Tu retournes chez toi, pour continuer à vérifier les dossiers ? demanda-t-elle.

— D'abord, je vais rendre visite à un vieil ami.

— Un autre jésuite ?

— Plus ou moins le même genre.

26

Il se planta face à la rue Córcega, tournant le dos à la Escuela Industrial, et se disposa à attendre jusqu'à neuf heures du matin sans quitter des yeux le bâtiment qui se trouvait à l'angle. Ses yeux allaient du cinquième étage à la porte d'entrée, inspectant chaque voisin qui sortait de l'immeuble.

Il reconnut immédiatement la femme. Son visage affable avait à peine changé avec l'âge. Elle traînait un chariot pour les courses derrière elle et, après avoir descendu les marches qui conduisaient au trottoir, prit la direction du marché qui se trouvait plusieurs pâtés de maisons plus bas. Milo traversa le passage clouté sans vérifier si le feu était passé au vert.

Il pénétra dans l'ascenseur et appuya sur le bouton du cinquième étage. L'immeuble était luxueux. Il comprenait une porte par palier, une entrée directe dans la cuisine pour déposer les achats et un accès au parking situé six étages plus bas, en sous-sol. Il appuya sur la sonnette. On entendit des pas à l'intérieur, suivis du bruit de l'ouverture du judas.

— Milo, mon Dieu, quelle surprise, dit Emilio Vilaplana en lui ouvrant la porte.

— Chef.

Ils se serrèrent la main dans l'entrée et il le fit tout de suite passer dans le salon.

L'homme qui avait guidé sa carrière, en le promouvant à différents grades, dont à la fin celui d'inspecteur, avait belle allure. Il portait de confortables vêtements d'intérieur et ses épaules étaient toujours aussi larges et robustes. Il avait également le même reflet d'intelligence dans les yeux. On détectait seulement la trace du temps qui passe à ses cheveux, à ses tempes toutes grisonnantes et à son front qui commençait sérieusement à se dégarnir.

— Alors là, pour une visite inattendue!... s'exclama l'ex-commissaire-chef.

Il lui indiqua le canapé et les fauteuils tout en se dirigeant vers un petit placard encastré dans la grande vitrine qui présidait le salon, puis il lui dit en saisissant une bouteille de brandy :

— Je sais qu'il est très tôt, mais ma femme vient de sortir et elle n'est pas là pour m'engueuler, alors j'en profite. En plus, qu'est-ce que ça peut faire, c'est exceptionnel. En revanche, toi, tu ne bois toujours pas d'alcool ?

Milo lui adressa un geste ambigu et l'observa se verser une généreuse quantité de liqueur.

— Je continue à penser qu'un policier qui ne boit pas de temps en temps est, pour le moins, suspect. Bien sûr, toi, tu as toujours été différent, dit Vilaplana en prenant place sur le canapé. Les médias t'ont éreinté, hein ?

— Rien que je ne puisse encaisser.

Vilaplana but une gorgée, il fit une grimace et posa son verre sur une petite table basse.

— Qu'est-ce qui t'amène ? Tout va bien au commissariat ?

— Je venais justement te parler de ça. Des choses très graves sont en train de s'y passer et je voulais avoir ton sentiment. Toi, tu n'as jamais eu peur des pressions.

Il lui expliqua brièvement l'affaire des fuites, la découverte des films, l'immédiate intervention du juge Nadal et ses soupçons au sujet de tout cela.

L'ex-commissaire-chef demeura un instant pensif.

— Tu as des preuves, Milo ?

— Seulement des indices, mais tout désigne deux noms, dit-il en lui parlant des initiales trouvées sur le carnet d'adresses du téléphone portable de Mauricio Navarro. L'enquête sur les comptes bancaires des deux hommes n'a rien donné, mais on sait bien que cela ne signifie pas grand-chose.

— En effet, ça ne signifie pas grand-chose, répéta-t-il songeur. Tu veux que je te donne un conseil ?

— Je suis venu pour ça.

— Ne t'obstine pas, Milo. Referme ce dossier et concentre-toi sur l'affaire que tu as entre les mains, dit-il en secouant la tête. Le reste ne serait que perte de temps. Ce sont des choses qui arrivent, ça !

— Ce sont des choses qui arrivent, ça ? répéta Milo qui n'en croyait pas ses oreilles. Chef, je ne te parle pas seulement de fuites plus ou moins intéressées, mais d'une véritable corruption. Au commissariat central, il y a une taupe qui était au service de Félix Torrens et qui à présent n'en fait qu'à sa tête en effaçant les traces qui conduisent jusqu'à elle.

— Et tu crois que je l'ignore ? dit-il en tendant la main pour reprendre son verre. Mais sans preuve ça ne peut pas aboutir, ajouta-t-il en se penchant vers lui. Écoute-moi, si tu continues à chercher dans cette direction, tu vas t'attirer de gros problèmes, Milo, et même de très gros problèmes. Si j'étais toi, je réfléchirais plutôt à ma carrière.

— Les problèmes, c'est le sel de la vie, chef. Sans les problèmes, la vie serait justement bien fade.

— Tu continues avec cette manie de te mettre dans le pétrin. Tu as toujours été obstiné comme ça.

— Et toi, si je me souviens bien, tu ne t'es jamais incliné devant personne. Avec toi les politiques sont toujours tombés sur un os. À cette époque, peut-être que tu ne t'intéressais pas suffisamment à ta carrière, toi non plus ?

— Oui, mais à l'époque je ne savais pas ce que je sais maintenant. Et ça a fini par me coûter mon poste.

— Et qu'est-ce que tu sais maintenant ?

— Qu'il n'y a pas grand-chose qui vaille la peine qu'on risque sa peau.

— Tu as vraiment changé, chef.

— Je suis devenu vieux, c'est tout.

Milo se gratta la tête. La conversation ne tournait pas du tout comme il l'avait espéré. Contrarié, il s'enfonça dans le canapé et se tut.

— Réfléchis, Milo, tu n'as rien de solide contre ces deux individus. Juste des soupçons, dit-il en vidant son verre et en se levant pour s'en servir un autre. L'un d'eux a été ton équipier, et l'autre est un gestionnaire, pas un policier. Pourquoi quelque chose aurait-il dû filtrer ?

— On ne pêche bien qu'en eau trouble, dit-il. Si Bastos était à la solde de Torrens, son intérêt était de créer de la confusion, de mettre des obstacles à mon enquête à propos de leurs affaires, de laisser les choses pourrir d'elles-mêmes. À ce moment-là, il pensait qu'il s'était juste enfui et que plus il y aurait de chaos autour de l'affaire mieux ce serait. Tu ne l'as pas vu bégayer comme un gamin pendant la conférence de presse ? Il avait atteint son objectif, il avait réussi à noyer le poisson. Quant à Bachs, c'est un faux jeton, il bouffe à tous les râteliers, pour finir par récupérer sa part du gâteau. Je pense qu'il peut jouer sur deux tableaux en même temps, en attendant de savoir lequel choisir. Mais s'il y a bien quelque chose dont je ne doute pas un instant, c'est qu'il est mouillé jusqu'au cou. Sur quoi je me base pour dire ça ? Sur le fait que je le connais comme si je l'avais fait, celui-là. C'est un homme de paille, prêt à tirer parti d'où que ça vienne.

Il l'entendit forcer sur le placard dans son dos.

— Laisse-le tranquille, Milo, ne te fourre pas dans ce bourbier. Tu vas y laisser des plumes, crois-moi.

— Plus que j'en ai déjà laissé ?

Il entendit l'alcool couler dans le verre. Un soupir appuyé.

— Tu as vu les films ? demanda son ancien chef, la voix un peu déformée.

— Juste quelques-uns…

Brusquement, le cliquetis d'une pièce de puzzle s'emboîtant dans son cerveau le laissa abasourdi. Elle résonna comme un coup de feu. Tout le visage de Milo se contracta dans une expression de douleur :

— Ça m'a trop écœuré, puis la chambre à coucher de cette vermine n'était pas vraiment l'endroit approprié.

Il entendit la bouteille qu'on referme promptement, la nouvelle lutte nerveuse de Vilaplana avec la porte de son petit placard.

— Et le sergent Crespo ? Il les a vus, lui ?

— Non plus. Le juge Nadal les a saisis avant qu'on en ait eu le temps.

Vilaplana lui tapa sur l'épaule en retournant sur le canapé. Le contact de sa main le brûla comme du feu.

— Milo, tu es dépassé, dit-il. Aujourd'hui l'intuition est une vieille histoire. Les traces d'ADN, les preuves de laboratoire, les avancées techniques… C'est ça qui compte. Eh oui… les temps changent.

— Mais j'ai bien l'impression que les vices d'antan demeurent, hein, chef ?

L'ex-commissaire-chef encaissa le coup sans trop le montrer. Il s'assit et porta lentement le verre à ses lèvres, en tremblant légèrement.

— De quels vices tu veux parler ? demanda-t-il.

— De Félix Torrens, de son réseau de chantage. Il a mis vingt ans à étendre son influence tout à fait dégueulasse. Vingt ans, chef, c'est pas une paille.

Vilaplana baissa les yeux. Il les fixa sur le liquide ambré, au fond de son verre.

— Ça fait beaucoup d'années, oui, murmura-t-il.

— Combien de fric il faut pour acheter un commissaire-chef ?

Vilaplana se dégonfla sur le canapé.

— Il faut un bon prix, Milo, un très bon prix, fit-il en tentant d'esquisser un sourire, qui se révéla n'être qu'une pâle copie lui défigurant vilainement le visage. Je vois que tu es en forme. C'est ta fameuse antenne parabolique ?

— Chef, je ne vais pas te demander si ton nom figurait sur son carnet d'adresses. Je te respecte trop pour ça. Mais j'ai bien l'impression que…

Vilaplana l'interrompit en levant la main. Il observa le mur au-delà de Milo.

— Il n'y a eu qu'une fois, Milo, une putain de fois. Lorsque je n'avais encore que le grade d'intendant. Ç'a été une erreur stupide qui m'a poursuivi toute ma carrière ensuite, expliqua-t-il en continuant à fixer un point par-dessus sa tête. C'étaient des prostituées, des professionnelles, et je me suis laissé embobiner comme un débutant. Ensuite, ç'a été ce que tu peux imaginer : il me tenait par les couilles, ce salopard, et il ne m'a plus lâché. Tu ne peux pas comprendre, mais mes enfants, ma femme… Je l'ai fait pour eux, pour éviter le scandale. Je me suis plié aux exigences de cette tête de nœud malfaisante ! s'exclama-t-il en regardant Milo bien en face. Et lorsque j'en ai eu assez de me comporter comme son chien, il a manipulé les fils de ses marionnettes et m'a fait écarter du jeu, ajouta-t-il en claquant des doigts. Ce n'est pas plus difficile que ça ! Il voulait un gars plus obéissant que moi. Voilà pourquoi j'ai accepté la relève sans même livrer bataille. Je voulais surtout ne pas faire du barouf, pour ne pas perdre ma pension, tu comprends ? Et je me suis retiré du jeu… quoique pas tout à fait.

Ils échangèrent un regard.

— C'est toi qui as envoyé la lettre anonyme pour dénoncer Torrens au procureur anticorruption ?

— Au moins, j'ai fait quelque chose, dit-il en détournant à nouveau son regard. La conscience, tu vois de quoi je veux parler.

Un sentiment de débâcle envahit brusquement Milo. Il quitta son fauteuil.

— Une conscience un peu tardive, oui ! fit-il en durcissant le ton. Si tu avais fait ça plus tôt, peut-être que Marc serait encore en vie aujourd'hui.

Vilaplana baissa la tête et Milo reprit :

— En tout cas, il a été plus courageux que toi. Ce n'est pas la peine de me raccompagner. Je connais le chemin.

— Milo, entendit-il avant de s'arrêter sur le seuil du salon. Tu te dois à tes chefs, qui sont des hommes politiques, mais encore plus aux citoyens. Fais ce que bon te semblera, le Corps y résistera. Mais fais-le discrètement, sans que cela se voie. Sinon les médias vont tout mettre en pièces, comme de véritables hyènes qu'ils sont.

— Qu'est-ce que tu suggères ?

— Bachs est le chaînon le plus faible et en même temps la pièce maîtresse. Moi, je commencerais par lui.

— Eh bien, qu'est-ce que tu attends ? dit-il fatigué. Un peu d'aide ne me ferait pas de mal.

— Tu es en train de me demander d'appeler l'Inspection générale ?

Milo se remit à marcher en direction de la porte d'entrée.

— Bonne chance avec le Bourreau de Gaudí, dit Vilaplana en glissant sur le canapé.

Vilaplana vida son verre d'un trait avant d'entendre la porte claquer. Cela le fit frissonner de la tête aux pieds.

L'attente de l'ascenseur lui sembla interminable et Milo décida de descendre par l'escalier, son esprit tournant à cent à l'heure. Dans la rue il inspira profondément l'air de la ville. Hors de lui, il tira le portable de sa poche.

— Madame Conte ? Comment se passe la recherche de ces dossiers d'instruction ?

— On est en plein dedans, inspecteur. On a retourné la moitié de la Cité de la justice, mais on n'est pas encore tombés sur eux. Il ne manque plus qu'à faire la même chose avec l'autre moitié. Ne perdez pas espoir.

— Je l'ai jamais perdu, madame Conte.

Il raccrocha et passa un autre appel.

— Crespo, les personnes d'Aucat t'ont remis la liste ?

— Pas encore, je viens de les appeler il y a quelques minutes et…

— On en a absolument besoin, Toni ! Débrouille-toi pour qu'ils se bougent le cul, merde !

— Je t'assure que je fais tout ce que je peux, j'ai même insinué qu'on pourrait porter plainte pour obstruction à l'enquête. Mais ils se retranchent derrière le fait que ces rapports sont vieux de vingt ans et…

— Sois plus persuasif, putain ! Arrête tes insinuations et fais-le une putain de fois !

— Inspecteur, ils collaborent, alors il faut être un peu patient avec eux.

Milo se mordit les lèvres.

— Note le numéro que je vais te donner, dit-il avant de le lui dicter. Je veux savoir à qui il appartient. J'attends.

Il se dirigea vers sa voiture avec son portable collé à l'oreille. Il l'avait garée à l'angle d'une rue, sur une place de livraison, et un PV se découpait sur le pare-brise. Il se précipita pour le retirer furieusement.

Tandis qu'il était en train de le froisser, il entendit la réponse du sergent.

— Mauricio Navarro.

— Je t'appelle cet après-midi.

Il s'installa au volant et démarra à toute vitesse. Il roula en direction de son appartement sans prêter attention aux coups de klaxon des autres véhicules. Son affaire était prioritaire sur tout le reste.

La lumière traversa ses paupières fermées et elle se couvrit la tête pour se protéger les yeux. Elle refusa avec une molle véhémence, tout en exhibant une esquisse de sourire.

— Non, merci, je ne veux pas d'eau, grogna-t-elle la gorge complètement sèche. Tout va bien.

Alors elle se dit qu'il était peut-être en train de la filmer et arrangea sa robe. Elle changea de position. Lentement, elle se traîna jusqu'au mur, y appuya son dos, et croisa les jambes.

— On ne va pas risquer de choquer les spectateurs, n'est-ce pas ?

La douleur de ses cordes vocales était insupportable. Prononcer un mot était comme s'arracher un bout de chair. Elle tenta d'avaler de la salive, mais elle n'en avait plus une goutte.

— Quoique si tu insistes pour m'offrir une bière, je ne dirais pas non, parvint-elle à dire.

Silence.

— Je sais que tu es là, ne sois pas timide. Si tu me connaissais, tu saurais que je ne mords pas.

Silence.

La juge lâcha un éclat de rire qui lui martela tout le corps.

— Ce régime va m'aller à merveille. Lorsque je sortirai d'ici, je vais ressembler à une sylphide.

— Je te connais, dit brusquement une voix au-delà du faisceau de lumière.

Susana se tourna légèrement dans sa direction. La voix douce la surprit à nouveau. Elle baissa la tête et mit sa main en visière.

— Vraiment ?

Elle n'obtint pas de réponse.

Elle tenta alors de mettre un visage sur cette voix. Mais son cerveau n'était pas en mesure de le faire. Trop engourdi, il parvint juste à lui rappeler qu'elle ne devait pas se montrer faible devant cet individu.

— Si je t'ai envoyé en prison, c'est sans doute parce que tu le méritais.

Elle entendit tout à fait distinctement le bruit d'un liquide en train d'être avalé. Lorsque l'inconnu eut fini d'étancher sa soif, il lâcha un soupir de satisfaction.

— Elle est bien fraîche, dit-il.

— Ce n'est pas bon pour la gorge, répliqua-t-elle en luttant pour ne pas perdre sa maîtrise.

Le bruit suivant fut le clapotis du liquide tombant sur les dalles. Un vrai jet, comme une cascade, interminable. Incapable de le supporter, elle se porta les mains aux oreilles. Elle ferma les yeux pour contenir ses larmes. De l'eau, de l'eau glissant le long de sa gorge. La calmant. Elle pourrait se mettre à boire pendant un jour entier. "Ça suffit !", s'ordonna-t-elle. Une semaine entière. Se baigner dans un lac d'eau glacée et entrouvrir les lèvres pour cicatriser le désir. "Mon Dieu, tais-toi !" se supplia-t-elle en tentant de maîtriser ses tremblements.

— Ç'a été bien pire que la prison, dit la voix tranchante comme un couteau.

Susana Cabot se nettoya le nez avec son avant-bras.

— Qui… qui es-tu ? balbutia-t-elle en reniflant.

— *Ayer pastor, hoy señor !*

— Je ne… je ne comprends pas.

— Hier victime, aujourd'hui bourreau.

La frayeur commença à s'emparer de la juge. Il semblait évident que ce type était perturbé, que c'était un fou qui la tenait en son pouvoir pour la conduire à la limite de ses forces et ensuite… ensuite… Elle refusa de poursuivre sur ce chemin. Il lui fallait conjuguer ses efforts, ne pas prêter le flanc à son ennemi.

Elle réfléchit à une réponse et dit la première chose qui lui passait par la tête.

— Tu as… tu as donc évolué. Et c'est comme ça que… que tu me remercies ?

— Je te réserve un traitement tout à fait particulier, spécial.

Sa voix était froide, sans la moindre sensibilité. Dénuée d'énergie. Elle avait beau le provoquer, sa voix ne montrait aucun signe d'agacement ni de nervosité. Elle était dépourvue d'émotions. Sans vie. Terrifiante.

Alors elle se souvint d'un détail.

— Si je ne t'ai pas envoyé en… en prison, où est-ce… où est-ce que je t'ai envoyé ?

— Chez ce monstre. Avec tous ses gardiens. À La Ferradura.

Le nom ne lui dit rien du tout, mais les mots qu'elle venait d'entendre la terrorisèrent.

La lumière s'éteignit brusquement.

Elle perçut sa respiration dans l'obscurité, à quelques mètres. Et autre chose. Une implacable volonté de fer. En proie à la panique, elle recula jusqu'à l'angle de la cellule. Elle manquait d'air, s'accrocha à ses genoux jusqu'à se pelotonner dans le coin.

— Faites de beaux rêves, Votre Honneur, dit la voix en parodiant celle d'un enfant.

Voilà trois heures qu'il feuilletait les dossiers sans obtenir le moindre résultat. La chemise contenant l'historique d'Eduard Pinto, les rapports de Rebeca à propos de la conduite criminelle des assassins en série, la liste des voleurs de véhicules en activité, la liste des appels dans les différents endroits où Félix Torrens avait été vu, le dossier que la juge lui avait transmis sur la mort de la première victime. En pensant à Susana, le monde lui tomba dessus. C'était désespérant. Il avait devant ses yeux une immense soupe de lettres qui ne lui servirait à rien tant qu'il n'aurait pas découvert le mot clé et qu'il ne l'aurait pas entouré en rouge. Découragé, il se pencha en arrière et observa le ciel qui s'ouvrait au-delà de la terrasse. La rumeur des gens s'élevait dans la rue, les cris des enfants, la musique des paillotes. Il se demanda comment les autres personnes pouvaient continuer à vivre comme si de rien n'était, en ce moment.

Il saisit le téléphone portable.

— Du nouveau, Crespo ?

— Je continue à mettre la pression aux gars d'Aucat. Un responsable, je ne sais plus de quel service, m'a assuré qu'il ne lâcherait pas l'affaire tant qu'il n'aurait pas trouvé mon renseignement et transmis l'information ; mais c'est bientôt l'heure de la fermeture et ensuite c'est le week-end, dit-il.

Puis il fit une pause :

— Je ne suis pas très optimiste, ajouta-t-il.

— Il n'y a pas de week-end qui vaille, Toni. Tu peux le dire à cet individu de ma part. Et pour l'amour du ciel, explique-lui bien l'importance de cette affaire.

— Je vais m'arranger, inspecteur.

— Tu as trouvé le nom d'un employé de La Ferradura, entre 1987 et 1990 ?

— Rien. C'est comme si la terre les avait tous avalés. Pas moyen.

Milo mit la tête dans ses mains.

— Inspecteur, j'ai eu une idée qui…

— Toni, ne me la dis pas, suis-la.

Il raccrocha et appela Alba Conte tout de suite après. Il reçut le même genre de réponse. Les dossiers d'instruction étaient toujours égarés sous des montagnes d'autres documents anciens. Il jeta le téléphone sur le canapé.

En se levant, il tituba un instant. Manger. Il lui fallait manger quelque chose.

Il sortit plusieurs fruits du réfrigérateur et les mâchouilla sans faim, tout en se concentrant à nouveau sur les papiers éparpillés par terre. Il relut l'historique de la Casa Milà, celui de Félix Torrens, la liste des sociétés maçonniques de Barcelone, celle des morts et des disparitions étranges pendant ces vingt dernières années. Il avait l'intuition qu'il s'approchait de quelque chose, mais ce sentiment s'émoussa immédiatement, noyé dans un océan d'informations et de détails de toutes sortes. Les doutes le harcelèrent. Que devait-il faire maintenant ? Quelle direction prendre ? Devait-il attendre qu'on lui ait retrouvé les dossiers d'instruction, que la nouvelle liste apporte un peu de lumière sur l'affaire ? Il fit non de la tête. N'importe quoi plutôt que de rester là les bras croisés sans bouger. Il saisit un autre dossier et se plongea dans sa lecture.

Un peu plus tard, il feuilleta les documents qu'avaient élaborés Bachs et Sena, la liste des sinistrés. Il se souvint alors qu'ils n'étaient pas complets, que lorsque Singla avait modifié la direction de ses recherches, ils n'avaient pas encore été finis. Il cessa donc de les lire et les jeta contre le mur, près du plan sur lequel avaient été dessinées les lignes formant ce G ignominieux. Jurant en silence, il observa pour la énième fois les droites que Gombrowicz avait tracées, la lettre que lui-même avait crayonnée en joignant les points où les corps en flammes avaient été suspendus. Il examina le détail de la flèche qui indiquait le Palau Güell, le siège de la fondation Cercle Gaudí. On n'avait retrouvé aucune victime du Bourreau à cet endroit, mais on en avait retrouvé une de l'Assassin à la liste. Il se demanda si cela avait une signification particulière, si cela cachait une clé qui leur aurait peut-être échappé.

— Que dit ton instinct ?

Il ferma les yeux. La première image qui lui vint fut celle d'une mer en flammes. Un arbre de feu se dressait en son milieu. Il associa cette scène avec les mots qu'avait prononcés Jon Grau, l'antisystème arrêté. "Barcelone doit redevenir la Rose de Feu." Son cœur s'accéléra. Le mythe de la ville anarchiste ressurgissait, mais un siècle plus tard. Aujourd'hui, les assassins étaient devenus les victimes cachées et invisibles sur lesquelles s'était assise l'agglomération pour croître. Croître toujours. Ce n'étaient que des enfants à l'époque. Soudain, il eut le sentiment de se pencher au-dessus d'un précipice. Il fut pris de vertige. Mais un vertige inversé. Comme s'il se trouvait dans un ascenseur montant à toute vitesse. Il rouvrit les yeux.

Il s'accroupit à la recherche d'un dossier. À l'intérieur, il y avait un CD avec une pochette en plastique. Il l'introduisit dans le lecteur et appuya sur *Play*. C'était l'enregistrement de l'appel passé au 010 par un des assassins, pour prévenir du dysfonctionnement d'un des lampadaires sur le paseo de Gracia. Il monta le son.

La durée était très courte. Mais on pouvait parfaitement percevoir que la voix n'était ni cassée ni désagréable ; peut-être distordue, sèche, inexpressive, avec un timbre plus grave de plusieurs tons, mais en aucun cas râpeuse. Il arrêta le CD et retourna au désordre des dossiers pour prendre celui qui contenait les enregistrements des appels qu'avaient passés les habituels cinglés, en affirmant qu'ils étaient les auteurs de la mort d'Eduard Pinto. Il répéta l'opération avec le lecteur de CD et, au bout d'un moment, on entendit résonner dans le salon un répertoire de loufoqueries plus invraisemblables les unes que les autres. Il allait arrêter ce chapelet d'âneries lorsqu'une voix, à nouveau distordue, dit : "Barcelone a tout abîmé et elle doit payer pour ça." Il appuya sur Stop. Ses poils se hérissèrent. La voix ne lui avait pas griffé les tympans, elle n'était pas comme du papier de verre ; au contraire, malgré les efforts pour la déformer, elle était semblable à l'autre, sèche et inexpressive, un poil arrogante et grave, mais normale.

Quelque chose ne collait pas.

Le patron de la boutique d'électronique avait dit que l'homme aux yeux bleus avait la voix cassée et désagréable. Par ailleurs, le clochard l'avait décrit comme quelqu'un au physique agréable, avec les cheveux blonds coupés très court, et il n'avait pas entendu sa voix. Mais eux, en revanche, l'avaient entendue, sur le film de l'agonie et de la mort de Félix Torrens, lorsqu'il avait lancé sa phrase à propos de la lutte antisystème. La voix ressemblait énormément à celle qui avait effectué l'appel au 010, elle avait le même timbre. Et ils en avaient déduit que le Bourreau était celui qui s'était occupé de filmer, celui qui possédait des penchants artistiques, car le vieux clochard l'avait vu en face de La Pedrera. Et en s'appuyant sur les deux témoignages, ils avaient commis une nouvelle erreur : le Bourreau n'avait pas la voix cassée. Le film le démontrait. On pouvait maquiller sa voix, mais pas à ce point.

— C'est leur allure, à chacun, qui nous a induits en erreur, murmura-t-il.

Il demeura immobile, glacé, les mécanismes de son cerveau en train de travailler. Les assassins se ressemblaient, ils étaient d'une apparence extrêmement similaire. Tous les deux avaient un physique agréable, très proche. Voilà d'où venait son erreur. Soudain, il aperçut un mot dans la gigantesque soupe de lettres qui se trouvait devant lui et il l'entoura en rouge.

Au début, il se dit que ce n'était pas possible. Une explication aussi simple était difficile à croire. Mais grâce à ce mot, tout parvenait enfin à parfaitement s'emboîter. Sceptique, il le tourna et le retourna dans sa tête pendant plusieurs minutes. Pas de doute, ce mot pourrait expliquer beaucoup de choses.

— Frères, dit-il. L'Assassin à la liste et le Bourreau de Gaudí sont frères.

Une puissante énergie traversa tout son corps, de la tête aux pieds. Tous les deux vivaient ensemble dans leur famille, ils furent donc expropriés ensemble, et c'est ensemble également que Susana Cabot les envoya à La Ferradura. Mais pour quelle raison ? Parce qu'ils se sont brusquement retrouvés sans famille. Il a dû se passer quelque chose, quelque chose de tragique, et tous les deux ont perdu leur foyer et leur famille en même temps. Et c'est alors qu'ils ont reçu le coup de grâce : le centre d'accueil. Expropriation, tragédie familiale, La Ferradura. Et vingt ans plus tard, le Bourreau venait d'entamer sa vengeance.

Comme un tourbillon, il chercha le téléphone portable sur le canapé.

Il se disposa à appeler Rebeca, mais s'arrêta brusquement. Le film de Félix Torrens sur le promontoire. Il commençait sur une image et se finissait sur la même au dernier plan. Il réfléchit pendant un dixième de seconde. Ils avaient eu la réponse devant leur nez depuis le début. Le Bourreau la leur avait donnée, mais personne n'avait réussi à la voir.

— Tout a commencé à l'endroit indiqué par la première image.

Il composa le numéro de téléphone du sergent Crespo.

— Tu as des nouvelles d'Aucat ?

— Inspecteur, il ne s'est même pas écoulé deux heures depuis la dernière fois que tu m'as posé la question, et non, non, pas de nouvelles. J'ai appelé il n'y a pas si longtemps, et la réponse, c'est qu'ils s'en occupent.

— Dis-leur de concentrer la recherche au niveau du début de l'autoroute C31 ou sur la Zona Franca. À partir de la place Cerdà, un peu au-delà, juste en face de l'endroit où se trouve aujourd'hui la Cité de la justice. Tu te souviens du premier plan du film de Félix Torrens ? Eh bien, par là.

Le sergent ne répondit pas.

— Toni ?

— Tu crois que c'est dans cette zone que s'est produite l'expropriation ?

— Le film commence et se finit au même endroit. Et pourquoi penses-tu qu'il a utilisé cette image en fond pour prononcer sa petite phrase ? Il aurait été plus logique de filmer un plan d'ensemble de la ville.

Crespo siffla d'admiration, et de surprise.

— Putain ! Il a eu l'audace de nous indiquer le lieu, et il a répété le plan à la fin…

— Appelle immédiatement ton responsable d'Aucat. Si on a raison, on a sacrément délimité le périmètre de recherche. On ne peut pas lui faciliter les choses plus que ça.

Il raccrocha avec impatience et demeura immobile à observer le téléphone.

Au bout d'un moment, il s'assit par terre et se remit à lire tous les rapports. Il voulait éviter de rater d'autres détails. Il commença par le dossier qui était le plus près de lui, celui de la première victime. Il survola le premier compte rendu, celui du médecin légiste, les photos de la scène du crime, les témoignages de l'épouse, des amis et des voisins. Il tourna les feuillets les uns après les autres.

À la fin, il saisit des papiers qui étaient éparpillés un peu partout. Ils faisaient partie de la liste élaborée par Sena et Bachs, de la fameuse liste incomplète. Il les écarta à nouveau du milieu, avec un geste de contrariété, et choisit un autre dossier.

Il faisait déjà nuit et Milo continuait à être plongé dans les dossiers lorsque quelqu'un sonna à l'interphone. C'était la sous-inspectrice Mercader.

— Tu peux descendre un moment ? J'ai quelque chose à te montrer et je crois que ça va t'intéresser.

Dans la rue, il s'aperçut que Rebeca était accompagnée du chevelu qui travaillait comme caméraman pour Mauricio Navarro. Elle le montra du doigt.

— Pendant toute la journée, il s'est demandé ce qu'il allait faire de certaines images qu'il a en sa possession et puis il a enfin eu la brillante idée de se rendre au commissariat.

— Quelles images ?

— Comme on le supposait, Mauricio Navarro a rencontré l'un des assassins. Et, bien caché dans des arbustes, ce jeune garçon, qui s'appelle Lucas, a filmé la totalité du rendez-vous.

Le chevelu acquiesça avec un visage terrorisé.

— On peut voir l'enregistrement dans ce machin ?

Le jeune acquiesça à nouveau et ils se dirigèrent tous les trois vers un banc de la place. Il déplia le viseur, ajusta la hauteur, et Milo et Rebeca se serrèrent l'un contre l'autre pour visionner la séquence.

Mauricio Navarro et la silhouette au casque occupaient le centre du petit écran. Retenant leur respiration, ils les écoutèrent parler. La voix de l'inconnu était rugueuse.

— C'est l'Assassin à la liste, indiqua Milo.

— Comment tu le sais ?

— Je te l'expliquerai tout à l'heure.

Ils l'observèrent en train de lui remettre une disquette que le journaliste s'empressa de saisir. Et ensuite, ils entendirent la brève discussion qu'ils avaient eue tous les deux, sa proposition de l'aider.

— C'est complètement stupide, lâcha Milo. On ne peut pas faire confiance à un psychopathe.

— Attends, dit-elle en le faisant taire.

À cet instant-là, l'Assassin à la liste répondait à la question sur son identité. Ils entendirent tous les deux clairement sa réponse. Ils se regardèrent d'un air perplexe. Peu après, le film finissait, au moment où la silhouette en noir sortait du champ.

— *"Ayer pastor, hoy señor"*, répéta Rebeca. Tu as une idée de ce que ça veut dire ?

Milo fit non de la tête tout en observant Lucas replier son viseur.

— J'ai besoin du film, dit-il en tendant la main.

Le jeune homme le lui remit sans faire d'histoire.

— Je suppose que, l'autre nuit, cet imbécile de Navarro s'est rendu à un autre rendez-vous, avec la promesse d'un autre enregistrement, n'est-ce pas ?

Lucas fit oui en haussant légèrement les épaules.

— Et tu étais là, toi aussi ? Tu as pu filmer quelque chose ?

— Non, je suis allé garer la voiture. Et ensuite, lorsque je suis revenu, il avait disparu.

— Tu as eu vraiment de la chance, dit-il au caméraman qui acquiesça. Finir grillé à cause d'une putain d'émission de télévision. Il faut être complètement con pour perdre la vie de cette façon.

— Arrête de dire du mal des morts, merde alors !

Tout en se mordant les lèvres, Milo réprima un geste d'impatience.

— Autre chose ? demanda Rebeca.

— Il y avait une fourgonnette, dit Lucas en prenant la caméra pour se lever. Blanche, sans enseigne. Lorsque je suis revenu sur les lieux, elle n'y était plus.

— Très bien, nous te remercions pour tes informations, n'est-ce pas, inspecteur ?

Milo s'éloignait déjà vers l'entrée de son immeuble. Rebeca prit congé du chevelu et courut derrière lui. Elle retint la porte alors qu'elle se refermait déjà. Dans l'escalier, elle entendit Milo qui téléphonait à Crespo.

— Oui, la phrase dont je t'ai parlé : *"Ayer pastor, hoy señor."* Essaie d'en savoir plus sur elle, peut-être rappelle-t-elle quelque chose à Gombrowicz, dit-il en reprenant son souffle. On reste en contact.

La sous-inspectrice le rattrapa et ils finirent de monter l'escalier ensemble.

— On connaît enfin le petit tour que Navarro a joué à l'Assassin à la liste, dit-elle dans le noir. Il a filmé la rencontre à distance, et la chose la plus probable est qu'il ait ensuite voulu vendre l'enregistrement ou nous le remettre pour se faire de la publicité.

— Tu penses vraiment que l'assassin ne s'en est pas douté ? demanda Milo en pénétrant dans l'appartement.

— Pourquoi l'aurait-il liquidé alors ?

— Ce n'était qu'une toute petite pièce dans sa partie d'échecs, sous-inspectrice. Lorsqu'il n'en a plus eu besoin, il a décidé de s'en débarrasser comme d'un simple pion. Et ce pauvre naïf l'a même aidé dans sa tâche !

Rebeca demeura paralysée sur le seuil de la porte.

— Tu n'entres pas ? demanda Milo.

— Je pense à ce que tu as dit à propos du jeu d'échecs. Tu sais que la dernière pièce qui reste debout est le roi. Le maître. Le seigneur. Toutes les autres sont à son service.

— Y compris l'Assassin à la liste, son bras armé. Son frère.

Ils demeurèrent tous les deux un instant immobiles.

— Maintenant, il faut que tu m'expliques plusieurs choses, soupira Rebeca.

— D'accord, ils sont frères, mais perdre leurs parents à cause d'une expropriation ? répliqua-t-elle. Ça me semble plutôt invraisemblable. Les parents seraient morts en même temps ? De quoi ? À cause du malheur qui venait de leur tomber dessus ?

— Et pourquoi ils n'auraient pas déjà été orphelins de père ou de mère ? Il est tout à fait possible qu'un de leurs deux parents ait été déjà mort à l'époque et l'autre d'une santé fragile. Restés sans famille, leur garde aurait alors tout à fait pu être confiée à la tutelle de l'État. Ça expliquerait comment ils se sont retrouvés au tribunal que présidait Susana en qualité de juge des tutelles. Ça ne me semble pas si tiré par les cheveux que ça, tu sais !

— D'accord, concéda-t-elle. Mais on est toujours coincés au même endroit : pourquoi maintenant ?

— Putain, tu ne fais que dire "mais" et poser des questions ! se plaignit-il. Tu crois que j'ai une boule de cristal à ma disposition ? Je suis comme toi, perdu, dans le noir. Et je suis le dernier à avoir intégré l'enquête. Le dernier ! Alors essaie de réfléchir toi aussi, une putain de fois !

Sans crier gare, ses forces l'abandonnèrent. Étourdi, il avança vers la terrasse comme un boxeur au bord du KO. Il se laissa tomber sur la chaise longue. Croisa un bras sur son visage.

— Qu'est-ce que tu as ? demanda Rebeca en s'accroupissant à côté de lui.

Elle lui caressa la joue. Milo retira sa main, mais ne la lâcha pas. Il mit la tête sur le côté pour la regarder ; sa vue s'était voilée.

— Il se peut que je me trompe.

— Repose-toi un peu. Tu es épuisé. Tout va bien se passer, tu verras.

— Une demi-heure, juste une demi-heure, dit-il en la serrant doucement.

Il respira profondément avant d'ajouter :

— Appelle Alba Conte et Crespo. Pour qu'ils continuent à chercher.

— Je m'en occupe, ne t'inquiète pas.

Elle prit son téléphone portable et se releva. Milo continua à lui tenir la main.

— Sous-inspectrice, appelle-les depuis le tien. J'ai besoin que le mien reste libre.

Il la trouva endormie sur le canapé, en train de serrer un des grands coussins dans ses bras. Son visage exprimait la douce tranquillité du sommeil. Il retourna sur la terrasse pour observer le lever du soleil.

La mer était d'huile, plate comme un miroir. Le ciel prenait des tons brillants et lumineux. Le silence était partout, excepté quelques chants d'oiseaux. La paix.

Le téléphone sonna. Il vit que c'était Martina Cots, l'inspectrice du commissariat de Tarragone. Il répondit sans perdre une seconde.

— Je savais que je te trouverais debout, dit-elle d'une voix endormie.

— Toi, tu n'as pas l'air d'avoir beaucoup dormi.

— On a passé une nuit agitée, on est sur le pied de guerre depuis minuit, dit-elle en bâillant. Excuse-moi, mais je suis épuisée. Je t'appelle parce qu'on a eu un coup de chance. Des voleurs ont tenté de pénétrer au petit matin chez Eva Messeguer et la patrouille locale nous a passé les détails de la plainte. Je m'en suis aperçue en les lisant, et me voilà en train de parcourir les rues de Cambrils pour la retrouver et lui demander si…

Milo sentit que sa tête lui tournait.

— Qui est cette Eva Messeguer ? l'interrompit-il.

— Une femme de cinquante-huit ans, à moitié shootée par les médicaments qu'elle prend pour son cancer des poumons.

Elle se déplace avec de l'oxygène, tu vois ce que je veux dire, la bouteille et tout l'équipement. C'est un supplice de parler avec elle, je t'assure. Elle ne fait qu'écouter la télévision et elle serait capable de faire perdre son calme à ce pauvre Job en personne.

— Martina, qui est Eva Messeguer, et pourquoi tu me racontes tout ça ?

— Elle a été pédagogue dans un centre d'accueil de Reus, La Ferradura. Tu ne m'as pas demandé de trouver quelqu'un qui aurait travaillé dans ce centre ? Eh bien, c'est fait.

Son cœur accéléra d'un coup.

— Tu as son adresse ?

— Note.

Milo prit l'adresse et raccrocha. Ensuite, il se rendit dans sa chambre et prit des vêtements propres. Avant d'entrer dans la salle de bains, il lança un tee-shirt à Rebeca. La sous-inspectrice le reçut en plein visage et se réveilla en sursaut.

— On est pressés, dit-il en ouvrant les robinets de la douche. Le jour se lève et il faut encore que tu te changes. Si tu veux des vêtements propres, faudra te contenter des miens.

— Qu'est-ce qui se passe, demanda-t-elle encore tout endormie. Où on va ?

— À Cambrils ! s'exclama-t-il sous la pomme de la douche. Il n'y a pas de temps à perdre !

Épuisée, Rebeca observa le tee-shirt gris uni, sur lequel on n'avait rien imprimé. Puis elle regarda à gauche et à droite. Elle n'avait pas compris un mot. Le soleil qui pointait à l'horizon l'hypnotisa quelques minutes. Mais lorsque Milo sortit de la douche en criant, elle se réveilla comme par enchantement.

27

Ils quittèrent la ville par l'avenue Diagonal et prirent l'autoroute AP7 en direction du sud. La circulation était fluide et ils n'eurent aucune difficulté à sortir de Barcelone. Puis ils arrivèrent au péage de Martorell.

Le jour allait être splendide et, de bon matin déjà, les gens avaient décidé d'en profiter et choisi la Costa Dorada pour aller passer le samedi à la plage. Les files de voitures étaient vertigineusement longues et, à la différence de Milo, leurs occupants semblaient s'être armés de patience. Après qu'ils eurent avancé dix minutes au ralenti, Rebeca descendit de voiture.

— Mets-toi sur le bas-côté et suis-moi pendant que je vais parler au type de la cabine.

Elle se mit à courir en même temps que Milo obéissait à ses instructions. Il s'arrêta en parallèle, l'observa gesticuler, montrer sa plaque. Finalement, elle tira un billet de sa poche, le remit à l'employé derrière le guichet et celui-ci lui tendit un ticket. Elle retourna à la voiture couverte de sueur.

— Affaire classée, en avant.

La barrière se leva et ils démarrèrent en trombe sans s'occuper du concert de klaxons qui se déchaîna dans leur dos. Ils roulèrent à vive allure pendant plusieurs kilomètres. Ensuite, Milo se vit dans l'obligation de ralentir à cause d'un gros bouchon. Et, plus loin encore, de s'arrêter car ils s'aperçurent que le réservoir était vide. Milo s'engagea dans la première station-service. Une trentaine de véhicules faisaient la queue devant chaque pompe. Hors d'elle, Rebeca descendit et, brandissant sa plaque, commença à faire la circulation pour que la

Volkswagen puisse avancer. Enfin, ils purent remplir le réservoir et reprendre l'autoroute, la sous-inspectrice indiquant sans arrêt les voies que Milo devait prendre pour gagner du temps.

— Au retour, c'est moi qui conduis, dit-elle. Tu roules comme une tortue.

Ils sortirent de l'AP7 et suivirent les indications jusqu'à Cambrils. Au lieu de l'heure et demie habituelle, ils avaient mis plus du double pour y arriver. La localité était immense. Ils décidèrent de s'orienter en descendant jusqu'au paseo Marítimo. Ensuite, ils le longèrent jusqu'au bout, prirent plusieurs rues transversales et arrivèrent enfin à la rue que leur avait indiquée Martina.

— D'après l'adresse, ce doit être par ici, dit Milo.

La maison était située en deuxième ligne par rapport au front de mer, dans une rue où prédominaient les grands hôtels et d'énormes blocs d'appartements. Une file de modestes villas, séparées entre elles par d'étroits passages fleuris, s'alignait entre deux de ces blocs. Ils se garèrent en face du numéro 24 et descendirent de voiture, le dos dégoulinant de sueur, le corps ankylosé.

— Bien, c'est là-bas, dit-elle.

Ils franchirent le portillon et se dirigèrent vers la maison. Ils sonnèrent. Le volume du téléviseur était monté au maximum et on l'entendait depuis la terrasse d'entrée. Ils attendirent un moment, puis ils sonnèrent à nouveau. N'obtenant pas de réponse, Rebeca se mit à tambouriner à la porte. Les murs se mirent à trembler. Alors celle-ci s'ouvrit très lentement jusqu'à être retenue par une chaîne. Le visage excessivement amaigri d'une femme apparut à travers l'étroite ouverture.

Milo et Rebeca exhibèrent leur plaque.

— C'est encore pour le vol ?

— Bien sûr, madame. On est très consciencieux et on tient à faire les choses correctement.

La femme ferma la porte, décrocha la chaîne, et ouvrit à nouveau pour leur permettre d'entrer.

À peine entrés dans le salon, une nauséabonde odeur de renfermé et de maladie les frappa.

L'endroit était d'un aspect crasseux. Les meubles étaient démantibulés, les rideaux effilochés, le tapis déchiré. Un téléviseur se trouvait en plein centre, sur une table à roulettes dont l'une était cassée. Il y avait de la saleté partout, de l'abandon, des piles de journaux entassés. Des dizaines de figurines en porcelaine couvertes de poussière s'accumulaient sur une étagère. Au-dessous, en équilibre précaire par terre, on pouvait voir un grille-pain, deux fours à micro-ondes, et plusieurs mixeurs.

Eva Messeguer se déplaça péniblement en direction du canapé situé devant le téléviseur. D'un côté, il y avait une bouteille d'oxygène branchée à un masque, et de l'autre, une petite table sur laquelle étaient posés plusieurs flacons et boîtes de médicaments près d'une bouteille d'eau. Il n'y avait pas de verre. Eva Messeguer portait une ample chemise de nuit avec le logotype d'un hôpital de la région et des sandales d'intérieur dépareillées. Une perruque synthétique plantée de cheveux blonds platine dissimulait sa tête, mais laissait cependant dépasser jusque sur son front plusieurs mèches de cheveux gris et clairsemés. Elle avait un air sévère, le regard indifférent et des gestes mécaniques, sans énergie. Elle fixa ses yeux sur la télévision sans leur proposer un siège.

Milo approcha plusieurs chaises et ils s'assirent tous les deux. Rebeca regarda le tapis avec une certaine appréhension, persuadée qu'elle allait apercevoir un cafard d'un instant à l'autre.

Le volume de l'appareil était assourdissant. Sur l'écran, une femme teinte en blond discutait avec un chauve tandis que le présentateur tentait de maintenir l'ordre. Le public applaudissait et les deux invités se lancèrent apparemment dans une terrible dispute.

— Celle-là au moins, elle sait remettre les hommes à leur place, commenta Eva Messeguer.

— Madame, on est venus vous poser quelques questions.

— J'ai déjà tout raconté à vos collègues, dit-elle sans détourner les yeux de l'émission. Des voyous ont forcé la fenêtre de ma salle de bains. Je les ai entendus et j'ai appelé la police. Ils se sont enfuis sans rien prendre. C'est tout. Mais j'ai déposé une plainte pour l'assurance. Car ils ont cassé la fenêtre et faut bien que quelqu'un paie la réparation, fit-elle en pointant son doigt sur le téléviseur. Vous allez voir la pagaille qui va se déclencher à présent.

— Madame, est-ce qu'on pourrait baisser un peu le volume, s'il vous plaît ?

— Il va comprendre sa douleur, ce type ; il ne sait pas à qui il est en train de parler.

Milo saisit la télécommande et coupa le son. Surprise, elle leva les yeux.

— Qu'est-ce que vous faites ?

— Madame, on n'a pas le temps. On a besoin que vous nous parliez de La Ferradura.

En entendant ce nom, la femme saisit le masque à oxygène et se l'appliqua sur le visage. Elle aspira une bouffée d'air sans cesser de les regarder avec ses petits yeux éteints.

— La Ferradura, madame Messeguer, on veut que vous nous parliez de cet endroit, répéta Milo. Des choses qui se sont passées là-bas, de Félix Torrens, des enfants. Vous avez travaillé dans ce centre, comme pédagogue.

Elle retira le masque de sa bouche.

— Ça fait vingt ans, je ne m'en souviens plus, dit-elle.

Elle remit le masque sur son visage.

— Si, si, vous vous en souvenez. Il faut que vous vous en souveniez, que vous vous souveniez de deux frères.

La femme tourna ses yeux vers le téléviseur. Elle respirait avec difficulté.

— Elle n'aurait pas dû divorcer, dit-elle.

Ils ne comprirent pas ce qu'elle voulait dire. Elle retira le masque et pointa son doigt sur l'écran :

— Je veux dire qu'elle n'aurait pas dû divorcer. Avant, elle était plus belle, mais elle avait l'air d'une sainte nitouche. Toutes ces opérations esthétiques ne l'ont pas vraiment arrangée. Même si, vous le voyez, à présent c'est une star.

Rebeca soupira bruyamment. Elle se leva et s'interposa entre la femme et le téléviseur.

— Madame, il y a deux façons d'opérer, dit-elle en mettant les poings sur ses hanches. Ou vous nous parlez gentiment de La Ferradura, ou on vous embarque au commissariat, vous et votre bouteille d'oxygène. Alors choisissez, ajouta-t-elle en lui montrant les menottes. Le commissariat ou ici, dans votre putain de baraque de merde !

Sans se formaliser, la femme aspira une autre bouffée d'oxygène et posa le masque sur la bouteille.

— Vous n'êtes pas là pour le vol, dit-elle en ajustant sa perruque. Moi aussi, j'ai des droits.

— Deux frères, insista Milo. Mignons, très unis. Parlez-nous d'eux.

Eva Messeguer fit une moue et claquer sa langue.

— M. Torrens est parti pour toujours, j'ai vu ça à la télé. Pourquoi voulez-vous fouiller encore dans cette affaire ? Il vaut mieux laisser les morts en paix, dit-elle. Je vais bientôt le rejoindre. C'était un brave homme.

— Un brave homme ? fit Rebeca.

— Il avait ses côtés bizarres, oui, mais tout ce qu'il faisait était pour le bien des gamins, dit-elle en tournant son visage vers eux. Vous ne pouvez pas comprendre. Ils arrivaient au centre comme des fauves et il fallait les dresser. Des morveux complètement sauvages, sans éducation. Ils ne comprenaient que les punitions, les coups de bâton. On a toujours appliqué les méthodes habituelles.

— Parlez-nous donc de ces méthodes, madame Messeguer, dit froidement Rebeca.

— Elles étaient habituelles, comme je vous ai dit, puis elle tourna la tête pour regarder l'écran derrière la sous-inspectrice. Pourriez-vous vous pousser un peu, jeune fille ? Vous m'empêchez de voir la télé, vous comprenez ?

— Les méthodes, répéta-t-elle sans bouger.

— Eh bien, on les privait de nourriture, on leur donnait des calmants en période de crise, l'isolement, tout ça.

— Où est-ce que vous les isoliez ? demanda Milo.

— Dans la cave, dans une cellule spéciale, dit-elle en haussant les épaules. C'est tout à fait courant.

Milo réprima un geste de rage.

— Vous avez dit que M. Torrens avait des côtés bizarres. Parlez-nous-en.

— Ses côtés bizarres ? dit-elle en regardant un point entre Rebeca et l'appareil. Il venait et puis il repartait du centre, il n'était pas tout le temps avec nous. La cave était son espace réservé. J'étais la seule personne qu'il autorisait à y descendre, mais seulement lorsqu'il était absent. Les autres n'avaient pas le droit. C'était son refuge. Il disait “mon laboratoire”. Lorsqu'il nous rendait visite, il s'enfermait là pour méditer, dit-elle en souriant faiblement. Et je me demande pourquoi il faisait tant de secret, en fermant la porte à double tour et tout ça ; ce qu'il y avait dans cet endroit n'était rien de bien extraordinaire. Mais on a tous nos petites manies.

— Qu'est-ce qu'il y avait dans cette cave ? demanda Rebeca.

— Il y avait sa passion, il y avait Gaudí. Il était dingue de tout ce qui avait un rapport avec l'architecte : les livres, les tableaux, les sculptures en bronze et même les diapositives, qu'il passait sur un écran. Il avait de tout, dit-elle en secouant la tête. Si vous me croyez, je vais vous dire qu'une gigantesque reproduction couvrait un des murs de part en part. Il passait son temps à la regarder, assis sur son fauteuil à accoudoirs, comme sur un trône. Si ça ce n'est pas être obsédé, alors… je ne sais pas, moi !

— Mais ce n'était pas sa seule obsession, hein ? dit Milo.

— Qu'est-ce qu'elle représentait cette photographie géante ? intervint Rebeca.

— Les fameuses cheminées-soldats. En très gros plan. Elles étaient effrayantes avec leur cou tout tordu, les orbites des yeux vides, casquées, dit-elle en réprimant un frisson. On dit que c'est de l'art, mais moi, je trouve ça repoussant, un vrai cauchemar. Aucun homme sain d'esprit ne peut créer des choses semblables et les montrer au public. Mais chacun ses goûts, ajouta-t-elle en haussant les épaules puis en tendant son bras en direction de son masque à oxygène. Moi, je suis attirée par les figurines en porcelaine, fit-elle en indiquant sa collection. Je n'ai donc rien à dire sur les bizarreries d'autrui.

Elle avala une nouvelle bouffée d'air, longue, profonde.

— Est-ce qu'on enfermait les indisciplinés dans cette cave ? demanda Milo.

— Oui. Dans une pièce spéciale. Je vous l'ai déjà dit. Elle se trouvait au fond, dans un coin.

— Et c'est là qu'on isolait ceux qui ne se conduisaient pas convenablement, c'est ça ?

Elle acquiesça mollement, en se penchant pour regarder la télévision.

— Les deux frères étaient des pensionnaires assidus de cette pièce sombre : je me trompe ?

— Qui a dit qu'elle était sombre ? C'était une pièce normale, sans fenêtres. Et, oui, ils étaient très révoltés, surtout l'aîné. Il se disputait beaucoup avec les autres garçons. C'était un vrai rebelle. On a dû se donner à fond avec lui, dit-elle en clignant des yeux. On ne pouvait pas accepter qu'il continue à allumer des petits incendies partout, vous comprenez ?

— Il aimait le feu ? demanda nerveusement Rebeca.

— C'était une manie d'enfant. Il brûlait des feuilles dans le jardin, des rouleaux de papier hygiénique dans les toilettes, des petits soldats dans la salle à manger… On avait beau lui confisquer les allumettes il arrivait toujours à s'en procurer une autre boîte, dit-elle en écartant les mains. Vous comprenez à présent ? On ne pouvait pas accepter ça. C'était un risque pour les autres. Vous imaginez s'il avait provoqué des feux plus importants ? Il aurait pu incendier tout le centre et on avait énormément d'enfants. Non, il méritait une punition, la plus sévère possible, et M. Torrens s'est personnellement chargé de lui faire entendre raison.

L'atmosphère du salon devint de plus en plus oppressante et Milo eut du mal à respirer.

— Et l'autre ?

— C'était pareil… un vrai animal furieux lorsqu'on enfermait son frère dans la pièce de la cave, parce qu'il refusait de faire ses devoirs, de ranger ses affaires. Ils étaient très unis, dit-elle en tentant de s'emparer de la télécommande, mais Milo l'attrapa avant elle et la regarda d'un air furieux. Je suis en train de rater mon émission. Je ne continuerai pas à parler, si votre collègue ne s'écarte pas au moins un peu.

Rebeca se déplaça de deux pas.

— Donc M. Torrens s'est chargé d'eux, des deux, dit Milo.

Eva Messeguer s'installa plus confortablement sur le canapé. Soulagée, elle croisa ses mains sur son giron.

— Oui, il a dit qu'il s'occuperait personnellement de ces rebelles.

— Et il s'est occupé d'eux bien sûr. Ah, pour ça, oui ! Et même à fond.

— Ça faisait partie de ses attributions, dit-elle le regard fixé sur le téléviseur, alors que ses yeux avaient récupéré un peu de leur lueur. Cette femme a vraiment des couilles. Elle est en train de l'arroser de postillons et le gars n'ose même pas élever la voix. Vous ne pourriez pas monter un peu plus le son ?

— Tout à l'heure, coupa Milo. Je vois que vous vous souvenez de ces deux frères.

— Bien sûr, comment aurais-je pu les oublier. Pas leur nom, mais leur visage, oui. Ils étaient très… je ne sais pas comment dire. Bref, ils ne passaient pas inaperçus. Ils laissaient toujours des traces derrière eux. Ils avaient un certain charisme, ils étaient très particuliers. Beaux, mais dans un sens différent. Je ne sais pas si vous voyez ce que je veux dire. Avec mon traitement, j'ai du mal à penser. Ils étaient… ils étaient… singuliers. Je ne sais pas comment expliquer. Androgynes ? Oui, androgynes, ni chair ni poisson, quoi… Surtout elle. C'était la plus singulière des deux, celle qu'on remarquait en premier, dit-elle en indiquant l'écran. Vous voyez cette femme ? Eh bien, elle ne lui ressemblait pas du tout, mais pendant tout le temps qu'elle est restée parmi nous, elle a opéré un changement du même genre. D'abord sainte nitouche, elle est peu à peu devenue une vilaine fille. On la regardait dans les yeux et on remarquait une intensité très étrange, de la puissance, je ne sais pas comment décrire ça, comme si elle avait un énorme pouvoir. Vous voyez ce que je veux dire ?

— Une fille ? dit Milo, figé. Madame Messeguer, de qui nous parlez-vous donc ?

— Je vous parle d'elle, de sa petite sœur. Je ne vous avais pas dit que c'était une fille ?

— Le jour où ils sont arrivés au centre, j'ai remarqué un détail très curieux, raconta Eva Messeguer. Ils ont passé la grille du jardin et ils ont marché vers le bâtiment, lui, il était devant, il tirait la gamine par la main. Je ne sais pas si vous savez que le garçon a quitté La Ferradura avant sa sœur, précisa-t-elle.

Milo et Rebeca acquiescèrent.

— Eh bien, quand il est venu pour l'emmener avec lui, après avoir obtenu sa tutelle, c'est elle qui était devant et tirait son frère par la main, comme un petit chien. C'est curieux non ?

Milo et Rebeca accusèrent le coup : malgré ce que leur avait dit le médecin légiste-chef, ils avaient jusqu'à maintenant jugé peu probable que le Bourreau de Gaudí pût être une femme. Cependant, ils digérèrent rapidement la nouvelle et se concentrèrent à nouveau sur le discours de l'ancienne pédagogue du centre d'accueil.

— Je m'en souviens tout à fait clairement, comme si cela s'était passé hier. La pensée est quelque chose de très bizarre, n'est-ce pas ? J'oublie de prendre un de ces fameux cachets et soudain je redeviens capable de me rappeler ces vieilles histoires qui n'ont aucun rapport avec moi. Les médecins devraient mieux étudier le cerveau. On envoie beaucoup de fusées sur la Lune, ou sur Mars, et on ne sait rien de ce qui se passe dans le crâne. Il vaudrait mieux commencer par le début, non ?

Elle se remit le masque devant la bouche pour aspirer une nouvelle bouffée d'oxygène frais.

— Et Félix Torrens s'enfermait dans la cave avec eux, hein ? demanda Milo.

La femme hocha la tête de haut en bas, une seule fois.

— Il les faisait venir ensemble ou séparément ?

Elle déplaça son masque de quelques centimètres.

— D'abord séparément, avec le garçon. Ensuite, un peu plus tard, avec la sœur aussi.

— Et vous ne vous êtes jamais demandé ce qui se passait dans cette cave, bien entendu… lâcha Rebeca dont le visage reflétait un immense dégoût. Comment est-il possible que vous ne vous soyez doutée de rien, que vous n'ayez pas deviné les pratiques auxquelles ce salopard les soumettait ?

— Mais de quelles pratiques est-ce que vous parlez ? demanda-t-elle d'un air innocent. Il s'enfermait avec eux pour les éduquer, ajouta-t-elle un peu perplexe. Il leur passait des diapositives de Gaudí, tentait de les remettre sur le droit chemin, essayait de leur faire comprendre les conséquences de leurs actes. Il a eu beaucoup de patience avec ces petits sauvages, dit-elle en inspirant avec difficulté. Vous savez, je crois que leur père était déjà cinglé. Ou quelque chose de ce genre. Ils avaient grandi sous une mauvaise influence, il suffisait de les observer. Il leur manquait le réconfort chaleureux d'une mère, les pauvres.

— Et vous n'avez rien remarqué de bizarre dans leur comportement après ces séances d'*éducation* dans la cave ? insista Rebeca.

La femme fixa son regard sur le téléviseur. L'homme chauve s'était levé et faisait mine de vouloir quitter le plateau. Le reste des participants était occupé à l'en dissuader.

— Il ne partira pas, lâcha-t-elle. Vous pariez combien ? Il aime trop passer à la télé.

— Répondez à ma question, nom d'une pipe !

— Quoi... Quelle était la question ? balbutia-t-elle surprise par sa colère.

La sous-inspectrice la lui répéta, en détachant chaque syllabe avec un certain mépris.

— De bizarre ? fit-elle en réfléchissant quelques secondes, un peu hébétée. Bon, un jour le garçon a tenté de se pendre avec une corde dans les douches. Mais il avait des problèmes, je vous l'ai déjà dit. Lorsqu'il est arrivé au centre, sa tête ne fonctionnait déjà pas très bien, c'était un pyromane. On a réussi à le décrocher à temps, mais il s'en est fallu de peu. Ensuite, il n'a plus jamais été le même. Il s'est enfermé dans son silence et il n'a jamais parlé à personne d'autre qu'à sa sœur. Sa nouvelle voix, comprenez-vous ? Il en avait honte. Après ce qui s'était passé dans les douches, sa voix était devenue horrible, cassée, râpeuse comme du papier de verre. Heureusement, quelques semaines après il a eu dix-huit ans et a quitté le centre d'accueil. Je ne vois pas ce qu'on aurait pu faire d'autre pour lui. Il aurait dû recevoir une aide psychiatrique, des soins personnalisés, dit-elle en haussant les épaules pour la troisième fois. C'était au-dessus de nos possibilités, ça nous dépassait.

Milo sentit monter en lui une colère irrépressible et très familière à la fois.

Il se planta juste devant la femme.

— Et la fille ? Qu'est-ce qui s'est passé avec la sœur quand le frère a quitté le centre d'accueil ?

Elle fit mine de vouloir remettre le masque à oxygène sur son visage, mais Milo lui attrapa le bras.

— Que… qu'est-ce que vous faites ? Comment osez-vous !

— Elle aussi a tenté de se suicider, n'est-ce pas ? Elle est restée seule avec ce monstre et sa première réaction a été d'en finir elle aussi. Répondez !

— Elle… elle s'est jetée par la fenêtre depuis le dernier étage. On n'a pas pu l'en empêcher. Elle était si… si silencieuse et fragile. On aurait dit une petite souris apeurée. Elle nous a pris par… par surprise. Personne ne s'y attendait. Elle s'est cassé la jambe.

Milo lui arracha le masque. Lui saisit les bras sur le canapé. Se pencha sur elle.

— Ils étaient sous la tutelle de l'État, sous votre responsabilité, et vous les avez laissés à la merci de ce salopard qui leur a ruiné la vie. Il a abusé d'eux une fois et une autre, comme de simples bouts de chair, jusqu'à ce qu'il en ait assez ; il a été obsédé par eux jusqu'au paroxysme. Et ne venez pas me dire que vous n'étiez pas au courant, parce que même un aveugle s'en serait aperçu. Combien ce salopard de Félix Torrens vous a-t-il payée pour la boucler ? Combien ?

— Je… je ne savais rien. Je ne… je ne pouvais pas le savoir… Je n'étais que… que…

— Vous étiez sa mère maquerelle. Et vous l'avez bouclée. Comme une vieille pute.

Rebeca se précipita pour les séparer.

— Inspecteur, lâche-la. Ça ne vaut pas la peine. Tu es en train de te salir les mains.

Milo demeura immobile devant elle, sans bouger d'un millimètre.

— Dis-moi leur nom. Maintenant.

— Je ne… je ne m'en souviens pas, vraiment, dit-elle, livide. J'ai besoin… de l'oxygène, s'il vous plaît.

— Dis-le-moi.

La femme commença à émettre des râles d'agonie par manque d'air.

— Leur nom !

— Néstor, Nerón… je m'en souviens pas, c'était pas un prénom courant. Et elle, Magdalena… Alicia, quelque chose comme ça, je ne sais plus… dit-elle en sanglotant. J'ai un trou de mémoire… je suis malade…

— Le nom, pas les prénoms !

La peau de son visage commença à prendre un ton violacé.

— Je m'… je m'étouffe, gémit-elle.

Rebeca ramassa le masque et le lui posa sur le visage. Milo la lâcha. Mme Messeguer respira profondément, les yeux révulsés, accrochée à la main de Rebeca.

Tandis qu'elle reprenait des couleurs, Milo dit :

— Il est possible que tu aies échappé à une mort horrible en n'habitant pas à Barcelone, mais je ne vais pas me priver de mettre le procureur au courant de tout ça. Tu ne vas pas y couper.

La femme eut un regard sombre. Elle se battit contre Rebeca pour libérer sa bouche.

— Il me reste trois mois à vivre, alors ne venez pas me parler de morts horribles. Et je vous assure que je ne vais pas être à la fête.

Milo se révolta contre elle. Sa voix se mit à trembler.

— C'est toi qui as provoqué ton cancer. C'est ta punition. Pour avoir ignoré ta lumière intérieure. Tu pourrais guérir si tu étais capable de te pardonner toi-même. Mais c'est impossible et tu le sais parfaitement. Sa mère maquerelle, tu étais ! Bon voyage en enfer, madame Messeguer.

Il fit demi-tour, se dirigea vers la porte, l'ouvrit brusquement et sortit à l'air libre. Sous l'effet de la violence de Milo, le portillon du jardin tourna sur ses gonds et rebondit sur le chambranle. Poings serrés, l'inspecteur s'éloigna en direction de la voiture.

Rebeca se présenta plusieurs secondes plus tard.

— Ce que tu lui as dit est une horreur et en plus c'est d'une connerie sans nom.

— Je sais, c'est pour ça que je l'ai fait. Tu as vu ses yeux ? Elle l'a cru, lui dit-il en lui lançant les clés. C'est ton tour. On retourne dans notre jolie ville.

— Le Bourreau de Gaudí est une femme, répéta Rebeca pour la énième fois, ne parvenant pas à y croire.

Ils avaient mis plus de temps qu'ils ne l'avaient pensé pour sortir de Cambrils. La ville de la côte était pleine de touristes et d'estivants et, à leur grand désespoir, ils étaient tombés sur une circulation complètement paralysée. À présent, ils circulaient à vive allure sur l'autoroute, vitres complètement baissées.

— Oui, elle, c'est elle la cérébrale, la méthodique. Elle est le maître et son frère est son esclave fidèle.

La sous-inspectrice accéléra pour doubler une longue file de camions.

— Après la mort de leur père, ils se sont strictement centrés l'un sur l'autre et ont formé une sorte de lien émotionnel exclusif, indestructible.

— Ils arrivent au centre d'accueil et le garçon participe à toutes sortes de bagarres pour protéger sa sœur, qui était à cette époque-là plus fragile que lui. C'est alors que commence son cauchemar avec Félix Torrens. Ce dernier se retrouve devant un frère et une sœur qui l'attirent autant l'un que l'autre, comme un aimant. Ils sont vulnérables, ils se ressemblent énormément, ils sont presque jumeaux et il dirige son fétichisme, son besoin de domination, sur eux. C'en était trop pour ce malfaisant, c'était une tentation irrésistible, il avait devant lui l'interdit dans toute sa splendeur.

— Et il les a soumis à ses petits jeux, en détruisant tout leur territoire de l'amour, dit-elle en le regardant du coin de l'œil. Voilà comment Félix Torrens a fini par cimenter leur union. À partir de ce moment-là, ils ont été l'un pour l'autre la seule personne à laquelle se raccrocher, dans tous les domaines. Et ils ont fermé leur porte au reste du monde. Ils n'avaient confiance qu'en eux. Et ils ont laissé croître leur agressivité, leur rancœur et leur haine.

Milo se pencha en arrière jusqu'à s'appuyer sur le reposetête. Il ferma les yeux.

— Il commence d'abord par le garçon, c'est le plus fort. Il le soumet à l'enfermement, peut-être à la drogue, et il le prive de manger. Puis il réussit à le faire plier. C'est alors qu'il mêle la gamine à son petit jeu. Sa perversion n'a pas de limites et il peut les obliger à faire n'importe quoi en sa présence, y compris entre eux, pour ensuite les utiliser à sa guise, chacun son tour. C'était devenu un seigneur, il commandait les bergers. Il a cassé leur résistance pour en faire des robots au service de sa libido, de sa soif de pouvoir. Il les a transformés en êtres obéissants, inanimés pour le reste de leur vie.

— Le garçon ne peut pas supporter cette situation et il tente de se suicider. Mais il n'y parvient pas. Alors il se démoralise, dit-elle en serrant à tel point le volant que ses doigts devinrent tout blancs. Et quelque temps plus tard, il abandonne le centre d'accueil, en laissant la gamine seule avec ce monstre.

— Ce n'est plus une gamine rebelle, à présent elle est obéissante, malléable, continua Milo d'une voix monotone. Elle exauce tous ses désirs. Elle est passée par les cinq phases de la mort, de ce qu'elle considère être sa mort. Refus, colère, négociation, dépression et acceptation ; dans son cas, soumission. Avant cette dernière phase, poussée à la folie par des fantasmes perturbateurs, elle imite son frère et se jette dans le vide. Mais elle ne parvient pas non plus à s'ôter la vie. Et de retour dans la cave, dans sa situation d'horreur, elle amorce un changement. Elle débute une nouvelle phase. Pour survivre. De dominée, elle devient dominatrice. Peu à peu, de façon subtile. Avec intelligence et une volonté de fer. Puis le vent tourne. "Ce que tu fais te fait."

— Elle découvre le monde du pouvoir et du contrôle. Et devient féroce, inflexible. Le retour en arrière est impossible. Désormais, c'est elle le Bourreau. Et elle aime ça. Tous les traits de son ancienne personnalité disparaissent sur le bûcher où brûle son passé. Il lui fallait se dissocier pour survivre, et elle se dissocie, dit-elle en se tournant vers Milo. La psyché d'une personne peut être annihilée en à peine soixante-douze heures. Elle est demeurée plusieurs mois avec ce monstre, des mois et des mois.

Milo serra les lèvres.

— Et tout ça, sous le regard vide des soldats casqués de Gaudí, des visages effrayants, dit Milo en clignant des yeux. Qui n'ont rien fait pour la défendre. Au contraire, qui ont été ses geôliers. Il se peut que sa haine envers l'œuvre du génie, que sa fixation, soient dues à ça.

— Et tout comme Gaudí, elle a souffert une transformation, mais dans un sens différent. Au lieu de passer de la frivolité au mysticisme, le Bourreau est passé de la vie normale à l'horreur et à la démence.

Ils roulèrent plusieurs minutes en silence, la lueur du crépuscule teintant le ciel en pourpre.

— Elle retourne à Barcelone et que fait-elle ? Elle redonne un sens à la vie de son frère. Elle décide de diriger son comportement et libère ainsi son besoin de destruction, sa fureur contre le monde. Le bonheur des autres les agresse, les irrite. Ils se cachent et elle lui permet de se défouler une fois par an, tous les 10 juin. Pour l'instant, on ne sait pas pourquoi à cette date. Et pendant ce temps, elle commence à planifier sa propre vengeance.

— La vengeance qu'elle a mise en œuvre et qui s'est déchaînée il y a quinze jours. Et on ne sait pas pourquoi à ce moment-là non plus.

— Lorsque la justice fonctionne mal ou pas, il faut bien se décider à se la rendre soi-même, psalmodia Milo sans énergie. Ils ont souffert le martyre et personne n'a fait mine de bouger le petit doigt pour eux. Ils étaient encore des enfants ! Ils vivaient avec leur père et soudain voilà que le ciel leur tombe sur la tête. Ils sont expropriés, le père meurt et on les flanque à La Ferradura, autant dire en enfer. En quelques jours, quelques semaines tout au plus, le monde change pour eux. Et pour quelle raison ? demanda-t-il en se taisant pendant plusieurs secondes. À cause de ces maudits Jeux olympiques. Toute cette histoire a commencé au niveau de l'autoroute C31, de l'une des principales entrées de la ville, celle qu'utilisent les personnes qui arrivent de l'aéroport. Quel qu'il soit, ils ont perdu le bien qu'ils possédaient à cet endroit à cause des Jeux, conclut-il avant d'observer une pause. Tu sais ce que je pense ?

Rebeca attendit qu'il poursuive, mais il se réfugia à nouveau dans son mutisme.

Elle lui jeta un rapide coup d'œil. Il avait les épaules tombantes, le regard perdu. Elle le vit faire non, d'un lent va-et-vient du cou, comme si c'était une idée surréaliste qui lui passait par la tête. Quelque chose d'impensable.

— L'image, je parie que tout ça est une question d'image, dit-il d'un air abattu. Dans cette partie de la ville, il y avait des maisons très humbles, des casses de voitures, de vieilles usines. Barcelone se préparait à recevoir des milliers de visiteurs et ne pouvait pas permettre que la première chose qu'ils voient soit une chose aussi misérable. J'imagine que la procédure qui a permis de nettoyer l'ensemble de cette voie d'accès a été de la déclarer zone d'équipements, poursuivit Milo en mettant son visage dans ses mains. Aujourd'hui, on y trouve des immeubles de bureaux, des centres commerciaux, des hôtels de pleine nature. Où sont donc les soi-disant équipements ? Non, ils ont exproprié tous ces gens pour transformer l'image de l'endroit, pour que celle-ci soit plus en accord avec le modèle de ville qu'ils voulaient présenter aux visiteurs. Tu ne trouves pas ça un peu désuet, non ? Les vies du frère et de la sœur ont été détruites parce que leur immeuble gâchait la carte postale, un point c'est tout. À cause de cette putain d'image de merde qui est venue leur pourrir définitivement la vie !

La nuit tomba sur l'autoroute. En silence, la sous-inspectrice alluma les feux de croisement.

— C'est elle, dit Milo comme dans un rêve.

La circulation avait commencé à devenir plus dense et Rebeca, sans ralentir, doublait les véhicules en passant incessamment d'une voie sur l'autre.

— C'est elle qu'a vue le clochard. "Ce pédé", il m'a dit. Quelqu'un de séduisant, avec les cheveux blonds, coupés très court. Il l'a appelée "ce pédé". Il a cru que c'était un gars, mais en réalité c'était une femme avec le crâne rasé.

La sous-inspectrice soupira, puis acquiesça.

— C'est elle qui filmait, c'est donc elle qui a ce penchant artistique dont tu parlais. C'est aussi elle qui a tracé la lettre G avec une bombe de peinture. C'est elle qui signait. Attends un instant. Quelles sont les différentes significations de cette lettre, déjà ? Qu'est-ce que nous a dit Gombrowicz ? Je me souviens plus…

— Il y en avait plusieurs, oui.

— Oui, mais il y en avait une qui faisait allusion à la "génération". Homme et femme, deux en un, et un en deux générateurs sous les effets de la destruction, indiqua-t-elle à Milo, tandis que la voiture faisait une embardée vers la glissière de sécurité et que Rebeca donnait un grand coup de volant. On a un homme et une femme. On a la destruction. La lettre G vient du mot "Génération".

— Et qu'est-ce que ça peut foutre ? dit Milo qui se sentait étrangement éteint depuis sa colère envers la pédagogue. À quoi ça sert toutes ces déductions ? Susana est toujours en son pouvoir. Et le temps passe… le temps passe… et l'on est toujours dans le noir.

— Ce n'est vraiment pas le moment de se montrer défaitiste, inspecteur.

Ils aperçurent au loin une multitude de lumières rouges agglutinées. Le péage. Elle s'approcha à petite vitesse, manœuvra en faisant de brusques accélérations, traversa les trois voies en diagonale, et atteignit le bas-côté, où elle mit les gaz sans cesser d'appuyer sur le klaxon. Arrivée aux cabines, elle répéta la même opération qu'à l'aller et ils reprirent la route en zigzaguant entre les véhicules.

— Je ne veux surtout rien entendre sur ma façon de conduire, inspecteur.

Milo laissa son regard divaguer à travers la vitre.

Les nuages de chaleur vibraient. L'air était statique, torride. La fournaise arrivait par vagues successives.

— On a reconstruit une bonne partie de leur histoire, dit Rebeca. Quoi que tu en dises, il va bien falloir que ça nous serve à quelque chose, ajouta-t-elle alors que Milo restait muet. Inspecteur, pense à la cellule. Quatre jours sans eau. Le feu. Susana a besoin que tu actives une fois pour toutes tes neurones. Tu ne peux pas la laisser tomber maintenant, putain de mec lunatique que tu me fais !…

Une ombre assombrit le visage de Milo. Il se redressa sur son siège.

— Justement, je fais tout ce que je peux, sous-inspectrice.

— Eh bien, on ne dirait pas ! le provoqua-t-elle. Dis-moi ce qu'il faut faire à présent ?

Milo commença à s'agiter à mi-chemin entre la rage et la confusion.

— Se réveiller, dit-il. Il faut se réveiller, espèce de folle !

Il saisit son portable.

— Madame Conte, où vous en êtes de votre recherche ? Vous avez trouvé les ?...

— Inspecteur Malart, taisez-vous, et laissez-moi tranquille, je vous prie ! protesta la secrétaire. Je suis couverte de poussière de la tête aux pieds. J'ai cinq ou six personnes en sueur autour de moi. On ne peut plus respirer, ici ! Je n'ai pas le temps de supporter vos questions insidieuses ! Vous avez compris, oui ? Lorsque j'aurai trouvé quelque chose, je vous appellerai, un point c'est tout !

La femme lui raccrocha au nez. Milo demeura planté là, à observer son appareil.

— Pourquoi soudain tout le monde se croit autorisé à m'engueuler ?

— Parce que tu nous pousses à bout, Malart ! Voilà pourquoi ! Il était temps qu'on te remette à ta place.

Milo appela Crespo.

— J'espère que tu ne vas pas m'engueuler, toi aussi, dit-il. Tu as des nouvelles d'Aucat ?

— Pas encore. Mais je suis parvenu à faire revenir au bureau le responsable du service, pour qu'il continue sa recherche et...

— Revenir au bureau ? coupa Milo exaspéré.

— C'est trop long à t'expliquer, inspecteur. Il a de la famille et aujourd'hui samedi c'est l'anniversaire de sa fille. Bref, l'important c'est qu'il y soit revenu et... on reste en contact, Milo.

— Et toi, qu'est-ce que tu fais pendant ce temps ?

— Je creuse l'idée dont je t'ai parlé tout à l'heure : les forges, tu te souviens ?

— Mais de quelles forges parles-tu, putain ?

Il entendit un soupir d'impatience de l'autre côté de la ligne.

— Je te raconte ça de façon télégraphique. Ce matin, je suis allé voir la grille de Pedralbes, pour l'histoire de Mauricio Navarro. Je voulais la voir de mes propres yeux. Et elle m'a énormément rappelé, sans tenir compte des dimensions bien sûr, celle de la cellule où l'on avait enfermé Félix Torrens, si tu vois ce que je veux dire. Je l'ai prise en photo et ensuite je l'ai comparée à celle du film. À mon avis, il s'agit d'une réplique, mais grossière, mal faite. Alors je me suis souvenu de ce qu'on avait dit après avoir vu la vidéo, j'ai pensé qu'elle pouvait éventuellement être l'œuvre de l'un de nos assassins. Il pourrait être forgeron et l'avoir réalisée à l'époque de son apprentissage. Tu me suis ? Imagine que l'un d'eux travaille dans une forge, comme employé ou comme patron. Il n'y en a pas tant que ça dans cette ville, c'est un métier artisanal et il est en train de disparaître ; de fait, il n'y a plus que cinq forges dans tout Barcelone et ses environs. Eh bien, depuis midi je suis en train de toutes les répertorier. Et ainsi, avant que tu ne me le reproches toi-même, je suis peut-être en train de perdre mon temps. Mais, on ne sait jamais, c'est un coup pour rien qui peut fonctionner, au cas où la liste de l'Aucat ne donnerait rien, ou l'autre aussi, celle des enfants de La Ferradura. C'est un troisième élément, à éventuellement croiser, comprends-tu ?

— Tu me stupéfies, Toni !

— Ne te fous pas de moi, inspecteur. Les forges travaillent avec du feu, c'est une façon très propre de se débarrasser des corps des disparus. Tu l'as dit toi-même et…

— Toni, ça c'est une brillante idée ! Tu auras bientôt fini ?

— Il me manque encore deux forges, une dans la rue Badajoz et l'autre dans le quartier de Pueblo Seco.

— Bonne chance. À présent, écoute-moi, l'Assassin à la liste et le Bourreau de Gaudí sont frère et sœur ; ou plutôt, le Bourreau de Gaudí est la petite sœur de l'Assassin à la liste.

Le sergent resta muet. Milo lui révéla les derniers développements de l'enquête.

— Chaque fois qu'on parvient à trouver la valeur d'une inconnue, une autre inconnue se substitue aussitôt à elle, commenta Crespo perplexe.

— Oui, jusqu'à ce qu'on réussisse à relier tous les fils. Au fait, tu as réussi à trouver l'origine de la fameuse phrase ?

— Elle fait partie des armoiries que Gaudí a dessinées pour le comte Güell lorsque celui-ci avait obtenu son titre de noblesse. L'écusson était divisé en deux parties : à droite, au-dessus d'une colombe posée sur une roue dentée, symbole de son esprit industriel, on peut voir la légende *"Ayer pastor"* ; à gauche, sur une chouette posée sur une demi-lune, expression de prudence et de savoir, *"Hoy señor"*. Tu veux que je te décrive le reste de l'écusson ?

— C'est inutile, Toni. Lorsque tu auras des nouvelles, appelle-moi tout de suite.

Il raccrocha, puis il se tourna vers la sous-inspectrice pour lui expliquer la teneur de sa conversation avec le sergent. Il n'avait pas encore fini lorsque son téléphone se mit à sonner. Irene. Il ne répondit pas.

— L'obsession envers Gaudí se poursuit, dit Rebeca. À nouveau une de ses œuvres, à présent ce sont des armoiries.

— Et à nouveau le Palau Güell surtout, indiqua Milo tandis que le portable continuait à sonner.

— Tu crois qu'il a l'intention de l'utiliser une fois de plus comme décor, avec Susana ?

Milo haussa les épaules.

— C'est comme si la Sagrada Familia était blindée, elle est protégée par une multitude d'hommes armés et expérimentés. C'est tout à fait impossible.

Rebeca colla l'avant de la Volkswagen au pare-chocs arrière de la voiture de sport qui l'empêchait de doubler, tout en lui faisant des appels de phares.

— Et il a déjà utilisé la grille de Pedralbes, dit-elle en indiquant le téléphone. Tu ne réponds pas ?

— C'est mon ex. Je sais ce qu'elle veut me dire. Que son père s'est approprié l'affaire, dit-il et le téléphone cessa de sonner. Quelle heure tu as ?

— Presque dix heures, dit-elle en inspirant profondément. Il nous reste à peu près sept heures avant qu'il soit cinq heures du matin. C'est plus ou moins le moment où le Bourreau a l'habitude de brûler ses victimes.

— Sept heures, au maximum huit.

— Si on allait une nouvelle fois monter la garde ensemble au Palau Güell, qu'est-ce que tu en penses ?

Milo pointa son doigt sur le pare-brise d'un geste décidé.

— Accélère.

28

Voilà deux heures qu'ils étaient garés dans la rue Nou de la Rambla, en train de surveiller les mouvements qui se produisaient près de l'entrée du Palau Güell. Jusqu'à présent, la seule chose qui avait attiré leur attention avait été l'apparition, à deux reprises, de deux minibus qui avaient déposé des groupes de touristes à l'hôtel d'en face après une visite de Barcelone, la nuit. À en juger par les voix et les chansons, la sangria avait coulé à flots. Lorsque le vacarme se fut apaisé avec l'entrée des fêtards dans l'établissement, tout était redevenu calme. Depuis le bateau où ils s'étaient garés, le même que la dernière fois, ils n'avaient même pas observé les scènes habituelles entre prostituées et touristes.

— Avec la venue du pape, ils ont dû les forcer à baisser le rideau, supposa Rebeca.

Milo secoua la tête sans quitter le bâtiment des yeux.

— Tu as une idée de ce qui va se passer ? demanda la sous-inspectrice.

Il fit signe que non.

— Et qu'est-ce que tu vas faire lundi ? insista-t-elle pour engager la conversation. Tu vas te rendre au commissariat ?

Il fit une grimace.

— Écoute… moi aussi je me fais du souci pour Susana, mais s'enfermer dans un tel silence n'est pas la solution. Ça peut faire du bien de parler.

Elle n'obtint pas le moindre commentaire.

— Ça suffit, je refuse de jouer le rôle de l'emmerdeuse.

Une fourgonnette blanche, avec l'enseigne d'une marque de location, entra dans la rue et la parcourut jusqu'au bout, avant de s'arrêter au feu rouge. Tendus, ils l'observèrent fixement. Lorsque le feu passa au vert, elle tourna vers le bas des Ramblas.

— Fausse alerte, conclut Rebeca.

En soupirant, elle sortit son HK pour vérifier que tout était en ordre.

— Il y a un truc qui ne me plaît pas du tout, murmura Milo.

— Quoi ?… Parle !

Il attendit plusieurs minutes avant de répondre, puis il dit :

— On est ici à cause d'un G tracé sur un plan. Et, oui, il y a bien la flèche qui l'indique et tout le reste ; et c'est bien de ce motif qu'il s'agit. Mais, je ne sais pas, ça me semble insuffisant. Il existe bien d'autres possibilités. D'abord, le fait qu'on puisse dessiner la même lettre en passant par d'autres points, représentant également tous des bâtiments de Gaudí.

— Comme par exemple ?

— La Casa Calvet, l'école des Teresianas, la Casa Batlló… se trouvent également sur le tracé, dit-il en se grattant la tête. Et puis il y a la Sagrada Familia. Je ne peux pas croire que ces deux-là n'essaient pas d'utiliser l'œuvre la plus emblématique de Gaudí pour clore leur vengeance. Et encore moins dans un moment tel que celui-ci, alors que le pape va venir en personne la consacrer. C'est une occasion unique pour eux. Le problème, c'est que je ne vois pas bien comment ils peuvent s'y prendre.

— Et l'enlèvement de Susana dans tout ça ?

— C'est bien pour ça que je t'en parle, précisa-t-il tandis qu'une fugace lueur de tristesse apparaissait dans son regard. Elle fait partie de leur plan, mais ils en ont également un autre, j'en suis sûr. Et ce dernier concerne la Sagrada Familia, impossible qu'il en soit autrement.

— Qu'est-ce que tu suggères, alors ?

— Il y a trop de fronts à ouvrir en même temps, on a besoin d'aide. Il faut appeler la cavalerie, voilà ce que je suggère et je vais même le faire tout de suite.

— Mon sentiment de déjà-vu est vraiment très fort. Tu es tout à fait sûr de toi ?

— Tu as une meilleure idée, sous-inspectrice ? demanda Milo juste avant d'afficher le numéro.

Elle fit non de la tête. Milo appuya sur la touche d'appel :
— Inspecteur-chef Singla, il faut qu'on parle.

— Putain de Malart ! Ce n'est pas possible ! Tu crois vraiment à toutes ces conneries ?
— Chef, ce n'est pas le moment de discuter, mais plutôt d'agir. Il y a énormément de choses en jeu.
Singla étouffa un soupir d'exaspération.
— Tu as gagné, dit-il. Je mobiliserai tout le Groupe pour surveiller les bâtiments de Gaudí.
— Ils doivent passer inaperçus, surtout ne pas se faire remarquer. Interdiction de couper des rues et d'utiliser la sirène. On doit éviter de les alerter et qu'ils s'enfuient avec la juge. Et autre chose, chef, il nous faut les prendre vivants. Évitons les impairs, la détente facile, compris ?
— On fera ce que tu voudras, grogna-t-il. Encore autre chose ?
Milo fit une pause avant de répondre.
— On doit aussi renforcer la surveillance à la Sagrada Familia. Il faut notamment qu'on soit nous-mêmes présents à l'intérieur du temple.
— Vraiment, tu as pété un câble, mon pauvre Malart ! s'exclama Singla. Tu sais combien d'hommes composent le dispositif de sécurité et antiterroriste autour de la basilique ? Il y a nous-mêmes, la garde civile, la police nationale, la police municipale, sans compter les agents de la maison royale qui protégeront la famille royale et ceux de la sécurité du Vatican qui feront la même chose avec le souverain pontife. Et il y aura aussi les démineurs, la brigade canine, les groupes spéciaux d'assaut, aussi bien les GEO* que nos GEI, les tireurs d'élite qui surveilleront depuis les terrasses et les tours du temple, et les hélicoptères qui sont déjà en train de survoler l'espace aérien fermé de la ville. Pas une tête d'épingle ne pourrait se glisser dans ce dispositif.

* Grupo Especial de Operaciones : Groupe spécial d'opérations. (Police nationale.)

— Les assassins possèdent un objectif bien particulier, chef, je suppose qu'il s'agit d'un invité à la cérémonie, insista Milo.

Et un nœud au fin fond de l'estomac lui troubla la vue quelques instants. Singla avait raison, il était impossible qu'un individu sain d'esprit puisse agir à la Sagrada Familia avec un déploiement aussi nourri de forces de l'ordre. Cela n'avait pas de sens. Mais le frère et la sœur n'étaient justement pas sains d'esprit et Milo ajouta :

— Ils préparent quelque chose à l'intérieur du temple, chef, ne me demande pas comment je le sais, mais je le sais, je t'assure, il faut me croire.

— C'est la police nationale qui s'occupe de la sécurité à l'intérieur de la basilique, je leur en parlerai, dit Singla en cédant à contrecœur à Milo. Ils vont me passer la camisole de force lorsque je vais leur raconter ça.

— Comment est-ce que les invités vont accéder aux lieux de l'événement ?

— Ils devront être en possession d'une invitation nominative, plus leur carte d'identité et une accréditation personnelle. On attend sept mille cinq cents personnes en comptant les autorités, les fidèles qui représentent des paroisses, les curés, les chanteurs, les ouvriers du chantier et les différents services du temple, qui pourront être accompagnés d'une personne, les différents ordres de religieuses, les malades et les handicapés qui seront placés dans le secteur zéro. Tous leurs renseignements personnels ont déjà été vérifiés par les forces de sécurité de l'État à la recherche d'antécédents judiciaires, alors inutile de chercher dans cette direction, Malart. Tout est déjà sous contrôle.

— À quelle heure est-ce que le spectacle commence ?

— La cérémonie, Malart, un peu de respect. La Sagrada Familia sera ouverte à sept heures du matin, et chacun devra être assis à la place qui lui a été allouée à neuf heures.

— Une dernière question, chef. À quelle heure le pape doit-il quitter l'archevêché ?

— Il est prévu qu'il monte dans la papamobile à neuf heures pile pour commencer son parcours de trois kilomètres et demi jusqu'au temple où, à peine arrivé, il rencontrera la famille royale à neuf heures et demie. Ensuite, il accédera à l'intérieur par la puerta de la Gloria, dans la rue Mallorca, pour commencer la cérémonie à dix heures. Tu n'es tout de même pas en train d'insinuer que…

— Je ne fais que demander, pour me tenir prêt. J'imagine que la circulation des districts proches doit être déjà fermée.

— Fermée et surveillée à partir de samedi à deux heures de l'après-midi et jusqu'au lundi, huit heures du matin. Personne, qui ne soit en possession d'une autorisation, ne pourra emprunter les voies adjacentes à la basilique. Plus de quatre mille agents en tenue de la police de Catalogne seront distribués dans les rues, tous les huit mètres, de part et d'autre du circuit, sans compter les hommes en civil, ce qui donne un total de plus de vingt mille agents de tous les corps de police confondus, en train de surveiller l'événement, satisfait, inspecteur ?

— Trouve-toi un beau costume, inspecteur-chef. Et un passe pour accéder à l'intérieur.

— Qu'est-ce que tu racontes ?

— On a besoin d'une personne du Groupe à l'intérieur. Qui mieux que toi pour ça ?

— Mais tu plaisantes, Malart !

— Je n'ai jamais parlé aussi sérieusement de ma vie. Et dis-moi, la nuit va être longue. Tout le monde doit rester sur le qui-vive, dit-il en inspirant profondément puis en ajoutant : Inspecteur-chef, fais-moi confiance… une dernière fois… je t'en prie. Tous les signaux sont passés au rouge dans ma tête. Rouge vif. Rouge sang.

Un soudain silence se fit à l'autre bout de la ligne, suivi d'un énorme soupir d'exaspération.

— Je réfléchirai à une façon de nous couvrir, tous ensemble. Au cas où ça raterait.

Ils raccrochèrent. Milo posa sa tête sur le tableau de bord.

— Tu penses vraiment qu'il peut se passer quelque chose ? demanda Rebeca.

— Quelle heure tu as ? répliqua-t-il sans bouger.

— Deux heures et quart du matin.

— On va bientôt le savoir, dit-il.

— Héctor, injecte-lui une petite dose, juste pour qu'elle ne me pose pas de problèmes. Mais il ne faut pas qu'elle rate le spectacle non plus. Je voudrais qu'elle souffre le plus possible.

Son frère remplit la seringue et ouvrit la cellule.

Susana Cabot entrouvrit les paupières.

— C'est… c'est déjà… l'heure ? souffla-t-elle complètement déshydratée.

Elle tourna son regard vers lui et aperçut son visage séduisant, avec ses cheveux blonds très courts, l'iris brillant et bleu :

— Jolis yeux, fit-elle.

Héctor lui saisit brusquement le bras et lui planta l'aiguille dans une veine.

Derrière lui, la juge aperçut la silhouette d'une femme. Elle ressemblait à une réplique féminine du type qui s'était penché sur elle. Elle avait les mêmes yeux. La seule différence était qu'un feu tout noir irradiait dans le bleu ciel des siens.

— On part en… voyage ? réussit-elle à demander.

— Ton dernier voyage, précisa la femme sans la moindre inflexion dans la voix.

— Personne ne vit… éternellement, gémit-elle en esquissant un sourire éteint.

Héctor laissa retomber son bras qui frappa le sol comme un poids mort.

— C'est fait, dit la voix râpeuse.

— Ç'a été… un plaisir… de vous rencontrer, balbutia Susana dont la tête tournait. C'est… dommage que… vous finissiez en… taule. Si beaux… si minces…

La femme adressa un signe impératif à son frère. Héctor chargea la juge sur son épaule.

— On ne craint pas les lois, on est déjà condamnés, dit-elle froidement. Je connais le prix de la vengeance, mais ça vaut la peine de le payer.

Tête en bas, reposant sur cette épaule raide, la juge eut le temps d'entendre encore quelques mots.

— Je peux garder un bout de son corps ? demanda Héctor, en sortant de la cellule.

— Ces victimes sont à moi, dit la femme imperturbable. On n'y touche pas. Je les veux tout entières.

Héctor s'arrêta devant elle, baissa la tête.

— Mais… mon œuvre, supplia-t-il.

— Toi, tu as déjà les tiennes.

L'homme se dirigea vers la porte et, sans pratiquement le moindre effort, grimpa l'escalier étroit qui débouchait dans la cuisine. Une fois là-haut, il sortit à l'air libre. Sous la nuit étoilée, il se dirigea vers la fourgonnette blanche qui était garée à quelques mètres avec les grandes portes de derrière ouvertes. Puis il déposa le corps inconscient de la juge à l'intérieur du véhicule.

Sa sœur attendait tranquillement, les bras croisés, en train de superviser l'opération.

Héctor referma les deux grandes portes sans faire de bruit.

— À présent, monte t'habiller, lui ordonna-t-elle.

— Si tôt. On ne pourrait pas rester ensemble un peu plus ? La nuit est magnifique.

— Je t'ai dit de monter t'habiller. Et n'oublie rien.

— J'ai tout préparé. On a encore le temps de…

— Cette fois, c'est un adieu, le coupa-t-elle. Je dois m'en aller.

Héctor acquiesça, tête baissée.

— Je ne comprends pas pourquoi tu as changé notre plan, dit-il. J'aurais aimé être auprès de toi, lorsque tout va se passer. Pour te protéger.

La femme s'éloigna de quelques pas.

— Tu ne peux pas me protéger, tu m'as laissée seule. Tu as oublié ?

— Je sais, c'est impardonnable, dit-il en levant la tête vers les étoiles. Je regrette les temps anciens, lorsqu'on était petits. Nos jeux, lorsque je te défendais contre tes frayeurs et…

— Pas moi.

La femme commença à se diriger vers la partie avant de la fourgonnette.

Héctor courut derrière elle pour lui ouvrir la porte.

— On se revoit en enfer, majesté, dit-il en inclinant légèrement la tête.

— Non, nous y avons déjà été, répliqua-t-elle en prenant place au volant. Au ciel, mon frère, on se revoit au ciel.

Elle fit démarrer le véhicule, enclencha la marche arrière puis, au moment de quitter la propriété, freina et appela son frère :

— Héctor !

Il s'approcha et elle lui précisa :

— Rien ne doit rester debout. Je veux que tout soit réduit en cendres. Assure-t'en avant de partir.

Rongé de doutes, il n'osa pas soutenir son regard, tandis qu'elle concluait :

— Et souviens-toi, tu es de fer. Personne ne peut t'arrêter. Personne !!!

À trois heures et demie du matin, ils aperçurent la voiture de Rojo et de Cervera se garer à l'angle, au début de la rue, près des Ramblas. Les deux côtés étaient surveillés. Ensuite, les autres inspecteurs passèrent les appels en cascade pour indiquer leurs positions respectives. Une heure plus tard, il n'y avait toujours pas eu de mouvement suspect.

Les nerfs à fleur de peau, Milo appela Crespo.

— Dis-moi que tu as quelque chose.

— Je suis désolé, inspecteur, mais il n'y a encore aucun résultat. J'ai déjà la liste des propriétaires et des gérants de toutes les forges de la ville, mais tant qu'on n'aura pas une autre liste pour la croiser avec celle-ci, ça ne sert à rien. Le gars d'Aucat continue à chercher, comme la secrétaire de la juge ; un conseil, il vaut mieux que tu ne l'appelles pas, celle-là, elle est dans un état… elle a perdu les pédales.

Il raccrocha.

— Le temps passe peu à peu. Tu aurais une idée ?

Rebeca fit lentement non de la tête.

Ils continuèrent à attendre, sans quitter la montre des yeux. Cinq heures moins le quart.

— C'est désespérant, sous-inspectrice. Il nous faut un éclair de lucidité. Dis quelque chose.

— Je sèche, déplora-t-elle.

Cinq heures et demie. Et toujours rien.

— C'est maintenant, ou alors c'est pas le bon endroit, dit Milo.

Rebeca resta tranquille à observer le bâtiment.

Les montres indiquaient six heures du matin, pile. Aucune fourgonnette blanche ne fit son apparition dans la rue. Personne ne s'approcha du Palau Güell.

— On s'est à nouveau trompés.

— Ou ils ont changé de plan, indiqua Rebeca.

Quelques minutes plus tard, le ciel de la ville commença à s'éclaircir.

Les inspecteurs du Groupe appelèrent pour demander des instructions.

— Réponds-leur, dis-leur qu'on abandonne la surveillance, grommela Milo.

Il descendit de voiture, marcha pendant plusieurs mètres et donna un coup de pied à une canette de rafraîchissement vide qui partit comme une fusée et rebondit bruyamment sur le trottoir. Il s'appuya contre le mur.

Rebeca transmit l'ordre aux inspecteurs, puis elle descendit du véhicule et s'approcha de Milo.

— Tu ne peux pas craquer maintenant, inspecteur.

Milo se tut, absent. Il regardait les pavés de la rue.

— Oui, ils ont changé de plan. Ils ont senti qu'on était au courant. J'ignore comment ils en sont arrivés à cette conclusion, mais ils l'ont fait.

— Et alors ?

— Alors si on ne trouve rien de nouveau, Susana est perdue. Que veulent-ils en faire ? Où est-ce qu'ils l'ont enfermée ? demanda-t-il en serrant les dents. Putain, Milo, pense un peu ! Qu'est-ce que tu ne comprends pas ? se demanda-t-il à lui-même avant de se tourner vers Rebeca : Tu es le Bourreau de Gaudí, Rebeca, mets-toi dans sa peau, bordel ! Qu'est-ce que tu ressens, putain ? Dis-moi la première chose qui te passe par la tête ! Ton intuition ! Ta première intuition, bordel de merde !

— Je… je suis furieuse. Il me faut faire du bruit, du mal. Beaucoup de bruit et beaucoup de mal aussi.

— Et quoi encore ?

— Je veux que la juge souffre le plus possible, pour payer ce qu'elle a fait.

— Et quoi encore ?

— Que la ville endure ma colère, sans compassion pour rien ni personne…

— Pourquoi ?

— Parce que Barcelone n'est pas pardonnable, dit-elle en sentant son cœur accélérer.

Milo s'approcha d'elle, quasiment visage contre visage.

— Qu'est-ce que je t'ai fait, moi, la ville ? Réponds !

— Tu m'as dépossédée, tu as détruit ma famille. Tu m'as envoyée en enfer. On n'était que des enfants, de simples enfants… gémit-elle et ses yeux devinrent soudain très sombres. Tu dois payer pour ça ! Tu vas payer !

— Explique-toi, bordel ! Ça ne suffit pas ! dit Milo en brandissant un poing dans sa direction.

— Je n'ai pas le choix, dit Rebeca en battant des paupières. Tu m'as tout pris. Je ne peux me retourner que contre toi, t'attaquer dans ce que tu considères comme le plus sacré chez toi. C'est justice : tu m'as rendue folle jusqu'à me transformer en bête immonde, et maintenant, moi, je vais te rendre folle jusqu'à ce que tu deviennes comme moi. Voilà… c'est la justice des gens qu'on a écrasés !

— Je t'en empêcherai ! hurla Milo. J'emploierai tous les moyens pour éviter ça !

Rebeca baissa la voix. Comme en transe, elle ajouta :

— La violence ne sert à rien contre moi, je suis immunisée.

— Pourquoi ? Pourquoi ?

— Parce que je suis le Bourreau, dit-elle. J'ai supporté plus de choses qu'un être humain est capable de supporter. Combien de fois est-ce que tu penses qu'on puisse emmerder les mêmes enfants ?

— Mais de quoi veux-tu parler ?

— De la goutte d'eau qui a fait déborder le vase ! rugit-elle les yeux entrouverts. Pourquoi nous… une nouvelle fois, hein ? Est-ce que tu vas me répondre, maudite connasse de merde ! Pourquoi tu es venue nous emmerder encore une fois ?

— Non… je ne…

— Le monstre, c'est toi. Moi, je me contente de me défendre. D'abord ç'a été à cause des Jeux olympiques, et maintenant… maintenant… pourquoi est-ce que le cauchemar recommence ? Qu'est-ce qu'on t'a fait nous ?

— Dis-le-moi, murmura Milo abasourdi.
— Tu nous as transformés à nouveau en victimes, mon frère et moi.

Rebeca revint soudain à elle et Milo dut la retenir pour qu'elle ne tombe pas par terre.
— Il y a eu une deuxième fois, dit-il en la tenant toujours dans ses bras. Voilà quel est le déclencheur ! Tu as attendu vingt ans… et la situation s'est répétée. L'impensable a eu lieu une nouvelle fois. Et c'est alors que tu as donné l'ordre à ton frère de commencer la vengeance.
— On a été à nouveau dépossédés… Une deuxième expropriation ?
— Allons-y ! commanda-t-il en se dirigeant à toute allure vers la voiture. C'est toi qui conduis !
— Où va-t-on ?
Elle le suivit difficilement, prit place au volant et démarra. Elle fonça vers les Ramblas.
— Chez moi, dit-il en faisant un grand geste en direction de la mer. Je veux vérifier un dossier. Tu crois que tu peux répondre encore à une question ?
Elle acquiesça.
— Tu es à nouveau le Bourreau. Réfléchis : quelle est ta proie la plus importante ? Ce n'est pas la juge. Quel serait ton plus grand défi ?
Rebeca entama le tour du monument à Christophe Colomb en faisant hurler les pneumatiques et elle prit le paseo en écrasant l'accélérateur à fond. Elle réexaminait tout ce qui s'était passé d'un air concentré. La proie la plus importante. Son visage acquit la force d'une révélation.
Voûtée sur le volant, elle dit :
— Je le vois encore euphorique et sautillant de joie lorsque la ville a été désignée pour accueillir les Jeux de 1992… *Les jus de Barcelone*, oui ! Mais le début de notre fin.
— Tu parles de ?…
— Oui, je parle du maire de la ville, à cette époque. C'est lui, qui est à l'origine de tout.

Milo saisit son portable. Il était six heures trente-sept.

— Singla ! hurla-t-il dans l'appareil. Tu as une liste des autorités qui doivent assister à la cérémonie de la Sagrada Familia ?

— Je peux me la procurer dans deux minutes, pourquoi ?

— Va la chercher, j'attends ! dit-il en hurlant à pleins poumons tout en se tenant au toit de la cabine pour ne pas aller s'écraser contre la portière. Sous-inspectrice, tu as la permission de brûler les feux rouges, mais pas de faire des tonneaux !

Passant outre ses remarques, Rebeca prit à nouveau le virage à toute vitesse avant d'enfiler le paseo Borbón. Ensuite, elle prit celui de l'Almirante Cervera de façon encore plus vertigineuse. Elle tourna dans la rue de l'Atlàntida et freina brusquement devant l'immeuble.

Ils descendirent de la voiture en laissant les portières ouvertes. Elle retira les clés et courut en direction de l'entrée. Milo ouvrit sans éloigner le portable de son oreille et appuya mécaniquement sur l'interrupteur. De façon inattendue, la lumière illumina l'escalier du rez-de-chaussée jusqu'à la terrasse. Sans sortir de sa perplexité, il laissa retomber la main qui tenait le portable. Et c'est alors qu'il entendit les cris de l'inspecteur-chef.

— Allô ! hurla-t-il à son tour.

— Je l'ai ! Alors quoi ?

Il lui donna un nom pour qu'il le cherche dans la liste.

— L'ancien maire ? Putain, Malart ! Qu'est-ce que tu me fais, à présent ?

— Est-il ou n'est-il pas parmi les autorités invitées ?

— Un instant…

Milo l'entendit jurer doucement. Il atteignit le palier de son appartement en même temps que Rebeca. Le souffle coupé, il lui tendit les clés.

— Oui, dit l'inspecteur-chef. Le voilà. Il sera accompagné de son épouse.

— Colle-le comme une sangsue ! lâcha-t-il.

Ça avait du sens. C'était une folie, mais ça avait du sens. *Et Susana, alors ?* Milo fut pris d'une irrépressible nausée, mais ajouta :

— Rends-toi à la Sagrada Familia et ne quitte pas l'ancien maire d'une semelle !

— Mais…

— Singla, l'objectif de l'assassin, c'est lui ! Je n'ai pas le temps de t'expliquer.

— C'est absurde. L'ancien maire est un brave type, il souffre d'une…

Milo l'interrompit sans ménagement.

— L'assassin est fou, il est programmé pour tuer, et le Bourreau lui a donné un ordre auquel il va obéir aveuglément. C'est un kamikaze, il se fiche éperdument de mourir dans sa tentative. Et il a choisi l'abside de la basilique pour accomplir sa mission. Tu connais meilleur endroit, toi ? Devant les yeux du monde entier, en présence du pape. Tu comprends ?

— J'y vais tout de suite !

— Singla ! hurla-t-il. N'oublie pas, je le veux vivant, tu entends ? Il faut qu'il nous dise où se trouve Susana Cabot, surtout ne le…

— Je ne peux rien te promettre !

L'inspecteur-chef coupa la communication. Milo demeura un instant interloqué.

— Ils n'ont pas de plan de repli, murmura-t-il. Ils savent qu'ils ne seront pas arrêtés. Ce sont deux bombes à retardement et chacun agit de son côté. Et les deux bombes ont déjà été enclenchées, dit-il en relevant la tête. Il n'y a pas d'issue, sous-inspectrice.

— Sur l'échiquier, la dernière pièce à rester debout est le roi, le maître, se souvint-elle. Toutes les autres sont à son service. Et elle a envoyé son frère en guise de dernier déplacement ; sa pièce la plus chère, mais aussi celle qu'elle peut sacrifier. L'exécuteur implacable.

— Avant-dernier déplacement sur l'échiquier, corrigea-t-il. Le dernier appartient au Bourreau. C'est elle qui a Susana en son pouvoir. Et ils n'ont pas besoin de plan de repli. Ce sont deux kamikazes.

— Il existe toujours un plan de repli, dit-elle. Mais qu'est-ce qu'on fait ici ?

Milo retourna au présent. Il indiqua les dossiers disséminés par terre.

— Bachs et Sena, dit-il. Ils ont parlé de trois PERI en cours dans la ville, en ce moment. Et comme ils n'avaient pas fini la liste, je n'ai pas prêté attention à leur rapport. Il doit être par là. Vite, il faut le retrouver !

Ils se mirent à quatre pattes sur le tas de dossiers multicolores.

— C'est ça ? demanda Rebeca, en agitant des feuilles de papier.

Milo les lui arracha des mains. Il commença à les examiner l'une après l'autre.

— Voilà. Il y a trois PERI en cours, un à Les Corts, un autre à la Sagrera et encore un aux… Tres Turons. La montagne du Carmelo ! Putain, le paseo Turull. Ils habitent au paseo où on s'est rendus. Toute la zone va être frappée d'expropriation.

Il regarda l'heure sur son portable avant d'appeler le sergent. Six heures cinquante-huit. Il lui demanda urgemment le recensement de tous les habitants du paseo Turull. Il raccrocha. Puis il vit Rebeca se diriger vers les toilettes.

— Où tu vas maintenant ?

— Dis donc, toi ! On a été enfermés toute la nuit dans une voiture et je suis un être humain, moi, dit-elle en pénétrant dans les toilettes. Crespo va passer quelques minutes à trouver ta liste, c'est juste le temps qu'il me faut. Tu ne penses pas que c'est un quartier un peu cher pour que les assassins habitent là ?

— Ça peut être une maison familiale, où ils vivaient avec leurs parents, par le passé, imagina-t-il.

— Et alors de quoi les a-t-on expropriés pour construire l'autoroute C31 ? De leur commerce ?

Milo se dirigea vers la terrasse. Sans sortir, il se rappela une image de cauchemar. Deux enfants devant un bûcher. Se tenant par la main. Innocents. Vulnérables. Deux victimes effrayées.

Il entendit la chasse d'eau. Rebeca réapparut en train de remonter la fermeture éclair de son jean.

— C'est mon tour, dit Milo en se dirigeant vers les toilettes. Pendant ce temps, tu pourrais prendre deux tee-shirts propres dans l'armoire. Les nôtres puent vraiment.

Rebeca pénétra dans la chambre et fouilla parmi les vêtements. Il n'y avait aucun tee-shirt portant un imprimé.

— Tu devrais mettre une veste ou un costume, non ? La Sagrada Familia, tu sais bien, pour passer inaperçu…

— Tu ne me verras en costume que le jour de mon enterrement, pas avant.

Il tira la chasse. Immédiatement après, il ouvrit le robinet pour se laver les mains. Il se pencha en avant pour se rafraîchir le visage. Une soudaine lueur remit sa mémoire en marche. Le paseo Turull. Une femme au physique très spécial. S'efforçant de ne pas accentuer sa beauté. Aussi fragile que Marc. Avec une canne. Il referma le robinet.

— Tiens, un tee-shirt blanc. J'en prends un bleu foncé, dit Rebeca.

— La femme que les chiens ont attaquée.

Quelque chose dans son ton la força à se retourner.

— Oui, eh bien quoi ?

— La jeune fille de La Ferradura a sauté dans le vide et s'est brisé une jambe, commenta-t-il. Elle nous a dit qu'elle était correctrice de livres. La tendance artistique ? Sa méticulosité, son pointillisme, son goût pour le perfectionnisme, pour l'exactitude…

— Ce n'est pas possible, objecta-t-elle. Le clochard a dit qu'elle avait les cheveux très courts.

— Elle peut avoir fait comme Eva Messeguer, porter une perruque, lui fit-il remarquer. Lorsque le rottweiler l'a attaquée, pas un seul cheveu n'a bougé sur sa tête. Ils étaient tout raides.

Le tee-shirt autour de son cou, elle fit une pause.

— Cela expliquerait qu'elle ait changé de plan, dit-elle. Après l'attaque, elle a entendu que je t'appelais “inspecteur” et elle s'est dit qu'on était sur le point de toucher au but. Voilà pourquoi elle a changé de plan, elle s'est doutée qu'on était sur sa piste. Où est-ce qu'elle a dit qu'elle habitait ?

— Au début de la rue. Putain, on est passés devant la maison où Susana était séquestrée !

— C'est un peu tôt pour en tirer une conclusion pareille.

— Un peu tôt ? J'espère surtout que ce n'est pas trop tard !

Ils achevèrent de s'habiller en descendant les marches quatre à quatre. Ils montèrent dans la voiture et Rebecca démarra en direction du paseo Turull. Elle laissa des marques noires de pneumatiques sur les pavés de la rue. La montre indiquait sept heures et sept minutes.

Elle sentit les gifles sur ses joues et lutta pour sortir du cauchemar qui écrasait ses paupières. La dernière gifle réussit à lui faire ouvrir les yeux.

— Je te veux réveillée, dit la femme aux cheveux courts. Bien consciente de ce qui t'arrive.

Assoupie, extrêmement faible, Susana vit le visage de la femme à quelques centimètres du sien. C'était un masque inexpressif, dépourvu de vie. Les yeux vides, morts. Elle s'approcha davantage, ouvrit la bouche et lâcha un cri effrayant, aigu, interminable.

— Ici, personne ne t'entendra, dit-elle ensuite.

Assourdie, Susana tenta de lui demander pourquoi elle lui faisait ça, mais ses lèvres crevassées refusèrent de s'ouvrir.

— Tu vas mourir ici, Votre Honneur. Tu es confortablement installée, hein ?

Une légère palpitation s'accéléra dans sa poitrine. Terrifiée, elle la regarda, les yeux exorbités.

— Ton Milo ne te sauvera pas, dit-elle. Tu vois, il n'a pas réussi à lire dans mon esprit.

L'image de Milo se présenta dans son cerveau. Elle s'accrocha à elle, comme un naufragé à une planche. Milo. Je t'en prie. Suspendue à son nom, elle esquissa un rictus qui se voulait un rire.

La femme, surprise, se releva.

— Tu as encore un espoir de t'en sortir ? demanda-t-elle. Tu es naïve, madame la juge. Il ne te servira à rien.

Immédiatement après, elle fit glisser quelque chose de très lourd et le noir se referma sur Susana Cabot. Un noir absolu, effarant, hermétique. En silence, elle refusa de se laisser convaincre. Elle ne voulait pas se rendre. Milo allait venir. Elle en était persuadée.

Luttant contre la terreur qui la tenaillait, elle était disposée à l'attendre le temps qu'il faudrait.

Rebeca emprunta la Vía Laietana coupée. C'était une partie du même trajet qu'allait effectuer le cortège papal. Elle montra sa plaque aux agents et ceux-ci entrouvrirent les barrières pour les laisser passer. Les banderoles blanc et jaune qui jalonnaient la rue s'agitèrent à leur passage. Il était encore très tôt et les gens n'avaient pas encore occupé les trottoirs. D'après certains calculs de la police municipale, environ trois cent mille personnes allaient assister au parcours de la papamobile. Elle trouva étrange de rouler à vive allure le long d'une rue déserte, sous le regard ébahi de centaines d'agents postés sur les côtés à peu de mètres les uns des autres.

À côté d'elle, Milo appelait pour la énième fois le sergent Crespo.

— Putain, il est en communication.

— Essaie à nouveau !

Il appuya sur la touche d'appel. Le téléphone indiquait sept heures dix-huit.

— Je suis désolé, inspecteur, dit Toni contrarié. J'étais en train de tenter de m'entretenir avec Manel Santaló, le propriétaire de la forge de la rue Badajoz pour lui demander de me confirmer…

— Tu as la liste des habitants du paseo Turull ? hurla Milo. Les assassins habitent dans une maison au début du paseo !

— Je sais, j'ai croisé la liste des habitants avec celle des propriétaires et des gérants des forges et un nom est apparu : Héctor Guitart. Il est forgeron et il habite avec sa sœur Helena, dit le sergent dont la voix dénonçait une inhabituelle nervosité. J'ai demandé un rapport avec numéro d'identification personnel pour chacun d'eux et j'ai tous les renseignements sur eux, adresse, téléphone, tout, dit-il en donnant leur adresse. Héctor possède une fourgonnette blanche, une vieille Nissan de 1991. Aucun des deux ne possède de casier judiciaire, ils sont tout à fait vierges.

— On les tient, dit Milo en hochant la tête.

— Je vais tenter de localiser le propriétaire de la forge pour obtenir plus de renseignements sur eux, ça peut nous être utile. Je te rappelle lorsque je les aurai obtenus.

— On file au paseo Turull. On reste en contact, Toni.

Il allait raccrocher lorsqu'il entendit Crespo hurler son nom.

— Oui, quoi ?

— Inspecteur, d'après la mythologie grecque, Héctor est le Guerrier que protègent les dieux. Fais très attention à toi.

— Et Helena ?

— La Beauté, la fille de Némésis, la Vengeance.

Il raccrocha, le cœur serré et se tourna lentement vers Rebeca.

— Héctor et Helena Guitart, murmura-t-il.

— Ils sont à nous !

— Ne chante pas victoire trop tôt, dit-il, j'ai un mauvais pressentiment.

Ils atteignirent la place Urquinaona et Rebeca tourna sur la promenade de San Pedro pour remonter le paseo de Gracia jusqu'à la place de Lesseps. Le moteur de la Volkswagen rugissait en passant devant La Pedrera. Ils observèrent tous les deux, à l'unisson, le bâtiment où tout avait commencé.

La sonnerie du portable interrompit le fil de leurs réflexions. Il décrocha immédiatement.

— Allô, c'est Alba Conte, je viens de trouver le rapport d'instruction, dit la secrétaire épuisée. Les enfants s'appelaient Guitart, Héctor et Helena Guitart. Ils sont devenus orphelins de mère à huit et six ans et ensuite, en 1989, leur père Artur Guitart est mort à la suite d'un accident vasculaire cérébral. C'est alors que l'État a pris en charge la tutelle des enfants et que la juge Cabot les a envoyés tous les deux à La Ferradura, le centre d'accueil que diri…

Une autre question surgit dans la tête de Milo.

— Connaissez-vous la date exacte de la mort du père ?

— Oui, bien sûr, dit-elle tandis qu'il l'entendait feuilleter les pages du rapport. Le 10 juin 1989.

— Merci, madame Conte, vos informations sont capitales.

— Inspecteur, trouvez la juge, dit-elle. On est plusieurs personnes à attendre que vous nous contactiez. J'espère que ce sera pour nous donner une bonne nouvelle.

Il interrompit la communication tout en avalant bruyamment sa salive.

— Le 10 juin, répéta-t-il. On sait désormais quel était l'anniversaire que fêtait tous les ans l'Assassin à la liste en se payant d'une victime.

Rebeca accéléra dans les rues du quartier de Gracia, jusqu'à déboucher sur la place de Lesseps. Une longue colonne de fumée noire se découpait dans le ciel.

— Merde, protesta Milo. Ce que je craignais !

Ils parcoururent la dernière partie du trajet sans prononcer le moindre mot. En atteignant le paseo Turull, ils s'aperçurent que celui-ci était coupé par plusieurs camions de pompiers qui leur barraient la route.

Ils descendirent précipitamment de voiture et montrèrent leur plaque. Ils coururent jusqu'à l'endroit de l'incendie.

Ils le reconnurent tout de suite, c'était le vieux manoir gris, aux lignes classiques, apparemment abandonné, qu'ils avaient remarqué l'autre jour. La villa de Georgina Perricot se trouvait en ligne droite, en direction de la montagne. Ils pénétrèrent dans la propriété. La seule chose que le feu avait épargnée était le grand eucalyptus aux grosses branches. De petites flammes surgissaient aux fenêtres.

— Et voilà le bûcher, murmura-t-il.

— Qu'est-ce que tu dis ?

— Il ne manque plus qu'à trouver les enfants. Des enfants qui ne sont désormais plus vulnérables et qui n'ont plus peur de rien.

Un pompier vint à leur rencontre. Il avait le visage noir de suie et une bouteille d'oxygène, la tête en bas, était suspendue à son épaule.

— Vous ne pouvez pas rester ici, l'incendie n'est pas encore tout à fait maîtrisé.

Ils exhibèrent à nouveau leur plaque.

— Vous avez découvert des corps à l'intérieur ? demanda Milo.

— Non, par chance la maison était vide lorsque l'incendie s'est déclaré.

— Un incendie criminel ?

— Sans l'ombre d'un doute. De l'essence et des retardateurs, la formule habituelle. La maison était bourrée de bidons renversés, de la cave au grenier, dit-il en pointant son doigt sur le manoir. Toutes les pièces ont été détruites. C'est un miracle que ce ne se soit pas écroulé. Si les voisins ne nous avaient pas prévenus aussi rapidement, on serait devant un tas de ruines à présent et l'incendie se serait sans doute propagé à la montagne vu l'épaisse végétation qui pousse par ici.

— Vous avez parlé d'une cave, dit Rebeca. Est-ce que vous avez vu ce qu'il y avait à l'intérieur ?

L'homme retira son casque, le plaça sous son bras et s'épongea le front avec un mouchoir.

— C'est vraiment étrange, une cellule dans un angle. Ouverte et vide. Je n'avais jamais rien vu de pareil. La grille est terrifiante, c'est une espèce de dragon avec la gueule béante.

Le téléphone de Milo se mit à sonner. Il indiquait sept heures cinquante-deux.

— Vous avez déterminé l'heure à laquelle s'est déclaré l'incendie ? demanda Milo en décrochant : Un instant Toni.

— Oui, vers six heures, un peu avant que le jour se lève.

— L'heure habituelle, dit Rebeca.

Milo tourna les talons.

— Allô, Toni ? Du nouveau ?

— J'ai Manel Santaló sur l'autre ligne, je te le passe.

— Manel Santaló ? Qui c'est ?

— Le propriétaire de la forge de la rue Badajoz. C'est un vieil homme, plus de quatre-vingts ans, mais il est en excellente forme. Je te le passe, il va te raconter lui-même ce qu'il m'a dit.

Il attendit un instant sans rien comprendre. Les événements étaient en train de se précipiter et il ne savait toujours pas où se trouvait Susana.

— Allô ? dit une voix faible d'homme âgé. À qui ai-je l'honneur ?

— Inspecteur Malart à l'appareil. Est-ce que vous pouvez me dire quelque chose à propos d'Héctor Guitart ?

— Comme je l'ai raconté à votre collègue, c'est un de mes meilleurs ouvriers, un artisan comme on n'en fait plus. Ce qui est normal chez lui, étant donné que c'est le petit-fils de l'un des meilleurs forgerons sur lesquels la ville a jadis compté.

— Je ne comprends pas.

— Joan Guitart, le grand-père d'Héctor, a travaillé avec Gaudí en personne. Je ne sais pas si vous voyez ce que je veux dire ? C'est lui qui a forgé les principaux dessins du grand maître, la plupart des œuvres de Gaudí contiennent des travaux de Joan Guitart. C'était un grand maître. Mais la saga s'est interrompue avec le père d'Héctor : Artur, qui avait hérité de l'atelier, mais pas du talent de son père. Est-ce que vous pensez qu'en ayant pour père le plus grand artisan du fer de Barcelone et d'ailleurs… c'est vraiment indiqué de se consacrer soi-même à la ferraille et à la casse ? Mais je dis ça avec un certain respect, n'allez pas interpréter mes propos de travers. Malgré tout, je continue à trouver ce choix absolument absurde. En vérité, je pense qu'il était un peu dérangé, le pauvre. Et ç'a été un grand malheur qui a failli précipiter l'illustre Joan dans la tombe. Même si pour moi, ç'a été une aubaine, car Joan n'ayant personne pour lui succéder à la forge, j'ai pu l'acheter et la mettre à mon nom.

Milo battit des paupières, un peu perplexe. À quoi tout cela pouvait-il bien conduire ?

— C'est pour cette raison que lorsque Héctor s'est présenté à l'atelier de fonderie, je l'ai accueilli à bras ouverts, poursuivit le vieil homme. C'est un garçon extrêmement réservé, attentif, peu bavard, mais il est comme son grand-père. C'est un maître du *coup de fouet**, un des arts les plus difficiles et les plus particuliers. Il a le même talent que lui, ce qui nous a servi pour devenir les nouveaux forgerons de la Sagrada Familia. Ce sont les aléas de la vie, monsieur Malart. Si son grand-père pouvait nous voir, il serait très fier de nous. On a pris sa relève dans l'histoire de ce chef-d'œuvre d'architecture. Et c'est pour cette raison qu'aujourd'hui est un jour de grande joie pour notre forge. On est tous très émus.

— À quoi est-ce que vous faites allusion ? demanda Milo, un nœud à l'estomac.

— À la cérémonie de la Sagrada Familia. On est tous invités en qualité d'auteurs des travaux en fer de la basilique. C'est un grand honneur, une récompense pour notre parcours, comme vous le compren…

* En français dans le texte.

— Vous avez dit “on est tous” ? interrompit Milo. De qui est-ce que vous voulez parler ?

— D’Héctor et de votre serviteur, bien entendu. Moi, je suis encore dans la file d’attente, mais je viens de le voir entrer. Il est très élégant avec son costume tout neuf, il faudrait que…

Milo raccrocha sans attendre qu’il ait fini sa phrase. Sept heures cinquante-huit. Il appela un nom sur son portable.

— Singla, dit-il en s’efforçant de rester calme. L’assassin est à l’intérieur.

29

L'intérieur de la basilique était splendide sans les échafaudages. C'était vraiment comme une gigantesque forêt de pierre, fastueuse, unique, sublime, aux dimensions gigantesques. La singulière nef centrale, avec ses claires-voies diaphanes au sommet de chacune de ses cinquante-deux vertigineuses colonnes, brillait avec une insolite fulgurance. Géométrie et nature se mariaient dans une prouesse architecturale sans précédent. Des arcs et des courbes, de la pierre en mouvement, un jeu de lumières d'une audace technique jamais vue auparavant, des cercles engendrés par les bras qui sortaient des piliers pour aller former des grottes labyrinthiques : cette structure arborescente sous le ciel étoilé était si spectaculaire qu'il fut surpris. Car lui, Héctor Guitart, faisait partie de toute cette magnificence. Il y avait collaboré de ses propres mains, des mains qui possédaient une mystérieuse vertu magique. Il resta un moment ébahi, souffle coupé.

Puis il baissa les yeux et aperçut son objectif.

Il se trouvait à vingt mètres, au sein de la zone réservée aux autorités, mais quelques rangées plus au fond, près de la croisée des deux allées. Son épouse le tenait par le bras tandis qu'ils saluaient ensemble un groupe de handicapés et plusieurs autres invités. Il ne cessait pas de sourire. L'homme qui avait été à la tête de la candidature de Barcelone pour recevoir les Jeux olympiques de 1992, qui avait signé la requalification des sols à l'endroit où se trouvait l'entreprise Hierros Guitart, SL*, qui

* Fers Guitart SARL.

avait déclenché toute la tragédie qui avait ruiné sa vie, souriait sans arrêt. Et c'est lui Héctor Guitart qui allait effacer ce sourire de son visage pour toujours. Personne ne pourrait l'arrêter. Personne. Sa flamme intérieure s'attisa jusqu'à des limites insoupçonnables. De la pure lave.

Il avait besoin de la calmer.

Et il savait comment s'y prendre. Mais il lui fallait attendre le moment que sa sœur lui avait indiqué. La communion. Dans l'allée centrale. En face de l'autel. Devant Sa Sainteté. Il se glisserait alors dans le rang des fidèles, derrière sa victime, et pourrait enfin assouvir son désir de destruction. Le corps brûlerait comme une torche et ses cris agiraient sur les flammes à la manière d'un asperseur d'eau. Ce serait une sensation extrêmement agréable. Il allait ainsi exécuter sa vengeance devant sa majestueuse Helena, devant les yeux du monde entier. La cérémonie de consécration du temple s'accompagnerait d'un sacrifice humain. De deux. Et la boucle serait enfin bouclée. De façon inoubliable.

Un détail attira son attention.

Les gens allaient et venaient accompagnés des volontaires qui faisaient office d'ouvreurs. L'affairement était permanent. Cependant un homme ne quittait pas l'ancien maire d'une semelle. Il était musclé, de forte constitution malgré sa petite taille. Il portait un costume sombre, une chemise bleue et une cravate noire. Il avait la moustache. Et ses yeux ne cessaient pas de regarder dans tous les sens, nerveusement. Le langage de son corps lui indiqua qu'il était sur le qui-vive. C'était un autre chasseur expérimenté, comme lui.

Soudain, il le vit parler dans son téléphone portable, crisper ses mâchoires, balayer du regard toutes les directions et immédiatement après porter sa main libre sous sa veste, du côté gauche, tout en attrapant l'ancien maire par une épaule.

Il demeura immobile. Tous ses sens en alerte.

L'homme à la moustache remplaça son portable par un talkie-walkie, lâcha quelques phrases sur un ton martial, et commença à tourner sa tête dans tous les sens, avec des mouvements secs, frénétiques. Il lui rappela un chien en train de flairer sa proie.

Leurs regards se croisèrent.

Héctor réfléchit à toute vitesse. Quelqu'un l'avait prévenu de sa présence, lui avait donné sa description et l'homme à la moustache venait de demander des renforts. Du coin de l'œil, il s'aperçut qu'il avait raison. Plusieurs hommes en costume, avec des fils qui pendaient derrière leurs oreilles, s'approchaient discrètement de lui, depuis la façade de la Passion, le presbytère et la façade de la Nativité. Bref, ils l'avaient repéré. Il décida de modifier son plan d'action. Tant pis, le pape allait rater le spectacle.

C'était maintenant ou jamais.

Il se précipita vers son objectif, écourtant la distance qui le séparait du maire en quelques pas. L'homme à la moustache tira une arme de sous sa veste. Il la braqua directement entre ses deux yeux. Il aperçut son HK, le canon sombre, son regard. La décision. Il ne pourrait pas arriver jusqu'à eux. Il le comprit en un dixième de seconde. Au-dessus de son épaule gauche, il distingua la tête de l'ancien maire. Celui-ci ne souriait plus. Ses petits yeux étaient terrorisés. Cette vision lui suffit. Il bifurqua vers l'allée latérale en traversant le long d'un banc.

Esquivant les enfants d'une chorale et des bonnes sœurs, il atteignit l'allée. Les gens commencèrent à s'écarter. Le cercle se refermait et il pressa le pas en direction de la crypte. Il devait se dépêcher. Sans cesser d'avancer, il tira une vulgaire petite bouteille en plastique de sa poche, remplie d'un liquide incolore et la vida sur sa tête. Ensuite, sans attendre, il en fit autant avec une autre bouteille attachée sous une des jambes de son pantalon. Enfin, percevant la respiration de ses poursuivants, il répéta l'opération avec une troisième. Couvert d'alcool, les yeux le brûlant, il atteignit la porte de la crypte.

— Halte ! cria un des hommes en costume.

Héctor plongea une main dans sa poche et en tira un Zippo argenté. Immobile, il le brandit, un doigt sur le couvercle. L'homme baissa son arme.

— Si tu approches, je l'allume, dit Héctor en l'avançant vers lui, sans intonation et avec la voix râpeuse.

Les autres hommes en costume s'arrêtèrent brusquement. Ils demeurèrent immobiles en demi-cercle.

À cet instant, Héctor entendit un cri déchirant. Il tourna son regard très lentement. Un visage familier venait de faire son apparition du côté de la façade de la Nativité, se débattant parmi les gens et les autres membres de la sécurité.

— Ne tirez pas ! répéta Milo, les mains en l'air, brandissant sa plaque dans l'une d'elles. Je vous en prie, ne tirez pas ! Il me le faut vivant !

Il profita de ce moment de surprise pour descendre l'escalier de la crypte.

Les hommes en costume le poursuivirent en compagnie de Milo.

Héctor s'avança lentement en direction de la tombe de Gaudí, une simple dalle de marbre blanc. C'est là que se trouvaient les austères rampes de fer et les humbles lampes qu'il avait forgées de ses propres mains. Une modeste couronne de fleurs blanches était posée à ses pieds. Deux bougies brûlaient de chaque côté. L'endroit possédait la même sobriété qui avait caractérisé le génie pendant les dernières années de sa vie. Il se retourna et fit face aux six ou sept hommes qui le poursuivaient. Il les regarda l'un après l'autre. En arrivant à Milo, il détourna son regard et observa l'abside.

Solennellement, possédé par une fermeté indestructible, il leva son Zippo.

— Je suis la fierté de mon père, dit-il avec sa voix de papier de verre.

— Bougez pas ! s'exclama un des hommes en costume en pointant son arme vers lui.

Milo s'avança en direction d'Héctor, lui montra ses mains vides.

— Où est Susana Cabot ? Dis-le-moi, par Dieu !

— L'arbre se montre indifférent à la tempête et au temps calme, à la chaleur et au froid, dit l'homme aux cheveux blonds et aux yeux bleu acier en allumant son briquet.

Il fit tourner la molette, la flamme vacilla furieusement et il ajouta :

— Et moi, je suis fort comme un arbre.

Il approcha le Zippo de ses vêtements. Le feu prit immédiatement.

— Non ! hurla Milo en se jetant sur lui. Trois hommes le retinrent solidement. Se débattant contre eux, il hurla à nouveau, hors de lui. Dis-le-moi ! Dis-moi où !

— Personne ne m'arrêtera, dit Héctor le visage en flammes. Personne.

Il laissa tomber le briquet, écarta les mains, leva la tête en direction de l'abside.

— Je suis un arbre de fer, dit-il enveloppé par le feu.

Ensuite, il se pencha peu à peu sur la dalle de marbre blanc. Il se coucha délicatement de tout son long et posa ses mains en feu sur l'inscription du nom de Gaudí. Il la caressa doucement.

— Mon père, murmura-t-il dans une plainte rauque, en embrassant la pierre.

Le feu le consuma avidement avant que d'autres hommes n'arrivent, armés d'extincteurs ceux-là. Une odeur de chair brûlée avait envahi toute la crypte.

Milo fit demi-tour et grimpa l'escalier en titubant.

— Eh !!! Où allez-vous ? On reste ici ! ordonna un des hommes en costume. On a deux mots à vous dire !

Milo fit le sourd et s'engagea dans la nef centrale. La tête baissée, il sentit que quelqu'un tentait de l'arrêter.

— Mais pour qui il se prend, celui-là, pour forcer le dispositif de sécurité de cette façon ?

Il se libéra d'un coup d'épaule. Singla aperçut la scène de loin et se rua vers lui. Il s'interposa entre Milo et les membres des forces de police.

— Inspecteur-chef Singla du GEHME, fit-il de façon autoritaire. Je me porte garant de cet homme. Demandez à vos supérieurs, ils sont au courant.

— L'ancien maire est sauf ? demanda Milo.

Singla acquiesça.

— C'est comme tu avais dit. C'est bien lui qu'il visait, ajouta-t-il en s'essuyant le front du revers de la main.

— Tout le monde n'a pas la même chance que lui, rétorqua-t-il.

— Ce sauvage voulait le brûler vif devant tout le monde.

— Ce sauvage ? fit-il rageusement. Combien de fois est-ce qu'on va s'acharner à démolir ces pauvres gamins ?

— Tu es fou, Milo ? Ce n'était certainement pas un gamin, un psychopathe, oui ! Un assassin adulte !

Un des hommes en costume s'approcha d'eux.

— Inspecteur-chef Singla ? Les autorités souhaitent vous féliciter pour votre courageuse intervention. Voulez-vous m'accompagner, je vous prie ? Nous avons juste le temps avant l'arrivée du souverain pontife.

Leurs regards se croisèrent.

— Ça va ? demanda Singla.

— Ce n'est pas encore fini ! répondit Milo.

Il quittait à peine le temple lorsque son portable se mit à sonner. Il était huit heures quarante-six.

— Qu'est-ce qu'il y a, Toni ? demanda-t-il en se dirigeant vers la voiture où l'attendait Rebeca.

— Le gars d'Aucat vient de m'appeler. Eduard Pinto s'était chargé de l'expropriation de plusieurs terrains pour la construction de l'autoroute C31, à l'extrémité de l'ancienne autoroute de Castelldefels, occupés par une casse de voitures au nom d'Artur Guitart.

— Je te l'avais dit, grommela-t-il à l'adresse de Rebeca. Putain d'image. Tout ça était juste une question d'image.

Il monta dans la Volkswagen.

— D'après le rapport, ça s'est passé le 10 juin 1989.

— À la même date que la mort de leur père ?

— Oui, apparemment, leur père a refusé d'abandonner la propriété. Il n'a pas voulu négocier avec l'Aucat et, les derniers mois, il a vécu là, enfermé avec ses enfants. Il avait construit une espèce de parapet fortifié avec les voitures de la casse. Il avait décidé d'en découdre. Je ne sais pas si vous voyez, inspecteur : ils ont dû utiliser des pelles mécaniques et plusieurs bataillons de police pour le débusquer de son retranchement ! Et lors de l'assaut final, il est brusquement tombé par terre, victime d'une hémorragie cérébrale, dit-il. Et tout ça s'est passé devant ses enfants.

— Ils ont vécu la tragédie aux premières loges, murmura-t-il. Autre chose ?

— Non, c'est tout pour l'instant. Tu as des renseignements sur l'endroit où ils ont emmené la juge ?

— Plus tard, Toni, on parlera de ça plus tard.

Il raccrocha tout en indiquant la rue devant eux.

— Partons d'ici. Tout ça n'est plus qu'un panthéon, le plus grand de toute la ville.

— Où est-ce qu'on va ?

— Pas la moindre idée. Mais je voudrais virer ce mausolée de ma vue. Démarre.

Rebeca fit démarrer le véhicule et ils roulèrent lentement le long de la rue Provenza jusqu'à atteindre le cordon de policiers.

Ils laissèrent la Sagrada Familia derrière eux, imposante avec ses huit tours.

— Pense à Helena, où est-ce qu'elle peut bien être ? dit Milo. Qu'est-ce qu'on sait sur elle ?

Ils circulèrent en silence et traversèrent deux rues perpendiculaires complètement désertes.

— Elle est impitoyable, méthodique, froide comme de la glace.

— Et elle est en train de mettre en pratique la théorie de la terre brûlée. Elle ne laisse rien debout sur son passage. Elle a détruit sa maison, son frère, qu'est-ce qui lui reste d'autre ? Où est-ce qu'elle peut bien se cacher ?

Rebeca freina et s'arrêta à l'angle de la rue Bruc. Elle se tourna vers Milo.

— C'est une fanatique de la ponctualité. Et tu te souviens du film sur Félix Torrens ? Il finissait au même endroit où il avait commencé. La structure de l'enregistrement était tout à fait circulaire.

Elle se tut un instant. Hésita avant de reprendre :

— C'est peut-être une bêtise, mais le premier lieu qu'elle a utilisé était La Pedrera. C'est là que toute cette affaire a commencé. On vient juste de passer devant.

Milo l'observa fixement. Cinq secondes, dix. Son visage s'illumina.

— Et c'est là, sur la terrasse, que se trouvent les fameuses cheminées-soldats.

— Les mêmes qui l'ont tellement perturbée, conclut Rebeca. Est-ce que tu crois que?…

Il haussa les épaules.

— Au point où on en est, on peut toujours aller voir. La Casa Milà est juste à deux rues d'ici, à quelques minutes à peine.

Rebeca se cala à nouveau au volant de la voiture et elle démarra en douceur.

— Et Susana? Je ne crois pas qu'elle l'ait emmenée avec elle.

Milo ne répondit pas. Il ferma les yeux et se contenta d'égrener les secondes.

Ils se garèrent sur le passage clouté et se dirigèrent vers l'entrée où l'on pouvait apercevoir une queue très réduite de touristes, à peine six ou sept personnes.

L'agent de sécurité vint à leur rencontre. Ils lui montrèrent leur plaque.

— Comment ça se fait qu'il y ait si peu de monde aujourd'hui? demanda Milo étonné.

— Vous n'êtes pas au courant? Le pape est en ville. Ce n'est pas tous les jours que ça arrive.

— Il y a des gens là-haut, sur la terrasse? coupa Rebeca.

— Très peu, juste une dizaine de personnes.

— Est-ce que vous avez vu une femme d'une trentaine d'années, belle, cheveux blonds très courts ou mi-longs, yeux bleus, avec une canne.

L'agent de sécurité secoua affirmativement la tête avec un large sourire.

— Ah! c'est vraiment une très belle femme! Ç'a été la première à monter, ce matin. Quand on a ouvert les portes, elle était déjà là, elle attendait qu'on arrive. Si je n'avais pas été en service, je l'aurais bien moi-même…

Milo se raidit brusquement, comme s'il venait de recevoir une décharge électrique.

— Il y a un de vos collègues là-haut?

— Oui, bien sûr, et même deux.

— Il faut qu'ils évacuent immédiatement la terrasse. Décrivez-leur cette femme et qu'ils ne s'approchent d'elle sous aucun prétexte. Vous avez compris ? Tout ça doit être très discret. Appelez-les tout de suite !

Tandis que l'agent de sécurité exécutait ses instructions, Milo se tourna vers Rebeca.

— Arrange-toi pour qu'on ne laisse monter personne, qu'on ferme l'entrée. Et appelle le commissariat central pour qu'ils envoient des renforts et qu'ils cernent le périmètre. Surtout pas de sirènes, précisa-t-il en faisant demi-tour, puis en se figeant. Encore une chose, fais également évacuer le trottoir. Je ne veux voir personne circuler sous la terrasse, compris ? Pas un chat. Et quand les renforts seront là, qu'ils n'interviennent pas, qu'ils attendent mes ordres. Rien ne doit empêcher qu'elle me dise où se trouve Susana. En avant !

— Inspecteur !

— Quoi ? demanda-t-il en s'arrêtant à nouveau.

— C'est la dernière pièce à rester debout. C'est le roi, le Bourreau de Gaudí. Bonne chance.

Milo inspira profondément et partit en courant. Il entra. Un agent lui indiqua l'ascenseur. Il gravit la première volée de marches jusqu'au premier étage et pénétra dans la cabine. L'attente lui sembla interminable. Lorsque l'engin s'arrêta enfin, un petit groupe de personnes le croisa.

— Inspecteur ? fit un agent de sécurité talkie-walkie en main. La terrasse est vide. La femme se trouve autour des cheminées-soldats qui donnent sur le paseo de Gracia. C'est le seul visiteur qui reste. Je me posterai ici.

— Ne laissez monter personne, ordonna-t-il. Sauf la sous-inspectrice Mercader. Mercader, vous vous souviendrez ? Rien qu'elle.

Sans attendre de réponse, il avança sur la terrasse déserte.

Soudain, en dépassant un angle, il la vit. Bien qu'elle ne portât pas de perruque, il la reconnut tout de suite.

Elle contemplait le ciel au-dessus de la ville. Calmement. Elle était accoudée à un muret, jambes croisées. La canne se trouvait tout près d'elle, penchée. Elle avait une petite bouteille d'eau à la main, comme sur le terrain déboisé au bout du paseo Turull. Un étrange sentiment s'empara de lui. Ils avaient quelque chose en commun tous les deux. Un lien qui les unissait. La complicité qu'il ressentait avec cette femme lui coupa le souffle. Mais il n'eut pas le temps de se demander quelle en était la nature.

Il avança d'un pas décidé.

En entendant ses pas, la femme tourna la tête.

— Milo, je t'attendais, dit-elle sans la moindre inflexion dans sa voix. Je savais que tu allais venir.

Le temps demeura suspendu.

Il observa son crâne rasé, son visage. Son exceptionnelle beauté, dépourvue de toute féminité. Pure, sans fard ni bijou. Vulnérable. L'image de quelqu'un qui souhaitait se soumettre aux désirs de l'autre. L'innocence et la sensualité en même temps, main dans la main.

L'espace d'un instant, il fut incapable de penser.

— Une de tes amies a dit que tu étais capable de lire dans mon esprit. Est-ce que tu as réussi à le faire ?

Elle cligna des yeux et une soudaine transformation s'opéra en elle. Sa soumission d'il y a un instant se transforma en domination et sa vulnérabilité en invulnérabilité. Son corps acquit une nouvelle consistance. De l'énergie. De la force. Un pouvoir sauvage, d'une férocité sidérante. Majestueuse.

— Tout est fini, Helena. Ton frère est mort. Dis-moi où se trouve Susana.

— Héctor était un rien du tout. Il a cru tous les bobards que lui a racontés notre père. Un autre cinglé, celui-là. Mais qui me servait loyalement. Est-ce qu'il a bien accompli sa dernière mission ?

Milo fit non de la tête.

— Je retire ce que j'ai dit, alors. Ce n'était qu'un serf incapable !… Encore un…

— Encore un, comme qui d'autre ?

— Comme tous les autres, dit-elle en dirigeant son regard vers les toits de la ville. Tu sais ce qu'il a fait lorsqu'il est parti de La Ferradura ?

— Oui. Il t'a attendue.

— Non. Il est allé pleurer comme une mauviette sur la tombe de notre père. Et il a passé deux jours là-bas dedans.

Héctor n'était pas un homme. Lorsque l'autre monstre l'obligeait à me b…

— Je peux imaginer, l'interrompit Milo. Où est-ce que tu as caché Susana ?

Helena dirigea à nouveau son regard vers lui, lentement, sans émotion.

— Non, dit-elle sur un ton glacial, tu ne peux pas imaginer. Une cruauté comme la sienne est inimaginable. Mais le passé est désormais définitivement enterré. Fin de l'histoire. Il ne me reste plus qu'une dernière chose à faire.

Elle dévissa tranquillement le bouchon de la petite bouteille d'eau.

— "À mesure que mon corps faiblit, mon esprit se renforce", dit-elle ; puis elle ajouta : C'est mon rendez-vous avec Gaudí. Je dois profiter de ce moment.

— Pourquoi Gaudí ?

— Et pourquoi pas ? C'est lui qui m'a envoyé ses démons… pour me torturer, dit-elle en montrant les cheminées-soldats avec sa petite bouteille ouverte. Moi, je lui ai envoyé les miens pour en faire autant avec son œuvre. Pour la paix.

Milo détecta les symptômes. L'indifférence et l'apathie, l'impassibilité de l'esprit. Cette femme ne pouvait plus héberger le moindre sentiment. Son cœur s'accéléra.

— Avant, ils m'effrayaient, ajouta Helena d'un air anodin. Maintenant, ils sont devenus mes anges gardiens.

Sans crier gare, elle se renversa le contenu de la petite bouteille dessus. Jusqu'à la dernière goutte.

Puis, avant que Milo n'ait eu le temps de réagir, elle tira un Zippo de sa poche.

— Marc, il y a une autre solution ! hurla-t-il comme un illuminé. Il doit y en avoir une !

— Marc ? demanda-t-elle avec sa beauté égarée. Non, il n'y en a pas. Voilà la vérité.

Elle ouvrit le couvercle du briquet.

Milo fit un pas vers elle.

— Helena, la juge est innocente. Dis-moi où elle se trouve, la supplia-t-il.

— Personne n'est innocent, Milo. Tout est question d'équilibre.

Elle actionna la molette.

Milo avança d'un autre pas.

— Question de vengeance, oui.

— Non, fit-elle en lui lançant un regard noir. Question de justice.

Elle actionna à nouveau la molette. Aucune étincelle n'en sortit.

— Où est-ce que tu as enfermé Susana! hurla-t-il en se jetant brusquement sur elle.

Soudain, le temps s'accéléra. En fait il se divisa en deux vitesses simultanées. L'une anormalement rapide : Helena l'esquiva en même temps qu'elle grimpa sur le muret. L'autre, particulièrement lente : Milo alla se cogner contre les pierres ondulées.

D'en haut, la voix d'Helena prit un ton guttural, profond.

— Si l'on veut obtenir la purification, on ne peut pas échapper au sacrifice.

Le désespoir l'enveloppa comme une vague de la mer. Il tomba à genoux, à ses pieds.

— S'il te plaît, dis-moi où se trouve la juge! Je t'en supplie, dis-moi où est-ce que tu l'as enfermée.

— Brave garçon. Et à présent, réponds-moi : qui est-ce qui commande, ici?

Milo baissa la tête.

— Toi, Helena, c'est toi. Tu es la reine. Mon maître et mon seigneur.

— Tu me déçois, je pensais que toi, au moins, tu étais un homme, dit-elle. Tu vois le ciel? À présent, il m'appartient tout entier. Fini de jouer.

Et elle sauta.

Milo demeura plusieurs secondes immobile. La seule chose qu'on n'avait pas pu prendre à cette femme était sa haine. Il saisit la canne et se leva laborieusement. Alors la rage s'empara de lui et il la détruisit contre le muret. En mille morceaux.

Il fit non de la tête, doucement, tout en recouvrant une respiration régulière.

— Qui donc désire le ciel? Ce n'est rien d'autre qu'une carte postale.

Il fit demi-tour et s'éloigna du vide.

Milo descendit par l'escalier. Une idée n'arrêtait pas de lui trotter dans la tête. Soudain, il accéléra son rythme et dévala les marches quatre à quatre.

Dans la rue, il courut en direction opposée au corps qui gisait sur le trottoir, vers la voiture. Rebeca le rejoignit. Ils claquèrent les portières en même temps, sans prononcer un mot.

Milo mit le contact. Il démarra en faisant crisser les pneus sur l'asphalte.

— Tu as pu savoir où est enfermée Susana ?

— J'en ai une petite idée.

— Elle te l'a dit ?

— Il ne faut en parler à personne. Appelle Toni… qu'il contacte les pompes funèbres pour savoir dans quel cimetière on peut trouver un panthéon familial ou un mausolée au nom de Guitart.

Surprise, Rebeca s'exécuta. Quelques minutes plus tard, elle dit :

— Au cimetière de Montjuïc, dans le carré Santa Eulalia, près de la Vía Sant Josep.

— Qu'une ambulance se rende là-bas avec un équipement complet de réanimation. À toute allure. Et cette fois, sirènes à fond !

Rebeca remarqua ses mâchoires serrées, son expression transfigurée par son assurance.

Ils roulèrent sans respecter un seul feu rouge. Ils laissèrent derrière eux le paseo de la Zona Franca et enfilèrent toutes les rues sans réduire leur vitesse.

— Comment tu l'as deviné ? demanda Rebeca.

La Volkswagen passa les grilles d'entrée du cimetière comme un courant d'air.

— Helena m'a dit : "Le passé est désormais définitivement enterré."

Rebeca le regarda avec stupeur. Un instant plus tard, elle demandait :

— Et pourquoi un mausolée ?

— Quand son frère a quitté le centre, il est allé pleurer sur la tombe de son père. Et il a passé deux jours là-dedans. *Là-dedans*. Elle vient de me dire ça.

En dérapant à chaque virage, ils montèrent en suivant la signalétique.

— C'est ici ! s'exclama Rebeca.

Il pila et la voiture dérapa à nouveau en percutant un arbre avec l'aile arrière.

Le panthéon était une simple construction solitaire enfoncée sous un escalier et encastrée dans le mur. Sans décorations ni luxe. On pouvait voir un nom gravé en majuscules sur le linteau de pierre : GUITART. Une croix de fer extrêmement élaboré s'érigeait au-dessus. Les portes étaient en bois robuste.

Milo ne fit pas de manières et tira avec son HK sur la serrure, qui sauta, complètement détruite. Ensuite, il donna de grands coups dans les portes jusqu'à ce qu'elles cèdent.

Ce qu'ils virent à l'intérieur les effraya.

C'était un endroit réduit, flanqué de niches à droite et à gauche, les unes au-dessus des autres, chacune portant le nom du défunt et ses dates de naissance et de mort. Juste en face, on pouvait voir l'œuvre du diable. Dans ce bric-à-brac de l'horreur, ils distinguèrent des urnes en verre, de formes et de couleurs différentes, contenant des parties de corps humains. Hermétiquement fermées, elles étaient protégées par un réseau de fines barres de fer artistiquement disposées. Grâce à la lumière qui filtrait de l'extérieur, ils purent reconnaître des torses, des pieds, une tête et une multitude de mains.

— Les vingt victimes de l'Assassin à la liste, indiqua Rebeca d'une voix étouffée.

Milo ne prêta pas attention à ce qu'elle disait. Il était agenouillé par terre et luttait pour déplacer une dalle de marbre blanc. Un prénom et un nom avaient été gravés dessus : Helena Guitart. Et sa date de naissance : 24 juin 1974. Et celle de sa mort : 25 juillet 2010.

Aujourd'hui.

— Bouge ton cul et aide-moi ! hurla Milo.

Petit à petit, ils réussirent à faire glisser la dalle sur un côté. À l'intérieur, Susana Cabot avait les yeux fermés, la bouche ouverte, tordue dans un rictus macabre.

Milo se jeta sur elle. Il colla son oreille à sa poitrine.

— Respire, Susana, s'il te plaît ! dit-il en la secouant. Ouvre les yeux ! Respire, putain de merde ! hurla-t-il en lui donnant une légère gifle. Une autre. Et encore une. Votre Honneur, bordel de merde ! Ça suffit de faire le régime !

Soudain, la juge battit faiblement des paupières, au bord de l'inanition.

Une sirène rugit tout près, suivie d'un coup de frein. Rebeca sortit pour leur indiquer le chemin. Deux réanimateurs entrèrent dans le panthéon.

Tandis que le premier lui branchait une petite bouteille d'oxygène, le deuxième commença la procédure de réanimation. Milo observa tous les mouvements de Susana, sans cesser de répéter son nom à grands cris.

Un instant plus tard, la juge Cabot entrouvrit les paupières. Sa vulnérabilité, la terreur qu'il vit dans ses yeux poussèrent Milo à lui prendre la main.

— Susana, c'est Milo, dit-il. Tu es sauvée.

Elle mit plusieurs minutes à comprendre les mots qu'on lui disait, les images qu'elle voyait. Lorsqu'enfin elle y parvint, elle fixa son regard sur le visage de Milo et prononça quelques mots inintelligibles.

Le premier réanimateur écarta légèrement le masque à oxygène.

Elle les répéta.

— … manie… d'arriver… toujours… en retard !… haleta-t-elle.

Assis sur l'escalier, au-dessus du panthéon, il chercha un nom sur son téléphone portable, puis il appela.

— Madame Conte ? Votre Honneur est en route pour l'hôpital. Elle va récupérer. Oui, on est arrivés à temps. Comme vous le dites. Soyez bénie vous aussi.

Il raccrocha pour passer un autre appel.

— Toni, mission accomplie. La juge continuera à nous casser les pieds pendant encore de nombreuses années.

Il entendit le cri de joie de son collègue. Ensuite ils échangèrent quelques informations. Milo lui expliqua comment l'affaire s'était terminée et Crespo le mit au courant des derniers événements qui s'étaient déroulés au commissariat central.

— Très bien, Toni. Je t'appelle plus tard. Oui, demain, c'est mieux. On a besoin de repos.

Rebeca prit place à ses côtés. Elle posa doucement la tête sur son épaule.

— Que raconte notre bon Toni ?

— Bruno Bachs vient d'être arrêté par deux agents de l'Inspection générale de la police. Ils l'ont menotté et emmené pour l'interroger.

Elle se redressa pour le regarder dans les yeux.

— Et Bastos ?

Milo haussa les épaules.

— On verra bien. Pour l'instant, on l'attend demain lundi au commissariat.

Rebeca ramassa quelques petits cailloux. Elle en lança un en direction de nulle part.

— Tu as appelé ton frère ou Sara ? demanda-t-elle en lançant un autre petit caillou. Je crois que tu devrais leur raconter ce qui s'est passé. Tout ce qui s'est passé.

— Ils peuvent patienter encore quelques jours.

Elle en lança un troisième.

— Et qu'est-ce que tu vas faire, à présent ? demanda-t-elle mine de rien.

— D'abord, je vais aller me baigner.

— Et ensuite ?

— Je vais dormir toute une semaine.

— Et puis ?

— J'ai un procès en cours. Je ne sais pas.

Elle lança le dernier petit caillou et se frotta les mains pour nettoyer la poussière.

— Tu as besoin de moi ?

Milo leva les bras et s'étira autant qu'il put.

— C'est quoi cette question ?

— Je ne sais pas. Et toi, qu'est-ce que tu penses que c'est comme question ? répliqua-t-elle.

— Une question très bête, vraiment.

Le visage de Rebeca ne put dissimuler sa déception.

Milo leva les yeux. Le ciel était splendide, sans le moindre nuage. La journée promettait d'être magnifique. Il observa le paysage au loin, la ville. Là-bas, les gens normaux parlaient de n'importe quel sujet, sans soupçonner quoi que ce soit, sans idées noires non plus. Il se demanda s'il n'était pas temps de se mêler à cette vie lui aussi, de rire, et même de boire une bière. Sans crainte. De libérer son esprit et de vivre.

Il se leva, tendit la main à Rebeca.

— Le programme pour le reste de la journée est le suivant : expirer, inspirer, expirer. Allons-y, sous-inspectrice, cet endroit va bientôt être bourré d'agents et de membres de la police scientifique.

Elle saisit sa main et se releva. Elle frotta son jean pour faire disparaître les traces de terre.

— Où ça ? demanda-t-elle.

Milo haussa à nouveau les épaules. Il emplit ses poumons d'air.

— À la vraie mer, dit-il. Tu veux bien conduire, vilaine fille ?

NOTE DE L'AUTEUR

La fondation Cercle Gaudí est fictive. Tout le reste, ayant trait au génial architecte moderniste, y compris ses droites sur le plan de Barcelone, est rigoureusement vrai.

REMERCIEMENTS

Si au commencement était le verbe, le début de ce projet a été mon éditrice, Anik Lapointe. Elle en a été l'inspiratrice, l'influx, la force. Puis mon agent Úa Matthíasdóttir nous a rejoints qui, grâce à ses connaissances, à son expérience et à son souffle, a contribué à le faire avancer. Enfin, j'ai pu compter sur l'aide, non moins importante, de Bárbara, mon épouse, ma première lectrice, critique et soutien vital. À toutes les trois, ma gratitude éternelle. Elles forment une équipe de rêve, et moi un privilégié. Je voudrais également remercier, pour leur collaboration et leurs conseils, un nombre incalculable de mes amis. Olga Marco, Alberto Prats, Gloria Oliveras, Manu Casas, Juan de Mora, Joan Carles, Jaume, Mamen, Marina, Teresa, Ana, Mercè, Mónica… et un long et cetera. Et de la même façon, également Mauricio Bach pour la justesse de ses opinions. À toutes et à tous, merci.

OUVRAGE RÉALISÉ
PAR L'ATELIER GRAPHIQUE ACTES SUD
REPRODUIT ET ACHEVÉ D'IMPRIMER
EN DÉCEMBRE 2014
PAR NORMANDIE ROTO IMPRESSION S.A.S.
À LONRAI
POUR LE COMPTE DES ÉDITIONS
ACTES SUD
LE MÉJAN
PLACE NINA-BERBEROVA
13200 ARLES

DÉPÔT LÉGAL
1re ÉDITION : SEPTEMBRE 2014
N° impr. : 1404904
(Imprimé en France)